Mara en Dann

Vertaald door Ankie Blommesteijn

DORIS LESSING
MARA EN DANN

1999 UITGEVERIJ BERT BAKKER AMSTERDAM

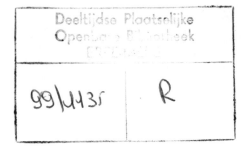
Oorspronkelijke titel *Mara and Dann. An Adventure*
© 1999 Doris Lessing
© 1999 Nederlandse vertaling Uitgeverij Bert Bakker en Ankie Blommesteijn
Omslagontwerp Erik Prinsen, Zaandam
Foto achterplat Ingrid von Kruse
ISBN 90 351 2053 1

Uitgeverij Bert Bakker is een onderdeel van Uitgeverij Prometheus

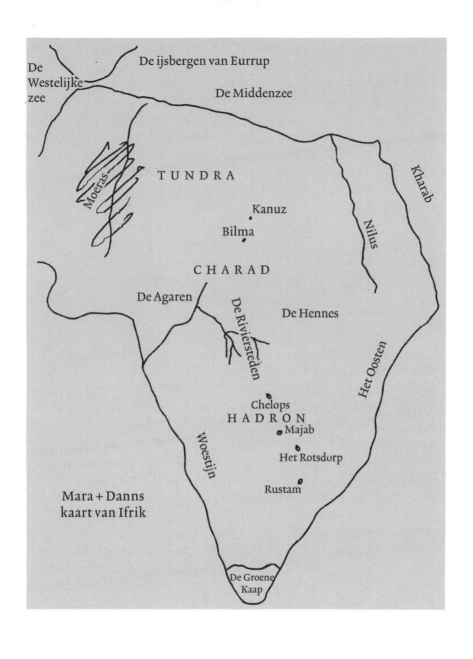

De Westelijke zee

De ijsbergen van Eurrup

De Middenzee

TUNDRA

Moeras

Kanuz

Bilma

CHARAD

De Agaren

De Riviersteden

De Hennes

Kharab

Nilus

Het Oosten

Chelops

HADRON

Majab

Het Rotsdorp

Woestijn

Rustam

Mara + Danns kaart van Ifrik

De Groene Kaap

VOORWOORD

De vorige herfst kwam mijn zoon Peter Lessing op een goede dag vertellen dat hij op de radio net een verhaal had gehoord over een broer en zus die wees waren geworden, daarna allerlei avonturen beleefden en na tal van wederwaardigheden uiteindelijk nog lang en gelukkig leefden. Het was het oudste verhaal van Europa. 'Waarom schrijf je niet zoiets?' stelde hij voor. 'Toevallig ben ik net zo'n verhaal aan het schrijven,' antwoordde ik, 'en ik heb het bijna af.'

Zoiets gebeurt wel vaker in een gezin maar misschien niet zo vaak in een laboratorium.

Mara en Dann is een bewerking van een heel oud verhaal dat je niet alleen in Europa maar in de meeste culturen ter wereld tegenkomt.

Het speelt in de toekomst, in Afrika, dat Ifrik heet, omdat de a dan verbasterd is tot i.

Op het noordelijk halfrond heerst een ijstijd.

Wanneer je hoort dat het noorden van de wereld geregeld onder een laag ijs ligt van soms wel kilometers dik, ben ik vast niet de enige die huivert, en dan niet bij het idee van koude windvlagen – aangezien iedereen altijd die toverspreuk heeft om te overleven: dat zal mij niet overkomen, zodat we onze krachten niet ondermijnen door aan mogelijke rampen te denken – maar bij de gedachte dat over duizenden jaren onze nakomelingen misschien zullen zeggen: 'In de 12.000 jaar tussen de ene ijstijd en de volgende maakte de mensheid een hele ontwikkeling door, van primitieve levenswijzen en barbaarsheid tot een hoge beschaving' – en dat al onze beschavingen, talen, steden, vaardigheden, uitvindingen, boerderijen, tuinen, bossen en de vogels en dieren die we zo moeizaam tegen uitroeiing proberen te beschermen, niet meer zullen zijn dan een zin of een alinea in een lange geschiedenis. Maar misschien wordt het wel een periode van 15.000 jaar, of korter of langer, want deskundigen zeggen dat de volgende ijstijd, die eigenlijk al had moeten beginnen, over een jaar maar ook over duizend jaar kan aanvangen.

Mara en Dann is een poging om te begrijpen wat de gevolgen kunnen zijn als het ijs weerkeert en het leven zich moet terugtrekken tot de gebieden rond en ten zuiden van de evenaar. Door ervaringen in het verleden kunnen wij ons een beter beeld vormen van de toekomst. Tijdens de koudste ijstijden die er zijn geweest stond de Middellandse Zee droog. In de warmere perioden, toen het ijs zich even terugtrok, kwamen de Neanderthalers terug uit hun ballingschap in het zuiden om weer in hun nog kille valleien te gaan wonen. Als zij hun verblijf in het zuiden niet als een ballingschap zagen, waarom kwamen ze dan altijd terug?

Misschien zijn de Neanderthalers uiteindelijk wel onze ware voorouders, en danken wij aan hen onze wonderbaarlijke verscheidenheid, ons vermogen om in ieder klimaat en onder alle omstandigheden te overleven, en vooral ons uithoudingsvermogen. Ik stel me graag voor dat zij, die zoveel van het ijs weten, de wacht houden bij de oprukkende witte bergen.

April 1998

1

Het begon heel duidelijk, het tafereel dat het kind, en later het meisje, en nog later de jonge vrouw, zich zo naarstig probeerde te herinneren. Ze was haastig meegevoerd, nu eens gedragen, dan weer aan de hand voortgetrokken, door een donkere nacht waarin alleen sterren te zien waren, en daarna was ze een kamer in geduwd en had ze te horen gekregen: stil zijn, en de mensen die haar hadden gebracht waren verdwenen. Ze had niet op hun gezichten gelet, wat voor mensen het waren, daarvoor was ze te bang geweest, maar ze waren van haar volk, het Volk, dat wist ze. Ze kende de kamer helemaal niet. Hij was vierkant, uit grote rotsblokken opgetrokken. Ze bevond zich in een van de rotshuizen. Die had ze haar leven lang al gezien. In de rotshuizen woonde het Rotsvolk, niet haar volk, dat het andere verachtte. Ze had de Rotsmensen vaak over de wegen zien lopen en snel uit de weg zien gaan als ze iemand van het Volk zagen; maar ze had geleerd om hen te verafschuwen en daardoor was het moeilijk om goed naar hen te kijken. Ze was bang voor hen en vond hen lelijk.

Ze was alleen in de grote, lege rotskamer. Water zocht ze... er moest toch ergens water zijn? Maar de kamer was leeg. In het midden was een vierkant van rotsblokken waarvan ze dacht dat het wel een tafel zou zijn, maar het enige wat erop stond was een kaars die met kaarsvet was vastgezet en zwakjes brandde... hij zou wel gauw uitgaan. Maar waar is mijn kleine broertje toch? begon ze zich af te vragen. Hij was ook haastig meegenomen in het donker. Helemaal in het begin, toen ze snel uit hun huis waren gehaald – gered, zo wist ze nu –, had ze naar hem geroepen en er was een hand op haar mond gedrukt: stil. Ze had hem ook horen schreeuwen en de plotselinge stilte had haar duidelijk gemaakt dat een hand zijn geroep op dezelfde manier had onderdrukt.

Ze had koorts, haar hele lichaam voelde warm en droog aan, maar dat merkte ze nauwelijks omdat ze zo ongerust was over haar broertje. Ze liep naar de plek in de muur waar ze naar binnen was geduwd en probeerde een steen die de deur vormde opzij te duwen. Het was gewoon een stuk steen dat door een groef schoof. Maar net toen ze wilde opgeven omdat het te zwaar voor haar was, gleed de steen opzij en stormde haar broertje op haar af met een luid gejammer dat haar de haren te berge deed rijzen. Hij stortte zich op haar en ze sloeg haar armen om hem heen terwijl ze naar de deuropening keek, waar een man met zijn lippen woorden vormde en op het kind wees: stil, stil. Nu legde zij haar hand over zijn open, jammerende mond en ze voelde zijn tanden in haar handpalm. Ze gaf geen gil en trok haar hand niet terug, maar leunde wankelend onder zijn gewicht achterover tegen een muur en fluisterde, met haar armen stevig om hem heen geslagen: sst, stil, je moet stil zijn. En vervolgens, met een dreigement waar ze zelf ook van schrok: 'Stil, anders komt die boze man.' En hij hield onmiddellijk zijn mond en klampte zich trillend aan haar vast. De man die het jongetje had binnengebracht, was niet weggegaan. Hij stond te fluisteren met iemand die buiten in het donker stond. Toen die binnenkwam gaf ze bijna een gil omdat ze dacht dat het de boze man was waarmee ze haar broertje had gedreigd. Maar ze zag dat het niet zo was: het was niet dezelfde man, hij leek alleen op hem. Eigenlijk wilde ze al gaan schreeuwen, maar ze sloeg haar vrije hand over haar mond, de hand die niet het hoofd van haar broertje tegen haar borst klemde. 'Ik dacht dat u… dat u…' stamelde ze. 'Nee,' zei hij, 'dat was mijn broer, Garth.' Hij had dezelfde kleren aan als die ander: een zwarte tuniek, met rood erop, die hij meteen uittrok. Nu was hij naakt, zoals ze haar vader en zijn broers wel had gezien, maar dan bij plechtigheden waarbij ze waren uitgedost met allerlei armbanden, kettingen en enkelbanden van goud zodat ze niet naakt leken. Maar deze man was net zo moe en vuil als zij en haar broertje, en de rug die hij hun toekeerde om de andere tuniek die hij bij zich had aan te doen, vertoonde zweepslagen, striemen die nog bloedden, al was het bloed hier en daar al opgedroogd. Hij trok een bruine, op een lange zak lijkende tuniek over zijn hoofd en bijna gilde ze het weer uit, want dat was de kleding van het Rotsvolk. Hij ging voor haar staan terwijl hij zijn kledingstuk met dezelfde bruine stof om zich heen snoerde, en keek aandachtig naar haar en naar het jongetje, dat net op dit moment zijn hoofd oprichtte en bij het zien van de man die daar stond opnieuw luid begon te jammeren, net zoals hun hond naar de maan huilde. Ze legde weer haar hand over zijn mond – niet de hand waarin hij had gebeten, want die bloedde – maar ze liet hem eroverheen kijken. 'Het is niet dezelfde man,' zei ze. 'Het is zijn broer. Het is niet de boze man.'

Maar ze voelde het kind schokkend trillen, en ze was bang dat hij een toeval zou krijgen of zelfs dood zou gaan. Ze trok zijn hoofd opzij, naar achteren tegen zich aan en sloeg beide armen eromheen.

Dagenlang, ze wist niet hoe lang, hadden de twee kinderen in een kamer in

hun eigen huis gezeten terwijl die andere man, die op deze man leek, hen onder-
vroeg. Die andere man, de boze man, en anderen in de kamer, mannen en vrouwen, droegen de lange zwarte tunieken met rood gecombineerd. De twee kinderen vormden het middelpunt van het tafereel. Alle vragen werden gesteld door
de boze man, wiens gezicht zelfs nu nog daar, achter haar ogen, leek te branden
zodat ze telkens moest knipperen om het beeld te verdringen en het gezicht van
deze man te zien die hen, zoals ze zag, goedgezind was. De boze man had telkens weer vragen gesteld over haar naaste familie, niet de Familie. Aanvankelijk
had ze geantwoord omdat ze niet had geweten dat ze vijanden waren, maar
daarna had de boze man een zweep gepakt en gezegd dat hij hen zou slaan als
ze geen antwoord gaven. Toen had één vrouw geprotesteerd, en daarna nog een,
maar hij had hen met een boze blik en een beweging van de zweep in hun richting tot zwijgen gebracht. Maar het probleem was dat ze het antwoord op de
vragen niet wist. Zij had de antwoorden moeten geven, omdat het jongetje ge-
gild had bij het zien van de zweep en zich aan haar had vastgeklampt, net als nu,
met zijn gezicht tegen haar aan. Deze slechte mensen, die zoals ze langzamerhand begon te begrijpen waarschijnlijk verre familieleden waren – ze meende
zich sommige gezichten te herinneren –, vroegen wie er bij hen thuis kwamen,
wie er sliepen, wat hun ouders met hen bespraken, wat hun plannen waren. Dat
wist ze allemaal niet. Zolang ze zich kon herinneren waren er mensen langsgekomen, en dan had je ook nog de bedienden, die net vrienden waren. Eén keer
was er tijdens de ondervraging enige verwarring en irritatie geweest toen ze als
antwoord op een vraag iets had gezegd over de man die aan het hoofd van de
huishouding stond, rechtstreeks onder haar moeder, maar de boze man had hem
helemaal niet bedoeld, en hij bukte zich en schreeuwde tegen haar, met zijn
gezicht (dat zo sterk leek op het gezicht waar ze nu naar keek) zo dicht bij haar
dat ze zijn zurige adem kon ruiken en de ader op zijn voorhoofd kon zien kloppen. Ze was zo bang dat ze even helemaal wegraakte en toen ze eindelijk weer
kon zien, zag ze de man vanuit de hoogte naar haar staan staren. Ze waren allemaal geschrokken en stil en hij ook. Daarna kon ze niet praten: haar tong was
stijf geworden en ze had ook erge dorst. Er stond een kruik water op tafel en ze
wees ernaar en vroeg beleefd, zoals ze had geleerd: water alstublieft. De boze
man keek verheugd omdat hij weer op een goed idee kwam. Hij begon water in
een beker te gieten en weer terug, zodat het water spetterde en haar hele droge
lichaam ernaar snakte, maar hij gaf haar niets. Zo ging het maar door: de zweep
die nu eens in de hand van de man lag en dan weer op tafel zodat ze hem kon
zien, het water waarmee werd gespetterd en dat de man langzaam uitschonk en
opdronk, slok voor slok, terwijl hij telkens weer vragen stelde waarop ze het
antwoord niet wist. Toen was er opeens een heleboel lawaai buiten: gepraat en
geschreeuw. De mensen in de kamer hadden een kreet geslaakt en elkaar aangekeken, en waren vervolgens snel de deur uit gerend naar de voorraadkamers, en

ze hadden de twee kinderen alleen achtergelaten. Ze had net het water willen pakken toen een grote groep mensen de kamer in was gerend. Eerst dacht ze dat het Rotsmensen waren, omdat ze van die bruine zakkerige dingen droegen, maar toen zag ze dat het niet zo was, dat ze van het Volk waren, haar mensen, omdat ze lang en mager waren, en leuk om te zien. Daarna waren zij en het jongetje opgetild en hadden ze te horen gekregen: stil, stil zijn, en ze hadden urenlang door de duisternis gereisd, terwijl de sterren zich boven hun hoofd voortbewogen. Vervolgens was ze in haar eentje deze kamer, de rotskamer in geduwd.

Nu zei ze tegen deze man: 'Ik heb zo'n dorst' en bij die woorden keek hij alsof hij wilde gaan lachen, zoals je lacht wanneer het onmogelijke wordt gevraagd. Ze wist precies wat hij dacht. Haar gedachten waren op dat moment zo helder, en later kon ze zich dat gezicht van hem, van de goede man, herinneren: vriendelijk, net als het gezicht van haar ouders, maar met zo'n glimlach van: o nee, dat kan niet, omdat alles zo gevaarlijk was en belangrijker dan water. Maar hier eindigde het gedeelte dat duidelijk was, het gedeelte dat ze zich kon herinneren.

'Wacht,' zei hij. En hij ging naar de plek waar de platte steen was teruggeschoven om de nacht vol vijanden buiten te sluiten, duwde hem door de groef en zei zachtjes iets, waarschijnlijk over water. Hoeveel mensen waren er daarbuiten? Hij kwam terug met een beker water. 'Wees voorzichtig,' zei hij, 'het is niet veel.' Nu rukte het jongetje zich los uit haar armen en begon met grote slokken snuivend van het water te drinken en toen... viel de beker, en wat er over was spetterde over de rotsvloer. Hij begon te jammeren en ze legde weer haar hand over zijn mond en trok zijn gezicht tegen zich aan. Ze had geen slok gehad, maar de man had het niet gemerkt. Dat kwam doordat hij zich net toen de jongen dronk, had omgedraaid om te kijken of de deursteen op zijn plaats zat. Haar mond brandde en haar ogen brandden, omdat ze wilde huilen maar geen tranen had, haar hele lichaam was zo droog dat het brandde van droogte. Nu hurkte de man voor haar neer en begon te praten. Dat was het gedeelte dat ze zich later, toen ze groter werd, jarenlang probeerde te herinneren, want ze wilde dolgraag weten wat hij haar had gezegd.

Het begin drong wel tot haar door. Ze wist toch wel, hè, dat het al een hele tijd slecht ging, dat alles achteruitging... dat wist ze vast wel. Ja, dat wist ze, haar ouders praatten erover en ze wist inderdaad, zoals deze man telkens weer zei, dat het weer aan het veranderen was. Het werd droger, maar niet geleidelijk aan: soms regende het normaal en soms helemaal niet of heel weinig, en er waren allerlei problemen met het Rotsvolk en er was een oorlog gaande tussen de diverse grote families en zelfs binnen de families, omdat zijn broer en hij, zoals ze kon zien, tot verschillende kampen behoorden en...

Het was net of haar broertje in slaap was gevallen, zo hing hij tegen haar aan. Ze wist dat hij niet sliep maar was flauwgevallen of zich in een soort bewusteloosheid had gestort omdat hij niet meer kon verdragen, en dat de paar slokken water voldoende waren geweest om hem tijdelijk tot rust te brengen, hoewel hij schokkend en trillend tegen haar aan hing, slap, met zwaar afhangende armen. Ze voelde dat ze ging vallen. Ze had dagenlang zo gestaan, daarginds, bij haar thuis, waar het kind zich aan haar had vastgeklampt en had gebeefd en gehuild, eerst hard en daarna geluidloos toen de boze man hem had geslagen om hem stil te laten zijn. Nu lag hij nog steeds zo tegen haar aan en staarde zij over zijn hoofd heen in het gezicht van de man, dat zo dichtbij was dat ze kon zien dat het mager en benig was omdat hij honger had, en vol pijn omdat hij waarschijnlijk last had van zijn rug. Hij praatte snel en keek haar recht aan. Zijn mond bewoog en ze kon haar ogen er niet van afhouden: het was net alsof ieder woord door zijn mond werd gerold en met moeite werd geuit… Hij was moe, hij was zo moe dat het hem moeite kostte om te praten, om het allemaal uit te leggen. Het ging over zijn broer, Garth, de boze man, en zijn vrienden. Het ging over haar ouders die ver weg waren gegaan omdat de slechte mensen hen wilden doden. En ze moest goed op het jongetje passen… Ze dacht dat ze zou vallen. Ze probeerde iets te zeggen, maar haar mond zat dichtgekleefd, plakte alleen maar, en ze keek naar het gezicht van deze man, de man die bezig was haar en haar broertje te redden – dat besefte ze wel –, en ze zag grijzig schuim op zijn lippen. Daarom had hij moeite met praten. Hij had dorst, net als zij. Nu greep hij haar bij de schouders, keek haar gespannen aan en verlangde een antwoord, maar hij maakte haar niet bang, zoals die ander, en wilde alleen een soort bevestiging van haar dat ze het had begrepen, maar dat had ze niet, ze dacht aan water. Het was net of ze overal water hoorde, dat op het dak van rotsblokken spetterde en op de rotsen buiten, maar ze wist dat ze het zich verbeeldde, en opeens zag ze aan het donkere, uitgeputte gezicht zo dicht bij het hare dat hij het had begrepen. En ze slaagde erin een hand op te tillen en op haar mond te wijzen. Hij zocht naar de beker en zag die op zijn kant op de grond liggen en hij zag de vlek van gemorst water. Hij pakte de beker, stond langzaam op, liep langzaam naar de deur omdat hij stijf was door de verwondingen op zijn rug, duwde tegen de deur en zei iets terwijl hij met een hand tegen de muur steunde. Hij moest lang wachten. Toen werd de beker weer aangereikt. Hij bracht hem haar. De beker was maar halfvol. Ze bedacht dat ze niet net zoals haar broertje gulzig en met grote slokken moest drinken, maar als vanzelf boog ze haar hoofd haastig en gretig naar de beker. Ze morste niets, geen druppel, en terwijl ze de kostbare slokken nam, zag ze de mond naast haar bewegen, terwijl zijn ogen gespannen keken hoe ze slikte. Hij had dorst, snakte naar water, maar had haar die slokken gegund. En nu pakte hij de beker van haar aan, stopte hem in zijn hemd, ter hoogte van de gordel, hield haar met grote, sterke handen vast, nam haar, met haar broertje in zijn armen en hield hen een paar tellen vast. Ze zou nooit vergeten hoe ze zich toen voelde, beschermd, veilig, en ze wilde nooit meer uit die vriendelijke armen vandaan. Toen liet hij haar zachtjes los en terwijl hij weer voor haar hurkte, vroeg hij: 'Hoe heet je?' En toen ze het hem zei, zag ze de vermoeidheid en de teleurstelling over zijn gezicht glijden zodat ze hem wilde vastpakken en zeggen: het spijt me, het spijt me zo – maar ze wist niet wat haar zo speet. Hij bracht zijn gezicht vlak bij haar, zodat ze een netwerk van rode adertjes in zijn ogen en het vuil in de poriën van zijn gezicht zag, en hij zei: 'Mara. Ik heb je toch gezegd: Mara. Ik heb het net nog tegen je gezegd.' Nu wist ze het opeens weer, ja, het was een van de dingen die hij haar had verteld toen ze niet kon luisteren. Hij had haar verteld dat ze haar naam, haar echte naam, moest vergeten en dat ze nu Mara heette. 'Mara,' zei ze gehoorzaam na, met het gevoel dat de klanken niets met haar te maken hadden. 'Nog eens,' zei hij streng, en ze wist dat hij niet geloofde dat ze het kon onthouden omdat dat tot nu toe niet gelukt was. 'Mara. Ik heet Mara.' 'Goed zo. En dit kind…?' Maar ze kon zich niet herinneren wat hij had gezegd. Hij zag aan haar wanhopige gezicht dat ze het niet wist. 'Hij heet nu Dann. Hij moet zijn naam vergeten.' En hij liep heel stijf en langzaam naar de deur. Daar draaide hij zich om en keek haar aandachtig aan. 'Mara, ik heet Mara,' zei ze. Hij ging naar buiten en dit keer werd de stenen deur niet teruggeschoven. Buiten zag ze de nachtelijke duisternis en donkere gestalten. Nu liet ze haar broertje los en hij werd wakker. 'Dat was een goede man,' zei ze tegen hem. 'Hij is onze vriend. Hij helpt ons. De man van wie je bang bent is de slechte man. Begrijp je? Ze zijn broers.' Hij staarde haar aan in een poging om het te begrijpen. Zij was langer, omdat hij drie jaar jonger was. Hij was vier, haar kleine broertje dat ze vanaf zijn geboorte had beschermd en verzorgd. Ze zei het allemaal nog eens. Deze man was goed. Die andere was slecht. En zij heette nu Mara en hij moest haar echte naam vergeten. En hij heette… even paniek: was ze het vergeten? Nee. 'Jij heet Dann.' 'Nietwaar, zo heet ik niet.' 'Jawel. Je moet je echte naam vergeten. Die is gevaarlijk.' Haar stem trilde, ze hoorde hem overslaan, en het jongetje stak zijn hand op om haar gezicht te strelen. Dat maakte dat ze hard wilde gaan huilen omdat ze voelde dat ze hem weer terug had, haar lieve kleine broertje, na een afschuwelijke periode waarin ze een soort wisselkind aan haar zijde had gehad. Ze wist niet of hij het had begrepen, maar nu zei hij: 'Arme Mara.' Ze trok hem tegen zich aan en kuste hem, en ze klampten zich nog steeds huilend aan elkaar vast toen twee mensen binnenkwamen die als Rotsmensen gekleed gingen maar geen Rotsmensen waren. Ze hadden bruine tunieken opgerold onder hun arm en pakten er twee: een voor haar en een voor Dann. Het gaf een akelig gevoel toen de gladde, dunne tuniek over haar hoofd gleed en het jongetje zei: 'Moet ik dit aan?'

'Vlug, we moeten opschieten,' zei de man nu en hij duwde hen snel naar buiten. De kaars bleef branden; toen hem dat te binnen schoot, pakte hij hem op en hield hem omhoog terwijl hij de kamer rondkeek om te zien of er niets was achtergebleven.

Het meisje, dat nu Mara heette, keek ook even om want ze wilde zich die kamer kunnen herinneren, zoveel mogelijk tenminste, omdat ze zich al zorgen maakte over wat ze aan het vergeten was.

Wat het jongetje betreft, hij zou zich later alleen herinneren hoe warm en veilig het lichaam van zijn zusje was waar hij zich tegenaan drukte. 'Gaan we nu naar huis?' vroeg hij, en zij dacht: natuurlijk. Want ze dacht de hele tijd al: we gaan naar huis en dan zijn de slechte mensen weg en dan... Maar die man had haar verteld, ja, hij had haar verteld – terwijl hij almaar pratend voor haar hurkte en ze niet had kunnen luisteren omdat ze zo graag iets wilde drinken – dat ze niet naar huis gingen. Voor het eerst begreep het kleine meisje echt dat ze niet teruggingen naar huis. Buiten in het donker keek ze omhoog om te zien hoe de sterren waren verschoven. Haar vader had haar geleerd hoe ze moest kijken. Ze probeerde de sterren te vinden die De Zeven Vrienden heetten. En het waren haar vrienden, haar sterren. Ze had tegen haar vader gezegd: 'Maar het zijn er acht... nee, negen,' en hij had haar zijn kleine sterretje genoemd. Waar was haar vader? Haar moeder? Ze wilde net de lange man die met de kleren binnen was gekomen aan zijn mouw trekken en het hem vragen, toen ze begreep dat het haar was verteld en dat ze het niet goed had gehoord. Ze durfde het niet nog eens te vragen. Ze zag vier mensen weggaan, stilletjes, snel, nauwelijks zichtbaar in de bruine kleren. Er bleven er twee over: de man en een vrouw. Ze hoorde aan de manier waarop ze ademhaalden, te luidruchtig, dat ze moe waren en wilden rusten en slapen – ja, slapen... En net toen ze staande in slaap viel, voelde ze hoe ze wakker werd geschud en op haar beurt schudde ze haar broertje wakker, dat slap en zwaar was in haar handen. 'Kun je lopen?' vroeg de vrouw. 'Goed zo,' zei de man toen ze aarzelde. 'Kom dan maar,' zei hij. Om hen heen stonden nog meer rotshuizen. Terwijl ze er snel langs werd geleid, zag ze dat ze allemaal leegstonden. Waarom was het dorp verlaten? Hoe konden zij, leden van het Volk, gewoon een rotshuis binnengaan en zonder bewakers door een rotsdorp lopen?

'Waar zijn ze?' fluisterde ze met een blik omhoog naar de vrouw, en ze hoorde haar fluisterend antwoorden: 'Ze zijn allemaal naar het noorden gegaan.'

Al snel bleven ze staan. Hoog boven haar in de lucht zag ze de kop van een karrenvogel schuin omlaag kijken om te zien wie zij waren. Ze was doodsbang van deze grote vogels met hun scherpe snavels en grote poten en klauwen, waarmee ze iemand aan stukken konden scheuren. Maar de vogel werd voor een kar gespannen en zij moest in die kar klimmen. De kar werd op de velden gebruikt, een breekbaar geval dat rammelde en alleen geschikt was voor lichte vrachten. Het lukte haar niet om erin te klimmen en ze werd erin getild, en opeens zat Dann naast haar en de hele kar kraakte en leek in de aarde te willen zakken toen de twee grote mensen instapten. De karrenvogel stond te wachten. De slaaf die voor de karrenvogel zorgde, de karrenvogelman, zat altijd pal achter de vogel om hem te laten lopen en stilstaan door middel van een fluitsignaal dat ze hen vaak had horen geven. De man en de vrouw wilden dat de kar ging rijden en zeiden telkens 'Vooruit, vooruit,' maar de vogel bewoog niet. 'Hij heeft een fluitsignaal nodig,' fluisterde Mara. 'Wat voor fluitsignaal?' 'Zoiets.' Het was niet Mara's bedoeling geweest om de vogel met haar korte hoge gefluit in beweging te brengen, maar dat gebeurde wel. De kar schoot vooruit, en de grote poten van de karrenvogel ploften in het stof en vlogen omhoog zodat het stof naar achteren dwarrelde over hen heen. Waar gingen ze met zijn allen naar toe? Mara was bang dat deze twee mensen die hen probeerden te helpen het niet wisten, maar ze zeiden tegen elkaar, luidkeels, vanwege al het lawaai: 'Daar is de grote heuvel,' 'dat is de zwarte rots waar ze het over hadden,' 'dat is volgens mij de dode boom.' Moesten ze niet stil zijn vanwege vijanden? Iedereen kon de kar horen rammelen hoewel de wielen stil door het stof wentelden. Het jongetje huilde. Ze wist dat hij misselijk was omdat ze dat zelf ook was. Toen viel Mara in slaap en telkens als ze wakker werd, zag ze de grote kop van de karrenvogel schokkend voortbewegen met op de achtergrond de sterren... En opeens stond de kar stil. De karrenvogel was blijven staan omdat hij moe was. Hij viel op zijn knieën, met zijn bek open, probeerde op te staan, maar slaagde daar niet in en viel weer in het stof.

'We zijn er toch al,' zei de man tegen de kinderen. De twee grote mensen tilden de kinderen uit de kar en trokken hen al bij de kar weg toen Mara zei: 'Wacht, de karrenvogel.' En omdat ze zag dat deze mensen niet veel verstand hadden van karrenvogels, zei ze: 'Als de vogel aan de kar vastgebonden blijft en niet kan bewegen, gaat hij dood.'

'Ze heeft gelijk,' zei de man, en de vrouw zei: 'Fijn dat je ons dat vertelt.'

Ze liepen nu met zijn tweeën naar de plek waar het touw van de kar aan het tuig van de vogel was gebonden, maar ze wisten niet hoe ze het moesten losmaken. De man pakte een mes en sneed alle riemen door. De vogel kwam wankelend overeind en liep naar de rand van het pad, waar hij weer neerviel en bleef zitten, zijn kop schudde en zijn snavel telkens open en dicht deed. Hij had zo'n dorst: Mara voelde de droogte van zijn bek in haar eigen mond.

Nu liepen ze over een pad, zo'n pad als het Rotsvolk gebruikte: niet breed en recht, zoals een echte weg, maar kriskras langs bosjes en door het gras kronkelend en rond rotsige plekken slingerend. Het voelde zacht aan onder je voeten, dit pad: het was enkel stof. Af en toe moest ze oppassen dat ze niet viel, omdat ze door de stofwolken liep te sloffen en ze haar broertje moest voorttrekken. De vrouw zei iets, en de man kwam terug. Hij tilde het kind op, dat begon te jammeren, maar het hield net op tijd op om niet weer een hand over zijn mond te krijgen. Ze probeerden zachtjes te praten, maar het kleine meisje dacht: we halen zo luidruchtig adem dat iedereen die in de buurt is het kan horen en we zijn allemaal te moe om voorzichtig te lopen. Af en toe viel ze tijdens het lopen in slaap en ze kwam weer bij haar positieven als de vrouw aan haar hand trok. Nu het licht was, kon Mara haar gezicht zien: het was een aardig gezicht, maar zo moe, en om de mond zat het grijzige schuim van de dorst. Het licht was nog grauw, en over het uitgestrekte land kwam uit de rood kleurende hemel de koude adem die aangeeft dat de zon weldra opkomt. Net als met het groepje sterren was ze goede maatjes met deze ochtendkou, en ze kende haar goed, want thuis vond ze het altijd fijn om voor alle anderen wakker te worden en bij het raam te staan wachten tot ze de zachte koelte op haar gezicht voelde, en dan naar buiten te kijken en te zien hoe de wereld licht werd en de hemel gevuld werd met zonneschijn.

Dann sliep op de schouder van de man, die hem droeg en bijna wankelde onder het gewicht. Toch was Dann niet zwaar, ze droeg hem vaak. Nu was het helemaal licht. Overal om hen heen strekte zich dit weidse, vlakke land uit dat bedekt was met gras: geel, verdord gras waar ze makkelijk overheen kon kijken. Geen bomen. Hier en daar lage, rotsige heuvels, maar geen enkele boom. Het kind zag dat de vrouw van wie ze de hand stevig vasthield, onder het lopen in slaap sukkelde, en wanneer dat gebeurde, werd de grote, droge hand slap en moest het kind hem grijpen en stevig vasthouden. Ze voelde dat ze ieder moment kon gaan huilen, ze moest huilen, ze was zo ongelukkig en bang, maar ze had geen tranen.

Ze liepen vanaf een richel naar beneden en kijk, daar stonden bomen, een hele rij, en er hing een geur die Mara kende, de geur van water. Ze schreeuwde het uit en alle vier renden ze op die geur af... Ze stonden aan de rand van een grote kuil, een van een reeks grote kuilen, en op de bodem van deze kuil stond wat modderig water. Daarin spartelde wat heen en weer. Vissen waren aan het sterven in dat water, dat ze nog nauwelijks bedekte, en er steeg een sterke geur op, van dode dingen. Het viertal sprong van de brokkelige rand van de kuil in de verdroogde modder rond het water. Maar het was helemaal geen water: het was dikke modder en ze konden het niet drinken. Ze stonden daar, omlaag te kijken naar de donkere modder waarin vissen en een schildpad worstelden, en opeens was er een nieuw geluid, een gerommel, een gedonder, een geraas, en het geurde sterk naar water... De vrouw tilde haar snel op en de man pakte Dann en ze stonden alle vier boven aan de rand van de grote kuil en renden vervolgens struikelend weg, zo snel als ze konden, en Mara vroeg met stokkende adem hijgend: 'Waarom, waarom, waarom?' en ze kwamen bij een van de lage rotsige heuvels en klommen een stukje omhoog en keken om... Het kleine meisje dacht dat ze de aarde zag bewegen in de richting van de plek waar de kuilen waren, een snelle bruine stroom, een bruine vloed, en ze roken water en de vrouw zei: 'Het is niet erg, het is een vloedgolf.' En de man zei: 'In het noorden is er waarschijnlijk een wolkbreuk geweest.' Niet langer moe, helemaal tintelend van angst omdat de overstroming zo dichtbij was, zag Mara alleen maar de blauwe lucht, zonder ook maar een wolkje, dus hoe kon er nu een wolkbreuk zijn geweest? Het bruine water had hen nu ingehaald en klotste en kolkte verder, maar een grote golf verspreidde zich en had het heuveltje al bereikt. Dann begon in de armen van de man te worstelen en te brullen om naar het water te kunnen, en een ogenblik later stonden ze alle vier in het water, plensden het over zich heen en dronken het, terwijl Dann er als een hondje doorheen rolde, lachte, slobberde en 'Water, water' riep. Daarna ging Mara erin zitten met het gevoel alsof haar hele lichaam het water opnam, en ze zag de twee volwassenen hurken om te drinken en het water over zich heen te plenzen, maar het water kwam niet eens tot hun knieën. Bij haar kwam het tot haar schouders en het was nog aan het stijgen. Toen gingen de twee volwassenen opeens rechtop staan, ze keken in de richting waar de vloedgolf vandaan was gekomen en praatten snel en angstig tegen elkaar met woorden die Mara niet kende. Dat water schaars was en dat iedereen steeds zuinig moest zijn wist ze, en ze kon zich niet herinneren dat het ooit anders was geweest. Maar ze had nog nooit van vloedgolven gehoord en van dammen, wolkbreuken en overstromingen. En toen voelde ze dat ze weer werd opgepakt en ze zag dat de man Dann uit het water tilde, en ze waren halverwege de heuvel toen er weer een geraas klonk en er een tweede bruine vloedgolf aan kwam denderen. Maar nu klonk er niet alleen geraas: er klonk ook geknal en kraken en gerommel en brullen en blaten, want in deze vloedgolf zaten allerlei beesten en sommige had ze nog nooit eerder gezien, behalve op schilderingen die thuis op de muren waren aangebracht. Sommige werden door de golven naar één kant van de hoofdstroom geslingerd en toen ze merkten dat ze vaste grond onder hun voeten hadden, klommen ze uit het water en zochten ze hoger terrein op. De grote dieren konden zich aardig redden, maar de kleinere werden gillend en piepend meegesleurd. Mara zag een beestje – net zoiets als Shera, haar troeteldiertje thuis, dat in haar bed sliep en haar kameraadje was – langskomen op een boom waarvan de takken vol zaten met allerlei kleine dieren. Nu huilde Mara om de arme dieren, maar tegelijkertijd kwamen andere dieren vanaf de hogere gronden naar het water rennen, recht de vloedgolf in, om daar te gaan staan drinken en drinken en erin te rollen, net zoals zij vieren hadden gedaan, want ze hadden zo'n dorst. Mara zag de karrenvogel uit het gras komen wankelen, met zijn poten ver uiteen omdat hij zo zwak was, en toen hij bij de rand van het water kwam, zakte hij gewoonweg in elkaar en dronk zittend, terwijl het water steeg, zodat zijn nek algauw als een stok of een slang uit de bruine golven omhoogstak. Het water steeg nu snel rond de heuvel waar zij zich op bevonden. Waar ze zo-even nog hadden gespetterd en gerold, was het zo diep dat een groot paard, zoals haar ouders bereden, er tot boven aan zijn benen in stond. En toen kwam er weer een golf uit de hoofdstroom en het paard deed een stap en begon te zwemmen. Daarna stond de karrenvogel op, en nu hij helemaal nat was en zijn toefjes witte en zwarte veren plat en dun waren, kon je zien dat hij broodmager was. Mara wist dat er overal dieren doodgingen vanwege de droogte, en toen ze de karrenvogel zag, die zo dun en zwak was, begreep ze het. Ze had een groot boek, met plaatjes van dieren erin geplakt, en sommige had ze nog nooit gezien, maar hier stonden ze allemaal te drinken, overal langs het water. Nu zag ze een grote boom die rollend en deinend langsschoot, met dieren erop, en terwijl ze keek, zag ze hem omhoogkomen en omslaan… en toen hij weer terugrolde, waren de dieren verdwenen. Mara huilde, de zachte vacht van haar troeteldier in haar handpalmen voelend, en ze vroeg zich af of iemand voor Shera zorgde. En voor het eerst bedacht ze dat zij, het Volk, snel uit hun huizen waren weggegaan, waren gevlucht, maar wat was er met hun huisdieren gebeurd, met de hond en met Shera? Intussen waren boven haar hoofd de man en de vrouw op zachte, bange toon aan het praten. Ze waren het niet met elkaar eens. De man won, en snel werden Dann en zij weer opgetild en liepen de grote mensen door het water, dat nu bijna tot hun schouders reikte zodat de kinderen tot hun middel nat werden, en ze waadden zo snel mogelijk naar een andere, veel hogere en minder rotsige heuvel niet ver daarvandaan. Maar het leek heel ver, terwijl het water om hen heen steeg. Ze struikelden over de onzichtbare pollen gras en de man viel zelfs een keer, waarbij Dann uit zijn armen rolde en in het water verdween terwijl Mara gilde. Maar de man kwam overeind uit het water, haalde Dann eruit en toen een geraas van achter hen aangaf dat er weer een grote golf aankwam, probeerde hij te rennen en hij rende ook echt, met grote, plonzende sprongen, die makkelijker gingen naarmate het water ondieper werd. En net toen een nieuwe golf tegen hen opsloeg en ze kopje onder gingen, kwamen ze allemaal bij die andere heuvel aan en daarna stonden ze op de helling, samen met allerlei dieren die zich omhoog sleepten, stromend van het water, half verdronken, hun open bek vol water.

De kinderen werden tot bijna boven op de heuvel gedragen, die veel hoger was dan de heuvel waar ze vandaan kwamen. Toen ze omkeken, zagen ze dat het water al halverwege de helling kwam, voorbij het punt waar ze hadden gestaan, en de dieren daar stonden zo dicht op elkaar dat hun horens en slurven precies leken op het dode bosje vlak bij huis, waarvan de takken omhoogstaken. Nu stond bijna alles onder water: er was alleen nog maar water te zien, bruin, klotsend, stromend water, en alle heuvels zaten vol beesten. Vlak bij de plek waar de vier mensen stonden, de kinderen zich stijf vastklemmend aan de benen van hun redders, lag een grote platte steen die bedekt was met slangen. Mara had ze nog nooit levend gezien, hoewel ze wist dat er nog een paar over waren. Ze lagen uitgestrekt of opgerold, bijna roerloos, alsof ze dood waren, maar ze waren moe. Er zwommen nog meer slangen door de golven naar de heuvel toe en als ze bij het droge kwamen, gleden ze uit het water en bleven daar heel stil liggen.

'Wat een wolkbreuk,' zei de vrouw, en boven hen was de hemel blauw en wolkeloos, en de zon scheen op de vloedgolf. 'Ik heb eens een rivier zo aan zien komen, maar dat is dertig jaar geleden,' zei de man. 'Ik was toen ongeveer zo oud als deze kinderen nu. Het was in het noorden. De grote dam in de heuvels brak – die werd niet onderhouden.' 'Dit is geen dam,' zei de vrouw. 'Geen enkele dam zou zo veel water kunnen houden.' 'Nee,' zei hij. 'Ik zou zeggen dat de vlakte boven de Oude Kloof overstroomd is en dat het water door de kloof naar beneden is geperst tot hier aan toe.' 'Jammer dat we al dit water, dat nu overstroomt en verspild wordt, niet kunnen opvangen.'

Intussen had Dann in een platte rots een holte gevonden waar het water in sijpelde, en hij zat daar in het water. Maar hij was niet alleen: hagedissen en slangen hielden hem gezelschap.

'Dann,' schreeuwde Mara. Het kind reageerde niet. Hij aaide een grote, dikke, grijze slang die naast hem in het water lag, en kraaide van plezier. 'Hou daarmee op, dat is gevaarlijk,' zei Mara, terwijl ze opkeek naar de vrouw zodat die Dann kon laten ophouden, maar zij hoorde het niet. Ze staarde naar wat Mara wist dat het noorden was, en daar kwam weer een muur van water aan. Hij was niet zo hoog als de andere maar hoog genoeg om stenen en dode dieren, van die grote met slurven en grote oren en slagtanden, voor zich uit te duwen.

'We kunnen ons niet permitteren om nog meer dieren te verliezen,' zei de man. En de vrouw zei: 'Ik denk dat het niet zoveel uitmaakt als er nog een paar doodgaan.'

Ze praatten heel hard om boven het geluid van het water en van de dreunende rotsblokken en stenen, en het geschreeuw van de dieren uit te komen.

Op dat ogenblik kwam Dann overeind uit zijn poel terwijl hij een grote, groene slang die om zijn arm was gaan zitten loswikkelde, en hij klom naar hen toe, heel voorzichtig, om niet op een slang te stappen of op een dier dat te uitgeput was om hem uit de weg te gaan. Hij ging voor de twee volwassenen staan en zei: 'Ik heb honger. Ik heb zo'n honger.' En nu besefte Mara dat ze al een hele tijd honger had. Hoe lang was het geleden dat ze hadden gegeten? De slechte mensen hadden hun niets te eten gegeven. Daarvoor… Mara's geest zat vol scherpe beeldjes die ze aan elkaar probeerde te passen: haar ouders die zich vooroverbogen en zeiden: 'Wees dapper, wees dapper en pas op je broertje'; de grote man met zijn donkere, boze gezicht; daarvoor: de rustige alledaagsheid van hun huis voordat al die afschuwelijke gebeurtenissen begonnen. Ze kon zich niet herinneren dat ze at: eten was al een hele tijd schaars maar er was wel iets te eten geweest. Nu keek ze aandachtig naar Dann en dat had ze dagenlang niet gedaan omdat ze zo'n dorst had gehad en zo bang was geweest, en ze zag dat zijn gezicht mager en gelig was, hoewel hij meestal een mollig, stralend kindje was. Zo had ze hem nog nooit gezien. En ze zag nog iets: zijn tuniek, dat bruine, zakkerige ding van het Rotsvolk, was helemaal droog. Het water was er vanaf gelopen toen hij uit de rotspoel was geklommen. Haar tuniek was ook droog. Ze vond het spul akelig dun, doods en glad aanvoelen, maar het werd wel snel droog.

'We hebben niet veel te eten,' zei de man, 'en als we eten wat we hebben, vinden we verder misschien niets meer.'

'Ik heb zo'n honger,' fluisterde Mara.

De man en de vrouw keken elkaar bezorgd aan.

'Het is niet meer zo ver,' zei hij.

'Maar al dat water.'

'Dat zal wel snel zakken.'

'Ver? Waarnaar toe?' vroeg Mara, aan de bruine gladheid van de tuniek van de vrouw trekkend. 'Naar huis? Zijn we bijna thuis?' Terwijl ze het zei, zonk de moed haar in de schoenen, want ze wist dat het onzin was: ze gingen niet naar huis. De vrouw hurkte neer, zodat haar gezicht op dezelfde hoogte als het hare was, en de man deed hetzelfde bij de jongen. 'Je hebt het nu toch zo langzamerhand wel begrepen?' zei de vrouw. Haar grote gezicht, een en al beenderen en holtes, met ogen die tussen de beenderen brandden, leek wanhopig van verdriet. De man hield Danns armen vast en zei: 'Je moet hiermee ophouden, echt.' Maar het jongetje had niets gezegd. Hij huilde: er vielen echte tranen op zijn arme wangetjes, nu hij genoeg had gedronken om echt te kunnen huilen.

'Wat heeft Heer Gorda jullie verteld? Hij heeft het jullie toch verteld?'

Mara knikte, ongelukkig, met een brok in haar keel.

'Nou dan,' zei de vrouw, terwijl ze overeind kwam. De man stond ook op, en de twee stonden elkaar aan te kijken, en Mara zag dat ze niet wisten wat ze moesten doen of zeggen. 'Het is te veel voor hen om te bevatten,' zei de vrouw, en de man zei: 'Dat is niet zo verwonderlijk.'

'Maar ze moeten het begrijpen.'

'Ik begrijp het echt wel,' zei Mara.

'Goed zo,' zei de vrouw. 'Wat is het belangrijkste?'

Het meisje dacht na en zei: 'Ik heet Mara.'

En daarna vroeg de man aan het jongetje: 'Hoe heet je?'

'Dann,' zei Mara snel, voor het geval hij het vergeten was; en hij was het ook vergeten, want hij zei: 'Zo heet ik niet. Ik heet geen Dann.'

'Het is een zaak van leven en dood,' zei de man. 'Dat moet je onthouden.'

'Het zou beter zijn als je zou proberen om je echte naam te vergeten,' zei de vrouw. En Mara bedacht dat ze dat makkelijk zou kunnen, want die naam hoorde bij haar andere leven, waarin mensen aardig en vriendelijk waren, en ze niet de hele tijd dorst had.

'Ik heb honger,' zei Dann weer.

De twee volwassenen keken of er geen slang op de rots achter hen zat. Er zaten een paar hagedissen en wat schorpioenen, die er niet uitzagen alsof het water ze had ontmoedigd. Ze waren waarschijnlijk uit de spleten in de rots gekropen om te zien waar al dat rumoer om was. De man pakte een stok en bewoog die zachtjes naar de schorpioenen en hagedissen, en ze verdwenen in de rotsen.

Met zijn vieren gingen ze op de rots zitten. De vrouw had een grote tas om haar middel gebonden. Er was water in gekomen, maar het eten daarbinnen was zo goed in rolletjes bladeren gepakt dat het bijna droog was, het was maar een klein beetje nat. Er zaten twee dikke plakken van iets wits in, en elke plak brak ze in tweeën zodat ze ieder een stuk hadden. Mara nam een hap en merkte dat ze haar mond vol had met smakeloos spul.

'Meer is er niet,' zei de vrouw.

Dann had zo'n honger dat hij grote happen nam, kauwde en slikte, en nog een hap nam. Mara deed hem na.

'Wat je niet opeet, moet je teruggeven,' zei de vrouw. Ze at niet, maar keek hoe de kinderen aten. 'Eet,' zei de man tegen haar. 'Je moet eten.' Maar hij had zelf ook heel weinig gegeten.

'Is het eten van het Rotsvolk?' vroeg Dann, tot verrassing van zijn zus, maar ook tot haar genoegen, want ze wist dat hij veel zag en onthield, om er later weer mee op de proppen te komen, zelfs als je zou denken dat hij te klein was om het te begrijpen.

'Ja, inderdaad,' zei de man, 'en je kunt maar beter leren om het lekker te vinden, want ik denk niet dat je veel anders zult krijgen... voorlopig niet tenminste.'

'Waarschijnlijk een hele poos niet,' zei de vrouw, 'zoals het nu loopt.'

De man en de vrouw stonden op en liepen naar voren, naar de uiterste rand van een rotsblok, om eens goed naar het water te kijken. Het stond nog steeds even hoog. En alle heuvels zaten vol, werkelijk tjokvol, met dieren die net als zij wachtten tot het water zou zakken. Helemaal in de diepte stroomde de enorme, bruine watervlakte langs, met erin nog steeds struiken waaraan kleine dieren zich vastklampten, en bomen waarin grote dieren zich in evenwicht hielden. Maar nu leek het net alsof het water minder onrustig en woelig was.

'Het is nu op zijn hoogst,' zei de vrouw.

'Als er niet meer komt,' zei de man.

De lucht was nog steeds strak en helderblauw, als een deksel over alles heen. De zon scheen warm en fel, en er kwamen geen nieuwe grote golven uit het noorden.

Dann was in slaap gevallen met een half opgegeten homp van het witte spul in zijn hand. De vrouw pakte die van hem af en stopte hem in haar tas. Ze ging zitten, haar ogen vielen dicht en haar hoofd viel voorover. De ogen van de man vielen dicht en hij zakte slapend op de grond.

'Maar we moeten wakker blijven, echt,' zei het kleine meisje smekend. 'Stel je voor dat de slechte mensen komen? Stel je voor dat een slang ons bijt?' En toen viel ze in slaap, maar later wist ze alleen dat ze had geslapen omdat ze overeind krabbelde en dacht: waar is mijn broertje? Waar zijn de anderen? En haar hoofd deed pijn omdat ze in de zon had gelegen, die gedraaid was en nu onderging, waarbij een roze gloed van de lucht in het water weerkaatste. Maar het water, dat alles had bedekt, was gezakt en was nu een rivier die door het midden van het dal stroomde. Dann was wakker en hield de hand van de vrouw vast, en ze stonden wat hoger, waar ze alles makkelijk konden overzien. De heuvel was nu omgeven door bruine modder en het gele gras begon net weer overeind te komen.

'Waar zullen we erdoorheen gaan?' vroeg de vrouw.

'Ik weet het niet, maar we moeten er wel doorheen,' zei de man.

Nu zaten de rotsen om hen heen niet meer vol dieren, want die zochten voorzichtig hun weg terug naar de hoge grond op de richel. Mara bedacht dat ze weldra allemaal weer dorst zouden krijgen. En daarna dacht ze: wij zullen ook dorst krijgen, en honger. Ze hadden de hele middag geslapen.

'Ik denk dat we het nu wel veilig kunnen proberen,' zei de man. 'Tussen de poelen met water zal wel vaste grond zijn.'

'Een beetje gevaarlijk.'

'Niet zo gevaarlijk als hier te blijven als ze ons achternakomen.'

De duisternis vulde de lucht. De sterren verschenen en er verrees een helder gele maan. De modder glansde, de pollen gras glansden en het snelle water dat nu een rivier was, glansde.

De man sprong van de rotsen af en langs de helling naar beneden, waar zijn voeten zuigende geluiden maakten in de modder toen hij een paar stappen deed. 'Eronder is het hard.'

Hij tilde Dann op, die slaperig en stil was, en zei tegen Mara: 'Lukt het?'

Toen Mara omlaag sprong, voelde ze een dikke laag modder onder haar voeten, maar daaronder iets hards. Het licht van de maan was zo helder dat het grote schaduwen vormde, van de rotsen en van de takken die in de modder staken, en trieste schaduwen van de verdronken dieren die overal lagen. Ze kwamen moeilijk vooruit in het lange gras maar ze gingen door, langs de heuvel waar ze eerst hadden gestaan en waar nu helemaal geen dieren zaten, en kwamen bij de oever van de rivier. De overkant leek heel ver weg. De man pakte een van de afgebroken takken, hield die bij de bladeren vast en stapte voorzichtig naar de rand van het water. Hij stak de tak erin en die verdween helemaal in de diepte. Hij liep zompend langs de oever, probeerde het opnieuw en de tak verdween weer. Hij probeerde het verderop, en dit keer verdween het hout maar tot ongeveer de hoogte van de knieën van de kinderen. 'Hier,' zei hij, en de vrouw tilde Mara op. De twee grote mensen stapten het bruine water in, dat golvend voorbijraasde, maar hier niet diep was. De man liep voorop met Dann, de tak bij iedere stap in het water stekend, en de vrouw liep met Mara pal achter hem. Stel je voor dat de vloedgolf er nu aan komt? dacht Mara, dan verdrinken we. En ze beefde van angst. Ze bevonden zich nu in het midden en alles glinsterde en schitterde door de maan, die iedere golf een gouden randje gaf. De modder aan de andere kant van het water vormde een groot, vlak, gelig licht. Ze liepen zo langzaam: een stap en dan weer stilstaan, terwijl de man in het water porde, en dan weer een stap en weer stilstaan. Er leek geen eind aan te komen, maar toen waren ze het water uit en liepen ze weer door de modder. Vlakbij stonden een paar bomen. Het water had tot vrij hoog tegen hun stammen gestaan, al stonden ze meestal wel aan de rand van een poel. Ze zagen er fris groen uit en dat kwam omdat ze hier stonden, niet ver bij het water vandaan, terwijl de bomen rond Mara's huis doodgingen of al dood waren. Er zaten donkere vlekken op de takken. Vogels. Die hadden hier tijdens de vloedgolf waarschijnlijk de hele tijd veilig gezeten.

Nu waren ze een heel eind bij het water vandaan. Mara voelde dat ze werd neergezet, waarna het hele lichaam van de vrouw omhoog leek te komen, van opluchting dat ze niet meer Mara's gewicht hoefde te torsen. En weer dacht Mara: ze is waarschijnlijk erg moe en ook zwak, want ik ben eigenlijk niet zo zwaar.

Ze liepen nu voorzichtig tussen de vuile, natte pollen gras door, bij het water vandaan. Ze kwamen bij de helling die het verste punt vormde dat ze vanaf de top van de grote heuvel waar ze op hadden gezeten hadden kunnen zien, en toen ze daaroverheen waren, stonden er voor hen bomen, vrij veel bomen. Dit kon dus niet in de buurt van hun huis zijn. Hoewel ze wist dat het niet waar kon zijn, had Mara even het dwaze idee gehad dat ze misschien weer naar huis gingen. Ze probeerde zich te herinneren of ze ooit zo veel bomen bij elkaar had gezien. Ze hadden nog blad, maar toen ze eronderdoor liepen, kon ze ruiken hoe droog ze waren. Deze dorstige bomen hadden waarschijnlijk aan al dat water staan denken dat net over de richel voorbijstroomde, maar ze hadden er niet naar toe gekund.

De man struikelde en viel doordat zijn voet achter een groot wit ding bleef haken. Het was een bot. Hij stond meteen weer overeind en zei tegen Dann, die weer was gevallen en jammerde: 'Niet huilen, sst, stil zijn.'

Voor hen uit was weer een rivier, vol snelstromend water, en de nattigheid was helemaal tot hier, tot aan de bomen gekomen, en had aarde van onder een helling weggeduwd zodat er een grot was gevormd, en in de grot lagen een heleboel witte stokken: botten. De man stak zijn tak tussen de botten en ze kletterden naar buiten.

'Besef je wat we hier zien?'

'Ja,' zei de vrouw, en ze was ondanks haar moeheid echt geïnteresseerd.

'Wat is het, wat is het?' vroeg Mara, aan de hand van de vrouw en daarna aan de hand van de man trekkend.

'Hier is een hele stapel botten van dieren uit de oudheid terechtgekomen en het water heeft ze blootgelegd, kijk.'

Mara zag slagtanden, zo lang en dik dat het wel bomen leken; ze zag enorme witte botten; ze zag kooien gemaakt van botten, maar ze wist dat het ribbenkasten waren. Ze had nooit gedacht dat iets zo groot zou kunnen zijn.

'Het zijn uitgestorven dieren,' zei de man. 'Ze zijn honderden jaren geleden verdwenen.'

'Waarom?'

'Dat was de laatste keer dat er een ernstige droogte heerste. Die duurde zo lang dat alle dieren doodgingen. De grote dieren. Twee keer zo groot als onze dieren.'

'Zou deze droogte net zo lang duren?'

'Laten we hopen van niet,' zei hij, 'anders sterven wij ook allemaal uit.' De vrouw lachte. Ze lachte echt. Maar Mara vond het niet grappig, het was vreselijk. 'We moeten al deze botten eigenlijk weer bedekken en markeren waar ze liggen, en als het dan weer beter gaat, kunnen we ze goed gaan bekijken.'

Hij geloofde dat het weer beter zou gaan, dacht Mara.

'Geen tijd voor,' zei de vrouw.

De man porde met zijn stok in de natte aarde. Die viel omlaag en er kletterden steeds meer botten met veel lawaai naar beneden.

'Waarom hier?' fluisterde Mara.

Waarschijnlijk zijn er met net zo'n overstroming als deze dode dieren hiernaar toe gespoeld en die hebben zich hier opgestapeld. Of misschien was het een kerkhof.

'Ik wist niet dat dieren kerkhoven hadden.'

'De grote dieren waren heel intelligent. Bijna net zo slim als mensen.'

'Dit is geen kerkhof,' zei de vrouw. 'Al die verschillende soorten bij elkaar? Nee, het was een overstroming. We hebben vandaag gezien hoe het moet zijn gebeurd.'

De man trok uit de massa botten een ribbenkast die zo groot was dat de ribben als een huis over hem heen zaten wanneer hij erin stond. De uiteinden van de ribben rustten op de natte aarde en zonken er door hun gewicht in weg. Het grote middenbeen, de ruggengraat, was bijna zo dik als het lichaam van de man. Als er niet een paar ribben vanaf waren gebroken waardoor er gaten in zaten, had de man het nooit naar voren kunnen trekken. Het zou te zwaar zijn geweest.

'Wat kan dat in 's hemelsnaam geweest zijn?' vroeg de vrouw, en hij antwoordde: 'Waarschijnlijk de voorvader van ons paard. Die beesten waren drie keer zo groot.' Hij bleef daar staan, met de gebroken ribben om hem heen gebogen, terwijl de maan daar vlakbij nog een schaduw-ribbenkast vormde met een vlek erin die zijn schaduw was.

'Vergeet niet waar deze plek is,' zei de vrouw tegen Mara. 'We zullen ons best doen om terug te komen, maar zoals de zaken er nu voor staan weet je maar nooit…' Ze onderbrak zichzelf omdat ze dacht dat ze Mara bang zou maken. Die dacht: dat wil zeggen dat ze niet weet hoe angstaanjagend al het andere is wat ze heeft gezegd. En hoe kon Mara onthouden waar de botten lagen, als ze niet wist waar ze naar toe ging?

'Kom,' zei de vrouw, 'we moeten opschieten.'

Maar de man wilde niet weg. Hij had graag nog wat verder gerommeld tussen die oude botten. Maar hij kwam tussen de ribben van het oude paard uit, tilde Dann op, en ze liepen verder terwijl Mara de hand van de vrouw stijf vasthield.

Al snel werd het droog onder hun voeten. Ze liepen weer door de droogte die Mara kende. Ze kon de zingende kevers tekeer horen gaan in de bomen. Ze voelde haar tuniek: droog. De modder op haar benen en voeten was droog. Ze zouden weldra allemaal weer dorst krijgen. Mara had al een beetje dorst. Ze dacht aan al het water dat ze hadden achtergelaten en verlangde ernaar. Haar huid voelde weer droog aan. De maan kreeg zijn late aanblik en kwam steeds lager te staan.

Het was warm. Alles ritselde van droogte: grassen, struiken, een zacht windje. Toen lag er voor hen uit een Rotsdorp, en de man zei tegen het jongetje: 'Geef geen kik,' en de vrouw zei heel zachtjes tegen Mara: 'Stil, stil,' en ze renden naar het dorp. Het was niet verlaten, zoals het andere dorp, want het voelde aan alsof er werd gewoond en vanuit een raam in een huis kwam licht, een klein vaag lichtje. Met een paar tellen waren ze bij dit huis en had de man de deur opzij geschoven en meteen kwam er een lange vrouw naar buiten. Ze legde haar hand op Mara's schouder en de drie grote mensen fluisterden boven Mara's hoofd, snel en heel zachtjes, zodat ze het niet kon horen. 'Dag Mara, dag Dann,' hoorde ze toen, en die twee mensen, die hen hadden gered – hen hadden gedragen, vastgehouden en te eten gegeven, hen veilig door al dat water hadden gebracht –, die renden toen voorovergebogen weg en waren meteen verdwenen tussen de bomen die te midden van de rotsen groeiden.

'Kom binnen,' zei deze andere vrouw fluisterend. Ze duwde de kinderen naar binnen, liep achter hen aan en trok de deur terug in zijn groef.

Ze bevonden zich in een kamer die leek op die andere rotskamer, maar deze was groter. In het midden stond een tafel die gemaakt was van blokken steen, net als die andere tafel. Eromheen stonden krukjes van hout. Aan de muur hing een lantaarn, zoals die in voorraadkamers of bediendevertrekken werden gebruikt en die op olie brandden.

Aan de muren hingen ook van die lampen die vanzelf uitgingen als het licht genoeg was en aangingen als het donker werd, en zachter of feller gingen branden naarmate het licht veranderde, maar deze bollen waren gebroken, net zoals de bollen thuis. Die slimme lampen werkten al een hele tijd niet meer.

'En nu,' zei de vrouw, 'allereerst, hoe heet je?'

'Mara,' zei het kind, zonder over het woord te struikelen.

Nu keek de vrouw naar het jongetje, dat zonder aarzelen zei: 'Ik heet Dann.'

'Goed zo,' zei ze. 'En ik heet Daima.'

'Mara, Dann en Daima,' zei Mara met een naar haar idee veelbetekenende glimlach naar Daima, die net zo terug glimlachte. 'Precies,' zei ze.

En nu, door de manier waarop Daima hen opnam, keek Mara eens goed naar zichzelf en naar haar broertje. Ze waren allebei bedekt met een laag stof van het laatste stuk lopen en hun benen zaten helemaal onder de korsten modder.

Daima ging naar de kamer ernaast en kwam terug met een wijd, ondiep bad, gemaakt van het metaal waarvan Mara wist dat het nooit afschilferde of brak of verboog. Dat bad werd op de grond gezet. Mara trok Dann het bruine, gladde kledingstuk uit, zette hem in het bad en begon water over hem heen te gieten. Hij stond daar half te slapen maar probeerde toch met zijn handen druppels water op te vangen.

'We hebben zo'n dorst,' zei Mara.

Daima schonk een halve beker water uit een grote kan, die dit keer van klei was, en gaf hem aan Mara zodat ze hem aan Dann kon geven. Mara hield de beker vast terwijl hij gulzig al het water opdronk. En toen Mara hem weer aan Daima teruggaf, bedacht ze dat er wel weer hetzelfde kon gebeuren als gisteren – gisteren?... het leek langgeleden – toen Dann al het water opdronk en het niet opviel dat zij niets had gedronken. Dus hield ze de beker vastberaden op en zei: 'Ik heb ook dorst.' 'Ik was jou niet vergeten,' zei Daima, glimlachend, en ze schonk een halve beker vol.

Mara was zo gewend dat je zorgvuldig met water om moest gaan dat ze niets hoefde te vragen. Toen Dann uit het bad stapte, trok Mara het bruine geval uit en ging in het vuil geworden water staan. Daima gaf haar de beker om water mee te gieten en Mara goot water over zichzelf heen, voorzichtig, want ze wist dat er naar haar gekeken werd om te zien hoe handig ze was, en ze was zich bewust van alles wat ze deed. Op dat moment, net toen ze wilde zeggen: ons haar zit vol stof, pakte Daima een doek waarmee ze energiek over Mara's haar ging boenen. Af en toe hield ze op om naar de doek te kijken, die bruin was en vol stof zat. Er werd nog een doek gebruikt om Danns haar mee af te vegen, dat even vuil was als dat van Mara. De twee stoffige doeken werden in het badwater gegooid om ze later te wassen.

De twee kinderen stonden daar naakt. Daima nam de tunieken die ze hadden uitgetrokken mee naar de deur, schoof die een stukje open, en schudde ze stevig uit. In het licht van de muurlamp dat in de duisternis scheen, kon ze stofwolken zien rondvliegen. Daima moest de tunieken een hele tijd uitschudden.

Toen gingen ze weer over de hoofden van Dann en Mara. Ze wist dat ze nu niet meer vuil waren. Ze wist veel over dat spul waar de tunieken van gemaakt waren: dat het geen water opnam, dat stof en vuil er alleen op bleven liggen en er niet introkken, dat het nooit gewassen hoefde te worden en dat het nooit sleet. Een tuniek of kledingstuk ging iemands leven lang mee en kon daarna gedragen worden door de kinderen en hun kinderen. Het spul brandde wel, maar zo langzaam dat er tijd genoeg zou zijn om het uit de vlammen te grissen voordat er zelfs maar schroeiplekken op zaten. Thuis hadden ze er kisten vol van, maar iedereen had een hekel aan die dingen, en ze werden dus niet gedragen, of alleen door de slaven.

Nu vroeg Daima: 'Hebben jullie honger?'

'Ja,' zei Mara. Het jongetje zei niets. Hij sliep bijna staande.

'Voordat jullie gaan slapen, moet je één ding goed onthouden,' zei Daima en ze bukte zich naar hen toe. 'Als iemand je iets vraagt, zijn jullie mijn kleinkinderen. Dann, jij bent mijn kleinzoon.' Maar hij sliep half, en Mara ving hem op en droeg hem naar de plek die Daima wees, naar een lage stenen bank met een kussen erop dat bekleed was met datzelfde gladde, bruine spul. Ze legde hem neer, maar dekte hem niet toe omdat het al zo warm was.

Op de rotstafel had Daima een bak neergezet met stukjes van het witte spul dat Mara gisteren had gegeten, maar nu zaten er groene bladeren en wat soep doorheen. Mara at het allemaal op, terwijl Daima toekeek.

Toen vroeg Mara: 'Mag ik een paar vragen stellen?'

'Vraag maar.'

'Hoe lang blijven we hier?' En terwijl ze het vroeg, wist ze al weer het antwoord.

'Jullie blijven hier gewoon.'

Mara was niet van plan om te gaan huilen.

'Waar zijn mijn vader en moeder?'

'Wat heeft Gorda je gezegd?'

'Ik had zo'n dorst toen hij me van alles vertelde,' zei Mara, 'dat ik niet kon luisteren.'

'Dat is heel jammer. Ik weet namelijk zelf niet zoveel. Ik had gehoopt dat jij het me zou kunnen vertellen.' Ze stond op en geeuwde. 'Ik heb de hele nacht niet geslapen. Ik dacht dat jullie eerder zouden komen.'

'Er was een overstroming.'

'Dat weet ik. Ik heb daar staan kijken hoe het langsstroomde.' Ze wees naar het raam, dat enkel een vierkant gat in de muur was, zonder iets ervoor om het af te dekken of te voorkomen dat mensen naar binnen keken. Het was licht buiten: de zon was op. Daima wees door het raam, langs een paar rotshuizen, naar een heuvelrug. 'Daar kwamen jullie vandaan. Achter die heuvelrug ligt de rivier. Niet de plek waar jullie zijn overgestoken, maar dezelfde rivier meer stroomopwaarts. En daarachter ligt een andere rivier, als je ze nu nog rivieren kunt noemen. Het zijn alleen nog maar poelen.' Daarna pakte ze Mara bij de schouders en draaide haar om, zodat ze met haar gezicht naar de kamer stond. 'Jullie huis is die kant op. Rustam ligt daar.'

'Hoe ver is dat hier vandaan?'

'Vroeger, per luchtscheerder, een halve dag. Te voet zes dagen.'

'We hebben een gedeelte van de weg met een karrenvogel afgelegd. Maar die werd moe en bleef staan.' Nu liepen Mara's ogen vol en terwijl ze begon te huilen zei ze: 'Ik denk dat hij nu wel dood zal zijn, hij was zo mager.'

'Ik denk dat jij moe bent. Ik ga je naar bed brengen.'

Daima nam Mara mee naar een binnenkamer. Die zag er net zo uit als de buitenkamer, maar dan zonder de grote tafel van rotsblokken in het midden en met banken van rotsblokken, drie stuks, die tegen de muur waren gemaakt. Hier was het dak niet van stro maar van dunne stukken steen.

Daima wees Mara welke richel ze kon gebruiken en het kleine rotskamertje dat het toilet was, en zei: 'Ik ga ook even liggen. Let er niet op als ik opsta.' En ze ging op een richel liggen waar kussens op lagen om hem zacht te maken, en maakte de indruk dat ze sliep.

Mara lag klaarwakker op haar rotsige richel die ondanks de kussens hard was. Om te beginnen maakte ze zich zorgen over Dann in de kamer ernaast. Stel je voor dat hij wakker werd en merkte dat hij alleen was in een vreemde omgeving? Ze wilde Daima wakker maken en dat tegen haar zeggen, maar ze durfde het niet. Een paar keer verliet ze die harde richel die een bed moest voorstellen en sloop ze naar de deur om te luisteren, maar toen stond Daima op en ging naar de kamer ernaast. Mara had alle tijd om haar eens goed te bekijken.

Daima was oud. Ze zag er net zo uit als Mara's grootmoeders en oudtantes. Ze had hetzelfde lange, glanzend zwarte haar dat over de hele lengte grijze strepen had, en er zaten dikke aderen op haar benen. Haar handen waren lang en knokig. Maar ze is een Persoon, dacht Mara opeens. Ze is iemand van het Volk, dus wat doet ze hier in een rotsdorp?

Nu wist Mara dat ze niet meer zou slapen. Ze ging overeind zitten en keek eens goed om zich heen. Een grote kaars op de grond gaf goed en rustig licht zodat ze bijna alles kon zien. Deze muren waren van grote rotsblokken gemaakt. Ze waren glad en er waren tekeningen op te zien, sommige in kleur. Deze muren leken niet op die in het andere rotshuis, die waren ruw geweest. Boven haar hoofd, op de grote stenen pilaren die de platte stenen van het dak omhooghielden, zaten ook tekeningen. Er waren richels van rotsblokken, en in de hoek een klein kamertje dat uitstak, met daartegenover een deur naar een binnenkamer, met gordijnen van het bruine, glibberige spul ervoor. Deze kamer had een raam, maar er zaten houten luiken voor, die niet goed dicht waren. Mensen konden naar binnen kijken als ze dat wilden. Buiten liepen nu mensen; Mara kon hen horen: ze liepen te praten.

Nu zat Mara recht overeind, met haar armen op haar knieën, en ze had nog nooit in haar leven zo nagedacht.

Thuis was er een spelletje dat alle ouders met hun kinderen speelden. Het heette Wat Heb Je Gezien? Mara was ongeveer zo oud als Dann toen ze op een avond voor het eerst naar haar vaders kamer werd geroepen, waar hij in zijn grote, bewerkte, kleurige stoel zat. Hij zei tegen haar: 'Nu gaan we een spelletje doen. Wat vond je vandaag het leukst?'

Eerst babbelde ze wat: 'Ik heb met mijn neef gespeeld... Ik ben met Shera in de tuin geweest... Ik heb een huis van stenen gemaakt.' Toen had hij gezegd:

'Vertel me eens over dat huis.' En zij zei: 'Ik heb een huis gemaakt van de stenen uit de rivierbedding.' En hij zei: 'Vertel me eens over de stenen.' En zij zei: 'Het waren bijna allemaal gladde stenen, maar sommige waren scherp en allemaal waren ze anders van vorm.' 'Vertel me eens hoe die stenen eruitzagen, wat voor kleur ze hadden, hoe ze aanvoelden.'

En tegen de tijd dat het spelletje was afgelopen, wist ze waarom sommige stenen glad waren en andere scherp, en waarom ze verschillend van kleur waren, sommige gebarsten, en andere zo klein dat ze bijna zand waren. Ze wist hoe rivieren stenen voortrolden en hoe sommige stenen van ver weg kwamen. Ze wist dat de rivier ooit twee keer zo breed was geweest als nu. Ze leek oneindig veel te weten en toch had haar vader haar nooit veel verteld, maar de hele tijd vragen gesteld om haar de antwoorden in zichzelf te laten ontdekken. Bijvoorbeeld: 'Waarom denk je dat sommige stenen glad en rond zijn en andere nog scherp?' En ze dacht na en antwoordde: 'Sommige hebben een tijd in het water gelegen waarbij ze tegen andere stenen wreven, en andere zijn net van grotere stenen afgebroken.' Iedere avond riep of haar vader of haar moeder haar naar binnen voor Wat Heb Je Gezien? Ze vond het heerlijk. Overdag, terwijl ze buiten speelde of met haar speelgoed, alleen of met andere kinderen, merkte ze dat ze dacht: let nu goed op wat je doet, zodat je hun vanavond kan vertellen wat je hebt gezien.

Ze had gedacht dat het spelletje niet veranderde, maar op een avond was ze erbij toen er voor het eerst aan haar broertje Wat Heb Je Gezien? werd gevraagd, en toen wist ze hoezeer het spel voor haar was veranderd. Want nu was het niet alleen: Wat heb je gezien? Maar: Waar dacht je aan? Waarom dacht je dat? Weet je zeker dat die gedachte waar is?

Toen ze, nog niet zo lang geleden, zeven werd, en het tijd werd voor school, zat ze in een kamer met ongeveer twintig kinderen – allemaal van haar familie of van de Grote Familie – en de onderwijzeres, de zuster van haar moeder, zei: 'En nu het spelletje: Wat Heb je Gezien?'

De meeste kinderen speelden het spelletje al sinds ze heel klein waren, maar sommige niet en die werden medelijdend aangekeken door degenen die het al wel speelden, omdat ze niet veel zagen en vaak zwegen wanneer de anderen zeiden: 'Ik heb gezien dat...' wat het ook was. Mara was eerst ontsteld dat dit spel, wanneer het met zo velen werd gespeeld, meteen eenvoudiger, kinderachtiger was dan wanneer ze bij haar ouders was. Het was alsof je terugging naar het allereerste begin van het spel: 'Wat heb je gezien?' 'Ik heb een vogel gezien.' 'Wat voor vogel?' 'Hij was zwart met wit en had een gele snavel.' 'Wat voor model snavel? Waarom denk je dat de snavel zo gevormd is?'

Toen zag ze wat ze moest begrijpen: waarom zag het ene kind dit en het andere kind dat? Waarom waren er soms meer kinderen nodig om alles aan een steen of een vogel of een persoon te zien?

Maar de lessen met de andere kinderen hielden op. Dat kwam door alle problemen en doordat er mensen weggingen, want iedere dag waren er minder kinderen, totdat alleen Mara en Dann en hun naaste neven en nichten overbleven.

Daarna waren er geen lessen meer, zelfs niet van de ouders, die stil en zenuwachtig waren en de kinderen telkens weer naar binnen riepen. En daarna… daarna kwam de nacht dat de ouders er niet waren en zij en Dann bij de boze man waren. De goede broer heette Gorda. Hij was Heer Gorda, zo zeiden de twee die hen hadden gered. Ze wist dat er een koning was en dat haar ouders iets met het hof te maken hadden.

Ze probeerde zich telkens weer dat ogenblik voor de geest te halen waarop ze voor Gorda stond en hij haar van alles vertelde en zij niet kon luisteren, maar het enige wat ze zag was dat vermoeide gezicht van hem, zo mager, de ogen rood van slaapgebrek, de mond met het grijze schuim in de hoeken. Hij was zo mager… net zo mager als de karrenvogel. Hij was niet ver van de dood af, besefte Mara. Misschien was hij nu wel dood? En haar ouders? Hij had haar over haar ouders verteld.

En nu dit hier, dit dorp. Rotsmensen. In het dorp een Persoon. Ze bood hun een schuilplaats en ze was bang dat iemand achter hen aan zou komen, maar waarom zou iemand dat willen? Waarom waren Dann en zij zo belangrijk, en als ze dat waren, wie vond dat dan?

En terwijl het kind hierover piekerde, viel haar hoofd op haar knieën, ze gleed opzij en sliep… En toen stond Daima over haar heen gebogen en hoorde ze de stem van haar broertje: 'Mara, Mara, Mara.'

Er scheen een fel geel licht aan de andere kant van het vierkante raam. Het was waarschijnlijk midden op de dag. Buiten klonken nu geen stemmen, er liepen geen mensen heen en weer. Het werd tijd om voor de zon te schuilen. In deze kamer was het koel. Mara kwam snel overeind omdat het 'Mara, Mara…' van het jongetje zo schel klonk. Alle angst van de afgelopen paar dagen stond op zijn gezicht te lezen en lag in zijn stem, en ze tilde hem op en droeg hem naar de bank van steen, legde hem neer en ging naast hem liggen. Daima zat aan de rotstafel te kijken hoe Mara met het kind omging. 'Zoet maar, het is goed, het is goed,' telkens weer, terwijl Dann 'Nee, nee, nee, nee' jammerde.

'Probeer hem zachter te laten huilen,' zei Daima. En Dann hoorde het, en zijn snikken en gejammer werden meteen zachter. Dat had hij geleerd: te gehoorzamen aan angst. Mara hield hem vast en hij verborg zijn gezicht tegen haar schouder en snikte zachtjes: 'Nee, nee, nee, nee.' Dan bleef hij stil liggen, maar slechts heel even, want daarna begon het weer. De hele middag lag Mara daar met hem, en toen zei Daima: 'Ik denk dat hij iets moet eten.' Mara droeg hem naar de tafel, en hij keek naar de brij, die op niets leek wat hij ooit had gegeten, en hij pakte zijn lepel en proefde, en trok een gezicht, maar de honger maakte dat hij at, eerst langzaam en toen was het allemaal op.

'Mag ik naar buiten?' vroeg hij opeens.

'Nog niet,' zei Daima. 'Wij gaan op een speciale tijd naar buiten, wij alle drie. Dat is belangrijk. Blijf tot dat moment maar hier in huis.'

'Iemand keek naar binnen,' zei Dann.

'Ik weet het. Dat is niet erg. Ze zullen zo langzamerhand allemaal wel weten dat er hier minstens één kind is. Morgen gaan we naar buiten.'

Weer klampte hij zich uit alle macht aan zijn zus vast, dus ze ging op de rotsige bank zitten en hij zat in de holte van haar arm en ze deed het spelletje met hem: 'Wat zag je toen we op de eerste heuvel stonden? En wat voor dieren waren er toen we op de tweede heuvel kwamen?' Zoals altijd was ze verrast en vol bewondering over wat hij had gezien. Bijvoorbeeld insecten: 'Een grote spin in zijn web tussen twee rotsen, geel en zwart, en er zat een vogeltje verstrikt in het web. En op de tweede heuvel zat een hagedis...' Daarop vroeg Daima: 'Wat voor soort hagedis?' 'Hij was groot,' zei Dann. 'Hoe groot?' 'Zo groot als...' 'Zo groot als ik?' vroeg Mara. 'Nee, nee, zo groot als jij, Daima.' En Daima schrok, zag Mara, en ze zei: 'Als je nog eens zo'n draak ziet, ren dan hard weg.' 'Ik kon nergens heen rennen door al dat water. Hij wilde me niet opeten, hij was zo'n klein dier aan het eten. Dat at hij helemaal op.' 'Wanneer was dat dan, wanneer heb je dat gezien?' vroeg Mara, die dacht dat hij het verzon. Maar nee, dat was niet zo: 'Jij sliep, en die andere twee sliepen ook. Jullie sliepen allemaal vast. Ik werd wakker omdat die grote hagedis zo veel lawaai maakte, hij deed Pau, Pau, Pau, en toen hield hij op met eten en verdween tussen de rotsen. En toen probeerde ik jullie wakker te maken, maar jullie wilden niet wakker worden en dus ging ik weer slapen.'

'Je weet niet half wat een geluk je hebt gehad,' zei Daima.

Mara ging door met het spelletje. 'En toen we door het water liepen, toen we van de heuvel af kwamen, wat zag je toen?'

En Dann vertelde het hun. Binnenkort, dacht Mara, zou ze hem vragen: 'Wat heb je gezien...' en hem mee terug nemen naar de kamer waar de boze man hem bang had gemaakt, maar nu nog niet. Hij kon de gedachte daaraan nog niet verdragen, wist Mara, omdat ze die zelf ook nauwelijks kon verdragen.

'Heb jij dat spelletje ook gespeeld?' vroeg Mara aan Daima. 'Toen je klein was, bedoel ik?'

'Natuurlijk. Zo voedt het Volk kinderen op. We hebben het altijd gespeeld. En laat ik je wel vertellen, ik heb er later altijd veel aan gehad.'

Dat *altijd...* Het was net of Mara het voor het eerst hoorde. Het maakte haar een beetje bang. Wat betekende het, *altijd*?

Het licht buiten was geel in plaats van warm oranje, en er klonken weer stemmen en er werd heen en weer gelopen. En meer dan eens verscheen er een gezicht in de raamopening, en Daima knikte hen toe dat ze er geen aandacht aan moesten schenken, gewoon door moesten gaan met wat ze aan het doen waren:

Mara met Dann knuffelen en voor hem zingen, Daima met aan tafel zitten. Toen werd het buiten donker en er waren weer brokken van het witte voedsel, en dit keer zat er wat kaas bij. Het water in de bekers smaakte naar modder. De avond viel. Mara genoot altijd van alles wat ze deden als het licht buiten verdween en de lichten binnen helder gingen branden: allerlei spelletjes, en daarna het avondeten, altijd met een van hun ouders en soms met allebei. En vaak bleven hun neefjes en nichtjes slapen.

Daima streek op de muur een soort lucifer af die Mara nog nooit had gezien, en stak daarmee een grote kaars aan die op de grond stond, en nog een, in een bakje olie op een prikker die in een spleet tussen de rotsen was gestoken. Het licht in de kamer was niet erg helder. De vlammetjes flakkerden en dansten allebei door de wind die door het raam kwam. Er vlogen een paar insecten naar binnen, naar het vuur. En nu pakte Daima een zwaar houten luik en schoof dat voor het raam. De vlammetjes kwamen rustig en kalm overeind. Mara vond dat heel vervelend, omdat ze gewend was aan wind die door het raam kwam en door het huis waaide.

Dann zat bij Mara op schoot en het begon haar pijn te doen omdat hij zo zwaar was. Maar ze wist dat hij dit nodig had en ze moest het net zo lang volhouden als hij. En nu begon hij iets te doen wat hij niet meer gedaan had sinds hij heel klein was. Hij zoog op zijn duim, een luid, sabbelend geluid, dat heel storend was. Het irriteerde Daima. Mara trok de duim uit de mond van het jongetje, maar hij stoptc hem meteen weer terug.

'Ik denk dat we allemaal naar bed moeten,' zei Daima.

'Maar het is nog vroeg,' zei Mara.

Er viel een stilte en Mara wist dat Daima iets belangrijks ging zeggen. 'Ik weet dat je een ander soort leven gewend bent. Maar hier zul je net zo moeten doen als ik.' Weer een stilte. 'Ik was ook gewend... wat jij gewend bent. Het spijt me erg, Mara. Ik weet hoe je je voelt.'

Mara besefte dat ze allebei bijna fluisterden. Ze had zachtjes gepraat vanaf het moment dat ze het rotshuis was binnengekomen. En nu zei Dann heel hard: 'Maar waarom, waarom, waarom, Daima? Waarom, waarom? Ik wil het weten.' Hij had goed leren gehoorzamen, en Mara vond het zo verdrietig om te zien hoe hij was veranderd. Ze had altijd genoten van het zelfvertrouwen van het kind, van zijn moed en de manier waarop hij zachtjes, en soms hardop, babbelde over wat hij dacht, en uiting gaf aan allerlei dromen en drama's die zich in zijn geest afspeelden. Hij was helemaal nooit bang voor iets geweest, en nu...

'Kunnen we morgen Wat Heb Je Gezien spelen?' vroeg Mara aan Daima.

De oude vrouw knikte, na weer eerst even te hebben gezwegen: ze dacht altijd over alles na voordat ze iets zei. Mara bedacht dat alles hier zo langzaam ging, en zij was gewend dat alles snel en vrolijk en makkelijk was... en fris. Hier was het bedompt. De kaarsen roken warm en vettig.

'Morgen, als we wakker worden.' Daima stond op en liep stijf en langzaam naar de andere kamer. Mara hoorde dat ook daar de luiken werden dichtgeschoven en ze hoorde de lucifer over de steen strijken. Een vaag, geel licht verscheen in de deuropening. Daima kwam Dann van Mara's schoot tillen. 'Stil, het is tijd om stil te zijn,' zei ze, en ze droeg hem naar de kamer ernaast terwijl hij met een hoog stemmetje 'Mara, Mara...' riep. Ze liep erachteraan. Daima legde het kind neer waar ze die middag zelf had gelegen. Ze trok hem niet zijn tuniek uit. Thuis droegen ze witte hemdjes om in te slapen. 'Ik word wakker als het licht is,' zei Daima. 'Ik zal jullie wel wakker maken. Doe het licht maar uit wanneer je wilt.'

Tussen de grote voorkamer en deze kamer zat geen deur. Mara hoorde Daima rondlopen, de lichtjes uitblazen en gaan liggen. Na een poosje liep Mara naar de deur en keek naar binnen. Bij het licht uit haar kamer kon ze net zien dat Daima al sliep. Ze lag log en stil, met haar lange grijze haar als een deken over haar hoofd, gezicht en schouders. Ze had de vorige nacht natuurlijk niet geslapen.

Mara ging weer naar haar kamer en zag dat Dann sliep. 'Ik zou nooit zo vroeg kunnen slapen,' zei ze weer, en ze was inderdaad klaarwakker, en luisterde. Het leek wel alsof iedereen naar bed of in ieder geval naar huis toe was. Overal stilte. Mara begon de muren te bekijken. Ze begreep er niets van. Op één groot rotsblok waren tekeningen ingekerfd van mensen die met een soort processie bezig waren en potten en schalen naar een man en een vrouw met hoge hoofdtooien brachten. Maar deze mensen leken helemaal niet op mensen van het Volk, die lang en slank waren met lang, glad, glanzend zwart haar. Ze waren vierkant, met brede schouders, maar met een slanke taille, lange voeten en een smal gezicht, en hun haar was kort, tot net onder hun oren, met een scheiding in het midden. Ze droegen een tuniek of een kledingstuk dat één schouder bloot liet. Ze leken ook niet op het Rotsvolk. Wie waren ze? Op een ander rotsblok was een fijne, harde, witte ondergrond met daarop gekleurde plaatjes – rood, geel en groen – van dezelfde mensen. Nu kon je zien dat hun haar zwart was en hun huid roodachtig roze, en de tunieken waren gestreept en samengebonden met lange sjerpen. Maar deze afbeelding maakte deel uit van een andere afbeelding, want zij stond maar gedeeltelijk op deze steen, en de rand van de steen onderbrak het verhaal. Andere stenen waren niet bewerkt, en zelfs ruw, en op sommige stonden figuren die naar boven liepen en die bij andere verhalen hoorden; en de stenen met de witte ondergrond en de kleuren zaten soms zelfs ondersteboven, zodat Mara met haar hoofd voorover stond om ernaar te kijken. Waarom had ze nooit dat soort mensen gezien? Waar waren al die mooie, felgekleurde kleren gebleven? De stof waar ze van waren gemaakt, was fijner dan ze ooit had gezien, en wanneer ze haar ogen sloot, voelde ze in haar verbeelding de stof zacht en soepel tussen haar vingers.

De kaars die in een ondiep schaaltje stond, ging lager branden. Wanneer hij eenmaal uit was, zou Mara hem niet meer opnieuw kunnen aansteken. Als ze iets wilde zien, zou ze het luik open moeten schuiven, maar ze was bang dat ze Daima wakker zou maken. Toen zag ze een stokje bij de kaars, ongeveer zo lang als haar vinger, en ze wist dat ze dat langs de muur moest strijken om licht te maken als dat nodig was. Ze blies de kaars uit en rende snel naar haar lage bed met de gladde kussens erop.

Het was volledig donker. En het leek even benauwd als het donker was. Bij haar thuis ging Mara slapen in een grote, lichte kamer die naar alle kanten open was en ramen had waarvan ze de gordijnen open kon schuiven als ze dat wilde, en het was er nooit echt donker. De hemel was altijd vlakbij, daarbuiten, en de sterren schenen zo helder dat ze haar soms wakker maakten.

Nu lag Mara verstijfd te luisteren, een en al oplettendheid. Dit huis lag aan de rand van het dorp. Niet ver hiervandaan stonden een paar van die lage, droge bomen die ze had gezien, en ze zou nachtelijke geluiden moeten horen: misschien een vogel, of de zingende kevers, die de hele nacht door konden gaan als het warm was. Maar ze hoorde niets. Het rook sterk naar de kaars, en er kwam een babygeur van de plek waar Dann op zijn richel lag te slapen. Ze had het altijd heerlijk gevonden om haar gezicht in zijn nek te begraven, terwijl hij zich lachend tegen haar aan klemde, en ze nam een paar diepe teugen van die warme, frisse, vriendelijke geur; maar hij lachte nu niet, leek te dromen: een boze droom, want hij lag zachtjes te huilen. Moest ze hem wakker maken, hem troosten, hem vasthouden...? Ze viel in slaap en toen ze wakker werd, zag ze Daima het luik op de grond tillen en het ochtendlicht binnenlaten. En Dann kwam al aanrennen om zich op haar te storten – 'Mara, Mara' – en ze viel achterover door zijn gewicht, en hees zich daarna overeind, met hem in haar armen, en droeg hem, terwijl hij zich aan haar vastgreep, naar de kamer ernaast, waar het luik weg was en Daima's bed was opgemaakt.

Wanneer ze later zich die tijd weer voor de geest probeerde te halen, kon ze zich dat het best herinneren: de vochtige zwaarte van het kind, dat zijn gezicht tegen haar schouder had gedrukt, de manier waarop hij zich vastgreep en de pijn in haar armen en haar rug. En Daima keek toe en begreep het allemaal. Daima zou al snel bedenken hoe ze Dann even weg kon roepen, om met haar naar een andere kamer te gaan of om haar te helpen, zodat Mara kon rusten.

Op de tafel stond eten klaar: kommen met de witte brokken, dit keer met zure melk. Mara begon een hekel aan dit voedsel te krijgen, maar ze wist dat ze het moest eten. En Dann was al aan het eten. Daima zat naar hen te kijken en at maar heel weinig. Dat wil zeggen dat er een tekort aan voedsel is, dacht Mara.

Toen ze klaar waren vroeg Mara: 'Mag ik nu je huis zien?'

'Begin maar met deze kamer.'

Mara keek zorgvuldig om zich heen, en het eerste wat haar opviel was dat er geen tekeningen op de rotsen zaten en geen felgekleurde afbeeldingen. Boven haar hoofd was een strodak. Het was gemaakt van grof gras en er staken een paar strootjes uit. Alle rotsblokken waren even groot en glad, en ze lagen op elkaar zonder dat spul ertussen dat ze kende van bakstenen. Ze pasten heel goed, maar op sommige plekken zaten kieren die wel handig waren, omdat ze net groot genoeg waren voor de prikker van de schaallamp. Van dezelfde prikkers waren ook haken gebogen waar van alles aan hing: lepels, schalen en messen. Alles wat ze gebruikten om mee te eten, hing aan de muren.

Mara ging naar de kamer waar ze met Dann had geslapen. Ze kende die kamer nu, en ze wist ook van het toilet in de kleine rotskamer, een gat dat tot diep in de rotsige bodem ging. Daar vlakbij stond een kist met aarde en een schep. Er was een kan om water over jezelf heen te gieten als je klaar was, maar niets om je mee af te drogen, en dat kwam omdat het bruine materiaal dat altijd als stof werd gebruikt, zo glad was. De lucht was zo droog dat de vochtigheid tussen je benen snel opdroogde.

Dann kwam achter haar aan gerend – 'Mara, Mara' – en greep haar hand, en met Dann aan de hand en Daima vlak achter haar ging ze de kamer in die door een gordijn van de slaapkamer was afgeschermd. Daarin lagen alleen een paar stenen midden op de rotsvloer. Hier kookte Daima. Er lagen drie stenen met as ertussen. Alle stenen waren zwart van de rook en dat gold ook voor de potten en pannen die bij elkaar langs een muur stonden. Boven de kookplaats zat een gat in het plafond, dat in deze kamer uit platte stukjes steen bestond, en er zat een koord waar je aan kon trekken als je het gat dicht wilde maken, met een steen vlak tegen het dak om de regen te weren. Er zaten oude webben van insecten op het touw, dus de steen lag al heel lang op dezelfde plaats. De rotsen waaruit deze kamer bestond waren ruw, en zo tegen elkaar aan gelegd dat je er hier en daar tussendoor naar buiten kon kijken. Er waren hier geen tekeningen in de muren gekerfd of erop geschilderd. Er was een deur naar een andere kamer met een zware houten balk ervoor. Aan het uiteinde van de balk zat een ketting, en Daima maakte met een grote sleutel de ketting open daar waar hij aan elkaar zat. Ze tilde de balk opzij. Ze stapten het donker in. Daima streek een lucifer langs de muur, en stak een grote vloerkaars aan en daarna nog een. Er waren geen ramen. Deze kamer was een groot, vierkant stenen hok, en in een hoek zat een kleiner stenen hok. Mara kon niet over de rand kijken en terwijl ze Dann losliet, probeerde ze zich aan haar armen op te trekken. Toen ze zich omhoog had gehesen, ging ze op de rand van het hok zitten en zag dat er water in stond. Er was nog een groot stenen hok en een houten kist zoals ze die van thuis kende. Dann stond aan haar benen te trekken en zachtjes te huilen, dus ze sprong omlaag en pakte zijn hand. Daima tilde het kind op en hij liet dat toe. Hij raakte al aan haar gewend. Hij hing tegen haar aan, stopte zijn duim in zijn mond en sabbelde. Sabbel, sabbel, sabbel. Daima hield hem niet tegen. Mara liep naar het andere stenen hok en zag dat het vol zat met wit, meelachtig spul. Dat was wat ze aten.

Ze proefde het, maar het had weinig smaak.

'Is dit van een plant?'

'Een wortel.'

'Groeien die hier in de buurt?'

'Vroeger wel. Iedereen verbouwde ze. Nu niet meer, want we hebben niet genoeg regen gehad.'

'Waar komt dit dan vandaan?'

'Mensen nemen het mee uit het noorden en verkopen het aan ons.'

'En als ze niet komen?'

'Dan zouden we erge honger hebben,' zei Daima.

Sabbel, sabbel, sabbel. Mara werd helemaal gek van het geluid, zo vies vond ze het. Het ergerde haar zo dat ze haar broertje wel wilde slaan, en vol schaamte begon ze te huilen. Ze had al die tijd nog bijna niet gehuild. Huilend liep ze naar de enorme houten kist. Ze kon net het deksel optillen. In de kist lagen kleren zoals ze thuis droegen: fijne, lichtgekleurde tunieken, broeken en shawls. Ze waren gemaakt van de planten die ze had zien groeien voordat alles zo droog werd, of van de stof die door wormen werd gemaakt. Omdat ze huilde en wist dat haar handen vuil waren, raakte ze de kleren niet aan; maar ze wilde haar handen erin stoppen, de kleren strelen, en dan snel dat akelige bruine ding dat ze aanhad uittrekken en deze kleren aandoen. Ze stond hunkerend en huilend bij de grote kist te kijken, en ze luisterde hoe haar broertje op zijn duim zoog. Toen trok Daima de duim uit Danns mond, en hij duwde zijn gezicht tegen haar hals en zette het op een brullen.

Arme Daima, dacht Mara, met twee huilende kinderen, en ze hield op met huilen.

Ze veegde haar handen zorgvuldig af aan haar tuniek en streek heel zachtjes over het gewaad dat bovenop lag. Het was zacht glanzend geel. Terwijl ze eroverheen streek, bedacht ze dat deze kleren thuis in grote kisten lagen omdat ze kostbaar waren en je er voorzichtig mee moest zijn. Ze wist nu dat dit zorgvuldig bewaarde kleren uit het verleden waren en dat niemand nog verwachtte nieuwe te krijgen.

Ze liet het deksel van de kist over het geel vallen en keek naar de grijze rots om haar heen. Er stonden geen afbeeldingen op deze muren.

Op een plank van steen lagen bundels bruine kledingstukken rommelig door elkaar. Er gebeurde toch niets mee, wat je ook deed.

Ze liep naar een deur, die hier een platte steen in een groef was, maar hij was te zwaar voor haar en Daima schoof hem opzij. Duisternis – of half duisternis, want er viel licht naar binnen van de vloerkaarsen in de kamer ernaast. Deze kamer was leeg, maar op de muren stonden afbeeldingen die niet compleet waren, net als de felgekleurde afbeeldingen op de harde witte ondergrond.

'Je kunt een andere keer hier naar de muurschilderingen komen kijken,' zei Daima.

Ze liep door de donkere kamer naar een volgende rotsdeur, schoof die terug, streek een lucifer af, en bij het plotselinge licht ervan zag Mara weer een rotskamer die leeg was.

'Er zijn nog twee kamers,' zei Daima. 'In totaal vier lege kamers.'

'Zijn daar schilderingen?'

'In twee ervan.'

Ze liepen terug zoals ze waren gekomen, en Daima schoof de ketting weer voor de voorraadkamer en deed die op slot. In de kamer waar de kinderen sliepen, legde ze het jongetje op bed; hij was in slaap gevallen. 'Het is goed dat hij slaapt. Misschien slaapt hij de slechte herinneringen van zich af,' zei ze.

De oude vrouw en het kind gingen de kamer in waar ze hadden gegeten. Ze gingen aan de rotstafel zitten.

'Wil je beginnen?' vroeg Daima.

Mara had allerlei nieuwe ideeën in haar hoofd zodat ze bijna 'Nog niet' zei, maar ze zei: 'Ja.' Ze begon langzaam, nadenkend te praten. 'Je hebt vier lege kamers. Dat wil zeggen dat de andere huizen niet erg vol zijn, anders zouden de Rotsmensen hier komen wonen. Zijn er Rotsmensen weggegaan?'

'Er zijn er een heleboel doodgegaan toen de droogteziekte heerste en sommigen zijn naar het noorden gegaan.'

'Dan is het net als in Rustam. Dat staat halfleeg.'

'Ja, dat weet ik.'

'Hoe weet je dat?'

'Vroeger kwamen er mensen langs op doortocht, zowel naar het noorden als naar het zuiden, en die vertelden ons wat er gebeurde. Nu komen er bijna nooit meer mensen langs. Twee maanden geleden was hier nog iemand. Die zei dat er gevochten werd in Rustam.'

'Twee maanden geleden… Ik wist niet dat er gevochten was.'

'Ik denk dat je ouders je niet bang wilden maken.'

'Dan dachten ze dus dat het vechten op zou houden.'

'Nee, Mara, ik denk niet dat ze dat geloofden.'

Mara bleef stil zitten. 'Ik wil daar niet verder over praten,' zei ze met trillende lippen. 'Ik wil niet weer gaan huilen.' Ze kalmeerde en zei: 'Je hebt eten en water in een kamer die op slot zit. Je bent dus bang dat het gestolen wordt. Maar als alle Rotsmensen een groep vormden, zouden ze de stenen van het dak kunnen tillen en het eten en het water kunnen meenemen. Dat wil zeggen dat ze zelf nog eten en water hebben.'

'We hebben nog genoeg. Maar nog maar net. En als het hier goed zou regenen, zouden we iets kunnen verbouwen en onze voorraadkamers en reservoirs kunnen vullen.'

'Ik zag dat het een tijd niet heeft geregend. Dat zag ik aan de bomen. De bomen die wij nog hebben, zien er erger uit dan die van jullie, maar jullie bomen zijn wel dor.'

Mara kreeg dorst doordat ze over regen zat te praten. Ze was gewend dorst te hebben. Maar Daima zag dat ze aan haar droge lippen likte en schonk een halve beker voor haar vol met het niet zo lekkere water.

'Dit huis is niet in één keer gebouwd,' ging Mara verder. 'De kamers met tekeningen op de stenen zijn het eerst gebouwd. Die stenen komen waarschijnlijk uit een ander huis waar de tekeningen allemaal dezelfde kant op liepen.'

'Goed zo,' zei Daima.

'Sommige kamers zijn er later aangebouwd. Zoals deze kamer.'

'Goed zo,' zei Daima weer.

'Dus er woonden waarschijnlijk heel veel mensen in dit dorp en ze hadden meer ruimte nodig.'

'Er wonen nu veel minder mensen dan vroeger. Maar dat was tien jaar geleden. Dat was voordat jij geboren werd.'

Nu zwegen ze een poosje terwijl Mara dat *voordat jij geboren werd* probeerde te begrijpen, omdat haar leven al heel lang leek en begon met kleine, duidelijke herinneringen, voornamelijk aan haar broertje.

'De tekeningen op de stenen zijn niet van Rotsmensen of van het Volk. Hier in de buurt wonen andere mensen.'

'Woonden.'

'Wanneer?'

'Duizenden jaren geleden, denkt men.'

'Duizenden...' Maar Mara kon dat niet bevatten. Ze had nog maar net geprobeerd te begrijpen dat tien jaar geleden drie jaar was voordat ze geboren werd, en die drie jaren leken haar al heel lang.

'Men denkt wel zes- of zevenduizend jaar. Ze hebben op die heuvel daar oude gebouwen achtergelaten.'

Mara's ogen schoten vol tranen: die *duizenden jaren*, net als dat *altijd* van Daima, maakte dat ze wilde gaan liggen slapen, zoals Dann, die was gaan slapen omdat het hem allemaal te veel was.

'Jij bent een Persoon,' ging Mara verder. 'Je hoort bij het Volk, en je woont hier en de Rotsmensen laten dat toe. Dat wil zeggen dat ze bang voor je zijn.'

Daima knikte. 'Goed zo.' En daarna zei ze: 'Maar niet zo bang als ze vroeger waren.' Dat begreep Mara niet.

'Je hebt het heel goed gedaan,' zei Daima. 'Ik zal je de rest vertellen.'

'Nee, nee, laat ik het proberen. Je bent hier gekomen... net zoals Dann en ik hier zijn gekomen. Je moest vluchten.'

'Ja.'

'En dat was voordat ik geboren werd?'

Daima glimlachte. 'Eh, ja. Dertig jaar geleden.'

'Dertig...' Nu kon Mara echt niet meer doorgaan.

'Ik kwam hier met mijn twee kinderen. Mijn man was bij de gevechten gedood. We waren vele dagen onderweg en we moesten halt houden en ons verstoppen omdat soldaten naar vluchtelingen zochten. Ik heb twee keer paarden van het Rotsvolk gestolen en daar reden we dan een poosje op en we lieten ze daarna weer los zodat ze hun weg terug naar huis konden zoeken. Wanneer we bij dorpen kwamen, wilden ze ons daar niet laten blijven, maar hier joegen de mensen ons niet weg.'

'Waarom niet?'

'Omdat ze het jaar daarvoor door het Volk waren gestraft voor een aanval op een luchtscheerder die hier in de buurt was geland.'

'Dachten ze dat jij hen ging straffen?'

'Ze dachten dat ik een spion was.'

'Dat woord ken ik niet.'

'Ze dachten dat het Volk me gestuurd had om hen in de gaten te houden en verslag uit te brengen.'

'Dan zullen ze wel een hekel aan je hebben gehad.'

'Ja, ze hadden een hekel aan ons. En de kinderen moesten de hele dag door opletten dat ze niet in een val liepen. Op een keer was ik naar de markt gegaan – er was een markt in die tijd – en ik had de kinderen hier gelaten en toen lieten de dorpelingen zo'n draak naar binnen. Maar de kinderen sloten zich in een binnenkamer op.'

'Wat deed je toen je terugkwam en merkte wat er gebeurd was?'

'Niets. Ik deed net of er niets was gebeurd. Ik liet de draak naar buiten en die ging weer terug naar die heuvel daar.'

Mara zag aan Daima's gezicht hoe ze eronder had geleden dat haar kinderen zo gehaat waren. 'Waar zijn je kinderen?'

'Ik had gehoopt dat jij me dat zou kunnen vertellen. Ze zijn naar Rustam gegaan.'

'Maar daar komen wij vandaan.'

'Ja.'

En nu moest Mara heel lang nadenken. 'Dus misschien ken ik hen wel?'

'Waarschijnlijk wel. Moray en Kluart.'

Mara schudde haar hoofd. Na een lange stilte zei ze: 'Jij moet het maar zeggen.'

'Ik moest vluchten omdat jouw familie mijn familie uit ons paleis verjoeg.'

'Heeft mijn familie je net zo behandeld als Dann en ik door die boze man zijn behandeld?'

'Die boze man is mijn neef Garth, en de goede man, Heer Gorda, is ook een neef van me.'

'Dan is het allemaal heel ingewikkeld.'

'Nee. Er verandert altijd wel wat in de vriendschappen en vijandschappen tussen de families.'

'Altijd,' fluisterde Mara, haar tranen inhoudend.

'Ja. Dat moet je begrijpen, Mara. Soms heeft de ene familie de macht, dan weer een andere. Maar sommige familieleden van mij waren goed bevriend met jouw familie en maakten deel uit van het hof, en jouw familie hoorde later dat ik hier was en stuurde me geschenken.'

'Wat stuurden ze?'

'Geld. Munten. Er was verder niet veel waar je iets aan had. Ik heb ze verstopt. Ik zal je laten zien waar; maar eerst wil ik zeker weten dat er niemand achter jullie aan komt, want als ze jullie te pakken krijgen, zullen ze willen weten of er geld is en waar het ligt.'

Mara beefde van angst, omdat het haar deed denken aan de boze man, Garth, die zei dat hij haar zou slaan als ze niet vertelde wat ze wist.

'Ik weet dat het moeilijk voor je is,' zei Daima. 'Maar nu Dann slaapt, is het een goed moment om te praten. Je grootmoeder was een nicht van mijn moeder. Ze vond mij altijd aardig. Ze heeft me zelfs een keer een boodschap gestuurd dat ik naar huis moest komen en ze zei dat je ouders daarmee instemden. Maar die hadden de boodschap niet gestuurd. Bovendien...' ze schoof het bruine materiaal op haar borstkas opzij, en dwars over haar oude, gerimpelde borst liepen littekens waar ze geslagen was '... ik kon dit niet vergeten. Het was jouw vader die opdracht had gegeven om me te slaan.'

Mara huilde.

'Het heeft geen zin om over zoiets te huilen, Mara. Over iets naars. Het is beter om te proberen het te begrijpen. Daarna kwamen er geruchten over de man die jij de boze man noemt. Ik wist dat Garth zou proberen een opstand te organiseren. Ik ben met hem opgegroeid en ik ken hem. Hij was altijd... je hebt gelijk als je zegt dat hij slecht is. Ik neem hem niet kwalijk dat hij wil terugnemen wat van onze familie is: het paleis en de grond.'

'Zou je nu terug kunnen, omdat Garth familie van je is?'

'Nee. Ik vertrouw hem niet. En bovendien blijft het toch niet zo. Er zal wel weer een nieuwe opstand komen en nog meer gevechten. Hoe meer problemen er komen met water en voedsel, hoe meer er gevochten wordt. Bovendien, als hij er niet in slaagt om aan de macht te blijven, zal men hem wel gauw gaan haten, omdat hij zo wreed is. Hij houdt het niet vol. Ik ben nu een oude vrouw, Mara. Ik woon mijn halve leven al hier in dit dorp. Ik ken deze mensen. Ze zijn niet mijn eigen mensen, maar sommigen heb ik zien opgroeien en sommigen zijn goed voor me geweest. Toen ik ziek was, nadat ik mijn kinderen naar Rustam had teruggestuurd, heeft een van hen me verpleegd. Ze woont in het huis hiernaast. Ze heet Rabat. We helpen elkaar.'

'Weten de Rotsmensen dat er mooie kleren in de kist zitten?'

'Ja. Rabat heeft mijn sleutels afgepakt toen ik ziek was, en ze is naar binnen gegaan en heeft alles bekeken. Ik lag hier in die hoek en zag hen allemaal naar binnengaan om te kijken wat ik had. Ze dachten dat ik meer zou hebben. Ze hebben naar de munten gezocht, maar die hebben ze niet gevonden.'

'Hebben ze helemaal geen kleren meegenomen?'

'Ja, wel wat. Maar ze kunnen ze niet dragen. Wij zijn lang en slank, en zij zijn kort en dik. De kinderen dragen soms een tuniek totdat die te klein wordt – maar onze kleren zijn niet zo gemaakt dat ze altijd goed blijven.' En nu werd Daima's stem verstikt door tranen. Dat is gek, dacht Mara, ze huilde niet toen ze zich haar man herinnerde die gedood is, en dat ze werd geslagen en is gevlucht, maar nu wil ze huilen en ze heeft het alleen maar over kleren. 'Alles is zo afschuwelijk, Mara. En het wordt allemaal nog veel erger omdat het nu zo slecht gaat. En dat is nou zo gek: al onze kleren – de kleren van het Volk, bedoel ik – en de serviezen en de meubels en de gordijnen en de kleden, die zijn allemaal mooi en fijn, en ze zijn niet blijvend. Maar alles hier blijft altijd bestaan, en het is zo lelijk, zo lelijk, ik kan er niet tegen.'

'Wilde het Volk nooit van die dingen die altijd goed blijven?'

'Die zijn uitgevonden lang voordat het Volk bestond.'

'Uitgevonden?'

'Je kent het woord niet, omdat tegenwoordig niets meer wordt uitgevonden. Vroeger, heel lang geleden, was er een beschaving – een soort leefwijze – waarbij allerlei nieuwe dingen werden uitgevonden. Ze hadden wetenschap – dat houdt in: denkwijzen waarbij je probeert uit te vinden hoe alles werkt – en ze maakten telkens weer nieuwe apparaten en metalen...' Ze zweeg een poosje, omdat ze Mara's gezicht zag, stak toen haar oude hand uit en legde die over Mara's hand. 'Er was een tijd, maar dat is heel lang geleden, dat de apparaten zo slim waren dat ze alles konden – alles wat je maar kon bedenken – maar ik heb het niet over die tijd. Niemand weet waarom aan dat alles een eind kwam. Ze zeggen dat er door die apparaten zo veel oorlogen waren, dat iedereen overal ter wereld besloot om ze in stukken te slaan. Ik hebt het nu over apparaten van na die tijd, eenvoudigere apparaten. Verder hebben ze deze stof uitgevonden die nooit slijt, en het metaal dat je hier ziet, dat je niet kunt breken. Er waren hele pakhuizen vol met die dingen, maar zo diep in grote bossen dat niemand ze ooit had gevonden. Toen kwam het Volk, en we wilden niet dat het Rotsvolk die dingen kreeg, omdat we ze zelf wilden houden. Maar we bedachten dat het niet interessant was om altijd dezelfde kleren te dragen en alles precies hetzelfde te hebben, nooit iets te verslijten of te breken, dus gaven we die oude dingen aan het Rotsvolk en wij gingen weer planten verbouwen om stof van te maken en we gingen weer serviezen en potten van aardewerk maken. Maar misschien heb je bij jou thuis in de keuken wel een paar grote vaten van dit metaal zien staan, want die zijn handig om dingen in op te slaan.'

Mara zei niets en hoopte dat ze het allemaal kon onthouden.

'Waarom heb je hier die speciale lampen – kijk, zoals die? Thuis hebben wij ze alleen, niet de bedienden of de slaven.'

'Toen er een keer een opstand was in het paleis en er gevochten werd, hebben Rotsmensen een inval gedaan en een heleboel meegenomen. Maar deze lampen werken al een hele tijd niet meer. Niemand weet hoe ze werken.'

'Waarom heb je die mensen die Dann en mij hier hebben gebracht niet gevraagd waar je kinderen zijn?'

'Daar was geen tijd voor.'

'Wie zijn die mensen? Waarom wilden zij ons redden?'

'Gorda heeft hun betaald om jullie hier te brengen. Hij dacht waarschijnlijk dat geen enkele andere plek veilig was.'

'Zijn we veilig?'

'Niet zo heel erg,' zei Daima. 'Maar als mijn kinderen het konden redden, dan kunnen jullie dat ook wel.'

'Ik ben bang,' zei Mara.

'Dat is goed,' zei Daima. 'Dan ben je namelijk voorzichtig.'

'Ik doe mijn best.'

'En nu moeten we maar eens ophouden, Mara, dan kun jij over alles nadenken en daarna kunnen we nog eens praten.'

'En het spelletje Wat Heb Je Gezien? spelen?'

'Zo vaak je maar wilt. Ik zou het heel leuk vinden, na al die tijd. En we moeten het met Dann spelen, want er zijn hier geen scholen en de kinderen leren helemaal niets.' Ze stond op. 'Het is nu middag. Iedereen in het dorp gaat vanmiddag die heuvelrug over naar de rivier omdat er daar nog steeds nieuw water staat van de overstroming, en we gaan onze vaten vullen. Ik neem jou en Dann mee zodat iedereen jullie kan zien. En onthoud goed, jullie zijn mijn kleinkinderen.' Ze sloeg haar armen om Mara heen, trok haar stevig tegen zich aan, en zei: 'Ik wou dat het waar was. Ik zal jou als mijn kleindochter gaan beschouwen, Mara. Je bent een lief meisje. Nee, nu niet huilen; je kunt vanavond flink uithuilen, maar als we nu beginnen, kunnen we niet meer ophouden. Ik ga Dann wakker maken, anders slaapt hij vanavond niet meer. En ik heb iets nieuws te eten voor jullie.'

Ze pakte een grote gele wortel uit een pot en sneed die fijn. De plakjes deed ze in drie kommen, ze goot er water overheen en ging Dann halen.

Mara proefde het water waar de plakjes wortel in zaten. Het smaakte heel zoet en fris, zodat ze moeite had om netjes op Dann te blijven wachten. Hij kwam op haar schoot zitten en zoog op zijn duim totdat Daima zei dat hij daarmee moest ophouden.

Ze aten de wortel op en dronken het frisse water. Dann wilde nog meer hebben, maar Daima zei dat ze alleen nog maar de wortels in die pot had, totdat ze weer naar buiten kon om er in de grond meer te gaan zoeken.

Daima gaf Mara een grote kan en Dann een kleintje; zelf pakte ze vier grote kruiken met bovenop een stuk hout als handvat, die twee aan twee met een eind touw bij elkaar waren gebonden. Ze duwde tegen de deur, die door zijn groef gleed, en licht en warmte stroomden naar binnen. Het deed Mara pijn aan haar ogen en ze zag dat Dann zijn ogen dichtkneep en zijn gezicht opzij probeerde te draaien zodat hij scheel keek. Toen stond Mara met Dann aan haar hand buiten en schitterde het niet meer zo voor haar ogen zodat ze iets kon zien. Een grote groep Rotsmensen stond naar haar en Dann te kijken. Mara stond expres stil en keek om, in de hoop dat ze niet zagen hoe bang ze was. Nu ze voor het eerst van haar leven zo dicht bij hen stond, zag ze hun vaalgrijze huid en lichte ogen als van een zieke, en hun lichte, kroezige haar dat als gras of bosjes om hun hoofd heen stond. En ze waren zo dik. Mara vond alles aan hen er ongezond en onnatuurlijk uitzien. Toch wist ze dat ze niet ziek, maar juist sterk waren. Ze had hen vaak zware vrachten over de wegen zien dragen. Er was een meisje met een tuniek van het Volk aan. Die was vuil en gescheurd, maar ooit zachtgeel geweest. Ze barstte eruit omdat ze zo dik was.

'Dit zijn mijn kleinkinderen,' zei Daima. 'Ze komen bij mij wonen. Dit is Mara en dit is Dann.'

Iedereen staarde naar de twee dunne, magere kinderen met hun korte zwarte haar dat glad en glanzend hoorde te zijn, maar dat stijf stond van het vuil.

'Ja, we weten van de gevechten in Rustam,' zei een man. 'Waar zijn je ouders?' vroeg hij vervolgens aan Mara.

'Ik weet het niet,' zei Mara. Haar lippen trilden en ze beet erop terwijl hij naar haar grijnsde zodat je al zijn grote, gele tanden zag.

'Dit is Kulik,' zei Daima. 'Hij is hier hoofdman.'

'Maak je geen buiging voor je meerderen?' vroeg Kulik.

'Een buiging?' vroeg Mara, die het woord nog nooit had gehoord.

'Ze verwacht zeker dat wij voor haar buigen,' zei een vrouw.

Toen stapte een andere vrouw uit de menigte naar voren die tegen Daima zei: 'Kom, het water zakt snel.'

'Dit is Rabat,' zei Daima tegen de kinderen. 'Ze woont in dat huis, naast ons, weet je nog? Ik heb jullie over haar verteld.'

'Leuk om jullie te zien,' zei Rabat. 'Ik kan me jullie ouders nog herinneren van toen ze zo klein waren als jullie.'

Nu liep de hele menigte weg, in de richting van de heuvelrug en de rivier daarachter. Iedereen droeg potten, kannen en kruiken.

Rabat liep vlak voor Mara, die zag hoe haar dikke billen als stevige kussens onder de bruine stof bewogen, en hoe het zweet langs haar dikke armen droop. Rabat rook sterk, een zurige, warme geur, en haar lichte haar glinsterde alsof er vet op zat, maar nee, het was zweet. Toen zag Mara dat de bruine kleren die iedereen droeg allemaal anders leken. Dat kwam door het sterke licht waardoor het bruin zilverig of wittig en bij een paar mensen zelfs zwart werd; maar de kleur veranderde voortdurend, dus het was net of al deze mensen schaduwen droegen die om hen heen gleden en schoven. Toen ze naar haar eigen tuniek keek, zag Mara dat die bruin was; maar als ze haar arm optilde, viel de mouw omlaag in een bleke schittering met zwart in de vouwen.

Intussen was Rabat wat achtergebleven tot ze naast Daima liep, en ze zei heel zachtjes: 'Gisteravond kwamen vier soldaten naar jou vragen. Ik kwam terug van de rivier en zag hen het eerst. Ze vroegen of je kinderen bij je had en ik zei nee, dat er geen kinderen waren. Toen vroegen ze waar iedereen was, en ik zei bij de rivier. Ik zei niet dat jij thuis was, al wist ik dat je er was, met de kinderen. Ik was bang dat ze naar de rivier zouden lopen om het daar te vragen, maar ze waren moe. Volgens mij liepen ze op hun laatste benen. Eentje zei dat ze in het dorp moesten overnachten en ik wilde hun net vertellen dat er droogteziekte heerst, maar de anderen zeiden dat ze snel verder moesten gaan. Ze gingen er bijna van op de vuist. Ze zullen elkaar inmiddels misschien wel vermoord hebben; ze maakten bij ieder woord ruzie. Ik kreeg de indruk dat ze eigenlijk niet zo'n zin hadden om zich druk te maken over de kinderen en dat ze van de gelegenheid gebruik wilden maken om naar het noorden te vluchten.'

'Ik sta bij je in het krijt,' zei Daima, op een bepaalde manier waaraan Mara hoorde dat ze iets bijzonders bedoelde.

Rabat knikte: ja, inderdaad. Daarna boog ze zich voorover naar Mara en zei met een brede, valse glimlach: 'En hoe maken je vader en moeder het?'

Mara dacht snel na, en begreep vrijwel onmiddellijk dat Rabat het niet over haar echte ouders had. 'Ze maakten het goed,' zei ze, 'maar of dat nu nog zo is weet ik niet.'

'Arm klein ding,' zei Rabat, met dezelfde brede, lieve glimlach. 'En dit is de kleine Dann. Hoe gaat het met je vader en moeder, liefje?' Dann kwam moeizaam vooruit, zijn voeten bleven telkens in de pollen en plukken gras hangen, en dat eiste al zijn aandacht op zodat Mara bang was dat hij zonder erbij na te denken zou zeggen: zo heet ik niet, en Daima was daar ook bang voor. 'Ik weet niet waar ze zijn,' zei hij. 'Ze zijn weggegaan.' En de tranen begonnen over zijn vuile gezicht te stromen.

Weer zag Mara zichzelf en Dann onwillekeurig zoals alle anderen hen wel zouden zien: twee magere, stoffige kindertjes die anders waren dan ieder ander hier, behalve Daima.

Ze liepen nu de helling op, tussen droge bomen door waarvan de bladeren, zo wist Mara, bij het vastpakken zo bros en droog zouden aanvoelen dat ze verpulverden – niet zacht en dik en levend, zoals de bladeren van de planten die thuis binnen stonden en met water werden overgoten. Deze bomen hadden niet dicht genoeg bij de overstroming gestaan om water te krijgen.

Nu bleef de hele menigte op de top van de heuvel staan wachten tot zij vieren er waren. Weer stond Mara te midden van de Rotsmensen: die grote, sterke mensen, met hun grote bossen kroezig haar dat, zoals ze nu van zo dichtbij kon zien, niet altijd even bleek was, maar soms bijna wit en soms diepgeel. Als ze wilden, konden ze Dann en haar zo vermoorden. Maar ze hadden Daima toch ook niet vermoord? En Rabat was Daima's vriendin... nee, toch niet, dacht Mara fel. Ze was niet Daima's vriendin, ze deed alleen maar net alsof.

Voor hen uit was het gras bedekt met het bruine vuil van de overstroming dat modder was geweest maar nu helemaal droog was. Dit was de helling naar beneden, naar het water toe – maar dit was toch zeker niet dezelfde rivier, want die was zo breed geweest en dit was maar een klein dal.

Er stonden een paar bomen waaraan je kon zien waar het water was; een heleboel dieren van alle mogelijke soorten verdrongen zich langs het water, en daarom moesten de dorpsbewoners vanwege de veiligheid allemaal tegelijk naar het water.

Het was niet zo ver lopen naar beneden, en de mensen voorop schreeuwden en gilden om de dieren weg te jagen. De meeste waren van het soort dat het Volk voor vlees en melk gebruikte – of liever gezegd: had gebruikt. Verder waren er kleinere, harige beesten die zich in het gras probeerden te verbergen, en er waren ook karrenvogels, hoewel Mara niet kon zien of de vogel die ze in gedachten haar karrenvogel noemde er ook bij was. Alle veren en vachten waren droog en je kon niet zien hoe mager de beesten waren.

En nu begon Dann aan Mara's hand te trekken: 'Water, water,' riep hij.

'Ik zou maar voorzichtig zijn,' zei Rabat tegen hem, 'anders word je nog opgegeten door een waterdraak.' Ze zei het met een glimlach, maar het was geen echte glimlach en Dann deinsde voor haar terug.

Iedereen stond nu rond de grootste plas en sloeg er met stokken op; het was een heel gewriemel en gekrioel onder water en donkere gestalten verschenen en verdwenen weer, en toen kwam er een enorme hagedis te voorschijn, een waterdraak, die in het water leefde en beesten erin trok om ze op te eten. De mensen gingen achteruit toen hij naar hen siste, waarbij hij zijn tong telkens snel uitstak en met zijn grote staart zwiepte en sloeg. Daarna draaide hij zich om en verdween in het gras. 'Ze gaan allemaal naar de grote rivier,' zei Rabat. 'Daar staat een heleboel water in dat nog steeds stroomt.'

Mara zag dat de verschillende soorten dieren vanaf deze kleinere rivier de heuvelrug tegenover hen op gingen en eroverheen trokken. Nu begreep ze het. Dit was niet de grote rivier die ze was overgestoken – hoe lang geleden? Het leek heel lang – maar een kleinere die daar weer in stroomde.

Men sloeg nog steeds op het water van deze plas, de stokken zwiepten heen en weer op het oppervlak, en toen verscheen er een watersteker. Mara had er nog nooit een gezien, hoewel ze er wel van had gehoord. Hij was heel groot, zo groot als de grootste van de Rotsmensen, en hij had scharen aan de voorkant waarmee hij Dann makkelijk kon fijnknijpen, en een lange, op een zweep lijkende stekel als staart. Dit beest kwam recht uit het water op de mensen af, zijn scharen gingen open en dicht, en zijn oogjes glinsterden wreed. De mensen renden niet weg, maar bleven om de watersteker heen staan – ze waren dus dapper – en ze sloegen hem met hun stokken. Ogenblikkelijk stormde hij door de opening die de menigte voor hem vrij liet, en dook hij met een plons in een nabijgelegen plas. De dieren die nog rond die plas stonden, maakten dat ze wegkwamen. En nu zag Mara dat er bij die plas een andere watersteker zat, die met zijn staartstekel een vrij groot, harig beest vasthield: een beest dat nog leefde, want het mekkerde en gilde terwijl de scharen stukken vlees afscheurden en in de bek van de steker stopten.

Alle mensen stonden nu rond de poel waar ze op geslagen hadden. En toen pakten ze allemaal hun potten en kruiken en bogen zich voorover om ze te vullen, Daima ook, en Rabat, en Mara vond een plekje in de diepte tussen al die grote benen en vulde haar kan en hielp Dann die van hem te vullen. Toen gingen alle mensen weer om de poel heen staan kijken. En ze stapten een voor een het water in of sprongen erin. En Dann rukte zich los uit Mara's hand en dook in het water, spetterend en poedelend als een hondje. 'Hé,' zei Kulik grijnzend, 'kijk nou eens.' Hij duwde Dann onder water en Dann kwam niet meteen weer boven. Dat betekende dat Kulik hem onder hield. 'Hou op,' zei Daima, en Rabat zei niets maar klom in het water en trok Dann omhoog, die hoestte en proestte. Kulik lachte alleen maar, zodat je al die grote gele tanden zag. Nu ging Mara het water in en Daima ook. Dann besefte blijkbaar niet wat er gebeurd was, want hij lachte en schreeuwde en hij probeerde zich uit Rabats armen los te worstelen om weer in het bruine water te komen. Maar Daima nam het kind van Rabat over en ging met hem het water uit, hoewel hij schopte en klaagde. Ze keek niet één keer naar Kulik. Mara spetterde zich gauw helemaal nat en bleef bij Rabat, die vlak bij haar ging staan en strak naar Kulik staarde, terwijl haar bruine tuniek rond haar middel dreef. Toen riep Daima Mara, die met veel tegenzin uit het water kwam. Ze voelde dat het water van haar af droop en ook van haar tuniek zodat die meteen droog was. Mara zag dat Daima haar had geroepen omdat een vrouw zich bukte om Daima's kruiken te pakken. Toen Daima de kruiken van haar aanpakte, giechelde en glimlachte die vrouw, alsof ze niet van plan was geweest om Daima's kostbare kruiken te stelen.

Rabat was uit het water gekomen en stond bij hen, met een tuniek die droop van het water en eerst heel donker, daarna lichter en vervolgens zilverkleurig was.

Iedereen kwam nu uit de poel en de dieren die niet naar de andere heuvelrug waren gegaan, kwamen terug en gingen weer langs de rand staan.

Mara zag dat al het stof van Dann was afgespoeld, maar zijn haar was nog steeds verward en dof, en haar eigen haar voelde stijf en akelig aan. Zou ze ooit weer glad, schoon, glanzend haar krijgen?

Daima, die haar handen vol had aan haar vier kruiken, en Mara, die Dann vasthield, liepen samen met Rabat bij de poel vandaan. Dann trok aan Mara's hand, terwijl hij over zijn schouder naar de poelen en de dieren keek en telkens weer riep: 'Water, water, ik wil het water.'

'Je mag daar nooit alleen naar toe gaan,' zei Daima, en opeens begreep Mara hoe groot dat gevaar was. Als Dann bij hen wegliep en naar het water ging... Ze zou hem voortdurend in de gaten moeten houden. Hij mocht nooit alleen blijven.

Al snel liepen ze tussen de rotshuizen. Sommige waren groter dan dat van Daima, andere kleiner, weer andere niet meer dan een kamer met een dak van grof gras. Van sommige huizen waren de stenen daken ingestort. Er lagen hopen stenen die huizen waren geweest. Voor ieder huis was een reservoir van rotsblokken. Voor Daima's huis ook. Allerlei pijpjes en gootjes liepen vanaf de verschillende daken naar het reservoir.

Rabat zei iets tegen Daima dat volgens Mara belangrijk was.

'Ik heb ons melkbeest gemolken,' zei ze. 'En ik heb het eten en water gegeven. Ik wist dat jij het druk had met je kleinkinderen.' Ze zei het laatste woord niet alsof ze een grapje maakte, maar toch wilde ze Daima laten merken dat ze haar verhaal niet geloofde, wist Mara.

'Dank je,' zei Daima. 'Dat is aardig van je. Ik sta bij je in het krijt,' zei ze, weer op zo'n veelbetekenende toon.

'Ik heb zoals altijd de helft van de melk gehouden,' zei Rabat.

'Ik heb wel melk voor de kinderen nodig,' zei Daima.

'Ze geeft nu minder melk dan eerst.'

'Dan heb ik alles nodig.'

'Je bent me wat verschuldigd.'

'Je kunt de schuld voor het melkbeest wegstrepen tegen jouw schuld aan mij voor de wortels.'

'En de soldaten dan?'

'Dat is zo'n grote schuld dat ik niet denk dat een beetje melk daartegen opweegt.'

'Een kwart van alle melk.'

'Goed,' zei Daima. Haar stem klonk moe en boos. Ze keek niet naar Rabat, die haar aankeek op een manier waaruit bleek dat ze zich schaamde. 'Het zijn zulke leuke kinderen om te zien,' zei Rabat, die iets wilde goedmaken omdat ze de melk opeiste.

Daima zei niets.

Ze waren voor het huis naast dat van Daima blijven staan. Opeens omhelsden de twee vrouwen elkaar en Mara kon zien dat ze dat niet van plan waren geweest. 'Ik heb bijna niets meer te eten,' zei Rabat. 'Zonder de melk...'

'Het hindert niet,' zei Daima. 'We redden het allemaal wel op de een of andere manier.'

Rabat ging met de waterkannen haar huis in en de anderen liepen door naar Daima's huis.

Mara bleef bij het grote reservoir in de rots staan. 'Staat daar water in?'

'Er zou water in staan als het regende.'

Dann sprong als een hondje op en neer, en probeerde zich aan het reservoir omhoog te hijsen. Daima bracht de kruiken water naar binnen en redde Danns kan, die dreigde te worden omgeschopt. Ze kwam terug, tilde Dann op en zette hem op de rand van het reservoir.

'Er zit een schorpioen in,' zei hij.

'Die is er dan vast ingevallen.'

Mara probeerde zich op te trekken: haar handen konden niet goed houvast krijgen op de rand, omdat ze er maar net bij kon. Daima tilde haar op en ze ging naast Dann zitten, haar benen hoog optrekkend, heel ver bij de boze schorpioen vandaan, die probeerde tegen de rotsige wanden omhoog te klimmen, maar weer terugviel.

'Arm beest,' zei Mara.

'Hij lijkt op de watersteker,' zei Dann, 'alleen veel kleiner.'

Daima haalde een stok, trok zich op, ging op de rand van het reservoir zitten en zei: 'Let op,' terwijl ze de stok omlaag hield. De schorpioen greep hem met zijn klauwen vast, Daima tilde hem op... en de schorpioen liet los. 'Als je je niet vasthoudt, ga je daar dood,' zei Daima, maar dit keer bleef de schorpioen de stok vasthouden en Daima tilde hem voorzichtig uit het reservoir. Ze keken met zijn drieën hoe het beest wegschoot in de wirwar van dood gras.

'Hij heeft honger,' zei Daima, 'zoals alles honger heeft.'

Het was zo warm op de rand van het rotsige hok dat Mara's dijen verbrandden. Ze sprong naar beneden. Daima ook, en ze tilde Dann eraf voordat hij kon protesteren.

'Hoe lang is het geleden dat daar water in stond?'

'We hebben ongeveer een jaar geleden een enorme regenbui gehad. Toen is het reservoir volgelopen. Ik heb de hele tijd water overgebracht naar het reservoir dat je binnen hebt gezien, en ik ben heel zuinig geweest met dat water.'

'Misschien krijgen we nog eens een regenbui,' zei Mara.

'Soms denk ik dat het nooit meer echt zal gaan regenen.'

Binnen begon Dann te geeuwen. Hij dronk wat zure melk waar hij een vies gezicht bij trok. Toen bracht Mara hem naar de kamer ernaast, naar het toilet, en vervolgens naar bed. Hij sliep meteen.

Mara dacht: ik wil dat Dann slaapt, zodat hij de boze herinneringen van zich af slaapt, maar zelf wil ik me alles herinneren. Waar is het Wat-Heb-Je-Gezien-spel anders voor dan om te proberen je alles te herinneren? Het werd buiten al minder licht. Daima ontstak de grote vloerkaars. Dankzij de rotsmuren was deze kamer koel, al kwam er door het raam warme lucht naar binnen. Morgen zou de zon als een vijand overeind springen en dan zou het al snel te warm zijn om naar buiten te gaan.

Mara zat met Daima aan de rotstafel.

'Is Rabat een spion?' vroeg ze. 'Vertelt ze de anderen alles over ons?'

'Ze is een spion, maar ze vertelt niet alles.' Daima zag aan Mara's gezicht dat ze niet wist wat ze moest vragen. 'Het is allemaal niet zo eenvoudig,' zei ze. 'Het is waar dat ik Rabat niet zou moeten vertrouwen – dat denk je toch?'

'Ja.'

'Maar ze heeft wel voor me gezorgd toen ik ziek was. En ik heb voor haar gezorgd toen ze haar been brak. En toen mijn kinderen klein waren, heeft ze me met hen geholpen.'

'Had zij geen kinderen?'

'Jawel, maar die zijn doodgegaan. Dat was toen we de korte droogte hadden, ze kregen de droogteziekte.'

'Zou ze de anderen vertellen over de soldaten die naar ons vroegen?'

'Misschien wel, maar ik denk het niet. Maar het maakt ook niet uit. Als de soldaten geld voor ons boden wel. Maar ik denk dat ze eigenlijk zo snel mogelijk probeerden te vluchten. Rabat rekent op me. Ze heeft nog maar heel weinig eten. De laatste keer dat de handelaren kwamen, heb ik voedsel voor haar gekocht omdat ze niets had om in ruil te geven. Ze geven meel in ruil voor wortels, maar het is moeilijk om de wortels te vinden. Sommige mensen hier verbouwen wat opium, maar het is te droog geweest. Het water in haar reservoirs is op, dus ik heb haar af en toe wat gegeven. En zij helpt mij met het melkbeest.'

'Waarom heeft ze er zelf geen?'

'Ik zei al dat het allemaal niet zo eenvoudig is. Ze had nog vier melkbeesten. Zij en haar man hebben me er een gegeven voor mijn kinderen. Haar man was zo vriendelijk: hij was echt een goede man. En hij is doodgegaan. Op een nacht kwamen een paar mensen op de vlucht hier langs en die hebben haar drie melkbeesten gestolen. Dus nu doen we samen met dat van mij. Dat is niet meer dan eerlijk, denk ik.'

'Haal je altijd water uit de poel waar we vandaag waren?'

'Dat kleine riviertje staat al een paar jaar droog. De grote rivier heeft bijna droog gestaan. Ik heb genoeg water in mijn reservoir binnen om het uit te kunnen houden, als we zuinig zijn. Ik ga morgen samen met de anderen terug naar de poel. En ik wil dat je Dann hier houdt.'

'Denk je dat Kulik hem echt wilde verdrinken?'

'Ik weet het niet. Misschien begon het als een grapje en daarna… Het zou heel makkelijk zijn om hem iets te lang onder te houden.'

'Waarom wilde hij Dann vermoorden? Een klein jongetje?'

'Kleine jongetjes worden groot. En kleine meisjes ook, Mara. Je moet de hele tijd goed opletten. Niet dat je in huis moet blijven. Ik zal je leren hoe je het beest moet melken, en hoe je de melk zuur moet laten worden en kaas moet maken. En ook hoe je wortels kunt vinden – dat is heel belangrijk. Je moet mee eropuit en je steentje bijdragen. Ik kan doodgaan, Mara. Ik ben een oude vrouw. Je moet alles weten wat ik weet. Ik zal je laten zien waar het geld is. Maar onthoud goed: het is makkelijk om een schorpioen tussen een plooi stof te stoppen, of een steen van achter een muur te gooien zodat het net lijkt alsof hij van het dak is komen vallen, of een kind in een waterreservoir te stoppen en het deksel eroverheen te leggen. Er is eens een kind zo doodgegaan. Maar dat was een van hun kinderen. Niemand kon het horen huilen omdat het deksel goed paste.'

'Dat wil zeggen dat iemand het wilde vermoorden.'

'Ja, dat denk ik wel.'

'Dat wil zeggen dat ze onderling ruzie hebben, de Rotsmensen.'

'Ja zeker. Er zijn families die niet met elkaar spreken.'

Opeens giechelde Mara, en Daima keek verbaasd. Mara zei vlug: 'We hebben niet genoeg water. We hebben heel weinig eten. Maar zij maken ruzie.' En ze keek naar Daima om te zien of ze het had begrepen.

Daima zei, droogjes, maar glimlachend: 'Ik zie dat je snel groot wordt. Maar daar gaat het inderdaad om. Hoe moeilijker het allemaal is, hoe meer mensen ruzie maken. Je zou denken dat het andersom was.'

De volgende ochtend zei Daima tegen Dann dat hij buiten mocht gaan spelen, net voor de deur, waar ze hem konden zien. Hij ging naar buiten en stond met een stok in het stof te prikken. Hij leek half te slapen. Mara bedacht dat hun moeder dit vieze kleine kind met zijn verwarde haar niet zou herkennen als ze hem zo kon zien. Vooral deze lusteloosheid zou ze niet herkennen. Al snel klonken er voetstappen en stemmen; er kwamen twee mannen aan die op een paar passen afstand bleven staan en openlijk door de deuropening naar binnen keken, waar je Daima en Mara aan tafel kon zien zitten. Dann staarde hen aan en begon toen stap voor stap naar hen toe te lopen, terwijl hij van het ene gezicht naar het andere keek. De twee mannen bleven naar hem staan kijken, eerst verbaasd, daarna bezorgd, en daarna boos. Ze spraken op zachte, boze toon tegen elkaar. En nog steeds liep Dann stap voor stap, strak kijkend op hen af. 'Ksssst,' zei de ene man, en de ander zwaaide met een stok naar Dann, alsof hij een beest was.

'Wat heeft dat kind,' zei Daima. 'Laat hij ophouden.'

'Ik weet wat er mis is,' zei Mara en dat was inderdaad zo, hoewel ze het niet meteen had geweten. De gezichten van de twee leken zo op elkaar dat je ze bijna niet uit elkaar kon houden: twee boze gezichten die naar het kind keken, hun lippen dun en strak van afkeer voor hem. Mara rende naar buiten en greep Dann, net toen een van de mannen een steen pakte om naar hem te gooien. 'Dann,' zei ze, 'nee, nee, nee.' En tegen de man: 'Alstublieft, niet doen.' En Dann bleef trillend van angst staren, en zijn hele lichaam schokte toen zijn zusje hem vasthield.

'Hou die rotkinderen bij je,' schreeuwde een van de mannen door de deuropening tegen Daima.

En ze liepen weg, de twee mannen, die van achteren even sterk op elkaar leken als van voren: log en traag en allebei met hun hoofd op dezelfde manier naar voren gestoken.

Mara hield het kind vast, dat slap tegen haar schouder aan snikte; en over zijn hoofd heen zei ze tegen Daima dat er twee mannen waren geweest die er net zo uitzagen, en de een had gedreigd hen te slaan en had hun geen water willen geven, en de ander was vriendelijk en gaf hun wel water – en nu dacht Dann dat ze een en dezelfde waren: de twee broers, Garth en Gorda.

'Die twee daar zijn samen met die van mij opgegroeid,' zei Daima. 'Ik ken ze. Het zijn pestkoppen en ze zijn achterbaks. Dann moet bij hen uit de buurt blijven, en jij ook, Mara.'

En nu begon Mara aan Dann uit te leggen dat twee mensen er hetzelfde uit kunnen zien, maar innerlijk heel verschillend kunnen zijn van aard, dat hij in de war was door wat er was gebeurd... En terwijl ze praatte, bedacht ze dat het allemaal minder dan een week geleden was gebeurd.

Terwijl Mara praatte, staarde Dann door de deur naar buiten, naar waar de twee mannen hadden gestaan. Ze wist niet of hij haar had gehoord. Toch bleef ze praten en uitleggen, omdat hij haar vaak verbaasde door later met iets te komen waaruit bleek dat hij het had begrepen.

'Laten we het spelletje spelen,' probeerde ze uiteindelijk. 'Wat heb je gezien?... bij ons thuis, toen de slechte mensen er waren?' 'Wat heb je gezien?... later, bij de man die ons water gaf?' Langzaam begon Dann te antwoorden, maar hij keek loom uit zijn ogen en zijn stem klonk ook loom. Mara hield vol, en Dann gaf antwoord, maar hij had het alleen over de boze man, de boze man met de zweep. Uiteindelijk hield Mara op. Het kind haalde het blijkbaar allemaal door elkaar: het tafereel dat zich bij hen thuis had afgespeeld en uren had geduurd, waarbij ze, bedreigd met de zweep, hongerig en dorstig hadden moeten blijven staan, en dat andere tafereel, in de rotskamer, toen Gorda was binnengekomen. 'Herinner je je niet meer dat hij heel vriendelijk was en ons water gaf?' Maar nee, Dann herinnerde het zich niet, en hij zei: 'Die twee mannen daar, met die stok, waarom hadden die hetzelfde gezicht?'

Hij stopte zijn duim in zijn mond en begon luid te zuigen, en algauw sliep hij, terwijl Mara hem zat te wiegen en Daima met haar kruiken naar de rivier ging.

Toen ze terugkwam, waste ze hen weer allebei, terwijl ze in het ondiepe bad stonden; en dit keer waste ze ook hun haar, hoewel het niet lang mooi zou blijven glanzen, met al dat stof dat overal ronddwarrelde.

Toen nam Daima de kinderen mee naar buiten, naar de plek waar volgens haar het melkbeest stond te wachten – ze had tegen Rabat gezegd dat zij het zou melken. Dann klampte zich zo aan Mara vast dat ze nauwelijks kon lopen. En ze bleef dicht bij Daima, omdat het melkbeest zo enorm groot was en haar bang maakte. De rug van het beest kwam tot Daima's hoofd en die was heel lang. Het was een zwart-witbeest, of dat zou het geweest zijn als het niet met een dikke laag stof bedekt was. Het had spitse, harde hoeven en slimme, wijze ogen: Mara had nog nooit zulke ogen gezien, want in plaats van een zacht gekleurd rondje met wit eromheen, waren deze ogen felgeel met een zwarte streep erin en lange wimpers eromheen. Ze vond dat het dier boosaardig keek, maar Daima had al een touw over de horens gegooid en het touw daarna om een paal geslagen, en ze knielde recht onder de buik van het beest, waar een zak hing met tepels die als enorme roze vingers uitstaken. Daima had een bak onder de melkzak gezet en gebruikte haar beide handen om de melk eruit te halen. De melk schoot in de bak, die galmde als een klok, en intussen stond het beest stil te kauwen, met snelle kaakbewegingen. Het draaide zijn kop en stopte zijn neus tegen Daima's nek, en daarna in Mara's nek en die gilde het uit, maar Daima zei: 'Let maar niet op Mishka, ze doet niets. Nou, kom maar hier zitten.' Mara hurkte naast Daima. Ze voelde dat Dann vlak achter haar stond, want hij was wel bang van het beest maar zijn behoefte aan haar was groter dan zijn angst. 'Gebruik twee handen voor een tepel,' zei Daima. Mara pakte de warme, glibberige tepel in haar volle hand, kneep, en er kwam een beetje melk uit; maar Daima liet haar zien hoe het moest en algauw spoot de melk eruit. 'Kijk, je hebt de slag al te pakken,' zei Daima. 'En ze kent je nu.' Daima maakte het melken af, totdat de zak leeg hing. Het beest ging er blatend vandoor toen Daima het touw van haar horens haalde, en zocht voorzichtig haar weg tussen de hobbels en de verwarde grassen door naar een groep melkbeesten die dicht opeen onder een doornboom stond. De beesten hadden verschillende eigenaren, maar ze brachten al hun dagen en ook hun nachten samen door in een schuur omdat de draken het op ze hadden gemunt.

Daima had twee kannen melk, de een vol en de ander gedeeltelijk vol. Ze gingen naar Rabats huis en gaven haar de kan die gedeeltelijk vol was. Rabat keek streng in de kan om te zien of ze het deel kreeg dat haar was toegezegd, glimlachte toen op de manier waar Mara zo'n hekel aan had, en zei: 'Dank je.'

Het was nu het heetst van de dag, en ze gingen in de koele halfduisternis van de grote kamer zitten. Dann zat op de grond, met zijn duim in zijn mond, dicht tegen Mara's benen aan.

Mara zag dat Daima's ogen vol tranen stonden en toen dat er tranen door de rimpels in Daima's wangen liepen. 'Het is gek,' zei Daima tegen Mara, alsof ze het tegen een volwassene had, 'dat er weer hetzelfde gebeurt.'

'Je bedoelt: met jouw kinderen, en nu met Dann en mij?'

'Ze wilden met andere kinderen spelen, maar Kulik kwam en zei: Hou je rotkinderen bij je.'

Mara liet Dann in de steek, klom op Daima's schoot en sloeg haar armen om haar nek. Daardoor ging Daima nog harder huilen, en Mara huilde ook en toen begon het jongetje aan Mara's benen te trekken omdat hij opgetild wilde worden, en algauw zaten de kinderen allebei bij Daima op schoot en huilden ze allemaal.

Toen zei Mara: 'Maar met jouw kinderen gaat het goed. Ze zijn groot geworden. Niemand heeft hun iets gedaan.'

'Er zijn er genoeg die het hebben geprobeerd. En toen ik hen er helemaal doorheen had gesleept, gingen ze weg. Ik weet dat ze weg moesten. Ik wilde ook dat ze weggingen.' Daima bleef zitten huilen en deed geen pogingen om op te houden.

'Ik ga niet weg, dat beloof ik,' zei Mara. 'Ik laat je nooit alleen met deze afschuwelijke Rotsmensen, nooit, nooit.'

'Ik ga niet weg,' zei Dann met een hoog stemmetje. 'Ik ga nooit bij je vandaan.'

'Ik zal eerder bij jullie vandaan gaan,' zei Daima.

Dann begon te jammeren, maar Mara zei: 'Ze bedoelde niet dat ze bij ons weg gaat. Dat bedoelde ze niet.'

De rest van de dag waren ze bezig Dann gerust te stellen dat Daima niet van plan was hen in de steek te laten.

Nu zei Daima dat het tijd was om Mara te laten zien hoe ze alles moest doen. Hoe ze voor het melkbeest, Mishka, moest zorgen. Hoe ze de melk op een bepaalde manier zuur moest laten worden. Hoe ze kaas moest maken. Hoe ze in het gras moest zoeken naar kleine plantjes waaraan je kon zien waar diep in de grond de zoete gele wortels zaten. Welke groene planten je kon plukken en als groente kon koken. Hoe je kaarsen moest maken. En algauw zei Daima dat Mara moest weten waar het geld was verborgen.

'Als jij geld moet verbergen, Mara, waar zou je het dan stoppen?'

Mara dacht na. 'Niet in de kamer waar het waterreservoir is of ergens in de buurt van het voedsel. En niet in deze kamer, omdat je hier zo makkelijk binnen kunt komen. Niet in het dak, omdat gras kan branden. Niet ergens buiten het huis, omdat ze je zouden zien als je ernaar ging kijken. En niet in een van de lege kamers, omdat iedereen dat zou verwachten.'

Een lange stilte.

'Waar dan?' hield Daima aan. Maar Mara kon het niet raden.

In een hoek van de kamer stond een bundel grote vloerkaarsen. De grootste hadden dezelfde omvang als Mara's borstkas. Een die er net zo uitzag als alle andere, was heel glad aan de onderkant; maar als je er een laagje afschraapte en er een plug van kaarsvet uit trok, zat er een gat, en daarin zat een leren tas met munten. Het waren gouden munten, vrij klein, maar zwaar, en het waren er vijftig. Mara kon zich herinneren dat het Volk thuis grote, zware versierselen droeg van dit materiaal, goud, en zij had zelf bij haar geboorte een armband van dezelfde munten gekregen, die heel waardevol was, wist ze. Waar was die nu? Maar haar oude leven in het grote, luchtige, door tuinen omgeven paleis leek iedere dag meer op een droom en de herinnering eraan werd steeds vager. En ze had een andere naam gehad. Hoe had ze geheten? Ze vroeg Daima of ze wist hoe Dann en zij hadden geheten, maar Daima zei dat ze het niet wist, en bovendien was het wel goed om die namen te vergeten. 'Wat niet weet, wat niet deert,' zei ze.

Vaak klom Mara bij Daima op schoot, maar alleen als Dann sliep, omdat ze hem niet wilde laten merken dat ze zich ook vaak een baby voelde. Ze omhelsde Daima en voelde de botten in de harde armen en de harde schoot. Daima was nergens zacht. Mara legde haar gezicht tegen Daima's benige schouder en dacht aan haar moeder, al kon ze zich haar gezicht moeilijk herinneren. Ze bedacht dat haar moeder overal zacht was en lekker kruidig rook, dat ze haar had omhelsd met armen vol armbanden en lang, zwart haar waarin Mara haar gezicht kon begraven. Daima rook droog en zuur en stoffig. Stof, de geur van stof, het gevoel van stof dat alles bedekte: zachte kussens stof onder je voeten, stof dat zich op-hoopte in de groeven waar de deur doorheen gleed, stof op de rotsige vloer dat iedere dag weer naar buiten moest worden geveegd. Er viel een laagje stof op het voedsel terwijl ze nog zaten te eten, en vaak deed de wind stof en gras opwarrelen en werd het zonlicht vlekkerig en vuil.

'Misschien gaat het wel regenen,' zei Mara vol verlangen tegen Daima, die antwoordde: 'Ach, misschien wel.'

Algauw begon Mishka minder melk te geven. Sommige ochtenden was er bijna niets. Iets in de manier waarop Rabat glimlachte en keek, deed Mara vragen of Rabat misschien 's nachts eropuit ging om melk te stelen. Daima zei dat ze dat inderdaad vermoedde. 'Oordeel niet te hard,' zei ze tegen Mara. 'Ze heeft niets te eten.'

'Waarom trekt ze er niet op uit om wortels op te graven, net als wij?'

Daima zuchtte en zei dat het geen zin had om van mensen dingen te verwachten die ze niet konden.

'Waarom kan ze het niet?'

Daima ging zachter praten, hoewel ze alleen waren, en zei: 'Ze is een beetje zwakzinnig.' Daarna, nog zachter: 'Daarom wilden de anderen nooit iets met haar te maken hebben en daarom was ze blij dat ze met mij bevriend kon zijn.' Ze glimlachte grimmig, op een manier die Mara had leren vrezen. 'Twee ver-schoppelingen.'

'Gaat Mishka meer melk geven als het regent?'

'Ja, maar ze wordt oud, en het wordt tijd dat ze een jong krijgt. Als dat niet gebeurt, droogt haar melk binnenkort helemaal op.'

'Waarom gebeurt dat dan niet?'

'Kulik is eigenaar van het enige mannelijke melkbeest, en hij wil dat niet met ons beest laten paren.'

Mara wist met haar gevoelens geen raad. Het was net tot haar doorgedrongen dat de enige vriendin die Daima al die jaren had gehad een enigszins gestoorde vrouw was, en nu hoorde ze hoe wreed Kulik was.

Ze liep weg, de kamer in waar haar rotsbed was, ging op bed liggen, keerde haar gezicht naar de muur en dacht diep na. Ze wist dat ze niet tegen Daima kon vertellen wat ze van plan was, want dan zou ze het niet mogen. Ze wachtte totdat Daima met Dann naar buiten was gegaan om Mishka wat water te brengen en toen liep ze vriendelijk glimlachend door het dorp naar de plek waar ze wist dat de mannen op het heetst van de dag meestal zaten. Tegen een leegstaand rotshuis was een lange bank van rotsblokken, overschaduwd door wat van de oude rieten dakbedekking die langs het dak omlaag was gezakt. Op deze bank zaten tien mannen ogenschijnlijk half te slapen, met hun handen op hun knieen. Kulik zat er ook bij.

Het was moeilijk om naar hen toe te lopen, want ze zag dat ze een harde uitdrukking op hun gezicht kregen toen ze dichterbij kwam. Zo had ze de Rotsmensen haar leven lang al zien kijken als iemand van het Volk in de buurt kwam. Hun ogen vernauwden zich en hun mond werd strak en boos.

Ze dwong zich te glimlachen, maar niet te breed, en ging voor Kulik staan. 'Alstublieft, onze Mishka moet paren,' zei ze. Onwillekeurig klonk haar stem zacht, en haar lippen trilden.

Eerst keken de mannen elkaar verbaasd aan. Ze lachten: een akelig, kort gelach, dat op blaffen leek. Toen staarden ze haar weer allemaal aan, met een harde uitdrukking op hun gezicht. Kulik grijnsde echter zodat je al zijn tanden zag.

'Mijn broertje, hij heeft melk nodig,' zei Mara, over haar woorden struikelend.

Kulik kneep zijn ogen samen, staarde haar aan, bleef gemeen grijnzen en zei: 'En wat krijg ik daarvoor in ruil?'

'Ik geloof niet dat we iets hebben. Ik zou wat wortels voor u kunnen zoeken.'

Nog meer gelach van de mannen.

'Ik had geen wortels in gedachten,' zei Kulik. Toen zei hij langzaam, en met zijn gezicht zo vol haat dat ze nauwelijks voor hem kon blijven staan: 'Op je knieën, akelig Mahondisch kind, op je knieën en smeek.'

Eerst wist Mara niet precies wat hij van haar wilde, maar ze liet zich op haar knieën in het stof vallen en toen ze naar hem keek, kon ze hem door haar tranen nauwelijks zien.

'Nu drie keer buigen,' zei Kulik.

Mara moest er weer over nadenken, maar ze boog: een keer, twee keer, drie keer, terwijl ze probeerde om haar haren uit het stof te houden. Bij de laatste keer voelde ze hoe Kulik met zijn grote hand op haar hoofd haar gezicht door het stof wreef. Toen liet hij haar los. Ze kwam overeind, ging op haar knieën zitten en aangezien hij niets zei, stond ze op. Het stof viel langs haar ogen van haar hoofd af.

'Alstublieft, wilt u Mishka laten paren?' vroeg ze.

Nu brulden ze allemaal verbaasd van het lachen, behalve Kulik, die dit keer niet lachte, maar alleen grijnsde, naar voren leunde en zei, terwijl hij bijna in haar gezicht spuugde: 'Breng haar maar hier als ze zover is. Je weet daar vast alles van door je harde werken op de boerderij.'

'Ik weet ervan,' zei Mara. 'Ik heb geleerd hoe je dieren met elkaar moet laten paren.'

'Dat kwam dan goed van pas als je je slaven bevelen moest geven.'

'Alstublieft,' zei Mara, 'alstublieft.'

'Breng je beest. Maar je moet alleen komen. Ik doe geen zaken met dat oude wijf Daima. Alleen, hoor je?'

Mara was boos dat hij Daima een oud wijf had genoemd, maar ze deed haar best om te glimlachen. 'Dank u,' zei ze.

'En als het jong een mannetje is, krijg ik het.'

'O, dank u, dank u...' en ze rende weg.

Ze vertelde Daima wat ze had gedaan, en Daima greep naar haar hart en moest gaan zitten. 'Mara,' zei ze, 'Mara... Dat was heel gevaarlijk. Ik heb wel meegemaakt dat Kulik iemand doodde die zich tegen hem verzette.'

'Wat is Mahondisch?'

'Wij zijn Mahondi's. De Mahondi's zijn het Volk. Noemde hij je een Mahondi? Nou ja, dat ben je. En ik ook, en Dann ook.'

'En als het jong een mannetje is, wil hij het hebben. Dat wil zeggen dat wij het mogen houden als het een vrouwtje is en melk van haar kunnen krijgen als ze ouder wordt.'

'Er zijn te veel vrouwtjes,' zei Daima. 'We kunnen ze nu al niet allemaal te eten geven. Hij wil een nieuw mannetje, omdat zijn mannetje oud is en hij zo kan bepalen wie melk krijgt en wie niet.'

'Misschien krijgt Mishka een tweeling.'

'Hoop daar maar niet op. Dan zouden we er een moeten slachten. Hoe zouden we ze altijd genoeg te eten kunnen geven? Je weet zelf hoe moeilijk het is om eten voor ze te vinden.'

Toen Daima zei dat Mishka zover was, bond Mara het touw om haar horens en liep tussen de huizen door naar de plek waar de mannen zaten.

Ze bleef met het beest voor Kulik staan en zei: 'Hier is Mishka. Ik ben alleen gekomen, zoals u had gezegd.'

'Waarom denk je dat ik niet van gedachten ben veranderd?' zei Kulik, en hij bleef een hele tijd zitten grijnzen om haar in angst te laten zitten dat hij wel van gedachten was veranderd.

'U hebt het beloofd,' zei Mara uiteindelijk, zonder te huilen, want ze was vastbesloten om dat niet te doen.

'Goed dan, kom maar mee.'

Hij stond op, log en langzaam – als een beest dat van plan is om je te vertrappen, dacht Mara –, en liep naar het omheinde stuk grond waar zijn mannetjesmelkbeest helemaal alleen stond. Mishka begon te springen en aan haar touw te trekken.

Kulik keek grijnzend achterom en zei: 'Ze kan bijna niet wachten, hè? Jullie zijn allemaal hetzelfde.'

Mara had geen idee wat hij bedoelde.

Bij de toegang tot het omheinde veld – een klein stukje grond waar net een beest kon staan met nog iets aan ruimte over – verschoof hij een grendel en duwde Mishka naar binnen. Vervolgens tilde hij Mara op en zette hij haar over de omheining heen zodat ze tussen de poten en de horens stond. Daarna leunde hij met zijn armen op de houten omheining en keek grijnzend toe hoe Mara heen en weer sprong, terwijl het grote mannetjesbeest Mishka in de goede stand duwde en schoof, en Mishka opzij ging, hem ontweek, en weer terugkwam... en die grote hoeven Mara de hele tijd op een haar na misten. De mannen stonden nu langs de omheining te grijnzen en te hopen dat Mara een flinke schop zou krijgen, of een klap van een van die scherpe horens. Het duwen en schuiven in de omheining leek heel lang te duren, en Mara probeerde om door de reling naar buiten te komen, maar de mannen duwden haar weer terug, en dit keer kwam ze net onder Mishka's kop terecht. Het mannetje zat nu op Mishka's rug en duwde Mishka naar beneden, maar die probeerde Mara geen pijn te doen en bleef met haar kop en schouders bij het meisje vandaan. Eindelijk was het gebeurd. De twee beesten stonden weer los van elkaar. Mara trilde zo dat ze bijna niet kon blijven staan, en ze voelde hoe haar plas langs haar benen liep. Maar ze pakte het touw dat om Mishka's horens zat en ging met haar bij de opening in de omheining staan. Kulik bleef een hele tijd met zijn armen op de omheining leunen. Toen stapte hij achteruit, tilde de omheining weg en ging opzij. Mara leidde Mishka naar buiten. Ze keek niet naar Kulik of naar de andere mannen die daar zelfvoldaan stonden te grijnzen.

'Onthoud goed, als het een mannetje is, krijg ik hem,' zei Kulik.

'Dat beloof ik,' zei Mara.

'Ze belooft het,' zeiden de mannen tegen elkaar, haar stemmetje nabauwend, maar dan slissend en dom, niet zoals zij praatte.

Ze nam Mishka mee terug naar haar plaats bij de andere beesten en bleef een poosje daar staan, met haar armen om een van haar grote voorpoten geslagen, omdat ze niet hoger kon komen; en Mishka boog haar zachte snoet naar haar toe en likte het zout van Mara's bezwete, stoffige nek.

Daarna ging ze naar Daima en vertelde het haar. Daima bleef aan tafel zitten, met haar hoofd op haar oude hand, en luisterde.

'Nou, laten we hopen dat ze vatbaar is.' En Mishka was 'vatbaar': ze werd zwanger en kreeg een jong, een mannetje. Dann was nauwelijks bij Mishka en haar jong vandaan te houden. Hij was dol op het beestje, dat naar Dann uitkeek omdat hij het stukjes groenvoer gaf die hij in het gras vond, of een plakje gele wortel.

'Wees niet zo gek op dat beestje,' zei Mara, 'want we kunnen het niet houden.'

'Je hebt gelijk,' zei Daima. 'Hij moet weten hoe de wereld is.'

'Misschien zal het niet altijd zo blijven,' zei Mara.

En toen werd het beest – Dann had het Dann genoemd – meegenomen door Kulik, die Dann wegjoeg en zei: 'Ik moet niets van vervelende Mahondische kinderen hebben, maak dat je wegkomt.'

Dann begreep er niets van. Zonder iets te zeggen bleef hij verbaasd en verdrietig zitten; maar toen leek er iets in hem te veranderen. 'Ik haat Kulik,' zei hij, maar niet op de toon van een klein jongetje. 'Op een dag zal ik hem doden.' En hij huilde niet. Zijn gezicht stond smal, strak, achterdochtig en hard. Hij was nog geen vijf jaar oud.

2

Op de lage heuvel boven het dorp stond een hoge rots die aan drie kanten heel steil was en aan de kant van het dorp schuin naar beneden liep. Boven op die rots zat Mara te kijken naar een groepje van een stuk of vijf jongens die met stokken een schijngevecht hielden. Dann was langer dan de rest, al was hij met zijn tien jaar een van de jongsten, een snel, oplettend kind dat alle andere kinderen de baas was. Mara was bijna volwassen, met haar kleine ronde borstjes, en ze was lang, dun en pezig en kon harder lopen dan de jongens. Dat had ze geleerd omdat ze Dann zo vaak uit een gevaarlijke situatie had moeten redden. Het was net of hij geboren was zonder gevoel voor zelfbehoud: hij sprong rustig van een rots of van een dak af zonder te kijken waar hij neerkwam, liep recht op een grote, sissende draak af en sprong in een poel zonder te kijken of er steekbeesten of waterdraken in zaten. Maar het ging veel beter met hem en daarom zat Mara hier nu lui te kijken, niet bezorgd of waakzaam, zoals ze tot nu toe dag en nacht was geweest. Het was pas kortgeleden tot haar doorgedrongen dat er een eind was gekomen aan al haar waken. Ze had rustig vanaf de heuvel naar het dorp gewandeld, al mijmerend en luisterend naar de zingende kevers, toen ze opeens Dann met een stok aan zag komen en voorbij zag rennen. Ze had zich snel omgedraaid en zag dat hij een draak aanviel die haar achtervolgde.

'Je moet toch voorzichtiger zijn, Mara,' had hij verwijtend gezegd, en helemaal niet als een soort imitatie van haar voortdurende 'Voorzichtig, wees toch voorzichtig, Dann.'

Ze was naar binnen gegaan en had het tegen Daima verteld, en ze hadden huilend en lachend in elkaars armen gelegen omdat het zo vreselijk idioot was. En Daima had gezegd: 'Gefeliciteerd, Mara. Het is je gelukt. Je hebt hem erdoor gesleept.'

Dit was haar lievelingsplek. Niemand kwam hierboven: Dann niet, die altijd rond wilde rennen; Daima niet, die te oud en te stijf was; de dorpelingen niet, die zeiden dat het er spookte. Mara was hier op ieder moment van de dag geweest, ook wel 's nachts, en ze had nog nooit spoken gezien of gehoord. Het gevaarlijkst waren de draken, die zo hongerig waren dat ze alles wel wilden eten. Daarom zat ze op een rots die aan drie kanten niet te beklimmen was en waar ze aan de voorkant zittend vanaf kon glijden om weg te kunnen rennen zodra ze het boze gesis hoorde. Of ze kon hierboven veilig wachten en stenen naar de draken gooien als ze aanstalten maakten om naar boven te klimmen. Deze rots stak hoog boven een golvende massa kleine, rotsige heuvels uit, vol kloven en spleten waarin struiken en bomen groeiden, en grotten en rotsen en kuilen die oude vallen waren, en op sommige plekken een heleboel oude muren en daken. Wanneer ze met Daima het Wat-Heb-Je-Gezien-spelletje deed, wilde ze altijd het liefst deze heuvel doen omdat ze steeds nieuwe dingen ontdekte.

'En toen?'

'Rond de kuilen zitten zwarte ringen, met stukjes ketting aan de ringen.'

'En verder?'

'De ringen zijn gemaakt van een soort metaal dat wij niet hebben.'

'En dus?'

'Toch denk ik dat die kuilen vrij nieuw zijn, Daima. Ik bedoel honderden jaren oud, niet duizenden jaren.'

Wanneer Mara honderden zei, bedoelde ze lang en wanneer ze duizenden zei, betekende het dat haar geest het had opgegeven, het gaf een tekortkoming toe: duizenden betekende een onvoorstelbaar eindeloos verleden.

Hoog in die heuvels – want achter de heuvel vlak bij het dorp verrezen nog een heleboel andere – had Mara zich tussen struiken en boompjes door gewrongen, was ze tussen rotsblokken door gekropen, langs lemige hellingen te midden van een regen van stenen naar beneden gegleden, in bomen geklommen om plekken te bekijken waar ze vanwege de dichte onderbegroeiing niet bij kon komen, en langzaam – heel langzaam, in de loop der jaren – had ze leren begrijpen dat dit niet gewoon de ruïne van een stad kon zijn van duizenden of honderden jaren oud, zoals Daima haar had verteld, of een plek waar je stenen vond om mee te bouwen, zoals de dorpelingen dachten, maar allemaal verschillende lagen bewoning, volkeren en tijd. Ze had tussen muren gestaan die nog bijna intact waren, al hadden wortels één muur gedeeltelijk veranderd in een schuin aflopende laag stenen, waar hagedisjes zaten te zonnen, en voor haar stond een hoge muur, vele malen hoger dan zij en breder dan Daima's hele huis, waar geen enkel rotsblok aan ontbrak. In de hele muur waren verhalen gekerfd en die gingen allemaal over een oorlog: de strijders droegen slobberige broeken en jasjes, en grote laarzen, en ze hadden allerlei wapens die Daima niet kon uitleggen, ze zei alleen dat er ooit zulke verschrikkelijke wapens waren geweest dat één of twee ervan een hele stad konden vernietigen. De muur was een loflied op een overwinning en gaf goed weer hoe deze mensen uit de oudheid zichzelf en hun vijanden hadden gezien, want de gezichten van de overwinnaars waren wreed en fel, en die van de verslagenen angstig en smekend. In ieder geval werd op die muur verteld hoe mensen hadden gevochten en soms waren gedood. Maar een andere muur in dezelfde kamer, of zaal, bestond uit kleinere blokken steen die dichter tegen elkaar aan waren gelegd en daarop die gladde, harde pleisterlaag met gekleurde tekeningen. Het waren dezelfde mensen, met hun platte, brede schouders, magere lichamen en smalle gezichten, en ze waren weer aan het vechten maar de wapens waren anders en de kleren ook. Dezelfde mensen, maar uit verschillende tijden. Deze mensen hadden hier dus misschien wel honderden jaren geleefd. Tussen het tijdperk waarin steen gewoon werd bewerkt en het tijdperk waarin het met glad, licht pleisterwerk en gekleurde voorstellingen werd versierd, hadden ze dat pleisterwerk ontdekt en geleerd hoe je het op rots moest laten hechten en hoe je kleuren kon mengen die standhielden gedurende – hoe lang? En ergens anders op de heuvel vond ze een gedeeltelijk ingestort gebouw waarvan de muren aan de binnenkant waren bewerkt maar waar de aarde tot halverwege de muren kwam. Bijna boven op deze muren, alsof de bouwers hadden geprobeerd om de oude muren naar boven toe door te trekken, stonden andere, nieuwere muren: witte, met kleuren. Dat betekende dat degenen die het bovenste gebouw hadden neergezet, niet hadden geweten van het gebouw eronder. De aarde was weggespoeld zodat je nu de twee muren kon zien, de ene bijna recht boven de andere. En dit enorme gebied met heuvels en stenen en rotsblokken die overal verspreid lagen – opeens begreep Mara het allemaal. Er was een heel grote stad geweest met stenen muren die versierd waren met inscripties. En er was een aardbeving geweest. En boven op en tussen de half verwoeste huizen en paleizen was een andere stad gebouwd, een stad die veel mooier was en veel fijner versierd. En ook die stad was door een aardbeving ingestort, maar dit keer hadden de mensen niet de moeite genomen om iets te herbouwen. Waarom niet? Wat was er met hen gebeurd? Waar waren ze? Zo alleen hierboven, soms zelfs 's nachts, hoewel Daima het heel vervelend vond als ze hier 's nachts kwam, stond Mara te midden van deze lagen van het verleden; en soms voelde ze zich helemaal koud en bang worden, wanneer ze bedacht dat al die mensen hier hadden gewoond en hun huizen hadden gebouwd toen de aarde opeens begon te beven en alles instortte… En dat ze daarna hier weer hadden gewoond, de muren met veel zorg hadden beschilderd, de kleuren hadden gemengd, afbeeldingen van vogels en beesten en feesten, maar ook van gevechten en soldaten op hun muren hadden aangebracht… En toen waren ze verdwenen. Waarschijnlijk mensen zoals zijzelf. Ze waren verdwenen en niemand wist iets van hen. Als klein meisje was ze wel bij Daima op schoot geklommen en had ze zich huiverend aan haar vastgeklampt, overweldigd door de tijd, het gewicht ervan, gedachten die zich in haar hoofd ophoopten zodat het bijna uit elkaar barstte. 'Ze zijn gewoon weg, weg, weg, Daima, en ze waren hier al zo lang… En we kennen hun namen niet, weten helemaal niets van hen.'

Maar tegenwoordig klampte ze zich niet meer aan Daima vast en kroop ze niet meer tegen haar aan, want Mara was even groot als Daima en veel sterker. Als ze Daima nu vasthield, had ze het gevoel alsof de oude vrouw het kind was en zij de moeder, en het verbaasde haar dat het hoopje fijne botjes nog standhield.

Beneden haar waren de jongetjes aan het vechten, echt aan het vechten. Een schijngevecht ontaardde vaak in een echt gevecht waarbij de Rotsmensen een groep vormden tegen Dann omdat ze een hekel aan hem hadden, maar tot nu toe had hij alleen wat schrammen opgelopen en één keer had hij zijn arm gekneusd. Mara keek toe en dwong zichzelf om stil te blijven zitten. 'Je moet hem zijn gang laten gaan,' zei Daima. 'Je kunt hem niet meer beschermen. Hij moet zelf vechten.' En misschien doordat ze hem zelf liet vechten had hij uiteindelijk, als een volwassene, tegen Mara kunnen zeggen: 'Je moet toch voorzichtiger zijn.' Nu keek ze hoe Dann zich verdedigde tegen de schoppende en slaande jongens en ze moest zich inhouden om niet naar beneden te rennen, naast hem te gaan staan en met hem mee te vechten. Het was net of haar hele leven alleen om Dann en nog eens Dann had gedraaid en haar lichaam jarenlang alleen had gevoeld hoezeer hij haar nodig had. Nu was de vechtpartij een wervelende massa stokken en benen en stenen. Dann ontsnapte, rende naar een van de lege huizen waar het dak vanaf was, en schreeuwde naar de anderen vanaf de bovenkant van bouwvallige muren. Het was gevaarlijk. Er viel een stuk muur onder zijn voeten vandaan en hij bracht zich met een sprong in veiligheid. De anderen gingen niet achter hem aan maar vertrokken, allemaal tegelijk. Dann sprong naar beneden en verdween in Daima's huis. Hij kwam met twee bussen naar buiten en rende tussen de huizen door naar de plek waar de melkbeesten dicht op elkaar onder hun oude doornboom stonden. Hun eigen beest was nu niet Mishka maar Mishka's dochter die Mishkita heette. Toen Mishka's melk opdroogde, ging Mara naar Kulik en vroeg of ze haar nog eens kon laten paren. Dit keer keek hij haar een hele tijd strak aan met een blik die ze niet kon doorgronden. Toen knikte hij en zei: 'Breng haar maar als ze zover is.' Ze lieten Mishka paren met haar eigen zoon, Dann, en ze kreeg een jong, Mishkita. 'Ga 's avonds niet alleen naar buiten, Mara,' had Daima gezegd. 'Hij heeft een zwak voor je. Dat is nog gevaarlijker.' Maar Mara ging 's avonds wel naar buiten, en als ze Kulik zag, glimlachte en knikte ze alsof hij een vriend was in plaats van een vijand, hoewel haar hart bonkte van angst zolang hij in de buurt was.

Dann knielde onder Mishkita, waarbij hij de scherpe hoeven in de gaten bleef houden, en liet de melk in de bussen stromen. Hij was snel en handig. Voortdurend keek hij om zich heen uit angst voor een hinderlaag. Hij had een keer een hele groep kinderen in elkaar geslagen omdat ze de melkbeesten plaagden, en als hij ze weer betrapte zou hij ze eens laten merken wat hij kon.

Deze melk was het enige wat Daima nog kon eten. Als het niet snel ging regenen, zou er geen melk meer zijn.

Er was nog maar heel weinig van het witte meel over, want er was wel een handelaar gekomen maar die had gezegd dat hij het niet de moeite waard vond als ze hem alleen maar die gele wortels konden geven.

Mara had wat geëxperimenteerd. Ze vond grassen met kleine, korrelige zaden. Ze plette de dunne, broze halmen van het gras op een steen, kreeg er wat graan uit en plette dat weer op een steen. Maar een hele dag werken leverde slechts een kop meel op. Ze had een keer geluk toen ze tijdens het zoeken naar gele wortels een dikke, ronde wortel vond, zo groot als een babyhoofdje, die vol zat met een vaste, witte substantie. Ze kookte die, op het gevaar af dat hij giftig was, en at hem op, terwijl Daima toekeek met een braakmiddel onder handbereik. Maar de wortel was niet giftig en leverde een voedzame pap op. Er waren nog maar heel weinig groene blaadjes te vinden. Ze aten het witte meel met mate, voor het geval dat ze het nooit meer zouden kunnen krijgen, en verder de gele wortels en deze nieuwe, witte wortel. Ze aten zure melk en wat kaas. Ze hadden altijd honger. Daima zei dat ze allebei al vijf jaar geen goede maaltijd hadden gehad en dat ze toch omhoogschoten als riet na de regen. Ze leefden vast van de lucht, zei ze. 'Of van het stof,' grapten zij.

Twee jaar nadat de kinderen naar Daima's huis waren gekomen, was er een zware regenbui. Geen wolkbreuk op grote afstand, zodat bruin water kolkend onder een strakblauwe hemel langsstroomde. Het was echte regen. Heel plotseling en hevig. De reservoirs bij de huizen liepen vol water en iedereen deelde het water in de reservoirs bij de lege huizen met elkaar. Daima en de kinderen droegen steeds weer water naar het reservoir dat binnen achter slot en grendel zat. Al snel kwam er nog een regenbui. De uitgedroogde, gelige aarde en de doods uitziende grassen leefden weer op, er kwamen bloemen, de melkbeesten werden dik en de mensen zagen er niet meer zo uitgedroogd en stoffig uit. De waterpoelen werden een rivier, de wilde dieren stonden bij zonsopgang en in de schemering langs de oevers van de rivier en van beide rivieren klonk trompetgeschreeuw, geblaat, gehuil en gekef. Alle dorpelingen gingen de heuvelrug op om te kijken: ze hadden gedacht dat er geen dieren meer over waren. Het waren er wel nog maar half zoveel als er ooit waren geweest. Door de regenbui werden er een paar jonge dieren geboren. Kulik en zijn zonen trokken erop uit om die te vangen: niemand was sterk genoeg om op de grote dieren te jagen. Ze deelden het vlees met niemand anders uit het dorp. De dorpelingen groeven een geul zodat het water van de dichtstbijzijnde rivier naar een lage plek kon stromen, en er werd dag en nacht een wachter bij gezet om te voorkomen dat er steekbeesten en waterdraken in kwamen. In die poel baddrde iedereen elke dag, voor de veiligheid allemaal tegelijkertijd. Men was zelfs af en toe vriendelijk tegen Mara en Dann, die op hun beurt, samen met Daima, de poel bewaakten.

En toen... was het voorbij. Omdat er in die regentijd twee flinke regenbuien waren geweest, wachtte iedereen de volgende regentijd weer op regen, met schoongemaakte reservoirs en gerepareerde daken. Maar in die regentijd viel er geen regen, en ook niet in de volgende en ook niet in de daaropvolgende. Die goede regentijd met twee regenbuien was vier jaar geleden. En weer waren de waterpoelen in de kleine rivier bijna leeg en was de grote rivier opgehouden met stromen. Overal lagen de botten van dieren in het dode gras. Er werden buitengewone gebeurtenissen gemeld. Een waterdraak die bijna doodging van de honger, was aangevallen door een watersteker die maar half zo groot was; en toen de dorpelingen samen naar de waterpoelen gingen, zagen ze een stuk of vijf stekers vechten om het halfdode beest. En net buiten het dorp vielen een paar grote zwarte vogels, die anders altijd alleen zaden en bessen aten, op klaarlichte dag een wild varken aan dat te zwak was om weg te rennen. Ze scheurden grote happen vlees uit zijn schouders en nek, terwijl het varken gilde. Deze vogels hadden ook de gewoonte aangenomen om met zijn allen vlak bij de melkbeesten te gaan zitten en naar hen te staren terwijl ze steeds dichterbij kwamen en wachtten, en daarna nog dichterbij kwamen; en Dann was schreeuwend naar buiten gerend en had stenen naar ze gegooid. Ze waren langzaam weggevlogen: zo zwak waren ze dat ze telkens weer omlaag zakten in de lucht en onzekere bewegingen maakten, waarbij ze een hees, wanhopig geroep lieten horen. De melkbeesten waren mager en zwak en gaven nauwelijks melk.

Misschien de volgende regentijd? – zei iedereen tegen elkaar. Of misschien zelfs weer een overstroming vanuit het noorden.

Er waren minder mensen. Nog maar twintig. Rabat was doodgegaan. De oude mensen waren doodgegaan en ook de drie nieuwe baby's. Er was geen enkele baby en geen enkel klein kind in het dorp. In het noorden, zo dacht men, was de situatie beter of zelfs normaal, en heel veel families waren weggegaan of stonden op het punt om weg te gaan. Vaak waren er een paar nachten een heleboel mensen in het dorp omdat er dan reizigers uit het zuiden aankwamen die gewoon de lege huizen in bezit namen en voedsel opeisten van de bewoners. Het waren meestal Rotsmensen die hier verwanten hadden, soms zelfs heel verre verwanten, en dus gastvrijheid konden verlangen. Maar ze vonden weinig voedsel of water en gingen weer weg.

Een keer drong een bende Daima's huis binnen en zag de oude vrouw op de bank in de buitenkamer liggen, naar men dacht stervende. De bende dronk al het water uit de kannen en kruiken in die kamer, maar ging toen weg. De kinderen hadden zich verstopt in de lege kamers achter in het huis. Toen op een dag, tijdens het middaguur, terwijl iedereen op bed lag te wachten tot de hitte afnam, kwam er een groep reizigers langs van ongeveer twintig mensen, die dicht opeen bleven staan. De dorpelingen kwamen naar buiten om te zien wie er nu weer was. Ze keken, keken nog eens en werden toen stil. Het waren beslist Rotsmensen: vierkant, stevig gebouwd, grijzig van kleuren met massa's licht, kroezend haar. Maar ze hadden allemaal hetzelfde gezicht. Eerst ongelovig, daarna zwijgend en vol afschuw, keken de mensen die om de reizigers heen stonden van het ene gezicht naar het andere en nog eens... Nee, het was niet waar, het kon niet waar zijn. Misschien waren de dorpelingen gek geworden, waren ze hun verstand kwijtgeraakt omdat ze niet genoeg water en eten hadden... Maar toch was het waar. Ieder gezicht was hetzelfde, precies hetzelfde, met een dikke neus, een lange, dunne mond, bleke ogen onder gele wenkbrauwen en een breed voorhoofd dat nog lager leek door de kroezige wildernis erboven. In ieder opzicht hetzelfde. Een zacht gejammer, of gekreun, van de dorpelingen. Toen begonnen ze te schreeuwen. En toen – Mara zag het en haar hart stond bijna stil – liep Dann naar voren alsof hij werd voortgetrokken, stap voor stap, net zoals hij had gedaan toen hij jaren geleden de twee broers zag, onwillekeurig aangetrokken door iets wat hij niet begreep en niet kende. Hij bleef vlak voor de kleine mensenmassa staan, die ook één persoon was, zo leek het tenminste, aangezien hun bewegingen gelijk waren en hun gezichten allemaal een identieke kilte en vijandige woede toonden. En als één man richtten zij hun blik op Dann: de lange, magere jongen met het stoffige, zwarte haar: iemand die zo anders was dan zijzelf en zo anders dan ieder ander daar, dat hij op hen overkwam als een onbekend dier, misschien een nieuw soort aap. Als één man hieven zij hun handen op en in die handen hadden zij stokken; Mara rende naar voren en trok Dann achteruit, en de handen en de stokken kwamen neer, maar langzaam, en in één vloeiende beweging.

En nu staarden deze mensen, als één man, naar de twee kinderen die op geen enkel kind leken dat ze ooit hadden gezien, omdat ze zo knokig en mager waren en met bange ogen naar hen stonden te kijken.

Mara trok de jongen niet mee het huis in, uit angst dat de vijand daardoor achter hen aan zou komen, maar ze ging bij hun deur staan, achter een paar andere dorpelingen. Ze voelde Dann beven, al hadden haar handen nu geen klein kind vast maar een sterke jongen die bijna even lang was als zij. Hij stond net zo te trillen als hij jaren geleden had gedaan, geschokt door een mysterie: gezichten die op elkaar lijken, ogen die hetzelfde zijn, terwijl daarachter werelden liggen die als dag en nacht verschillen. Maar hier waren het niet twee gezichten: het waren er een heleboel.

De nieuwelingen liepen samen weg, en de dorpelingen verspreidden zich, tegen elkaar fluisterend alsof ze bang waren om weer een nieuwe manifestatie van deze verschrikking op te roepen: mensen die je niet uit elkaar kunt houden, hoe je ook keek en mat en vergeleek. En Mara nam Dann mee naar binnen, waar hij als een klein jongetje op bed ging liggen en zijn gezicht verborg.

Al snel kwam een van de buren zeggen dat de nieuwe mensen een poosje zouden blijven – 'dat wil zeggen, tot ze al ons eten op hebben' – en dat ze opdracht had gekregen om naar Daima's huis te gaan om eten te halen. En dat betekende dat ze bang waren om zelf te komen, dacht Mara. En, ja, zo was het: 'Ze denken dat jullie spoken zijn. Ze denken dat jullie vervloekt zijn.'

Mara haalde een stuk of vijf van de gele wortels, die verschrompeld maar nog goed waren. Daarna ging ze kijken of de beesten veilig waren. De nieuwelingen hadden lege huizen aan het eind van het dorp in bezit genomen. Mara besloot om bij de melkbeesten te blijven. Heel laat, toen de maan schaduwen rond de huizen wierp, zag ze de schaduwen dieper en langer worden, net als druppels voordat ze vallen en wegrollen. Het waren de gelijkvormigen die stilletjes voortbewogen, voorovergebogen rennend, en ze stond op en krijste tegen hen, terwijl ze met haar voeten stampte en in het rond draaide. Ze wisten niet hoe snel ze weg moesten komen, schreeuwend van angst dat er duivels rondwaarden.

Dann was niet binnen te houden. Hij hield de reizigers voortdurend in de gaten: hij stond tegen de muur van een huis geleund, of zelfs vlak voor hen, te staren, met vertrokken gezicht en zijn ogen samengeknepen van inspanning in een poging het te begrijpen. Ze deden net of ze hem niet zagen, maar ze waren bang van hem. En al snel vertrokken ze, deels uit angst en ook omdat ze honger hadden.

Deze gebeurtenis had Dann aangegrepen. Hij was rusteloos, maar lag soms ook urenlang op bed voor zich uit te staren. Hij stopte zijn duim in zijn mond en zoog erop, met dat bekende zuigende geluid dat Mara gek maakte van ongerustheid en ergernis. Hij ging niet samen met de andere kinderen spelen, maar klom wel de heuvel op om bij Mara boven op de rots te komen zitten, toen ze hem dat vroeg om hem af te leiden; maar toen hij eenmaal daar was, zat hij alleen maar omlaag, naar het dorp te staren. 'Dann,' zei ze tegen hem, 'weet je waarom mensen die op elkaar lijken jou bang maken?' Maar dat wist hij niet: in zijn geest was een deur stevig afgesloten tegen herinneringen en het enige wat hij wist – als hij het al wist, en het niet alleen maar onderging – was dat mensen die op elkaar leken hem verontrustten, boos maakten, angst aanjoegen. Dagenlang gedroeg Dann zich anders: hij was lusteloos en had een angstige blik in die diepe, donkere ogen van hem. Hij wilde bij Mara zijn maar besefte blijkbaar niet dat hij weer een klein jongetje was geworden dat haar hand pakte of dicht bij haar bleef als hij begon te beven door een gedachte waar zij enkel naar kon raden.

Toen kwamen er op een avond twee mannen in het dorp. Het waren Personen, Mensen: Mahondi's. Ze werden door de dorpelingen naar Daima's huis gestuurd. Maar ze kwamen niet voor Daima en waren ook niet op zoek naar de kinderen, van wie ze nog nooit hadden gehoord. Ze waren van ver uit het zuiden naar Rustam komen lopen, in de hoop in die stad onderdak te vinden omdat hun land helemaal verdroogd en dor was. Maar Rustam lag onder het zand, zeiden ze: er waren zandstormen overheen gegaan die de huizen hadden opgevuld en de tuinen hadden begraven. Er woonde nu niemand meer in Rustam: geen mensen, geen dieren. En hoewel de situatie tussen Rustam en hier beter was dan in het zuiden, was het droog en waren er grote stukken land waar de bomen doodgingen. Er stonden ook nieuwe bomen tussen, van een soort dat in woestijnachtige gebieden kan groeien. Het was net alsof die bomen hadden geweten wat er ging gebeuren, want ze waren er waarschijnlijk al gekomen voordat het woestijnachtige land ontstond. Toen deze twee mannen bij de rivier kwamen en zagen dat er nog wat water in stond, hadden ze gehuild omdat het zo lang geleden was dat ze waterpoelen hadden gezien die niet helemaal gebarsten en droog waren.

Mara gaf deze mannen wortels met melk te eten en zei dat ze het bed in de buitenkamer en haar bed konden gebruiken, dan ging zij met Daima die nacht in een van de binnenkamers. Ze konden de diepe stemmen van de mannen horen en ook de opgewonden stem van Dann, die ook praatte en lachte: Dann lachte niet vaak, maar nu lachte hij.

's Ochtends was alles rustig. Daima sliep, en Mara liep snel naar de kamer die zij anders met Dann deelde, en vervolgens naar de buitenkamer, maar de mannen waren er niet en Dann was er ook niet. Mara rende naar buiten, het dorp door, om hen te zoeken. Een vrouw zei: wist Mara het dan niet? Dann was die ochtend heel vroeg met de mannen weggegaan. Ze hadden alle drie heel zachtjes gelopen, 'alsof ze iets hadden gestolen'. Dann was eerst naar Mishkita gerend, had haar kop omlaag getrokken om haar oren en haar harige wangen te kussen, en was daarna huilend teruggerend naar de twee mannen die stonden te kijken. En dat – het feit dat Dann huilde – maakte Mara duidelijk dat het waar was: het was Danns bedoeling geweest om weg te gaan, en wel voorgoed.

Mara liep langzaam het huis in, bang om te vallen. Toen ze het aan Daima vertelde, sloeg de oude vrouw haar armen om Mara heen, hield haar vast en wiegde haar terwijl ze huilde.

3

Het was bijna donker in de kamer omdat de deur dicht was en het luik slechts een kiertje open liet waar licht doorheen kon. Door dit kiertje kwam stoffige lucht. Op de rotstafel zat een spichtig wezen: groot, met lange, knokige armen en benen, een huid die volledig bedekt was met bruinachtig stof, en haar dat in lange, grijzige slierten hing. Haar ogen stonden klein en rood in een mager gezichtje. Haar bruine, glinsterende kledingstuk was even fris en nieuw om te zien als het de afgelopen honderd en nog wat jaren was geweest. Dit arme ding was Mara, en het was bijna vijf jaar verder.

Op het rotsbed lag Daima, die net zo broodmager was, maar niet zulk verward, vuil haar had, omdat Mara het kamde. Daima lag op haar zij, met een tas van het bruine, gladde spul naast zich waar ze een voor een allerlei dingen uit haalde: een kam, een steen, een lepel, een verwarde rode veer, de afgeworpen huid van een slang. Ze keek er verbaasd en ongelovig naar. 'Mara, er zit niets in, het is zo weinig, is dat alles?' Mara antwoordde niet omdat Daima telkens weer hetzelfde deed als ze wakker was. En Mara wist dat ze in feite vroeg: is mijn leven niet meer geweest dan dit? In het begin had Mara antwoord gegeven: 'Alles is er. Ik heb gekeken. Er ontbreekt niets.' Maar ze kon dat niet blijven zeggen, ze had nog maar zo weinig energie. Toen richtte Daima haar oude ogen op Mara en bekeek haar nauwkeurig en achterdochtig. Het was net alsof ze niet wist wie het was, hoewel ze dat toch wel wist want als ze haar leven aan de hand van de bezittingen uit de tas uittelde, begreep Mara dat zij daar ook bij hoorde, omdat Daima af en toe een stukje stof of de steen aanraakte en dan zei: 'Mara, het is Mara.' Mara glimlachte opzettelijk terwijl ze daar zat en ze draaide haar hoofd zo dat Daima haar kon zien, ze liet Daima steeds maar kijken met die aandachtige, ondoorgrondelijke blik, hoewel ze niet wist wat Daima in haar gezicht zocht.

Misschien keek ze alleen maar of Mara nog bij haar zat, want ze werd onrustig als Mara naar buiten ging. Ze wist dat het daar gevaarlijk was, al wist ze niet hoe erg het was.

Het was midden op de dag. Daima likte haar lippen die gesprongen en pijnlijk waren, en ze knipperde met haar ogen om wat vocht te produceren, ze waren zo droog. Mara liep naar de achterkamer waar de stapel gele wortels lag: er waren er nog maar een paar, nog maar dertien. Zij en Daima hadden een wortel per dag nodig om nog enigszins in leven te blijven. Mara had deze dagen geen zin meer om erop uit te trekken met haar graafstok, of om naar de waterpoelen te gaan waar nu al maandenlang geen water in stond, laat staan om de heuvel op te klimmen naar de oude steden. Mara sneed een wortel in gele plakken en voerde de helft ervan aan Daima, die zelfs nu ze zo zwak was probeerde om haar deel te weigeren zodat Mara het kon nemen.

Bijna een jaar geleden was er nog een regenbui geweest, maar die stelde niet veel voor en ze waren bijna door het water heen dat Mara toen verzameld had. Op de vlakte om het dorp heen had die regen de wortels die soms wel een meter diep in de grond zaten doen zwellen. Daarvoor waren ze verschrompeld en houterig geweest: wanneer Mara er met haar graafstok in prikte, waren ze net hout. Maar toen kwam de regen en de wortels werden weer sappig, en dat betekende dat Mara en Daima iets langer konden leven. De grote, witte wortels, die blijkbaar water opnamen, leken weer op ballen hard, wit merg.

Vanwege die regen waren sommige mensen die besloten hadden om weg te gaan iets langer gebleven; maar nu was er behalve de twee vrouwen niemand meer. Mara zou met de laatste groep zijn meegegaan, ook al was Kulik erbij, als Daima, die niet kon lopen, er niet was geweest.

Toen alle dorpelingen weg waren, was Mara door de rotshuizen gelopen om te kijken of er nog iets was achtergebleven, en dat had nog het duidelijkste en meest hartverscheurende bewijs geleverd van wat er was gebeurd. Er was niets meer in de huizen. Er waren altijd nog wel wat gebruiksvoorwerpen en een paar kruiken geweest, en overal nog wel wat gele wortels waar ze allemaal op leefden, en een paar kannen water waar ze af en toe een slokje van namen. Maar alles was meegenomen.

Toen meer mensen doodgingen en het onmogelijk was hen in de harde aarde te begraven omdat niemand nog de kracht had om een graf te delven, werden ze in een van de lege huizen gelegd en daar achtergelaten, met de deuren stevig dichtgetrokken. De lucht was zo droog dat ze tot mummies verschrompelden, die zo licht waren dat je ze kon optillen alsof ze stukken hout waren. Maar toen kwamen de grote hagedissen en de draken, die overal naar eten zochten, en die probeerden in het dorp de deuren opzij te duwen of zich door de ramen naar binnen te werken, en een ervan klom zelfs op een dak en ging dwars door het stro. Ooit hadden deze beesten alleen plantaardig voedsel gegeten, maar ze waren allang vergeten dat ze herbivoor waren en aten alles wat ze konden vinden. Ze hadden op de loer gelegen bij de waterpoelen, toen daar water in stond, en met de waterdraken gevochten om het vlees dat er nog was. Toen Mara op een ochtend de voorkamer binnenkwam, zag ze de kop en schouders van een grote hagedis die zich sissend en met flitsende tong door de raamopening wrong. Hij wilde Daima pakken, die op haar bank lag te slapen. Mara had het beest met lege waterkannen geslagen en uiteindelijk ging hij achterstevoren weer naar buiten en waggelde door het dorp om te kijken hoe hij een huis in kon komen.

Daarom waren de stenen deuren nu altijd dicht, hoewel Mara niet dacht dat er nog hagedissen konden zijn, ze waren vast allemaal dood. Maar misschien ook niet. Ze was al een poosje niet boven bij de steden op de heuvel geweest omdat ze bang was, dus ze wist niet of er daar nog hagedissen en draken waren. In het oudste deel van de ruïnes had Mara diep in de grond voorraadkamers gevonden, en hoewel er niets meer over was van wat er ooit had gelegen – wapens? goud? gedecoreerde borden en schalen en bladen, zoals op de muren waren afgebeeld? – was er wel water geweest. Het was oud water dat slecht smaakte door wat erin gevallen was, maar het was echt water en ze was een tijdlang naar boven gegaan om het te halen. Twee keer had ze de grote hagedissen weggejaagd die er stonden te drinken. Eén hagedis had echt in het water gestaan zodat ze eerst had gedacht dat het een waterdraak was, maar nee, het was toch een landdraak. Dat water was niet aangevuld door de regenbui van het afgelopen jaar, dus het was waarschijnlijk uit de rotsen gekomen van diep onder de heuvel vandaan. Maar de laatste keer dat Mara was gaan kijken, was er alleen maar een vochtige plek op de rots, met schorpioenen erop, die misschien hoopten dat het water weer zou opwellen. Waarvandaan? Mara bekeek de dingen nu anders dan vroeger. Heuvels bleven niet hetzelfde, dat wist ze: ze had rotsblokken langs hellingen naar beneden zien razen wanneer ze door de bliksem waren doorkliefd. Waterpoelen waren nu eens stoffige putten en dan weer rivieren. Dieren die planten hadden gegeten, leerden op mensen te jagen voor het vlees. Op een keer had ze bij het graven naar een wortel een klein stroompje ontdekt dat ondergronds door een rotsig stuk liep, maar toen ze er later weer naar zocht, stond het droog. Wie weet wat voor rivieren er onder de aarde liepen, of hadden gelopen, die nu waren opgedroogd? Onder de heuvels daarboven hadden steden op steden gelegen en de mensen hadden vast en zeker water gedronken, dus misschien liepen er rivieren die langgeleden waren verdwenen? Alles leek veranderd: rivieren verplaatsten zich, verdwenen en begonnen weer te stromen; bomen gingen dood – de heuvels waren bezaaid met verdorde bossen – en insecten, zelfs schorpioenen, veranderden van aard.

De schorpioenen zaten in het dorp. Mara moest bij iedere stap opletten. Ze waren op de dode mensen afgekomen. Ze had gezien hoe ze zich door de kieren in de huizen probeerden te wringen, of tussen de stenen op het dak door naar beneden. En ze wrongen zich er ook inderdaad doorheen. Je kon ze in de huizen horen schuifelen en ritselen terwijl ze de lijken opaten. Toen hadden de dorpelingen iets nieuws bedacht. In plaats van een leeg huis te zoeken en hun doden daarin te leggen, stopten ze lijken in de waterreservoirs die bij de deur van ieder huis stonden. Soms moest de dode er dubbelgevouwen in worden gestopt. Daarna werden de zware stenen er weer op gelegd. De schorpioenen konden er niet in komen, omdat de deksels altijd precies pasten om het stof uit het water te houden. Wanneer je door het dorp liep, zag je dat de schorpioenen allemaal bij elkaar boven op de waterreservoirs zaten... te wachten? Waarop? En daarna gingen ze dood. Overal lagen dode schorpioenen. Maar er waren ook schorpioenen die niet waren doodgegaan, die op de een of andere manier in leven bleven – door te eten, maar wat? –, en die waren groter dan de oude schorpioenen waren geweest. Je zou denken dat er twee soorten schorpioenen waren, grote en kleine; maar nee, sommige werden groter en groeiden heel snel. Vroeger zou Mara een schorpioen weg hebben geschopt, maar dat zou ze nu niet meer durven, want deze nieuwe beesten konden een hand afhappen, of een groot stuk vlees uit een been happen.

Mara zat op de rotstafel, met haar voeten opgetrokken, voor het geval ze iets over het hoofd had gezien – een schorpioen, of een wat kleinere, bijna volwassen hagedis die zich in de lege kamers had verstopt –, en er kwamen lange, interessante gedachten bij haar op terwijl ze waakte over Daima's slaap. Op een dag, in een verre toekomst, die even ver was als het verleden waaruit de oude steden in de heuvels stamden, zouden mensen dit dorp half begraven of zelfs diep onder het stof aantreffen en de beenderen in de waterreservoirs vinden, en ze zouden zeggen: 'Deze mensen uit de oudheid begroeven hun doden vlak voor hun huis in rotsige graven.' Ze zouden de botten van grote hagedissen in de diepe, rotsige waterpoelen in de heuvels vinden omdat – wie weet – het water de poelen daar misschien weer zou vullen, en ze zouden zeggen: 'Er waren twee soorten hagedissen, of draken, en ze leefden allebei in het water.' Ze zouden de botten van varkens over de hele vlakte verspreid vinden en ze zouden de sporen zien van klauwen en bekken van vogels en zeggen: 'Deze vogels doodden en aten varkens.'

Maar wat Mara nu verontrustte was dat ze misschien ook zouden kunnen zeggen: 'In die tijd waren er insecten, aardinsecten, zo groot als een duim.' Wanneer Mara over de vlakte keek waar ze naar wortels had gegraven, zag ze overal cirkels die bleek afstaken tegen donkerder, oud gras. De onder de grond levende insecten, waarvan je overal op de vlakte de grote nesten zag – toen Mara en Dann er net waren was dat nog niet zo geweest: deze grote hopen harde aarde waren nieuw –, kwamen 's nachts uit hun tunnels om het droge, oude gras op te kauwen met kaken die op de scharen van de stekers leken, zij het nog niet zo groot, en de restjes gras vormden deze witte cirkels. Er stroomde vast water diep onder de insectenhopen, want de aarde van hun gangen was nat. De dorpelingen hadden zelfs overwogen om dwars door een van die insectensteden heen te graven tot ze water vonden; maar ze waren niet alleen bang voor de insecten, die een klein beest zomaar in een paar minuten opaten, ze hadden ook niet meer de kracht om te graven en bovendien hadden ze alleen maar houten stokken om mee te graven.

De insecten groeiden snel. Tot nu toe gingen ze blijkbaar niet ver bij hun nesten vandaan, maar Mara had een hele colonne naar de heuvels met de oude steden zien lopen – zo veel insecten dat je ze niet eens kon tellen: bruinachtige, glinsterende, dikke insecten met scharen op hun kop – en ze was gewoon weggerend.

Toen de melkbeesten nog leefden, waren deze insecten de grootste zorg van de dorpelingen geweest. Er werd dag en nacht bij de beesten gewaakt om de graspollen te controleren op schorpioenen en hagedissen, en later op colonnes van de aardinsecten, toen men zag dat deze groot en brutaal werden.

Op een nacht werd dit probleem voor hen opgelost. Er waren reizigers door het dorp gekomen die de verzwakte dorpelingen opzij hadden geduwd en de melkbeesten hadden meegenomen. Mara had sinds Dann was weggelopen niet meer zo gehuild. Ze was dol op Mishkita en nu had ze niets meer, behalve Daima, die wel snel dood zou gaan. Maar anders hadden ze de melkbeesten toch al vrij snel moeten slachten, want ze gaven nu zo weinig melk en er was geen voer meer voor ze. De tepels van Mishkita waren rood en pijnlijk geweest van al het knijpen om melk te krijgen. En Mara had iets gezien waar ze helemaal gek van werd, zo zielig vond ze het. Mishkita had haar poten uit elkaar gezet en voorzichtig, zodat haar horens niet in haar vlees staken, haar kop onder haar lichaam gebogen en aan haar eigen tepels gezogen. Ze was zo wanhopig want ze kreeg maar twee of drie gele wortels per dag en het was weken geleden dat ze een slokje water had gehad – dat was toen Mara het oude water in de heuvels had gevonden. Terwijl ze met haar arm over de rug van het beest stond en Mishkita haar snoet in haar nek stopte en almaar likte, voor het zout, had Mara onwillekeurig gedacht: die arme Mishkita zal het misschien niet zo erg vinden als er een einde aan haar leven komt. En daardoor moest ze aan haar eigen leven denken: zou zij, Mara, blij zijn als ze op een dag werd overvallen door een grote hagedis, of de aardinsecten over haar heen kropen terwijl ze sliep? Ze dacht er lang over na. Iedere dag was zo moeilijk, zo'n strijd, en ze voelde zich zo zwak en vaak zo duizelig – en toch dacht ze: nee, ik wil nog niet doodgaan. Als Daima sterft, ga ik in mijn eentje naar het noorden en dan…

Ze had nog een andere zorg gehad, de allergrootste zorg. Op een dag, toen er in de waterpoelen nog een beetje water stond en ze nog niet zo mager was, zag ze een rood streepje bloed op haar huid, aan de binnenkant van haar dij, en ze dacht: ik ben door iets gestoken. Maar nee, het bloed kwam van binnen. Ze was bij de waterpoelen toen dit gebeurde. Ze liep voorzichtig tussen de huizen door terug, de waterkruiken zo dragend dat niemand het kon zien; maar Daima had het wel gezien en die had gezegd: 'O, ik hoopte zo dat dit niet zou gebeuren, ik dacht: misschien ben je te dun, er zit geen vlees op je.' Ze vertelde Mara toen wat ze moest weten. Maar haar belangrijkste zorg was dat Mara nooit, maar dan ook nooit, een man bij haar in de buurt zou laten, want als ze zwanger werd, zou dat het ergste zijn wat haar kon overkomen. Het zou haar dood zijn, ze was te ondervoed, en het kind zou ook sterven. Sindsdien had Mara met andere ogen naar alle mannen en hun instrumenten om kinderen te maken gekeken, maar ze kon zich niet voorstellen dat ze zich niet zou kunnen verdedigen. Hoewel ze dacht dat ze nergens bang voor hoefde te zijn, omdat alle mannen zo zwak en hongerig waren, bleef ze omwille van Daima op haar hoede. Want die was zo angstig geweest, zo bezorgd – Mara kon zich niet herinneren dat Daima ooit zo bezorgd was geweest.

Intussen was het lastig wanneer ze menstrueerde. Het bruine materiaal nam geen vocht op. De mossen die de vrouwen van het dorp gebruikten, waren alleen nog maar stof. Daima zei tegen Mara dat ze een van de mooie oude gewaden in de kist in stukken moest scheuren om als verband te gebruiken. En Mara deed dat, al kostte het haar moeite. Ze dacht vaak heimelijk aan die kist met gekleurde kledingstukken als de lelijkheid van alles om haar heen haar levenskrachten weg leek te zuigen.

De menstruatie duurde een paar dagen, stopte en kwam weer terug. En Kulik, die zelf te veel problemen had gehad om op Mara te letten, merkte wat er gebeurde. Hij was mager, hij was uitgemergeld, maar hij was niet zwak, en Mara hield hem onwillekeurig in de gaten. Toen hij haar zag, kwam hij naar haar toe, greep haar bij de arm, grijnsde naar haar en zei: 'Waar wacht je op, een Mahondische man?'

Ze rukte zich van hem los en rende weg, maar toen stopte de menstruatie en dat scheen hij ook te weten.

Kulik had twee zonen gehad. Een van hen was door een watersteker gedood, niet bij de waterpoelen maar net buiten het dorp. Ze hadden alleen nog maar de botten van de jonge man gevonden. De andere zoon was naar het noorden gegaan met een paar reizigers die door het dorp kwamen. En daarna, maar nog niet zo lang geleden, was Kulik vertrokken. Hij was als laatste uit de rotshuizen weggegaan.

De laatste tijd had Mara het gevoel dat als ze een kind kreeg – wanneer de menstruatie terugkwam – het iets zou zijn om van te houden. Want soms verlangde ze er zo naar om iemand in haar armen te houden. Haar armen herinnerden zich nog haar kleine broertje, dat wist ze, en Mishkita, want ze had daar zo vaak gestaan, met haar armen omhoog om de nek van het beest en haar hoofd op Mishkita's schouder.

Stel je voor – dacht Mara – dat ze te zwak zou zijn om weg te gaan? Ze had dat nog nooit eerder bedacht. Ze had altijd gedacht: *als* ik wegga. Het maakte haar bang.

Terwijl Mara die middag hoog op haar rotsige post zat, hoorde ze een lichte, raspende ademhaling van de stoffige bank komen waar Daima lag, en ze dacht: ik heb dat ademen vaker gehoord als iemand op het punt staat om dood te gaan.

Mara wilde dolgraag weg uit dit donkere, warme huis waar zij en Daima net gevangenen waren. Ze droomde van water op haar gezicht en haar armen en water dat over haar lichaam stroomde. Puur uit gewoonte pakte ze een kruik van de rij kruiken langs de muur en ging naar buiten, het felle licht in, dat nu in de middag wel iets minder fel was. De vlakte met haar bleke droogte, waar een paar zandhozen loom rondtolden, kon ze bijna niet zien. Er was ergens brand. In het stof zaten kleine zwarte vlokjes van dood, brandend gras. Ze gaven een bittere smaak in de mond. Er viel een vlokje op haar; ze wreef eroverheen en omdat het nog warm was, liet het een vettig spoor op haar huid achter. De rook hing in donkere wolken achter de heuvels van de oude steden. Als het vuur daar kwam, zou het een ware vlammenzee worden, want zolang Mara zich kon herinneren was er geen brand geweest en er stonden allemaal dode bomen en verdorde struiken.

De open ruimtes tussen de huizen van het Rotsdorp waren kaal. De hopen stof waren door warme winden weggeblazen. Mara liep langs het huis waar Rabat was gestorven en daar nu op haar rotsige bank lag. Door het uitdrogen was dat vals glimlachende gezicht tot een boze grimas vertrokken. Er zaten schorpioenen op het dak, maar ze konden er niet in. Mara liep langzaam en lusteloos verder, zich ervan bewust dat ze ronddoolde en niet recht op haar doel afging. Ze kon haar voeten nauwelijks op het pad naar de heuvelrug houden. Nee, dacht ze, ze kon hier niet weg; hier zou ze sterven. Het duurde lang om op de heuvelrug te komen vanwaar ze omlaag kon kijken naar de rijen dode bomen langs de lege waterpoelen. Hijgend stond ze uit te rusten, met een droge tong tussen droge lippen. Toen wankelde ze door het dode gras naar beneden. Tussen het gras lagen botten, maar de meeste botten lagen aan de andere kant van de tweede heuvelrug, aan weerszijden van de hoofdstroom van de rivier. Daar gingen de stervende dieren naar toe, in de hoop dat er nog water was. Er lagen allerlei botten: grote botten van de grote dieren die het eerst waren doodgegaan omdat ze zo veel water nodig hadden, tot en met de botten van de kleine harige beestjes die soms bij de huizen om water waren komen vragen voordat ze doodgingen.

Mara stond niet stil bij de eerste droge poel, waar Kulik langgeleden Dann bijna had verdronken, en ook niet bij de tweede, waar de pantsers van twee grote waterstekers, de schilden van schildpadden en de botten van waterhagedissen lagen. Daarachter was een stuk schoon, wit zand. Ze zette de kruik neer, waar al maandenlang geen water in had gezeten, trok haar tuniek uit en knielde op het zand. Ze kwam hier als ze zich sterk genoeg voelde, om op dit heldere, schone zand te proberen zich van het stof te ontdoen. Ze bleef een hele tijd geknield zitten, liet het fijne witte zand over haar benen en vervolgens over haar armen lopen, en zag dat het vuil van haar huid af ging zodat die schoon werd. Daarna wreef ze handen vol zand over haar nek en haar wangen. Ze walgde van de vettige slierten haar, maar kon er niets aan verbeteren omdat het zand er alleen maar aan bleef plakken. Met stijf dichtgeknepen ogen wreef ze telkens weer zand over haar haren en haar voorhoofd, en ging toen op het zand liggen en rolde er met haar jeukende rug en schouders doorheen. Ze rolde zoals ze dieren had zien rollen en bij die gedachte keek ze snel op of er geen schorpioen of grote vogel met scherpe klauwen en bek, of hagedis op haar loerde. Maar nee, de oevers waren leeg.

Nu knielde ze en keek tussen haar dijen of er misschien weer rood bloed druppelde, maar haar schaamlippen zaten strak tegen elkaar en waren gerimpeld van droogte. Waar ze hoorde te plassen had ze een branderig gevoel dat inmiddels zo gewoon was dat het leek te horen bij dat boze, hongerige, rusteloze smachten van haar hele lichaam naar water. Ze plaste zelden en als ze plaste was het donkergeel en zo sterk dat ze het niet kon drinken, al had ze het wel geprobeerd omdat ze vond dat er iets van vloeistof mee verloren ging. Ze had gezien hoe de donkere druppels door het stof werden opgezogen en meteen opdroogden zodat er alleen een paar ruwe randjes om het kuiltje overbleven, als het gaatje van een miereneter.

Ze zat daar geknield heen en weer te wiegen, zoals Daima deed, of in ieder geval had gedaan – van pijn en verdriet, met haar ogen gesloten – toen ze opeens donder hoorde en haar ogen opendeed en wolken zag die geen rookwolken waren. Ze waren ver weg, aan de horizon; maar daar, in het noorden, was water, daar regende het: ze was ervan overtuigd dat ze het kon ruiken. Langzaam klom ze uit haar kleine woestijn en ging op de oever boven de opgedroogde rivier staan om naar de wolken te kijken: het was zo'n tijd geleden dat ze de bliksem door dichte, donkere wolken had zien dansen. Haar huid hunkerde en jeukte: snel, heel snel nu, zouden regendruppels sissend op haar uitgedroogde huid vallen… Maar ze had al eerder zo gestaan, uren staan wachten en kijken naar regen aan de horizon zonder dat er regen was gekomen. De wolken werden groter, pakten zich boven haar samen. Klonk de donder al harder? Als er nog dieren over zijn, dacht ze, zullen ze op hetzelfde idee komen als ik en zo snel mogelijk hierheen komen rennen. Maar ze zag geen dieren. Toen zag ze, net als toen ze klein was, iets wat leek op de aarde die naar haar toe kwam rollen, een bruine lawine; nu was de vloedgolf ondiep, bruin en traag, niet een snel, bulderend geraas dat dieren en bomen en takken meesleurde, maar hij kwam eraan en zou er zo zijn. Eindelijk zou ze genoeg kunnen drinken en de kruik kunnen vullen om naar Daima te brengen, die nu al dagenlang geen water op haar tong of lippen had gevoeld maar alleen het sap van de gele wortels.

De vloedgolf had haar nu bereikt en breidde zich langzaam uit, maar ver beneden haar. De waterpoelen liepen bubbelend en sissend vol, het water opzuigend, en golven wit schuim kwamen bijna tot Mara's benen en ze stapte achteruit. Dit leek totaal niet op de overstromingen die ze zich herinnerde waarbij de hele wereld water leek te zijn geworden; maar het was een overstroming, het was water, en ze knielde aan de rand neer, dompelde haar gezicht en haar armen onder en daarna haar hele lichaam, en rolde erin zoals ze in het zand had gerold. En toen klonk er een geklepper en gekletter en de hele vloedgolf was opeens bedekt met een witte massa botten, de botten van allemaal dode dieren. Ze moest snel achteruitstappen want nu kwamen er ook bomen aan: niet de frisse, groene bomen die op andere vloedgolven hadden gedobberd, maar de dode, witte, stukgeslagen bomen van de droogte. Het was gevaarlijk om in het water te zijn of zelfs om er dichtbij te komen. Ze ging achteruit en wachtte tot het water de botten en de bomen langs haar heen had gevoerd. Toen zag ze dat verderop een grote boom in de oever was blijven steken en dat er nog een tegenaan was blijven hangen; en achter die versperring stapelden de botten zich op, een heleboel botten – een massa, een enorme hoeveelheid – en ze herinnerde zich hoe ze heel lang geleden de botten te voorschijn had zien rollen onder aan de oever van de grote rivier die ze was overgestoken met de twee redders van wie ze nooit meer iets had gehoord of gezien. 'Onthoud het goed,' had de man tegen haar gezegd, 'onthoud waar het is.' Maar ze was nooit meer teruggegaan om te kijken of de botten er nog lagen of dat ze waren weggespoeld. Toch was die plek niet verder weg dan de korte wandeling die haar en Dann en de twee vreemdelingen naar het dorp had gevoerd. En nu lag er een nieuwe berg botten, waar bruin water doorheen stroomde zodat ze tegen elkaar stootten. Wanneer het water zakte, zouden ze achterblijven en het stof zou eroverheen waaien en ze verbergen. Men zou denken: dit is gewoon een rivieroever, totdat een nieuwe overstroming... Het geklepper en geklik leek nu minder te worden en het bruine water stroomde langzamer. In het noorden was de hemel blauw, het hete, felle, vijandige blauw van droogte, en weldra zou al het water zijn verdwenen. Wanhopig stapte ze erin, op het gevaar af een klap te krijgen van de laatste botten, en ze spetterde zich nat en bleef drinken. Het was modderig water, maar ze voelde hoe haar lichaam het opzoog. Al snel stond ze naast water dat weer aan het zakken was en zich terugtrok in de waterpoelen. Ze was fris en koel, en de aangekoekte laag vuil was weg, er zat alleen nog een laagje stof op haar lichaam van het water, een grijzig laagje. Ik heb net zo'n kleur als de Rotsmensen, dacht ze, maar het kon haar niet schelen. Want ze dacht aan Daima, dat die nog geen water op haar gezicht en in haar mond had gevoeld. Mara was nu sterker. Terwijl achter haar de zon gloeiend onderging in een lucht die weer warm en droog was, liep ze snel naar huis, bij iedere stap uitkijkend voor insecten of schorpioenen of andere beesten die naar de waterpoelen gingen. Ze zag inderdaad een paar schorpioenen, van die grote, die achter elkaar aan naar het water liepen.

In de donkere, warme kamer kreunde Daima en haar adem was heet en moeizaam. Mara haalde het luik voor het raam weg, zette de deur een stukje open,
gaf Daima iets te drinken en zei dat het in het noorden had geregend en dat er
een kleine vloedgolf was geweest. Maar Daima was nu te ziek om zich daarom
te bekommeren en Mara waste haar van top tot teen, heel langzaam, zodat het
water in die uitgedroogde, gebarsten huid kon trekken, en ze wreef met doeken
over haar haren. En ze liet haar telkens weer drinken.

Toen het ochtend werd, wilde Mara weer naar de waterpoelen gaan en misschien over de volgende heuvelrug naar de rivier, om de kruiken te vullen en die
mee terug te nemen en zo meer water te halen voor het reservoir binnen, al was
het niet meer afgesloten aangezien er niemand was om het water te stelen. Ze
zou een paar keer heen en weer gaan tot het reservoir vol was – maar toen dacht
Mara: waarom? Daima zal wel snel doodgaan en dan is er niets meer om voor te
blijven. De hele nacht was Mara wakker en stond ze bij de deur in het donker te
staren en naar de hemel te kijken waar alle sterren te zien waren, schoongewas-
sen en glinsterend. Bij het eerste grauwe ochtendlicht pakte ze de kruiken, trok
de deur stevig dicht en begon te lopen, het enige bewegende in dat hete landschap, naar de top van de heuvelrug, waar ze stilstond om te kijken. De vloedgolf was weg en had een grijs waas over alles heen gelegd zodat de witte botten
die tegen de dode, warrige bomen lagen nu grijs waren. De poelen waren vol en
bij iedere poel zaten schorpioenen, torren en spinnen. Waar hadden die zich al
die tijd verstopt? Ze had al heel lang alleen maar schorpioenen gezien. Het stuk
zand waar ze gisteren had gerold lag er weer, een wit, glinsterend vlak op een
donkere, vochtige laag. Het was net of de takken van de dode witte bomen langs
de rivier vol met donkere korsten of puisten zaten. Ook weer insecten, allerlei
soorten. Hadden ze voldoende gedronken en daarna hun toevlucht gezocht in
de bomen om aan de schorpioenen te ontkomen?

Mara had honger. Ze had nu genoeg gedronken, zodat haar hele lichaam
verzadigd was; alle pijntjes en zere plekken waren nu afzonderlijk te voelen en
niet meer als één grote pijn over haar hele lichaam. Haar maag schreeuwde, gilde
haar toe dat ze moest eten, echt moest eten… Maar wat?

Mara klom de tweede heuvelrug op, maar toen ze op de top was, zag ze wat
ze min of meer had verwacht. Er liep een bruine stroom in de diepte, onder de
dode witte bomen met hun witte takken die net armen waren: alsjeblieft, alsjeblieft, geef ons water. Er lagen botten in stapels aan weerszijden van het water,
maar niet erg ver ervandaan, en op die botten zaten allerlei insecten en schorpioenen. Ze liep langzaam, heel voorzichtig, tussen de botten door naar de rand
van het water. Het was een trage, wegebbende stroom met aan weerszijden overal natte, witachtige klei die weldra zou opdrogen tot korsten en richels, even
hard als het witte oppervlak van de muren in de oude gebouwen van de dode

steden in de heuvels. Mara was hier niet vaak geweest, want als de waterpoelen dichter bij het dorp opdroogden, viel deze rivier ook droog. Waarom was ze hier eigenlijk zo zelden geweest? Om te beginnen vond ze het altijd het leukst om naar de oude steden te gaan. Bovendien had ze zich steeds afzijdig gehouden toen de dorpelingen er nog waren en die kwamen nooit in de buurt van de oude steden: ze waren gek op de waterpoelen. Haar kringetje was steeds kleiner geworden, zelfs nog voordat ze te zwak werd om naar de heuvels te gaan.

De modder die het water had meegevoerd, was naar de bodem van de poelen gezonken. Ze kon heel diep kijken. Haar oren suisden. De zingende kevers zaten op de takken. Ze had ze al zo lang niet gehoord… Ze kon zich niet herinneren wanneer ze ze voor het laatst had gehoord. Nog een geluid… nee… dat kon niet… Ja toch, er klonk gekwaak vanaf de rand van een poel. Een pad of een kikker had al die droge jaren onder de harde, droge modder geleefd en nu het water de modder zacht had gemaakt, was het beest erdoorheen gekropen en daar zat het, op een steen. Er zaten er een paar. Als het water wegtrok – en het was heel snel aan het zakken –, dan was dat het einde van de kikkers. Het einde ook van de zingende kevers. Er zou weer stilte heersen.

Mara trok de bruine tuniek uit en knielde bij de poel. Langzaam liet ze zich erin zakken, rolde heen en weer en lag daar water op te nemen. Toen die poel modderig was, ging ze naar een andere poel waar ze op haar hurken in ging zitten kijken. Ze kon zichzelf zien: zo mager, niets dan botten met vel er strak overheen gespannen. Haar ogen stonden diep in haar gezicht. Ze vond vooral haar haren afschuwelijk, die vette, stijve plukken. Ze vond het vreselijk om ze aan te raken. Ze staarde naar zichzelf, daar in het water, en zag naast zich iemand anders. Even dacht ze dat ze haar spiegelbeeld dubbel zag, maar ze hief haar hoofd op en zag aan de andere kant van de poel een jongen die naar haar staarde. Bedachtzaam vormde hij een kom van zijn handen, stak ze in het water en dronk, terwijl hij zijn blik op haar gericht hield. Hij was naakt. Ze zag tussen zijn benen dat waar Daima haar voor had gewaarschuwd: de twee jonge, ronde ballen in hun zakje met de lange, dikke slang eroverheen – heel anders dan de rimpelige, oude bolletjes die Mara zo vaak had gezien als de Rotsmensen een bad namen. Deze jongen was niet zo mager als zij. Er zat vlees op hem. Het was langgeleden dat ze huid zo mooi over de beenderen van een gezicht had zien liggen of armen en benen had gezien die glad en zacht waren. Hij had iets snels en sierlijks, zoals hij daar op zijn hielen balancerend hurkte en het water door zijn vingers liet lopen. Ik zou eigenlijk bang van hem moeten zijn, dacht ze. Hij is niet van het Rotsvolk, dacht ze. En toen besefte ze dat het Dann was en dat ze dat eigenlijk de hele tijd al had geweten. Ze stak haar armen over het water heen naar hem uit, maar liet ze weer zakken en zei glimlachend: 'Je bent teruggekomen.'

Hij zei niets. Hij bekeek haar net zoals zij hem: van top tot teen, aandachtig, onderzoekend… Maar waarom zei hij niets? Hij glimlachte niet, het was net of hij haar niet gehoord had. Hij fronste alleen zijn wenkbrauwen en keek naar haar. Vijf jaar was hij weggeweest. Hij was tien jaar oud geweest en nu was hij vijftien. Hij was een man. De Rotsmensen trouwden als ze dertien of veertien waren, en wanneer ze zo oud waren als Dann konden ze al kinderen hebben.

'Ik hoorde dat je er nog steeds was,' zei hij. 'Eerst dacht ik dat je dood was.'

'Iedereen is dood, behalve Daima en ik.'

Hij stond op. Hij raapte een wittige tuniek op, zoals slaven die vroeger thuis droegen. Hij schudde het stof eruit en trok hem over zijn hoofd. Voor het eerst bedacht ze dat ze naakt was. Ze trok haar bruine tuniek aan, die ze even lelijk vond als altijd. En hij trok een gezicht toen hij die zag. Hij herinnerde zich dat... en wat nog meer?

Ze wilde vragen: wat heb je gezien? – maar je vraagt dat van een plek, een veer, een boom, een persoon, niet van vijf jaren.

'Waar ben je geweest,' vroeg ze. En hij lachte. Omdat het een domme vraag was. Hij had tot nu toe niet gelachen of geglimlacht. 'Ben jij al die tijd hier geweest?'

'Ja,' zei ze.

'Alleen hier, nergens anders?'

'Ja.' En ze wist dat een deel van wat ze wilde weten was beantwoord. Zijn glimlach was vol minachting en ze zag haar leven zoals hij het zag toen hij glimlachte: ze had niets gedaan, was nergens geweest, terwijl hij...

'Wie heeft je verteld dat ik hier was?'

'Reizigers zeiden dat.'

Ze vond dat hij Mahondisch sprak alsof hij het verleerd was. Zij sprak het met Daima, dus ze was het niet vergeten.

'Je hebt niet veel Mahondi's ontmoet,' constateerde ze.

Weer die lach, heel even: 'Ja, inderdaad. Niet veel.'

'Ik ga terug om te kijken hoe het met Daima gaat. Ze is stervende.' Ze dompelde haar kruiken onder en begon terug te lopen. Ze wist niet of hij met haar mee zou gaan. Ze begreep zijn blikken niet, zijn gebaren niet; ze kende hem niet. Hij kon zo weer weglopen – verdwijnen.

Ze liepen voorzichtig langs de snel opdrogende waterpoelen van de kleine rivier met de schorpioenen die aan het vechten waren en de insecten die uit de bomen kwamen vallen om naar de waterpoelen te gaan – waar de schorpioenen ze dan weer in stukken scheurden met hun klauwen.

'De insecten en schorpioenen worden hier steeds groter,' zei ze.

'Overal. Ook in het zuiden.'

De uitdrukking *in het zuiden* vond ze moeilijk te begrijpen. Ze had vaak gezegd: 'in het noorden', 'in het zuiden', maar het zuiden had voor haar gelijkgestaan aan haar oude thuis en haar familie. Ze dacht dat voor hem, die zoveel meer wist, het zuiden wel veel meer zou betekenen. Bijna alles wat zij zei of dacht had ze van vroeger thuis, van het Wat-Heb-Je-Gezien-spelletje of van Daima's herinneringen. Het was net alsof ze daar altijd op had geteerd.

Het duurde even voordat ze bij het dorp waren. Dat kwam omdat zij zo langzaam liep. Hij liep voortdurend voor haar uit, bleef af en toe staan om op haar te wachten, maar als ze dan weer gingen lopen, liep hij meteen weer voorop.

In het dorp vertelde ze hem in welke huizen de doden lagen en in welke reservoirs lijken zaten – maar die zouden nu wel verdroogd of alleen nog maar geraamtes zijn.

Bij het huis van Rabat bleef hij staan, omdat hij het zich herinnerde. Hij schoof de deur open, tuurde naar binnen, liep naar de hoek waar Rabat lag, en bleef heel lang naar haar staan kijken. Toen tilde hij het lijk aan de schouder op, staarde naar het gezicht en liet Rabat weer vallen, als een stuk hout. Alleen, dacht Mara, zouden we met een willekeurig stuk hout dat we gevonden hadden nog voorzichtiger omgaan dan hij nu met Rabat is omgesprongen. En ze had nog iets over hem geleerd: de doden deden hem niets; hij was gewend aan de dood.

Bij hun huis schoof Mara de deur open en luisterde. Eerst dacht ze dat Daima dood was. Er klonk geen ademhaling, maar ze hoorde een zuchtje, en daarna een lange pauze, en toen weer een zuchtje.

'Ze gaat dood,' zei Dann. Hij keek niet naar Daima maar liep naar de achterkamers.

Mara hield water bij Daima's lippen, maar de oude vrouw kon niet meer slikken.

Dann kwam terug. 'Laten we gaan,' zei hij.

'Ik ga niet weg zolang ze nog leeft.'

Hij ging met zijn armen over elkaar aan de rotstafel zitten, legde zijn hoofd op zijn armen – en viel onmiddellijk in slaap. Zijn ademhaling was rustig, gezond en luidruchtig.

Mara ging bij de oude vrouw zitten, depte met een natte doek haar gezicht en daarna haar armen en haar handen. Ze bleef zelf grote slokken water nemen. Iedere slok was een heerlijke verrassing want het was zo'n tijd geleden dat ze gewoon een beker op kon pakken en een slok kon nemen zonder te denken: ik mag maar een paar slokjes nemen. Mara dacht: als ik niet snel eet, val ik gewoon om en ga ik zelf dood. Ze liet Daima alleen en liep naar de voorraadkamer. Er waren nog een paar wortels. Ze sneed er een in plakken, en likte het sap van haar vingers. Daarna haalde ze uit het droge waterreservoir een bus met wat van het witte meel erin, dat ze had bewaard om op een dag de kracht te hebben om weg te gaan. Het was drie seizoenen geleden dat er iemand was gekomen om meel te verhandelen. Het rook wel een beetje muf maar het was nog goed. Ze mengde het met water, sloeg het plat en legde het boven op het waterreservoir, waar het in die brandende hitte zeker binnen een paar minuten gaar zou worden. Toen ze terugging naar Daima, was de oude vrouw dood.

Dann sliep nog.

Mara stak haar hand uit naar zijn schouder, maar al voor ze hem aanraakte stond hij recht overeind, met een mes in zijn hand. Hij zag haar, besefte dat zij het was, knikte, ging zitten en trok meteen het bord gesneden wortel naar zich toe en begon te eten. Hij at alles op.

'Het was voor ons beiden bedoeld.'

'Dat had je niet gezegd.'

Ze pakte nog een wortel, sneed die in plakken en at hem op terwijl hij toekeek. Daarna haalde ze het platte brood van het waterreservoir af, brak het in tweeën en gaf hem de helft.

'Dit is bijna het laatste meel,' zei ze.

'Ik heb een beetje bij me.'

Toen hij klaar was met eten liep hij naar Daima, boog zich over haar heen en staarde naar haar. Ze was waarschijnlijk niet veel veranderd sinds hij was weggegaan, behalve dat haar lange haar wit was.

'Herinner je je haar nog?' vroeg ze.

'Ze heeft voor ons gezorgd.'

'Herinner je je ons huis?'

'Nee.'

'Herinner je je de nacht waarin Gorda ons redde en ervoor zorgde dat we hierheen werden gebracht, naar Daima?'

'Nee.'

'Helemaal niet?'

'Nee.'

'Herinner je je de twee mensen die ons hebben gebracht?'

'Nee.'

'Herinner je je Mishka? En haar jong, Dann? Je noemde hem Dann.'

Hij fronste zijn wenkbrauwen. 'Ik geloof van wel. Een beetje.'

'Je huilde toen je afscheid moest nemen van Mishkita.'

Nu zuchtte hij en keek haar lang en doordringend aan. Probeerde hij het zich te herinneren? Wilde hij het zich niet herinneren? Vond hij het onplezierig dat zij probeerde hem het zich te laten herinneren?

Het was pijnlijk voor Mara: haar lichaam, haar armen – vooral haar armen – wisten hoe ze Dann gekoesterd hadden, hoe hij zich aan haar had vastgeklampt en haar had omhelsd, maar nu leek hij zich helemaal niets te herinneren. En toch was het wat zij zich het best herinnerde, de zorg voor Dann was het allerbelangrijkste in haar leven geweest. Het was net of de tijd die ze samen hadden doorgebracht in hun jeugd helemaal niets meer betekende.

Maar ze dacht: als ik nu mijn armen zou uitstrekken, zou het niet Dann zijn maar alleen deze vreemde jonge man met dat gevaarlijke ding tussen zijn benen. Ik zou hem nu niet zomaar kunnen knuffelen of kussen.

Net toen ze zich niet meer helemaal zichzelf, Mara, begon te voelen maar meer een soort schaduw of geestverschijning, zei hij onverwacht: 'Je zong voor me. Je zong vroeger voor me wanneer ik ging slapen.' En hij glimlachte. Het was een allerliefste glimlach – geen hatelijke of spottende glimlach – en toch kreeg ze het gevoel dat de glimlach voor de liedjes was bestemd en niet voor haar die ze voor hem had gezongen.

'Ik heb voor je gezorgd,' zei ze.

Hij probeerde het zich echt te herinneren, dat zag ze. 'We hebben elkaar nog veel te vertellen,' zei hij, 'maar nu moeten we gaan.'

'Waarnaar toe?'

'Nou, we kunnen hier niet blijven.'

Ze dacht: maar ik heb hier geleefd, en Daima ook... Ze wilde hem iets goeds geven van al die lange jaren, en zei: 'Daarboven in de heuvels liggen de oude steden. Je hebt ze nooit goed gezien. Ik zou ze je kunnen laten zien als de brand is gedoofd.'

'Er zijn overal oude ruïnes. Dat zul je zien.'

Mara en Dan stonden aan weerszijden van de hoge stapel rotsblokken die de tafel vormde, en keken elkaar aan als vreemdelingen die aardig willen zijn tegen elkaar maar denken: ik weet niet wat ik moet vinden van die gezichtsuitdrukking... die blik... die ogen. En ze zuchtten allebei tegelijkertijd.

Dann kon de spanning niet verdragen. Hij ging de kamer rondkijken, met felle, slimme ogen: hij maakte plannen, dat zag Mara. Wat die plannen inhielden was haar een raadsel. Want zij had al die tijd hier geleefd, had alleen dit dorp gekend, terwijl hij...

'Om te beginnen, water,' zei hij. Hij pakte twee van de kruiken met een houten handvat aan de bovenkant, haalde een stuk touw door de handvatten, voelde aan de touwen, en hing de kruiken aan een dikke stok. Daarna nam hij ze mee naar binnen naar het reservoir. Hij hoefde haar niet te vertellen waarom: de modder in dat water zou tijd hebben gehad om te bezinken.

Hij kwam weer terug met de kruiken. 'Jammer dat we niet alle kruiken kunnen meenemen.'

'Hebben ze die niet... waar we naar toe gaan?'

'Bijna niet. Niet van dit metaal. Al deze kruiken zouden ons een jaar lang van eten voorzien. Maar het maakt niet uit. En nu: eten.' Hij legde een leren tas op tafel en liet haar het meel dat erin zat zien. Voldoende voor een paar stukken brood. Mara haalde tien gele wortels uit de kamer ernaast en een zak van het witte meel dat handelaren ooit hadden meegenomen.

'Is dat alles wat we hebben?'

'Dat is alles.'

'Pak een paar van die dingen.' Hij wees op Mara's bruine kledingstuk.

Ze trok een gezicht, maar ging naar de voorraadkamer en haalde een armvol.

'We kunnen er eten voor krijgen,' zei hij. Hij bond ze met drie tegelijk bij elkaar.

Ze liep weer naar binnen, haalde een paar van de fijne oude kledingstukken uit de kist die er vol mee zat, en spreidde ze uit. Fronsend pakte hij er een op: zijn handen waren niet gewend aan zulke tere stof.

'Die moeten we maar hier laten,' zei hij. 'Als mensen die zien, zullen ze denken dat we... dat we...'

'Wat? Maar dat zijn we ook. We hebben deze kleren thuis gedragen. Ik wil ze niet achterlaten.'

'Je kunt ze niet allemaal meenemen.'

'Ik neem deze twee mee.' De zachte plooien, lichtroze en geel, lagen glanzend op de donkere rots.

'Misschien wil iemand er wel voor betalen. Of ons er iets voor geven.'

Nu zetten ze twee zakken naast elkaar op de grond en begonnen ze in te pakken. Eerst ging er in die van haar een rol van de gescheurde stof die ze gebruikte voor haar menstruatie. Ze schaamde zich en probeerde het snel stiekem te doen, maar hij zag het en knikte. Het stelde haar op haar gemak dat hij begreep hoe lastig het voor haar was. Ze legde de twee tere jurken er opgerold bovenop. Vervolgens de drie bruine kledingstukken. Daarna de vijf gele wortels en haar kleine zakje meel. In die van hem gingen, op een oude doek met een bijl erin, vijf wortels, zijn zak meel en drie bruine tunieken. 'Laten we gaan,' zei hij.

'Wacht.' Mara liep naar Daima, streelde de oude wang die al koud werd, en probeerde niet te huilen, want tranen verspilden water. Ze dacht: Daima zal hier liggen en helemaal uitdrogen, net als Rabat, of de schorpioenen duwen het rieten dak opzij en komen naar binnen. Het maakt niet uit. Maar is dat niet vreemd? Ik heb me dag in dag uit zorgen gemaakt over Daima – wat kan ik haar te eten geven, te drinken geven, is ze ziek, ligt ze goed? – en nu zeg ik: laat de schorpioenen haar maar opeten.

'Hebben we kaarsen?'

Ze wees naar de grote vloerkaarsen. Er stond er een tussen die half was opgebrand. Zonder te denken aan wat erin zat, had Daima die op een avond aangestoken en ze hadden hem pas gedoofd toen de scherpe lucht van brandend leer hen het opeens in herinnering bracht. Nu pakte Mara de stomp, draaide hem om, haalde de prop uit de onderkant en trok het zakje eruit. Ze stortte een regen van helder gekleurde, schone, zacht glanzende goudstukken op de oude ruwe rots. Dann pakte er een, draaide hem om en beet er zachtjes op.

Ze had wel kunnen huilen toen ze die mooie, frisse, gouden rondjes zag, die net als de gekleurde kleren uit een andere wereld kwamen – niets te maken hadden met deze grimmige, stoffige, rotsige, akelige plek.

'Ik denk niet dat iemand ze wil hebben,' zei Dann. 'Ik geloof niet dat ze nog gebruikt worden.' Hij dacht even na en zei: 'Maar misschien komt dat omdat ik alleen… ik ben alleen met arme mensen omgegaan, Mara. Ik heb dit gebruikt.'

Hij pakte een vuil zakje uit de binnenzak van zijn slavenkleed en gooide naast het hoopje goud op de rotsbodem wat munten die gemaakt waren van licht, dof, grijzig metaal. Mara pakte een handvol op. Ze wogen niets en waren vettig.

'Is dit hetzelfde metaal als dat van de oude potten en kruiken?'

'Ja, ze zijn oud. Honderden jaren oud.' Hij wees haar op een merkteken op een van de munten. 'Dat betekent vijf.' Hij telde op zijn vingers. 'Vijf. Wie weet wat vijf toen betekende? Nu bepalen we gewoon zelf wat ze waard zijn.'

'Hoeveel van deze voor een van de goudstukken?'

En nu lachte hij, alsof het heel grappig was. 'Zoveel…' Hij spreidde zijn armen uit. 'Nee, voldoende om deze hele kamer te vullen… Laat ze maar achter. We krijgen er moeilijkheden mee.'

'Nee. Onze ouders… onze familie, het Volk, hebben ze naar ons gestuurd. Naar Daima.' Ze schepte een hand munten op en telde ze een voor een uit in het zakje dat stijf stond van het kaarsvet: mooie, heldere schijfjes goud, zo groot als de nagel van Danns duim, twee keer zo dik en verbazingwekkend zwaar. Het waren er vijftig.

'Vijftig,' zei ze; en hij zei: 'Maar hou ze verborgen.'

En zo hadden ze bijna die munten achtergelaten, die goudstukken die hun leven telkens weer zouden redden.

Door al dat gedoe over het goud, dat hen blijkbaar echt afleidde, vergaten ze belangrijke zaken. Lucifers – dat was het ergste. Zout. Ze hadden makkelijk een stukje van de onderkant van een vloerkaars kunnen afsnijden, maar daar dachten ze pas aan toen het te laat was. Mara dacht er bij het verlaten van het huis nog net op tijd aan om een graafstok mee te nemen die ze jaren had gebruikt en die zo scherp was als een lange doorn.

Toen ze wegliepen, met de draagstok schommelend tussen hen in, dachten ze allebei: het belangrijkste hebben we, en dat is water.

4

Het tweetal stond bij de deur en keek naar het felle licht, de hitte en het stof. Zwarte vlokjes zweefden rond. Rode vlammen waren zichtbaar achter de heuvels. De wind stond deze kant op. Terwijl ze dat bedachten, bereikte het vuur opeens de top van de dichtstbijzijnde heuvel en de vlammen schoten een dode witte boom in en likten eromheen, zodat een regen van vonken omhoogvloog.

'Als de wind niet draait, is het vuur binnen een uur hier,' zei Dann.

'Het kan niet in de rotshuizen komen.'

'Het rieten dak boven Daima zal wel in brand vliegen,' zei Dann.

Ach, dacht Mara, had ik niet net besloten dat het niet uitmaakt wat er met dode mensen gebeurt? Toch voelde ze zich bedroefd, en ze was boos op zichzelf. Ze dacht: als je telkens zo bedroefd bent als er iemand doodgaat of weggaat, kom je nergens aan toe... Maar ze stond de tranen van haar gezicht te vegen. Dann zag het en hij zei heel vriendelijk, vol medelijden: 'We kunnen maar beter weggaan als we niet ook geroosterd willen worden.' Een dunne streep vuur, bijna onzichtbaar in het zonlicht, kroop naar hen toe door het lage, droge, bleke gras.

Ze liepen, renden, al was Mara blij dat ze zich aan de stok kon vasthouden, tussen de rotshuizen door, de eerste heuvelrug op, omlaag langs de al halfleeg waterpoelen die vol zaten met spinnen, schorpioenen en torren – sommige dood, andere levend –, de volgende heuvelrug op en naar beneden, naar de rivier, waar het water zo laag stond dat het alleen nog maar een reeks waterpoelen was met natte plekken ertussen.

Dann zette zijn kruik neer, zei tegen Mara dat ze dat ook moest doen, ving twee kikkers, doodde ze met zijn mes, dat hij onder zijn tuniek uit haalde, en vilde ze – dat alles in een oogwenk. Ze had nog nooit iemand zo snel en handig iets zien doen. Hij gaf haar een stukje roze vlees. Ze had nog nooit vlees gegeten, in ieder geval kon ze het zich niet herinneren. Ze keek hoe hij op de roze stukjes kauwde en voelde haar maag omdraaien, en hij zei: 'Als je het niet eet, kom je om van de honger.'

Ze stopte het vlees met moeite in haar mond en dwong zich te kauwen. Het deed pijn omdat het vlees taai was en haar tanden los zaten van het hongeren. Maar ze kauwde en slikte, en het bleef binnen. Voor het eerst in zo lange tijd dat ze het zich nauwelijks kon herinneren, moest ze haar darmen legen. Ze ging een stukje verderop gehurkt in het gras zitten en het stroomde naar buiten. De laatste keer waren het enkel keuteltjes geweest, zoals de zwarte, ronde keuteltjes van Mishka en Mishkita. Ze verloor water aan de aarde. Zo begon de droogteziekte, met natte stront die uit je achterste stroomde.

'Misschien heb ik de droogteziekte,' schreeuwde ze Dann toe vanaf haar plekje achter de hoge grassen; maar hij riep terug: 'Nee, je bent niet gewend aan genoeg water.'

Hij liet haar bij een van de poelen knielen en almaar drinken. Daarna dronk hij zelf. Ze bleven daar naast elkaar met hun voeten in het water zitten terwijl hun lichaam het vocht opzoog. Ze voelde met twee handen aan haar haar en verwenste het. Ze besefte dat de stijve, vette plukken niet zouden veranderen als ze ze in het water zou houden. Hij keek toe. Opeens pakte hij zijn mes en zei: 'Buig je hoofd.' Ze dacht: o, hij gaat me vermoorden, maar ze voelde het lemmet van het mes over haar schedel glijden en ze zag de afschuwelijke plukken in het zand vallen. Ze bleef doodstil zitten uit angst om een snee op te lopen, maar hij was handig en ze kreeg geen schrammetje. 'Kijk eens naar jezelf,' hoorde ze, en ze boog zich dicht over het water en zag dat haar hoofd zo glad en glimmend was als een bot of een noot. Ze begon te huilen en zei: 'O, dank je, dank je.'

'Dank je, dank je,' bromde hij spottend, en ze zag dat 'dank je' niet bij zijn leven had gehoord.

Ze vond dat haar gezicht, dat een en al botten en holtes was, haar gladde hoofd op een doodskop deed lijken, en ze dronk nog eens, in de hoop dat het water haar gezicht en haar hele lichaam dikker zou maken.

'We kunnen maar beter weer verdergaan,' zei hij.

Achter hen op de plek van het dorp was de hemel zwart van de rook en vettige verbrande deeltjes vielen overal om hen heen.

Ze dacht: ik kan niet lopen, ik kan het niet. Dat geren hierheen vanaf het dorp, heuvel op, heuvel af, had haar uitgeput. Haar benen trilden. Misschien gaat hij gewoon weg, dacht ze, en laat hij me achter als ik het niet kan bijhouden. Hij was er toch ook met die twee mannen vandoor gegaan? – zonder ook maar aan haar of aan Daima te denken?

'Wat is er met die twee mannen gebeurd met wie je bent meegegaan?'

Hij fronste zijn voorhoofd. 'Ik weet het niet.' Toen leek zijn hele lichaam ineen te krimpen en te huiveren. Ze kon de kleine Dann zien die ze trillend tegen zich aan had gehouden. 'Ze waren... ze hebben me geslagen... ze...' Ze zag dat hij het wel uit kon snikken, uit kon schreeuwen.

'Hoe ben je aan hen ontsnapt?'

'Ze bonden me met een touw aan een van hen vast. Ik kon hen niet bijhouden. Soms werd ik over de grond achter hen aan gesleept. Op een nacht heb ik het touw doorgekauwd. Het duurde heel lang.' Hij voegde eraan toe: 'Misschien duurde het niet zo lang. Het leek heel lang. Ik was nog maar een kind. En toen kreeg ik vreselijke honger. Ik kwam bij een huis en een vrouw nam me op. Ze verstopte me toen de mannen naar me kwamen zoeken. Ik ben daar gebleven – ik weet niet hoe lang.'

'En toen?'

Ze zag dat hij niet veel meer wilde antwoorden – nu in ieder geval niet. 'Ik ben met een paar mensen naar het noorden gegaan. We kwamen bij een stad die nog – er woonden nog mensen, er was eten en water. En toen was er weer oorlog. Ik moest soldaat worden, dus ik liep weer weg...' En hij zweeg. 'Ik zal het je nog weleens vertellen, Mara. Ik wil ook over jou horen. Maar kom, we moeten snel gaan.'

Weer was ze blij dat ze de stok tussen hen in hadden, van schouder tot schouder, zodat ze steun had. Ze liepen langs de grote rivier, niet dicht langs het water waar hopen botten lagen, maar halverwege de helling. Vandaar af konden ze de grote vlammen zien dansten en omhoogschoten op de heuvels waar de grote steden waren. Nou, die heuvels hadden waarschijnlijk wel eerder in brand gestaan, vaak genoeg, en de oude muren stonden nog steeds overeind.

'Toen je op reis was,' zei ze tegen Danns rug, 'heb je toen ontdekt...' Maar ze wist nauwelijks wat ze wilde vragen omdat er zoveel was wat ze moest weten. 'Is er wel vaker zo'n droogte geweest? Of is dat alleen hier?'

'Ik zal het je nog weleens vertellen,' zei hij, 'maar laten we nu stil zijn. Je weet nooit wie er in de buurt is.'

'Er is niemand. Iedereen is weg, of dood.'

'Er zijn overal mensen op doortocht, op zoek naar water of iets beters. Soms denk ik dat alle mensen die nog leven op weg zijn en ergens heen lopen.'

Het was halverwege de middag, de warmste tijd van de dag; de zon brandde en de grond was heet onder hun voeten. Mara's kale hoofd bonkte pijnlijk en ze hield onder het lopen haar vrije arm over haar hoofd heen. Er hing allemaal stof en rook in de lucht. De hemel was een geelachtige werveling vol donkere rook met zwarte deeltjes erin en de zon was slechts een lichtere plek in die rook. Ze wilde gaan liggen, gaan zitten; ze wilde een rots zoeken en eronder kruipen...

'We moeten verdergaan, Mara. Kijk eens om.' Ze kneep haar ogen samen om te kijken in de richting vanwaar ze waren gekomen en ze zag dat er rook oprees van de plek waar het dorp was, en ook verderop – de vlammen schoten vooruit naar de rivier en zouden daar weldra, met een grote sprong, overheen zijn en de rivier bereiken waar zij langs liepen. Zouden die stapels botten verbranden zodat de herinnering aan al die dieren werd uitgewist? Dann zag hoe ze haar armen over haar kruin hield, en hij haalde een stuk stof uit zijn zak dat hij haar gaf om op haar hoofd te leggen en zo wat schaduw te vormen. Ze zag dat het zweet van hem af liep, voelde ook zelf het zweet over zich heen lopen. Ze was bang dat het water dat ze langs haar benen voelde lopen dunne poep was. Ze keek snel, maar nee, het was zweet. Ze was bang omdat ze zo veel water verloor, en liep naar een waterpoel om samen met hem te drinken. Ze bleven drinken, allebei met de gedachte dat ze moesten drinken nu er water was. Toen zei hij: 'Kom: als de wind draait, haalt het vuur ons in.'

Ze was zo blij met haar uiteinde van de stok: anders zou ze struikelen en vallen. Ze liep half te slapen, als in trance, en verwonderde zich erover dat Dann zo soepel kon bewegen, dat hij zo waakzaam was en voortdurend om zich heen keek, om te zien of er gevaar dreigde. Ze liepen steeds verder. Hun schaduw was eerst kort, daarna lang en zwart op de vlakke stukken tussen de rotsen, maar wanneer ze tussen de rotsen door liepen, bewoog en veranderde hij telkens. Ze had het gevoel dat ze ging vallen maar ze wist dat ze verder moesten. Telkens wanneer ze haar hoofd draaide, zag ze dat de rookwolken donkerder werden en dat ze ver achter de tweede rivier bleven: het vuur was waarschijnlijk naar de vlakte aan de andere kant van de rivieren gegaan. Waar ze nooit was geweest. Half slapend, struikelend en uitgeput omdat ze niet meer kon zweten, dacht ze: wat is mijn leven beperkt geweest. Ik was niet eens nieuwsgierig genoeg om de rivier over te steken naar de vlakte in het westen… En daar had je het weer, een woord waar ze aan dacht zonder dat ze wist waar het vandaan kwam: westen, westelijk. Net zoals het noorden, waar iedereen het over had. Wat was het noorden, waar was het?

Net toen ze dacht dat ze niet meer de ene voet voor de andere kon zetten, liepen ze over verbrande aarde. De brand, of een andere brand van kortgeleden, was hier geweest. Het lage, zwarte gras had zijn vorm behouden, alsof het zo uit de aarde was gekomen, zwart en zo breekbaar dat het in stukjes uiteenviel als je het aanraakte en bij de eerste flinke windvlaag weg kon waaien. Een stuk hout gloeide na, een rode gloed in een dikke laag grijze as.

'Nu redden we het wel,' zei hij. Ze liepen nog steeds op de helling, met links van hen in de diepte de rivier, met grote waterpoelen van de overstroming. Hij tilde de stok van haar schouder en sprong naar beneden, en zij volgde terwijl ze voorzichtig overeind probeerde te blijven. Net als verderop langs de rivier lagen ook hier botten, oude en nieuwe, en de insecten dromden erop samen en ook op de dode bomen. Dann had zijn kleren afgeworpen en lag al in een poel die leek op een groot bad in de rots. Ze trok langzaam haar gladde vlies uit en voegde zich bij hem. Ze dronken en spetterden water over hun hoofd en schouders, en lagen in het water met hun hoofd op de rand. Vandaar af keken ze recht in een lucht vol rook en toen ze hun hoofd omdraaiden, zagen ze zuilen en torens van rook – waarschijnlijk de dode bomen langs de poelen.

Het vuur zou de schorpioenen en de zingende insecten en de nieuwe kikkers doden. Het zou het water in de poelen doen dampen en snel wegzakken in de modder die weldra droog en brokkelig zou zijn. Het zou de kleine botten verbranden. En de aardinsecten, die gras nodig hadden om in leven te blijven? Als het vuur over de vlakten heen was gegaan en alles had verbrand, hier en daar zelfs de aarde, zou het gras dan weer gaan groeien? Anders zouden de insectensteden uitsterven, hun torens zouden doods en leeg blijven staan en dan… zou er overal alleen nog maar droge aarde zijn en zouden de stofwolken zich voortbewegen en zou het Rotsdorp langzaam worden opgevuld met stof en zand.

'Vooruit,' zei Dann, terwijl hij uit het water sprong en zijn witte kleed aantrok. O nee, dacht ze, ik kan niet meer verder; maar dat bedoelde hij niet: hij zocht naar een veilige plek waar ze de nacht konden doorbrengen. Ze klom uit het water, trok haar tuniek aan die op een slangenhuid leek, en hielp hem zoeken tussen de rotsen. Hij zocht naar een plek die verborgen was maar hoog genoeg lag zodat ze omlaag en om zich heen konden kijken. En kijk: een soort platte rots boven op een heuveltje met nog niet verbrande struikjes en gras eromheen. Er lag iets wat leek op een barricade of een muur van kleine stenen: ja, het was een muur, die op grotere rotsblokken aansloot en als verdediging was opgetrokken. Er waren al eerder mensen geweest die dit een goede plek hadden gevonden. Toen ze keek, kon ze hier en daar ruwe muurtjes zien die soms half ingestort waren. Een hele tijd geleden dus, niet pasgeleden, was er om deze heuveltop gevochten door… door wie?

De gele gloed in de lucht, wat de zon was achter alle rook en stof, hing nu lager, maar het was heel warm en de platte rots zinderde van de hitte. Mara pakte wat van haar witte meel, mengde het met water en maakte koeken die ze op de rots legde. Intussen haalde Dann stenen weg van de plek waar ze met hun rug tegen een grote steen konden zitten.

Hij zat met zijn benen uitgestrekt, en zij zat naast hem en dacht: nu zal hij misschien praten, zal hij me misschien vertellen… Ze viel in slaap en toen ze wakker werd, zag ze dat de hele lucht leek te branden, dat de wolken en slierten rook helemaal verlicht waren en er stralen recht omhoogschoten naar de ondergaande zon. Dann keek naar haar. Ze dacht: ik ben zo lelijk. Hij vindt me vast net een aap – alleen heeft hij waarschijnlijk nog nooit een aap gezien. Maar waar heb ik ze gezien? O ja, thuis, er zaten apen in een grote kooi. Ik weet hoe ik eruitzie en mijn hoofd… Ze had zo'n honger. De koeken van meel die ze op de rots had gelegd? – hij had er een paar gegeten. Zij had er ook wel een paar willen pakken maar ze had het gevoel dat ze niet kon bewegen. Hij bleef naar haar gezicht kijken. Hij bekeek haar onderzoekend, zoals Daima had gedaan voordat ze stierf, alsof haar – Mara's – gezicht een waarheid of een geheim bevatte. O, ze had zo'n honger. Toen ze vol verlangen naar de koeken keek, sprong Dann op en pakte ze, legde ze zorgvuldig in haar hand. En vervolgens keek hij hoe ze at, langzaam, beetje bij beetje, zoals ze had leren eten omdat het eten zo schaars was, zodat ze ieder kruimeltje, ieder stukje in haar mond moest houden om al het goede eruit te halen. Bovendien had ze kiespijn.

Ze vond het niet vervelend dat hij naar haar keek. Ze was blij dat hij er was, maar ze begreep hem niet. Niets van wat hij deed kwam haar bekend voor, en ook niet veel van wat hij zei.

'Als jij niet was gekomen, zou ik dood zijn,' zei ze tegen hem.

'Ja.'

'Ik was aan het doodgaan en ik wist het niet.'

'Ja.'

'En toen die brand begon zou ik, denk ik, besloten hebben om bij Daima te blijven en me te laten verbranden.'

Hij zei niets, staarde alleen naar haar gezicht en naar haar ogen.

'Het zou geen zin hebben gehad om weg te gaan. Ik had nergens naar toe gekund. En ik was bovendien te zwak.'

Voorzichtig, omdat hij haar niet wilde beledigen, zei hij: 'Ben je nooit ergens anders geweest? Alleen in het Rotsdorp?'

'Alleen buiten het dorp om wortels te zoeken – en zaden.'

Hij duwde zijn knokkels tegen de grond, sprong overeind en ging langs de helling omlaag staan staren. Ze wist dat hij dat deed omdat hij niet wilde dat ze zijn gezicht zag. Hij was geschokt omdat ze geen poging had ondernomen om ergens anders heen te gaan. Je weet niet hoe het was, hoe moeilijk, wilde ze tegen hem zeggen. Maar ze schaamde zich. Ze had al die tijd geleefd en niets geweten, helemaal niets. Terwijl hij…

Hij was bezig een van de gele wortels uit zijn plunjezak te halen. Hij sneed hem doormidden, gaf haar de helft en ging naast haar naar de ondergaande zon zitten kijken, een rode, gloeiende plek te midden van donkere wolken.

'Ben je hier langsgekomen toen je met die twee mannen meeging?'

Hij schudde zijn hoofd. Een lange stilte nu. Een echte stilte. Langgeleden waren er rond deze tijd, bij zonsondergang, allerlei geluiden van dieren geweest en geluiden van vogels, en de zingende insecten maakten zo veel lawaai dat het pijn deed aan je oren. Nu was er niets.

'Waar gaan we naar toe?'

'Naar het noorden.'

'Waarom?'

'Daar is het beter.'

'Hoe weet je dat?'

'Dat zeggen ze.'

'Mensen die er zijn geweest?'

'Hoe meer naar het zuiden, hoe erger. Hoe meer naar het noorden, hoe beter. Er is daar water. Het regent er nog. Ze zeggen dat er een grote woestijn is die alles eromheen verdroogt, maar daar kun je omheen trekken.'

'Hier komt ook een woestijn.'

'Ja.'

'We gebruiken woorden als zuiden en noorden en oosten en westen, maar waarom? Waar komen ze vandaan?'

Honend, alsof hij opeens een ander mens was geworden, zei hij: 'De Rotsmensen zijn gewoon dom. Stomme rotskonijnen.'

'Al die woorden komen ergens vandaan. Ik denk van de Mahondi's.'

Hij lachte weer honend. 'De Mahondi's! Je begrijpt er niets van. Ze stellen niets voor – wij stellen niets voor. Vroeger waren er mensen – die wisten alles. Ze wisten over de sterren. Ze wisten… ze konden door de lucht met elkaar praten, op kilometers afstand…' Zijn stemming begon om te slaan: het was alsof hij wilde lachen, maar dan echt, alsof hij wilde gaan giechelen… 'Van hier naar het Rotsdorp. Van hier naar – naar het noorden. Naar het einde van het noorden.'

Onwillekeurig begon ze nu ook te giechelen.

'Je lacht,' zei hij lachend. 'Maar het is waar. En ze hadden machines waar honderd mensen tegelijk in konden…'

'Maar wij hadden luchtscheerders.'

'Maar deze machines konden dagenlang vliegen zonder te landen…'

En opeens schaterden ze allebei van het lachen, omdat het zo idioot was.

'En ze hadden machines die zo groot waren dat – groter dan het Rotsdorp.'

'Wie heeft je dat allemaal verteld?'

'Mensen die weten wat er in het noorden gebeurt. Er zijn daar plekken waar je iets te weten kunt komen over de volkeren van vroeger – die langgeleden leefden. En ik heb afbeeldingen gezien.'

'De afbeeldingen op de oude muren?'

'Nee, in boeken.'

'Toen we klein waren hadden we boeken.'

'Niet gewoon schilderingen op leer en bladeren. Ze hadden vroeger boeken die waren gemaakt van… Het is een heel dun, fijn materiaal, wit, en er zitten soms wel honderd bladzijden in een boek. Ik heb een paar bladzijden uit een oud boek gezien… die begonnen al uit elkaar te vallen…' Zijn stemming sloeg weer om. Hij zei woedend: 'Mara, als je eens wist… Wij vinden de Rotsmensen maar – stomme konijnen. Maar die mensen, die heel lang geleden leefden – vergeleken bij hen zijn wij kevers.'

De duisternis kwam nu snel tussen de rotsen naderbij. 'Ik ga slapen,' zei hij. 'Maar jij moet wakker blijven. Kun je dat? Als je slaperig wordt, maak me dan maar wakker. Doe het niet te plotseling want dan geef ik je een klap. Dan denk ik dat je de vijand bent, snap je? Jij hebt hiervoor al wat geslapen.' En hij ging daar ter plekke op de rots liggen en sliep meteen.

Het was nu helemaal donker. Er was geen licht van de maan: het was wel bijna volle maan, maar er hing zo veel stof en rook in de lucht dat je de maan en de sterren niet zag. Mara ging met haar rug tegen een rots zitten en het duizelde haar van wat ze allemaal had gehoord. Ze wilde huilen en zou dat anders ook wel hebben gedaan, maar ze hield haar tranen in. Ze dacht: het is al erg genoeg om zo veel water te verliezen met zweten, maar ik kan wel proberen om niet te huilen. Ze dacht aan al die jaren bij Daima, die haar over allerlei dingen had verteld waarvan zij als klein meisje dacht dat het fantasieën waren – gewoon verhalen – maar nu vroeg Mara zich af of Daima's verhalen toch niet echt waren gebeurd. Maar ze hadden vooral Wat Heb Je Gezien? gespeeld. En wat had Mara eigenlijk gezien? Het rotshuis van de buurvrouw vanbinnen. De details van de schubbige huid van een hagedis. Een dode boom. 'Wat heb je gezien, Mara?' 'De takken steken als oude botten omhoog. De bast is verdwenen. Het hout is aan het splijten. In iedere barst leven insecten.' Maar nu niet meer: de vlammen hebben ze allemaal gedood. 'De vogels gaan in de dode bomen zitten en vliegen teleurgesteld weer weg. Er zitten skeletten van vogels in de bomen. Als de skeletten op de grond vallen, kun je zien dat ze op ons lijken. Ze hebben poten en voeten en hun vleugels lijken op armen.' 'En wat heb je nog meer gezien, Mara?' 'Het dode hout verschilt per boom, soms is het licht en sponsachtig, en soms is het zo zwaar en hard dat ik de nagel van mijn duim er niet in kan duwen.' 'En wat nog meer, Mara?' 'Diep in de grond zitten wortels die ik opgraaf.' En dat was wat ze al die jaren had gezien. Het dorp. De Rotsmensen. De dieren, steeds minder en toen helemaal niet meer. De hagedissen en de draken – maar die waren er ook niet meer. Mishka, die lieve Mishka, die haar gezicht schoon had gelikt, en daarna Mishkita. En de aardinsecten… insecten, schorpioenen, insecten, steeds meer insecten… Ach, zelfs de schorpioenen waren nu waarschijnlijk verbrand.

En dat was het dan. Ze was niet verder geweest dan de dode steden in de heuvels. 'Wat heb je gezien, Mara?' 'Ik heb afbeeldingen van mensen gezien, maar ze leken niet op ons, ze hadden een andere kleur bruin, een andere lichaamsvorm, beschilderde ogen en ringen aan hun handen en in hun oren. Ik heb gezien dat…' Misschien waren dat de mensen die volgens Dann zo slim waren dat ze alles wisten?

Door die droevige en schaamtevolle gedachten kostte het Mara geen moeite om wakker te blijven. Toen moest ze plassen en ze was bang dat ze Dann wakker zou maken als ze bewoog. Ze kroop zo stil mogelijk weg en hurkte een paar passen verderop. Ze moest nu heel veel plassen en het deed geen pijn meer. Haar lichaam gloeide en jeukte niet meer en schreeuwde niet meer om water. Toen ze terugkroop, zag ze dat Dann zijn ogen open had: waakzame glinsteringen in het donker.

'Hoorde je iets?' vroeg hij.

'Nee.'

Zijn ogen vielen dicht en hij viel onmiddellijk weer in slaap. Even later rolde hij naar Mara toe en trok haar tegen zich aan. 'Mara, Mara,' zei hij met dikke stem, maar het klonk kinderlijk, als de stem van een klein jongetje. Hij sliep. Hij kroop tegen haar aan en ze hield hem in haar armen met kloppend hart, want ze hield haar kleine broertje vast; maar tegelijkertijd was hij gevaarlijk en ze voelde zijn slang dik en warm tegen haar dij. Toen vielen zijn armen van haar af. Hij zoog op zijn duim, sabbel, sabbel. En het werd stil. Hij rolde weg. Ze kon hem nooit vertellen dat hij op zijn duim had gezogen. Hij zou haar waarschijnlijk vermoorden, dacht ze. En ze was verbaasd dat die gedachte zomaar bij haar opkwam.

Voordat Dann in slaap viel, had hij naar zijn zuster liggen kijken en gedacht: wat doe ik hier? Waarom ben ik haar gaan halen? Ze is zo zielig, en ziek en zwak. Hij wist alleen dat hij wel had moeten gaan zodra hij van reizigers had gehoord dat er in het oude dorp nog mensen in leven waren. Hij wist niet waarom, maar hij was rusteloos, ongelukkig, hij kon niet slapen. Hij moest haar gaan zoeken. Ze vergiste zich wanneer ze dacht dat hij nooit apen had gezien. Hij had ze wel gezien, in kooien – en ook mensen in kooien. Hij vond haar een beetje op een aapje lijken, met grote, droevige ogen en een kaal hoofd. Maar ze werd al wat dikker. Ze was niet meer alleen een geraamte met wat vel over de botten en enorme droge, hongerige ogen. En dat was al na twee dagen. Bij de waterpoel had hij iets gezien waarvan hij aanvankelijk dacht dat het een beest was, met lange klauwen en smerige plukken haar op het hoofd; maar nu kende hij haar weer, want een bepaalde manier van kijken die ze had, bepaalde bewegingen en bepaalde herinneringen kwamen weer terug. Hij herinnerde zich alleen warme armen en een zachte stem, bescherming, beschutting en veiligheid. Hij probeerde dit kleine, spichtige wezen met niets dan botten te rijmen met de herinneringen die zijn ledematen en lichaam hadden aan zachte, grote, vriendelijke armen, alles groot en zacht en warm.

Toen het licht begon te worden, zag Mara dat ze bedekt was met stukjes zwart, vettig spul van de brand. De wind was dus gedraaid. 'Dann,' zei ze, en hij stond meteen overeind, te kijken naar die zwarte stukjes op hem. Het vuur was tot de rand van de vorige brand gekomen en toen gedoofd. Er hing overal rook, maar in de richting waar ze naar toe moesten werd het al minder. Hij pakte de waterkruiken, legde de stok over zijn schouder en liep met grote stappen naar de dichtstbijzijnde waterpoel; toen riep hij haar en ze liep naar de rand van de lage heuvel waar de rots al warm was onder haar voeten, en zag hem naar beneden wijzen. Het was net of er grijzig gele stromen als een vloeistof over het zwart van de branden liepen: aardinsecten, die als een vloedgolf naar de rivier stroomden. Maar dat was niet hun eindbestemming: de stromen gingen al bij de andere oever omhoog. 'Vlug,' zei hij en hij liep met grote sprongen naar beneden, zij het op enige afstand van de insecten; en zij liep hem achterna, huiverend, nu niet van vermoeidheid maar van angst, en ze dook achter Dann aan de grootste waterpoel in. Ze wasten de zwarte vegen van zich af, vulden de kruiken tot de rand en bleven maar drinken, terwijl ze voortdurend de aardinsecten in de gaten hielden. Ze zagen dat de massa naar opzij uitdijde, in de richting van hun waterpoel. Zij wilde al uit het water klauteren, maar hij hield haar vast en toen de insecten in het water terechtkwamen, greep hij ze met vlugge vingers beet, trok hun kop eraf en propte de nog bewegende lijven in zijn mond. Hij at er een paar op, zag toen haar gezicht en wist even niet wat hij moest doen. Ze viel bijna flauw van afschuw. Het water was omgeven met verdrinkende insecten. Hij stapte door het water naar de oever, pakte zijn plunjezak, haalde er een kleinere zak uit, vulde die met verdronken insecten en knikte naar haar dat ze uit het water moest gaan. Ze was bang, want het leek wel of de insecten overal zaten. Maar hij stapte voorzichtig op de kant en zette zijn voeten tussen de stromen insecten die hem en haar in een oogwenk tot op het bot kaal zouden kunnen eten als ze wilden. Maar nee, de insecten liepen zo snel ze konden door de waterpoelen heen om nieuwe steden voor zichzelf te bouwen in een gebied dat niet verbrand was. Je zag niets anders dan het zwart van de brand, dus ze zouden een heel eind moeten lopen met al hun bezittingen: kleine beetjes voedsel uit hun ondergrondse boerderijen – Mara zag dat het droog en verschrompeld was in plaats van stevig en vers –, de baby's en hun dikke moeders, die zo groot waren als Mara's hand, vet en wit, en die zelfs terwijl ze gedragen werden eieren legden die als larven uit ze vielen en door de insecten verzameld en in de bek meegedragen werden. Dit was een volk dat verhuisde van woonplaats, zoals de Rotsmensen een leeg huis betrokken als ze dat mooier vonden dan hun eigen huis. Mara keek hoe Dann zorgvuldig rondstapte tussen de insecten, die nu meer op een overstroming leken, een vloedgolf, waarbij de aarde zelf zich leek te verplaatsen. Ze liep hem achterna, bang om op de insecten te trappen, omdat ze zo duizelig was. Maar al snel waren ze door de insecten heen en liepen ze weer op de heuvelrug, boven de bedding van de rivier waar de poelen nog maar half zo groot waren als gisteren. Toen ze achteromkeken, zagen ze steeds meer insecten aan komen; weldra zou er in de grote, op steden lijkende torens van aarde geen insect meer over zijn. Het tweetal liep naar de plek tussen de rotsen. Dann legde de verdronken insecten op de hete rots en binnen een paar tellen zagen ze er niet meer sappig en glimmend uit maar leken ze wel kleine zakjes vel. Nu gaf Dann er een aan Mara terwijl hij haar strak aankeek, en ze stopte het in haar mond. Het smaakte zuur en zacht; ze deed maar net of het een stukje fruit was. Dann gaf haar er nog een en nog een en ze at ze tot ze niet meer kon. Toen sprong hij weer naar beneden, naar de zwerm, en ze zag dat hij nu insecten opschepte uit de enorme stromen en ze in het zakje stopte. Binnen een paar tellen was hij terug, haalde ze stuk voor stuk te voorschijn en kneep de kop eraf. De insecten sisten en vochten in het kleine zakje. Hij was in zijn handen gebeten: ze waren rood en dik. Maar hij ging door met insecten te onthoofden en op de rots te leggen, die nu zo heet was dat je hem bijna niet meer kon aanraken. Hij at ze terwijl ze gebakken werden, en gaf haar er telkens weer een, en ze wist dat hij dat magere lichaampje van haar schattend bekeek en dacht: ze is dikker, het gaat beter met haar. 'Eet, Mara. Eet, je moet eten,' commandeerde hij.

Het was inmiddels halverwege de ochtend. Weer zouden ze op het heetst van de dag reizen. Ze liepen evenwijdig aan de rivier. Er was geen beschutting, alleen rotsen en dode bomen, met takken die als botten omhoogstaken. De branden lagen achter hen: voor hen uit was de lucht stoffig maar zonder rook. Mara wilde er dolgraag een punt achter zetten voor die dag en in het water gaan liggen, omdat het zo snel aan het zakken was dat sommige poelen al niets dan modder waren.

Ze liep met haar ogen neergeslagen vanwege het felle licht en klemde zich vast aan de stok waar de waterkruiken aan hingen. Toen zei Dann: 'Kijk daar eens, Mara.' Ze probeerde haar ogen wat verder open te doen en zag dat de heuvelrug voor hen steil omhoogliep en veranderde in een berglandschap, en daarvandaan kwam een stroompje water, het enige wat over was van de vloedgolf van vier dagen geleden. Maar het water viel tussen scherpe rotsen door naar beneden en ze wist dat ze er nooit naar toe kon klimmen om te drinken. 'We stoppen zo,' zei hij. Ze dacht dat hij nu waarschijnlijk net zo tegen haar praatte als zij tegen hem toen hij klein was. Hij lokte haar zachtjes mee: 'Daarboven, aan de andere kant van die steile helling, is het beter. Je zult het zien. We overnachten halverwege de helling, dan zijn we morgen boven.'

Laat in de middag zochten ze zich een weg naar beneden, naar het water, dat hier niet in poelen stond maar een echte grote rivier was geweest en nog steeds langzaam voortstroomde vanaf de waterval en pas verderop veranderde in zand en rotsen met hier en daar een droogvallende waterpoel. Overal botten. Grote, zich vertakkende witte botten en daartussen horens en slagtanden. Toen ze naar de waterkant liepen, moesten ze tussen de botten door stappen: ribben, schedels, tanden en kleine botjes die door de zon tot kalkachtige witte aarde verkruimeld werden.

Ze was bang dat er misschien stekers tussen zouden zitten of zelfs een waterdraak die nog leefde, en hij was daar kennelijk ook bang voor. Hij bleef naast het ondiepe stroompje staan en stak zijn draagstok er overal in, maar er zaten geen beesten, er kwam niets boven. Dit water stroomde alleen omdat er een vloedgolf was geweest en de rivier had zo lang droog gestaan dat er niets meer leefde, zelfs geen kikker of pad. Weer baadden ze en spetterden ze rond en ze dronken, vulden hun kruiken en klommen tussen de rotsen door omhoog tot ver boven de heuvelrug, even voorbij de waterval, die zachtjes omlaag klaterde – hoewel hij ooit honderden meters breed was geweest, want waar ze de nacht doorbrachten zaten er watervlekken op de rotsen om hen heen en die rotsen waren zo glad van oud water dat ze moesten oppassen dat ze niet uitgleden. Het was nog licht. Ze keken omlaag, naar waar ze vandaan waren gekomen, en zagen dat de brand nog woedde maar naar het zuiden trok, de andere kant op. Ze kon het dorp niet zien, hoewel het niet ver weg kon zijn – ze hadden langzaam gelopen omdat zij zo zwak was. Het land was overal zwartgeblakerd en hier en daar steeg rook op uit een smeulend blok hout of een stapel botten. Ze keek of ze bij het dorp de heuvels kon zien, waar de oude steden lagen, maar ze waren slechts een vage blauwe streep in de rook. De wind was weer gedraaid: er vielen geen zwarte roetdeeltjes meer op hen neer.

Ze mengde meel met water en bakte weer koekjes op de rotsen. Daarna aten ze nog een wortel. Er was nu nog maar heel weinig meel over en acht gele wortels.

'Boven op de berg is meer te eten,' zei hij. En hij pakte zijn zakje met grijzige munten, legde ze op een rij en telde ze. 'Daar zullen we niet veel voor kunnen kopen,' zei hij. Hij bleef gehurkt zitten nadenken boven de munten, op de knokkels van een hand leunend en met zijn andere hand de munten ronddraaiend. 'Ik heb zitten denken, Mara. Dat goud. Het probleem is, hoe gaan we die munten wisselen? Laat ze nog eens zien.' Ze pakte haar zakje goudstukken en spreidde ze uit op de rots.

'Weet je, ik heb nooit over dit soort munten gehoord, behalve als een soort grap. "Dat is goud waard." "Kostbaarder dan goud." "Een goudmijn." Maar als ik er goed over nadenk, herinner ik me dat ze worden gebruikt. Maar alleen door de rijken en daarom dacht ik eerst niet...' Hij zat nu door de goudstukken te roeren. 'Ze zouden ons vermoorden als ze wisten dat we deze munten hadden,' zei hij.

'Als we ze niet kunnen wisselen, hoe moeten we dan eten?'

'Ik heb niet gezegd dat we ze niet kunnen wisselen.' Hij bleef met gefronst voorhoofd zitten denken.

De munten lagen daar te glanzen en toen ze er een aanraakte was hij al heet van de rots.

'Voor een zo'n munt zou je een groot huis kunnen kopen,' zei hij.

'O, Dann, laten we dan een huis kopen en daar gaan wonen – ergens waar altijd water is.'

'Je begrijpt het niet, Mara.'

Ach, ze wist dat ze het niet begreep en ze had het gevoel dat ze dat al zo vaak had gehoord: *je begrijpt het niet*. 'Leg het me dan maar eens uit,' zei ze.

Ze zaten tegenover elkaar op hun hurken, met de munten, de gouden en de lelijke, dunne grijze, op een grote steen tussen hen in, en zelfs hier, op een verdroogde berghelling die geheel verlaten leek, dempte hij zijn stem.

Hij pakte een grote stok en begon in het stof tussen de stenen te tekenen. Hij tekende een grote vorm die langer was dan breed en aan één kant naar rechts uitstulpte zodat het net een werpstok met een dikke steel was.

'Dat is de wereld,' zei hij. 'Het is allemaal aarde met zee eromheen.'

'De wereld' kwam makkelijk weer bij Mara boven van de lessen die ze langgeleden van haar ouders had gehad. 'De wereld is groter dan dat,' zei ze. 'Op de wereld zijn een heleboel stukken land met water ertussen.'

Hij leunde voorover en keek haar aandachtig aan. Hij leek geschrokken. 'Hoe weet je dat? Wie heeft je dat verteld? Wij horen niets te weten.'

'We hebben dat allemaal geleerd. Ik tenminste, maar jij was te klein. Onze ouders hebben het ons verteld.'

'Maar hoe wisten zij dat? Wie heeft het hun verteld? Zíj vertellen ons niets. Ze willen ons in de waan laten dat er niets anders is dan wat we hebben. Zoals rotskonijnen denken dat hun eigen heuveltje alles is.' Zijn stem klonk weer honend.

'Wat je getekend hebt. Dat kan ik me herinneren. Het heet Ifrik. En het is het stuk aarde waar wij leven. Waar zitten wij nu? – dat zou ik graag willen weten.'

Hij wees naar het midden, vrij ver onder het stuk dat uitstak.

'En hoe ver is het van hier naar Rustam?'

Hij wees een stukje lager en zette twee vingers neer, vlak bij elkaar, de ene op de plek waar ze volgens hem nu waren en de andere waar Rustam was.

Ze had het gevoel dat ze echt al even klein en onbelangrijk als een kever was geworden. In haar gedachten was het een lange reis geweest vanaf Rustam, een overgang van het ene leven naar een volslagen nieuw leven; en nu – door die twee vingers van hem, die vlak bij elkaar stonden – was dat alles teruggebracht tot bijna niets en zijzelf was dus ook bijna niets.

Maar ze bleef kalm en zei: 'Ik herinner me dat ze zeiden dat Ifrik heel groot was. En waar gaan we morgen naar toe?'

'Morgen en de dag daarna en de dag daarna…' Hij hield zijn vingers weer zo'n klein stukje uit elkaar, maar nu de andere kant op van waar ze volgens hem waren.

'En is dat het noorden?'

'Dat is het noorden. Maar het echte noorden is…' En opgewonden wees hij naar de bovenkant van de ruimte of vorm die hij had getekend.

'Als het ons zo lang heeft gekost om zo'n klein stukje af te leggen, hoe lang duurt het dan om naar het noorden te komen?'

'Hoezo lang? Het was twee dagen.'

'Maar…' Zij dacht aan die nachtelijke tocht uit Rustam vandaan en ze wist dat hij daar niet aan dacht, daar waarschijnlijk ook niet aan kon denken.

'Als je vanaf hier naar het noorden gaat, wordt het beter.'

'En als we in plaats daarvan naar het zuiden zouden gaan, zou het dan erger worden?'

'Ja, totdat we helemaal onderaan zouden komen, hier…' en hij wees naar de onderkant van Ifrik. 'Daar liggen hoge bergen en er is water en het is er groen.'

'Dus waarom gaan we dan niet naar het zuiden?'

'We zouden doodgaan als we daar probeerden te komen. Bovendien zijn er een heleboel mensen naar het zuiden gegaan toen alles begon te verdrogen en de woestijnen ontstonden, massa's mensen, net als die aardinsecten vandaag; iedereen trok steeds verder naar beneden en daarna door de bergen. Maar ze waren daar niet welkom, er was niet genoeg water en voedsel voor iedereen. Er kwam oorlog. En alle mensen uit de hoge, droge landen werden gedood – omdat ze verzwakt waren door het reizen.'

'Allemaal gedood?'

'Dat zegt men.'

'En wanneer was dat?'

'Voordat wij geboren werden. Toen het minder begon te regenen en er geen eten was en de oorlogen begonnen.'

'Daima is gevlucht voor een oorlog. Dat was lang voordat wij geboren werden.'

Toen viel er een stilte; de zon ging onder in zijn stoffige rood, de schaduwen vielen donker en warm tussen de rotsen en de waterval klaterde zachtjes.

'Ik weet niet hoe we ons in leven moeten houden,' zei ze.

'Ik heb me toch ook in leven gehouden? Ik weet hoe je dat moet doen. Dat zul je zien. Maar we moeten wel steeds voorzichtig zijn.' Hij keek nog eens bedachtzaam naar de goudstukken. Toen zei hij: 'Geef me eens twee van die stukjes stof die je hebt.'

Ze viste ze onder uit haar tas terwijl ze zich bedroefd afvroeg wanneer ze die weer nodig zou hebben. Hij keek naar haar en ze dacht: hij weet wat ik denk, hij is aardig.

Hij verdeelde de munten in twee hoopjes van vijfentwintig en bond ze een voor een in de reepjes stof, met telkens een knoopje ertussen. Om te voorkomen dat ze rammelden, begreep ze, en ze begon hem te helpen. Weldra lagen er twee geknoopte koorden van gedraaide stof op de rotsen.

'Kijk eens of je er een om je heen kunt binden – heel hoog, boven je middel.'

Ze tilde haar tuniek op en bond een van de koorden op de plek die hij had aangewezen. Het probleem was dat ze helemaal geen borsten had, ze was plat. Toen ze hem liet zien hoe het koord zat, schaamde ze zich omdat onder de dunne bruine stof op haar borstkas de knopen van het koord groter waren dan haar tepeltjes.

De tranen rolden van haar gezicht af op de rotsen.

Hij glimlachte, stak zijn hand uit en kneep even in haar nek, waar die boven de tuniek uitkwam. 'Arme Mara,' zei hij vriendelijk. 'Maar je zult weer snel een meisje zijn, dat beloof ik je.' En hij wiegde haar een beetje heen en weer met zijn hand, terwijl ze lachte en probeerde op te houden met huilen. 'Goed, doe het maar weer af.' Ze liet het koord onder haar tuniek naar beneden glijden en gaf het aan hem.

'We zullen iets dikkers voor je zoeken om te dragen, dan ziet niemand wat je eronder hebt zitten.'

'Ik zou zo graag gauw iets anders willen hebben.' Ze pakte de stof van de tuniek met handenvol tegelijk beet, liet de stof weer terugveren, probeerde hem te pletten, kapot te maken. 'Ik heb er zo'n hekel aan, Dann. Ik wou dat ik hetzelfde kon dragen als wat jij aanhebt.'

Hij zei niets en kreeg een andere uitdrukking op zijn gezicht: hij was boos.

'Ik weet dat het slavenkleding is,' zei ze. 'Onze slaven droegen dat vroeger ook.'

'Dat herinner ik me niet.' Maar hij herinnerde zich iets akeligs.

'Alles zou beter zijn dan dit,' hield ze vol, en toen glimlachte hij eindelijk.

Nu het schemerde, was de stof van haar tuniek niet bruin maar een zacht, glinsterend zwart.

'Het is zulk raar spul,' zei hij, er vol afschuw aan voelend. 'Het verandert van kleur. In dc felle zon denk ik soms dat het wit is en dan is het opeens weer bruin.'

'Waar vind ik zo'n tuniek als die van jou?'

'We moeten er een kopen. En we hebben niet genoeg kleine muntjes. Dus moeten we wachten tot we een goudstuk kunnen wisselen.' Hij liet een van de slierten met vijfentwintig munten in zijn plunjezak vallen en de andere in die van haar. 'Nu mag jij slapen en blijf ik wakker.'

Mara ging tussen de stenen liggen, met haar hoofd op haar hand en viel meteen in slaap, en toen ze wakker werd, zat Dann niet naast haar. Opeens voelde ze zijn hand over haar mond en hoorde hem fluisteren: 'Stil, er zijn mensen.' Voeten bewogen tussen stenen net onder hen, dichter bij de waterval dan zij. Onhandige voeten: stenen gleden weg en rolden van de rotsen naar beneden. De lucht werd weer lichter. Het tweetal tuurde over de rand van een rots heen en zag een man en een vrouw die naar beneden klauterden, bleven staan, met elkaar overlegden en daar ter plekke gingen liggen slapen. 'Heel moe,' fluisterde Mara. Toen zag ze Dann naar de reizigers toe kruipen. Hij zat tussen de stenen en leek in het vage licht zelf wel een steen, want hij bleef wachten, kroop dan weer verder, bleef weer wachten... Ze zag hoe hij zich over de twee slapende lichamen boog en hij was meteen weer bij haar terug, met een zak in zijn hand. Hij leegde hem op de grond. Er zat niet veel in, alleen wat gedroogd fruit en een paar stukken plat brood. Dann verdeelde het fruit meteen en begon zijn deel op te eten. Ze bedacht dat de twee reizigers van ergens voorbij het Rotsdorp waren gekomen en daar was helemaal geen eten meer. 'Ze zullen honger krijgen,' fluisterde ze en ze zag Dann vooroverleunen en haar aankijken. Wanneer hij dat deed, probeerde hij erachter te komen wat zij voelde en wat voor gevoelens ze van hem verwachtte. Toen fluisterde hij in haar oor: 'Eet, Mara. Als je wilt dat we in leven blijven, moeten we slim zijn.' Ze at. De stukken brood verdwenen in haar plunjezak.

Dann hing de kruiken weer aan de stok, voorzichtig, zodat ze niet tegen elkaar aan klingelden, en duwde de gestolen zak onder in zijn plunjezak. Zij schoof haar kant van de stok op haar schouder en samen klommen ze omhoog tegen de steile rotsige helling op. Tegen de tijd dat ze op de top waren, was de zon op en keken ze vanaf deze hogere plek uit over het zwart van de branden met hier en daar rokende houtblokken, en in de verte zagen ze de branden zelf die langzaam naar het zuiden bewogen. Tussen de plek waar zij zich bevonden en de branden was er helemaal geen groen meer, alleen hier en daar wat grijze rotsen en stenen tussen het zwart. Ze klommen verder omhoog, over de steile helling heen, en volgden de rivier die zich achter hen naar beneden stortte als het dunne stroompje dat ze vanaf de vlakte hadden gezien. Mara liep goed en hield Dann met gemak bij. Ze wist zeker dat haar ledematen dikker werden, na al dat water waar ze in had gelegen en dat ze had gedronken. Maar als ze door haar tuniek heen in haar dij kneep, en vervolgens in haar armen, was het nog steeds niets dan vel, geen vlees. Toch voelde ze zich beter.

Nu lag er voor hen een enorm bekken, met bergen eromheen. De rivier kwam uit een klein meer. En het was hetzelfde verhaal: er had ooit water in gestaan, heel veel water dat het bekken waarschijnlijk tot de bergen toe had gevuld; maar nu lag er vanaf de rand van het meertje een laag oude, gebarsten modder die op sommige plekken stof was geworden. Ze liepen over harde, droge modder en botten.

In het meer, dat eerder op een grote poel leek, zag ze beweging en ze zei: 'Zijn er nog waterdraken?'

'Nee. Die zijn dood. Maar er zijn wel waterstekers.'

'Dan kunnen we ons niet in het water wagen.'

'Nee. Toen ik naar jou toe kwam, ben ik hierlangs gelopen. Ik dacht dat het water veilig was. Ik stak er een voet in om het te proberen – en ik kon nog net op tijd wegkomen. Het was een grote steker.'

Hier, aan deze kant van de bergen, was de lucht schoner. De hemel was gelig van het stof, met laaghangende wolken waar de zon met dikke, regelmatige stralen doorheen scheen, maar er was geen rook. Weldra kwamen ze bij een dorp. De huizen waren niet van rotsen gemaakt maar van grote bakstenen en de daken waren van riet. Er was hier ook brand geweest, maar niet kortgeleden, want het zwart was bijna overal weggewaaid. De rieten daken waren verbrand: de huizen stonden er zonder dak. De inwoners waren vertrokken. Het tweetal doorzocht zorgvuldig alle huizen, kamer voor kamer, en in iedere kamer sprong Dann omhoog om boven op de muren te kijken, want volgens hem werden daar dingen bewaard die misschien waren achtergebleven. Een aannemelijk verhaal – dachten ze allebei – nu alles zo schaars was. In ieder huis stonden kruiken voor water en voedsel, maar er waren geen reservoirs in de rotsen. De kruiken waren heel groot, je kon ze niet meenemen. Er was geen eten, pas in het allerlaatste huis, waar Dann de schorpioenen die rond de deur zaten moest verjagen, vonden ze in een kruik wat dicht op elkaar gepakte droge bruine bladeren. Dann vulde een van zijn zakjes ermee: hij zei dat ze voedzaam waren. Terwijl ze hiermee bezig waren, hoorden ze stemmen en dus verstopten ze zich, en toen ze naar buiten gluurden, zagen ze het stel dat ze in de bergen beroofd hadden, voorbij-komen. Deze twee waren van een ras dat Mara nog nooit had gezien, met grote bossen zwart haar en een bijna zwarte huid. Maar ze waren zo dun en zwak dat je niet kon zien of ze nu stevig en sterk waren of pezig.

Dann trok zich aan een deur op om de bovenkant van de muur te bekijken. Het dak was hier maar gedeeltelijk verbrand. Hij gaf een schreeuw, stak zijn hand uit, en gooide een rolletje stof naar beneden met daarin net zo'n kleding-stuk als hij had. De stof was een beetje geschroeid, maar het kledingstuk niet. Mara trok haar oude, op een huid lijkende tuniek uit die ze al jarenlang dag en nacht droeg en hulde zich in dit gewaad dat van plantaardig materiaal was ge-maakt, een zachte, grove stof. Ze huilde gewoonweg van vreugde. Hoewel het oude bruine kledingstuk zo goed als nieuw was, zonder vlekken of scheuren, wilde ze het al in een hoek gooien – weg, weg, afschuwelijk ding – toen Dann het opving en zei: 'Nee, we kunnen het verkopen.' En hij stopte het in haar plunjezak. Nu hadden ze er zeven.

Dit nieuwe kledingstuk, dat ooit wit was geweest maar nu lichtbruin was van het stof, gaf haar het gevoel alsof ze haar oude leven van zich had afgeworpen en een nieuw leven droeg, hoewel het naar iemand anders rook en ze wist dat het vuil was van het zweet van die ander. Maar ze kon deze jurk wassen en hem zich eigen maken. Nu haalde Dann haar koord met geknoopte munten uit haar plunjezak en ze bond het net boven haar middel vast. Het was niet zichtbaar onder de dikke stof. De doek waar de jurk in was gewikkeld, zou nog wel voor het een of ander van pas komen.

Het tweetal liep terug naar de rand van het meer, of de poel, en stond ernaar te kijken. Mara wou dat ze haar jurk hier durfde te wassen en aan den lijve te laten drogen. Dann zweeg. Mara zag op zijn gezicht iets wat ze nog niet eerder had gezien: woede, pijn of angst – maar ze kon het niet thuisbrengen. Hij staar-de alleen maar naar dat vieze meertje en naar de droge modder en daarna over het meer heen naar de bergen. Ze durfde niet te vragen: wat scheelt eraan? – maar hij keerde zijn hoofd naar haar toe en ze begreep dat als hij kon huilen, snikken, zich zwak kon tonen, hij dat nu zou doen. Het was pijn wat ze zag. 'Waarom?' fluisterde hij. 'Waarom? Ik begrijp het niet. Het was allemaal water. Die keer dat ik wegliep, stond het water vanaf hier rondom tot aan de bergen.

Waarom wordt alles droog, waarom houdt het gewoon op met regenen? Waarom? – Er moet een reden zijn.' En hij stapte over de harde modderribbels heen, pakte haar bij de schouders en staarde in haar gezicht alsof zij de reden kende.

'Maar die steden,' zei ze, 'die vlak bij het Rotsdorp liggen, daar woonden duizenden jaren lang mensen, zei Daima, en nu zijn ze helemaal niets meer.' En terwijl ze sprak, bedacht ze dat ze de woorden duizenden gebruikte omdat Daima dat had gedaan, hoewel ze nog steeds niet meer wist dan de tien vingers aan haar handen en de tien tenen aan haar voeten. Langgeleden had ze meer dan dat geleerd, thuis, op school, maar in haar gedachten was het hetzelfde of ze honderden of duizenden zei, en ja – er was nog een woord – miljoenen. Hij liet zijn handen vallen en zei: 'We lopen de hele tijd over al deze botten.' Ze wist dat er tranen prikten achter die scherpe, slimme ogen van hem, die zo mooi waren als hij zat te denken of net wakker was; maar zijn mond stond strak. 'Toen ik hier langskwam om jou te halen, zag ik schedels, mensenschedels, hele stapels – ik kon ze niet tellen.' En nu was zijn gezicht zo dicht bij dat van haar dat ze de warmte op haar wangen kon voelen. En zijn ogen leken zich in die van haar te boren. 'Waarom gebeurt dit allemaal, Mara? Waarom begrijpen we niets? Niemand weet ooit waarom iets gebeurt.'

En toen liet hij haar los, draaide zich om, pakte zijn uiteinde van de stok en wachtte tot zij haar kant optilde. 'Er lag een boot,' zei hij. 'Nog maar een week geleden.' Zijn stem klonk weer gewoon. Ze liepen voorzichtig verder, een flink stuk bij het water vandaan, want ze hadden allebei het idee dat een waterdraak of een hagedis die het had overleefd zo uit het water kon schieten om hen te pakken. De waterstekers maakten een ratelend geluid als ze bewogen, die hoorde je dus. Ze dacht: ik gebruik woorden als dag, week of jaar zonder daarover na te denken, maar achter die woorden ligt hun betekenis. Ik weet wat een dag is omdat de zon dan schijnt en daarna wordt het donker en dan zeg ik nacht. Maar waarom een week, en waarom een jaar? Ze werd gekweld, achtervolgd door herinneringen die niet goed boven wilden komen: ze wist heel zeker dat ze dit allemaal had geleerd. En nu wist ze niet hoe lang een jaar was, of waarom de regen wel of niet viel, of hoe de sterren... Natuurlijk had ze de sterren gekend: ze herinnerde zich dat haar vader haar optilde zodat ze kon kijken, en tegen haar zei: 'Die daar is...' Maar ze was alle namen vergeten.

Ze stonden op een plek waar ooit een houten steiger was geweest; maar nu was het hout verrot en hout was zo schaars geworden dat de dam die naar het water voerde van steen was gemaakt. Er kwam een boot aan. Mara had er nog nooit een gezien. Het was een vissersboot, zei Dann, een grote, en over de droge modder kwamen een heleboel mensen aan lopen, wel twintig. Twee mannen met een lange roeispaan stonden aan de voorkant en de achterkant van de boot. Zij en Dann gingen samen met de anderen aan boord. De boot had een reling en ze hield zich stevig vast. Ze stonden allemaal dicht op elkaar en de menigte verspreidde een doordringende, zure lucht. De boot lag diep in modderig water. Op het laatste moment kwamen nog een man en vrouw moeizaam naar de boot lopen. Het waren de twee die ze de avond daarvoor hadden beroofd. Ze hadden blijkbaar nergens anders eten gevonden, want ze konden nauwelijks op hun benen staan. Dann wierp een even onverschillige blik op hen als op alle anderen. Waterstekers keken naar hen, hun ogen en klauwen staken uit het water omhoog. Iedereen hield ze in de gaten: een steker kon met zijn staart iemand het water in slaan. Nu was de boot halverwege het meertje, en vanaf hier leken de bergen hoog. Toch hadden Dann en zij de bergen achter hen in een ochtend beklommen.

Mara had niet geweten dat er zo veel verschillende soorten mensen bestonden. Er was een vrouw met een dik lichaam zoals de Rotsmensen, maar met een kroezige bos vuurrood haar. Ze was met een man die geelachtig bruin was: een dunne, ziekelijke man, met slierten wit haar, al was hij niet oud. Er waren er drie die Mahondi's konden zijn: lang en slank, maar hun haar, een bleke bos, leek op dat van de Rotsmensen.

Zij en Dann waren de enige Mahondi's, maar niemand scheen op hen te letten of zich aan hen te storen en dat kwam vast omdat ze beiden de lange, losse, ooit witte kledingstukken droegen die zoals iedereen wist door slaven en bedienden werden gedragen. Wat zouden de ouders van Mara en Dann denken als ze hun kinderen nu konden zien? Zouden ze hen nog herkennen? – en Mara probeerde zich het gezicht van haar moeder te herinneren, en dat van haar vader, maar het lukte haar niet. Hun stem wel, ja, en ze lachten veel, dat wist ze zeker. En hun geur: haar vader had een warme, kruidige geur die ze als de geur van vriendelijkheid had beschouwd, en haar moeder had een prikkelende zoete geur... Intussen stond Mara tussen een drom mensen die naar zweet en vuile voeten roken. Het water was modderig. De boot kwam nauwelijks vooruit. De veerlieden riepen tegen Dann dat hij zijn draagstok moest gebruiken om de boot voort te duwen. Ze gaven een roeispaan door de menigte heen aan haar door. Ze dachten dat ze een jongen was, omdat ze zo mager was in dat gewaad, en haar kruin nog kaal was. Alleen de mannen kregen roeispanen en peddels. De zon brandde. Het was midden op de dag. De modderige oevers zinderden vettig in de hitte. Terwijl de riemen en stokken in dik water klotsten, kwamen botten soms even boven en zonken dan weer, en wat nog erger was, lijken van dieren kwamen boven, met een afschuwelijke stank, en zonken weer, de lucht verziekend. Maar de boot kwam vooruit. Al snel waren ze het meer over en op de rivier die in het meer uitkwam – een smalle, ondiepe stroom die ooit een grote rivier was geweest – en moest de boot met vaarbomen worden voortgeduwd. Het was verder naar de bergen dan het leek vanaf de plek waar ze aan boord waren gegaan, en tegen de tijd dat ze er waren, was het halverwege de middag. Er was een steiger van rottend hout en de veerlieden zeiden dat iedereen uit moest stappen. Mopperend stapten de mensen aan wal. De veerlieden hielden hun hand op en men legde er een vrucht in, een zakje meel of een stuk brood. Mara en Dann boden twee gele wortels die de veerlieden van alle kanten bekeken, omdat ze blijkbaar nog nooit zoiets hadden gezien. Om verdere discussie te vermijden sprong het tweetal snel op de steiger. Mara liep naast de vrouw die ze hadden beroofd. Ze zag de bos zwart haar vlak voor haar ogen en dacht: maar dat lijkt net de vacht van een ziek dier. Het haar hoorde springerig en sterk te zijn, maar het was slap en dof. De vrouw wankelde, ze kon nauwelijks nog op haar benen staan. Mara haalde een van de gele wortels uit haar plunjezak en hield haar die voor. Ze dacht net: ze zal toch een mes nodig hebben – toen Dann erbij kwam, met zijn mes, en hij sneed de wortel in tweeën. Het ging zo snel en Danns ogen waren tot spleetjes samengeknepen – ze keek en zag dat de menigte opdrong en iedereen keek naar haar plunjezak en naar die van Dann, en naar zijn mes –, daarom had hij de wortel zo snel doormidden gesneden: hij wilde dat iedereen het mes zag. De vrouw begon kreunend en huilend het sap op te zuigen en haar metgezel greep de andere helft en kauwde erop. Dann trok Mara mee en ze renden tegen de berg op, waar ze pas tussen de rotsen stopten. Mara liep te denken dat ze volgens Dann vermoord zouden worden om hun plunjezak en het water. Ze wachtte tot hij haar zou gaan uitschelden of iets zou zeggen, maar hij zei niets. En ze dacht: als die twee wakker waren geworden en Dann hadden gezien toen hij hun tasje stal, zou hij hen dan vermoord hebben – enkel voor een beetje gedroogd fruit en een stukje brood?

'Je moet een mes hebben,' zei Dann. 'En zorgen dat iedereen ziet dat je er een hebt.'

Ze klommen tot waar ze omlaag konden kijken op het meer en op de rivier die er aan deze kant in en aan de andere kant er weer uit stroomde, en de grote vlakte vol met droge modder en stof. De bergen aan de andere kant, waar ze gisteren waren, torenden blauw en fris omhoog. 'Die wolkbreuk is vast daar geweest,' zei ze, 'ergens in die bergen. En de vloedgolf is de andere kant op gegaan, hij is niet hierheen gekomen. Anders zou het meer groter zijn. En dan zou het water vers zijn.'

'Het heeft hier een hele tijd niet geregend,' zei hij. En zijn stem klonk weer nors en ongedurig. En zij dacht: als die wolkbreuk ook maar iets meer aan deze kant van de bergen was geweest, was de vloedgolf hierheen gekomen en niet langs het Rotsdorp, en dan zou ik nu dood zijn. En Dann zei boos: 'Alles is gewoon toeval. Het is een kwestie van geluk – wie blijft leven en wie doodgaat.' En toen nog eens: 'Je moet een mes hebben.'

Ze zochten tot ze een plek vonden waar ze liggend tussen de rotsen uitzicht hadden. Een paar keer hoorden ze, veel lager, mensen van de boot langslopen. 'Ze denken dat de rivier verderstroomt en dat ze hem kunnen volgen,' zei Dann.

'En stroomt hij niet verder?'

'Nee.'

Ze wilde vragen: wat moeten ze dan? En wat moeten wij? Maar Dann was al in slaap gevallen, zomaar. Ze bleef waken totdat hij wakker werd en daarna sliep zij terwijl hij waakte. Toen het licht werd dronken ze water, maar hij zei dat ze voorzichtig moesten zijn want het water raakte op; en ze aten het brood dat ze hadden gestolen en elk een gele wortel. Nu hadden ze bijna niets meer te eten. De gedroogde bladeren waren zo bitter dat Mara ze niet lustte, maar Dann zei dat ze gekookt moesten worden. Er waren geen lucifers.

'We vinden vandaag wel iets te eten,' beloofde hij. En hij glimlachte, een beweging van zijn lippen die gebarsten waren en wat gezwollen door de zon, en hij legde snel zijn hand op haar schouder, maar liet hem weer vallen omdat hij een geluid van onder aan de berg had gehoord. Hij kreeg weer een harde, achterdochtige uitdrukking op zijn gezicht en keek snel om zich heen naar de rotsen en de dode of halfdode bomen, en toen er een steen met veel lawaai tussen de rotsen door naar beneden viel, sprong hij met zijn mes in de hand overeind.

Stilte. Hij stopte het mes terug in de opening in zijn kleed, waar een lange smalle zak zat om het mes op te bergen, en hurkte bij hun plunjezakken. Hij trok de bundel bruine tunieken te voorschijn en legde er twee op de rotsen. Een ervan was de dag ervoor door Mara uitgetrokken. Ze staarden naar de tuniek, want die had weer haar oorspronkelijke vorm aangenomen en lag daar, fris, glanzend en smetteloos, al had ze haar maandenlang dag en nacht gedragen. Het was walgelijk, dat onveranderlijke, glibberige bruine vel dat daar op de rots lag terwijl zij beiden zich er zo droog en vuil, met een schilferende, stoffige huid, overheen bogen. 'Hoe konden ze het maken, hoe hebben ze het gemaakt?' vroeg hij, en aan zijn stem was te horen dat hij zijn gedachten niet kon verdragen. 'Ze hebben deze dingen gemaakt... en die kruiken die nooit breken of beschadigen of veranderen. Hoe kan dat? Hoe kan dat?' En hij begon het ding te verwringen, probeerde het te scheuren; hij wilde het uit elkaar trekken, maar het verzette zich, lag daar heel en volmaakt op de rots, te glanzen in de zon.

Hij zuchtte, en ze wist waarom, want ze voelde in iedere vezel van haar lichaam wat hij voelde: hier stonden ze, twee opgejaagde en zoekende schepsels, met in hun handen deze verbazingwekkende prachtige dingen waar ze mee konden doen wat ze wilden en die waren gemaakt door mensen zoals zij – maar ze wisten niet hoe lang geleden.

En nu haalde hij het geknoopte koord met munten onder uit zijn plunjezak, knoopte snel een munt los en stopte het koord terug, waarbij hij telkens een blik over zijn schouder wierp voor het geval er iemand keek. Het dunne, helder gouden rondje lag op de oude, grijze rots. Ze zuchtten allebei tegelijk. Hoe lang geleden was deze munt gemaakt? En daar lag hij: het mooiste, schoonste, meest glanzende voorwerp in de verre omtrek.

'Als we deze ene munt konden wisselen, dan...' Hij stopte hem in de lange, smalle huls van stof in zijn kleding, waar het mes in zat. 'Ik zeg wel dat je mijn broer bent,' zei hij.

'Hoe heet ik dan?' fluisterde ze, en ze kon alleen maar denken aan die keer toen Gorda haar had gezegd dat ze haar naam moest vergeten. En ze was haar naam vergeten: ze had er geen idee van hoe ze heette. Ze raakte nog verder van haar echte naam verwijderd nu ze zei: 'Maro. Dann en Maro.'

Ze liepen naar beneden, verenigd door de draagstok waar de waterkruiken aan bengelden. De bomen waren niet allemaal dood. Sommige wortelden waarschijnlijk in diep stromend water, want die stonden sterk en groen tussen de geraamtes van bomen. Toen ze op het punt kwamen waar de heuvel overging in een andere vlakte, hing daar een akelige, zoete stank. Die geur… die kende ze wel, maar dan niet zo sterk. 'Ze hebben daar een groot graf gegraven,' zei Dann. Hij wees. 'Honderden mensen.'

'Was het waterziekte?'

'Nee, er is oorlog geweest.'

'Waarover?'

'Water. Wie zeggenschap moest hebben over het water uit de bron van de rivier die uitmondt in het meer waar we op hebben gevaren.'

'Wie heeft gewonnen?'

'Wat maakt het uit? Alles verdroogt toch.'

Toen ze van de heuvel weg liepen, werd de geur minder en verdween hij uiteindelijk.

Dann liep zachtjes en voorzichtig, keek voortdurend om zich heen en draaide zijn hoofd soms zo snel om bij een plotseling geluid of zelfs bij een zuchtje wind, dat ze dacht dat zijn nek wel pijn zou doen. Ze probeerde net als hij te lopen, omdat zijn voeten uit zichzelf leken te ontdekken waar dik, zacht stof lag of de bodem rotsig was zodat ze geen geluid maakten. Ze wist dat ze een plek naderden waar mensen woonden, en toen ze zijn ogen zag, had ze het gevoel dat ze bang van hem zou moeten zijn, zo hard en koud was zijn blik. Voor hen uit lag een stad en deze huizen waren groter dan ze ooit had gezien, hoewel ze zich meende te herinneren dat haar eigen huis vroeger ook hoog was, met ramen boven elkaar en deze huizen waren hetzelfde, ook van baksteen maar lang niet zo sierlijk en mooi. Ze liepen in een straat, tussen lelijke huizen. Er waren tuinen geweest, maar daarin zaten nu alleen nog maar schorpioenen en grote, gele spinnen die iedere dode struik of boom bedekten met webben zo dik als haar jurk. Sommige spinnen waren zo groot als een kind – zo groot als Dann toen ze voor het eerst op hem moest passen. Ze was bang omdat ze hun glinsterende ogen zag kijken toen zij langsliepen. Het leek net of er geen mensen waren.

'Zijn ze allemaal in de oorlog omgekomen?' vroeg ze fluisterend, bang dat de spinnen het geluid zouden opvangen, en een web vlak bij hen begon inderdaad te trillen en te schokken toen de spin omhoogklom om te zien waar het geluid vandaan kwam. Hij knikte en keek naar de spin. Geen mensen, niemand. Toen zag ze dat in de open deur van een huis een oude vrouw die enkel botten en ogen was, naar hen zat te kijken. Op het pad tussen hen en haar in krioelde het van de schorpioenen en de vrouw sloeg ze met een stok van zich af. Maar zodra ze op de grond terechtkwamen, kropen ze snel weer terug, hun klauwen allemaal naar haar uitgestoken. Ze zou het heel binnenkort opgeven: ze zou die vermoeide oude pols van haar laten rusten, de stok voor zich uit gestrekt, en wachten op de schorpioenen.

'Ik vind dit geen prettige plek,' fluisterde Mara. 'Laten we alsjeblieft weggaan.'

'Wacht. Er is hier een markt. Als die er nog is.'

Ze kwamen op een open plek vol dof, gelig stof, met een paar schraagtafels in het midden, en een man die alles bewaakte. Langs de muren van de huizen om deze ruimte heen zaten schorpioenen. Op de twee dode bomen zaten de spinnenwebben en er lag een grote draak in de zon, zoals vroeger de honden dat deden.

Haar broer ging voor de man staan en keek hem strak aan, en het heft van zijn mes was te zien: hij hield zijn rechterhand er vlakbij. Op de houten planken van de kraam lagen een paar van de grote wortels die Mara al heel lang niet meer had gezien, en verder zakken gedroogde bladeren, een paar stukken plat brood, een kom meel, en repen gedroogd vlees. Wat voor vlees? Er zat geen geur aan: het was te droog.

Dann pakte het bruine kledingstuk dat ze die ochtend op de heuvel hadden bekeken, en zag de man er aandachtig naar turen.

'Die heb ik al een poosje niet gezien,' zei hij. 'Komen jullie uit het Rotsdorp? Ik wist niet dat er daar nog iemand leefde.'

'Nu ook niet meer,' zei Dann. 'Dus dit is de laatste die je hiervan zult zien.'

'Jullie zijn geen Rotsmensen,' zei de man. Wat hij eigenlijk bedoelde was: jullie zijn Mahondi's.

Dann ging daar niet op in en vroeg: 'Wat geef je me hiervoor?' Hij hield de tuniek aan een punt vast.

De man keek Dann strak aan, met blikkerende tanden, en legde stuk voor stuk zes eetbare vruchten voor Dann op de tafel. Hij legde er nog een zak gedroogde bladeren bij, maar Dann schudde zijn hoofd en de zak werd weer naast de andere zakken gelegd. Een stapel van het platte brood – Dann knikte. En hij wachtte. De twee mannen stonden boos naar elkaar te kijken. Mara vond hen net twee dieren die op het punt stonden elkaar aan te vallen. Achter de man lag de draak die leek te slapen. Hij lag maar een paar passen bij hen vandaan.

'Water,' zei Dann.

De man zette een kan met gelig water op de tafel. Dann haalde hun twee krui-

111

ken van de stok af en was ze al met water aan het vullen toen de man zei: 'Ik wil die kruiken wel.' Dann reageerde niet maar bleef gieten. 'Ik geef je er deze gedroogde vruchten voor.'

Onder de kraam stond een zak vol gedroogd fruit. Dann schudde zijn hoofd, hing de kruiken weer aan de stok, waar ze tussen hem en zijn zus bengelden.

'We moeten meer hebben voor deze tuniek,' zei hij. 'Lucifers?'

De man glimlachte spottend en begon toen te lachen: 'Ik geef jullie een pak lucifers voor de twee kruiken.'

'Vergeet het maar,' zei Dann. 'Heb je kaarsen?'

De man haalde een paar stompjes kaars te voorschijn. Toen Dann knikte, legde hij ze naast de grote vruchten en het brood.

De twee keken elkaar weer boos aan. Mara dacht dat Dann wel zou winnen als het op vechten uitliep, want deze man was zo mager als een zieke hagedis en zijn haar zag er plat en levenloos uit: bleek, pluizig haar. Het haar van uitgehongerde kinderen zag er soms zo uit. De man pakte van zijn stapel een, twee, drie, vier, vijf, zes stukken brood en schoof die naar voren.

En tot Mara's verbazing liet Dann de punt van het kledingstuk los en de man griste het weg en hield het triomfantelijk omhoog. Mara dacht: iets wat ik jaren gedragen heb – het levert een paar eetbare vruchten, wat water en wat brood op. En een paar stompjes kaars.

'Heb je er nog een?' vroeg de man, terwijl hij het kledingstuk zorgvuldig in een zak stopte en die stevig dichtbond.

Dann schudde zijn hoofd. Toen – en Mara voelde aan de stok die van schouder naar schouder lag dat Dann trilde – zei hij: 'Ik wil een gouden vijftigje wisselen.'

Er verscheen opeens een gemene lach op het gezicht van de man. 'O ja? En wat wil je daarvoor kopen? Je hebt hier voor een paar lucifers een huis.'

'Wil je het wisselen?'

'Laat eens kijken?'

Weer leek het kostbare, glanzende goudstuk net een boodschap uit een andere tijd of plaats. Dann hield het aan één kant vast terwijl de ander ernaar staarde. Hij zuchtte. Dann zuchtte. En Mara ook.

De ogen van de man glinsterden en hij was heel boos. 'Probeer het maar bij je vrienden daarboven in dat huis. Wacht tot het donker is. Zorg dat niemand je ziet.'

Dann stopte vlug het brood, het fruit en de kaarsen in Mara's plunjezak, en het tweetal liep snel weg, zo vlug ze konden en zo ver mogelijk bij de dikke draak vandaan.

Dann begon bij huizen naar binnen te kijken, maar uit iedere kamer klonk gesis, het geluid van schubben op stof of op steen, het geschuifel van schorpioenen. Uiteindelijk was er een kamer die leeg leek. Het tweetal ging naar binnen en Dann keek snel om zich heen: omhoog naar de balken, in de hoeken en achter de deur. Klonk er een geluid boven hun hoofd, in de kamer hierboven? Daarboven zat iets. Mara was bang, maar Dann pakte een grote steen en klemde de deur die naar de rest van het huis leidde dicht. 'Zo kan er niets binnenkomen,' zei hij. Ze gingen op hun hurken in het midden van de kamer zitten, met hun blik voortdurend op de deur naar de markt gericht, en ze dronken water uit de kan en aten elk twee stukken brood. Het was na het middaguur en de hitte kleurde de lucht geel. Mara had slaap, maar Dann keek rusteloos en achterdochtig om zich heen: hij was bang. Een paar keer liepen er mensen langs die even bleven staan om naar binnen te kijken en daarna doorliepen. Toen viel Mara echt in slaap, want toen ze wakker werd zag ze Dann bij de deur naar een paar schorpioenen staan kijken. Het werd al donker.

Dann pakte een van de stompjes kaars en stopte het in een gat in de muur. Mara dacht net: maar we hebben geen lucifers, toen hij uit de zak waar het mes in zat één lange lucifer haalde en die weer terugschoof. 'De laatste,' zei hij. 'We moeten er zuinig op zijn.' Ze had niet geweten dat hij nog een lucifer had. Hij houdt dingen voor me verborgen, dacht ze. Waarom? Vertrouwt hij me niet? Dann zag haar kijken en zei: 'Stel je voor dat iemand jou vroeg: "Wat heeft Dann in zijn plunjezak?" Nou, als je het niet wist, zou je het hun ook niet kunnen vertellen, toch?' Hij lachte, maar hij ergerde zich blijkbaar aan de blik op haar gezicht, want hij zei: 'Toe nou, Mara. Je begrijpt er niets van.' Daar had je het weer, en zij wist er geen antwoord op. Hij wachtte, bleef naar haar kijken tot ze glimlachte, maakte toen een gebaar naar de deur, waarna ze voorzichtig naar buiten gingen en snel langs de schorpioenen stapten.

Ze liepen in het halfduister langs een pad omhoog, op de lichten van het huis af dat hun gewezen was. Het was een huis zoals ze zich van heel lang geleden herinnerde: een groot, licht, mooi huis met een tuin waarin bomen hadden gestaan.

Ze liepen een stenen trap op en stonden voor een kamer die verlicht werd door vloerkaarsen. Mara kon zich meubelen herinneren die op deze tafels en stoelen leken. Een man stapte glimlachend naar voren. Hij wist dat we zouden komen, dacht Mara. En daarna: natuurlijk, in een plaats met maar een paar mensen weet iedereen alles.

Hij was een Mahondi. Ze leken alle drie op elkaar: lange, slanke mensen met lang, zwart, sluik haar. Maar hij kon niet weten dat Mara's zwarte, pluizige stoppels eigenlijk net zulke haren waren als die van hem.

'Ik heb een goudstuk van vijftig,' zei Dann.

De man knikte, en Dann pakte de munt. Hij greep hem aan één kant stevig vast en hield hem de man voor.

'Je moet me wel goed laten kijken.'

Die stem: herinneringen golfden door Mara heen. Ze was gewend geraakt aan de zware, ruwe stemmen van de Rotsmensen. Dann liet de munt los. De Mahondi hield hem bij een kaars, draaide hem een paar keer om en beet er toen in. Hij kwam overeind en knikte. Dann trilde weer. De man gaf hem de munt terug en vroeg: 'Wat wil je ervoor hebben?'

Dann had verwacht hem te kunnen wisselen, maar het was duidelijk dat hij geen kleingeld zou krijgen. 'We willen naar het noorden,' zei hij. De Mahondi glimlachte alsof hij wilde zeggen: je meent het! 'Hoe ver kunnen we daarvoor komen?'

'Je broer en jij? Een heel eind.'

Mara voelde de draagstok weer trillen: Dann was een en al angst, frustratie en woede. Dat kwam doordat hij niet wist hoeveel hij moest vragen en bang was dat hij werd afgezet. 'Heb je vervoer?' vroeg hij. 'Kun je iets regelen?'

Op de muur was een enorme gekleurde tekening te zien. Mara kon zich die herinneren. Het was een kaart. Hij leek op de kaart die ze zich van heel lang geleden uit het klaslokaal herinnerde. En hij had dezelfde vorm als de kaart die Dann voor haar in het stof had getekend. De Mahondi stapte naar de kaart en wees op een plaats in het midden. Hij bedoelde: we zijn nu hier. Toen wees hij hoger op de tekening, naar een zwarte vlek waar met grote letters MAJAB bij stond. Het was een afstand van ongeveer drie vingers breed.

'Wanneer kunnen we vertrekken?' vroeg Dann.

'Morgenochtend.'

'We zullen er zijn,' zei Dann.

'Jullie kunnen beter hier blijven. We hebben wel een kamer voor jullie.'

Wie waren *wij*?

'Hoe komen we bij Majab?' vroeg Mara. Dann en de Mahondi keken haar allebei ongeduldig aan omdat ze dat vroeg.

'Nou,' zei Dann, 'per luchtscheerder natuurlijk.'

Mara wist niet dat ze nog bestonden.

De man zei nog eens: 'Jullie zijn hier veilig.' Mara wilde dolgraag zeggen: Ja, ja, ja, graag; maar Dann schudde zijn hoofd en knikte naar Mara – Kom.

'Zorg dan dat je hier net na zonsopgang bent.' En daarna hoorden ze nog: 'Jullie moeten niet meer de stad in gaan met dat op zak.' Dann liep al weg, zonder antwoord te geven. 'Ze weten dat jullie goud hebben. Het is gevaarlijk.'

Het laatste licht hing als een rode gloed in het duister van de hemel. Het tweetal kon het pad bijna niet zien. De man keek hen na. 'Hij denkt dat we niet terugkomen,' zei Mara. 'Hij denkt dat ze ons daar zullen vermoorden.' Dann zei niets. Hij zei in ieder geval niet: Je begrijpt het niet – terwijl Mara het heel goed begreep. Het is gek, om iets over iemand te weten wat hij zelf niet weet, dacht ze, bijvoorbeeld waarom Dann bang is van die Mahondi. Ik geloof ook niet dat ik het hem kan uitleggen.

Ze kon het nauwelijks opbrengen om weer die stad in te lopen. Op de markt stond de koopman met nog een paar mensen bij de stalletjes te eten. Er lag wat brood en fruit. Ze keken allemaal toen Dann en Mara langsliepen. Hun gezicht was hard en koud. Ze hadden niet verwacht het tweetal weer te zien.

Een vrouw zei op luide toon: 'Hun eigen soort wil niets van ze weten.'

Die gezichten: Mara zag zo veel haat als ze nog nooit had gezien, zelfs niet in het Rotsdorp. Ze fluisterde tegen Dann: 'Het is nog niet te laat, we kunnen nog terug.' Hij schudde zijn hoofd. 'Deze mensen willen ons vermoorden.' Maar ze zag dat hij dat wel wist.

Ze gingen terug naar het huis waar ze waren geweest. De deur naar de markt stond open: toen ze weggingen was hij dicht geweest. In de kamer viel wat schemerlicht naar binnen, niet veel. 'De maan komt zo meteen op,' zei hij.

'Tot die tijd is het heel donker,' zei ze smekend, zonder te verwachten dat hij erop zou reageren; maar hij keek haar aan, met die aandachtige, intense blik, pakte de kostbare lucifer, streek hem over de muur en stak de stomp kaars aan. Een zwak licht flakkerde in de donkere kamer. Nu liep hij naar de tussendeur en trok de steen weg die de deur tegenhield. Ze hoorden gesis. Het was het gesis van een hagedis. Ze probeerde wanhopig om Dann mee te trekken naar de deur die op het plein uitkwam, maar hij zei: 'Wacht. We moeten kijken.' Hij duwde de tussendeur open en wenkte. Er was nog een kamer en daar lag tegen een muur een bijna volwassen hagedis te sterven, die zwakjes naar hen siste. Er ging een trap omhoog. Dann sprong de trap op en knikte dat ze ook moest komen. Boven was een grote, lege kamer. Daarachter nog een kamer. Dann deed de deur ervan open en deed snel een stap achteruit. Ze ging naar hem toe, omdat ze dacht dat het net zo was als toen hij klein was en zonder te kijken van een rots afsprong of in een waterpoel sprong. Er zat hier een groot gat in het dak en je zag een paar nog bleke sterren aan de hemel staan. Deze kamer zat vol spinnen: niet van het soort dat geel met zwart was, maar enorme, bruine spinnen die overal op de muren en het plafond zaten. Wat aten ze? vroeg ze zich af en ze wist meteen het antwoord: ze aten elkaar, want terwijl ze keek, sprong een enorme spin, zo groot als een flinke hond, op een kleinere spin en begon die met knarsende geluiden op te eten, terwijl het slachtoffer gilde en spartelde, en andere spinnen aan kwamen schieten om mee te smullen.

'Ik blijf niet in dit huis,' zei Mara.

Ze had nog nooit nee tegen hem gezegd, had hem altijd de leiding laten nemen. En hij bleef onbeweeglijk staan en keek weer met zo'n intense blik naar haar gezicht: *Wat zie ik nu, wat betekent dit?* Vreemd zoals hij naar gezichten keek om te weten te komen wat mensen voelden. Alsof hijzelf niets voelde – maar dat was niet waar. En waarom was hij nu niet bang? De spinnen wisten dat zij er waren en zouden hen toch zeker aanvallen? En opeens begreep Mara het. Dann was bang van mensen, alleen van mensen… Maar zij was de trap al af, terwijl hij met grote sprongen achter haar aan kwam. Ze had haar plunjezak al opgepakt en rende de duisternis in, maar bleef staan, vanwege de schorpioenen. Maar ze waren er niet, ze waren weggekropen in hun hol omdat ze niet van de kou hielden. En de mensen waren ook weg. Dann keek alle kanten op, rende toen naar de schraagtafels en sprong op de grootste ervan. Ze liep achter hem aan. Hij had gelijk: je kon maar beter hoog boven de grond blijven. Maar waar was die grote draak? Het licht was verdwenen en de sterren kwamen op, stoffig, maar vriendelijk voor Mara. Het tweetal zat rug aan rug, met hun plunjezak en waterkruiken naast zich, zij met de lange draagstok vlak bij haar, hij met zijn mes half uit het foedraal getrokken. Ze aten een van de eetbare vruchten die op brood leken. Deze was niet zacht en romig, zoals dat hoorde, maar droog en smaakloos door gebrek aan water. Ze dronken wat water, maar niet veel. 'Wie weet wanneer we weer wat water kunnen bemachtigen?' fluisterde Dann. En Mara dacht: die mensen daarboven in dat huis, die zouden ons water geven.

Nu kwam de maan op, zo zwaar en stevig als een eetbare vrucht, maar hij was niet helemaal rond. Het heldere geel had een randje dat eruitzag alsof eraan geknaagd was. Ze konden alles zien. Allebei keken ze of ze de grote draak zagen: waar was hij? En de geel met zwarte spinnen in hun dikke webben: wisten ze dat het tweetal daar zat, zo dichtbij? Het werd algauw gemeen koud. Ze voelde de warmte van Danns rug tegen haar eigen rug en ze wou dat ze net als hij lang zwart haar had dat ze om haar rillende nek kon trekken. In plaats daarvan wikkelde ze haar blote hoofd in de doek waar het slavenkleed in had gezeten dat Dann op de muur had gevonden. Geen van tweeën sliepen ze. Half slapend of dromend keken ze hoe de zwarte schaduwen van de huizen over het stof naar hen toe kropen. En ze zagen nog iets: er bewoog iets in de schaduw bij de deur van het huis waar ze waren weggegaan. Toen rende iemand gebukt terug naar de huizen waarin lichtjes flikkerden. Ze lieten hier de hele nacht kaarsen branden, voor de veiligheid: hoe durfden ze ooit te gaan slapen, de mensen van deze afschuwelijke stad. Zodra de hemel grijs kleurde, rekte Dann zich uit en keek behoedzaam om zich heen. Weer aten ze haastig wat, een van de gele wortels, en ze dronken een paar slokjes. Ze wachtten op de komst van de zon en al snel kwam hij op, een hete rode gloed achter de heuvel waar ze gisteren bovenop hadden gezeten. De schorpioenen kwamen om de huizen heen rennen en namen hun positie weer in. De koopman van gisteren liep de markt op, maar stond stil toen hij hen zag. Hij leek verbaasd. Hij liep naar de deur van het huis waar ze waren geweest, deed hem open en de draak kwam naar buiten waggelen. De man had het beest het huis in geleid toen het donker was en had verwacht dat het hen zou aanvallen. Hij had niet gezien dat ze op de schraagtafels zaten. De draak kwam met open bek sissend op de stalletjes afrennen. De man pakte een stuk vlees uit een pot en gooide het naar de draak toe. Zijn boze, haatdragende glimlach naar het tweetal zei heel duidelijk: ik dacht dat de draak vanochtend geen eten nodig zou hebben. De draak ging in de zon liggen, op dezelfde plek als gisteren. Hij waakte voor de houder van de kraam, was misschien zelfs een troeteldier.

Het tweetal verliet snel het marktplein en liep weer het pad op naar het huis op de heuvel. Onderweg ging Mara aan de kant zitten om te plassen. Het liep helder en lichtgeel op de grond, die zachtjes siste van droogte. Ze voelde zich niet meer ziek. Ze dacht: ik ben beter; ik zal gauw weer net zo sterk zijn als vroeger. En ze keek naar haar dunne, stokkerige benen, tilde haar kleed op om ze te bekijken en vond ze al meer op benen lijken. Ze legde haar handen op haar billen om ze te voelen: maar het waren nog steeds alleen maar botten, er zat nog geen vlees aan.

Net achter de deur van de voorkamer bleven ze naast elkaar staan, met ieder een uiteinde van de draagstok en een zak in hun handen. De man van gisteren kwam binnen en Mara zag zijn gladde, glimmende huid en zijn schone, glanzende haar en bedacht hoe zij en Dann op hem zouden overkomen, met hun vuile kleren en helemaal onder het stof. Ze hadden stof met zich mee naar binnen gebracht: stoffige voetstappen op de glimmend geboende vloer, en het stof viel van hen af terwijl ze daar stonden.

De man stak zijn hand uit. Dann haalde de gele munt uit het foedraal van het mes en legde hem in zijn hand.

De man stond aandachtig naar hen te kijken, eerst naar Dann, toen naar Mara, toen weer naar Dann, en hij vroeg: 'Komen jullie uit Rustam?'

'Ik weet het niet,' zei Dann.

De man keek Mara onderzoekend aan. Ze zei bijna ja, maar ze durfde niet. Hij zei: 'Je lijkt erg op…' en zweeg. Vervolgens: 'Weet je hoe je in een scheerder moet vliegen?' Tot haar verrassing zei Dann: 'Ja.'

Tegen Mara zei de man: 'Je moet heel stil zitten. Als de scheerder moet landen, stap dan uit, wacht tot hij weer begint te stijgen en spring er dan in. Ze hebben nu nog maar weinig vermogen.'

'Ik heb met scheerders gewerkt, bij een pendeldienst op een heuvel,' zei Dann. Glimlachte hij echt? Vertrouwde hij deze Mahondi dan toch?

'Prima. Als jullie dan allebei klaar zijn, gaan we…' Op dat moment kwam er een andere man binnen, een Mahondi, en Danns mond viel open. Hij staarde en begon te beven. De twee mannen zagen er hetzelfde uit. Maar Mahondi's lijken gewoon altijd op elkaar, dacht Mara in paniek, al beseffend wat er zou gebeuren. Deze twee mannen zagen er gewoon uit als Mahondi's – dat was alles.

Dann maakte zwakke, benauwde geluiden, en de twee mannen keerden zich verbaasd fronsend naar hem toe, waarbij ze hun gezicht dicht naar hem toe bogen. Dann gaf een schreeuw, zei tegen Mara: 'Kom,' en rende weg met de twee kruiken aan de draagstok over zijn schouder en zijn plunjezak in de hand. Haar eerste gedachte was: nu krijg ik geen water.

De twee mannen keken nu naar haar: *waarom?* Ze kon niets zeggen, want ze had een brok in haar keel. Ze wist waarom, maar hoe kon ze het hun uitleggen? 'Wat heeft hij?' vroeg de man die net was binnengekomen.

Mara voelde dat ze wankelde en kon nog net een stoel bereiken waar ze met gesloten ogen op ging zitten. Toen ze haar ogen opendeed, stonden de twee mannen naar haar te staren.

'Je grote broer doet nogal vreemd, hè?' zei de eerste man.

En nu moest ze glimlachen: kleine Dann, haar grote broer. Maar ze bleven haar aanstaren: zagen ze iets wat ze nog niet eerder hadden gezien? Zo meteen trekken ze mijn kleed omhoog om te kijken, dacht ze. En wat ze dan het eerst zien, is het koord met munten dat om mijn middel zit geknoopt. Ze stond op. Ze keken naar haar borstkas. Ze stak haar borst vooruit zodat ze konden zien hoe plat die was.

'Hoe oud ben je?' vroeg de tweede man.

'Achttien.'

De twee mannen keken elkaar aan. Ze wist niet wat die blik betekende. Het bleef een hele tijd stil. Toen zei de eerste man: 'We willen jou wel meenemen, als je dat wilt.'

Eerst dacht ze: o ja, ja, het maakt niet uit waarheen als het maar niet hier is. Toen dacht ze: maar Dann, ik kan hem niet achterlaten, en ze zei hardop: 'Ik kan mijn broer niet achterlaten.' Ze had bijna mijn kleine broertje gezegd.

'Dan blijven jullie alleen achter. Dat is gevaarlijk,' zei de man die ze nu als haar vriend zag en bij wie ze niet weg wilde.

Ze antwoordde niet. Ze kon niet antwoorden. Haar keel zat weer dicht en ze dacht: als ik huil zoals ik zou willen huilen, merken ze dat ik een meisje ben. En intussen kwam een andere gedachte bij haar op. Ze wilde vragen: Mag ik alsjeblieft een bad nemen? – maar dat was belachelijk, zo gevaarlijk als dat was… Maar door de gezichten van deze twee, die haar zo bekend voorkwamen, die haar zo na waren – en op haar ouders leken, op alle mensen die ze als kind had gekend –, herinnerde ze zich dat je in een groot bad kon staan terwijl er water over je heen werd gegoten, koel water; en dat er daarna zachte, heerlijk geurende zeep was, niet zoals het vettige zand dat ze bij de poelen gebruikt had om zich mee schoon te wrijven. Ze verlangde zo naar dit water dat ze niets durfde te zeggen, omdat het gevaarlijk was… Natuurlijk, want ze zou haar kleren uit moeten trekken en dan…

De twee mannen stonden naast elkaar en keken strak naar Mara, probeerden het te begrijpen.

'Hoe heet je?' vroeg een van hen opeens.

Er kwam een naam van langgeleden bij haar boven; ja, dacht ze, zo heet ik, zo heet ik echt – en toen zag ze het gezicht van Heer Gorda, moe, mager en vriendelijk, zo dicht bij haar. Onthoud goed, je bent Mara, je heet Mara. Ze zei bijna Mara, maar zei toen: 'Maro.'

'Hoe is je achternaam?'

Ze kon het zich niet herinneren. Iedereen had vroeger dezelfde naam en ze had er nooit bij stilgestaan.

'Ik weet het niet,' zei ze, en ze dacht zelfs: misschien weten ze hoe ik heet en vertellen ze het me. En ze dacht nog: zal ik het vragen… misschien zijn ze aardig… dan kan ik dit kleed wassen zodat het wit wordt in plaats van stoffig bruin, en de lucht van die ander eruit wassen.

'Als je dan niet meegaat, geef ik je die vijftig wel terug,' zei de eerste man, het muntstuk ophoudend.

Nu zei ze smekend: 'O nee, nee, alsjeblieft, geef het me alsjeblieft in kleingeld.'

De mannen keken elkaar weer veelbetekenend aan. Daarna zei de man die ze als haar vriend beschouwde: 'Maar Maro, met het kleingeld hiervoor zou je plunjezak vol zijn. Je zou het niet kunnen dragen. En bovendien heeft niemand tegenwoordig nog zo veel geld.' En de andere man vroeg: 'Waar kom je vandaan, Maro?' – waarmee hij bedoelde: hoe komt het dat je dat nog niet weet?

'Uit het Rotsdorp,' zei ze.

Ze keken elkaar weer aan, oprecht verbaasd.

Om verdere vragen te vermijden zei ze: 'Ik ga.' En ze hield haar hand op voor het goudstuk. De munt werd in haar hand gelegd. Toen liep haar vriend naar een kist, haalde er een zak met de lichte, nietige muntjes uit, stortte er wat van in een kleiner zakje dat ongeveer zo groot was als haar hand, en gaf het haar.

'Dank je,' zei ze. En nog eens: 'Dank je, dank je.' Ze had dolgraag gezegd: ik heb me bedacht, neem me alsjeblieft mee in de scheerder, weg van hier, maar ze kon het niet.

'Laat dat geld niet zien,' zei haar vriend.

En de ander zei: 'Ga niet meer de stad in.'

5

Ze liep bij het huis vandaan en had zich nog nooit in haar leven zo gevoeld, alsof haar hart zou breken: ze liep weg van wat ze eigenlijk was – zo voelde ze het.

Aan de voet van de heuvel draaide ze zich om: ze stonden nog steeds in de deuropening naar haar te kijken. Ze hief haar hand op ten afscheid. Ze bedacht dat ze in haar andere hand nog steeds het goudstuk en het zakje muntjes had. Ze gooide ze allebei in haar plunjezak.

Ze ging liever dood dan dat ze weer de stad in ging. Alleen al bij het idee voelde ze zich ziek van angst. Er liep een stoffig pad de stad uit, naar het noorden, en ze begon dat te volgen: alleen. Ze dacht: ik houd het niet lang vol zonder Dann. Ze zouden me vermoorden voor deze plunjezak, of voor het kleed dat ik draag.

Ze keek voortdurend achterom om zeker te zijn dat ze niet gevolgd werd. Aan weerszijden van het pad lag het inmiddels zo bekende landschap: dode en stervende bomen, als omhoogstekende botten, wittige stofvlagen, de hemel geel van het stof, en hier en daar tussen de verdorde bomen een paar sterke, frisse, groene exemplaren met wortels die heel diep gingen. Ze liep verder terwijl de zon op haar kale hoofd brandde, dwars door de dunne doek heen die ze eromheen had gedrapeerd, en ze bedacht hoe er diep in de aarde stromen schoon water liepen, die daar poelen, moerassen, watervallen, riviertjes en overstromingen vormden, en tot daar reikten de wortels van die paar nog levende bomen. En waarom zouden deze paar hebben gevochten om het water te bereiken en andere het hebben opgegeven? Het was midden op de dag. Voor zich uit zag ze een verspreide groep mensen. Ze was meteen bang. Banger dan ze voor de spinnen of de draak was geweest? Ja; en ze begreep Dann. Ze liep sneller dan zij; ze zou hen algauw inhalen. Wat moest ze doen? Toen ze dichterbij was, zag ze dat het de inmiddels gebruikelijke mengelmoes van verschillende volken was: alle mogelijke soorten mensen, huidkleuren en haarkleuren, en allerlei soorten haar; maar alles was stoffig: de mensen zelf en de kleren die ze droegen, voornamelijk broeken en hemden die, zoals ze wist, veel zuidelijker dan het Rotsdorp werden gedragen. Toen ze bij de laatsten van de groep trekkers kwam, zag ze de twee mensen die Dann en zij hadden beroofd – was dat echt maar twee nachten geleden? Ze liepen allebei op hun laatste benen, bijna te wankelen, met doffe ogen. Het tweetal besteedde geen aandacht aan Mara. Anderen keken wel om, maar hadden geen belangstelling voor haar. Ze liep achter hen aan, langzamer nu, omdat een grote groep mensen langzamer loopt dan een of twee mensen en omdat het heel heet was. Het voorste deel van de groep was bijna niet te zien door het ronddwarrelende stof: de wind wakkerde aan en stofwolken wervelden om hen heen en tussen hen door. Ze probeerde de gezichten vlak bij haar te onderscheiden: sommige mensen waren volgens haar van de boot. Het was belangrijk om gezichten van vriend of vijand te herkennen. Ze liep moeizaam verder en bedacht dat ze zo'n trek had in een slokje water en dat ze helemaal geen water had; als Dann anders was geweest, zouden ze nu allebei in de scheerder op weg naar het noorden zitten, ver weg van dit stervende land... Iemand liep achter haar... haalde haar in... liep voor haar; en het was Dann, die niet glimlachte of haar groette, maar alleen de draagstok verschoof zodat hij weer op haar schouder rustte en de twee kruiken tussen hen in bengelden. 'Ik moet wat drinken,' zei ze. 'Wacht,' zei hij, 'want als ze je zien drinken, pakken ze al het water.'

Ze liepen die hele dag in de hitte, terwijl de bleke stofwolken om hen heen draaiden, en toen de rode zon een grote rode vlek laag aan de hemel werd, begaf het hele gezelschap zich naar een lage heuvel naast de weg: ze bleven voor de veiligheid allemaal bij elkaar. En terwijl ze daarheen liepen en de aandacht was afgeleid, hield Dann de stok snel even vast en gaf hij Mara een kruik met water, hij ging dicht bij haar staan om haar tegen nieuwsgierige blikken te beschermen, en ze dronk... en wilde nog meer drinken, maar hij zei: 'Stop, stop, we moeten er zuinig mee zijn.'

De geur van water leek tot een paar achterblijvers door te dringen, en ze draaiden zich om, maar Dann had de kruiken al weer aan de stok gehangen en had zijn mes in de hand. Boven op de lage heuvel vonden ze een grote rots die dekking gaf in de rug, en ze gingen daar ineengedoken zitten, dicht bij elkaar, met de kruiken tussen hen in, terwijl ze fluisterde dat de twee mannen van wie hij bang was geweest haar het zakje muntjes hadden gegeven. Hij was meteen achterdochtig. 'Laat het me eens zien,' zei hij, en dat deed ze, en hij liet het dunne, lichte spul tussen zijn vingers door op een rotsblok glijden.

'Het ziet er wel goed uit,' zei hij.

Hoewel ze wist dat het zinloos was, vroeg ze: 'Dann, waarom ben je weggelopen? Ze waren aardig. Ze wilden ons helpen.' En ze zag verbaasd dat zijn ogen snel heen en weer bewogen, hoorde zijn snelle, bange ademhaling, zag hem in elkaar duiken en zijn hoofd beschermen – kleine Dann, in die kamer heel lang geleden, op die lange, warme avond.

'Boos,' zei hij. 'Boze mannen.'

Hij stopte de zak met munten terug in haar plunjezak en zocht iets brand- baars. In een spleet in de rots vond hij stukjes oude schors en hij brak een tak van een dode boom af. Hij liep naar zijn plunjezak, wilde zijn bijl te voorschijn halen maar zag dat hij dan de enige zou zijn die er een had en dat hij hem niet lang zou houden. Hij brak het hout met zijn blote handen en maakte voor hen een vuurtje, dat hij aanstak met een brandend stuk hout uit het dichtstbijzijnde vuur. Hij vroeg het niet, pakte het gewoon. Er waren een stuk of tien kleine vuurtjes op de grote, platte rots die deze heuvel bekroonde, en om elk vuurtje groepten een paar mensen samen die hun eten en waterkruiken bewaakten. Eén groepje had een pan en was bezig de gedroogde bladeren te koken: de geur van de bladeren, een herinnering aan vers groen, verspreidde zich over de heuvel, vermengd met de stoffige rook.

Mara en Dann aten platte stukken brood en deelden een gele wortel. Niet ver bij hen vandaan zat het tweetal van wie zij het laatste eten hadden afgepakt met hun rug tegen een rots. Mara vroeg Dann met haar ogen of ze hun een wortel mocht brengen, maar hij schudde zijn hoofd.

Terwijl de vuurtjes smeulden ging iedereen liggen. Dann luisterde. Hij stond op en luisterde weer, liep naar de rand van de rots en luisterde nog eens. Toen zei hij hard: 'Er moet iemand wakker blijven, er moet iemand waken. En we moeten de vuurtjes aanhouden. Daarbeneden zitten hagedissen en draken.' De mensen gingen rechtop zitten en staarden hem aan: dat kwam omdat hij *wij* had gezegd, had voorgesteld dat ze elkaar zouden helpen. Sommigen gingen weer liggen en keerden hem zelfs de rug toe: laat ons met rust. Anderen bleven over- eind zitten en stookten hun vuurtjes op, en één liep net als Dann naar de rand van de heuvel. Mara vond eerst dat hij op Kulik leek, maar toen toch weer van niet. Aan de voet van de heuvel bewoog wat: iets groots en gevaarlijks.

Dann zei hard tegen Mara, zodat iedereen het kon horen: 'Schuif wat meer naar het midden, de draken pakken degenen die aan de buitenkant liggen.' Weer luisterden sommige mensen naar wat hij zei en schoven naar het midden, zodat de vuurtjes tussen hen en de rand brandden, maar anderen bleven waar ze wa- ren. De maan was groot en geel opgekomen en wierp diepe, donkere schaduwen bij de rotsen rond de rand. Dann zei tegen Mara: 'Er zou iets vanaf de bovenkant van deze rots op ons kunnen springen.' En ze verschoven verder naar het mid- den, nadat ze het vuurtje dicht bij de rots hadden opgepord zodat de hitte en de vlammen langs de zijkant naar de bovenkant van de rots trokken.

'Ik ga het eerst slapen,' zei hij. Ze vielen allebei bijna om van de slaap. De vorige nacht – was het werkelijk pas de vorige nacht? – hadden ze half slapend op de marktkramen gezeten, en sindsdien hadden ze uren gelopen. Zoals altijd sliep hij al bijna voordat hij was uitgesproken, met de kruik water tegen zijn lichaam aan. Al deze mensen hielden hun kostbaarste bezit, kruiken water, tegen hun lichaam, tussen hun benen, of in hun armen.

Mara zat te luisteren. De woorden 'ik luister met iedere cel in mijn lichaam' kwamen bij haar op en ze was opeens klaarwakker. Cel. Al die woorden die ze kende zonder te weten waarvan. Waarschijnlijk van Daima: ze gebruikte vaak woorden die langs Mara heen gingen. Weer voelde Mara opeens de honger naar meer kennis, naar inzicht: *ze wilde weten...* En terwijl ze zo zat te denken dat deze honger leek op de behoefte aan water en eten en ook even sterk was, en steeds sterker werd, staarde ze strak naar de schaduwen rond deze plek waar iedereen sliep. Iedereen op één na: een man die voorbij het laatste vuurtje rechtop zat. Hij kwam haar bekend voor, maar ze kon hem niet goed zien. In het midden, tussen twee volwassenen in, lag een kind. Mara bedacht dat ze al zo lang geen kind meer had gezien... zeker in geen maanden. Ze wist dat dit kind het niet zou overleven. Onmogelijk. Er bewoog iets krachtig tussen de rotsen achter de omringende schaduwen. Ze keek snel op omdat er boven hen ook iets bewoog en ze zag de puntige kop van een grote hagedis boven de rots waar ze het vuurtje onder hadden gemaakt. De kop verdween, vanwege de rook. Ze maakte meer hout klein en gooide het op het vuur. De rots was niet zo donker geworden van dit vuur maar van vuren in het verleden. Zij en Dann waren niet de eersten die hadden bedacht dat die rots hun bescherming bood in de rug... en daarna dat een vijand vanaf de bovenkant op hen kon springen.

Hoeveel anderen hadden ook zo gedacht? Hoe lang geleden? Ze wist niet hoe lang geleden al mensen hun huizen verlieten om naar het noorden te trekken... De man achter het verste vuur stond voorovergebogen te luisteren. Ze vond dat hij op Kulik leek, alleen was hij dunner. Er was nu op een paar plekken onder hen beweging en geschuifel. De maan stond recht boven hun hoofd. De dode witte bomen glinsterden. Rotsen schitterden hier en daar in het licht van de maan. Ze zag dat een langwerpige vorm, half in en half buiten de schaduw, een hagedis was, en ze sprong schreeuwend overeind, terwijl de man die misschien Kulik was, zich vliegensvlug omdraaide en met zijn stok sloeg; maar de hagedis had al een slapende vrouw in zijn bek en verdween waggelend uit het zicht. Ze gilde niet eens. Ze hoorden aan de krakende geluiden dat ze werd opgegeten en aan het gesis en gegrom dat andere roofdieren hun deel wilden hebben. Zelfs nu was nog niet iedereen wakker. Dann wel. Hij stond op en zei: 'We moeten eigenlijk allemaal naar het midden gaan en een groot vuur maken.' De mensen die wakker waren keken hem aan maar niemand bewoog. Ze dachten allemaal: als we dicht op elkaar zitten, is het makkelijker om van elkaar te stelen.

'Met de ruggen tegen elkaar,' zei Dann tegen haar. En weer zaten ze, net als de vorige nacht, met de ruggen tegen elkaar, hij met het mes, zij met haar stok.

Ze voelde aan het ontspannen van zijn harde, magere rug dat hij weer in slaap was gevallen. Ze was niet moe, maar waakzaam. Het was dwaas om maar één kant op te blijven kijken; ze schoof zachtjes bij Dann vandaan en liet hem opzij vallen; nu hij sliep, haar kleine broertje, kon ze naast hem neerknielen, en voelen hoe haar liefde hem omhulde, net als toen hij een baby was en later toen hij een klein kind was. Ze lette ook op de man die misschien Kulik was en die heen en weer en in het rond liep. Hij had een grote stok. Ze zag hem daarmee een waterkruik tussen de benen van een slaper uit tillen, maar ze kuchte en hij liet de kruik terugvallen. De slaper bewoog niet. Ze dacht: die man is nu mijn vijand. Hij bleef rondlopen, heen en weer, en keek soms naar haar om te zien of ze hem in de gaten hield.

Ze voelde aan de bovenkant van haar borstkas. Er zat daar een heel klein beetje vlees. Ze dacht: maar als mijn borsten terugkomen, loop ik gevaar. Daarna dacht ze: en als het straaltje bloed terugkomt, wat moet ik dan doen? Dan moet ik bang zijn van iedere man die in de buurt komt. Vervolgens: ik zit me hier zorgen te maken over de maandelijkse bloeding, maar er is net een vrouw levend door een hagedis opgegeten. En het kan me niets schelen. Sommigen van ons zullen sterven of gedood worden en daar kunnen we niets tegen doen.

Ze herinnerde zich het graf met honderden mensen, bij de heuvel, twee nachten geleden. Honderden, had Dann gezegd. Ze begon uit haar hoofd te tellen: tien vingers. Daarna: tien tenen. Ze wist dat vijf keer twintig honderd was, maar daarna werd alles moeilijk: enkel woorden, woorden die ze gebruikte zonder ze te begrijpen. Het was nu stil op de helling van deze kleine heuvel. Ze had slaap. Dann schoot overeind en zei: 'Ga slapen.' Ze rolde zich op en wou dat ze net zo in slaap kon vallen als hij: de ogen sluiten en... helemaal weg. Ze hoorde geluiden, wist dat de wind was opgestoken en dat hetgeen ze voor jagende hagedissen aanzag, de wind was die tussen de rotsen door zuchtte en huilde. Ze zag Dann over haar heen gebogen staan en met zijn mes in de hand in het donker turen. In het krachtige maanlicht leek hij kleiner, en een makkelijker prooi. De andere man keek over de vuren heen naar hem. Dacht hij dat Dann slechts een jongen was en makkelijk kon worden overmeesterd? Of was hij Kulik en herkende hij Dann? Maar hoe kon dat? Mara had hem zelf al bijna niet herkend. En wat haar betreft, de laatste keer dat hij haar zag, had ze nog borsten en was ze een meisje dat hij achter muren en in verborgen hoeken probeerde te overvallen. De wind blies het stof in het rond en als het in de smeulende vuren waaide, brandde het met een regen van vonken. Het stof was wat er restte van planten, bomen, of misschien wel de lichamen van dieren. En mensen. Mara viel in slaap en toen ze wakker werd, viel het licht warm op haar gezicht. De vuren waren allemaal uit, en de reizigers waren opgestaan en verzamelden hun eigendommen. Dann stopte haar een stuk brood in de hand. Ze nam vlug een slok water. Kulik – maar was hij het wel? – hield hen beiden in de gaten. Toen iedereen langs het pad naar beneden begon te lopen, ging hij voorop, met een uitdagende blik in de richting van Dann om duidelijk te maken dat hij de leider was; maar net als gisteren liepen Mara en Dann achteraan. Vlak bij het pad lag een verwarde bos stoffig bruin haar van de vrouw die door de hagedis was opgegeten, met bloed erop. De twee die door Mara en Dann waren beroofd, liepen met stijve bewegingen, voetje voor voetje, bijna achteraan en leken met open ogen te slapen. Ze hadden nog maar zo weinig te eten dat wat wij hebben gepakt niet zoveel had uitgemaakt, dacht Mara, maar ze wist dat het tweetal nu niet zo op hun laatste benen zou lopen als ze het eten hadden gegeten dat nu Dann en haar kracht verschafte.

Ze liepen allemaal langzaam verder, terwijl de zon warm opkwam. Toen zag Mara naast de weg een paar verfomfaaide, halfdode bladeren op een bruine steel en ze wist dat daaronder een bundel gele wortels zat. Ze riep hard: 'Er is hier iets te eten.' Sommige mensen draaiden zich om en liepen daarna onverschillig weer verder. Anderen bleven staan. Mara pakte haar graafstok uit haar plunjezak en groef ermee in de harde aarde terwijl Dann op wacht stond. De anderen stopten en kwamen terug. Ze hoopte dat de wortels niet diep zouden zitten – soms zaten ze even diep in de aarde als zij lang was. Ze voelde de eerste wortels op een armlengte diep, en trok de stoffige bruine bollen omhoog, sneed er een in stukken met Danns mes en liet zien hoe het gele sap eruit liep. Meteen begonnen al die mensen tussen het dode gras te scharrelen en te graven met alles wat ze konden vinden. In de plunjezak van Mara en Dann verdwenen tien wortels, vijf per persoon, nadat ze zoveel hadden gegeten als ze konden. Mara zag de twee beroofden, die stervende waren, gewoon langs de kant van de weg zitten: ze hadden de kracht niet om te graven. Dann wist wat ze van plan was en hield haar dit keer niet tegen: iedereen was zo druk aan het graven dat niemand het zou merken. Mara gaf de twee elk een opengesneden wortel en zag dat ze nauwelijks de kracht hadden om erop te zuigen. Hoewel Mara de bladeren had ontdekt en iedereen erop attent had gemaakt, werd ze nu opzij geduwd en op een afstand gehouden.

De man van de afgelopen nacht leidde de expeditie, wees de bladeren toe en verdeelde de wortels. Hij keek nauwelijks naar Mara en Dann, die aan de kant stonden te kijken, maar toen het voorbij was en de reizigers weer op pad gingen, bleef hij boos naar hen staan kijken. Hij had een hekel aan hen. Of hij nu wist wie ze waren of niet, of hij nu Kulik was of niet... hij verafschuwde de twee jonge mensen en wilde hun dat laten weten ook.

Er klonk een pruttelend, rommelend geraas, en achter hen kwam, laag over het pad, een scheerder te voorschijn, die stof en kaf deed opwaaien, en ook de kale aarde waar naar wortels was gegraven en die eruitzag alsof mijnwerkers naar bodemschatten hadden gezocht. Iedereen schoot van het pad af en er klonk een afkeurend gemompel, daarna een geschreeuw van woede toen het toestel hen bereikte. Er zaten vijf Mahondi's in, die allemaal heel ernstig en bezorgd keken, maar Mara kon niet zien of haar vriend erbij was. Het toestel vloog laag: als de reizigers hadden gewild, hadden ze het naar beneden kunnen trekken. Ze wist dat de scheerder veel hoger hoorde te vliegen, ongeveer zo hoog als de toppen van de bomen; ze wist dat er makkelijke stoelen in zaten... hoe wist ze dat allemaal? Ze kon zich nog net herinneren dat ze erin gereisd had. Het duurde heel lang voordat de stofwolken weer waren neergedaald: aan weerszijden van het pad dwarrelden massa's bleek, dik stof rond. Als kind had ze uit de raampjes van de scheerders naar de Rotsmensen gekeken en er nooit over nagedacht wat zij van het stof vonden of wat een hekel ze zouden hebben aan de scheerders en iedereen die erin reisde.

Nauwelijks zichtbaar voor elkaar in het stof liepen ze allemaal door, en toen een helling op. Ze zagen dat de scheerder aan de andere kant van de helling op het pad stond, in het al weer neerdalende stof. De hele menigte rende ernaar toe: in de scheerder zaten de Mahondi's doodsbenauwd te kijken, te bang om uit te stappen en zo het toestel lichter te maken. Als ze uitstapten zouden ze vermoord worden, wisten ze. En toen worstelde de piloot met zijn instrumenten en meters en hij kreeg de scheerder vrij hoog de lucht in, hoog boven de reikende armen van de mensen uit. De scheerder vloog met veel gepiep en gekraak moeizaam verder en viel toen – hij stortte neer. Meteen stormden alle reizigers erop af, tuurden naar binnen en staken hun handen naar binnen. Een paar Mahondi's waren dood, maar niet allemaal; er was veel gekreun en geschreeuw en bloed, maar de reizigers waren alleen uit op de voorraden die ze bij zich hadden. Het aanwezige eten was al snel verdeeld onder de reizigers – iedereen hield wat hij te pakken had gekregen. Er kwamen ook twee kruiken water uit de scheerder, maar ze waren maar klein. En toen ontplofte het toestel en de mensen vlakbij werden gedood, samen met iedereen erin die nog leefde. De stukken van de scheerder lagen verspreid over de weg en aan weerszijden ervan, en er steeg zwarte rook op. Tien reizigers waren gedood. De rest, een stuk of dertig, stond met hun vuist te schudden en het toestel en de Mahondi's te vervloeken. Mara wist dat ze erbij had kunnen zijn. Haar hoofd of arm had daar in het stof kunnen liggen. Als ze de uitnodiging van de twee mannen om met hen mee te reizen had aangenomen, zou ze nu dood zijn.

Ze wachtte totdat Dann zou zeggen: Mara, ben je niet blij dat ik ervandoor ben gegaan? Ben je niet blij dat ik heb geweigerd?... Maar zoals hij daar stond, waakzaam als altijd, met beide voeten iets uit elkaar, zijn ene hand om de stok op zijn schouder geklemd en zijn andere hand om zijn mes, leek hij helemaal niet aan zoiets te denken. Hij reageerde anders dan gewone mensen. Hij zou nu toch wel bedenken waar ze aan waren ontsnapt? 'Dann – Dann?' zei ze smekend tegen hem. Maar hij keek haar weer zo aandachtig en oplettend aan, glimlachte even – en hij liep al weer bij de ramp vandaan. Kwam het doordat hij zo vaak met de dood te maken had gehad dat het hem niets kon schelen?

Dann wachtte totdat alle reizigers weer in de juiste volgorde liepen: Kulik, of in ieder geval de leider, aan het hoofd, de rest ieder met zijn eigen familie daarachter en daarna helemaal achteraan hij en Mara. Achter hen zagen ze over het stuk vanaf de heuvel waar ze de nacht hadden doorgebracht hagedissen en draken waggelen. Grote, dikke beesten die bol stonden van het vlees en zo groot waren als een flinke man. Ze hadden het bloed geroken.

Nu liepen ze door een vlak gebied en er stonden maar een paar grote, groene bomen, dus de ondergrondse rivieren zouden hier wel droog staan of waren er misschien nooit geweest. Overal stonden de bleke, dode bomen. Toen de zon onderging, het moment om halt te houden, was er geen heuvel of hoge plek te bekennen. Ze zouden de nacht in het open veld moeten doorbrengen, met kilometers leegte om hen heen, terwijl de maan verraadde waar ze waren. De maan was nog steeds helder, al was hij nog maar half zo groot als eerst.

Kulik – maar Dann zei dat het volgens hem Kulik niet was – zei dat ze met elkaar een grote kring moesten vormen, met hun gezicht naar buiten en hun stokken en wapens onder handbereik. Hij nam de leiding omdat hij dacht dat Dann de nacht ervoor leider had proberen te zijn en hij keek Dann telkens strak aan met een blik waaruit sprak: probeer me niet uit te dagen.

Er was niets om een vuur te maken, alleen wat gras. Ze zouden het die nacht zonder vuren moeten doen. Ze luisterden niet naar Kulik, omdat ze niemand konden vertrouwen, en vormden weer hun eigen groepjes. Vlak bij Dann en Mara zat het paar met het kind, dat eruitzag als vier, maar in feite tien was. Het lag nog in de armen van de moeder. Haar gezicht stond hard en boos. Ze droeg het kind een eind bij de menigte vandaan, die zich al opmaakte om te gaan slapen, en legde het op de aarde. Meteen begon iedereen tegen haar te schreeuwen: 'Wil je dat de draken en hagedissen op ons afkomen?' Ze bracht het dus weer terug en zat eroverheen gebogen terwijl het op de grond lag met ogen die omhoogstaarden uit een klein vuil gezichtje.

De gele halve maan stond hoog aan de hemel en de donkere gestalten van de mensen die op de grond lagen zagen er klein uit, het leken net verspreid liggende stenen of lage struikjes.

Toen de zon opkwam, droeg de moeder het kind weer bij de reizigers vandaan, bijna buiten hun gezichtsveld. Ze kwam half struikelend en huilend terugrennen. Mara wilde tegen haar zeggen: verspil geen water met tranen, en was geschokt dat ze zo gevoelloos kon zijn. Wat gebeurt er, dacht ze, als er geen kinderen meer over zijn? Zal ik misschien ook ooit een kind krijgen? Maar dat leek belachelijk, wanneer ze dacht aan haar magere jongenslichaam. De starende ogen van het kleine kind dat van honger was gestorven bleven haar bij, en ze wist dat ze niet zoals die moeder wilde worden, met een dood kind in haar armen.

Die dag was gelijk aan de vorige, maar er waren geen wortels, en ze zagen

128

geen rivier, zelfs geen droge, en ook geen modderige waterpoel of enig ander teken van water. Die nacht lagen ze weer in het open veld. De maan was nu veel kleiner. Mara wilde niet aan de nieuwe maan denken die ze weldra zouden krijgen. 's Ochtends waren de twee mensen die Dann en zij beroofd hadden dood. De reizigers liepen gewoon bij de lijken weg, lieten ze achter langs de weg. Er verstreken nog drie dagen en nog drie mensen gingen dood. Er was nog maar heel weinig te eten. De gele wortels waren verorberd en het water was bijna op. Het was tien dagen geleden dat Mara en Dann uit het Rotsdorp waren vertrokken: tien dagen lopen en negen gevaarlijke nachten.

Toen ze allemaal stilhielden voor de tiende nacht, zei Dann, voordat ze gingen slapen, dat ze het zakje munten dat ze had gekregen vooral boven in haar plunjezak moest stoppen zodat ze er makkelijk bij kon. 'Dit is de laatste nacht dat we onderweg zijn. Voor ons uit zijn er scheerders – nee, ze vliegen niet, maar je zult het wel zien.' In het laatste licht van de ondergaande zon knielde hij neer en tekende een ruwe kaart van Ifrik in het stof, een vorm die leek te bewegen en te flikkeren in het licht van het vuur, en hij zette een teken bij het Rotsdorp en mat drie vingers breed ten noorden ervan. Mara wist dat hij hun vorderingen overdreef om haar te troosten, en toen ze naar hem glimlachte om aan te geven dat ze dat wist, glimlachte hij terug en begonnen ze allebei te lachen. 'Maar je zult het wel zien,' zei hij weer, en ze gingen met de ruggen tegen elkaar liggen slapen. 's Nachts werd ze wakker en zag ze Kulik – hij was het – zich over haar heen buigen. Nu begreep ze waarom hij zo moeilijk te herkennen was geweest. Op de rechterhelft van zijn gezicht zaten twee littekens die nog niet waren geheeld: een vanaf zijn neus tot net bij zijn mondhoek, die erdoor omhoog werd getrokken, en vandaar naar zijn sleutelbeen; en het andere van onder zijn oog tot bij zijn oor. Hij was niet alleen mager, met grote uitstekende botten, maar hij zag er ook geel en ziekelijk uit, zelfs in dit slechte licht. Hij had op het punt gestaan om met zijn stok haar kleed op te wippen. Ze wist niet of dit betekende dat hij eraan twijfelde of ze wel een jongen was, dat hij misschien dacht dat ze Mara was, of dat hij misschien een glimp had opgevangen van het geknoopte koord om haar middel toen een stoffige windvlaag haar kleed deed opwaaien. Hij zag dat ze wakker was, gromde wat en liep weg. Hij deed dat zoals iedereen alles deed: hij maakte geen excuses, voelde zich niet schuldig, was zelfs niet eens bezorgd dat zij hem had gezien. Ze konden elkaar bestelen, bedreigen, zelfs vermoorden, en het volgende moment vlak naast elkaar over de weg lopen of binnen handbereik van elkaar gaan liggen slapen, als het gevaar maar groot genoeg was.

Dann was wakker en fluisterde: 'Maak je geen zorgen, we raken hem vandaag wel kwijt.' 'Het is Kulik,' fluisterde ze. Dann zei van niet. Ze zei dat hij Kulik in geen vijf jaar had gezien. Hij zei dat hij dat gezicht nooit zou vergeten, hij had er zelfs nachtmerries van gehad. 'Dan zul je nu nog wel ergere nachtmerries krijgen,' zei ze.

De volgende ochtend namen ze elk een slok water. De anderen staarden de laatste tijd nogal naar de twee waterkruiken die aan de stok hingen, dus Dann deed al het water dat ze nog hadden in één kruik, die ze aan de stok hingen, en de andere kruik ging in Mara's plunjezak. Tijdens het lopen klotste het water in de kruik en de mensen voor hen keken telkens om naar die verleidelijke kruik. Ze wisten allebei dat ze weldra zouden worden aangevallen om het water, maar tegen de middag zagen ze boven op een heuvel een scheerder met daaromheen een groepje van tien jongens die gewapend waren met messen en puntige stokken. De reizigers gingen van de weg af om afstand te houden, maar Dann gaf Mara een teken om achter te blijven totdat de anderen over de heuvel uit het zicht waren verdwenen. Toen liep hij naar de groep toe; en de jongen die de leider leek te zijn slaakte een kreet, en meteen omarmden Dann en hij elkaar, en praatten en omarmden elkaar weer. Natuurlijk: Dann had verteld dat hij met scheerders had gewerkt. Nu liepen de twee mannen een eindje weg en overlegden. Dann kwam de zak met munten bij Mara halen. Hij telde munten uit in de hand van deze nieuwe – of oude – vriend. Dann gaf haar een teken: stap in. De scheerder was kleiner dan die ze hadden zien verongelukken en uitbranden. Er zaten vier stoelen in. Hij leek op een krekel of een sprinkhaan. Dann ging op de plaats van de piloot zitten. Voor hen uit liep de weg een heel eind steil naar beneden, naar een aantal kuilen die ooit waterpoelen waren geweest, en daarna weer omhoog naar de volgende top. Beneden ploeterden de reizigers die waarschijnlijk niet eens hadden gemerkt dat Mara en Dann niet waren meegekomen. De jongens duwden het toestel aan, dat niet eens probeerde te vliegen maar alleen de helling afrolde en daarbij een behoorlijke snelheid kreeg. De jongens duwden tot ze het niet meer bijhielden, en gingen toen terug naar hun post op de top van de heuvel. Danns vriend zwaaide naar het tweetal en de anderen zwaaiden toen ook. Omdat het toestel met de motoren af geen geluid gaf, zagen de reizigers het pas op het allerlaatste moment, en ze sprongen vloekend en hun vuist schuddend van de weg af. Toen ze Mara en Dann in het toestel zagen zitten, renden ze naar voren om het te grijpen, maar de scheerder ging toen al te snel. De lange helling naar beneden gaf hun genoeg vaart om boven op de volgende helling te komen, waar een volgende groep jongens de scheerder tegenhield. Mara en Dann stapten uit. Dann overlegde met deze jongens en zei dat hij voor acht scheerders had betaald. Daar waren ze kennelijk niet zo blij mee, maar ze lieten het tweetal toch overstappen in het volgende toestel dat stond te wachten. De scheerder waar ze mee waren gekomen, zou terugkeren naar waar ze vandaan kwamen, met een van deze jongens als piloot.

Deze groep jongens duwde hen weer aan, zodat ze langs een volgende en dit keer steilere helling naar beneden rolden en weer kwam de scheerder tot op de top van de volgende heuvel en werd daar tegengehouden door een volgende groep jongens. Het was een dienst met wisselstations, waarvoor scheerders werden gebruikt waarvan de motoren niet meer werkten, voor reizigers die het nog konden betalen. Waar leefden ze dan van, deze jonge mannen, elk met hun eigen scheerder? Mara wist het eigenlijk wel. Ze beroofden reizigers – wat anders? Ze pakten eten en water af en wat ze maar wilden – en Mara vroeg zich af over hoeveel trajecten van deze pendeldienst het gezag van die eerste jongen, Danns vriend, respect zou afdwingen. Dat merkte ze algauw. Toen de scheerder op de derde helling aankwam, wilden de jongens daar dat ze meer betaalden. Dann had nog een klein handje munten als reserve, en hij was niet van plan om daar afstand van te doen. En de goudstukken waren per stuk veel te veel waard. Voor de rit vanaf de derde halte betaalde Dann met een van de bruine kledingstukken waar de jongens zo opgetogen over waren dat ze nauwelijks keken toen Dann en Mara in de scheerder stapten, en Dann met een schreeuw hun aandacht moest trekken. Ze zoefden omlaag en weer omhoog. Het landschap bestond hier uit allemaal heuvels en dalen, waarbij iedere rit van heuvel tot heuvel een kilometer of drie was. Bij de vijfde halte deden ze weer afstand van een bruine tuniek. Er waren er nu nog vier over. Dann zei dat de jongens veel meer kregen dan ze verdienden, want deze kledingstukken leverden op de markten in het oosten een klein fortuin op. Wat voor markten, wat bedoel je met het oosten? – wilde Mara vragen, maar het toestel maakte te veel lawaai. Bij de zesde halte wilden de jongens dat het tweetal alles wat ze in hun plunjezakken hadden te voorschijn haalden. De naam van Danns vriend maakte geen indruk op hen, evenmin als het feit dat Dann ooit een van hen was geweest. Uiteindelijk bleven ze niet aandringen dat Mara en Dann hun plunjezakken openmaakten, maar accepteerden ze de waterkruik, die ze weer zo wonderbaarlijk vonden dat Mara en Dann pas na verloop van tijd van de richel af werden geduwd. Dit was een lange, steile helling, en het toestel schudde door de snelheid. Mara hield zich stevig vast terwijl het landschap aan weerszijden langszoefde: hetzelfde oude, enigszins bruine gras, dezelfde dode of halfdode bomen. Bij de zevende halte was de sfeer zonder enige duidelijke reden vriendelijker, en de jongens waren tevreden met een paar van de eetbare vruchten, de enige die ze nog hadden. En nu de laatste lange duik naar beneden en daarna weer omhoog, en bovenaan waren de jongens ruzieachtig en omringden het tweetal met stokken en messen en boze, dreigende gezichten. Er waren die dag geen reizigers langsgekomen en de dag daarvoor ook al niet, zeiden ze. De posten verder terug pikten alle goede dingen in, en wat kregen zij? Zeggen dat ze voor dit traject hadden betaald, was vragen om meer moeilijkheden. Deze jongens wilden eten. Er was geen eten. Toen zeiden de jongens dat ze de kruik met het water erin wel wilden hebben. Ze hadden hem zelfs al van de stok af gehaald toen Mara opeens met een hoog stemmetje zei: 'Er zit niet eens genoeg in om jullie allemaal een slokje te geven, maar voor ons is het van levensbelang.' Bij deze opmerking vergaten ze Dann en keerden ze zich spottend en lachend tegen haar. 'Moet je dat joch eens horen.' 'Wat een kleine opdonder.' 'Hij kan wel hard schreeuwen voor zo'n klein ventje.' En nog meer van dat soort opmerkingen. Ze begonnen haar te duwen en te stompen – en duwden Dann opzij toen hij haar probeerde te beschermen. Toen zei er een: 'Ach, laat hem maar,' en ze stapten allemaal achteruit. Net op het juiste moment, toen de jongens bedachten wat ze nu nog eens konden proberen, zei Dann: 'Ik heb een bijl.' Nou ja, bijlen waren zeldzaam en kostbaar. 'Laat eens zien,' riepen de jongens en toen Dann de bijl te voorschijn haalde, werden ze er stil van. Hij was heel oud. De man van wie Dann hem had gekregen, had gezegd dat hij 'duizenden jaren oud' was, en hij was gemaakt van een donkere glimmende steensoort, met een snijkant die bloed achterliet op de duim van de jongen die eraan voelde. Het was net als met de goudstukken: wanneer die te voorschijn werden gehaald zag je ook dat ze waren gemaakt met een vakmanschap en zorg en kennis die niemand kon evenaren. Wat hij waard was... nou ja, het leven van Mara en Dann.

De jonge mannen bekommerden zich niet meer om het tweetal en merkten het nauwelijks toen ze wegliepen, de lange helling af. Ze waren bezig met de bijl en waren stil van ontzag.

De moeizame wandeling naar beneden, met een steile helling voor de boeg, maakte het tweetal duidelijk wat de scheerders hun met ieder tochtje hadden bespaard. De afstand die ze in de scheerders hadden afgelegd, kwam neer op twee of drie dagen lopen in het langzame tempo dat de reizigers nu nog maar konden opbrengen, omdat ze zo uitgeput waren. Mara en Dann waren in betere conditie dan de meeste anderen omdat ze meer water en wat te eten hadden gehad, maar ze merkten nu dat ze aan het eind van hun krachten waren. Toen zei Dann: 'Wacht, wacht, we zullen zo meteen iets zien, denk ik. Hij deed het nog toen ik jou ging halen.' En terwijl hij sprak verscheen er in de lucht voor hen een toestel dat Mara zich kon herinneren: het was een luchtscheerder, een oud toestel, dat rammelend en schuddend en met veel lawaai op de weg landde, alsof het ter plekke in elkaar zou storten. Er stapte een piloot uit, iemand in helderblauwe kleren: geen tuniek of wijd kleed, maar een strakke broek en jasje, een droombeeld van netheid en ordelijkheid. Mara zag dat het een vrouw was, toen haar ogen waren bijgekomen van de verrassing en schok bij het zien van dit wezen uit een ander soort wereld. Haar goudkleurige haar was glad en glanzend, haar huid straalde, en ze glimlachte hen toe.

Dann liep recht op haar af, terwijl hij het goudstuk uitstak en hem weer stevig aan een kant vasthield. 'Hoe ver,' vroeg hij.

Voordat ze ernaar keek, zei ze: 'Ik heet Felice. Wie zijn jullie?'

Dann antwoordde niet, geobsedeerd als hij was door de transactie; maar Mara zei: 'Dann en Maro, uit het Rotsdorp.'

'Dan zijn jullie zeker de laatsten.'

Ze boog zich voorover, beet op de munt, terwijl Dann hem stevig vast bleef houden, kwam overeind, en zei: 'Hij is echt, goed. Zo een zie ik er niet zo vaak.' Ze wachtte, maar Dann zei niets en ze zei: 'Nou ja, vraag mij niet, dan lieg ik niet.'

'Ik heb hem gevonden,' zei Dann.

'Natuurlijk.' En ze gaf aan dat ze een verhaal verwachtte door met een stralende glimlach en een harde, maar geamuseerde blik in haar ogen tegen haar toestel te blijven leunen.

'Ik heb er niemand voor vermoord,' zei Dann, boos.

'Dat is waar,' hielp Mara, en dit mooie, stralende schepsel richtte haar aandacht nu op Mara. 'Hij is mijn broer,' zei ze.

'Dat zie ik.'

'Dat geld hebben we gekregen van de vrouw die ons als klein kind in huis heeft genomen en voor ons heeft gezorgd...' En Mara begon onwillekeurig te huilen. Ze dacht aan al die vriendelijkheid die zij als vanzelfsprekend had beschouwd. Ze dacht: o, ik wou dat ik weer een klein kind was, en dat Daima me vasthield. Ze kon niet meer ophouden met huilen. Ze keerde zich om en probeerde met de mouw van haar stoffige kleed de tranen van haar gezicht te vegen. Daardoor werd haar gezicht nog vuiler.

Maar Felice was aardig, besefte Mara, en onbewust stak ze haar handen smekend naar haar uit.

'Waar willen jullie naar toe?'

'Naar Chelops,' zei Dann.

Haar gezicht veranderde van uitdrukking. Ze keek ongelovig. 'Waarom Chelops?'

'We zijn op weg naar het noorden.'

'Jullie zijn Mahondi's,' stelde ze vast. 'En waarom denken jullie dat je nog noordelijker kunt gaan dan Chelops?'

'We blijven in ieder geval naar het noorden gaan.'

'Zijn jullie in Chelops geweest?'

'Ja,' zei Dann, weer tot verrassing van Mara.

'Weet je het zeker? Wil je me vertellen dat je gewoon door Chelops heen bent gelopen?'

'Ik... ben er niet gewoon doorheen gelopen,' zei Dann. 'Ik zag heel veel politie en dus heb ik me verstopt... ik heb me de hele tijd verstopt... en toen ben ik er 's nachts vandoor gegaan.'

'Heb je de slaven niet gezien?'

'Ik heb heel weinig gezien,' zei Dann. 'Maar wat ik zag, vond ik wel aardig.'

Felice was te verbaasd om iets te zeggen. Ze leek na te denken, zelfs in dubio te staan. Toen zei ze: 'Zal ik jullie niet naar Majab brengen? Dat is een leuke stad.'

'Majab,' zei Dann minachtend. 'Vergeleken bij Chelops stelt het niets voor.'

Aangezien ze nog steeds geen antwoord gaf, aarzelde en toen iets wilde zeggen maar toch weer zweeg, zei hij: 'Ik weet dat je tot Chelops gaat.'

'Daar is mijn basis,' zei ze. En daarna: 'Ik ben in dienst van de Hadronen.'

Dat zei Dann en Mara niets.

Felice zuchtte. 'Ik heb jullie gewaarschuwd, meer kan ik niet doen,' zei ze. 'Goed dan. Maar die munt: daarvoor zou ik jullie met zijn tweeën naar Majab kunnen brengen. Wat kun je me nog meer betalen?'

Dann grabbelde wat onder in zijn plunjezak, zonder er echt iets uit te halen zodat zij het zou kunnen zien, en hij knoopte nog een goudstuk los en haalde dat te voorschijn.

'Nou,' zei ze, 'als ik jullie was, zou ik niemand laten weten dat je die hebt.'

Dann lachte alsof hij wilde zeggen: denk je dat ik zo dom zou zijn? Ze vond hen inderdaad dom, maar haar gezicht stond vriendelijk en ze glimlachte toen ze Mara hielp instappen.

Het was een toestel voor zes personen, maar de stoelen waren kapot en ze moesten op de grond zitten. Het toestel startte met een aarzelend, haperend motorgeraas. Maar het kwam vrij hoog, zo hoog dat ze goed uitzicht naar beneden hadden en ver om zich heen konden kijken. Het landschap was bruin, met hier en daar wat grijze rotsen en heel af en toe een groene vlek, wat dan een van de diep wortelende bomen was. Er stonden overal dode bomen. Het toestel volgde de weg. In de diepte liepen een paar grote groepen, zoals die waar het tweetal tot die ochtend bij had gehoord. Toen het toestel over hen heen kwam, keken alle mensen omhoog naar dit zeldzame apparaat, een luchtscheerder, en hoewel je de gezichten niet kon zien, liepen ze zich allemaal te ergeren en op het toestel te schelden.

Ze passeerden een brede rivier die van oost naar west liep, waar niet veel water in stond. Maar de modderbanken aan weerszijden ervan zagen tenminste niet wit van de botten. Nu naderden ze een paar bergen, en het toestel ging niet veel hoger – kon niet hoger, dat was duidelijk. Op het laatste moment, toen het leek alsof het te pletter zou slaan tegen een hoge piek waar glinsterende strepen van regen vanaf liepen, maakte het een bocht en gleed het door een pas naar de andere kant, waar de vlakte zich bruin en droog uitstrekte. Ongeveer een halfuur later verscheen onder hen midden op de vlakte een stad die nogal leek op de stad vol spinnen en schorpioenen die ze achter zich hadden gelaten, maar hier leek het alsof er mensen op straat liepen en er was een markt.

'Majab,' fluisterde Dann. 'Daar woonde die oude vrouw over wie ik je heb verteld, die me verborgen hield toen ik was weggelopen.'

'Ben je hier lang gebleven?'

'Twee jaar. Daarna ben ik met een paar mensen meegegaan – naar het oosten.' Hij wees.

'Wat is daar – in het oosten?'

Hij keek zo kwaad dat ze bang van hem werd. In het oosten was een stad waar hij apen en mensen in kooien had gezien. Hij had de kooien tussen lastdieren zien hangen, zoals de waterkruiken aan de draagstok: mensen die zich vastklampten aan de tralies, en huilden en smeekten, vrouwen, kinderen en ook mannen, maar vooral kinderen: die zouden in de steden langs de kust worden verkocht.

'Dann,' zei Mara en ze raakte zijn arm aan om hem zijn boosheid te laten vergeten. Na een paar tellen zuchtte hij en knikte toen tegen haar: Goed. En vervolgens tekende hij in het stof op de bodem van het toestel nog eens Ifrik, legde een vinger waar zoals ze wist volgens hem het Rotsdorp moest liggen, verplaatste toen zijn vingers naar een plek waar, zo fluisterde hij, Majab was, en daarna naar de volgende plek waar Chelops was.

Ze hadden twee uur gevlogen toen de scheerder begon te dalen. Hij landde op een hoge heuvelrug; daarachter zagen ze alleen de lucht. De zon was rood, goud en paars, en zond zijn stralen dwars over de hemel.

Felice klom uit de bestuurdersstoel en hield de deur voor hen open.

'Maar dit is Chelops niet,' zei Dann. 'Je hebt ons bedrogen.'

'Chelops ligt aan de andere kant van de heuvelrug,' zei ze. 'Luister eens goed. Ik mag dit eigenlijk niet zeggen. Als ze erachter zouden komen dat ik het had gezegd... Maar ga niet naar Chelops. Ga eromheen.'

'Om te beginnen hebben we geen eten en niet veel water meer,' zei Mara.

'Nou ja, ik weet het niet,' zei ze. 'Ik weet echt niet wat ik moet zeggen. Ik vind jullie aardige jongens. Nou, als het kan, probeer dan wat te eten te kopen op de markt in het noordoosten. Ga niet door het centrum.' En met die woorden stapte ze weer in haar toestel en ze zagen het toestel moeizaam de lucht in gaan en rakelings over de heuvelrug vliegen.

'Het maakt niet uit,' zei Dann. 'Ik wilde je hier toch iets laten zien.'

En hij liep verder, naar de top van de heuvelrug, waar ze omlaag konden kijken naar Chelops. Het was heel groot. Ze had niet gedacht dat zoiets kon bestaan. Het werd al minder licht, het was daarbeneden aan het schemeren, maar ze zag grote zwarte torens vlak bij elkaar, al waren ze niet verlicht, en een stad die zich vanaf die torens uitstrekte, een enorme massa huizen met allemaal lichtjes.

Dann was hier blijkbaar bekend. Hij zei dat hij over deze heuvelrug was gekomen toen hij door Ifrik trok om haar te halen en dat hier in de buurt een oude stad lag, ruïnes waar hij over had horen praten.

Net als de andere nachten vonden ze een wat hoger gelegen plek met platte rotsen eromheen. Er was geen maan, maar de sterren glinsterden en leken te ritselen en te praten. Ze aten het laatste stukje van hun brood, dronken het laatste beetje van hun water bijna op, gingen op een rots liggen en keken omhoog. De hitte die de rots had opgenomen, zou hen de hele nacht warm houden en boven hen glinsterden de sterren met hun koude licht. Hij sliep terwijl zij waakte. Dicht bij hen hoorde ze geschuifel en getik, maar het waren niet de geluiden van draken of hagedissen. Toen viel ze in slaap. Hij maakte haar wakker om haar een enorme kever te laten zien, een gele met zwarte voelsprieten, die wegrende naar een paar rotsblokken.

Voordat de zon opkwam verlieten ze hun rots, met zijn voorraad opgeslagen warmte, en liepen ze langs de heuvelrug die omlaag naar Chelops leidde. 'Hier is het,' zei Dann, 'hier is waar volgens de beschrijvingen...' Hij klonk verbaasd. Voor hen stonden allerlei gebouwen, rond of vierkant of komvormig, maar ze hadden geen dak en waren allemaal uit één stuk, met ronde gaten als ramen. Ze waren van dof groen of bruin metaal, sommige met een verdieping en een trap aan de buitenkant, maar de meeste gelijkvloers. Toen ze op ongeveer een halve meter afstand van een muur kwamen, zagen ze diep in het doffe metaal hun spiegelbeeld: bruinachtig vervormde beelden van zichzelf. Wat was dit voor metaal dat na zo'n tijd nog weerspiegelde? Het was niet verroest of dof geworden, noch gedeukt of gekrast. De gladde, doffe muren omsloten ruimtes die warm waren, alsof er geen lucht was, of liever gezegd, waar de lucht oud leek, als bedorven water: ze waren allebei blij toen ze weer buiten in de warmte kwamen. Ze liepen van het ene gebouw naar het andere en vonden geen barstje, geen gat, geen enkele beschadiging. Mara pakte uit haar plunjezak de tuniek die jarenlang kon worden gedragen zonder dat er een vlek of scheur in kwam en zonder dat hij zijn doffe glans verloor, en ze zei tegen Dann: 'Kijk.' Ze hield de gladde glinstering van de tuniek vlak bij de muur van een huis: ze waren hetzelfde; en ze zette hun waterkruik bij een muur: hetzelfde. Dezelfde mensen hadden de huizen, de tunieken en de kruiken gemaakt. Het tweetal liep in de brandende zon tussen de huizen; het metaal van de gebouwen nam geen hitte op en straalde ook geen hitte uit, maar was overal waar ze hun hand ook legden even neutraal van temperatuur, enigszins lauw. Deze stad strekte zich uit langs de rand van de heuvelrug en tot ongeveer een kilometer ervandaan: gebouwen als bulten, lelijke, dode dingen die nooit konden veranderen of vergaan.

'Heb je ook gehoord hoe oud deze stad is?' vroeg Mara.

'Ze denken drieduizend jaar.'

'Weten ze wat voor mensen het waren?'

'Er zijn botten gevonden. Ze hadden de gewoonte om hun doden over de rand te gooien zodat de beesten ze konden eten. De botten waren allemaal gebroken, omdat ze zo oud waren, maar die mensen waren langer dan wij. Ze hadden grotere hoofden. Ze hadden lange armen en hun voeten waren ook groot.'

Het tweetal was terneergeslagen, verbijsterd en zelfs boos. 'Hoe hebben ze dit... dit ding nou kunnen maken,' zei Mara, opeens emotioneel, en ze sloeg tegen de muur van een huis, eerst met haar vuist, daarna met een steen; maar je hoorde geen geluid – helemaal niets.

'Dat weet niemand,' zei Dann.

'Niemand?'

'Die oude mensen waren slim. Ze wisten van alles.'

'Dan ben ik blij dat ze dood zijn. Ik ben blij, ik ben blij,' zei Mara en ze begon te schreeuwen: 'Ik ben blij, ik ben blij...' en ze schreeuwde het van zich af, de hete lucht in, al die jaren waarin ze de glibberige doodsheid van de stof om zich heen had voelen glijden, om haar lichaam, haar benen, haar armen.

Dann leunde met een hand op een muur terwijl hij naar haar keek. Het enige wat hij zei was: 'Mara, het gaat beter met je, weet je dat? Toen ik je daar bij die waterpoel zag, had je niet kunnen schreeuwen of je zo druk kunnen maken.' En hij glimlachte warm naar haar, en zijn samengeknepen, felle ogen stonden eindelijk eens gewoon, vriendelijk. En toen begon Mara te lachen. Van opluchting. Ze had het gevoel dat ze voor altijd aan dat akelige dode bruine spul was ontsnapt en aan de onaangenaamheid waaruit die huizen waren ontstaan. Hij glimlachte, terwijl zij lachte. Ze besefte dat dit nieuw voor hen was, een ogenblik van vertrouwen en ontspanning na zo veel ontberingen en gevaar. Wist hij hoe bijzonder het was dat hij eens niet op zijn hoede was?

'De mensen die hier hebben gewoond,' zei ze ten slotte, als afsluiting van dit ogenblik voor henzelf, 'moeten wel monsters zijn geweest. Hoe hebben ze het kunnen verdragen? Om je hele leven in huizen te wonen die niet kunnen veranderen, met dingen die nooit breken, kleren die je niet kunt scheuren, die nooit verslijten?' En ze trapte zo hard tegen een huis dat de nagels van haar teen krassen maakten in het metaal – of dat zouden hebben gedaan als dit metaal ergens door kon worden beïnvloed. Drieduizend jaar lang hadden deze dingen hier gestaan. En ze dacht met liefdevolle eerbied terug aan de ruïnes van de steden bij het Rotsdorp, aan de edelmoedigheid waarmee die steden hun bouwstenen hadden doorgegeven aan volkeren die na hen kwamen, zodat de huizen van het Rotsvolk gebouwd waren met de stenen en de pilaren van de mensen die daar zoveel eerder hadden gewoond.

Ze hurkte in het stof, pakte een stokje en zei: 'Vertel me eens over getallen, Dann. Vertel me eens over drieduizend.' En ze legde haar twee handen plat op de grond: tien; strekte vervolgens haar twee voeten uit: weer tien. Hij knielde in het stof tegenover haar, en schreef met een stok 10, daarna 20, terwijl hij haar aankeek om te zien of ze het begreep. Daarna ging hij verder: 30, 40, 50, 60, 70, 80, 90, 100, waarbij hij de woorden zei terwijl hij ze schreef. En weer keek hij haar aan.

'Ja,' zei ze. 'Honderd.' Zover was ze zelf al gekomen, hoewel ze het niet met die vreemde nieuwe tekens kon schrijven. En nu kon ze verdergaan, met dit kleine broertje dat zoveel meer wist dan zij.

Hij zette tien tekens naast elkaar in het stof, een klein stukje bij elkaar vandaan; en onder ieder teken tien strepen; en onder elk van die strepen tien. 'Duizend,' zei hij, en hij ging op zijn hurken zitten, zodat zij het rustig in zich op kon nemen. Wat was het heerlijk om hier zo bij elkaar te zitten en van hem te leren terwijl hij haar leraar was. Ze wilden er geen van beiden mee ophouden. Ze waren al die dagen geen moment met zijn tweeën geweest. En nu, op deze verlaten plek, zaten ze gezellig bij elkaar, zonder gevaar, dat wisten ze bijna zeker – en toen zagen ze het zweet van elkaars gezicht af lopen en bedachten ze dat ze elk nog maar een slokje water hadden terwijl ze erge dorst hadden.

Ze stonden op.

'Waar heb je dat geleerd?' vroeg ze.

'Ik heb in Majab op school gezeten.'

'Op school?' vroeg ze. 'Hoe kan dat?'

'Ik werkte overdag en had 's avonds les. Maar toen ben ik weggegaan en kon ik dus niet meer naar school.'

'Wat weet je verder nog?'

'Niet veel, Mara.'

Ze stonden niet ver bij de rotsige rand vandaan en ze liepen ernaar toe en keken omlaag naar de stad, naar Chelops. In het volle daglicht zag ze nu duidelijk wat in de schemer niet te zien was geweest. De hele stad lag daar voor hen uitgestrekt, en ze konden zien hoe hij was opgebouwd. Het eerste wat opviel was dat er van het noorden, zuiden, oosten en westen wegen de stad in liepen naar het centrum, een enorm groot en hoog zwart gebouw waarbij alles tot op kilometers in de omtrek in het niet viel. De wegen waren totaal anders dan Mara zich had voorgesteld. Ze waren recht, breed, en gemaakt van gladde, donkere steen – zo zag het er tenminste hiervandaan uit. Er bewoog niets op die wegen. Bij de toren in het midden, waar ze bij elkaar kwamen, waren vier wijken met kleinere, maar toch belangrijke gebouwen die allemaal precies hetzelfde waren: zes per wijk, en allemaal somber, dreigend, massief en donker, met regelmatige ramen waar het zonlicht vanaf flitste, alsof het messen waren. Er bewoog niets in deze middelste kern van de stad, die was afgebakend door een weg eromheen, die smaller was maar verder hetzelfde als de wegen die de stad in vieren deelden. Bij de ringweg begon een gebied met een heleboel onregelmatige, vrolijke gebouwen in alle maten, vormen en kleuren, met pleintjes en binnenplaatsen en lanen waarin bomen stonden. De bomen zagen er kwijnend uit, maar waren niet dood. In de straten van deze stad liepen een heleboel mensen en er reden ook voertuigen. Er was een grote markt die niet in het midden lag en er waren blijkbaar hier en daar ook nog andere markten.

'Deze stad is als belangrijkste stad van het land gebouwd.'

'Van Ifrik?'

'Nee, alleen van het land. Het is een groot land. Het strekt zich uit van Majab in het zuiden tot ver boven Chelops in het noorden. Het zou ons weken kosten om erdoorheen te lopen. Het is het grootste land in dit deel van Ifrik.'

Ze hoorde voor het eerst van haar leven over een land, in plaats van over steden of dorpen. 'Hoe zijn de mensen?'

'Ik weet het niet. Ik ben er snel doorheen gegaan, omdat er zo veel politie was, en het was nacht.'

6

Nu begonnen ze langs een steile helling met kalkachtig zand omlaag te lopen, waar langgeleden de mensen van de huizen die op kookpotten leken, hun doden naar beneden hadden gegooid. Er lagen nu blijkbaar geen botten meer – in ieder geval niet aan de oppervlakte. Het kalkachtige wit van de aarde bestond uit oude botten: ze wist dat botten in wit stof veranderden. Het wit dwarrelde overal om hen heen op en ze begonnen eruit te zien als met meel bestoven geesten; en ze lachten om elkaar en gleden de helling af, die nog steiler werd en uiteindelijk zo steil dat ze eraf moesten naar een minder steile helling ernaast, die ook weer uit witte kalk bestond; en uiteindelijk kwam er aan de voet van de helling wat groen, met een paar levende bomen en een beekje. Helder water. Zoet water. En met een schreeuw gooiden ze hun vuile kleren van zich af en ze wilden net in het water springen toen opeens hun gezond verstand het weer won en ze aan de rand bleven staan kijken, want ze wisten niet of er waterdraken of stekers of slangen zaten. Dann pakte zijn stok en begon die in een poel te steken. Hij kwam niet bij de bodem. Ze liepen naar de volgende poel, waar het water lager stond en een zandige bodem te zien was. Dann stak de stok telkens weer overal in de poel. Toen gooide hij de stok op de grond en doken ze allebei in het water. Het koele water omsloot hen en ze zonken naar de bodem en gingen op wit zand liggen en daarna aan de rand van de poel, met hun hoofd uit het water. Hun lichaam voelde aan alsof ze het water in zich opnamen, en Mara liet het water over haar hele stoffige schedel met zijn vuile gloed van nieuw haar lopen. En toen haalde Dann onder uit zijn plunjezak een klein stukje harde zeep dat hij triomfantelijk liet zien, en ze wasten zich en zeepten zich in en schrobden zich en daarna nog eens en nog eens, totdat alle zeep veranderd was in een laag witte bellen op de poel.

Ze kwamen uit het water en stonden naar elkaar te kijken. Onder al dat stof had Mara gezeten, en Dann, en nu waren ze er weer. Hun vlees was niet stevig en dik zoals dat van de vrouwelijke piloot, maar hun huid lag tenminste gezond over hun botten, zelfs bij Mara, want ze was niet meer vel over been. En nu werden ze tegelijkertijd verlegen en ze wendden zich af. Toen ze onder het stof zaten, hadden ze er niet aan gedacht om zich te bedekken, maar nu wel. Mara wendde haar blik af van zijn dikke buis met de twee gladde ballen in hun zakje, en hij keek even naar haar gleuf met het donzige haar en toen de andere kant op.

Ze kon het niet over haar hart verkrijgen om dat vuile kledingstuk aan te trekken, dat zo stijf stond van het stof dat het op de grond liggend nog zijn vorm behield. Naakt stapte ze met haar kleed de poel in en hij met dat van hem. Ze boenden en boenden in het zeepschuim, aangezien de zeep zelf was opgelost, en al snel was het water bruin en de witte schuimlaag was ook lichtbruin. Dann waste zijn kleed met zijn rug naar haar toegekeerd. Het was een sterke, gespierde rug en haar lichaam was even stevig en sterk. Op haar borstkas, boven het geknoopte koord met munten, zaten stevige rondjes, zoals bij Dann, maar toen bij de waterpoel in het Rotsdorp had er daar helemaal geen vlees gezeten, alleen maar botten. Toen ze hun kleren hadden gewassen, legden ze ze op een rots om te drogen. Hun poel zag er niet meer erg aantrekkelijk uit, omdat hij zo vies was. Dann probeerde een andere en daar gingen ze op hun gemak in liggen drijven, terwijl de zon het water uit hun kleren zoog. Het werd middag en ze kregen honger. Mara mengde het allerlaatste beetje meel met water en bakte het op de hete rots, en ze aten en dronken van de honger een heleboel water, hoewel Dann zei dat ze wel snel weer zouden eten, dat wist hij zeker.

Toen trokken ze hun bijna droge kleren aan. Mara's kleed zou nooit meer wit worden, want het was door het stof geverfd, en dat van hem was al niet anders. Maar ze waren schoon. Ze vulden de waterkruik bij een andere poel en met de draagstok tussen hen in en de kruik eraan liepen ze langs de beek, op weg naar Chelops. Voor hen uit kwam al snel een versperring waar ze niets van begrepen. Zij was een paar keer zo hoog als zijzelf en gemaakt van dicht dooreengevlochten metalen banden, bedekt met roestige, op doornen lijkende stekels. Er zaten gaten in deze omheining waar het metaal eenvoudigweg was verteerd. Er was een groot hek, dat ze probeerden open te duwen, en toen kwamen er twee mannen aan rennen, twee dikke, gelige mannen, met dikke lagen vet en kille, gele ogen.

Dann riep naar Mara dat ze weg moest rennen – maar ze konden nergens heen, er kwam geen eind aan het hek. Toen een man Mara vastgreep, vocht ze, maar haar polsen werden met dun touw vastgebonden, wat pijn deed. Danns polsen werden ook vastgebonden, hoewel hij schopte en kronkelde en een paar keer ontsnapte en weer werd gevangen.

Nog geen halve dag nadat ze Chelops waren binnengekomen, waren Mara en Dann gevangenen, beschuldigd van het verontreinigen van de waterbron van de stad, het betreden van verboden gebied, en het verzet bieden bij arrestatie. Diezelfde middag moesten zij voor de rechter verschijnen. Mara had iemand verwacht zoals de bewakers die, zoals ze nu wist, Hadronen waren. Maar de man die op de kleine verhoging zat en naar Mara's idee nieuwsgierig naar hen keek, was geen Hadroon. Hij leek meer op een Mahondi, maar dat kon hij niet zijn, want hij was stevig en zelfs dik. Dit was Juba, die weldra een heel goede vriend van Mara zou worden. Voor hem was het iets wat hij een paar keer per week zag: uitgehongerde mensen die op de vlucht waren voor de hongersnood in het zuiden en altijd meteen begonnen met eten te stelen. Deze twee hadden niet gestolen, hoewel ze helemaal geen eten hadden. Juba strafte de dieven nooit, maar liet hen altijd slaaf worden. Maar in dit geval moest hij erachter zien te komen wat ze in de waterpoelen deden. Als ze uit het zuiden waren gekomen, waarom dan niet via de weg die iedereen nam? Waarom waren ze als misdadigers stiekem over de steile berg gekomen?

Mara voerde het woord. Zodra Dann het touw rond zijn polsen had gevoeld, was hij lusteloos en stil geworden, en het was net of hij alle hoop had opgegeven. Hij stond sloom naast zijn zus, huiverde af en toe een beetje en wilde niet opkijken.

'Mijn broer is ziek,' zei Mara. 'Hij heeft niet genoeg gegeten.'

'Dat zie ik,' zei Juba. 'Jullie hebben een ernstig misdrijf begaan. Jullie schijnen niet te beseffen hoe erg het is. Op het verontreinigen van de watervoorraad staat de doodstraf. En jullie hebben je bovendien nog verzet tegen je arrestatie.'

'Ik wist niets van een arrestatie of verzet daartegen,' zei Mara.

'Waar kom je vandaan?'

'Van het Rotsdorp.'

'Maar jij bent niet van het Rotsvolk. Je bent een Mahondi.'

'Ja,' zei Mara.

'Waar ben je geboren?'

'In Rustam.'

'Hoe heet je?' Daar had je het weer, een zacht trekken aan haar geheugen.

'Maro.'

'Nee, je achternaam.'

'Dat weet ik niet.'

'Je zult me wel moeten vertellen hoe jullie in onze watervoorraad terecht zijn gekomen.'

Mara had Felice niet willen noemen, maar nu zei ze: 'Felice heeft ons daarboven op de berg neergezet.'

Dat bracht hem kennelijk in de war.

'Felice? En hoe hebben jullie haar betaald?'

'Ze... ze had medelijden met ons,' zei Mara. En ze wist dat ze iets had gezegd waarover Felice zou worden ondervraagd.

Ze werden in een klein kamertje bij het gerechtshof gezet, terwijl iemand Felice ging zoeken. Op bevel van Juba kregen ze te eten, en het was lekker, warm eten zodat ze zich iets beter gingen voelen. Dann leek evenwel niet zichzelf en zat te staren zonder iets te willen zeggen.

Hoe was het mogelijk? dacht Mara. Kon één nacht, één afschuwelijke nacht in het leven van een kind hem voor altijd beschadigen? Zo erg dat hij zich er nooit van zou kunnen bevrijden? Ook al kon hij – of wilde hij – zich die nacht niet herinneren?

Toen de boodschapper terugkwam, zei die dat Felice sliep toen hij bij haar kwam, maar dat ze toegaf twee jongens een lift te hebben gegeven, aangezien ze toch naar Chelops terugging. Ze had hen niet laten betalen. Dit was een opluchting, want toen de bewakers hun plunjezakken hadden doorzocht, zij het niet erg grondig omdat ze het zo vaak moesten doen, hadden ze Danns koord met munten wel gevonden maar ze hadden gedacht dat het een of andere amulet of fetisj was en het weer onder in de zak gegooid.

Juba bleef een hele tijd met zijn hoofd op zijn hand zitten denken. Hij begreep dat Felice – die hem vaak genoeg had gelogen op officiële reizen – medelijden had gehad met deze twee onschuldigen. Hij wist best dat hij niet de hele waarheid te horen had gekregen, maar hij geloofde niet dat je altijd zonder meer de waarheid moest achterhalen.

Uiteindelijk zei hij gewoon tegen de bewakers: 'Doe ze de boeien af.' En terwijl Mara en Dann hun polsen wreven: 'Breng ze naar de slavenverblijven.' Dit waren gebouwen in een omheinde ruimte waar de slaven van Chelops waren gehuisvest. Dann en Mara waren slaven omdat ze Mahondi's waren, die 'altijd' slaaf van de Hadronen waren geweest. Ze werden niet gelijk tewerkgesteld, maar kregen een paar dagen dubbele porties te eten. Ze werden er allebei met de slaven op uitgestuurd voordat zij zich sterk genoeg voelden, maar kregen om te beginnen lichte taken. Daarna hielden ze straten en openbare gebouwen schoon, traden als drager op voor de stoelen aan stokken waarin de Hadronen werden rondgedragen, duwden oude luchtscheerders die nu als voertuig op de grond werden gebruikt, of voerden allerlei andere noodzakelijke werkzaamheden uit. De slaven kregen goed te eten, werkten twaalf uur per dag, en worstelden een dag per week met elkaar in een grote hal die voor dat doel werd gebruikt. Slaven en slavinnen sliepen in aparte gebouwen.

Dann en Mara kregen weinig gelegenheid om met elkaar te praten, want ze werden bewaakt door Hadronen die tot taak hadden om eventuele pogingen tot samenzweringen tegen te gaan.

Er werd minachtend gesproken over de streek waar ze vandaan kwamen, hetgeen duidde op een heimelijke vrees dat wat er gebeurd was – en nog steeds gebeurde – 'in het zuiden' of 'daarbeneden' in 'het dodenland' of 'de slechte streek' of 'het stofland' of 'het land zonder water' hier ook zou kunnen gebeuren. Niemand ging naar het zuiden behalve ambtenaren die naar Majab gingen als het echt nodig was.

De Mahondi's waren een inferieur ras en waren altijd bedienden en slaven geweest.

De Hadronen hadden deze stad gebouwd en vele andere steden in dit land, dat Hadronië heette, dat zij hadden gesticht en altijd hadden bestuurd.

Over bepaalde zaken fluisterde men alleen. Niemand woonde in het administratieve centrum, die vijfentwintig grimmige gebouwen in het midden van de stad, behalve misdadigers of weggelopen slaven of mensen op doortocht die niet de aandacht van de politie wilden trekken. In het verleden, toen het nog moeilijk was om onderdak in de stad te vinden, hadden er nog mensen illegaal gewoond; maar Chelops had nog maar ongeveer een tiende van zijn vroegere bevolking en veel huizen stonden leeg. Inwoners vertrokken stilletjes naar het noorden, uit angst dat de droogte zich zou uitbreiden. Water was niet op rantsoen, maar de autoriteiten straften degenen die het verspilden; er was voedsel, maar niet zoveel als er was geweest. Zowel voedsel als watervoorraden waren in handen van de Hadronen.

Wanneer Mara tijdens haar schoonmaakwerkzaamheden door de straten trok, kwam veel van wat ze zag haar bekend voor. Om te beginnen de bomen. Die hingen slap, hadden vaak dode takken als witte, kale staken tussen het groen, en er stonden veel dode bomen. Er waren fonteinen in de stad, maar zonder water, met alleen afval erin, dat Mara er met haar medeslaven steeds weer uit moest halen.

De slaven waren niet allemaal Mahondi's, maar ze waren wel allemaal gevlucht voor de hongersnood en de droogte. Sommigen waren er al jaren. Mara had altijd gedacht dat er alleen in Rustam Mahondi's woonden, maar er waren nog andere Mahondi's uit heel zuidelijk Ifrik, en sommigen hadden het over luxe en genoegens in het verleden – zelfs over hoge posities en rijkdommen.

Mara was gespannen, bezorgd en bang, vooral wanneer de teilen water iedere dag werden aangevoerd vanaf de plek waar het water onder bewaking werd bewaard en de slaven zich in groepen bij de teilen moesten wassen, nadat er eerst voldoende water uit was gehaald om te drinken. De meesten trokken het algemeen gangbare slavenkleed uit om zich te wassen en stonden daar naakt, maar niet iedereen kleedde zich uit, en Mara waste haar benen en lichaam tot aan haar heupen, waarbij ze het kleed oprolde en het daarna wat liet zakken, zonder ooit haar borst te tonen. Haar grootste zorg was het koord met munten, maar haar borsten waren nu ook wat groter. De Hadronen die hen bewaakten, keken nieuwsgierig naar haar. Iets zei hun dat ze geen man was, al vond ze zelf dat ze er nog als een jongen uitzag. Toen gebeurde wat ze vreesde. Terwijl ze zich stond te wassen en haar kleed zo plooide dat ze zich bedekt hield, tilde een bewaker een paar plooien op en hield die met zijn stok omhoog, zodat iedereen haar kon zien: medeslaven die eerst verbaasd waren, maar toen lachten, en de andere bewakers die lachten en eens goed kwamen kijken.

Nog geen uur later kreeg ze te horen dat ze haar plunjezak moest pakken en zonder dat ze Dann had kunnen waarschuwen, die een stoel aan het dragen was voor een hoge piet, werd ze dwars door de stad naar een groot huis gebracht, waar ze meteen mee naar binnen werd genomen naar de vrouw des huizes. Ze had verwacht een Hadroon te zien, maar de bewakers hadden haar gezegd: nee, ze was een Mahondi die de leiding had over de slavinnen. Eerst dacht Mara: hoe kan ze nu een Mahondi zijn? Wij zijn lange, slanke mensen terwijl deze vrouw dik is en in haar stoel zit met haar kleine mollige voeten op een voetenbankje. Het kwam voor het eerst bij Mara op dat ze altijd had gedacht dat haar volk van nature mager was, omdat ze nog nooit had meegemaakt dat er geen tekort aan eten was, zelfs niet toen ze klein was. Dus Mahondi's konden net zo dik en stevig zijn als de Hadronen. Mara wist niet zeker of ze dat leuk vond.

Ze stond zwijgend voor deze vrouw, die haar aandachtig bekeek, met een klein handje met veel ringen onder haar kin. De vrouw droeg een groot, wit, schoon kleed van frisse katoen met zwarte strepen om de mouwen en snoeren gekleurde kralen om haar nek. Ze had een rode bloem in haar lange, zwarte haar. Ze rook naar een zware, zwoele parfum.

Ze heette Ida en Mara's lot lag in haar handen.

Mara wist niet wat ze van haar moest denken, maar die mooie frisheid, het schone wit, het glanzende haar en de zoete parfum maakten dat ze wilde huilen. Ze wilde er ook graag zo uitzien, zo zijn, in plaats van... Zonder erbij na te denken fluisterde ze: 'Ben je wreed?' en ze zag Ida haar ogen opensperren, daarna samenknijpen, terwijl ze met haar dikke lippen spottend en loom naar haar glimlachte. Het was allemaal gekunsteld, wist Mara, bedoeld om indruk te maken en haar het gevoel te geven dat ze dom was. 'Dat hangt ervan af...' zei Ida, lachend; maar haar gezicht werd meteen ernstig en ze zuchtte, want Mara staarde alleen maar.

Intussen zag Ida een lange, slungelige jongen met een korte bos haar, een mager gezicht met enorme hongerige ogen, en een lichaam dat alleen uit botten en harde spieren bestond.

'Vertel eens wat over jezelf,' zei Ida, een stofje van haar rok aftikkend. Het was een beetje stoffig in de kamer, maar niets vergeleken bij wat Mara gewend was.

Mara werd moedeloos. Ze wilde gaan zitten vanwege de lengte van haar verhaal, maar Ida wachtte alleen maar. Mara begon bij het ogenblik waarop zij en Dann werden meegenomen om te worden verhoord door de man die ze onwillekeurig nog steeds als 'de boze man' zag. Bijna meteen luisterde Ida aandachtig, zonder nog een spoor van indolentie. Mara vertelde alles, zonder iets weg te laten, vertelde verder over de vlucht, de stenen kamer en Heer Gorda, daarna over de haastige nachtelijke tocht, de twee redders, de overstroming, en vervolgens over Daima, toen Ida haar onderbrak.

'Hoe heet je? Maro?'

'Nee, Mara.'

Ida keek haar met opzet heel doordringend aan. 'Je zult ons alles moeten vertellen. We willen alles weten wat er gebeurd is. Wij zijn verwant aan de familie in Rustam. Jij bent waarschijnlijk een soort nicht – we zoeken het wel uit. Intussen wil ik dat je doet wat ik zeg. We hebben iets wat de slaapkuur heet. Ik ga je iets te drinken geven en jij gaat slapen. Telkens wanneer je wakker wordt, krijg je iets te eten. We moeten eerst eens zien dat we wat vlees op je krijgen.'

Mara had gedacht dat het goed met haar ging, nu haar botten enigszins bedekt raakten, maar ze keek omlaag en zag haar lange, spitse vingers en haar lange voeten waarin alle botjes te zien waren. Het idee om te gaan slapen – o, dat was heerlijk. Ze had zo weinig geslapen in de barakken met de jonge slaven. Afgezien van haar angst voor ontdekking – maar het leek nu een zegen dat ze gesnapt was – kwam dat door Dann: ze maakte zich dodelijk ongerust over Dann. Ze wist dat hij iets doms van plan was: weer wegrennen, ruziemaken, of een rel schoppen. Volgens haar had hij niet meer geglimlacht of gelachen sinds ze de heuvel waren afgedaald naar Chelops. Hij was zo boos dat ze zelf ook bang van hem was.

'Mijn broer,' zei Mara. 'Mijn broer, Dann...' Maar Ida onderbrak haar: 'Maak je nergens zorgen over. Ik informeer wel naar je broer. En geloof me, als je wakker wordt, willen we allemaal graag je verhaal horen.'

Ze klapte in haar handen; er kwam een jonge vrouw aan die bleef staan wachten. 'Kira, neem Mara mee naar het Gezondheidshuis, en zeg tegen Orphne dat ze haar de slaapbehandeling moet geven en haar te eten moet geven zolang als nodig is. Ik denk een dag of vijf.'

Kira leidde Mara over een binnenplaats waar jonge vrouwen zaten te praten en te lachen, met voor zich stapels bloemen en planten waar ze de beste uit haalden. Ze keken allemaal nieuwsgierig naar Mara, en Kira zei: 'Later. Ze gaat nu slapen.'

Kira liep snel met Mara door warme, stoffige lanen, waar planten en bomen stonden te kwijnen, naar een groot huis, zoals dat van Ida, waar ze een andere jonge vrouw, Orphne, riep, haar instructies gaf en vertrok.

Orphne was ook een mooie, stevige, gezond uitziende vrouw met bloemen in haar haren, en ze zei tegen Mara: 'Kom je echt daarvandaan? Is het zo erg als men zegt? – nou, ik zie eigenlijk wel aan je dat het inderdaad zo is.' Ze liep om Mara heen, terwijl ze haar aan alle kanten bekeek, raakte haar korte haarbos aan, voelde aan haar armen en benen en zei: 'Om te beginnen ga ik je een beetje schoonpoetsen.'

Mara dacht dat ze schoon was, maar ze ging zitten terwijl Orphne haar lange, op klauwen lijkende nagels en kromme teennagels knipte, met een ruwe steen plekken vereelte huid van haar voetzolen wreef, propjes vet uit haar oren haalde, haar oogleden optilde om naar haar ogen te kijken en daar druppeltjes in deed, de losse tanden hoofdschuddend bekeek, en haar armen en benen helemaal inwreef met olie. Daarna liet ze Mara heel veel van een warm, kruidig ruikend drankje drinken, stopte haar in bed in een kamer waar nog een bed stond, en zei: 'Als je wakker wordt ben je weer beter, dat zul je zien.'

Mara sliep, soms diep, en dan weer licht, en telkens als ze wakker werd, stonden er koekjes met veel suiker erop naast haar, en fruit, en nog meer kruidendrank. Een keer zat Kira naast haar hoofdeinde te kijken. Ze zei: 'Ik zal je een massage geven, dan kun je daarna weer gaan slapen.'

'Ik wil geen massage,' zei Mara, die dacht aan de munten onder haar borstkas.

'Goed dan. Maar ik zit hier om op je te letten. Je bent wel een druktemaker, hè?'

'Ik herinner me niets.'

'Je riep de hele tijd "Help, help" – en daarna riep je om Dann. Wie is dat?'

'Dat is mijn kleine broertje,' zei Mara en ze begon te huilen alsof ze haar leven lang al zo had willen huilen.

Kira wachtte even en riep toen Orphne. Mara zag de twee jonge vrouwen, met hun jonge, frisse gezicht, hun bezorgde glimlach en hun mollige, jonge lichaam, en ze dacht: ik ben zo lelijk, zo lelijk – en ik ben altijd lelijk geweest. Ze bleef huilen totdat Orphne haar optilde en Kira de kruidendrank bij haar lippen hield en ze weer in slaap viel.

Een andere keer dat ze wakker werd, was het nacht. Er brandde een zwak vlammetje in een schaaltje olie en Orphne lag in het andere bed te slapen.

En toen werd ze wakker en zag ze zowel Kira als Orphne, en Orphne zei: 'Nu heb je genoeg geslapen. We willen je niet ziek maken. En binnenkort zal Moeder Ida beslissen wat er met je moet gebeuren.'

'Als we allemaal slaaf zijn, alle Mahondi's, waarom is alles dan zo mooi, waarom zijn jullie zo vriendelijk?' vroeg Mara.

Hierop omhelsde Orphne Mara alsof ze een klein meisje was, en ze zei: 'Geloof me, alles is veel leuker geweest. Het zijn moeilijke tijden.' En Kira zei, zoals zij dat kon zeggen, lachend en een beetje pruilend: 'We zijn aardig. We zijn mooi – nietwaar, Orphne?' En Orphne aaide en streelde Mara, en zei dat ze nu in het bad moest. 'We gaan je in het bad doen,' zei ze. Eerst hoorde Mara dat 'we' niet, maar toen drong het opeens tot haar door en raakte ze weer in paniek. Orphne en Kira mochten niets weten van de munten die ze verborgen hield. Toen dacht Mara: ik zal hen in vertrouwen nemen, hun vragen om het geheim te houden – maar ze wist dat het onzin was. Nee, nee, Dann en ik zijn al eens gered door de goudstukken en die zullen ons weer redden – ons uit Chelops halen en naar het noorden brengen, onze ontsnapping betalen.'

'Wat is er?' vroeg Orphne.

'Ik wil alleen in het bad.'

'Hemel, wat ben je een verlegen klein ding. Nou, goed dan.'

In een kamer met een stenen vloer stond een teil water, niet heet, maar warm, omdat het water in een tank in de zon had gezeten. Orphne legde kleren op een bankje en ging de kamer uit. De deur kon niet op slot. Mara trok haar slaven-kleed uit, dat zo smerig en vuil was, maakte het bobbelige koord rond haar borstkas los, legde het onder haar nieuwe kleren en stapte in het water dat tot haar kin kwam. Orphne kwam weer binnen met zeep. 'Ik ga zo weer weg,' zei ze om Mara gerust te stellen; maar eigenlijk wilde ze even goed naar Mara's schouders kijken, het enige wat ze van haar kon zien.

'Je wordt al aardig dik,' zei ze, en ze ging de kamer uit.

Toen het water koud was, deed Mara het koord met muntjes weer om en daar-overheen een losse, lichte, witte jurk zoals die van Kira en Orphne. Ze ging terug naar de andere kamer en Orphne omhelsde haar, kuste haar en zei dat ze heel blij was en dat Mara nu terug moest naar Moeder Ida, die haar verwachtte.

Weer voerde Kira Mara door stoffige laantjes en Ida's huis binnen; en daar zat Ida, nog steeds met haar voeten op een voetenbankje, en ze wapperde langzaam, met vele polsbewegingen, met een waaier van veren. Daardoor moest Mara aan vogels denken, aan hun verscheidenheid en hun gezang en hun schoonheid, en ze vroeg zich af of er misschien nog een paar vogels over waren in Chelops. Ze had geen vogels gezien.

Ida bekeek haar aandachtig, met die slimme ogen van haar, terwijl ze zich maar lucht bleef toewuiven, en zei toen: 'Goed zo. Ik zou je niet hebben her-kend. Je hebt nu een gezicht.' Toen tilde ze haar mooie voetjes op en zei: 'Ik neem je nu mee om je aan de Hadronen te laten zien. Nee, maak je geen zorgen. Je bent nog niet mooi genoeg, dus het is nog niet gevaarlijk. Maar dat is het nou net, weet je. Ze moeten je zien – dat is voorschrift. En daarna vergeten ze je. Dat hoop ik tenminste.' Ze drapeerde een witte shawl over Mara's korte haardos, en pakte haar hand. 'Ben je weer een beetje in je gewone doen?' vroeg ze. 'Kun je een wandelingetje aan? Het is echt beter om nu te gaan.'

Hierop herinnerde Mara zich hoe lang ze zich niet in haar gewone doen had gevoeld, dat ze was vergeten wat het betekent; en ze stond dankbaar naar Ida te glimlachen, vol verlangen haar alles te vertellen, en ze begon te zeggen: 'Weet je, al die jaren in het Rotsdorp was ik eigenlijk helemaal niet in mijn gewone doen...' toen Ida lachte, haar een duwtje naar de deur toe gaf, en zei: 'Bewaar het voor als we het allemaal kunnen horen.'

Bij de deur stond een van de draagstoelen die Mara nog maar kortgeleden zelf had rondgedragen, met de stokken op haar schouders, en Ida stapte in en trok Mara naar binnen, die stond te aarzelen omdat ze wist dat haar gewicht en dat van Ida de magere schouders van de slaven voor en achter de stoel zwaar zou belasten. Een van hen herkende haar en keek haar nors aan.

Ze gingen in draf door kleine laantjes en daarna langs een weg die aan weerszijden was beplant met rood bloeiende struiken; maar Mara had het gevoel alsof de bloemen een hoog, bijna hoorbaar hulpgeroep uitstootten, omdat ze zich zelf ook zo goed het verlangen naar regen herinnerde en zich ermee identificeerde. Toen gingen ze de bocht om, een grote tuin in met struiken en bloemen die water kregen en er fris uitzagen. Achter het grote huis waar ze naar toe gingen, lag een veld vol met heel grote planten die onplezierig sterk en bedwelmend roken.

'Daar hebben we wat van gebruikt om je te laten slapen,' zei Ida, 'maar neem het niet op eigen houtje, ik waarschuw je: we willen niet dat je zo wordt als...' en ze wees naar een paar slaven die met een lege, bedwelmde blik hun gezicht ophieven toen de stoel langskwam.

Om het huis heen waren grote, diepe veranda's waarop een stuk of vijf jonge mannen rondhingen met lange, op een stok lijkende wapens die ze op de twee vrouwen richtten.

'Maak je geen zorgen,' zei Ida, 'ze zijn ongeveer net zo bruikbaar als de luchtscheerders – ze doen het niet. Of als ze het doen, schrikken die arme stumpers er zelf zo van dat ze ze op de grond gooien en wegrennen.'

Ze stapten uit de stoel. De twee dragers namen hem mee naar de zijkant van de tuin, gingen ernaast zitten en vielen gelijk in slaap.

Ze liepen langs de wachters en gingen een grote kamer in die halfdonker was omdat er zonwering voor de ramen zat waardoorheen het felle licht nog als een gloeiend oog te zien was. In de kamer, op kussens die overal langs de muren lagen, zaten heel dikke, forse mannen, met vetrollen en kwabben geel vlees, gehuld in bontgekleurde mantels die wijd waren, om al dat vet te verbergen. Nooit had Mara zich ook maar een voorstelling kunnen maken van zoiets lelijks, zoiets walgelijks, zulke beesten van mannen. Het uitpuilende vlees deed haar denken aan grote hagedissen en draken.

Dit waren de Hadronen. Maar Mara dacht: ik heb hen toch zeker al eens gezien? En toen begreep ze het: de Rotsmensen hadden bijna dezelfde bouw en hun haar was ook hetzelfde: een bleke, kroezige massa. Deze beestachtige mannen leunden allemaal met hun ellebogen op een kussen en staarden allemaal dromerig voor zich uit, en er hing een weeïge lucht. Er stonden allerlei pijpen en slangen opgesteld en sommige Hadronen maakten daar gebruik van, maar anderen kauwden traag op zwarte klontjes, zoals Mishka en Mishkita op hun eten hadden gekauwd – als er eten was.

Ida liep naar het midden van de kamer, met Mara aan de hand. Niemand leek hen op te merken. Ida maakte een diepe buiging, klapte zachtjes op borsthoogte in haar handen en maakte weer een buiging. Een paar van de versufte gezichten wendden zich naar haar toe.

'Heren,' zei Ida, 'ik breng u het nieuwe meisje.'

Hierop werden alle blikken op Mara gericht. Dat kwam door de woorden 'het nieuwe meisje'. Maar wat ze zagen sprak hen kennelijk niet aan en bovendien kwamen er net toen ze iets hadden kunnen vragen, vier slaven binnen met twee schalen die hoog opgetast waren met eten, en de geuren van kruiden en vet vermengden zich met de walgelijke geuren van de verdovende middelen.

Alle gezichten wendden zich naar het eten en niemand dacht meer aan Ida en Mara. Ida maakte weer een buiging, maar de Hadronen staken hun dikke handen vol juwelen al uit naar het eten, en de twee vrouwen liepen zonder dat iemand het merkte weer naar buiten.

'We moeten dat wel doen,' zei Ida. 'Het is voorschrift. Ze moeten iedere nieuweling in de Vrouwenhuizen goed kunnen bekijken. En nu hoeven we het niet meer te doen als je haar langer is en je er leuk uitziet.'

En ze gingen weer met de draagstoel terug naar Ida's huis. Daar zei Ida tegen Mara dat ze maar even moest gaan rusten, aangezien ze niet al te veel moest doen na haar slaapkuur, en ze wees haar een kamer met maar één bed, en liet haar alleen.

Toen Mara opstond, vond ze Ida op haar gebruikelijke plek, waar ze zich koelte zat toe te wuiven en zo te zien zat na te denken over haar mooie voeten. Ze zag er heel ongelukkig uit, vond Mara, vlak voordat Ida haar zag en glimlachte.

'Ga zitten,' zei Ida, en Mara ging zitten.

'En nu,' zei Ida, 'wat heb je gezien?'

Mara glimlachte naar Ida door haar tranen heen: dat ze deze woorden weer hoorde, na zo lange tijd! Het was net of ze Daima's stem hoorde, of de stemmen van haar ouders.

'De Mahondi's hier zijn slaaf van de Hadronen, maar ze bepalen alles en de Hadronen weten dat niet omdat ze lui en dom zijn en te veel opium gebruiken.'

'Heel goed,' zei Ida. 'Goed gedaan. Maar zeg dat nooit als ze je kunnen horen. We bepalen ook niet alles. We kunnen ze er niet van weerhouden om de Mahondi-meisjes als bijzit te nemen. Of de jongens.' Vervolgens, omdat ze Mara's verbaasde gezicht zag: 'Heb je daar nooit van gehoord?'

Mara schudde haar hoofd. 'Toch niet mannen met mannen?' In gedachten zag ze een waarschuwingslicht flitsen: Dann, Dann, Dann. Ze dacht: dat is een gevaar voor Dann. Ik weet het zeker.

'Ga verder, Mara, wat heb je gezien?'

'Chelops loopt leeg,' zei ze. 'Daarom zijn er zo veel slaven nodig – er zijn geen arbeidskrachten meer te krijgen.' En vervolgens, na een stilte, terwijl haar hart werd gegrepen door droefheid: 'Chelops gaat ten onder.'

'De Hadronen zeggen dat Hadronië duizend jaar blijft bestaan,' zei Ida.

'Dat is dom.'

'We verbouwen voedsel. Onze voorraadschuren zijn vol. We hebben nog melk-beesten. En we drijven nog handel met het noorden: we verkopen hun opium en marihuana, zij verkopen ons voedsel. Het duurt onze tijd wel uit.'

Mara veroorloofde zich geen commentaar en Ida ging verder: 'Dus wat heb je gezien?'

'Er zijn hier bijna geen kinderen. Ik heb geen baby's gezien.'

'De slavinnen in het Vrouwenhuis moeten eigenlijk zwanger worden, maar om de een of andere reden worden we moeilijk zwanger.'

'En de Hadronen?'

'Die hebben heel weinig kinderen.'

'Misschien is hun spul niet goed.'

'En ons spul is blijkbaar ook niet goed.'

Omdat iets uit een ver verleden bij haar boven kwam, zei Mara: 'Iedere vrouw heeft alle eitjes in zich die ze ooit zal hebben: daar wordt ze mee geboren. En iedere man heeft in zijn spul genoeg eitjes om heel Chelops te bevruchten.'

Ida sperde haar ogen open, ging overeind zitten en leunde naar voren. 'Waar heb je dat gehoord? Wie heeft het je verteld?'

'Daima. Die kwam uit Rustam.'

'Was zij een Geheugen?'

'Wat is dat?'

'Iemand die alles moet onthouden wat de Verwanten weten.'

'Ik denk van wel.'

'We zijn een heleboel vergeten – een heleboel kwijtgeraakt. Wat heeft ze nog meer gezegd?'

'Dat er iedere maand een periode is waarin het veilig is om... om...'

'Hemelse goedheid, Mara, zeg wat je bedoelt.'

'Ik wou dat ik naar school kon,' zei Mara hartstochtelijk.

'Ik heb de indruk dat jij over sommige dingen meer weet dan wij. Inmiddels is er blijkbaar iets met onze eitjes gebeurd; maar of het nu de eitjes van de vrouwen of van de mannen zijn, daar komen we niet achter.'

'Maar het is toch wel goed om geen baby te krijgen in moeilijke tijden?'

'Maar de tijden zijn hier niet zo moeilijk, echt niet,' zei Ida, bedroefd. Ze zuchtte en fronste haar wenkbrauwen, schoof wat heen en weer, haalde haar voeten van het voetenbankje en zette ze er vervolgens weer op. 'Mara, als je weer helemaal de oude bent, als je weer sterk bent, wil je dan een kind voor mij krij-gen?' Ze kromp ineen door de manier waarop Mara reageerde. 'Waarom niet? Ik zorg wel voor je en voor de baby – voor altijd, dat beloof ik je.'

'Ik heb baby's en kleine kinderen en zelfs grote kinderen zien sterven,' zei Mara. 'Jij hebt baby's niet zien doodgaan van de honger.'

'Ik heb je toch gezegd, we hebben genoeg eten en water om het uit te hou-den.' En Ida strekte haar handen naar Mara uit. 'Ik verlang naar een kind. Ik kan geen kinderen krijgen. Ik ben ik weet niet hoe vaak zwanger geweest maar ik raak ze altijd weer kwijt.' En ze begon te huilen, heldere traantjes die zich tussen dik geverfde wimpers door naar buiten persten en langs geverfde wangen naar beneden rolden, waar ze op haar witte jurk belandden en daar vlekjes maakten. 'Je beseft niet hoe het is,' fluisterde ze, 'als je een kind wilt, dat heel graag wilt, dan zwanger raakt, en dan – zijn ze weer weg.'

'Ondertussen,' zei Mara, 'ben ik zo lelijk dat niemand naar me zou kijken.' Ze probeerde het als een grapje te laten klinken, maar ze had het moeilijk, met al die mooie, mollige vrouwen met hun heldere, frisse kleren en hun borsten die ze heel gewoon vonden. Terwijl Mara's borsten voorgoed schenen te zijn verdwenen.

'O Mara, wees toch geduldig. Je weet niet half hoe je de afgelopen dagen bent veranderd. En ik geef het niet op. Ik zal je het nog weleens vragen. Intussen probeert Kira het voor me, maar tot nu toe is ze niet zwanger geraakt.'

Mara dacht dat ze nog nooit iemand zo ongelukkig had gezien. Wanhopige gezichten, bezorgde gezichten, bange gezichten – die had ze wel gezien, maar nooit zo'n bozige bedroefdheid. En er kwamen kwaadaardige gedachten bij haar op. Ze heeft genoeg te eten, ze heeft schoon water, ze kan zich wassen wanneer ze maar wil, en ze is zo mooi en teer...

'En nu neem ik je mee naar de andere meisjes,' zei Ida, 'zodat ze je kunnen zien. Ze zijn allemaal vreselijk nieuwsgierig omdat je uit het zuiden komt. Je hoeft ze nu niet alles te vertellen, omdat je ons morgen toch alles moet vertellen.'

Al snel zat Mara tussen andere jonge vrouwen, die er naar haar idee allemaal zo fris als een bloem uitzagen, hetgeen haar bedroefd maakte omdat ze zelf zo lelijk was, en ze moest wat gestremde melk bereiden. Ze stelden haar vragen maar begrepen niet wat ze hun vertelde. Ze waren in Chelops opgegroeid en hadden nooit ontberingen gekend. Toen ze zei: 'Soms hadden we maar een kopje water waar we een paar dagen mee moesten doen,' geloofden ze haar niet, dachten ze dat ze het verzon. Toen ze ze 'We hebben jarenlang wortels gegeten en meel dat met water was geme 'n op de stenen gebakken,' keken ze elkaar liefjes aan en trokken ze ongel v   ge chtjes. Ze zei: 'We wasten ons helemaal niet, dat konden we niet, er was geen water,' en zij trokken hun wenkbrauwen op en schudden hun hoofd en glimlachten tegen elkaar. Ze waren vriendelijk tegen haar, alsof ze een dom kind was of een troeteldier.

Die nacht vroeg ze Ida of ze de kamer kon gebruiken waar ze had gerust, in plaats van in een van de grote kamers te slapen met een paar andere meisjes. Al dat gekus en geknuffel, en dat geaai en gestreel – ze kon het allemaal niet opbrengen, ze was het niet gewend. Bovendien zouden ze al snel ontdekken wat ze droeg: de munten die haar en Danns vrijheid moesten kopen. Ida zei: 'Ik kan niet begrijpen waarom iemand alleen wil slapen,' maar liet haar die kamer gebruiken. Er was ruimte genoeg. Wat Ida betreft, zij vroeg altijd een van de meisjes, liefst Kira, om op het andere bed in haar kamer te slapen.

De volgende dag werd Mara door Ida meegenomen naar een grote kamer waar een paar mensen op haar zaten te wachten. Ze kende Ida, Kira en Orphne, en zag toen Juba, die destijds bij de rechtbank de rechter was geweest. Hij groette haar met een vriendelijk, ironisch glimlachje. Een lange, magere, oudere vrouw die Mara wat gezicht betreft vaag op haar Moeder vond lijken, opende het ritueel: 'En nu, wat heb je gezien, Mara?'

Mara wist dat ze niet bedoelde wat ze hier had gezien, in Chelops, en begon weer met het tafereel in Rustam, waarbij zij en Dann werden ondervraagd. Ze begon zich opgelaten te voelen, omdat het zo lang duurde, en ze begon haar verhaal in te korten, maar de vrouw die op haar Moeder leek en Candace heette, zei: 'Nee, we willen het helemaal horen – alles. We gaan morgen verder, dus je hoeft je helemaal niet te haasten.'

En Mara praatte en herinnerde zich steeds meer, details die ze niet bewust had gezien, zoals de manier waarop uitgedroogde huid krimpt en ruw en ribbelig droog wordt, of hoe de melkbeesten als ze honger hadden de aarde likten waar nog stukjes oud gras in zaten, of hoe ontzettend warm en dorstig mensen kunnen zitten hijgen met hun mond open, als vogels die het warm hebben. En toen ze over de oude, vervallen steden op de heuvels boven het Rotsdorp vertelde, zag ze voor haar geest een van de geschilderde mensen van een latere laag van de steden: ze had gedacht dat zij – of hij, het was moeilijk te zeggen – een hoofddoek droeg, maar nee, het was gevlochten en geweven haar – ze wist het omdat ze keek naar het hoofd van een vrouw met hetzelfde haar, een wonder van vernuftig kappen. Dit meisje heette Larissa. Terwijl ze praatte, probeerde Mara de namen op te vangen en de onderlinge verhoudingen te begrijpen. Naast Juba zat een gezellige, grijzende dame die Dromas heette; het tweetal zat hand in hand. Een jonge man met een fijn, edel, humoristisch gezicht die Meryx heette, was hun zoon. Twee mannen van middelbare leeftijd, Jan en John, waren de zonen van Candace. De enige jonge vrouw uit die binnenhof met vrolijke en zorgeloze vrouwen was Larissa – waarom zij wel, en de anderen niet? Een stuk of vijf mensen zaten stil te luisteren.

Mara had het nog steeds over de vervallen steden. Ze zei: 'Ik had wel geluk, hè? – dat ik daar woonde met dat verhaal, die verhalen, zo vlakbij. Als ik in de buurt van die afschuwelijke stad hier op de bergrug was opgegroeid, zou ik niets hebben geleerd over de mensen die er hadden gewoond.' Even voelde ze weer het oude verlangen en ze zei: 'Mag ik alsjeblieft naar school?'

'Ja hoor,' zei Candace, 'maar eerst je verhaal. We moeten het weten. We krijgen hier niet vaak iemand die alle veranderingen daar in het zuiden heeft gezien. We zijn namelijk een geschiedenis aan het opstellen over wat er is gebeurd – voor zover we ervan gehoord hebben. En we hebben mensen die het allemaal leren en zij bewaren het en zorgen ervoor dat het wordt overgedragen aan iemand die jonger is, en we leren het aan de jonge mensen. We noemen deze mensen Geheugens. Dus ga alsjeblieft verder, Mara.'

En Mara praatte verder. Het was al vrij laat toen Candace zei: 'Dat is genoeg voor vanavond.'

Mara lag alleen in de kamer die ze had gekozen. Ze was nog nooit in haar leven alleen gaan slapen, en ze voelde zo'n vrijheid, zo'n vreugde dat ze alleen was. Het was geen grote kamer en er stond alleen een laag bed, en een kruik water met een beker, en er scheen zwak licht van een pit die in olie dreef, maar ze was gelukkiger dan ze ooit was geweest.

De volgende dag vroegen ze haar om naar de hof van de jonge vrouwen te gaan, maar ze smeekte om bij Orphne te mogen blijven, om zoveel mogelijk te leren over kruiden en genezen; als ze bij Orphne was, had ze bovendien het gevoel alsof ze gevoed werd met opgewektheid, want die jonge vrouw had zo'n plezier in alles wat ze deed, en in haar eigen vaardigheid, dat het echt aanstekelijk werkte. O, was ik maar net als zij, dacht Mara.

De volgende avond kwamen dezelfde mensen weer bij elkaar. Mara vervolgde haar verhaal en eindigde met te vertellen hoe zij en Dann langs de kalkachtige heuvel naar beneden waren gegleden, in de poelen hadden gebaad en hun kleren hadden gewassen. Juba keek wel even bedenkelijk en fronste onwillekeurig zijn wenkbrauwen, maar toen wuifde hij met zijn hand, alsof hij wilde zeggen: genoeg, we hebben het er niet meer over. Het incident was beslist niet door iedereen vergeten: het verhaal dat twee vluchtelingen de voornaamste waterbron van Chelops hadden vervuild en daarvoor niet waren gestraft, werd zo vaak verteld dat Juba een waarschuwing had doen uitgaan dat op het betreden van het gebied bij dat water nog steeds de doodstraf stond.

'En nu,' zei Candace, 'wat wil je ons vragen?'

Mara zei: 'Toen jullie merkten dat ik een vrouw was en jullie me hier brachten, was dat omdat alle slavinnen worden onderzocht met het oog op de voortplanting. Toen ontdekten jullie dat ik een van de Verwanten ben. Maar Dann is dat ook en hem hebben jullie bij de andere slaven gelaten.' Ze klonk verwijtender dan ze had bedoeld.

'Hij is weggelopen,' zei Candace. 'We kunnen hem niet vinden.'

'O nee, nee, nee,' zei Mara, en ze herinnerde zich dat het vroeger altijd net was of er een helft van haar was weggerukt, wanneer Dann weg was.

'We zoeken hem,' zei Meryx. 'Maar volgens de andere slaven had hij het erover dat hij naar het noorden zou gaan.'

Mara hield haar mening voor zich. Ze geloofde niet dat Dann zonder haar was vertrokken. Hij hield zich ergens schuil. Waarschijnlijk ergens in die Torens. En hoe ging het met hem? Zij had al dit eten en water en luxe en netheid, zij werd vertroeteld en verwend, maar hij?

'Beheren de Mahondi's alle productie van voedsel en de voorraden?' vroeg ze.

'Ja.' En Meryx maakte een kleine buiging naar haar. 'Ziehier de Beheerder van het Voedsel – in eigen persoon.'

'Staan de bewakers, de politie, de wachters en het leger onder jullie toezicht?' 'Ja,' zei Juba.

'Maar de Hadronen beheren het water?'

'Ja,' zei Candace.

'Of ze denken dat ze het beheren?' vroeg Mara.

Een stilte. Er werden een paar blikken van verstandhouding gewisseld. Toen leunde Juba voorover en zei: 'Precies. En het is belangrijk dat ze dat blijven denken.'

'Goed,' zei Mara.

Nu zei Juba: 'Mara, we willen je vragen om iets te doen wat heel belangrijk voor ons allemaal is. We willen dat je een poosje met opium en marihuana werkt.' Ze was zo teleurgesteld, ze had het gevoel dat ze haar afwezen; en toen ze haar gezicht zagen, leunden ze glimlachend en knikkend voorover om haar gerust te stellen. 'Je hebt vast wel gezien hoe belangrijk het is, toen je de Hadronen bezocht.'

Mara zei nog steeds niets, maar ze dacht na.

'Het verschil tussen de Hadronen en ons,' zei Meryx, 'is dat zij opium en marihuana gebruiken en wij niet.'

Mara knikte.

Het volgende was niet voor haar bestemd, want Meryx keek Ida doordringend aan en zei: 'Mahondi's gebruiken dat soort dingen niet.'

Ida's glimlach werd zenuwachtig en schuldbewust; ze schuifelde wat heen en weer, en haar waaier begon te klapperen en te trillen. Iedereen keek naar haar.

'En jij geeft geen goed voorbeeld,' zei Meryx; en nu keken ze naar Kira, die iets zelfverzekerder reageerde dan Ida.

'Ik neem alleen af en toe een trekje,' zei Kira. En ze lachte pruilend en uitdagend.

'Doe dat dan niet,' zei Candace.

Ida was in tranen. Ze liep naar buiten, met haar waaier losjes, als een gebroken vleugel, in haar hand. Kira bleef zitten, weigerde schuldig te zijn.

De volgende dag was Mara in de hof bij de jonge vrouwen, en ze stelde vragen over het verbouwen van opium en de voorraad marihuana, maar ze besefte dat de vrouwen daar eigenlijk niet over nadachten. Alleen Larissa begreep het, en Mara zag het antwoord op iets wat haar had beziggehouden: waarom waren er zo weinig mensen aanwezig op avonden waarop belangrijke zaken werden besproken? Larissa was er omdat ze zelf bepaalde conclusies had getrokken, en zij was bevorderd tot de kerngroep van de Verwanten. En dat betekende dat de kerngroep altijd op zoek was naar mensen die inderdaad vragen stelden, die dingen begrepen en die een intelligent antwoord gaven als hun werd gevraagd: 'En wat heb je gezien?'

Mara wist dat ze weldra een test zou moeten afleggen, en dat gebeurde ook inderdaad. Juba, en daarna Meryx, en toen weer Meryx, namen haar mee naar de velden waar de papavers groeiden, en daarna naar de marihuana. Ze namen haar mee naar de schuren waar de arbeiders, mannen en vrouwen, melkachtig sap uit de papavers haalden, het droogden en er grote, kleverige ballen van maakten die zo gerookt konden worden, of de marihuana droogden, fijnmaakten en in zakken stopten. Ze kreeg opium te roken. Ze wist dat ze het kreeg om te kijken of ze het kon weigeren, nadat ze het had geprobeerd. En inderdaad, toen ze helemaal zweverig was en allerlei fantasieën had, dacht ze dat ze niet zonder kon leven; maar toen ze weer was bijgekomen, schrok ze ervan hoe verleidelijk het was, en zwoer ze het nooit meer aan te raken. En het werd haar nog eens aangeboden, door de arbeiders, en daarna door Ida, en uiteindelijk door Meryx zelf, die openlijk verontschuldigend was. Daarna rookte ze marihuana, maar dat vond ze niet zo'n verleiding. Ze werd er nog eens toe uitgenodigd, door Juba, en door Candace, tegen wie ze zelfs even glimlachte om te laten merken dat ze de test doorzag.

Toen kreeg ze te horen: 'Je hoeft niet meer met marihuana en opium te werken.'

Gedurende deze periode bracht ze de meeste avonden samen met Orphne door of met Larissa, en vermeed ze Ida, die haar altijd smeekte om bij haar te komen zitten. Maar op sommige avonden werd ze uitgenodigd in de zaal voor belangrijke gebeurtenissen waar er vragen aan haar werden gesteld. Een avond werd besteed aan wat Mara van Daima over vruchtbaarheid had geleerd. Iedereen was er. De sfeer was gespannen. Ze waren bezorgd. Dit was de voornaamste zorg van de Mahondi's voor de toekomst: dat ze geen nakomelingen kregen. Hoe had Daima Mara over de cyclus verteld? – 'Nee, Mara, precies zoals ze het gezegd heeft, alsjeblieft.'

Mara zei, precies zoals Daima had gezegd: 'Luister goed, Mara. Er was hier eens een meisje dat veel op jou leek, en dat hield van een jonge man – zoals jij ooit ook van iemand zult houden. Hij vroeg haar om met hem te slapen, en ze vond het moeilijk om te weigeren; en op een avond gaf ze toe, maar het was het verkeerde moment in haar cyclus, en ze was in haar meest vruchtbare periode. Ze raakte zwanger. Hij gaf haar de schuld. Hij zei dat het de taak was van een vrouw om de cyclus van haar bloed te kennen, en de veilige dagen; en toen de zaak voor de rechtbank kwam, gaf de rechter hem gelijk en zei dat het de voornaamste plicht van een jonge vrouw tegenover zichzelf en de maatschappij was om haar cyclus te kennen.'

'Die rechtbank moet in Rustam zijn geweest,' zei Juba. 'Weet je iets van de werkwijze? Wat voor wetten er waren?'

'Juba,' zei Dromas, 'ze was zeven toen ze wegging.'

'Maar Daima heeft het je misschien verteld, Mara – heeft ze het verteld?'

Mara zweeg. Ze had diepe spijt dat ze niet alle mogelijkheden had aangegrepen. Hoe had ze Daima al die jaren gezien? Ze had het allemaal heel vanzelfsprekend gevonden: een vriendelijke, oude vrouw – eigenlijk niet eens zo oud – die twee wezen zomaar had opgenomen, van hen had gehouden, en voor hen had gezorgd. Ze had net als hen op wortels en stukjes gedroogd onkruid en meelkoekjes geleefd; ze had nooit geklaagd dat ze dorst had en vuil was en erge honger had. En toch was ze een belangrijke figuur geweest aan het hof van de voorgangers van Mara's ouders, waar ze een schoon, rustig en aangenaam bestaan had geleid. En ze had zoveel geweten wat Mara haar nooit had gevraagd. Wat zou Mara er nu niet voor hebben gegeven om Daima een week, een dag, of zelfs een uur terug te hebben om haar vragen te stellen. Met Daima's dood was al die kennis, al die informatie, voorgoed verdwenen.

'Toen ik haar ooit vroeg hoe ze van die oude steden in de heuvels wist,' zei Mara, 'vertelde ze dat de Mahondi's allerlei informatie uit het verleden hadden. Ze wist niet waar het allemaal vandaan kwam.'

'Deze Mahondi's niet,' zei Candace grimmig.

'Waarom hebben jullie die informatie niet?'

'Je vergeet dat we een hele tijd in slavernij hebben geleefd. Jouw familie heeft nooit in slavernij geleefd.'

Nu vroeg Mara, en ze dwong zichzelf om het te vragen: 'Weten jullie wat er met mijn ouders is gebeurd?'

'Ze zijn gedood in de nacht dat jullie zijn ontsnapt.'

'Hoe weten jullie dat?'

'Gorda is hier geweest. Hij heeft het ons verteld.'

'Wat is er met hem gebeurd? Leeft hij nog?'

'Hij heeft een opstand georganiseerd tegen de Hadronen. Een domme opstand. Hij is samen met zijn volgelingen gedood.'

'Dat betekent dat hij het niet aan jullie had gevraagd; jullie wisten er niet van – nee, dat kan niet, jullie moeten ervan hebben geweten, maar jullie keurden het niet goed.'

'Misschien is het je opgevallen dat wij dingen wat... rustiger doen,' zei Meryx.

Mara dacht aan die nacht, de eerste keer dat ze in een rotshuis was geweest, en hoe vriendelijk hij toen was. 'Het spijt me,' fluisterde ze. 'Zonder hem zouden we zijn gedood.'

'Ja,' zei Candace.

En nu, op een moment waarop Mara het helemaal niet verwachtte, vroeg Candace haar: 'En hoe heet je?'

Ze had het gevoel alsof haar echte naam ieder moment op haar tong kon verschijnen en dat ze die dan hier zou noemen, te midden van deze vrienden, de

Verwanten – haar Verwanten –, maar op het laatste moment herinnerde ze zich Heer Gorda die zei: 'Je heet Mara. Onthoud dat goed: Mara.'

'Ik heet Mara,' zei ze. Ze knikten allemaal en glimlachten, naar elkaar en naar haar. 'Maar hoe heet ik echt? Weten jullie dat?'

'Dat kun je maar beter niet weten,' zei Candace. 'Wie zal zeggen wat de Hadronen weten? – wat ze uit Gorda hebben gekregen, voordat hij stierf.'

'Misschien weet ik ooit mijn echte naam weer,' zei ze.

'Dat hoop ik,' zei Candace. 'Ik denk zelf dat het heel goed mogelijk is dat wij Mahondi's hier ooit zullen regeren. Ik weet dat niet iedereen het met me eens is.'

Het volgende antwoord dat Mara had willen geven op de vraag 'En wat heb je gezien?' was nu onmogelijk. Ze dacht: ik heb de toekomst gezien en zij niet. Ze zouden me niet geloven.

In plaats daarvan zei ze: 'Ik heb op de heuvelrug een kever gezien. Komen die weleens hier, in Chelops?'

'Ja, en we maken ze dood,' zei Meryx. 'Maar er zijn mensen die geloven dat ze zich voortplanten in de tunnels – Gorda heeft ze gezien: hij gebruikte de tunnels als basis voor zijn opstand.'

'Hoe kwam hij aan water?' vroeg Mara.

'Zakelijk als altijd,' zei Meryx. 'Het water naar de Torens werd heel lang geleden afgesneden. Maar sympathisanten van Gorda die in de buurt van de Torens woonden, hielpen hem aan water.'

Mara vroeg onverwachts, tot haar eigen verbazing: 'Woont er nu nog iemand – in de Torens? Zou Dann daar kunnen zitten?'

'We denken van niet,' zei Candace.

Dat betekende dat ze het over Dann hadden gehad toen zij er niet bij was, en dat ze dingen wisten die zij niet wist.

'Als hij daar zit,' zei Juba, 'houdt hij het niet lang vol.'

'Stuur je er weleens slaven naar toe om te kijken?'

'Moet je horen, Mara,' zei Juba terwijl hij gespannen vooroverleunde, haar strak aankeek, en haar dwong te luisteren, 'we willen niet de aandacht trekken. Je vergeet blijkbaar dat we slaven zijn. Er staan straffen – de doodstraf – op het betreden van de Torens. Wij Mahondi's redden het omdat we rustig zijn, we maken het leven voor de Hadronen gemakkelijk en ze hoeven niet over ons na te denken.'

En Candace zei: 'Breng ons niet in moeilijkheden, Mara. Je bent zeker van plan om naar de Torens te gaan, hè? Doe dat alsjeblieft niet.'

Daarmee was de zitting ten einde.

7

Mara bracht haar dagen nu met Meryx in de velden door of ging met Juba mee, zelfs naar rechtszittingen; ze ging met Candace mee wanneer die voorraden voor de slaven moest regelen, en ze was vaak bij Orphne. Op een dag nam Juba haar mee toen hij de bewakers bij de watervoorraad moest spreken – de plek waar zij en Dann de stad in waren gekomen en waren gearresteerd. Zoals ze al had gedacht, was de officier die de leiding had een vriend van de Mahondi's; hoewel er nergens over werd gesproken, nergens zelfs een toespeling op werd gemaakt, wist ze dat alles wat de twee mannen tegen elkaar zeiden een andere betekenis had.

'De Hadronen die onze vrienden zijn – wat winnen die ermee?' vroeg ze aan Juba.

'Een goede vraag. Ze schamen zich, snap je, dat wil zeggen, de jongeren schamen zich. Ze zijn verbitterd omdat de Hadronen die de macht hebben, gedegenereerd zijn. Ze hopen dat ze Hadronië weer kunnen maken wat het ooit was, als ze zelf de macht overnemen. Omdat het ooit goed werd bestuurd, hoewel dat nu bijna niet te geloven is. We zijn het grootste deel van de tijd bezig met stilletjes weer recht te zetten wat de Hadronen verkeerd doen.'

Ondertussen was er grote opwinding: Kira was zwanger geworden. De vader was Jan, de jongste zoon van Candace. Wanneer Mara met Meryx en Juba optrok, zag ze wat een invloed het nieuws op hen had: ze waren minder melancholiek, zagen er minder ontmoedigd uit.

Kira riep de Verwanten bijeen om het formeel aan te kondigen, en iedereen omhelsde elkaar lachend. Jan werd gefeliciteerd, maar leek niet erg op zijn gemak.

En toen stuurde Kira een bericht dat ze een miskraam had gehad. Ze bleef in haar kamer en wilde niemand zien, zelfs Ida niet, die voortdurend huilde, zo erg dat Orphne dag en nacht bij haar moest blijven.

Kira ontbood Mara, die haar aantrof in haar koele kamer, waar ze zat te wuiven met een mooi, elegant waaiertje – niet zo'n grote zware waaier als die van Ida –, en ze leek niet erg ongelukkig. Het probleem was dat Kira's manier van doen – haar gedrag, de manier waarop ze liep en lachte, kortom alles aan haar – vrijpostig en zelfs brutaal was; ze zat vol kleine trucjes en streken. Kira vond haar leven niet leuk. Ze geloofde niet in een toekomst voor Chelops en had erin toegestemd om een baby te krijgen voor Ida omdat Ida op haar beurt had beloofd dat ze Kira zou proberen te helpen om naar het noorden te reizen, mits de baby bij haar bleef. Ze wilde van Mara horen hoe ze zich op het reizen moest voorbereiden, maar ze had totaal geen idee van de ontberingen en gevaren van reizen.

Ida liet Mara bij zich komen, en smeekte haar om een baby te krijgen, en Mara zei: 'Als ik een baby zou krijgen, waarom denk je dan dat ik hem zou willen afstaan?'

'Maar ik zou er zo goed voor zijn, ik heb zo veel… o, Mara, denk er toch eens over na. Kijk eens naar jezelf: je bent nu beter, je zou het kunnen doen.'

Mara had inderdaad weer borsten, maar haar menstruatie was nog niet teruggekomen. Candace vroeg haar om te laten weten wanneer dat wel zo was.

'Willen jullie me dwingen om een kind te krijgen?' vroeg Mara aan Candace.

'Misschien is het je opgevallen dat we niemand ergens toe dwingen.'

'Maar willen jullie dat ik een kind krijg?'

'Je praat alsof het zo gemakkelijk zou zijn. Maar inderdaad, we zouden graag willen dat je het probeert.'

Kira riep iedereen bijeen. Iedereen kwam.

Jan sprak het eerst. 'Voordat je begint, Kira – nee, ik wil het niet nog eens proberen. Jij bent niet de eerste met een miskraam. Je vergeet dat Ida ook een miskraam heeft gehad met mijn zaad.'

'En dat geldt ook voor mij,' zei zijn broer. 'Ik wil dat niet nog eens meemaken: al die verwachtingen, al die hoop, en dan – niets. Drie meisjes van de binnenhof zijn mijn pogingen tot een kind kwijtgeraakt.'

'Ik had niet een van jullie beiden in gedachten,' zei Kira. 'Ik wil niet nog eens een miskraam – één keer is genoeg. Ik beroep me op de oude wet. Die is toch nooit afgeschaft, hè?'

Deze wet hield in dat een man twee vrouwen kon hebben en een vrouw twee mannen, als iedereen daarmee instemde. De wet was gemaakt toen duidelijk werd dat de vruchtbaarheid afnam, er minder kinderen kwamen en er veel miskramen waren. De moraal werd dus aangepast om aan een noodzaak te voldoen. Het had even geholpen: er werden meer baby's geboren, maar toen werd duidelijk dat dit slechts een tijdelijke verbetering was. De nieuwe wet had veel verdriet veroorzaakt en raakte van lieverlee buiten gebruik.

Het punt was dat Kira verliefd was geworden op Juba en inmiddels wist iedereen dat.

Juba zat stil naast zijn vrouw, Dromas, en zei: 'Natuurlijk voel ik me gevleid, Kira. Dat zal ik niet ontkennen...' – en hij pakte de hand van Dromas – 'maar waarom ik? Ik ben oud genoeg om je grootvader te zijn.'

'Jij hebt een zoon, Juba,' zei Kira. 'Je zoon heeft geen zoon. Meryx is de enige jonge man van de Verwanten.'

Meryx had geprobeerd om een kind te krijgen bij een van de meisjes van de binnenhof, maar het was hem niet gelukt.

Dromas moest instemmen met dit paren, en zij was rustig en waardig, maar liet merken dat ze zich gekwetst voelde. Ze zei: 'We zijn twintig jaar getrouwd. Maar Kira, je weet dat ik geen nee zal zeggen. Dat zou ik niet kunnen doen, nietwaar, als er kans is op een kind? Ik zou het mezelf niet kunnen vergeven als ik nee zei...' – en ze glimlachte, probeerde een grapje te maken in die zeer gespannen sfeer – 'en ik zou ook niet meer met Juba onder één dak kunnen wonen.'

'O jawel, altijd,' zei Juba, en hij kuste haar hand.

Hierop vulden Kira's ogen zich met tranen, en ze zei: 'Wat voor risico loop je dan? Geen van ons jonge vrouwen zal ooit weten hoe het is om te zeggen "ik ken mijn man al twintig jaar".'

'Dat weet ik,' zei Dromas. 'En daarom zeg ik ook ja. Maar ik wil nog iets zeggen. Geen van jullie zal ooit weten hoe het is om je hele jeugd bij dezelfde man te blijven, en een kind van hem te krijgen – je hebt geen idee wat je me vraagt en hoeveel het me zal kosten.'

Hierop had Kira zich kunnen terugtrekken en bijvoorbeeld kunnen zeggen dat ze het met een van de veldslaven zou proberen. Maar ze bleef zitten, haar gezicht nat van de tranen, haar ogen stralend en uitdagend.

'Dan mag je morgen je maand beginnen,' zei Dromas, haar hand uit Juba's hand wegtrekkend.

Het was de gewoonte dat een paar dat een kind probeerde te krijgen – dat wil zeggen, wanneer iedereen toestemming hiervoor had gegeven – een kamer kreeg die ver bij iedereen vandaan lag, en een maand lang vrijgesteld was van hun normale plichten.

'Waarom een hele maand?' zei Mara – en terwijl ze sprak, wist ze dat ze Kira's droom van een hele maand liefde verstoorde. 'We weten toch dat de eitjes elkaar alleen gedurende een week in het midden van de cyclus kunnen bereiken?'

'Ik ben bereid om het een week te laten duren, Kira,' zei Juba, 'en als het de eerste keer niet lukt, kunnen we het later nog eens een week lang proberen.' Ter vergoelijking, want Kira zag er tegelijkertijd vernederd, en boos en ongelukkig uit, zei hij: 'Ik heb het zo druk, Kira. Als ik een maand moet ophouden met werken – dat zou heel lastig zijn.'

'Kreng,' zei Kira tegen Mara, toen ze allemaal de zaal uit liepen. 'Kreng, kreng, kreng.'

'Maar het is echt zo,' zei Mara. 'Als ik het niet had gezegd, had iemand anders het wel gezegd.'

'Maar jij hebt het gezegd,' zei Kira.

De week van liefde – zoals de vrouwen van de binnenhof het noemden – begon kort na deze discussie. Iedereen roddelde over deze hartstocht: verliefd worden hoorde bij het verleden, bij verhalen en fabels en geschiedenis. Ze hadden verhoudingen met elkaar, soms met vaste partners – minnaars was een woord dat niet veel werd gebruikt – maar vaker met tijdelijke partners. Ze kregen geen gebroken hart als iemand eens iets anders wilde en zei: 'Ik wil een avontuurtje met...' – wie dan ook. Op de binnenhof kletsten ze, giechelden ze en bespraken ze elkaars voorkeuren en afkeer, hun lichaam, hun behoeften – want die varieerden nogal. Iemand kon bijvoorbeeld zeggen: 'Als ik jou heb gehad, probeer ik het eens met...' – wie dan ook; en daarop kon het onverschillige antwoord volgen: 'O, wat je wilt.' Het was alsof deze vrouwen geen diepe gevoelens, zelfs helemaal geen gevoelens meer hadden, alsof ze tot een stille overeenkomst waren gekomen: We gaan niet verlangen naar dat belachelijke, de liefde, of ernaar smachten of ons er zorgen over maken of er behoefte aan hebben of er verdriet over hebben. Ze zeiden allemaal eerlijk dat ze, als ze alleen vrouwen kozen, geen hartzeer zouden hebben over miskramen, wiegendood, of mislukte pogingen om zwanger te raken. 'Ik wil niet weten dat ik onvruchtbaar ben,' zeiden ze. 'Wat maakt het ook uit?'

Toen een van de veldslavinnen er evenwel in slaagde een kind te krijgen en dat binnenbracht om het aan de Verwanten te laten zien, huilden alle vrouwen van de binnenhof. Ze vochten erom wie het vast mocht houden, bleven nog een week lang boos en zeurderig en barstten ieder moment in tranen uit.

Tijdens de week waarin Juba bij Kira was, zei Candace tegen Dromas dat ze bij Mara moest blijven. Dromas was een Geheugen, en ze had Mara's geschiedenis woord voor woord geleerd, en nu moest ze Mara alles wat ze over Ifrik wist vertellen, maar om te beginnen alles over Hadronië. Dromas wist natuurlijk wel dat ze deze taak kreeg om te voorkomen dat ze alleen zat en de hele tijd zat te denken aan haar man die bij een heel mooie, jonge vrouw was; maar onder het praten stierf haar stem telkens weg en dan zat ze naar de grond te kijken terwijl haar hand geïrriteerd en bezorgd telkens weer over haar grijze haar streek alsof ze probeerde om pijnlijke gedachten weg te strijken.

Dan zei Mara telkens zachtjes: 'En wat gebeurde er toen?'

Er was genoeg gebeurd. De geschiedenis van Hadronië was heel lang: 'Honderden jaren,' zei Dromas; en toen Mara grapte: 'Tenminste geen duizenden,' begreep Dromas niet wat Mara bedoelde. Wat vreemd, dacht Mara, dat zo'n onwetend ding als ik zo gemakkelijk over 'duizenden' kan denken, over lange perioden, terwijl een echt Geheugen geen 'duizenden' schijnt te horen als ik het zeg.

De geschiedenis van Hadronië was begonnen met de verovering van dit land, toen de Mahondi's die er heersten werden verslagen. Midden in een lege vlakte was de groep van vijfentwintig Torens gebouwd, met de vier grote, zwarte, glanzende wegen die er vanaf de horizon naar toe liepen; en hier moesten de heersers, de makers van wetten en de bestuurders wonen en regeren. Al snel verzonnen ze uitvluchten, en kwamen ze per luchtscheerder om een week of een dag te vergaderen en daarna gingen ze weer naar hun huis in de provincie. Toen werd er een wet aangenomen dat iedereen, ook de president, in de Torens moest wonen. Intussen werden de vijfentwintig zwarte, sombere, norse gebouwen omringd door krottenwijken die hier en daar ontstonden: alle mogelijke hutjes, keetjes, afdakjes en schuurtjes, gemaakt van alle mogelijke materialen, zelfs stof en modder en oude stukjes metaal. De grote wegen werden bijna niet gebruikt, behalve door bezoekende hoogwaardigheidsbekleders. Naast de wegen lagen stoffige voetpaden, die gemakkelijker liepen, en overal rond de voet van de Torens en nog verder ervandaan liepen netwerken van paden, en daarna eenvoudige zandwegen, van de ene kleine aangebouwde stad naar de andere. Al snel was er geen open ruimte meer tussen de Torens en daaromheen strekte de rommelige bebouwing zich uit, maar voornamelijk naar het oosten, waar het water goed was. De krottenwijken werden herbouwd met baksteen en hout en daarachter verrezen nieuwe huizen, die soms heel mooi waren, met grote tuinen. De bestuurders bouwden nieuwe huizen voor zichzelf, in plaats van dat ze in de Torens gingen wonen. Binnen vijftig jaar na het bouwen van de Torens, die recht, hoog en eenzaam op de vlakte hadden moeten staan, als een onafhankelijke stad die het hele land met ontzag moest vervullen, waren ze verlaten. Er woonden alleen nog misdadigers of vluchtelingen, en ze dienden als tijdelijk onderdak voor families die een schuilplaats vonden op de laagste verdiepingen tot ze een onderkomen vonden in de vriendelijke en menselijke buitenwijken. De Torens waren nu een les in foutief stadsontwerp en een tijdlang waren er mensen uit andere landen naar komen kijken om te leren hoe het niet moest.

En nu stond Mara op de brede veranda van dit Mahondi-huis, dat eens het huis van een rijke Hadroon was geweest, en ze keek uit op de enorme, dreigende centrale Toren, met de vierentwintig kleinere Torens, die alleen relatief kleiner waren: ze waren enorm groot. Had ze beloofd om er niet heen te gaan? Ja, inderdaad, in ieder geval had ze erop gezinspeeld. En hoe kon ze iets doen wat deze mensen nadeel zou berokkenen, haar Verwanten, die allemaal zo vriendelijk waren geweest en haar zo waardeerden? Maar stel dat Dann in die Torens was, zich daar schuilhield? Dat zou erger voor hem zijn dan alles wat ze samen hadden doorgemaakt. Nee, hij zou eerder naar het noorden zijn gegaan: in dat geval zou hij terugkomen om haar te halen, dat wist ze zeker.

Weer begeleidde Mara Juba naar de waterwinplaats. Alle jonge mannen hadden een hekel aan deze dienst, die eenzaam en vervelend was, en dat was gedeeltelijk de reden dat Juba hen bezocht. Zes bewakers, die patrouille liepen langs de roestige wirwar van het hekwerk, en hun officier, die de bondgenoot van de Mahondi's was. Deze jonge Hadronen waren niet zo weerzinwekkend als de oudere. Ze leken op de Rotsmensen. Juba zei dat de Hadronen uit het zuiden kwamen en waarschijnlijk hadden sommigen besloten om zich ergens onderweg te vestigen. Zelfs slecht gevoede Rotsmensen waren nog stevig, met zware botten, maar deze, die goed aten, waren dik en rond en hun gelige huid glansde. De glinsterende massa licht haar werd bij soldaten kort geknipt en leek op een zilverig kapje. Ze waren trots op hun militaire training en hun wapens, voornamelijk stapels puntig geslepen stokken en pijl en boog. Juba inspecteerde ze plechtig. De officier had het wapen dat op een lange stok van metaal leek en dat Mara had gezien toen ze werd meegenomen naar het huis van de Hadronen. Juba keek er zorgvuldig naar, onderzocht het en gaf het terug met een streng knikje en de woorden 'Heel goed'. Dit was een geweer: het kwam ergens uit het noorden, het was heel oud en de handelaren die de wapens hadden meegenomen, zeiden dat ze iedere mogelijke vijand doodsbang zouden maken. Het probleem was dat er al heel wat doden waren gevallen, en dan geen vijanden, doordat ze in de gezichten van de soldaten ontploften.

'Wist je dat er ooit wapens zijn geweest die helemaal om de wereld heen konden schieten?' vroeg Juba aan Mara.

'Nee.' Mara worstelde met het woord wereld. Juba merkte haar verlangen en hij klopte haar op de schouder en zei: 'Maak je geen zorgen, we zullen je alles leren wat we weten. Maar ik denk dat je al begint te begrijpen dat we niet zoveel weten. En je moet je er maar op voorbereiden dat het niet gemakkelijk is wanneer je begint te merken hoe weinig we weten vergeleken bij die mensen – de mensen die langgeleden leefden. Als ze ons konden zien, zouden ze ons barbaren vinden.'

Ze stonden over het hek heen te kijken naar de top waar Mara en Dann vanaf waren gekomen. De struikjes boven op de top deden Mara denken aan haar korte haar, hoewel ze het nu met wat water plat kon strijken. Ze voelde zich ongelukkig, en dat kwam door Kira, doordat die een week met deze man had doorgebracht, en omdat ze zwanger was. Alle vrouwen waren rusteloos en bedroefd, net als Mara. Kira zat tussen hen in, met een lieve, zachte uitstraling die ze geen van allen hadden. Omdat Mara zich zelf zo ongelukkig voelde, merkte ze dat Juba ook ongelukkig was. Deze sterke man – van wie Mara vaak had gedacht: hij lijkt op mijn vader –, een man met een volwassen zoon – van wie Mara onwillekeurig had gedacht: als ik met iemand een kind zou willen hebben, zou dat Meryx zijn –, deze man, die zo kalm en onafhankelijk leek, staarde naar de rots zonder hem te zien omdat zijn ogen vol tranen stonden.

166

'Toen Dromas zwanger was,' zei hij, 'was ik de hele tijd bij haar, hoorde ik er helemaal bij. En nu breng ik een week door met een vrouw die een kind van mij gaat krijgen, maar ik mag niet meer verlangen. Als ik niet zo met Dromas had geleefd, zou ik zo'n man zijn die tegen Kira kon zeggen: bedankt, het was leuk, tot ziens. Maar hoe kan ik dat? – na twintig jaar samen met Dromas te hebben geleefd.'

Mara vond dat 'twintig jaar samen met Dromas' net als een liedje klonk, of als een verhaaltje, zo ver stond het bij haar en haar verwachtingen vandaan. Ze legde haar hand op zijn arm en zei: 'Weet je, Juba, er is een oplossing.'

'Wat dan?' vroeg hij boos. 'Er zijn dingen die niemand kan veranderen, die nergens door verbeteren – dat is echt iets voor jonge mensen, jullie denken dat er voor alles een oplossing is, nou, dat is niet zo. Dromas en ik zijn... één. En nu lig ik 's nachts wakker en kan ik niet slapen door dat meisje – en ik vind haar niet eens aardig. Ik heb Kira nooit aardig gevonden. Ze is een sluw, koel grietje. Dromas heeft haar bed in een andere kamer gezet omdat ze het niet kan verdragen. Ik heb het gevoel alsof ik doormidden ben gehakt.'

Ze stonden daar een poosje in stilte, terwijl vóór hen de jongemannen efficiënt heen en weer marcheerden, omdat ze dachten dat Juba naar hen keek.

Het was een warme dag – maar was het ooit anders? Ze zaten midden in het droge seizoen. Op de vlakte draaiden de zandhozen loom rond. De beek waarin Dann en zij hadden gebaad stond lager, en hier en daar – Mara zag het met een akelig voorgevoel – was het geen beek meer maar een serie waterpoelen.

'Wat voor oplossing heb je bedacht, Mara?'

'Je bent vruchtbaar – dat heb je bewezen. Als er twee, of drie, of zelfs nog meer meisjes zwanger waren, dan...'

'O, je ziet me als een soort fokstier?'

'Je vroeg het.'

En nu keek hij haar zo achterdochtig, zo voorzichtig aan, dat ze uitriep: 'Nee, je vergist je. Ik weet dat ik lelijk ben, ik had niet het idee...' Ze had het gevoel alsof hij haar een klap had gegeven, deze vriendelijke man. En ze had stilletjes gedacht: ik ben nu echt niet meer zo mager en hoekig, mijn haar wordt wat langer... Haar ogen stonden vol tranen. En hij keek berouwvol en dat was nog erger voor haar. 'Mara, gun jezelf de tijd. Je ziet er al zoveel beter uit. En je bent heus wel leuk om te zien. Ik wou dat je dat niet was – ik wil niet dat de Hadronen je opmerken... Goed, wat vind je dat ik moet doen?'

'Sommige vrouwen van de binnenhof zeggen al dat ze jaloers zijn op Kira. Een paar hebben gezegd dat ze je willen vragen. De volgende keer dat de Verwanten bij elkaar komen, moet je dat voorstellen. En natuurlijk wil Ida het graag.'

'O, Ida...'

'Ze wil dat ik zwanger voor haar word, wanneer mijn menstruatie terugkomt.' En vervolgens, omdat ze zijn onderzoekende blik zag: 'O, nee, nee, nee. Ik ben bang. Er is niets vreselijker dan kinderen die doodgaan, de baby's...'

En ze dacht, verbaasd over zichzelf: het is waar, vroeger in het Rotsdorp, de kinderen en de baby's die doodgingen; maar het was zo erg dat ik het niet wilde voelen en toen dat kind op weg hierheen doodging, voelde ik dus niets. Ik wil niets voelen, ik wil dat niet meer – nooit meer. En ze voelde nu het verdriet dat ze had gehad toen ze baby's zag doodgaan in het Rotsdorp, baby's die geboren werden en vervolgens stierven, of een poosje in leven bleven, zodat iedereen hoopvol keek, en dan kwam er een erg droog seizoen – en dan gingen ze weer dood. De onbeweeglijke gezichten van de moeders, de boze gezichten van de vaders wanneer ze kleine grafjes groeven in de harde aarde, of de lijkjes neerlegden voor de aaseters. Juba sloeg zijn arm om Mara heen en ze leunde tegen hem aan en snikte bitter, als compensatie voor alle tranen die ze had ingehouden. En hij stond er bedroefd bij en dacht dat dit meisje nooit zijn verdriet over Dromas zou kunnen begrijpen.

Kira stuurde nu een boodschap: ze eiste dat alle Verwanten bij elkaar kwamen, en toen ze er allemaal waren, stormde ze woedend de zaal in, waar ze werd tegengehouden door Candace, die zei: 'Ga zitten, er komen nog een paar mensen.'

Kira pruilde, protesteerde luidkeels en ging niet zitten.

'We hebben problemen,' zei Candace, 'ernstige problemen.'

'O, ik begrijp het, mijn probleem is niet ernstig,' zei Kira.

Toen kwam Meryx binnen met Mara: ze hadden de pakhuizen met voedsel geïnspecteerd. Ida kwam er ook aan en ging zuchtend zitten terwijl ze zich koelte toewuifde, en opeens keek iedereen. Die waaier van haar, gemaakt van veren van een vogel die volgens Mara was uitgestorven of langgeleden naar het noorden verhuisd, leek op haar zuchten, haar gilletjes en haar droefheid: het snelle wapperen voor haar gezicht, het dramatische bewegen van de elegante, mollige pols, het klikkende geluid van de waaier die open en dicht ging, de vervloeiende kleuren wanneer ze de waaier bewoog – ze had geen woord gezegd, maar iedereen wist dat ze zich verraden voelde omdat Kira zei dat ze de baby wilde houden.

'Ga zitten,' zei Juba tegen Kira, die nog steeds rondliep en ironisch naar Ida keek.

Nu ging ze zitten, omdat hij het tegen haar had gezegd – dat liet ze duidelijk merken.

'Ik eis,' zei ze, 'om met Juba te mogen trouwen.' Ze zag de geschokte en verbluffe gezichten om zich heen en barstte in tranen uit.

'Doe niet zo dwaas,' zei Candace. 'Natuurlijk is Juba niet van plan om met je te trouwen.'

Juba zat naast Dromas, die er gespannen uitzag maar toch glimlachte. 'Je denkt alleen aan jezelf, Kira,' zei Candace. 'Luister eens.' En ze zette een plan uiteen waarbij Juba moest proberen de vier meisjes van de binnenhof die ermee instemden, zwanger te maken – en ze stemden er niet alleen mee in, ze wilden het dolgraag proberen.

Kira begon te jammeren, te schreeuwen en te kronkelen. Orphne hielp haar omhoog uit haar stoel en zei: 'Maak je geen zorgen, ik kalmeer je wel.' En Larissa voegde zich bij hen en zei: 'Ik denk dat Kira een poosje bij mij moet logeren. Ik zorg wel voor je, Kira, dat zul je zien.'

'Waarom heeft Kira zo'n hekel aan me?' vroeg Ida. En Candace antwoordde: 'Omdat je Juba niet bent, natuurlijk. Hou je mond, Ida. We hebben ernstige problemen.' En bijna terloops voegde ze eraan toe: 'De vrouwen die het met Juba willen proberen, kunnen onderling afspreken wanneer en hoe.'

Candace sloeg zo'n toon aan dat Ida haar mond hield, en zelfs haar waaier lag stil op haar knieën. En Mara dacht dat ze nooit had vermoed dat achter de vriendelijkheid en liefheid van Candace deze ijzeren wil schuilging.

Intussen schetste Meryx de nieuwe problemen. Toen hij klaar was, wilde hij weggaan en hij wenkte Mara om met hem mee te gaan. Normaal gesproken zou Mara gewoon zijn gegaan, maar nu keek ze naar Candace of die het goed vond. Candace knikte en Mara voelde haar schrandere – misschien koele? – blik op haar rug.

'Ik wil je iets vragen,' zei Meryx. 'Niet boos worden, maar wil je alsjeblieft mijn kleren dragen, of in ieder geval mannenkleren als je naar buiten gaat? En dit?' Het was een kapje zoals door de slaven werd gedragen. Mara wendde zich af zodat hij haar gezicht niet kon zien – haar haar werd net weer een beetje leuk, en ze was dol op haar mooie roze, witte en groene jurken. Meryx pakte haar arm en keerde haar naar zich toe. 'Mara,' zei hij, 'ik wil niet... we willen niet dat de Hadronen je zien. Alsjeblieft. Je trekt er de hele tijd op uit. Iedereen kan je zien...' Ze knikte, omdat ze wist dat hij gelijk had. Hij liet haar arm los, pakte haar hand en bracht haar naar zijn kamer. Daar draaide hij zich om terwijl zij haar roze jurk uittrok en het bruine jak en de wijde broek die de mannen droegen aantrok. Meryx draaide zich om, lachte en zei: 'Nou, ik zou je wel herkennen omdat – ik je ken.' Er was geen twijfel aan dat hij het leuk vond wat hij zag. 'Zo meteen stuur jij nog een boodschap naar mijn vader.'

Ze wilde zeggen: o nee, nee, nee, ik zou jou vragen... maar ze was zich zo bewust van haar lelijkheid die ze maar niet kwijtraakte, dat ze niets zei. Met het humoristische glimlachje dat zo kenmerkend voor hem was, zei hij: 'Hoe zou jij je in mijn positie voelen? Mijn vader wordt vader van de nieuwe baby's. Ik niet. Niemand verwacht iets van mij.'

En nu liep ze naar hem toe, schraapte al haar moed bij elkaar, legde haar handen op zijn armen, en zei, struikelend over de woorden: 'Meryx, ik ben nog niet aan het menstrueren.'

'Lieve Mara,' zei Meryx. 'Nou, we zullen wel zien. Laten we eerst eens kijken hoe het mijn vader afgaat.'

Daarop gingen ze naar buiten om de nieuwe problemen aan te pakken.

Ieder droog seizoen waaide er stof over de vlakte en de droge, dode struiken dansten en draaiden door de lucht met de zandhozen; maar dit keer was het erger dan men zich kon heugen. De melkbeesten waren gedurende de droge maanden altijd buiten gebleven. Ze werden dagelijks naar het water geleid en er werd eten naar ze gebracht. Maar al waren ze nog zo gehard, gewend aan weinig voedzaam gras en doornige struikjes om te eten, en gewend aan warmte en stof, dit jaar stonden ze met hun soortgenoten in groepen bij elkaar met hun rug naar het waaiende stof en ze mekkerden vol protest. Men had besloten om ze naar de grote, lege schuren te brengen totdat het ging regenen. 'Er is één ding waar we geen gebrek aan hebben,' zei Meryx, 'en dat is lege gebouwen.' Maar deze dieren waren nog nooit opgesloten geweest. Ze werden in de schuren geleid en protesteerden toen ze merkten dat ze een dak boven zich hadden, maar toen zagen ze dat de grote deuren openstonden en dat ze in en uit konden lopen. Weldra werd duidelijk dat ze blij waren met de schaduw waar ze naar konden uitwijken wanneer ze maar wilden. Het was een geluk dat deze beesten gewend waren zo weinig te drinken, nu het water zo laag stond in de beken en de reservoirs.

Maar de benarde toestand van de melkbeesten was een klein probleem vergeleken bij wat de week daarvoor was gebeurd toen handelaren uit de Riviersteden zoals gebruikelijk langskwamen om hun gedroogde vis, gedroogd vlees, fruit en groenten van de rivier en balen katoen te ruilen voor marihuana en opium. Hoewel oppervlakkig bekeken alles normaal was in de grote pakhuizen, was de oogst van het vorige jaar zo goed als verdwenen toen de slaven kwamen om hem weg te halen en de oogst van dit jaar er op te slaan zodat hij kon rijpen. Deze pakhuizen, waarin het kostbaarste goed van Chelops lag opgeslagen, werden dag en nacht zwaar bewaakt door de meest betrouwbare wachters van Juba. Het waren allemaal Mahondi's, omdat Juba de macht moest houden over datgene waar de Hadronen zich door lieten leiden.

Het zou dom zijn om het niet tegen de Hadronen te zeggen, en bovendien zouden hun spionnen hen inmiddels wel hebben ingelicht. Ze moesten Juba wel vertrouwen: alles hing daarvan af. De grootte van het verlies bekennen zou echter zijn bekwaamheid twijfelachtig maken. De regerende Hadronen waren toch al achterdochtig, prikkelbaar en bereid om overal een complot in te zien. Ze waren natuurlijk op de hoogte van de onvrede onder de jonge Hadronen en waren bovenal bang dat die de voornaamste bron van rijkdom van het land in handen zouden krijgen.

Juba had er lang over nagedacht en Dromas en Meryx geraadpleegd en daarna Mara. Zij was het die hem had voorgesteld om naar de hoogste Hadroon te gaan en hem te verzoeken de bewaking van de pakhuizen voor de helft uit Mahondi's en de andere helft uit Hadronen te laten bestaan. Dat hield in dat beiden verantwoordelijk zouden zijn voor eventuele toekomstige diefstallen. Juba stemde daarmee in, want hij was tot dezelfde conclusie gekomen, ook al betekende het plan wel dat de gemakkelijk omkoopbare slaven van de Hadronen misschien drugs zouden stelen.

Juba zei dat de voornaamste Hadroon, een oude man die Heer Karam heette, intelligent was, ook al was hij de helft van de tijd versuft door de drugs. Juba ging samen met Meryx naar Karam toe. Mara had gehoopt dat ze mee zou mogen, maar de mannen zeiden: zorg dat ze je niet ziet, Mara.

Karam was alleen in zijn grote troonzaal. Hij zat niet op de troon, maar op een kussen op de grond. Hij was niet zo beneveld als hij anders weleens was wanneer Juba kwam praten. Dat hij alleen was, betekende dat hij, net als Juba, wilde dat de crisis niet algemeen bekend werd – nog niet. Het eerste wat hij zei, was dat als Juba wist wie de schuldige was, hij of zij volgens de wet zou worden terechtgesteld om als voorbeeld te dienen. Juba zei dat zijn spionnen meenden dat een Hadroon verantwoordelijk was.

'Bedoelt u dat een Mahondi niet zou stelen?' vroeg de oude man en hij glimlachte ironisch – vervaarlijk.

'Nee,' zei Juba. 'Maar mijn bewakers worden iedere minuut dat ze wacht hebben in de gaten gehouden en de spionnen worden ook in de gaten gehouden. Maar we hebben een vernuftig geconstrueerde, geheime tunnel gevonden die naar een van de pakhuizen, het grootste, voert. En in een ander pakhuis zat een ruimte in het dak die heel moeilijk te zien was.' En nu moest Juba Karam rechtstreeks uitdagen. 'Mijn spionnen zeggen me dat uw neef Meson opium en marihuana verkoopt.'

Er volgde een lange stilte. Toen zei Karam: 'Aan wie?'

'Dat weten we niet.' Juba wist het wel, maar hij besefte dat Karam het waarschijnlijk ook wist.

Karam dacht een poosje na, met zijn ogen half dichtgeknepen. Toen zei hij: 'Het zou het beste zijn als er niet over de omvang van de verliezen werd gepraat.'

'Daar ben ik het mee eens.'

'Er komt geen executie. Mijn neef krijgt een waarschuwing.'

Juba moest zich inhouden om niet te protesteren: dit was zwakheid en daar was het niet het juiste moment voor. Hij waagde het te zeggen: 'Heer Karam, is een waarschuwing voldoende?' Wat hij suggereerde zonder het direct te zeggen, was dat Meson de leider van de opstandige jonge Hadronen was.

'Het hangt van de waarschuwing af.'

Meryx vertelde Mara dat dit het moment was waarop de twee mannen elkaar lang en ernstig aankeken. 'Ik had het gevoel dat er heel veel werd gezegd, maar niet met woorden. Ze hebben respect voor elkaar – Karam en mijn vader. Volgens Juba zou heel Hadronië allang ten onder zijn gegaan zijn als Karam dom of zwak was geweest.'

171

Wat er hierna gebeurde, was dat Karams neef Meson met een stuk of vijf van zijn vrienden gearresteerd werd voor een vechtpartij en dat ze gevangenisstraf kregen met dwangarbeid. Korte straffen, maar het was net of ze gewone misdadigers waren in plaats van Hadronen.

Daarna kondigden de Hadronen aan dat van nu af aan alle melk en alle melkproducten van alle melkbeesten aan hen toekwamen, en dat gold ook voor beesten die van de Mahondi's waren. Juba en Meryx gingen weer naar Heer Karam en zeiden dat er bij de Mahondi's weer zwangere vrouwen waren, en dat iedereen, ook de Hadronen, er belang bij had dat zij goed te eten kregen. Ze spraken af dat de zwangere vrouwen een rantsoen melk zouden krijgen, maar het was niet veel.

Er waren vier vrouwen zwanger – met Kira erbij vijf.

Mara werd naar de binnenhof gestuurd door Juba, die grapte, zij het met niet veel overtuiging, dat hij daar zelf niet meer heen durfde, voor het geval er weer een beroep op hem werd gedaan, en dat zijn recente ervaringen als fokhengst hem het gevoel hadden gegeven dat hij oud werd.

Kira was in haar zesde maand. Ze had het niet naar haar zin, was kribbig en klagerig en zat te zuchten en heen en weer te schuifelen met haar dikke lichaam. Zij en de andere vier zwangere vrouwen zaten bij elkaar, deden neerbuigend tegen de anderen, en eisten – en kregen – speciale lekkernijen. Candace kwam geregeld bij hen langs met een beetje gedroogd fruit of wat bouillon, en Ida maakte zoete lekkernijen voor hen ondanks het feit dat er over rantsoenering werd gesproken omdat de oogst was mislukt. Er was minder schaduw in de binnenhof en de vrouwen verplaatsten zich voortdurend om geen felle zonnestralen op te vangen, want het bladerdak werd dunner. Candace liet een dunne doek over een deel van de binnenhof spannen.

Mara vertelde hun dat ze volgens Juba moesten aanbieden om bij de melkbeesten te werken. Toen ze begonnen te klagen en protesteren, legde ze uit hoe weinig melk er in de toekomst zou zijn. Daarna wachtte ze om het tot hen door te laten dringen. Ze begrepen het, maar vroegen zich af waarom ze zo vreselijk voorzichtig moesten zijn. Normaal zouden er grapjes worden gemaakt: 'Neem gauw een slokje als niemand kijkt', en meer van dat soort opmerkingen. 'Pas op dat niemand het ziet,' zei Mara, 'en als de handelaren uit de Riviersteden komen, zullen we zorgen dat we genoeg melkpoeder kopen.'

De jonge vrouwen keken vol onverholen afkeer naar haar. Wie was deze Mara, die altijd met Juba optrok, en met Meryx, en met Orphne, en die in zo korte tijd zo'n vertrouweling van de Verwanten was geworden dat ze hun bevelen kon geven? Deze koele, nerveuze, lelijke vrouw, met haar platte, magere lichaam – nou ja, het zag er nu wel wat beter uit, niet dat een van hen ooit haar lichaam had gezien, want ze hield het altijd bedekt... misschien had ze wel een litteken of een gebrek dat ze verborgen wilde houden? En haar haren – die werden al langer, ze zag er minder gek uit, maar wie dacht ze wel dat ze was?

Mara wist dat ze een geweldige hekel aan haar hadden. En ze dacht verbitterd: waarom? Ik ben geen bedreiging voor hen. Ze zijn zo zacht en mooi en goed doorvoed en ze hebben nog nooit het gevoel gehad dat het stof zo diep in hun huid zit dat het met wassen nooit meer weggaat.

De vrouwen vochten er nu om wie bij de melkbeesten mocht werken, en ze molken ze en stalen wat melk als ze de kans kregen. Ze stonden vaak met hun armen om de harige, stoffige nekken heen geslagen terwijl ze lieve woordjes fluisterden, en ze vonden het helemaal niet erg dat ze daarna het stof van hun kleurige, schone jurken moesten schudden. Ze brachten de beesten lekkere hapjes: een plukje hooi, of een beetje groen of brood. Candace klaagde dat ze allemaal alleen nog maar liepen te dromen en te fantaseren, en ze zei dat ze een paar lessen moesten bijwonen die zij zou verzorgen. En nee, zei ze, de drie vrouwen die Juba's attenties verlangden, zouden moeten wachten tot de vijf baby's waren geboren en iedereen kon zien wat het resultaat was van deze zwangerschappen.

Larissa gaf de lessen, die bestonden uit verhalen 'van langgeleden, niemand weet hoe lang', en uit een medisch handboek kwamen dat tussen oude documenten was gevonden.

Het eerste verhaal ging over een vrouw, Mam Bova genaamd, die een hekel aan haar echtgenoot had en een knappe jongeman probeerde te verleiden die haar afwees, waarop ze vergif innam en stierf.

De jonge vrouwen, die lui zaten te luisteren op hun beschaduwde binnenhof, in hun charmante jurken, glimlachten sarcastisch want ze wisten waarom ze moesten luisteren: niet alleen Kira was hopeloos verliefd, ze werden er allemaal door getroffen, alsof er een zoet vergif in de lucht hing.

Het volgende verhaal ging over een mooie, machtige vrouw, Ankrina geheten, die ook een hekel aan haar man had, hem verliet voor een knappe soldaat en zelfmoord pleegde door zich onder een apparaat te werpen dat in een voetnoot werd beschreven als 'op evenwijdige rails lopend, maar dit voertuig gaf weinig bewegingsvrijheid en werd al snel vervangen door vroege versies van de scheerder'.

Daarna vertelde Larissa een verhaal over een zekere Mam Bedflai, een jong slavinnetje, dat verliefd was op een zeeman van over de zee (aantekeningen over zee, oceanen, schepen en dergelijke waren onbegrijpelijk); maar waar het om ging, was dat ze zelfmoord pleegde omdat ze zich in de steek gelaten voelde.

Larissa lachte om de sceptische, afkeurende gezichten die ze om zich heen zag, stond op en zei: 'Ik zal jullie morgen nog een portie geven.'

De volgende ochtend was de binnenhof overvol om Larissa's waarschuwingen te horen.

Het eerste verhaal was een oude mythe over een meisje dat Jull heette en een jongen die Rom heette, van verschillende families, en zij werden verliefd en pleegden zelfmoord omdat de families het er niet mee eens waren. Dit verhaal bracht meer discussie teweeg dan de verhalen van gisteren, want iemand zei: 'Net als Mahondi's en Hadronen', en ze huiverden bij de gedachte verliefd te zijn op een lelijke Hadroon.

Het tweede verhaal ging over een jong meisje dat met een knappe jongeman wilde trouwen en niet met de oude rijke man die haar vader had gekozen; maar in plaats van dat ze zelfmoord pleegde, werd ze voor altijd in een tempel opgesloten.

'Wat was een tempel?'

'Het was een gebouw waar ze hun God bewaarden.'

'Wat was God?'

'Een onzichtbaar wezen dat hun leven beheerste.'

Dit veroorzaakte heel wat vrolijkheid.

Het laatste verhaal ging over een beroemde zangeres, een zekere Toski, die een jongeman op zijn vlucht voor de politie bijstond omdat hij samenspande tegen een onrechtvaardige koning. In ruil voor de beloofde vrijheid voor de jonge held, sliep Toski met het Hoofd van Politie; maar hij hield zich niet aan zijn woord en de beroemde zangeres pleegde zelfmoord.

Dit verhaal namen ze serieuzer dan de andere. Ze wisten allemaal dat sommige van de jonge Hadronen die dit land wilden gaan besturen, momenteel voor straf in de gevangenis zaten, en dat degenen die niet in de gevangenis zaten, het alleen nog maar hadden over moorden, revoluties en opstanden.

De heilzame verhalen hadden blijkbaar niet veel effect, want de drie jonge vrouwen – inmiddels vier – die baby's wilden, zeiden dat ze hun rechten zouden opeisen. Dit keer was het Juba zelf die zei: 'Wacht tot de regens, dan worden de andere baby's geboren.'

Toen Mara's menstruatie begon, ging ze dat aan Candace vertellen, zoals haar was opgedragen. Ze vond haar in de grote gemeenschappelijke vergaderruimte, waar ze naar een grote kaart keek die een hele muur in beslag nam. Mara wist niet dat die kaart er hing: hij werd meestal door een gordijn bedekt. Mara zei snel wat ze te zeggen had, en rende toen naar de kaart, met het gevoel alsof ze eten kreeg dat haar lange tijd onthouden was. Candace had haar hand bij het koord waarmee het gordijn voor de kaart werd getrokken, en terwijl Mara aandachtig stond te kijken, zei ze tegen haar: 'Hoor jij niet op de velden te zijn samen met Meryx?'

Mara zei: 'Candace, wanneer mag ik met mijn lessen beginnen?'

'Wat wil je weten?'

'Alles.' Vervolgens lachte Mara wat, als reactie op het ironische glimlachje van Candace, en zei: 'Nou ja, ik zou kunnen beginnen met de getallen. Tellen.'

'Mara, je weet evenveel als wij. Je kunt ons vertellen dat er zo veel zakken graan of marihuana of opium zijn.'

'Weten jullie echt niet meer?'

'Meer hoeven we niet te weten.'

'Maar als ik zeg tienduizend zakken graan, is dat omdat er tienduizend liggen. Dat is het uiterste wat ik weet, of het uiterste aantal zakken, niet het uiterste van de getallen. We zeggen bijvoorbeeld: "in vroegere tijden", of "tienduizend jaar geleden", of… gisteren hoorde ik Meryx zeggen: "twintigduizend jaar geleden". Maar dat is wat we weten, of wat we denken, maar niet hoe lang geleden alles eigenlijk is. Wat weten we van toen – en hoe weten we het?'

Candace ging zitten en wenkte naar Mara dat ze moest gaan zitten. Mara keek naar de handen van Candace: lange, intelligente handen, maar ze waren rusteloos. Mara dacht: ze is ongeduldig maar probeert het niet te laten merken. Ze probeert geduldig met me te zijn.

'Langgeleden waren er beschavingen die ons zo ver vooruit waren dat we ons niet eens kunnen voorstellen hoe ze waren.'

'Hoe weten we dat?'

'Ongeveer vijfduizend jaar geleden was er een vreselijke storm in de woestijn waarvan iedereen altijd had gedacht dat het een woestijn was, gewoon hopen zand, en de storm verplaatste het zand en legde een stad bloot. Het was een heel grote stad. De stad was gebouwd om kronieken te bewaren. – geschriften – boeken.'

'Wij hadden boeken toen we klein waren.'

'Niet van leer, geen huiden. Van papier. Net zoiets als het materiaal waar we onze schoenen van maken… de schoenen voor binnen. Met daarop drukwerk.'

'Onze boeken waren met schrift.'

'Drukwerk. Technieken die wij niet hebben. De stad was een soort Geheugen. Geschiedenissen. Allerlei verhalen, uit alle delen van de wereld. De geleerden van toen – een tijd van vrede – leidden honderden jonge mensen op om Geheugens te zijn: niet alleen om zich dingen te herinneren, maar om dingen op te schrijven. Ze besloten om de geschiedenissen van de hele wereld te bewaren…'

'De wereld,' zei Mara, wanhopig.

'De wereld. Sommigen schreven het allemaal op, maar anderen werden opgeleid om te onthouden. En daar komt al onze kennis vandaan: die oude bibliotheken. Maar het was een geluk dat de Geheugens werden opgeleid, omdat de boeken tot stof uiteenvielen toen ze aan de lucht werden blootgesteld, en al snel waren er niet veel over. Maar er zijn, of waren, verzamelingen van die boeken in de stenen graven waar ze vroeger mensen begroeven. De graven zijn koel en droog en de oude boeken en geschriften zijn er goed bewaard gebleven.'

'Waarom zijn wij dom vergeleken bij hen?'

'We zijn niet dom,' zei Candace. 'We zijn slim genoeg voor ons leven. Voor het niveau waarop ons leven zich nu bevindt.'

'En zijn wij hetzelfde als die mensen uit de oudheid die al die kennis bezaten?'

'Ja, we denken van wel. Dat stond in een van de oude geschriften. Mensen zijn hetzelfde, maar we veranderen wanneer we anders gaan leven.'

'Ik voel me zo dom,' zei Mara.

'Je bent niet dom. Je komt uit een Rotsdorp en je wist enkel hoe je in leven moest blijven, en nu weet je alles wat wij weten. Mara, als we tegen jou zouden zeggen: "Neem de leiding over de voedselbevoorrading", of "Leid de burgerwacht", of "Regel de marihuana en de opium", zou je dat kunnen. Je hebt geleerd wat wij weten.'

'Hebben we hier Geheugens die al die kennis in hun hoofd hebben?'

Candace glimlachte. Die glimlach maakte juist dat Mara zich net een klein kind voelde. 'Nee. We zijn heel onbelangrijke mensen. Wat we weten is afkomstig van die oude Geheugens die alle bestaande kennis in hun hoofd bewaarden – maar er is maar heel weinig tot ons doorgedrongen. Maar omdat we weten dat het belangrijk is om het verleden te bewaren, leiden we mensen zoveel mogelijk tot Geheugen op.'

'Leiden jullie mij tot Geheugen op?'

'Ja. Maar om te kunnen begrijpen wat we je moeten vertellen, moet je eerst de praktische zaken leren. Het heeft geen zin om je over verschillende maatschappijen of culturen te vertellen als je niet weet in wat voor maatschappij je leeft. En nu weet je dat. Bovendien hebben we goede mensen nodig om ons te helpen dingen te organiseren – we hebben zo'n gebrek aan dat soort mensen. Dat moet je duidelijk zijn.'

'Wanneer begin je mij te onderwijzen?'

'Volgens mij ben je al begonnen te leren. Je kent de geschiedenis van de Mahondi's, helemaal tot aan het begin, drieduizend jaar geleden, toen we uit het noorden kwamen.'

'Zijn wij de nakomelingen van de oude Geheugens?'

'Ja, inderdaad.'

'De wereld,' zei Mara. 'Vertel me over de wereld.'

Op dat moment kwam Meryx binnen, die zei: 'Mara, ik zocht je al.'

Toen ze de hoek omging van een gebouw waarin de voorraden opium lagen, stond Mara opeens oog in oog met Kulik. Er was geen twijfel mogelijk. Ze had de kleren van Meryx aan en het petje op waarin ze haar haren had weggestopt. Hij staarde haar aan: hij twijfelde ook. De vorige keer dat hij haar gezien had, was ze een jongen geweest, een opgeschoten jongen. Ze zag er heel anders uit dan in het Rotsdorp. Maar hij staarde haar wel aan, en keek ook nog eens om. Door net te doen of hij een Hadroon was, had hij een functie in hun burgerwacht gekregen. Aangezien ze mensen te kort kwamen, stelden ze niet al te veel vragen. En nu zag Mara hem iedere dag wanneer ze erop uittrok met Meryx of Juba. Ze was als kind bang voor hem geweest en was dat nu ook nog. Ze vertelde Meryx wie hij was en zei dat hij wreed en gevaarlijk was. Meryx zei dat die eigenschappen hem uitstekend geschikt maakten als lid van de burgerwacht van de Hadronen.

Het werd tijd dat het regenseizoen begon.

'Het lijkt wel of ik mijn leven lang al naar de lucht kijk om te zien of er regen komt,' zei Mara, en Meryx zei: 'Ik weet wat je bedoelt.' Maar dat was niet zo.

Mara had een akelig voorgevoel en ze voelde een soort droefheid want ze moest de hele tijd denken: *dit is niet blijvend.* Ze probeerde aan andere dingen te denken: ze zeggen dat er al eerder droge periodes zijn geweest, misschien vergis ik me. Ik zal ja tegen Meryx zeggen en dan zullen we een kind krijgen en dan...

Het ging niet regenen. Het werd tijd om het zaad van de papavers en de marihuana te verspreiden, maar de aarde was hard en de wind blies het zaad weg. De marihuana zaaide zichzelf uit en dat ging beter.

Kira kreeg een baby en het was meteen duidelijk dat het haar niet om een baby maar om Juba te doen was geweest, want ze bracht het kind naar Ida en zei: 'Ik wil het niet hebben.' Ida was als herboren. Ze nam een vrouw van het veld in huis die een kind had willen hebben maar niet had kunnen krijgen, en de twee vrouwen deden de hele dag niets anders dan het kind verzorgen.

Het water in de reservoirs stond laag, dus het ging op rantsoen. In plaats van dat er twee keer per week tobben naar de slaven werden gebracht, gebeurde dit nu één keer per week. De vrouwen van de binnenhof konden niet meer uren in de baden liggen die in het badhuis gevuld klaarstonden. De mensen van de stad, die gewend waren dat de waterkarren 's ochtends en 's middags kwamen, kregen te horen dat er nog maar één keer per dag zou worden bezorgd, en dat op het verspillen van water de doodstraf zou staan.

De stadsmensen toonden allerlei initiatieven. In de stoffige tuinen verschenen landbouwgewassen en – illegaal – papavers. Ze begonnen rechtstreeks met de kooplieden uit de Riviersteden te handelen. De Hadronen knepen een oogje dicht, want zo hoefde er minder voedsel uit de halflege pakhuizen te komen. Er werden een paar oude bronnen gevonden en de eigenaren verkochten water en sommigen vestigden zelfs badhuizen. Het watermonopolie dat de Hadronen zo lang hadden gebruikt om de stad in hun macht te houden, werd ondermijnd – niet beëindigd, want er waren niet veel bronnen. Maar de Hadronen raakten steeds meer macht kwijt en toen Juba zei dat het niet lang zou duren voordat de heersende junta werd vervangen, sprak niemand hem tegen.

Meryx zei tegen Mara: 'Kom alsjeblieft bij me wonen en laat ik proberen je een kind te geven.'

Mara trok bij Meryx in en merkte dat ze overweldigd werd door liefde. Ze had niet gedacht dat zo veel geluk mogelijk was. Of zo veel angst. Als zij zwanger werd – dat zou een ramp zijn, dat wist ze zeker. Alleen in een droom of ijlend van de koorts zou ze zichzelf met een kind hebben kunnen voorstellen, hier, waar de droogte vanuit het zuiden kwam aansluipen. De eerste maand loog ze over haar vruchtbare periode, zo bang was ze. Maar Meryx wist het en ze kon het niet verdragen dat hij eronder leed. En dus gaf ze zich over, zoals ze zich in een snelstromende rivier had kunnen storten, met het idee dat ze misschien weer op het droge zou komen en misschien ook niet. En toch hield ze van hem – en het was vreselijk.

Inmiddels sukkelde het regenseizoen voort. Er was een korte, hevige regenbui, voldoende om de reservoirs half te vullen. De rivier stroomde weer vanaf de voet van de rots. Verder kwam er geen regenbui meer. De papavers kwamen hier en daar op en gingen dood. Ze werden opnieuw geplant en af en toe regende het een beetje. De marihuana was dik en geurig, maar slechts half zo hoog als anders.

De vier baby's werden geboren, en waren allemaal sterk en goed gebouwd. De andere wachtende vrouwen herinnerden Juba aan zijn belofte, maar toen gingen twee van de baby's dood. Het was de droogteziekte. Mara kende die wel, maar de anderen niet, omdat zij nog nooit droogte hadden meegemaakt. Mara zei tegen de twee moeders en Ida's kindermeisje dat ze bij de baby's moesten waken en ze schoon water moesten geven, maar het water was niet echt schoon. De Verwanten eisten het water op uit een van de diepe bronnen in de tuin van een burger, en dat was waarschijnlijk de redding voor de baby van Kira (of van Ida?) en de andere twee baby's die nog leefden. De baby's werden in het huis ondergebracht vanwege het rondwaaiende stof, en het was roerend, en mooi, en angstaanjagend om te zien hoe alle Verwanten excuses zochten om de kamers in te gaan waar ze waren, om ze aan te raken, te vragen of ze de baby's vast mochten houden, en te kijken hoe ze sliepen – niet alleen vrouwen, maar ook mannen.

Op een dag was Kira weg. Ze liet een boodschap voor de Verwanten achter dat ze haar geluk in het noorden ging beproeven.

Mara was gekwetst door Kira's vertrek, net als de Verwanten. Ze dacht: waarom heb ik mezelf toegestaan van Meryx te houden? Het was beter toen ik hard en koud was. Nu sta ik voor alle gevoelens open en het doet pijn, omdat ik van Meryx houd.

Hun kamers waren in het huis van Juba en Dromas en zagen uit op een binnenplaats waar een paar cactussen bloeiden. Het bed van Mara en Meryx was een laag, zacht stromatras, met een heleboel kussens erop. Mara lag in de armen van Meryx en bedacht dat het merkwaardig was dat deze verrukking – met je geliefde op een schone, zachte, mooie plek te liggen, met soms de geur van cactussen die naar binnen dreef – door iemand als Meryx als vanzelfsprekend kon worden gezien. Mara liet haar handpalm langs de gladde warmte van zijn arm glijden, voelde zijn hand op haar schouder drukken en voor haar waren dit genoegens die ze met iedere ademtocht opnieuw beleefde: genoegens die even breekbaar en plotseling waren als de cactusbloemen die tegen alle verwachtingen in uit een droog, bruin vlies te voorschijn sprongen. Meryx had voor haar met anderen geslapen en hij had altijd met hen in heerlijk geurende bedden gelegen, in kamers die koel waren en het stof buiten hielden. Voor hem was het niets bijzonders dat twee lichamen met gezond vlees met elkaar verstrengeld lagen terwijl sterke harten hun boodschap klopten. Mara sliep vaak niet, omdat ze geen moment van deze verrukking wilde missen, of ze sliep half, of droomde, en meer dan eens droomde ze dat ze Dann in haar armen hield en dan schrok ze wakker en was ze bedroefd. Ze wist dat ze soms, wanneer ze Meryx in haar armen hield, het gevoel had dat hij iets van een kind had, en ze vroeg zich af of dat vanwege Dann was. Want Meryx was helemaal niet kinderlijk. Behalve in dit ene opzicht: dat hij niet wist dat het leven zo op een cactusbloem leek en in een oogwenk kon verdwijnen. En dat was in feite waarin ze verschilden. Vreemd dat niemand, zelfs de slimsten niet, iets begreep wanneer men het zelf niet had ervaren. Zijn leven lang was Meryx bij de Verwanten beschermd geweest, veilig geweest, en daarom hoorde hij het niet wanneer ze fluisterde: 'Meryx, dit is niet blijvend. Laten we gaan, nu het nog kan.'

Zijn hand gleed zo vaak naar haar taille en betastte daar het ribbeltje dat het snoer met munten in haar huid had achtergelaten. Ze moest hem wel haar geheim toevertrouwen. Ze smeekte hem om het niet tegen de Verwanten te vertellen en hij zei dat hij dat niet zou doen. Ze propte het koord met de zware knopen in het midden van een groot kussen dat altijd aan het hoofdeind van hun bed lag. Alle ongerustheid die ze steeds voelde, en die ze niet kon bedwingen, concentreerde zich op wat in dat kussen zat. Ze wilde de kamer per se zelf schoonmaken, wilde niemand anders dat laten doen. Ze kwam soms in het geheim naar de kamer om haar hand in het kussen te stoppen en zich gerust te stellen. Toen Meryx haar dat zag doen, was hij ongelukkig en zei: 'Ik geloof dat je meer om je appeltje voor de dorst geeft dan om mij.' En ze zei: 'Zonder dat geld zouden we niet tot hier zijn gekomen. Dan zouden we onderweg vermoord zijn.' Ze besefte dat hij het niet begreep, omdat hij nog nooit in zijn leven een punt had bereikt waarop het een zaak van leven of dood was om een sappige wortel te bezitten of een stukje droog brood, of een munt waarmee je het recht kon kopen om in een machine te worden vervoerd, weg van het gevaar. Hij liet vaak zijn vingers over het ruwe streepje op haar huid glijden en zei: 'Mara, ik vraag me soms weleens af of je me had kunnen weigeren om die munten geheim te houden.'

Toen het regenseizoen ten einde liep en er maanden van droogte zouden volgen voordat er weer enige kans was op luchten die het gezegende water konden bevatten, deden er geruchten de ronde dat groepen reizigers vanuit Chelops naar het noorden vertrokken. Ze waren niet op doortocht vanuit het zuiden maar kwamen uit de Torens. Er hadden daar meer mensen gewoond dan men had gedacht. Ze gingen weg omdat het water werd gerantsoeneerd. Mensen die in de buurt van de Torens woonden, verkochten water aan iedereen daarbinnen, of het nu vluchtelingen of misdadigers of illegale bewoners waren. Maar nu was er weinig water om te verkopen.

En toen gebeurde het volgende. Mara was met Juba in de pakhuizen waarin de zakken kostbare opium en marihuana lagen. Toen ze de warenhuizen voor het eerst zag, waren ze tot de nok toe gevuld, maar nu waren ze halfleeg: zoveel was er gestolen, en bovendien hadden ze dat slechte regenseizoen gehad. Wat moesten ze verhandelen, wanneer de handelaren uit de Riviersteden weer kwamen, als ze nog genoeg wilden overhouden om de Hadronen tevreden te stellen?

Mara stond een eindje bij Juba vandaan, die op een hoge stapel zakken met een sonde stond te kijken of de zakken inderdaad de juiste inhoud hadden en geen kalk of kaf bevatten. Kulik kwam naar haar toe en zei op luide toon: 'Mijn aflossing is niet gekomen, hij is ziek.' Daarna zei hij heel zachtjes: 'Je broer zit op de tweede verdieping, Centrale Toren.' En toen weer hardop: 'Ik heb nu al vierentwintig uur dienst.' Hij knipoogde naar haar, een langzaam sluiten van een dik, geel oog, en er lag zo'n boosaardigheid, zo'n haat in, dat ze het letterlijk koud kreeg en begon te beven. Ze zei op luide toon tegen hem dat hij moest gaan rusten. Toen hij zich omdraaide, was daar zijn glimlach, giftig, als een dreigement. Ze dacht: wat merkwaardig: ik ben mijn hele kindertijd deze man uit de weg gegaan en nu moet ik hier weer oppassen dat ik niet in zijn handen val.

Ze vertelde Juba niet over Dann en daardoor voelde ze zich een verrader. Maar hij zou toch vast wel van Dann hebben geweten? Zijn spionnen en de spionnen van de Hadronen – die wisten alles. Toen ze weer naar haar kamer ging, voelde ze snel of het snoer munten nog op zijn plaats zat. De munten waren weg. Dus Juba wist wat Kulik haar had verteld en zorgde ervoor dat ze niet door omkoperij toegang tot de Torens kon krijgen? Ze stond nog steeds met haar hand diep in het grote kussen toen Meryx binnenkwam en toen ze zijn gezicht zag, riep ze: 'Dus jij hebt de Verwanten over mijn munten verteld? Ze wisten het de hele tijd...'

'Ik moest wel, Mara. Dat begrijp je toch zeker wel?'

Ze vroeg onmiddellijk om een voltallige vergadering van de Verwanten. Ze waren er allemaal. Meryx kwam niet naast haar zitten, zoals hij altijd deed, maar zat naast Juba en Dromas. Ze was weer alleen.

'Je hebt ons nooit vertrouwd,' zei Candace, en haar toon, haar houding en haar koele strenge blik gaven aan: je hoort niet echt bij ons.

'En jullie vertrouwen mij niet,' zei Mara. 'Jullie wisten dat Dann daar was. Jullie wisten dat de hele tijd, en jullie hebben het niet tegen mij gezegd.'

Juba zei: 'Je moet begrijpen, Mara, dat we niet zo'n hoge dunk van Dann hebben als jij schijnt te hebben.'

'Jullie kennen hem niet.'

'Hij handelt in verdovende middelen,' zei Juba.

'En hij gebruikt ze,' zei Candace.

'Hij heeft me een boodschap gestuurd,' zei Mara. 'Waarom nu?'

'We denken dat het komt omdat alle mensen uit de Torens naar het noorden gaan,' zei Candace.

'En hij is blijkbaar ziek,' voegde Juba eraan toe.

Mara zweeg, en keek naar de gezichten die zich aan haar leken op te dringen: bezorgde gezichten, maar kalm, en met heel andere ervaringen en gevoelens. En Meryx ook: hij had naast me kunnen komen zitten, dacht ze.

'Wat wil je dat we doen, Mara?' vroeg Candace.

'Wat ik zou willen, is dat jullie me een paar soldaten gaven om met me naar de Torens te gaan – goed, ik weet dat jullie dat niet doen. Maar je vroeg het.'

'En je weet dat het ontzettend belangrijk is dat we ons rustig houden, dat we op de achtergrond blijven, dat we nooit problemen veroorzaken.'

'En dat alles,' zei Mara, 'om iets in stand te houden wat toch niet blijvend is.' Ze zei het zachtjes, op haperende toon, en ze durfde hen bijna niet aan te kijken, omdat ze wist hoe sterk hun verdedigingsmechanismen waren. En op hun gezicht stond te lezen: arm kind, daar begint ze weer.

'We weten dat je zult proberen om de Torens binnen te komen,' zei Juba, en zijn ogen waren vochtig – ja, hij was erg op haar gesteld, besefte Mara; dat waren ze allemaal – en toch zat ze hier, en hoewel ze een groene jurk met strookjes droeg, even mooi en fris en schoon als alles hier, had ze het gevoel alsof ze nog steeds de Mara-onder-het-stof uit het Rotsdorp was.

'We zullen je niet tegenhouden,' zei Candace.

'Krijg ik mijn geld terug?' vroeg ze.

Candace pakte het koord met munten uit een zakje en gooide het naar haar toe. Mara ving het op en kon het niet laten om de munten snel te tellen – en ze zag de kritische blikken. 'Dacht je dat we ze zouden stelen?' vroeg Candace vriendelijk.

'Mogen we ze zien?' vroeg Ida. 'Ik heb nog nooit van mijn leven een goudstuk gezien.' Ze begonnen allemaal te lachen. 'Wie wel?'... 'Niemand van ons'... 'Alleen Mara'... luidde het commentaar.

Mara knoopte een stuk of vijf munten los en legde ze op een donkerblauw kussen. Iedereen keek reikhalzend, toen pakte Juba er een en al snel werden ze doorgegeven.

'Wat mooi,' zuchtte Ida. 'Je bent rijker dan wij, Mara.' En ze gaf haar munt terug. Al snel had Mara ze allemaal weer veilig vastgeknoopt.

'Als je ze meeneemt naar de Torens, vermoorden ze je ervoor,' zei Juba.

'Ik merk dat je me heel dom vindt,' zei Mara. Toen zei ze, nadrukkelijk, terwijl ze om zich heen keek zodat iedereen haar wel aan moest kijken: 'Dann is me in het Rotsdorp komen halen. Hij was noordelijker gekomen dan hier. Hij hoefde niet terug te gaan. Ik zou dood zijn gegaan als hij niet terug was gekomen.

Ik heb mijn leven aan hem te danken.' Dit laatste bracht hen tot zwijgen, maakte indruk op hen: als iemand je het leven redde, was dat een ereschuld die moest worden terugbetaald, hoe dan ook. 'Ik wil het morgen gaan proberen. En als ik jullie niet meer zie – dank je,' zei Mara, in tranen.

'Wacht,' zei Candace, en ze gaf nog een zakje met daarin de kleine, lichte, dunne munten die iedereen gebruikte.

In de kamer die ze met Meryx had gedeeld, bond ze het koord stevig onder haar borsten, terwijl hij naar haar keek. Ze trok de groene jurk uit en trok het slavenkleed aan dat onder in haar plunjezak zat. Ze vouwde de groene jurk op en legde die op het bed. Meryx was daar zo door gegriefd dat hij hem greep en haar dwong om hem in haar plunjezak te stoppen. 'Waarom?' zei hij beschuldigend tegen haar. 'We zijn toch niet opeens vijanden geworden, of wel?'

'Dat vroeg ik me net af,' zei Mara. Toen hij uitriep: '*Nee*,' deed ze het stoffen petje op dat ze gedragen had tijdens haar werk met Juba en Meryx. Nu zag ze eruit als een Mahondi-slaaf: kort, glad haar, een petje, het ruwe geweven kleed dat ooit wit was geweest. Ze trok haar huisschoenen uit en Meryx griste ze van de grond en stopte ze in haar plunjezak. Ze duwde ze omlaag, tot bij de mooie kleren die ze helemaal uit het Rotsdorp had meegedragen en die alle Verwanten hadden bewonderd.

'Ik weet niet wat ik tegen je moet zeggen,' zei ze tegen hem. 'Ik weet dat ik altijd bedroefd zal blijven dat ik je niet de kans heb gegeven om te bewijzen dat je even vruchtbaar bent als je vader. Maar het is eigenlijk maar goed ook, want als ik zwanger was geweest, of een baby'tje had gehad, wat zou ik dan moeten doen?'

'Bij mij blijven,' zei Meryx.

8

Toen Mara naar het centrum van Chelops vertrok, waren er heel veel ogen op haar gericht, wist ze. De Verwanten stonden achter de ramen te kijken, en wie nog meer? Sinds de Verwanten haar hadden opgenomen, was ze niet meer naar het westen geweest. De velden, de weiden voor de melkbeesten, de pakhuizen, de buitenwijken waar de Hadronen woonden, de waterreservoirs en de beken lagen allemaal ten oosten van de Mahondische wijk, en daar was ze iedere dag naar toe gelopen en daar had ze gewerkt. Nu keerde ze het oosten de rug toe en liep ze met grote stappen snel in de richting van de grote Torens, eerst tussen de gezellige huizen van de Mahondi's door, met tuinen die meestal verwaarloosd waren aangezien zo veel huizen leegstonden. Het hele jaar dat ze in Chelops was, had ze onder de hoede van de Verwanten gestaan, en ze was gewend geraakt aan het gevoel van beschutting, als een kind dat vanuit veilige armen de wereld bekijkt. Nu was ze weer op zichzelf. Ze liep langs kleinere huizen, langs een wirwar van kromme paadjes, waar op een hoek een grote boom met verlepte bladeren stond die niet langer met zijn schaduw voorbijgangers uitnodigde om even te blijven staan. Er lag een laag stof overheen. Er hing stof in de lucht, al was het regenseizoen nog maar net voorbij. In een kleine, omheinde tuin stond een melkbeest dreigend te kijken, met zijn tong uit zijn bek: het had te eten en te drinken gekregen, en was misschien geaaid, maar de eigenaar was gevlucht en had het achtergelaten. Mara deed het hekje open en zag dat het beest bijna de kracht niet meer had om het pad op te stappen. Misschien helpt iemand hem wel, dacht ze. Ze was nu voorzichtig en keek waakzaam rond want ze wist dat iedereen die ze nu ontmoette waarschijnlijk een spion van de Mahondi's of van de Hadronen zou zijn. Wat was het hier verlaten. Was iedereen uit Chelops weggegaan? Dit was vroeger een grote, dichtbevolkte stad. De Torens waren nog heel ver weg. Het was nu vroeg in de middag en ze zou er pas halverwege de middag zijn en dan moest ze Dann zien te vinden. Het zwart van de Torens was dof, het glinsterde niet en het glansde niet, maar de enorme sombere gebouwen leken te vibreren van de hitte die ze tijdens de droogte hadden opgeslagen. Toen het paadje dat ze volgde uitkwam op een grote straat, stond daar een draagstoel op klanten te wachten. Dit was de eerste spion, waarschijnlijk een van Juba. Ze vroeg de Mahondische slaaf die tussen de draagstokken stond hoeveel het kostte. Ze had kunnen zweren dat hij bijna nee wilde schudden: niet voor jou. Maar hij dacht even na en zei: 'Tien.' Ze betaalde tien van de lelijke, flinterdunne munten en werd al snel met een sukkelgangetje door straat na straat vervoerd, waarbij de Torens steeds dichterbij kwamen. Dann had dit werk gedaan: zowel met deze stoelen, met één drager, als met de andere, vierkante, met twee dragers. Ze stelde zich zijn harde, gespierde, magere rug en zijn rennende benen tussen deze draagstokken voor. Deze jongen was sterk maar misschien te mager. De rantsoenen voor slaven waren verminderd, maar toch niet zo dat ze honger leden? Hij had niet gevraagd waar ze naar toe moest, dus hij zou het wel gehoord hebben. Ze liet hem stilstaan waar de keurige regelmaat van straten overging in de wirwar van overvolle paadjes en huizen die zo lang geleden de afkeer van de eerste stedelingen voor de Torens hadden aangeduid. En hier waren eindelijk mensen. Toen ze uitstapte, zag ze dat hij de draagstokken losliet en tegen de stoel geleund naar haar bleef staan kijken. Ze liep snel door tot hij haar niet meer zag en ging een eethuis in dat niet meer was dan een kamer met een paar tafels en stoelen, en een lange schragentafel waar borden met grove sneden brood en kannen water stonden. Het was er heel vol en iedereen draaide zich om en keek naar haar. Kwamen hier geen slaven? Ze had dorst, dronk een glas bruinachtig water en vergat bijna de eigenares te betalen, gewend als ze was om alles gratis te krijgen. Ze ging in een hoek zitten, deed net of ze geen aandacht voor haar omgeving had en luisterde. Ze vergaten haar al snel. Het waren arme mensen met kleren die uit de pakhuizen van de Mahondi's kwamen. De gezichten waren mager en ontevreden. Ze was niet geschokt door wat ze zeiden en niet eens verrast, want ze had de betrekkelijke rijkdom en luxe van oostelijk Chelops achter zich gelaten en zag de dingen al net als zij. Ze maakten geen onderscheid tussen de heren, de Hadronen, en de slaven, de Mahondi's, maar zagen beiden als meedogenloze, hebzuchtige en wrede meesters die alles wat goed was voor zichzelf inpikten en wat overschoot uitdeelden aan hen, de armen. Mara zag nu heel goed dat die vriendelijke, plezierige buitenwijken een smalle franje vormden langs deze hongerige stad en zich maar net wisten te handhaven aan de rand van de echte stad – de stad die echt was geweest, want uit de gesprekken bleek duidelijk hoe snel de mensen wegtrokken. Ondanks al hun spionnen en hun systeem van informanten hadden de Mahondi's en de Hadronen er geen idee van hoe gehaat ze waren, met hoeveel plezier een van deze mensen hun de keel zou doorsnijden. En Mara hoorde Candace onverschillig zeggen: ach, er zullen altijd wel een paar mensen ontevreden zijn.

Mara bleef zitten. Ze draaide haar beker bruin water tussen haar lange, mooie, goed verzorgde vingers rond en at met moeite het grove brood, terwijl ze bedacht dat nog maar een jaar geleden dit een feestmaal zou hebben geleken; en ze zag voor haar geest de slimme Candace, de zuchtende Ida, Juba die ze stiekem als een vader beschouwde, Meryx met zijn vriendelijke, humoristische gezicht, Dromas die zo van haar man hield dat Mara het net een oud lied of een verhaal vond, Orphne die alles over planten en genezen wist, de bejaarde zonen van Candace, Larissa die je het hele huis door hoorde lachen, de vrouwen van de binnenhof – al deze mensen, Mara's vrienden, haar verwanten – en ze kon dit beeld niet rijmen met de wetenschap dat ze zo werden gehaat, dat ze als slechte mensen werden gezien.

Toch werd zij, Mara, die daar stilletjes zat, met rust gelaten, afgezien van een enkele nieuwsgierige of vijandige blik. De vrouw die bediende, hield haar in de gaten: zij wist wie ze was. Hoeveel hadden ze haar betaald? Nog belangrijker: wie had haar betaald? Mara liep naar haar toe, vroeg of er kamers verhuurd werden en hoeveel die kostten. De vrouw knikte zonder naar haar te kijken, met een neutraal gezicht, en zei: 'Hoe lang?' 'Ik weet het niet,' zei Mara. 'In ieder geval vannacht?' Hierop gleed er even iets – iets van geamuseerdheid? – over het gezicht van de vrouw, alsof ze wilde zeggen: meen je dat? En ze zei bijna lachend: 'Er is een kamer vrij.'

Mara ging naar buiten en keek wie er verder nog betaald was om op haar te letten maar ze zag niemand. De Torens waren nu dichtbij. Ze waren heel hoog en dreigend, en ze werd opeens ontzettend boos op de mensen die ze hadden gebouwd: ze besefte dat dit gevoel, een opstandige haat, haar verenigde met de mensen die ze in het eethuis had achtergelaten.

Het was middag en de hemel was heet en verblindend licht. De Torens wierpen schaduwen over de kleine huisjes. Voor haar lag de ringweg om de Torens heen, en nu zag ze de hoge omheining die leek op de omheining rond de beek bij de rots ten oosten van de stad: een wirwar van roestig metaal, even ingewikkeld en dooreengevlochten als het kant dat de vrouwen van de binnenhof maakten om hun jurken mee af te biezen. Maar in deze omheining zaten gaten. Mara draaide zich naar het noorden, met het doel helemaal om deze binnenstad met zijn vijfentwintig Torens heen te lopen, en bedacht dat het wel donker zou zijn voordat ze Dann vond. Toen zag ze voor zich uit dezelfde draagstoel met dezelfde jongen die haar hier had gebracht, en dat kwam heel goed uit. Ze gaf hem zonder hem iets te vragen tien stukjes van het metalen geld en zei dat hij haar om de buitenrand van de Torens heen moest brengen omdat ze de ingang naar de tunnels wilde zien. Hij leek niet verrast, maar ze zag dat hij iets behoedzaams kreeg: ze kende die gezichtsuitdrukking en de manier waarop hij zijn schouders hield van Dann. Hij zocht een opening in de roestige omheining, ging naar binnen en nu waren ze op de rondweg. De ingangen van de zes Torens van dit zuidoostelijk kwadrant waren allemaal versperd door hopen van hetzelfde roestige, dooreengevlochten metaal; maar bijna meteen kwamen ze bij een onderaardse tunnel, en bij de ingang daarvan zat een stukje hout vastgespijkerd met daarop een simpele tekening van een gele kever zoals ze op de steile helling hoog boven de stad had gezien. De jongeman rende sneller bij deze ingang, terwijl hij angstig naar binnen keek. Er kwam een smerige stank uit.

Er waren nog twee pogingen gedaan om een tunnel te graven maar daar was men weer opgehouden. Men was ergens ongeveer twintig passen diep gekomen maar toen op een klip gestuit: de stenen zaten als witte tanden in de rode, zanderige grond. Iets verderop was een tunnel ingestort. Nu moesten ze de grote weg oversteken die naar het oosten liep, en dat was makkelijk want hij was hard en breed en vlak. Wanneer je naar het oosten keek, was er niets en niemand te zien op deze weg. Als Mara deze jongen opdracht zou geven om rechtsaf te gaan, de weg op, zou ze binnen het uur terug zijn bij het begin van de Mahondische wijk en even kwam ze sterk in de verleiding om dat te doen. Maar ze liepen verder over de rondweg, die al even leeg was. Ze kwamen nu bij een grote onderaardse tunnel die druk werd gebruikt. Bij de ingang zaten zelfs twee vrouwen, met hun benen voor zich uit gestrekt. Op het eerste gezicht leken zij een toonbeeld van welbehagen, maar de ontevreden gezichten vertelden een ander verhaal. Een groep mannen kwam uit de tunnel, zonder acht te slaan op de vrouwen of op Mara in haar stoel: ze zagen helemaal niet veel – hun lege, starende blik maakte duidelijk waarom niet. Ze liepen terug over de rondweg, waarschijnlijk naar het eethuis. Nu kwamen Mara en de jongen bij de grote weg naar het noorden en lag het noordoostelijk kwadrant achter hen. Was dit de weg die reizigers naar het noorden namen? Ze leunde naar voren om haar drager de vraag toe te schreeuwen, maar hij schudde zijn hoofd en riep terug: 'Te gevaarlijk.' In het noordwestelijk kwadrant waren verschillende onderaardse tunnels en bij alle ingangen stonden de waarschuwende afbeeldingen van kevers. Konden wezens zo groot als een kind van vijf nog kevers genoemd worden? Mara huiverde en kreeg kippenvel bij de gedachte aan de beesten, maar ze zei tegen zichzelf: wat ben je een slappeling geworden! Je hebt met schorpioenen en hagedissen en draken geleefd en die was je te slim af.

Nu staken ze de grote weg naar het westen over, naar het zuidwestelijk kwadrant met weer een grote, veelgebruikte tunnel, en bij de ingang ervan zat een groep jongeren kennelijk te wachten: ze hingen een beetje rond, met stokken in hun hand, en ze zag de messen glinsteren tussen de riemen waarmee hun tunieken waren vastgesnoerd. Ze keken nieuwsgierig naar Mara toen die langskwam. En ze zag aan hun gezicht en houding dat ze net zo makkelijk haar konden aanvallen als daar schijnbaar onverschillig blijven staan. Ze waren ook onder invloed van verdovende middelen, waarschijnlijk marihuana. Welke van de twee tunnels die in gebruik waren moest ze kiezen? Het had haar meer tijd gekost om rond de Torens te trekken dan ze had verwacht. Het was laat in de middag. Ze zou de nacht in het eethuis doorbrengen en de volgende ochtend weer op pad gaan. Ze zou de tunnel in het zuidwestelijk kwadrant nemen, die was dichterbij. Nu staken ze de grote weg over die naar het zuiden liep. Ze had hem vanuit de scheerder gezien: een donkere, glimmende, rechte lijn die het bruine landschap doorkliefde. Weldra kwamen ze in het zicht van het eethuis en ze zei dat ze wilde uitstappen. De jongen stopte, liet de stoel vooroverkantelen, en terwijl ze uitstapte, kwam Kulik vanaf een paadje op haar afrennen, met twee Hadronen achter zich aan. Hij duwde haar snel terug in de stoel en ging naast haar zitten. De drager van de stoel was niet verbaasd en tilde gewoon weer de draagstokken op terwijl de andere twee wachtten tot de stoel weer in beweging kwam en daarna terug naar het eethuis gingen.

'Waar neem je me mee naar toe?' vroeg ze, maar hij antwoordde niet. Hij hield de zijkant met één hand stevig vast terwijl zijn ogen voortdurend heen en weer bewogen, en in de andere hand had hij een mes waarmee hij zowel haar bedreigde als eventuele aanvallers. De twee littekens op zijn gezicht staarden haar aan met de belofte van wreedheid. Ze waren geheeld, maar het vlees aan weerszijden van de littekens paste niet op elkaar, er was een stuk samengetrokken en de mond die meestal dreigend grijnsde, was nu aan één kant blijvend omhooggetrokken zodat je gele tanden zag.

'Heeft een draak dat gedaan?' vroeg ze. Ze dacht dat hij niet zou antwoorden, maar hij zei: 'Een waterdraak. En die klauwen zijn giftig. Ik dacht dat ik doodging.' Dat laatste werd gezegd op de schertsende, smalende toon die ze van hem gewend was sinds ze hem als klein meisje voor het eerst had gezien. 'En het beest heeft vergif in me achtergelaten, want ik voel het soms in mijn botten.'

Ze gingen terug naar de oostelijke buitenwijken. Ze kwamen langs het paadje waar ze eerder het melkbeest had gezien. Het was op zijn knieën gezakt, maar in het stof er vlakbij zat een Mahondische vrouw die een schaal water bij zijn bek hield. Ze kwamen door de Mahondische wijk. Nu bedacht ze vol afschuw dat hij haar meenam naar de Hadronen: die smerige, dikke, door verdovende middelen wrede, oude mannen, met hun vet dat onder hun gewaden om hen heen blubberde en hun kleine, kille oogjes. Ze dacht: ik doe het niet, ik maak mezelf van kant – bij het idee dat ze zou worden aangeraakt door die handen die net kussens koude talg waren. Maar de drager rende langs het grote huis met zijn nog immer frisse tuinen waar de oudste Hadronen woonden. 'Waar neem je me mee naar toe?' vroeg ze nog eens, maar Kulik was hier nog waakzamer en oplettender – nu ja, ze konden ieder ogenblik Juba, of Meryx, of Orphne tegenkomen, die de stoel zouden tegenhouden of in ieder geval alarm zouden slaan. De stoel ging een tuin in bij een ander huis, dat zoals ze wist door de jonge Hadronen werd gebruikt.

De drager stopte, liet de draagstokken zakken, ging rechtop staan, rekte zich uit en schudde het zweet uit zijn ogen. Kulik greep Mara's arm vast, wat pijn deed – en zijn brede grijns maakte haar duidelijk dat hij dat heel goed wist –, en duwde haar voor zich uit omlaag, de stoel uit, trok haar toen een paar treden op naar een veranda waar een Hadroonse wachter slapend tegen de muur aan hing. Kulik klopte op de zijkant van een open deur en er kwam een jonge Hadroon naar buiten die Mara wel kende. Hij wist ook wie zij was en zei: 'Laat haar los.' Waarop Kulik deed wat hem gezegd werd en opeens geen bullebak meer was maar een en al gehoorzaamheid.

Deze Hadroon heette Olec, en ze kende hem als een van de leiders van de Hadroonse jongeren. Hij was een van degenen die een voorwaardelijke gevangenisstraf hadden gekregen. Hij pakte haar hand en voerde haar een kamer binnen vol jonge Hadronen die ze van gezicht kende. Ze zaten op kussens en stromatrassen, lui en uiterst op hun gemak, net als de oudere Hadronen, dacht ze. Deze jongens waren niet ziek van de verdovende middelen, ze waren niet dik en walgelijk, hun vlees was niet veranderd in gele vettigheid, maar wat ze gemeenschappelijk hadden met de oudere Hadronen was een aangeboren, vanzelfsprekend machtsgevoel. Iedere beweging die ze maakten, de houding van hun hoofd, de manier waarop ze daar achteroverlagen, hun zelfverzekerde gezicht, alles gaf aan: wij zijn heersers en blijven dat ook. En Mara dacht vol afgrijzen: maar zo gedroegen wij Mahondi's ons vroeger in ons paleis in Rustam ook, en de Mahondi's hier, ook al zijn ze slaaf, komen ook zo over op de stadsmensen.

'Ga zitten, Mara,' zei Olec, en hij liet zich sierlijk op een kussen zakken. 'Dus jij was aan het ontsnappen?' En dit zei hij niet onvriendelijk, of als een beschuldiging, maar met het makkelijke vermaak over anderen dat een teken is van vertrouwen in macht.

'Een weggelopen slavin,' zei een ander lachend.

Mara ging op een laag bankje zitten, vanwaar ze neerkeek op deze gouden jongens, zoals ze werden genoemd, en ze dacht: als ze aan de macht komen, zullen ze precies zo als hun vaders zijn. Ze denken van niet, maar zo zal het wel gaan.

'Wat willen jullie van me?' vroeg ze met dezelfde, bijna ongedwongen kameraadschap, omdat ze allemaal jong waren en in dat opzicht in ieder geval gelijken.

'Ik vraag me af of je verbaasd zult zijn als we het je zeggen,' zei Olec.

'Nou?'

'Je wordt mijn concubine,' zei Olec. 'En je gaat kinderen baren. Voor mij. Voor ons.'

Nu was het de Hadronen iets beter gelukt om nakomelingen te krijgen dan de Mahondi's, maar niet veel. 'Er zijn veel Hadroonse baby's doodgegaan, en we willen voldoende slaven houden.'

Mara zat na te denken en dwong zichzelf te glimlachen, zodat ze koel en zelfs geamuseerd leek. Toen zei ze: 'Willen jullie een harem van Mahondi's zien te krijgen? Zijn jullie van plan om nog andere vrouwen te vangen? Dat zal Juba niet leuk vinden.'

'Juba zal doen wat hem gezegd wordt,' zei Olec. 'En jij bent weggelopen. We hebben je niet uit je gezin weggehaald.'

'Waarom heb je Kira niet genomen? – die is ook weggelopen.'

'Dat is zo,' zei Olec. 'Maar we wisten hoe Kira was. Zo veel moeite was ze niet waard, hebben we besloten.'

Hierop werd alom luid en joviaal gelachen. Er waren hier alleen maar mannen bij elkaar. Zo lachend bespraken ze de kwaliteiten van de Mahondische vrouwen. Wat vonden de Hadroonse vrouwen van dit systeem?

'Nou, Mara,' zei Olec, 'heb je iets tegen mij? Als ik je niet aansta, kies dan maar wie je wilt.' En ze zag hoe deze zelfvoldane jonge mannen glimlachend en afwachtend zaten te kijken, tot ze iemand uit zou kiezen – ze leken precies een schaal met snoepjes van Ida, dacht ze.

'Er is een probleem,' zei ze. 'Ik ben al zwanger.'

Hierop keken ze elkaar aan: eerst ongelovig, daarna teleurgesteld. En toen misnoegd. Een paar Hadronen stonden zelfs op en gingen naar buiten: dit is tijdverspilling, gaf hun lichaamshouding aan.

'Maar Meryx heeft nog nooit iemand zwanger gemaakt, Mara,' zei Olec.

'Nee,' zei Mara, 'maar Juba wel, al een paar keer.'

En nu deed ze haar best om stil te blijven zitten glimlachen, terwijl Olec dwars door haar heen leek te kijken, haar helemaal bekeek, haar lichaam, haar gezicht, haar ogen. Toen leunde hij zuchtend achterover, knikte en lachte zelfs.

'Goed,' zei hij. 'Waarom loop je dan weg?'

'Wie zei dat ik wegliep? De Verwanten zijn ervan op de hoogte. Ik ben op zoek naar mijn broer.'

'Waarom denk je dat je blij zult zijn met wat je vindt?'

'Hoe weet je wat ik zal vinden?'

'Jouw Kulik lijkt goed geïnformeerd.'

'Hoezo, mijn Kulik?'

'Hij heeft ons verteld dat jij zijn seksvriendin was toen jullie bij het Rotsvolk woonden.'

Dat maakte Mara zo kwaad dat ze voor het eerst haar zelfbeheersing verloor. Ze voelde dat ze wit werd en het koud kreeg van woede. Ze sprong overeind, staarde voor zich uit, en had moeite om adem te halen.

Uiteindelijk zei ze: 'Dat is niet waar.' Ze dacht: als hij hier was, zou ik hem vermoorden. Ze probeerde nuchter en koel te klinken, hoewel ze nog steeds buiten adem was, en zei: 'Jullie moeten voorzichtig zijn wie je gebruikt om je vuile karweitjes op te knappen.'

'We weten dat hij in verdovende middelen handelt,' zei Olec. 'Maar als we weten wanneer, waarom en aan wie, is dat alleen maar handig.'

'Dus jullie denken dat hij jullie trouw zal zijn en dat jullie hem kunnen vertrouwen?'

'Als we hem voldoende betalen wel, ja.'

'Als ik jullie was, zou ik uitzoeken wie hij nog meer van informatie voorziet,' zei ze. Ze bedoelde de oudere Hadronen. Ze had zichzelf weer in bedwang, glimlachte en zei: 'Laten jullie me nu gaan?'

'Wat kan ik zeggen? Natuurlijk. Ik wens je meer geluk met deze baby dan jullie met sommige andere hebben gehad.'

'We hebben er nog steeds drie die leven en gezond zijn,' zei Mara.

'Dat is niet genoeg.'

'Doe geen moeite om met me mee te lopen – ik ken de weg.'

'Maar ik loop toch met je mee,' zei Olec, en hij liep met haar mee tot ze de Mahondische wijk konden zien. Zo wist hij zeker dat ze daarnaar toe ging. 'Ik zie je nog wel,' zei hij toen, en zij antwoordde: 'Vast wel.'

In de binnenhof zaten de vrouwen in hun mooie jurken te zingen en spelletjes te doen om de baby's te vermaken. Ze zijn net cactusbloemen die een dag bloeien, dacht Mara, en ze voelde zich verdrietig.

Ze trok een schone jurk aan, een roze, omdat ze Meryx wilde behagen, en ging toen naar Ida om te vragen of ze een bezoek kon brengen aan de kijkmuur: zo werd die genoemd. Langgeleden had een handwerksman een hele muur bedekt met stukjes van een glanzend materiaal dat in de oostelijke bergen werd gedolven, en hij had dat zo handig gedaan dat de stukjes een grote plaat vormden waarbij de voegen als een fijn net over een oppervlak lagen dat weerkaatste wat ervoor stond. De muur leek op roerloos water met een spinnenweb eroverheen, en hier kwamen alle vrouwen zichzelf bekijken. Mara ging er staan en zag haar gladde, glanzende haar, haar gladde, gezonde huid, haar nieuwe borsten, en ze dacht: niemand kan nu beweren dat ik lelijk ben. Ze probeerde naar zichzelf te glimlachen. Het probleem was haar ogen, want ze was veel te ernstig. Grote, diep liggende, ernstige ogen... Ze zuchtte, verliet de kijkmuur en trof Meryx in hun slaapkamer aan. Ze vielen in elkaars armen.

Toen vroeg ze of de Verwanten die avond bij elkaar wilden komen om naar haar te luisteren. En die avond, toen de lampen ontstoken waren en in de grote zaal waren geplaatst, begon Mara te praten, met Meryx naast zich die haar hand vasthield (net Juba en Dromas; o, ik wou dat het zo was).

Ze zag aan Juba's gezicht dat hij wist wat er in het huis van de jonge Hadronen was gebeurd, dus ze begon daarmee. Ze zei dat ze ontvoerd was 'voor de voortplanting' maar dat ze een leugen had verteld: ze had gezegd dat ze zwanger was van Juba. Hierop liet Meryx haar hand los; ze wist wat ze hem aandeed. 'Het is niet waar, Meryx. Ik moest weg zien te komen. Ik moest iets zeggen zodat ze me zouden laten gaan.'

'Het is niet waar,' zei Juba tegen Dromas.

'Het is niet waar,' zei Mara tegen Dromas en daarna weer tegen Meryx: 'Het is echt niet waar.'

Dromas keek aandachtig naar haar Juba, die glimlachend naar haar knikte, haar handen pakte en zei: 'Geloof me, Dromas.'

Maar Meryx zat stil naast Mara zonder haar aan te kijken en zijn gezicht – het deed Mara verdriet het te zien.

Candace zei: 'Begin eens bij het begin.'

'Maar jullie weten toch zeker alles al?' vroeg Mara schertsend.

'Niet alles. Vertel het maar zodat iedereen het hoort.'

Er waren die avond meer mensen dan anders, een stuk of twintig, die allemaal nieuwsgierig waren.

Mara begon met haar vertrek uit dit huis, de wandeling door lege straten, het stervende melkbeest – dat gered was, verzekerde ze hen –, de wachtende stoel met zijn drager, het eethuis en de eigenares die haar kennelijk verwachtte.

'Niet door mijn toedoen,' zei Juba.

'Nee, dankzij de jonge Hadronen,' zei Mara. 'Die hadden het allemaal geregeld.' En ze beschreef langzaam en duidelijk de tocht rond de Torens, de tunnels, de borden die waarschuwden voor de kevers, de massa prikkeldraad met gaten erin en hoe de stoeldrager was aangesteld om de hele dag voor haar beschikbaar te zijn. Ze waagde een blik naar Meryx, maar hij had zijn gezicht afgewend en Mara zag dat Dromas zich erge zorgen om hem maakte, want ze keek zuchtend naar hem.

Ieder detail, ieder ogenblik; tot ze door Kulik werd ontvoerd en naar de jonge Hadronen gebracht. Ze vertelde wat daar was besproken, maar zei niet dat Kulik over haar had gelogen.

Toen ze vertelde hoe ze tegen Olec had gezegd dat ze zwanger was van Juba, merkte ze dat Meryx even geschokt reageerde alsof hij het nog niet had gehoord.

'Meryx,' zei ze tegen hem, 'het was een leugen. Ik moest wel. Geloof me alsjeblieft.'

Hij bleef lusteloos zitten en schudde zijn hoofd alsof hij wilde zeggen: maar het is allemaal te veel.

Er begonnen nu mensen op te staan en ze wilden al weglopen toen ze zei: 'Blijf alsjeblieft nog even. Ik moet iets zeggen, echt.' En ze gingen weer zitten.

Nu begon ze een hartstochtelijk pleidooi dat ze weg moesten gaan, weg uit Chelops, nu het nog kon. 'Jullie kunnen een heleboel eten en kleren meenemen; het zal niet zo zwaar zijn als het voor ons was. Ga alsjeblieft weg – ik weet niet waarom ik het jullie niet duidelijk kan maken.' Ze keken elkaar aarzelend en ernstig aan, maar ze was bang dat ze al besloten hadden om niet te luisteren.

'Wat hier gebeurt, is precies hetzelfde als ik me uit Rustam herinner.'

'Je was heel klein,' zei Candace. 'Hoe kun je je dat herinneren?'

'Ik herinner het me wel. En dit is hetzelfde. Mensen die weggaan. Misdadigers. De tuinen die doodgaan. Het water dat steeds minder wordt. Minder eten.'
Maar hierboven is het niet zo slecht, dacht ze, en ze weten niet hoe slecht het beneden in de stad is. Ze wonen op dit rustige plekje aan de rand van de stad...
'We hebben een slecht regenseizoen gehad,' zei Juba.
'Je hebt me zelf verteld dat jullie de laatste tijd een paar slechte seizoenen hebben gehad,' zei Mara. 'Majab stroomt leeg volgens de reizigers. Dat heb ik in het eethuis gehoord. Er is bijna niemand meer. Toen we er een jaar geleden overheen vlogen, waren er nog steeds mensen en leek het allemaal niet zo slecht. Toen was het net zoals Chelops nu. Het gaat zo snel. In het Rotsdorp hoorden we dat Rustam leegstond en langzaam onder het zand bedolven werd. Het Rotsdorp zal nu ook wel onder het zand komen te liggen. Het zand waait Majab al in, zegt men.'
Stilte nu, een bezorgde maar onrustige stilte: mensen die aan hun kleren wriemelden, aan hun haar zaten, elkaar niet aankeken en dan naar elkaar glimlachten, het allemaal weg wilden glimlachen.
'Jullie zouden nu echt voorbereidingen moeten treffen,' zei Mara. 'Pak alles in. Huur al het transport dat er nog is.'
Candace leunde voorover. 'Mara, het is heel begrijpelijk met jouw verleden dat je zenuwachtig bent,' zei ze nadrukkelijk. 'Maar met één goed regenseizoen is alles weer normaal...'
'Nee,' zei Mara en Juba steunde haar, 'daar is meer dan één seizoen voor nodig.'
'Bovendien,' vervolgde Candace, 'is er iets wat je niet begrijpt. Het maakt ons niet uit of iedereen in de stad weggaat. Dan hoeven we ze geen eten te geven – dat is prima. We zijn hier heel zelfstandig.'
'De Hadronen zouden ons niet laten gaan,' zei Juba.
'Vecht dan tegen ze,' zei Mara. 'De burgerwacht luistert naar jullie, niet naar de Hadronen.'
Maar ze zag aan hun gezichten dat ze ontmoedigd werden door de enorme inspanningen die ze zich zouden moeten getroosten. Dit rustige, mooie leventje heeft hen week gemaakt, dacht ze. Ze zijn niet in de conditie voor zo'n inspanning. Maar ze moeten wel, ze moeten...'
En ze bleef redeneren, pleiten en smeken. Opeens kreeg ze een ingeving. 'Trek dat gordijn voor die kaart daar eens weg,' zei ze tegen Candace.
Candace stond op en zei: 'Nee, Mara. Dat doe ik niet. Het is genoeg geweest voor een avond.' Vervolgens zei ze tegen de anderen: 'Laten we welterusten zeggen en Mara bedanken voor alle informatie die ze ons gegeven heeft.'
Het gezelschap verspreidde zich en in de gesprekken klonk onderdrukt gemor en geklaag.
Mara ging met Meryx naar hun kamer en ze moest hem er telkens weer van

overtuigen dat ze echt nooit met Juba had gevrijd en het ook nooit had overwogen. 'Je moet me geloven!' – en ze dacht dat hij haar uiteindelijk ook wel geloofde. Maar hij huilde en zij huilde, ze klampten zich aan elkaar vast en vrijden keer op keer. Het was midden in haar vruchtbare periode. En Meryx zei: 'Als je vannacht zwanger wordt, zal ik nooit weten of het van mij is of van Juba.' En daarna zei hij: 'Je vrijt met me alsof je van me houdt, maar je gaat bij me weg.'

En ze vrijde heel gretig: door de lange, beangstigende dag; omdat ze zich zo kwetsbaar had gevoeld zonder de bescherming van de Verwanten; omdat ze nog steeds aan het stervende melkbeest moest denken, want ze wist dat er vast nog meer waren; omdat ze Chelops ging verlaten en wist dat ze haar hart hier zou achterlaten, bij deze mensen, bij hem.

De volgende ochtend riep Juba hen allemaal bijeen om te vertellen dat er een boodschapper van Karam was gekomen met twee mededelingen. Om te beginnen moesten de jonge vrouwen die bij de melkbeesten werkten, ophouden met het stelen van melk. Als ze het weer deden, zouden ze slaag krijgen. Dit bracht hen weer in herinnering dat ze slaven waren. Het tweede deel van de boodschap was dat er vier Mahondische meisjes naar de jonge Hadronen moesten worden gestuurd. Er zou geen dwang worden uitgeoefend wat hun keuze betreft. De meisjes mochten kiezen uit de jonge mannen. Wanneer bleek dat ze zwanger waren, mochten ze naar de Verwanten terug als ze wilden. Er was veel boosheid en verontwaardiging en er klonken protesten in de trant van 'Ik ga toch niet'. Maar Karam had de meisjes die moesten gaan bij naam genoemd, en de keuze gaf aan hoe goed de Hadronen al hun eigenschappen kenden. De vier waren het jongst en ze waren vrolijk en vriendelijk.

Ondertussen zou Mara naar de Torens gaan. Juba had gezegd dat ze van hem alleen met bewakers mocht gaan. 'Maar je drong gisteren ook niet op bewakers aan,' zei ze. 'Ik wist niet dat de Hadronen van plan waren je te ontvoeren,' zei hij. 'De Hadronen hebben gezegd dat Dann ziek is. Misschien moet ik in de Torens blijven om voor hem te zorgen.' Met andere woorden: ik weet niet of je hem hier wilt hebben. 'Breng hem maar hier,' zei Juba. Dat betekende dat er over Dann gepraat was en dat de Verwanten hadden besloten haar tegemoet te komen.

Er kwamen vier draagstoelen. In drie ervan zaten twee burgerwachten, en in de stoel voor Mara zat er één. Hij had een mes in zijn hand en naast hem lag een grote knots.

Ze wist nu precies waar ze naar toe moest en ze waren voor het middaguur bij de tunnel in het zuidwestelijk kwadrant. Zes burgerwachten hadden opdracht gekregen om met de stoelen, de dragers en hun wapens op haar te wachten. Ze wilde alleen de Torens in gaan, maar de man bij haar in de stoel stond erop om mee te gaan: in opdracht van Juba, zei hij.

Met zijn tweeën stonden ze aarzelend bij de ingang van de tunnel. Ze waren bang en maakten daar geen geheim van. Ze wisten niet hoe lang de tunnel was: een kleine ronde lichtcirkel gaf het eind ervan aan. Er kwam een kwalijke lucht uit. Ze waren bang voor wie ze daarbinnen zouden tegenkomen. Mara ontstak een grote toorts van in talg gedrenkt kreupelhout en de burgerwacht nam hem van haar over en hield hem hoog. Nu was ze blij dat hij erbij was. De aarde van de tunnel was hard: hij was al lang in gebruik. Ze kwamen langs het gele pantser van een kever die een poosje geleden was gedood, want er lagen allemaal kleine stukjes zwart met geel. Het licht van de toorts scheen op ruwe aarden muren en een laag aarden plafond. Er zaten vervilte spinnenwebben op het plafond, niet van de monsters die Mara eerder had gezien, maar van gewone werkspinnen die vanaf hun post zaten te kijken. Na ongeveer vijftien minuten langzaam en voorzichtig te hebben gelopen kwamen ze buiten, waar ze achterom konden kijken naar de roestige kluwens van de omheining die niemand meer buiten zou houden. Ze bevonden zich recht onder de zes zwarte Torens van het zuidwestelijk kwadrant.

'Centrale Toren, tweede verdieping,' zei ze tegen de man en ze liepen door de zes torens waarbij hun opviel dat het stof zich rond de voet van de Torens ophoopte en er onberoerd uitzag, als zand dat zich verzamelt rond een steen die in de weg staat of een dode boom. Ze bevonden zich recht onder de Centrale Toren, en voor hen uit was een ingang, met zwarte treden die ernaar toe leidden. De treden lagen vol zand. Voor de toegang tot de Toren had een deur gezeten, maar die hing half uit zijn hengsels en ze liepen zo de lange gang in die zo groot was als een zaal en dwars door het gebouw liep. Bij de ingang stonden apparaten die ooit via een systeem van gewichten en katrollen mensen in het gebouw omhoog hadden gebracht, maar ze waren nu niet meer in gebruik. Er voerden trappen omhoog. Die trappen waren kortgeleden nog betreden: op iedere trede stonden stoffige voetstappen. Op de eerste verdieping was een hoge, brede gang te zien die doorliep tot waar een licht door een gebroken raam scheen. De bewaker liep vlak achter Mara, met zijn mes in de ene hand en zijn knots in de andere. 'Als er voor ons iemand aan komt, ga dan achter me staan,' zei hij. 'Als iemand van achteren aanvalt, ren dan de trappen op, maar zo dat je mij nog kunt zien.' De trappen naar de tweede verdieping waren steil en het waren er heel veel. Ze kwamen veilig aan zonder iemand te hebben gezien. Weer was er een lange, lege gang waarop deuren uitkwamen, wel dertig of veertig.

'Ik ga eerst naar binnen,' zei de man. 'Nee, daar heb ik opdracht voor.'

En ze begonnen de kamers systematisch te doorzoeken. Sommige waren nog maar kortgeleden bezet geweest. Er lagen lege dozen, een rol vuil en gescheurd beddengoed en oude kleren die als vodden op de vloer waren achtergelaten. Alles was stoffig. Geen mensen. Waar waren ze gebleven? 'Naar het noorden,' zei de bewaker. 'Ze zijn allemaal naar het noorden.' Er hing de zware, ongezonde lucht van opium en hier en daar rook het naar marihuana, maar minder sterk.

Toen, bij de elfde of twaalfde poging – ze raakten de tel kwijt –, deed de bewaker een deur open, stapte snel achteruit door wat hij zag en ging opzij om haar binnen te laten terwijl hij zijn mes uitgestoken voor zich hield. 'Wees voorzichtig,' zei hij.

Mara zag drie lichamen die heel stil met hun hoofd naar de verste muur lagen. Sliepen ze... of waren ze dood? De stank was vreselijk: een concentratie van vuile dampen en ziekte. De bewaker kokhalsde even maar bedwong zich door de rug van de hand waarin hij het mes had tegen zijn mond te drukken. Hij staarde naar de lichamen met ogen vol afgrijzen, schrik en angst. Mara had graag willen wegrennen maar dwong zich om naar binnen te gaan. Ze boog zich over het lichaam dat het dichtst bij haar lag, waarvan het gezicht schuilging achter een arm, waarschijnlijk om het licht tegen te houden dat pijn deed aan zijn ogen, en ze zag dat deze man zo ziek was dat hij bijna dood was. Zijn ademhaling was zwak en kwam met lange, onregelmatige tussenpozen, en zijn ogen waren halfopen. Hij kon met elk van die zwakke, raspende ademtochten doodgaan. Een Mahondi. Het tweede lichaam was onbetwistbaar een lijk. Ook een Mahondi. Er liep een grote snee over zijn keel en er lag een plas stollend bloed.

Nu zag Mara aan de vorm van het hoofd wat haar wachtte... Ze knielde naast Dann neer, die vooroverlag. Ze draaide hem om. Hij was bewusteloos van de verdovende middelen. Zijn gezicht zat onder de zere plekken. Op zijn armen en benen zaten zere plekken en korsten op een droge, schilferachtige huid. Zijn ogen zaten dicht van het pus. Zijn hele lichaam was ontstoken en ziek en er zat bijna geen vlees meer op zijn botten.

'Dann,' zei ze, 'ik ben het, Mara.'

Hij deed zijn ogen niet open maar kreunde wel. Hij probeerde tussen zijn verkleefde lippen door te spreken. 'Mara,' zei hij, en hij mompelde en kreunde totdat ze uiteindelijk begreep wat hij zei: 'Ik heb de boze man gedood.'

Nu was het Mara enigszins duidelijk. Ze keek naar het gezicht van de dode man en naar het gezicht van de man die bijna dood was, en zag dat ze op elkaar leken. Misschien broers – of dat hadden ze kunnen zijn. Dann was hier omdat hij gevangene was geweest: van deze twee mannen, dat zeker, maar vooral van zijn eigen oude, vreselijke obsessie.

'Hij was slecht,' zei Dann met de stem van een kind. 'Mara, hij was de boze man.'

In een hoek stond de kruik die Dann zo ver had gedragen toen ze hiernaar toe waren getrokken, en toen ze hem schudde, klonk er een zacht geklots van water. Ze goot water in die zieke, stinkende mond en zijn lippen reikten ernaar alsof ze een eigen leven leidden, hunkerend naar water.

'Kun je opstaan?' vroeg ze.

Natuurlijk kon hij niet opstaan, maar Mara vroeg het omdat ze dit arme, zieke wezen niet in verband kon brengen met de lenige, vlugge Dann die ze kende. De bewaker gaf haar het mes en de knots en met zijn gezicht vertrokken van walging tilde hij het uitgemergelde lichaam moeiteloos op. Rond de open plek waar Dann had gelegen, lagen overal stukjes zwart, kleverig opium, pijpen, lucifers en zakjes heldergroene, gedroogde bladeren. Mara pakte snel de lucifers en stopte ze weg. De bewaker keek haar bevreemd aan: hij had nooit geweten dat je gebrek kon hebben aan lucifers.

Ze keek naar de stervende man en de bewaker zei: 'Die leeft vanavond niet meer,' en eigenlijk zag hij er ook uit alsof hij al dood was: hij lag heel stil.

En zo liepen Mara en de bewaker, met Dann in zijn armen, de gang weer door naar de trap, de trap af naar de eerste verdieping en nog meer trappen af naar de begane grond. Dann lag het hele stuk slap in de armen van de bewaker, maar nu waren zijn ogen open. Beneden aan de trap zette de bewaker hem neer om uit te rusten. Dann mompelde: 'Water, water,' en Mara gaf hem alles wat er nog in de kruik zat, die ze niet achter had kunnen laten. Buiten de Toren bracht Dann zijn arm omhoog om zijn gezicht te beschermen en Mara putte moed uit het feit dat hij daar de kracht voor had. En toen gingen ze terug door de tunnel, terwijl Mara de toorts hoog hield. Bij de ingang kwamen ze een paar meisjes tegen.

'Waar is iedereen?' vroeg Mara.

Ze waren verstijfd van angst – voor haar of voor de knots en het mes in haar handen, en ze wrongen zich langs hen met hun rug tegen de aarden muur.

'Is er helemaal niemand meer?' drong Mara aan.

'Waarom zouden we blijven? Waarvoor? We gaan vanmiddag weg.' En ze begonnen zo snel mogelijk te rennen. 'Spionnen van de Mahondi's,' hoorde Mara. 'Het zijn spionnen.'

Mara zette Dann naast zich in de stoel en de bewaker die hem had gedragen ging aan de andere kant zitten. Dann kreunde en zijn ogen rolden heen en weer. Het schommelen van de stoel maakte hem misselijk. De vier stoelen bewogen langzaam terug naar het hoofdkwartier van de Mahondi's, langzaam omdat de renner van Mara's stoel moeite had om hen drieën te trekken. Mara liet hen stilhouden bij het huis van Orphne. Daar zou Dann uiteindelijk toch belanden. Ze wilde niet dat de Verwanten hem in deze toestand zouden zien. Toen de bewaker Dann optilde, kwamen de vier renners naar hem kijken omdat ze hem herkenden. Op hun gezicht en dat van de bewakers die naar Dann stonden te kijken, lag een uitdrukking die aangeeft dat de waarnemer afstand schept, als een rechter die een vonnis uitspreekt. Dann ging dood, was op de gezichten te lezen. De jongemannen waren blij toen ze zich konden afwenden: de dragers naar hun stoelen, de bewakers naar hun barakken, weg van het ongeluk van de dood.

Mara vroeg de bewaker om Dann op een bed te leggen, bedankte hem en zag dat ook hij zich snel uit de voeten maakte. Mara trof Orphne in haar apotheek aan, waar ze drankjes maakte, en nam haar mee naar Dann. Orphne tilde Danns hand op, zag hoe die schijnbaar lusteloos neerviel. 'Dus dit is de beroemde Dann,' zei ze en zoals ze daar stond, in een witte, wijd vallende jurk met een rode bloem in het haar, was het net of ze die kamer in was gestapt vanuit een ander leven, vanuit een andere waarheid.

'Ik dacht dat ik nooit iemand zou zien die er erger aan toe was dan jij,' zei ze, en daarna: 'Laten we maar beginnen.' Ze liep naar haar medicijnkamer en kwam terug met een sterk ruikend drankje. Samen kregen de twee vrouwen het merendeel ervan bij Dann naar binnen omdat hij uiteindelijk slikte toen hij bijna dreigde te stikken en langzaam en automatisch doorging met slikken. 'Goed zo,' zei Orphne.

Nu trok ze haar witte jurk uit en stond daar in haar lange witte onderbroek met strookjes, met haar grote borsten bloot. 'Als je niet wilt dat die kleren vuil worden, moet je ze uittrekken,' zei ze. Mara trok haar kleren uit: de kleren van Meryx. Onwillekeurig keek ze jaloers naar Orphnes borsten omdat die van haar nog slechts mollige plekken op haar borstkas waren. Orphne zag haar kijken en zei: 'Je had daar helemaal niets toen ik je voor het eerst zag. Nu even tillen.'

Ze tilden de bewusteloze jongen op, brachten hem naar de kamer ernaast en legden hem in een ondiep bad. Orphne overgoot hem met door de zon verwarmd water vol kruidige stoffen. Dann was vuil, maar lang niet zo erg als een jaar geleden toen ze met zijn tweeën de rots waren afgedaald naar Chelops. Het water was al snel donker van het vuil en het bloed en zat vol korstjes van de schrammen en zweren. Toen zijn lichaam zichtbaar werd, zagen ze rond zijn middel een keten van littekens die eruitzagen als messteken, alsof hij besloten had om een gordel van littekens te maken voor de sier of als ritueel. Ze waren rood en zagen er pijnlijk uit. De ronde, platte vormen onder de huid maakten Mara duidelijk wat het waren en ze schreeuwde tegen Orphne, die eraan voelde: 'Nee, niet knijpen.' Dann had zichzelf gesneden, munten naar binnen geschoven om ze daar veilig te bewaren en daarna de wonden over de munten laten helen. Orphnes wenkbrauwen vroegen om uitleg en Mara zei, bijna in tranen: 'Ik zal het je vertellen... ik zal het uitleggen.'

Dat water gooiden ze naar buiten, in de warme zon, waar de vuiligheid zonder schade kon verbranden, en ze goten nog meer medicinaal water om Dann heen, die heel stil lag, met zijn ogen dicht, en niet bewoog toen Orphne zijn gezicht en ogen afveegde en zijn hoofd vasthield om zijn haar te wassen. Ze droogden hem af en legden hem weer op bed. Orphne knipte Danns nagels die bijna klauwen waren, wreef olie in zijn droge huid, en keek naar zijn tanden die los zaten in ontstoken tandvlees, net zoals Mara's tanden nog maar zo kort geleden. Nu stonden ze weer wit en stevig in haar mond en was ze er trots op. Zo zouden Danns tanden ook weer worden, zeer binnenkort.

'Zo,' zei Orphne nog eens, 'dit is dus de beroemde Dann. Hij lijkt op je, of zal in ieder geval op je lijken als hij beter is.' De grote, sterke vrouw met haar grote borsten die glansden van gezondheid en ook leken te glanzen van vriendelijkheid, stond naar haar patiënt te kijken. Zichtbaar blij omdat hij al minder lusteloos was, trok ze daarna haar mooie, witte jurk aan, stopte de cactusbloem weer in haar haren en zei: 'Nou, Mara, wat er nu gaat gebeuren zul je niet leuk vinden, dus ik stel voor dat je weggaat.'

'Nee, ik blijf.'

Orphne bond Dann met touwen aan het bed vast met zachte propjes stof tussen de touwen en zijn huid, legde slechts een doek over hem heen, omdat het zo heet was, en ging naast het bed zitten. 'Heb je weleens iemand gezien terwijl de opium wegtrekt? Nee? Nou, ik waarschuw je.'

Mara trok haar tuniek en broek weer aan en ging zitten. Het is net alsof hij niet weet dat ik er ben, dacht ze, maar misschien weet hij het toch wel.

Dann sliep een poosje of was bewusteloos of allebei, maar daarna begon hij te kreunen en te rillen en tegen zijn boeien te vechten. Zijn lichaam schokte telkens van hevige krampen terwijl hij met zijn tanden knarste en met zijn ogen rolde, maar toch leek hij de hele tijd niets te merken, zodat het net was alsof je iemand in zijn slaap met een tegenstander zag vechten of iemand die aan het verdrinken was onder water zag worstelen. Het was een naar gezicht en Mara wilde hem losmaken en vasthouden zoals ze hem als klein kind had vastgehouden, dat lichaam van hem optillen dat zo licht was als botten die je naast een weg vindt, en met hem wegrennen, hem beschermen, hem verbergen – maar ze wist dat deze Orphne, die zo bekwaam was, gelijk had, hem aan het genezen was, en dat ze rustig moest blijven zitten kijken.

Juba kwam en Dromas en daarna Candace en Meryx, en alle Verwanten kwamen een voor een staan kijken. Ze keken net als de wakers en de koeriers en waarschijnlijk net als zijzelf toen ze naar het stervende melkbeest stond te kijken, dacht Mara. Dat niet zou sterven omdat een vrouw het water had gegeven, en Dann zou ook niet sterven.

Later die avond kwam Meryx en hij zag dat Orphne naast Dann zat te waken en Mara in haar stoel zat te soezen. Hij probeerde Mara op te tillen om haar mee te nemen naar bed, maar haar hand klemde zich om die van Dann. Orphne schudde haar hoofd tegen Meryx, die een poosje naast Mara bleef staan en haar haren streelde terwijl Orphne ironisch glimlachend toekeek. Toen kuste Meryx Mara en ging naar bed, en Orphne zei, doelend op Mara's jaloerse blikken op haar stevige lichaam en grote borsten: 'Maar jij hebt een minnaar, en ik niet.'

Die hele nacht goot Orphne haar slaapverwekkende drankjes en medicijnen in Dann, maar zoals ze zei, wat erin gaat moet er ook weer uit, dus ze had een ondiepe pan bij zich die ze op het juiste moment onder Dann schoof. Daarna moest ze hem schoonvegen en hij schreeuwde zodra ze hem aanraakte. Orphne spreidde zijn benen. De twee vrouwen bogen zich voorover en schrokken toen ze zagen dat het gebied rond de anus helemaal bont en blauw was en dat de anus zelf slap was en bloedde. Mara had nog nooit zoiets gezien, er zelfs nog nooit aan gedacht, maar Orphne kende het wel en zei: 'Ze vinden het leuk als ze jong zijn, maar ze bedenken niet dat ze, als ze oud zijn, hun stront niet meer binnen kunnen houden.'

'Oud,' zei Mara, want dit was een van die ogenblikken waarop ze het gevoel had dat ze anders leefde dan deze zachtaardige mensen. 'Wie van ons denk je dat er oud wordt?'

'Ik,' zei Orphne, terwijl ze zalf op Dann smeerde. 'Ik word een wijze, oude vrouw. Ik word een beroemd genezeres. Zelfs de Hadronen zullen mij eren en mijn geneesmiddelen gebruiken.'

'Dat doen ze nu al,' zei Mara.

'En mijn ziekenhuisje zal dan twee keer zo groot zijn en ik zal mensen opleiden om beroemde genezers te worden.'

En Orphne zat glimlachend naar Mara te kijken, kalm en vol zelfvertrouwen, met slechts iets van de strijdlust die twijfel verraadt.

'Weet je,' zei Mara, na een lange stilte waarin ze niet wist wat ze moest zeggen, 'ik heb hier iets belangrijks geleerd. Wil je weten wat het is?'

'Ja hoor,' zei Orphne aarzelend, en nu gaf haar glimlach aan: daar gaat ze weer.

'Je kunt iemand iets vertellen wat waar is, maar als ze zelf niet zoiets hebben meegemaakt, zullen ze het niet begrijpen. Orphne, als ik tegen jou zeg: "Je kunt niet iets kopen als je geen geld hebt," zul je zeggen: "Ja, logisch".'

'Logisch,' zei Orphne lachend.

'Maar je begrijpt niet wat het betekent om een geheime voorraad goudstukken te hebben die stuk voor stuk genoeg zijn om een huis te kopen, of drie uur in een luchtscheerder te reizen, wat je dagen lopen bespaart, maar dat je geen stuk brood of een paar lucifers kunt kopen als je niet een klein muntje hebt.'

'Dan wissel je een goudstuk,' zei Orphne. 'Wat is het probleem?'

'Dat is nou net het probleem,' zei Mara.

De hele volgende dag beefde en schreeuwde Dann en smeekte hij om opium, en Orphne hield hem geboeid en zorgde voor hem. En die avond was hij zo uitgeput dat ze hem dezelfde sterke slaapdrank gaf die ze Mara had gegeven. Er zat marihuana in en een beetje opium. Toen Mara zei: 'Maar dat rekt het lijden toch alleen maar,' zei Orphne: 'Er zit maar heel weinig opium in maar het is genoeg om hem te kalmeren. Je kunt iemand meteen van het spul afhalen, maar dat is gevaarlijk wanneer hij zo zwak is als Dann.'

En dus werd Dann diep in slaap gebracht en Mara ging naar Meryx, die haar omarmde alsof hij een schat had teruggevonden die hij voor altijd dacht te zijn kwijtgeraakt.

Zo gingen de dagen voorbij terwijl Mara en Orphne vochten om Dann weer bij te brengen en daar langzaam in slaagden. 's Nachts eiste Meryx Mara op.

Op een gegeven moment was Dann weer de oude, hoewel hij nog zwak was, en Mara vroeg hem waarom hij zo lang in de Toren was gebleven.

Het was net of hij over gebeurtenissen ver in het verleden sprak. Zijn ogen zochten het plafond af terwijl hij praatte, alsof hetgeen hij zich herinnerde daar was afgebeeld, en hij keek niet naar Mara of Orphne, die ieder aan een kant van hem zijn handen vasthielden.

Hij zei dat hij was weggelopen uit de slavenbarak toen hij hoorde dat de Torens bezet waren. Daar voegde hij zich bij een groep weggelopen slaven, voornamelijk Mahondi's maar ook een paar Hadronen en anderen. Het waren allemaal mannen. Er waren ook vrouwen in de Torens, maar die vormden hun eigen groepen omdat ze bang waren om te worden aangerand. Een vrouw alleen overleefde het daar niet. Danns ploeg hield zich in leven door eten van de velden te stelen en daarna via tussenpersonen opium uit de pakhuizen. Hij noemde Kulik. Eerst had Dann het spul verkocht om aan eten te komen, maar later ging hij het zelf gebruiken. Hij begon te stamelen en zei: 'Er was een boze man.' En nu was het de stem van de kleine Dann: 'Een heel boze man,' zei de kleine Dann op hoge toon. 'Hij heeft Dann pijn gedaan.'

Het was hem weer gelukt: zijn geheugen had geweigerd een waarheid te aanvaarden die te pijnlijk was om te verdragen. 'Waren er niet twee mannen?' vroeg Mara.

'Twee? Twee?' mompelde Dann, terwijl zijn ogen koortsachtig heen en weer bewogen om een herinnering te ontwijken.

Mara waagde het erop en zei kalm: 'Toen ik in de Toren kwam en je vond, waren er twee mannen bij je. Een was heel ziek, bijna dood. De ander was dood. Zijn keel was doorgesneden.'

'Nee, nee,' gilde Dann en hij worstelde vreselijk met zijn boeien. Orphne schudde haar hoofd tegen Mara en bracht nog een kalmerend drankje.

Mara bleef zitten terwijl Dann weer in slaap viel, en bedacht hoe hij altijd had geweigerd zich die eerste keer te herinneren dat twee mannen één man werden, 'de boze man', en nu is er weer één man. Dann heeft hem vermoord, maar wil zich dat niet herinneren.

Hierdoor, doordat hij weer moest denken aan de tijd die hij in de Toren doorbracht, kreeg Dann een terugval. Hij werd kinderlijk en praatte met een kinderstemmetje, maar dat ging algauw over en daarna bleef hij uren achtereen liggen, bij bewustzijn maar somber en schijnbaar heel ver bij de twee vrouwen vandaan. Als hij naar hen keek, was hij verbaasd over wat hij zag. En Mara dacht: we zitten hier vriendelijk glimlachend naast hem, in onze mooie schone jurken, en ik heb nu zelfs ook een bloem in mijn haar. We zijn waarschijnlijk net een soort droom voor hem.

Al snel kreeg Orphne nog een patiënt. Ida werd binnengebracht, ijlend dat haar baby aan de droogteziekte was gestorven, hoewel het kind in werkelijkheid gezond was en – samen met de twee andere baby's – het lievelingetje van alle Verwanten was geworden, zo hunkerde ieder naar de gezelligheid van baby's en kleine kinderen.

Ida lag in de kamer naast die van Dann, en Orphne verzorgde haar terwijl Mara hele dagen naast Dann zat, te kijken hoe hij weer normaal werd. Hij was bijna weer de oude.

Maar misschien was dat pijnlijk, net als omhoogzweven uit duistere dromen, want zijn ogen hadden altijd een gejaagde en bedroefde blik. En Mara betrapte hem erop dat hij recht overeind, voorovergeleund over zijn ballen en piemel heen naar zijn achterwerk zat te kijken, dat niet meer zo gehavend was en minder blauwe plekken had. Maar het zag er nog steeds lelijk uit en Danns gezicht vertrok van walging en hij bleef een hele tijd met zijn arm over zijn gezicht liggen omdat hij Mara niet wilde zien.

Algauw was het meer dan een maand geleden dat de vier meisjes naar de jonge Hadronen waren gegaan, en drie van hen waren zwanger. Juba ging hen bezoeken en merkte dat ze het goed maakten en gelukkig waren. Ze vonden de Hadronen niet meer walgelijk en twee besloten bij hun minnaars te blijven. Weldra gingen nog vier meisjes naar de Hadronen en waren er daar zes Mahondi's. De binnenhof leek treurig en leeg, nu de helft van de vrouwen was verdwenen, hoewel er één vrouw zwanger was. Wel van een Hadroon. Er waren niet genoeg mensen voor al het werk en Mara ging de slaven helpen met het bereiden van het eten, aangezien het gevaarlijk voor haar was om op het veld te werken, waar de Hadronen haar weer gevangen konden nemen. Ze was niet zwanger geworden. Meryx zei, laconiek en droevig, want zo klonk tegenwoordig bijna alles wat hij zei: 'Je hebt dus niet met Juba geslapen.' 'Dat had ik je toch gezegd,' zei Mara.

Dann kwam uit bed en ging voor de gezelligheid naar de binnenhof waar de meisjes zaten; maar iets aan deze bedroefde, stille jongeman met zijn rusteloze ogen intimideerde hen, hoewel ze niet het volledige verhaal van zijn ervaringen kenden. Dus ging Dann in de grote gemeenschappelijke zitkamer zitten. Er was iets nieuws. Candace hield het gordijn voor de kaart op de muur niet meer gesloten. Mara was naar haar toe gegaan en had haar gesmeekt om lessen en gevraagd of het gordijn open mocht. Ze was er zo vaak dat het gordijn al snel helemaal open werd gelaten. Dann zat er af en toe uren te kijken en te denken, en als ze kon ging Mara bij hem zitten.

Ida werd beter en was een en al beschuldigingen en ontevredenheid. Ze haatte Kira; ze klaagde dat de Hadronen haar niet hadden gevraagd om zich zwanger te laten maken. Ze zei dat Dann een dief was – en dat nog wel op de dag dat hij merkte dat de goudstukken die hij niet rond zijn middel maar onder in zijn plunjezak had verstopt, verdwenen waren. Hij klaagde bij Juba. Die zei dat hij zich geen zorgen moest maken, de munten zouden worden teruggegeven. En intussen zat Ida met de zacht glanzende, verleidelijke dingen te spelen. Elf stuks. Glimlachend liet ze haar vingers ertussendoor glijden en ze had blijkbaar het gevoel dat de munten iets heerlijks uitstraalden dat haar gelukkig maakte.

Mara vroeg Dann of die munten in het vlees rond zijn middel ongemakkelijk zaten, en hij zei van wel, als hij eraan dacht.

'Misschien moet ik Orphne vragen om dat bij mij ook te doen,' zei Mara.

Orphne was erbij en zei: 'Dat vraag je dan vergeefs.'

'Je had helemaal gelijk toen je besloot dat we nooit iets in ons achterste of in jouw kut moesten stoppen. Daar kijken ze altijd het eerst.'

Orphne was helemaal van slag, echt van streek, en keek smekend naar hen beiden. 'Lieve Dann,' zei ze. 'Lieve Mara, alsjeblieft!'

Toen ze de kamer uit was, zei Mara: 'We moeten ons niet zo krachtig uitdrukken. Dat begrijpen ze niet.'

Orphne bracht Mara een ketting van zaden: grote, bruine, platte zaden waarin de munten zouden passen. Maar het ding zou zwaar om Mara's nek hangen zodat iedereen die het zag nieuwsgierig zou worden. 'Bovendien draag je geen kettingen als je reist,' zei Mara.

'Wil je die van jou allemaal op dezelfde plek bewaren?' vroeg Dann, doelend op Mara's koord met munten, dat weer op zijn plaats onder haar borsten zat.

'Nou, waar kunnen we ze anders laten? Mijn haar is te kort.'

'Wat dacht je van onze schoenen? Deze zware Mahondische werkschoenen – zouden we er niet een paar in de zolen kunnen stoppen?'

'Een schoen verlies je makkelijk. Of iemand zou ze kunnen stelen.'

'Ik denk dat de beste plek bij mijn mes is, onder in dat zakje.'

'Ja. Elf munten zie je niet.'

'Om te beginnen moet ik ze terug zien te krijgen van Ida.'

'Ze is een beetje gek geworden,' zei Orphne. 'Laat haar maar.'

'Ik zal een mes voor je regelen – je moet een goed mes hebben, Mara,' zei Dann.

Dann wilde nu weg. Mara zei, en Orphne steunde haar daarin, dat hij nog niet sterk genoeg was.

Algauw maakten ze het tweede droge seizoen mee sinds ze naar Chelops waren gekomen. De melkbeesten waren blij dat ze in hun stallen mochten blijven en het stof buiten voorbij konden laten waaien.

'Er zullen opstootjes in de stad komen,' zei Larissa: 'we hebben de rantsoenen weer verminderd.' Want hoewel ze wisten dat er nog steeds stadsmensen weggingen en de meesten al weg waren, leek dat helemaal niet tot de Mahondi's door te dringen.

Van de twaalf jonge vrouwen die door de Hadronen waren gekozen, waren er tien zwanger geworden en zes hadden ervoor gekozen om bij de mannen te blijven die ze eens als vijand zagen.

Mara droeg een jurk die te groot voor haar was en deed er geen riem om, want ze had de Hadronen verteld dat ze zwanger was en dat was vier maanden geleden.

Dann zei weer dat ze weg moesten gaan, voordat het droge seizoen alle leven uit Chelops wegzoog. Mara wist dat het zo was, maar het deed haar pijn en ze werd verdrietig wanneer ze eraan dacht dat ze Meryx moest verlaten. Toch moest ze gaan. Maar ze kon het niet verdragen.

Juba werd bij Heer Karam ontboden en gevraagd naar de gezondheid van de nieuwe Mahondische baby's. En tussen twee haakjes, hoe ging het met Mara? Verliep haar zwangerschap goed? Was ze gezond?

'Heel gezond,' zei Juba met een zelfvoldaan gezicht.

En dat gaf de doorslag: ze moesten vertrekken.

De avond voordat Mara en Dann weggingen, zaten alle Verwanten in de gemeenschappelijke ruimte bij elkaar, met de nieuwe baby's en hun verzorgsters. Mara en Meryx hadden de prachtige kleren aangetrokken die Mara onder in haar plunjezak met zich had meegedragen, en iedereen zei dat het net was of ze gingen trouwen. Iedereen roemde weer het vakmanschap waarmee de kleren gemaakt waren en de stof – die niemand hier ooit had gezien of zich zelfs maar had kunnen voorstellen – en ze voelden aan een mouw, streelden een stukje borduursel en verbaasden zich over de kleuren.

'Geef hem aan mij, ik wil hem hebben,' zei Ida, aan Mara's jurk trekkend.

'Je mag hem niet hebben,' zei Dann. En vervolgens: 'Ik wil mijn goudstukken. Geef ze aan mij.'

Ida pruilde, zuchtte en keek lonkend naar Dann, en zei: 'Ida wil ze. Ik wil ze. Ik geef ze niet aan jou.'

Dann stond over Ida heen gebogen en zei: 'Geef ze terug. Nu.' En toen, terwijl Ida met haar schouders draaide en lispelde: 'Nee, nee, nee,' trok Dann zijn mes en hield dat tegen haar keel. 'Geef ze terug of ik...'

Ze jammerde en haalde het zakje goudstukken bij haar boezem vandaan en hij griste het uit haar handen.

Iedereen was geschokt – Mara ook. Ze was boos, maar ze wist hoe vreselijk bezorgd Dann de hele tijd was geweest. Ze ging bij hem staan.

'Het was maar een spelletje, Dann,' zei Dromas. 'Ze speelde maar wat.'

'Ze speelde wel met ons leven,' zei Dann.

De sfeer was bedorven en de betovering van de avond was verdwenen. Nog even en dan zou iedereen weg zijn. Mara zei tegen Candace: 'Ik wil iedereen die muur van jullie laten zien. Ik wil iets zeggen.'

Die avond zat het gordijn voor de kaart en Candace had geen zin om hem te laten zien. Maar toen Mara voet bij stuk hield, stond Candace uiteindelijk op, liep naar de muur en trok het gordijn open. De meeste mensen hadden wel gezien wat daar zat, maar hadden het niet echt begrepen, had Mara gemerkt. Het was gewoon iets ouds waar ze niets mee te maken hadden: die oude kaart die Candace om de een of andere reden waardevol vond. Nu draaiden alle Verwanten zich zo dat ze de muur konden zien. Candace verplaatste lampen zodat de muur verlicht werd. Mara zou zich dat tafereel herinneren, het koesteren, en de herinnering ophalen als ze aan Chelops dacht. Er zaten ongeveer twintig mensen in de kamer. De vrouwen zaten in hun zacht gekleurde jurken, met hun zwarte haar los op hun schouders, de mannen waren gekleed in hun gele huismantels, en het was net of alle oplettende en afwachtende gezichten boven zacht getinte zeepbellen zweefden, alles glansde in het licht van de lampen.

Eerst leek het alsof de voorstelling waar ze naar keken wit was gemaakt: de bovenste helft was over de hele breedte wit. Onder dit vacuüm van wit hingen of verhieven zich gekleurde randen of strepen tegen een achtergrond van blauw. Blauw vulde de onderste helft van de voorstelling, en daarin zaten grotere gekleurde vormen, met twee heel grote vormen, en dwars over een daarvan stond IFRIK. Deze kaart was geen verfijnde creatie: hij kwam niet uit dezelfde wereld van vaardigheden als de gewaden die Mara en Meryx droegen. Hij was grof geschilderd op wit leer: de naden van de huiden die gebruikt waren voor deze grote kaart, moesten worden herkend en genegeerd om het hele beeld te zien.

De andere grote vorm, die op Ifrik leek, heette Zuid-Imrik. Beide vormen waren slechts lijnen op het wit: grof gekleurd, met stippen voor steden en hun namen, en zwarte strepen voor hun rivieren.

Mara, die soms wel uren achtereen met Candace en met Dann in deze kamer had gezeten, wist dat wat er stond niet zonder uitleg kon worden begrepen. En nu begon Candace te praten, traag en met tegenzin, en met heel veel onderbrekingen.

'Dit wit stelt ijs voor,' zei ze. 'We hebben geen van allen ooit ijs gezien. Het is wat water wordt als het heel koud is. Water wordt een vaste witte massa, net steen. Dit alles…' – ze liep langzaam voor de muur langs, al wijzend – 'is ijs of sneeuw.' Ze wees naar de onderste helft: 'En dit deel van de wereld is vrij van ijs. Dit is waar wij wonen. Ifrik.' En ze wees naar een zwarte stip ergens in het midden van Ifrik: 'Hier zijn wij. Dit is Chelops.' Hierop volgde gezucht, bijna gekreun, vanwege de kleinheid van hun wereld. 'Als we het hebben over de wereld, moeten we die niet plat zien, als die kaart. Hij is rond. Zoals dit.' Nu zei ze: 'Wacht even.' En ze pakte uit een nis in de muur onder de kaart een heel grote, ronde vorm en zette die op een tafel. Het was een van de kalebassen die verbouwd werden als voedsel voor de melkbeesten. Het oppervlak was gladgewreven en er was witte kalk op gesmeerd, en de informatie van de muurkaart was hierop overgenomen, met zwart voor de omtrekken en blauwe verf voor de achtergrond. Maar op deze bol was geen witte massa die de bovenkant bedekte.

Candace wees naar het topje van de bol. 'Kijk,' zei ze, en ze zagen een klein wit kapje. 'IJs,' zei Candace. 'Een heel klein beetje, boven op de wereld. En aan de onderkant ook, een heel klein stukje ijs. Zo was de wereld ooit – men zegt ongeveer twintigduizend jaar geleden, maar misschien was het langer –, er lag hier geen ijs of sneeuw.' En ze maakte een breed gebaar over het witte vlak op de kaart. 'Het was warm. Dit alles...' – en ze liep weer van de ene kant van de kaart naar de andere, wijzend op het wit – 'dit was allemaal ijsvrij, en er lagen steden en er woonden heel veel mensen. Men denkt dat dit gebied vijftienduizend jaar ijsvrij was, en in die periode waren er beschavingen. Ze waren veel verder ontwikkeld dan de beschavingen die wij kennen. En toen veranderde het klimaat en het ijs zakte en bedekte dit hele oppervlak...' En ze liep, al wijzend. 'De steden en beschavingen verdwenen onder een laag ijs. De "wereld" is voor ons dit...' En ze maakte een breed gebaar over de randen en uitstulpingen die onder het ijs vandaan kwamen en de twee grote vormen, Ifrik en Zuid-Imrik. 'Maar ooit was de wereld dit...' En ze wees op de bol.

Omdat ze zelf het hele proces had doorgemaakt, wist Mara dat alle aanwezigen de oneindige uitgestrektheid probeerden te bevatten. En tegelijkertijd de kleinheid. Ze keken naar Ifrik en begrepen dat het uitgestrekt was omdat ze de stip konden zien die Chelops heette; ze keken naar een klein driehoekig uitsteeksel onder het wit, dat volgens Candace Ind was – een groot land, vol mensen, dacht men, of in ieder geval woonden er vroeger veel mensen – en daarna weer naar Chelops, wat hun wereld was, en het centrum van Hadronië, dat Candace met haar vinger uittekende: een heel klein figuurtje in het midden van die uitgestrektheid, Ifrik.

'In deze gedeeltes heeft nooit ijs gelegen,' wees Candace. 'Ifrik heeft nooit ijs gekend. Zuid-Imrik heeft nooit ijs gekend. Het klimaat bij ons is vaak veranderd, maar er heeft nooit ijs gelegen. Dat denken we tenminste. Ook niet in Ind. En ook niet...' En ze wees naar het oosten van Ind, waar dikke randen kleur onder het wit uit kwamen met overal gekleurde stippen en vlekken. 'Eilanden,' zei Candace. 'We hebben geen van allen ooit de zee gezien en zullen die waarschijnlijk ook nooit zien. Ik weet dat sommigen van jullie er nog nooit van hebben gehoord. Het is water. Zout water. Het oppervlak van de wereld bestaat voornamelijk uit water.' En ze draaide de grote kalebas rond om te laten zien hoeveel blauw er was.

'Hoe weet je dat allemaal?' vroeg een van de meisjes met onverholen ergernis. Mara kende die ergernis goed: die voelen mensen als ze te veel in zich moeten opnemen dat hun zelfbeeld of hun wereldbeeld bedreigt.

'Het was allemaal in de zandbibliotheken te vinden,' zei Candace. 'Onze Geheugens wisten het.' En nu zei ze tegen Mara: 'Jij wilde geloof ik iets zeggen.

Mara liep naar de muur en vandaar af keek ze naar de gezichten waarop stuk voor stuk iets van boosheid of terughoudendheid te lezen stond. Ze wilden dit allemaal niet weten. Ze zei: 'Dit alles is heel snel gebeurd – heb ik van Candace gehoord. Zo...' – en ze wees naar de bol, met zijn kleine ijskapjes op de bovenkant en de onderkant – 'was het vijftienduizend jaar lang. En toen kwam het ijs naar beneden, heel snel, in honderd jaar tijd.'

'Snel?' spotte een van de meisjes. Ze was zeventien. Voor haar waren honderden en duizenden en tienduizenden slechts het soort woorden die kinderen weleens horen: volwassenen die over hun hoofd heen praten met woorden die ze niet kennen.

'Het begon,' zei Mara, 'toen deze gebieden hier…' – en ze wees naar het noorden van de bol – 'waar mensen woonden en steden waren en genoeg te eten was, wel leeg moesten lopen omdat het zo koud werd en omdat men wist dat het ijs eraan kwam. En dat duurde…' – ze keek naar het meisje dat had gesproken – 'niet veel meer dan twee keer zeventien jaar.'

Het meisje barstte in tranen uit.

'Zoiets kan heel snel gaan,' pleitte Mara, hun biddend, smekend. 'Stel je eens voor: dit alles, dit alles…' – en ze liet de bol langzaam ronddraaien – 'alles hier, de bovenste helft, mooi en prettig om te leven, en toen kwam het ijs eroverheen.'

De mensen waren rusteloos, hun ogen ontwijkend en somber, en ze zuchtten en wilden weg.

Juba zei: 'Mara is bezorgd om ons allemaal. Ze wil dat we Chelops verlaten.'

'Waarheen?'… 'Wanneer?'… 'Hoe, verhuizen?' – klonk het van verschillende kanten.

'Naar het noorden. Verhuis nu naar het noorden voordat jullie moeten. Men zegt dat er daar water en voldoende voedsel is.'

Maar het was te veel voor hen, zelfs voor degenen die wisten wat Mara dacht en die haar smeekbeden eerder hadden gehoord, en ze gingen de kamer uit zonder haar aan te kijken, een beetje tegen elkaar glimlachend.

Dann zei tegen Mara, alsof ze alleen waren en alle anderen onbelangrijk, dat ze heel vroeg wakker moest worden en dat hij haar zou komen helpen pakken. Hij merkte blijkbaar niet dat de Verwanten hem negeerden toen ze weggingen. Alleen Orphne omhelsde hem en zei dat hij voorzichtig moest zijn en eraan moest denken dat opium niet goed voor hem was.

Meryx en Mara sliepen niet.

Terwijl Mara en Dann hun plunjezakken pakten, keek Meryx toe. Hij was bleek en zag er ziek uit.

Helemaal onder in Mara's zak gingen de oude gewaden die zij en Meryx de avond daarvoor hadden gedragen: 'trouwkleding' – zo zou ze aan die kleren blijven denken, zei ze. Toen het ene bruine kledingstuk dat ze nog hadden. Een groene huisjurk en een blauwe: Meryx wilde niet dat ze die achterliet. Lichte schoenen. Een broek en een hemd – van Meryx – die ze buiten had gedragen. Een schoon slavenkleed. Lucifers. Zeep. Een kam. Zout. Stukken plat brood. Gedroogd fruit. Een kleine leren waterzak met water, voor het geval zij en Dann elkaar kwijtraakten.

In Danns plunjezak zat een extra slavenkleed. Lendendoeken. Dezelfde etens-waren. Bovenin zat de oude kruik met schoon water uit een goede put. Het kleed dat hij droeg was dat waarin hij was gekomen, en hij zei dat het goed was dat het gevlekt en oud was. Hij had zijn elf goudstukken diep onder in het zakje voor zijn mes gestopt. Mara had ook het kleed aan waarin ze was gekomen. Orphne had er een nieuw zakje voor een mes ingenaaid: ze had erbij gehuild. Daarin zat een mes in een leren foedraal. Mara had een wollen mutsje op haar hoofd.

Als hij haar zo was tegengekomen op het veld, zei Meryx boos, zou hij haar hebben verboden om ooit nog dat smerige oude ding te dragen. Zijn stem was verstikt van de tranen.

Er kwam een boodschap van Candace dat ze Mara wilde zien voordat ze weg-ging.

Mara trof haar aan, starend naar de kaart waarvan het bovenste deel helemaal wit was – het IJs.

'Mara, je bent een koppige vrouw,' zei Candace. 'En je schijnt niet te beseffen dat je me in een positie brengt waarin ik je of met geweld hier moet houden of je zulke verschrikkelijke gevaren tegemoet moet laten gaan.'

Mara zweeg. Ze zag tot haar verbazing dat Candace bijna in tranen was.

Dan geeft ze zeker toch om me, dacht ze.

'En je bent gevoelloos. Het maakt je niet uit dat Meryx ongelukkig zal zijn en dat wij je zullen missen.'

'Ik weet dat ik aan jullie allemaal zal denken.'

Candace's lach was een droevig geluidje. 'Je denkt misschien wel aan ons, want je kent ons en je weet hoe we leven. Maar wij kunnen niet aan jou denken – waar zul je zijn? En hoe zul je het maken?'

En nu huilde ze. Mara waagde het naar haar toe te gaan en haar armen om haar heen te slaan. Een breekbaar ding was het, deze formidabele oude vrouw die met zo veel gezag over haar stam heerste.

'Het is vreselijk,' fluisterde Candace, 'je kunt je niet voorstellen hoe vreselijk, om je familie steeds kleiner te zien worden, langzaam te zien verdwijnen.' Ze vermande zich, duwde Mara van zich af en zei heel bitter, heel boos: 'Mensen hebben hun leven voor jou in de waagschaal gesteld. Gorda – de anderen. De twee waardevolle kinderen... En dat kan je niets schelen.' En op haar gezicht was duidelijk te lezen hoe haar woorden, haar gedachten in tegenspraak waren met wat ze zag: Mara in haar reiskleding, en Dann, zoals zij hem zich herinnerde.

'Nou,' zei Mara, 'niemand heeft nog uitgelegd waarom wij zo waardevol zijn. En wie vindt dat? – jullie vinden dat.' Ze wist dat dit gemeen was: ze zag het aan het gezicht van Candace. 'Jullie zijn de slaven van de Hadronen. En wat Dann en ik ooit waren – dat alles is verdwenen onder het zand in Rustam. En als wij zo waardevol zijn, dan is het belangrijk dat wij in leven blijven. En daar worden we het vast niet over eens, nietwaar, Candace?'

Candace zat daar zonder iets te zeggen. De afstand tussen hen was heel groot. Mara bedacht verbijsterd dat ze haar armen weer om de oude vrouw heen moest slaan, om goed te maken wat ze had gezegd: maar wat op Candace's gezicht te lezen stond, was te erg om door omhelzingen, kussen, of zelfs door tranen te worden verzacht.

Candace pakte een leren zakje dat vlak bij haar op een tafel lag. Ze gaf het aan Mara. Er zaten een paar lichte munten in die makkelijk te wisselen waren. Candace zei: 'Ga nu. En als je hoort dat iemand onze kant op komt, stuur dan nieuws over jezelf, vertel ons hoe je het maakt.'

'Candace,' zei Mara, 'niemand reist naar het zuiden, niemand. Begrijp je dat niet?'

Op de veranda stonden Meryx en Mara met hun armen om elkaar heen, ze voelden hoe het nat van hun tranen hun wangen aan elkaar probeerde te plakken en wisten niet of zij zelf of de ander zo beefde. Dann leunde tegen een pilaar en keek naar het vroege ochtendlicht: de zon kwam op achter het huis en wierp grote schaduwen naar het westen.

Gisteren was Dann de opslagplaats gaan zoeken waar Felice was, die hen naar de bergtop boven Chelops had gebracht – of ze hoopten in ieder geval dat ze er was, want er gingen geruchten dat ze op het punt stond Chelops te verlaten om naar het noorden te gaan. Mara liet Dann alleen gaan: ze durfde de Hadronen niet onder ogen te komen, die inmiddels wel zouden weten dat ze een leugen had verteld, en die haar zouden zoeken om haar in hun harem op te nemen.

Felice was bezig met haar toestel toen Dann haar vond. 'Ben jij het,' zei ze. 'Dus je vindt het niet leuk om slaaf te zijn. En die andere, je zus?' Omdat hij verrast reageerde, zei ze: 'Er zijn niet veel geheimen meer in Chelops – niet genoeg mensen meer om geheimen te bewaren. Maar ik moet bekennen dat het even duurde voordat ik het verband zag tussen dat arme kleine jongetje en de nieuwe bazin in de Mahondische wijk.'

'We willen naar het noorden. Hoeveel?'

'Hoe ver?'

'De riviersteden.'

'Als je daar stopt, moet je weer verder trekken. Het gaat daar ook niet zo goed. Je zult het zelf wel zien, want ik moet er landen om bij te tanken. Als je me twee goudstukken voor ieder van jullie geeft, neem ik je mee tot waar je de grote rivier op kunt. Daarover kun je een heel eind komen. Maar jullie moeten hier morgen net na zonsopgang zijn.'

Dann stemde toe.

'Dit is mijn laatste tocht. Ik heb hier niets meer te zoeken en met Majab is het afgelopen.'

Toen hij terugkwam om het Mara te vertellen, zei ze: 'Toen Felice ons meenam – toen ze op de weg landde omdat ze ons daarbeneden zag – deed ze dat omdat ze opdracht had om verdwaalde reizigers die alleen waren op te pikken, ze een leugen te vertellen en ze dan mee te nemen naar de Hadronen. Waarom denk je dat ze ons nu niet bedriegt?'

'Vier goudstukken,' zei Dann. 'Bovendien heeft ze ons de vorige keer niet bedrogen.'

'Ze neemt nu misschien alle vier de munten en verkoopt ons dan aan iemand anders.'

'Maar ze heeft ons toch niet helemaal tot Chelops meegenomen? En ze heeft ons gezegd dat we niet naar de stad moesten gaan. Ze heeft ons gewaarschuwd.'

'We hebben denk ik geen keus.'

9

In de draagstoel hield Mara haar plunjezak vast en Dann die van hem en allebei klemden ze twee goudstukken in hun hand. Hun messen lagen naast hen op de zitting.

Ze kwamen gelijk met de zon bij de opslagplaats aan. Felice stond in een houding die hen verbaasde, want ze stond stokstijf te staren naar iets op de grond, alsof ze een slang had gezien en bang was dat die bij de minste beweging zou toeslaan. Mara dacht: toen ik Felice voor het eerst zag, leek ze me een wonder toe in haar blauwe werkpak, met haar schone gezicht en leuke haar. Maar vergeleken bij de Mahondi-vrouwen ziet ze er slonzig en moe uit. Toen zag ze waar Felice naar staarde, maar ze begreep het eerst niet.

Onder de scheerder en eromheen lagen een stuk of tien gele ballen, zo groot als zuur fruit, of Mara's vuist, en ze glinsterden en zagen er fris en stofvrij uit, omdat ze gevat waren in een web of net van dik slijm, net spuug. Ze waren sterk en levend, deze ballen: ze leken te kloppen en terwijl ze met zijn drieën stonden te kijken, brak er een open en kroop er een schaarkever uit, die in de rommel van ei en slijm bleef zitten uitrusten van de inspanning om uit het ei te komen. Dit waren eieren, de eieren van de schaarkever. En ze zagen de kever zelf, half verborgen achter een wiel van de scheerder, met haar gele lichaam, dezelfde kleur als haar eieren, dat trilde terwijl uit de achterkant langzaam, een voor een, meer eieren te voorschijn kwamen. De grote zwarte scharen, zo groot als het lichaam, staken naar voren, en de zwarte ogen staarden naar het drietal. De pas uit het ei gekomen kever kroop langs een wiel omhoog; andere eieren barstten open en een zwerm babykevers worstelde zich uit het slijm. Nog eentje bereikte een wiel.

'Snel,' zei Felice. Ze stapte wijdbeens over de rommel van eieren en nieuwe kevers, trok zich omhoog in het toestel en sjorde eerst Mara en daarna Dann via de andere deur naar binnen. Felice startte de motor en het toestel rolde weg van de kever en haar kroost. Het beest legde nog steeds eieren en omdat ze het toestel niet kon aanvallen, klapte ze haar scharen als messen waarschuwend tegen elkaar.

Een stuk of vijf soldaten kwamen in zicht en renden naar het toestel, toen ze het zagen.

'Ze willen jullie niet laten gaan,' schreeuwde Felice over haar schouder tegen hen. Het toestel steeg op, buiten bereik van de soldaten, die naar de kever toe liepen en die met knotsen en messen aanvielen. Een soldaat gleed uit in het slijm en gaf vol walging over. Intussen was de kever met een ongelooflijke snelheid weggeschuifeld en achter de huizen verdwenen. En toen was het toestel zo hoog gestegen dat het drietal alleen nog maar zag dat er soldaten stonden die hen nastaarden. Felice schoof een luik in de vloer open en tuurde omlaag naar de wielen: waar zaten de kevers die omhoog waren geklommen? Er zaten er twee die zich koppig aan een wiel vastklemden met hun zes op klauwen lijkende poten. 'Ze waaien er wel af,' zei Felice en ze schoof het luik weer dicht.

Ze vlogen laag over de grote weg naar het noorden die als water onder hen glinsterde. De weg was leeg, maar op een evenwijdig lopende zandweg liepen honderden reizigers in groepjes. Vanaf hier was het goed te zien dat Chelops stervende was. In het oosten zag je stipjes in de velden en de straten waaraan je zag dat er mensen waren, maar het middengedeelte leek verlaten. Het water in de reservoirs stond laag en glinsterde niet, omdat er stof op lag. En nu werd het centrale huis van de Verwanten net zichtbaar, een klein stipje, en op de binnenhof verzamelden ze zich voor de ochtendmaaltijd en misten ze haar misschien. Mara had het gevoel dat haar hart helemaal beurs was, een pijnlijke plek, die het moeilijk maakte om adem te halen. Ze zuchtte, had verdriet en toch waren haar ogen droog. Ze dacht dat de Verwanten en Meryx en alle liefde en vriendelijkheid wel heel snel allemaal een droom zouden lijken en haar hart weer koud zou worden.

Algauw waren de Torens van Chelops een kleine zwarte hand met omhoogstekende vingers en toen waren ze verdwenen, en ook de stad, de velden in het oosten, de Verwanten en Meryx. En niet lang daarna verlieten ze het land Hadronië, omdat de grote weg ophield, en nu vlogen ze over met struikgewas bedekte wildernis.

Dann schoof het luik in de vloer open en riep dat de kevers waren gevallen: ze zagen een klein spikkeltje dat in de struiken viel. Mara vroeg zich af wat de Verwanten en de Hadronen zouden doen tegen een invasie van die beesten die met hun scharen een arm of been konden afrukken of een kind doormidden konden snijden... Maar ze voelde dat ze de gedachte niet kon verdragen dat die monsterlijke dieren in de buurt van de Verwanten zouden komen: het was net alsof die enorme scharen haar eigen hart bedreigden, maar het was allemaal te erg om over na te denken. Ze wist dat haar gevoelens afgestompt raakten en daar was ze blij om.

Na een uur vliegen over struikgewas en woestijnachtig gebied en nog meer struikgewas, kwam er steeds meer groen tussen het gelige bruin en beneden lag een smal riviertje, omzoomd door helder groen. Voor hen uit lag een stad en Felice zei dat ze daar moest stoppen voor de brandstof van suikerolie, en zij moesten rustig in het toestel blijven zitten. In deze stad woonden mensen die er allemaal hetzelfde uitzagen en wanneer je hen voor het eerst zag, was dat een hele schok en soms kregen mensen hysterische aanvallen en raakten ze zelfs in paniek. 'Maar voor ons is het niet de eerste keer,' schreeuwde Mara, want ze herinnerde zich dat die mensen, die er allemaal hetzelfde uitzagen, naar het Rotsdorp waren gekomen en dat Dann hen had weggejaagd door gefascineerd en vol afschuw te staren.

'Weet je nog?' schreeuwde ze dringend tegen Dann. 'Hun gezichten – precies hetzelfde.'

Dann glimlachte, pakte haar handen en zei: 'Mara, je maakt je te veel zorgen om mij. Dank je, maar het is geen probleem. Ik heb deze mensen tijdens mijn reizen gezien, toen ik bij jou weg was. Ik heb een hele stad met hen gezien, in het oosten.'

Dit was beslist niet de kleine Dann die sprak en Mara voelde zich gerustgesteld en minder bezorgd.

Het toestel landde op een groot plein. Onmiddellijk werden ze omgeven door een zware, warme lucht en voelden ze het zweet uitbreken. Felice pakte blikken die naast haar stonden en zei nog eens: 'Niet uitstappen.' Ze liep snel weg, zonder aandacht te besteden aan de mensen die in drommen aan kwamen lopen om naar het toestel te kijken.

Ze waren precies zoals Mara zich herinnerde: groot, stevig en zwaar... Maar nee, hun ogen waren anders, niet licht maar bruinachtig. Hun huid was niet grijzig maar dof bruin. Hun haar was geen lichte kroezige massa, maar een bruinachtige kroezige massa. Ze hadden allemaal hetzelfde gezicht, met een dikke neus en laag voorhoofd dat nog lager leek door het dikke kroeshaar erboven. Hun kleren hadden allemaal dezelfde kleur: het was net of deze wezens allemaal volledig gekleed in dezelfde verftobbe waren gedoopt zodat alles een lelijke, vale bruine kleur had gekregen.

Dann pakte haar hand. 'Ze zijn dom,' fluisterde hij. 'Doe niets wat hen verrast. Volgens mij denken ze allemaal precies hetzelfde. Het zijn net dieren.'

Het was alsof ze werden omsingeld door dieren die door nieuwsgierigheid naar een punt in het midden werden getrokken: achterdochtig, schrikachtig en klaar om weg te rennen. Die starende gezichten, die ogen! – en hoe konden ze elkaar herkennen? Hoe zou het zijn om tot een volk te behoren waarvan iedereen er precies hetzelfde uitzag, tot in het kleinste detail hetzelfde, zodat je van het ene gezicht naar het andere keek maar het toch net was alsof je nog steeds naar het eerste gezicht keek? Ze kwamen langzaam van alle kanten aan, uit alle omliggende straten en paden, een enorme menigte, en de scheerder leek heel breekbaar te midden van al dat geduw en gedrang. Wat een grote, stevige mensen waren het, met grote handen en blote voeten die op grote, vlezige kussens stevig in het stof stonden, en tenen die voortdurend krulden en bewogen zoals de voelhoorns van een insect de lucht aftasten. Een tilde een enorme hand op en voelde aan Mara's haar. 'Voorzichtig,' kreeg ze van Dann te horen. 'Niet bewegen.' Nog een kneep in haar wang. Was dit een man? Waren het allemaal mannen? Het leek er wel op. Aan de andere kant van het toestel tuurde er een in de lege stoel naast die van de piloot en probeerde de deurkruk, maar de deur zat op slot. Het toestel begon te schommelen. Toen ze het voelden schommelen, grepen ze het allemaal vast en duwden, van twee kanten. Ze duwden het niet tegelijkertijd, en dus schudde het toestel even en leek het heen en weer te springen, maar liep niet het gevaar te kantelen. En toen gaf Dann een waarschuwende schreeuw, zodat de wezens achteruitsprongen en mompelend en sputterend dreigend bleven staan kijken. Een van de schaarkevers had de vlucht overleefd en probeerde bij het toestel vandaan te schuifelen, tussen de grote voeten door richting huizen. 'Maak hem dood, maak hem dood,' schreeuwde Dann, maar het duurde even voordat ze zich hadden omgedraaid en toen nog even voordat ze de kever zagen; en toen draaiden ze zich weer om en staarden Dann niet-begrijpend aan; en toen ze het eindelijk begrepen, gingen ze achter de kever aan, elkaar verdringend als een kudde beesten. Toen ze hem waren kwijtgeraakt omdat hij snel ergens heen schoot, duurde het even voordat ze zich weer omdraaiden en hun langzame druk op het toestel hervatten. Felice kwam aanrennen, met in iedere hand een blik, en schreeuwde om hen weg te jagen zodat ze erlangs kon, en toen er een opening kwam omdat ze zich omdraaiden om te kijken, sprong ze naar binnen en startte onmiddellijk het toestel en dat begon te stijgen. Toen het omhoog ging, strekten de enorme handen zich uit om het omlaag te trekken en dat zou gelukt zijn als ze iets sneller waren geweest. De scheerder vloog weg en het drietal keek neer op die omhooggekeerde, domme gezichten, een talrijke eenheid, een nachtmerrie.

Voorbij de stad daalde de scheerder en belandde tussen de droge grassen van de savanne. Felice stapte uit en vulde het toestel met de suikerolie uit haar blikken. 'Kom er eens uit, jullie twee,' zei ze toen.

Broer en zus stonden naast elkaar terwijl de jonge vrouw helemaal om hen heen liep en hen inspecteerde. Ondertussen praatte ze. In de stad die ze net hadden verlaten, woonden alleen mannen. Er was een stad in de buurt met vrouwen. Ze ontmoetten elkaar op bepaalde tijden om te paren: tijdens de zonnewende en de equinoxen. Je kon de mannen en vrouwen nauwelijks uit elkaar houden.

Nu ze het tweetal zorgvuldig had bekeken, gaf ze haar oordeel.

'Jullie zien er allebei veel te aantrekkelijk uit. Jullie moeten jezelf een beetje vermommen.'

Mara wist dat ze gevaar liep: ze voelde aan haar lichaam dat ze vruchtbaar kon zijn en ze had gezien dat er gekeken werd naar haar zwarte, glanzende haar en haar nieuwe, zachte borsten. En Dann was een knappe jongeman en met al zijn littekens en striemen goed verborgen zag hij eruit als een keurig verzorgd en goed gevoed lid van de Verwanten.

'Weggelopen slaven,' zei Felice. 'Dat zijn jullie en daar zien jullie naar uit. Jullie vormen een uitnodiging voor iedere slavenhandelaar. En denk niet dat alle slavenhandelaren zo lief en aardig zijn als ik.'

'Vertel eens,' zei Mara, 'als je Dann en mij aan de Hadronen had verkocht, hoeveel zou je dan voor ons gekregen hebben?'

'Niet veel. Jullie waren er zo vreselijk aan toe. In goede conditie, ongeveer de waarde van een van jullie goudstukken. Ja, je hebt gelijk – het was makkelijk om jullie te laten gaan omdat ik toch niets voor jullie zou hebben gekregen.'

Mara glimlachte: deze woordenwisseling was zonder wrok.

'Dus ik merk dat ik jullie niet kan overtuigen van mijn goede hart.'

'Heb je veel gespaard?' vroeg Dann.

'Gelukkig wel, ja. Een winstgevende handel, mensen kopen en verkopen.'

Nu liep ze naar haar machine en haalde er een van haar werkuniformen uit, een verschoten blauw jasje en een broek met een riem, en zei: 'Ik zal jullie er zo min mogelijk voor rekenen.' Dann telde kleine muntjes uit in haar hand tot ze zei dat het genoeg was. 'Doe jij het maar aan,' zei ze tegen hem. 'Jij loopt nog meer gevaar dan je zus.'

'Dat weet ik,' zei Dann en dat hij het erkende, maakte Mara minder bezorgd, want ze had gezien hoe er de laatste tijd in Chelops naar hem gekeken werd. Hij trok zijn kleed uit, stopte het in zijn plunjezak en stond even bijna naakt. Hij had een klein lendendoekje om. Felice lachte en zei dat ze zelf wel iets voor hem zou kunnen voelen, maar dat het lot hen helaas snel zou scheiden. Dann reageerde op het geflirt van Felice en daar was Mara blij om. Want in het geheim was ze bang dat Dann weer drugs zou gaan gebruiken en weer door mannen zou worden misbruikt.

Hij trok de tuniek en broek aan, stopte zijn mes in een zak en het tweetal ging weer naast elkaar staan.

'Beter,' zei Felice. 'Jullie kunnen nu doorgaan voor een werkman en zijn slaaf.' Ze haalde water en brood uit de scheerder en met zijn drieën gingen ze op de grond zitten eten en drinken. Om hen heen strekte het gele, verwelkte gras van het droge seizoen zich uit en onder hen was de grond zacht van het natte seizoen van vorig jaar, want het had hier geregend, zij het niet genoeg. De hemel was heel hoog en blauw en er zat maar weinig stof in de lucht.

'We krijgen een lange vlucht,' zei Felice. 'En als we bij de volgende stad

215

zijn, moeten jullie meteen naar de rivier gaan en zorgen dat je een plaats krijgt op de boot van morgen. Breng de nacht door op een adres dat ik jullie zal geven. Doe alsof je een stel bent, dat is veiliger. Ga niet de stad in, ze houden niet van reizigers. Als ik kan bijtanken, ga ik gelijk naar het oosten. Ik ga de scheerder verkopen. Het is te moeilijk om suikerolie en reserveonderdelen te krijgen.'

'En dan?' vroeg Dann.

'Dan kijk ik gewoon hoe het loopt.' Ze zagen dat het idee om zich aan de spelingen van het lot over te geven haar nieuwe energie gaf. 'Misschien dat ik met het geld van de scheerder een boot koop en een bootdienst op de rivier ga onderhouden.'

'Dan zien we je denk ik niet meer,' zei Mara.

'Ja, zo is het leven nu: we komen mensen tegen, raken bevriend, en dan houdt het op. Misschien komen we elkaar nog weleens ergens tegen.'

Dann tekende een vorm in het stof. Het was Ifrik. Hij legde een strootje neer voor Rustam, een steentje voor het Rotsdorp, een blaadje voor Chelops en gaf Felice toen een kiezelsteentje en zei: 'Waar zijn we vanavond?'

Felice legde het steentje op een halve handbreedte van Chelops. Nu had Dann de hele reikwijdte van zijn hand nodig, met zijn lange vingers uitgestrekt, om van Rustam tot waar ze naar toe gingen te reiken. 'Zie je hoe ver we al zijn?' zei hij tegen Mara.

Felice keek toe, zonder te glimlachen: Mara zag dat ze niet geloofde dat ze veel verder zouden komen.

'We hebben ons in Chelops goed weten te redden, en dat had je niet verwacht.'

'Dat is zo,' zei Felice. 'En in ieder geval veel geluk. Ik weet niet waarom, maar ik vind jullie twee aardig.'

'Geluk?' zei Dann. 'Het komt op kennis aan.' Hij wees naar de plek waar ze volgens Felice naar toe gingen, en zei: 'Op de wereldbol was dit gebied helemaal groen en vol rivieren.'

'Welke wereldbol?' vroeg Felice.

'Die liet zien hoe de wereld langgeleden was.'

Felice haalde haar schouders op. 'Ik weet daar niets van.'

'Op de kaart met het IJs over het noorden van de wereld is het noordelijk gedeelte van Ifrik niet bruin zoals op de wereldbol, want voor het IJs was het alleen maar woestijn – het noorden van Ifrik was een grote woestijn. Maar dat is het nu niet meer. En het enige gedeelte dat groen is op de wereldbol, is het gedeelte waar wij naar toe gaan: rivieren en een heleboel groen.'

'Rivieren, ja,' zei Felice. 'Maar niet veel groen, zoals jullie zullen merken.' En ze voegde eraan toe: 'Maar ik weet eigenlijk niet precies waar jullie het over hebben.' Ze was beledigd. 'En laat ik jullie een advies geven. Niet alle sterke verhalen die je in de wijk van de Mahondi's hoort zijn waar. Ze houden altijd erg van geheimzinnigheid, om indruk te maken.'

En ze vertrokken, met de zon boven hen, en de vlakte met struikgewas onder hen; en daarna stond de zon aan hun linkerhand, heet en helder te schijnen, niet vaag door het stof; en daarna stond hij laag; en onder hen lag een rivier en een stadje dat toen ze lager kwamen vol mensen leek. Ze landden. De mensen waren wat Mara nu inmiddels gewend was: een mengeling van allerlei rassen met allerlei huidkleuren en allerlei soorten haar, steil of kroezig, in allerlei kleuren. Er waren geen Mahondi's, geen Hadronen en niemand van het volk waarvan iedereen er hetzelfde uitzag.

Er stond al een kleine menigte rond het toestel. Felice noemde een adres tegen Mara en Dann, wees welke kant ze op moesten, zei: 'Misschien zie ik jullie wel weer ergens,' en vloog weg, dit keer naar het oosten.

Mara en Dann waren omgeven door starende, nieuwsgierige ogen. Niet vijandig, nog niet tenminste. Ze liepen snel de kant op die hun gewezen was, nagestaard door de mensen. Het was warm, vochtig warm, en ze voelden het zweet langs hen heen druppelen, en de lucht die hun longen in ging was net stoom.

De huizen waren van hout en soms van leemstenen. De daken waren van gras. De stad zag er vrij welvarend uit, in ieder geval niet alsof hij dreigde leeg te lopen, wat volgens Felice het geval was met de Riviersteden.

Ze vonden een huisje aan een pad. Ze liepen een kamer binnen waar een grote, lelijke vrouw wortels in stukken zat te snijden. Ze nam hen van top tot teen op, hoorde dat Felice hen had aanbevolen, knikte en zei: 'Ga zitten.' Ze gingen aan een grote houten tafel zitten, die gedekt was met kommen en lepels voor het avondeten. Ze stelde hun vragen waarop ze behoedzaam antwoordden dat ze uit Chelops kwamen. Ze knikte en zei: 'Ja, we krijgen tegenwoordig meer vluchtelingen uit Chelops dan we aankunnen.'

Dann vroeg waar de aanlegsteiger was, en ze zei dat ze haar zoon zou sturen om plaatsen voor hen te reserveren. Ze raadde hen aan om binnen te blijven tot ze naar de boot moesten. 'Een heleboel vluchtelingen zijn beroofd,' zei ze. 'Jullie zien er niet uit alsof je veel hebt om te stelen, maar je weet maar nooit. En er zijn hier ook een paar slavenhandelaren geweest.' Bij deze woorden keek ze naar Mara's slavinnenjurk, maar ze zei niets.

Ze gaf hun avondeten zoals Mara heel lang niet had gegeten: gestoofde wortels met brood, niet bepaald de kost die de Mahondi's gewend waren.

Ze vroeg niet wat voor verhouding ze tot elkaar hadden, maar gaf hun een kamer aan de achterkant, met tralies voor de ramen. Er stonden een paar bedden in de kamer. Mara ging ergens liggen waar ze het raam in de gaten kon houden, en Dann ging op zijn hurken op een bed zitten om het kleingeld te tellen dat Candace hun had gegeven. Hij verdeelde het en stopte het in leren zakjes. Hij gaf haar de helft. Hij telde de negen goudstukken die hij nog had, en probeerde verschillende plaatsen uit om ze op te bergen: een binnenzak, zijn schoenen, maar uiteindelijk koos hij een van de leren zakjes, zodat ze gewoon een zakje waardeloze munten leken. Ze keken hun voorraad brood na en besloten dat ze nog wat van hun hospita moesten proberen te kopen.

Ze waren wel een uur of nog langer aan het bedisselen en plannen aan het maken.

En dat is het verschil, dacht Mara, tussen voldoende hebben, zoals in Chelops, waar in leven blijven vanzelfsprekend is, je er niets bijzonders voor hoeft te doen, en op de rand van het bestaan leven, waarbij je aan niets anders denkt.

Ze gingen slapen en toen ze 's nachts wakker werden, zagen ze de donkere contouren van twee mensen die door het raam naar binnen probeerden te komen, maar de tralies hielden het. Ze sliepen verder en Mara droomde van Meryx en werd wakker met het gevoel dat ze in zijn armen lag. Maar ze was niet wakker geworden van die droom. Dann lag te woelen en te vechten in zijn slaap en mompelde dreigementen: 'Ik vermoord je', met namen die Mara niet kon verstaan, maar ze dacht dat ze hem Kulik hoorde zeggen.

's Ochtends vertelde ze hem dat hij had liggen dromen. Hij zei dat hij dat wist: hij had bijna iedere nacht vreselijke nachtmerries. Ze vroeg naar Kulik, maar Dann zei dat hij slechts een van de leveranciers was. Hij wilde er kennelijk niet over praten en ze gingen naar beneden, waar ze brood kregen en hete thee, gemaakt van een plant die volgens de vrouw op de oever van de rivier groeide. Ze betaalden wat ze vroeg, informeerden of ze nog wat brood konden kopen, kregen een paar stukken voor een paar muntjes en gingen zo snel ze konden naar de rivier.

Een grote boot van ongeveer dertig passen lengte en half zo breed lag afgemeerd aan een boomstronk en er gingen al mensen aan boord. Mara en Dann gingen op hun plaats zitten op een bank onder een rieten dakje en voelden hoe de vochtige hitte van de rivier hen en hun kleren doorweekte. Er zaten kleine, stekende insecten, hele wolken. De passagiers gebruikten alles wat ze hadden als waaier: stukken kleding, hun handen en zelfs een stuk brood. Toen kwam er een jongen aan rennen die op de boot sprong net toen hij wegvoer. Hij verkocht waaiers van riviergras. Mara en Dann kochten er twee en zaten de insecten al weg te wapperen terwijl de jongen met een wonderbaarlijke sprong van de boot weer op de oever belandde, wat hem applaus opleverde, en de stad die ze nauwelijks hadden gezien, gleed van hen weg het verleden in.

En zo dreven Mara en Dann, die in hun leven alleen droogte en stof, dorst en angst voor water hadden gekend, op een rivier die hun ontzagwekkend leek; maar hij was breder geweest, dat konden ze zien, want het water had tot boven aan de oevers gestaan, zij het niet recentelijk. Nu stond het ruim drie meter lager en er groeide gras op het gedeelte van de oever dat eens enkel klotsend water en rivierplanten had gekend. En er zaten waterdraken: ze lagen half in het water op de oever en waren soms wel zo lang als de boot. Twee mannen, een op de voorplecht en een op de achterplecht, duwden de boot voort met lange vaarbomen. Het water kon dus niet erg diep zijn: als de rivier vol water stond, zouden de vaarbomen niet de bodem hebben geraakt om de boot te kunnen voortduwen. De veerlieden droegen wijde, slobberige broeken die in hun schoenen gestopt zaten, kielen die rond de nek werden vastgebonden en doeken over hun hoofd en nek om de muggen weg te houden, maar hun gezicht was rood en zat vol muggenbeten. Hun handen zaten in stoffen zakken die rond de polsen waren vastgebonden.

Er waren twintig passagiers: mannen en vrouwen en twee kinderen. Mara keek telkens weer naar de kinderen om zich ervan te verzekeren dat ze gezond en goed doorvoed waren.

Mara dacht dat ze misschien zwanger was. Of hoopte ze dat ze het was? Haar lichaam leek naar een kind te verlangen, te smachten – of verlangde ze naar Meryx? En wat zou Dann zeggen als ze zwanger was, nu alles al zo moeilijk ging?

Naar het noorden: hij wilde naar het noorden, naar het water in het noorden, de droogte achterlaten. Maar zouden ze halt houden in de eerste plaats die niet door droogte werd bedreigd? Hoe ver was het noorden? Wat was het noorden? Volgens de kaart van Candace op de muur was het noorden alleen een witte plek, bestond het uit ijs en sneeuw dat de helft van de wereld bedekte. Ze dacht: misschien is al het water daar gevat in ijs en sneeuw zodat het niet kan bewegen en stromen? Is dat wat de mensen uit het zuiden bedoelen als ze zeggen dat het water in het noorden is?

Het was heel heet en het water schitterde verblindend. Mara soesde weg en werd wakker van het plonzen en spetteren van waterdraken die vanaf de oevers in het water gleden. Deze draken zaten al duizenden jaren in de rivieren: dat bleek uit de afbeeldingen op de muren van het Rotsdorp. En het waren nog precies dezelfde grote, onhandige monsters met lange kaken vol onregelmatige, gemene tanden en vol vet en zelfvertrouwen. Misschien waren ze van plan om deze boot om te kiepen? Met elkaar waren ze er sterk genoeg voor. Ze vroeg Dann om het aan de veerman op de voorplecht te vragen. Die zei dat als de boot te zwaar geladen was en diep in het water lag, de draken weleens probeerden omhoog te springen en een passagier te grijpen. En lukte dat? 'O, soms wel,' zei de man, slecht gehumeurd vanwege de muggen. 'Ga zitten en hou je rustig, anders nemen ze nog een hap uit jou.'

De dag duurde voort, zo heet, zo vochtig, een kwelling van muggen, en de veerlieden lieten vaten in de rivier zakken en haalden water op dat alle passagiers dronken en over zich heen goten, en daarna vroegen ze om nog meer water. Zat er ziekte in het water? Maar ze hadden het allemaal te warm om zich daaraan te storen. Ze wilden alleen maar drinken. En daarna moesten ze het uit plassen, over de rand van de boot heen, waarbij niemand echt probeerde om preuts te zijn of iets te verbergen, omdat men apathisch was van de hitte. Die dag hielden ze tegen zonsondergang halt bij een stadje dat bootreizigers gewend was en geen aandacht aan hen besteedde. Ze gingen voor de veiligheid allemaal tegelijk naar een herberg waar men hun stoofpot van wortelen met brood en gestoofd zuur fruit te eten gaf. Ze sliepen allemaal in een heel grote kamer, op rieten matten, met hun armen en benen uitgestrekt, zo naakt mogelijk, zich voorhoudend dat het koeler was omdat het nacht was. Maar Mara hield zich bedekt. Haar stromat lag naast die van Dann, zodat ze hem wakker kon maken wanneer hij boze dromen had.

's Ochtends vertrokken ze weer. De rivier bleef hetzelfde en kabbelde glanzend groen en helder voort, omdat het nu het droge seizoen was, en langs de oevers stonden af en toe groene bomen met vogels erin, echte vogels, waarvan Mara en Dann de meeste nog nooit hadden gezien. Aan weerszijden was het land droog en vergeeld, en de oevers waren omzoomd met lang, droog gras. Dit was het land dat eens, heel lang geleden, het groene deel van Ifrik was geweest, met uitgestrekte bossen en ontelbare zijriviertjes – dat had Candace verteld – en op die riviertjes kwamen weer kleine beekjes uit. Nu waren er geen bossen meer, alleen savanne en water dat traag en ondiep tussen droge oevers stroomde. Zeven dagen lang trokken ze stroomopwaarts en iedere nacht hielden ze halt in kleine stadjes waar de herbergen voor de riviervaart allemaal op elkaar leken; en aan het eind van die dagen waren ze net zo ver naar het noorden van Ifrik gekomen als de breedte van Danns wijsvinger in het stof van de kaart die hij voor Mara tekende. En nu moesten ze kiezen: van deze boot af gaan en wat uitrusten in de stad die op de splitsing lag van deze zijrivier en een grotere rivier, of op een andere boot overstappen en verdergaan, want deze boot ging terug naar zijn beginpunt, waar ze waren opgestapt. Mara had graag halt gehouden, maar Dann wilde dat niet. Hij werd gedreven door zijn verlangen om naar het noorden te gaan, altijd naar het noorden. De meeste passagiers stapten over op de nieuwe boot, die groter was. Niemand leek te weten waar ze naar toe gingen, alleen dat het beter moest zijn dan waar ze vandaan kwamen. Ze kwamen niet allemaal uit Chelops: sommigen kwamen uit Majab. Mara en Dann waren van verder gekomen, maar ze praatten niet over waar ze vandaan kwamen. Het was al erg genoeg dat de passagiers uit Chelops wisten dat ze Mahondi's waren en hen daarom haatten. Mara zag Dann telkens naar deze mensen kijken, van de een naar de ander, met die gespannen, aandachtige blik die ze zo goed kende: herkende hij gezichten, vrienden of vijanden, van zijn verblijf in de Toren? Als dat zo was, liet hij het niet merken. 's Nachts lag Mara altijd zo dicht bij hem dat ze hem kon aanraken, omdat ze bang was voor wat hij in zijn slaap misschien zou zeggen, of schreeuwen, als ze hem niet snel genoeg uit zijn nachtmerries wakker kon schudden.

De rivier waar ze nu op zaten was heel anders. Hij was breder en hoewel aan de bovenkant van zijn oevers te zien was dat hij smaller was geworden, was hij toch nog veel dieper dan de rivier waar ze op hadden gezeten, en die nu in vergelijking een smal stroompje leek. Hier konden geen vaarbomen worden gebruikt; er zaten aan weerszijden twee roeiers en iemand om te sturen. Deze boot lag dieper in het water en bleef midden op de rivier, ver van de draken die overal op de oevers lagen. Op de zijrivier waren maar af en toe steden en dorpen te zien geweest, maar hier leken ze bijna aaneengesloten. Allemaal waren ze van gebakken leemstenen gemaakt, met rieten daken – er waren kennelijk geen bossen in de buurt van deze rivier: aan weerszijden strekte zich het woestijnachtige landschap uit met doornachtige struiken en hier en daar zelfs kleine stukjes met de hete, gele glans van echte woestijn. Dikke rietstengels en bosjes bamboe groeiden langs de oevers. De bomen waren allerlei soorten palmen. Dit landschap was nieuw voor alle passagiers en de veerlieden moesten voortdurend uitleggen wat ze onderweg allemaal zagen.

Bij de eerste halteplaats, in een stad die groter en mooier was dan alle steden aan de andere rivier, liepen ze allemaal dicht bij elkaar en letten goed op of ze niet aangevallen werden, hoewel de veerlieden zeiden dat hier vredelievende mensen woonden die blij waren met reizigers omdat die geld binnenbrachten. In de herberg konden ze kiezen of ze in een grote gemeenschappelijke kamer wilden slapen of in kleinere kamers, en Mara en Dann slaagden erin om een kleine kamer voor zichzelf te bemachtigen. Ze waren dagenlang niet met zijn tweeën geweest, en nu konden ze tellen hoeveel muntjes ze nog overhadden en vrijelijk praten. Eigenlijk begon hun voorraad munten aardig op te raken en een goudstuk wisselen in herbergen zoals deze was absoluut onmogelijk: naar alle waarschijnlijkheid hadden deze mensen nog nooit van zoiets gehoord, behalve in verhalen en legendes. Nu hadden ze een gelukje. Een van de veerlieden werd ziek en moest achterblijven. Dann bood aan om hem te vervangen en dus kon hij gratis reizen. Hij zat in het midden van de boot, aan de zijkant, en Mara zat recht achter hem en keek hoe hij roeide. Het blauwe uniform dat Felice hem had gegeven, was veel te warm en hij droeg alleen een lendendoek, zoals alle mannelijke passagiers. Mara keek hoe de spieren werkten in die sterke, gespierde rug: een mooie rug, dat wel, maar veel te dun. Alle reizigers vermagerden snel, ze zweetten zoveel en het was te heet om te eten. Mara liet haar arm uit haar mouw glijden en besefte dat Orphne haar en Dann een speciaal dieet en rust zou voorschrijven als ze hen zo zag. Ondertussen roeide Dann van zonsopgang tot zonsondergang. Hij was zo sterk en leerde alles zo snel, was altijd bereid om water uit de rivier op te hijsen zodat iedereen kon drinken, hielp mensen de boot op en af en zorgde dat hij de beste van de roeiers werd, om zijn baan te houden. In ieder geval zaten er helemaal midden op de rivier geen muggen. Mara keek hoe de oevers met hun riet en wuivende palmbomen voorbijgleden, wendde haar ogen af en sloot ze vervolgens. Ze voelde zich ziek, verlangde ernaar om de boot af te kunnen en te gaan liggen. De schittering op het water, zelfs het regelmatige spetteren van water dat van de riemen af droop, maakte haar draaierig en meer dan eens moest ze over de rand van de boot heen overgeven. Op de bank naast haar zat een vrouw die tot dan toe niet veel had gezegd, maar nu zei ze heel zachtjes: 'Je kunt maar beter niemand laten weten wat je draagt, als je weet wat goed voor je is.' Op dat moment besefte Mara dat ze zwanger was en ze bedacht dat ze toch niet veel vertrouwen in de vruchtbaarheid van Meryx had gehad, als ze van deze vreemde moest horen dat ze zwanger was. 'Er zijn een heleboel mensen die je zullen proberen te grijpen als ze weten wat je hebt,' vervolgde deze vrouw, en ze pakte uit haar tas een handvol gedroogde bladeren en zei: 'Kauw hierop, ze brengen de maag tot rust.' Mara kauwde op de bladeren en ze waren bitter en droog, maar haar misselijkheid hield op. Deze nieuwe vriendin, een van de laatste mensen die Majab hadden verlaten, was Sasha, en ze bleef op de plaats naast Mara zitten, vlak achter Dann, en lette op haar, liet haar droog brood eten, en water drinken, steeds weer water.

Toen ze die avond aan land kwamen, gaf ze Mara een voorraad van het ge-droogde blad en herhaalde dat ze niemand mocht vertellen dat ze zwanger was. Er was geen gelegenheid om het Dann te vertellen, omdat ze een kamer hadden samen met anderen. De volgende dag vroeg Mara Sasha of ze een medicijn had voor iemand die slecht sliep en gaf haar een muntje. Sasha nam het muntje aan en gaf Mara boomschors om in water te doen. Ze zei: 'Een heleboel mensen sla-pen tegenwoordig slecht.' Toen ze keek hoe Mara het water waarin de boom-schors had geweekt aan Dann te drinken gaf, stonden haar ogen bedroefd. Als ik het haar zou vragen, dacht Mara, zou ze me misschien een nog erger verhaal vertellen dan dat van mij. Misschien zijn we daarom bang om met elkaar te pra-ten: we zijn bang voor wat we te horen kunnen krijgen.

Toen ze de volgende ochtend een eindje bij de anderen vandaan naar de boot liepen, vertelde Mara Dann dat ze zwanger was en vroeg of ze misschien van de boot af konden gaan zodat ze een paar dagen kon rusten. Hij zei, zo zachtjes dat ze het bijna niet kon horen, dat er iemand achter hem aan zat. 'Hij was in de stad waar we overstapten. Ik heb hem gezien.' Mara hield hem tegen, omdat hij snel achter de anderen aan wilde lopen, en zei: 'Dann, soms verbeeld je je din-gen. Weet je het zeker?' Hij leek in elkaar te krimpen en klein te worden onder haar handen en hij zei met het stemmetje van kleine Dann: 'Het was de boze man, Mara.' Maar ze hield hem vast, greep zijn beide armen beet en zei: 'Dann, hou op.' En wonder boven wonder hoorde hij haar, en hij kwam overeind, schudde kleine Dann van zich af, keek haar recht aan en zei: 'Mara, er zijn een heleboel dingen in de Torens gebeurd waar je geen weet van hebt.' En nu pro-beerde hij te glimlachen, vol vertrouwen in haar. 'Ik vertel het je weleens – later. Ik vind het vreselijk om aan die tijd te denken.'

'Je denkt eraan als je slaapt.'

'Ik weet het,' zei hij en hij trok zich los en liep voor haar uit naar de boot. Als hij haar al had horen zeggen dat ze zwanger was, had hij het in ieder geval niet tot zich door laten dringen.

Mara leed erg tijdens die lange, hete, vochtige dagen, en nog het meest van de schittering voor haar ogen; maar Sasha steunde haar met kruiden waar ze op moest kauwen en stukjes droog brood en bemoedigende woorden. 'Dit is het ergste gedeelte van de zwangerschap,' zei ze. 'Je zult je algauw goed gaan voelen – dat zul je zien.' Mara kon niet meer dan zes weken zwanger zijn: een menstruatie was licht geweest, was begonnen, opgehouden en weer begonnen; een andere was laat gekomen, maar ze verwachtte ook niet dat ze regelmatig zouden zijn, hoe kon dat ook, wanneer ze tot een jaar geleden nauwelijks vrouw was geweest? Ze wou dat ze het Meryx kon laten weten, en ze zag telkens zijn verbitterde, ongelukkige gezicht voor zich, die avond dat hij dacht dat ze met Juba had geslapen. Als hij eens wist – nou, ze kon zich voorstellen hoe hij eruit zou zien: zijn houding zou anders zijn, fierder, en die uitdrukking van bedeesdheid en schroom, bijna een verontschuldiging die altijd op zijn gezicht en in zijn glimlach te lezen was, dat zou allemaal verdwijnen. Ze stelde zich voor dat ze naast hem stond, zwanger, haar hand in de zijne, terwijl ze de Verwanten dit nieuwtje vertelden, en hoe hij zou glimlachen terwijl ze allemaal op hem afstormden om hem te feliciteren. Wat leek hij ver weg en onbereikbaar – en dat was hij ook; en toch moest ze honderden keren per dag aan hem denken en aan hen allemaal, op hun bedrieglijk veilige plek.

Dag in dag uit zat ze zo dicht achter Dann dat ze hem aan kon raken. Ze keek hoe zijn magere, gespierde armen aan de roeispaan trokken, zag hoe zijn wangen de volheid kwijtraakten die ze hadden gekregen door het goede eten van de Verwanten. De hele dag door, terwijl de misselijkheid in vlagen opwelde, met Sasha naast zich, die fluisterde: 'Niet overgeven. Laat ze het niet zien.' Wat had ze een hekel aan deze eindeloze, langzaam voortglijdende tocht midden over de rivier die de blauwe hemel weerkaatste en soms trage, witte wolken, en langs de kanten riet, bamboe en palmbomen, waarbij je vaak tussen de weerspiegelingen de donkere schaduw van een draak zag, of zijn witte grijns als hij zijn kaken opensperde om de vogeltjes zijn bek te laten schoonmaken. Wat verlangde ze ernaar om halt te houden, gewoon niet meer te bewegen; en toen, op de twintigste ochtend van deze tocht, werd Dann met koorts wakker en moest hij ermee instemmen om achter te blijven terwijl de boot verderging. De mensen waar ze dag en nacht mee samen waren geweest tijdens de reis die nu heel lang leek, hadden nu bevriende gezichten, en Mara dacht dat ze zonder Sasha niet verder kon. Zonder Sasha – ach, zonder haar zou ze allang bij de autoriteiten zijn aangegeven en had ze moeten wachten op de komst van de volgende slavenhandelaar. Zij en Dann namen een kamer in een klein stadje, en ze sliepen allebei heel lang, hij om de koorts weg te slapen, zij om de misselijkheid van het bewegen kwijt te raken. Maar ze moest vaak opstaan om het zweet van Dann af te sponzen en water bij zijn lippen te houden zodat hij wel moest drinken, al was het water bitter van Sasha's kruiden.

In zijn slaap mompelde hij: 'We moeten verder, Mara. Hij haalt me in.' 'Wie, Dann, wie?' Een keer antwoordde hij: 'Kulik', maar hij noemde ook nog andere namen, die ze niet kende.

Mara werd sneller beter dan Dann, en erop vertrouwend dat de mensen in deze stad inderdaad vriendelijk waren, zoals de herbergier zei, ging ze naar buiten en ze liep door straten – of liever gezegd, over paden – met lemen huizen, en ze zwierf door de stad zonder te letten op de mensen die ze tegenkwam en zonder dat er op haar werd gelet. Ze had vanuit de ramen van de kamer grote gebouwen gezien die een stukje bij de stad vandaan stonden en nu liep ze daarnaar toe. Ze keek goed in het lage gras of er geen slangen zaten en snoof dankbaar de geur op van de struiken die tegen haar aan kwamen. Ze vond de schone, medicinale geur zo lekker dat ze op een paar van de blaadjes kauwde omdat ze niet kon geloven dat ze giftig waren, en het effect ervan was dat ze honger kreeg. De gebouwen waren hoog, zes of zeven verdiepingen, en van steen. Er was nergens steen te zien, dus er moest ergens een groeve zijn. Toen ze bij de gebouwen kwam, zag ze dat ze oud waren en dat ze al heel lang geen dak meer hadden. Geen spoor van een dak, of dakspanten, geen ingestorte balken, alleen muren. Er waren sporen van oude vuren, oude schroeiplekken die in het steen waren ingevreten zodat je zou denken dat de stenen zwart waren, en van nieuwe vuren: geraamtes van aromatische struiken die daar binnen de muren in brand waren gevlogen, iedere struik een wolkje bleke twijgen en stelen.

Het was een grote stad geweest, regelmatig van opbouw, met straten die elkaar kruisten en rechthoeken vormden. Ze waren geplaveid geweest met grote blokken steen en er zaten groeven in de stenen die door de wielen waren gevormd. De gebouwen zaten vol vogels die hun nest overal maakten waar een richel of een gat zat. Klimplanten waren tot hoog op de muren gekomen: dunne groene vingers die het steen grepen. Wanneer hadden hier mensen gewoond? Ze had het bij de herberg gevraagd en men zei dat niemand het wist: voordat de bomen verdwenen, zei men. Er waren hier uitgestrekte bossen geweest, maar dat was zo lang geleden dat je binnen een loopafstand van enkele dagen nauwelijks nog een oude boomstronk of een stukje droog hout zou vinden. Het was een regenwoud geweest – dat werd tenminste gezegd. Nou, tegenwoordig was er niet eens genoeg regen om de palmbomen er vrolijk bij te laten staan. In het droge seizoen kregen de bomen overal langs deze rivier water van groepen stadsbewoners die deze taak op zich hadden genomen. De bomen leverden allerlei voedsel, vezels om mee te weven en een soort melk, die goed van pas kwam nu het moeilijk werd om huisdieren in leven te houden. Mara ging naar die dieren kijken. Er was een kleine versie van de melkbeesten uit het zuiden, niet hoger dan Mara's middel, en ze dacht aan Mishka en Mishkita en vroeg zich af wat die zouden hebben gevonden van deze kleine kopieën van hun soort. Er waren dieren met horens en grote uiers, die tot Mara's schouders reikten. Ze kregen palmbladeren te eten. Er waren heel grote dieren, met grote platte poten en lange nekken, die khamelen heetten en uit het noorden waren geïmporteerd toen er daar alleen zand en steen was, omdat ze op zo weinig konden leven. En wanneer was dat? O, honderden jaren, misschien wel duizenden jaren geleden, niemand wist dat nu nog. Mara vroeg of scheerders hier bekend waren, en het antwoord luidde dat er vroeger heel veel waren, minstens één per week, maar nu bijna niet meer. Iedereen was nu afhankelijk van de rivier en die zou niet zo gauw verdwijnen. Deze rivier voerde naar een grotere rivier, waarvan men aannam dat het de hoofdrivier was, en er waren hier altijd rivieren geweest, al wist men wel dat ze soms van loop veranderden.

Regenwoud, dacht Mara, die in de verlaten stad ging staan en staarde naar de oude wielsporen in straten die honderden – of duizenden? – jaren leeg waren geweest. Een regenwoud... wat zou dat betekenen? Ze sloot haar ogen om het zich voor te stellen en hoorde het geluid van stromend water en water dat van roeispanen af spatte. Hoe zou het geweest zijn om in een bos te lopen dat met zijn takken regen vasthield, dat altijd nat was, en waar overal kleine beekjes liepen?

Ze liep naar de rivier, zag het klotsende geglinster en voelde haar maag omdraaien, want die herinnerde zich het bewegen van de boot. Weldra zou ze weer een boot op moeten en dagen – hoe lang wel niet? – die hitte moeten doorstaan, en dat bewegen, dat geglinster in haar ogen... Ze hoorde Sasha fluisteren: laat niemand weten dat je zwanger bent, en ze sloot haar ogen om de misselijkheid te overwinnen. Toen ze ze weer opendeed, stond er een visioen voor haar, een prachtige jonge vrouw in een roze jurk, met gevlochten glanzend haar, die naar haar glimlachte. Het was Kira, die zei: 'Ik ben niet verbaasd je te zien: ieder verstandig mens zou vertrekken.'

En ze pakte Mara's hand en leidde haar een lemen huis in dat groter was dan de andere, met twee verdiepingen, en liet haar binnen in een grote, koele kamer vol kleurige dingen – kussens, wandtapijten, borduursels, felgekleurde potten en kruiken. Mara liet zich in een rieten stoel zakken, blij dat ze even kon zitten, en Kira klapte in haar handen waarop een dienstmeisje kwam dat opdracht kreeg om wat te drinken te halen.

Het was een zwart meisje en haar kapsel was even ingewikkeld als dat van Kira.

'En vertel me nu eens alles,' zei Kira, zich koelte toewuivend met veel geklik en gedraai en vertoon van de waaier van paarse veren, net als Ida dat deed. Haar roze jurk golfde om haar heen tot op de grond.

Toen Mara haar verhaal af had, vroeg ze aan Kira: 'Als je geweten had hoe de reis zou zijn, zou je dan zijn weggegaan?'

Dit soort openhartigheid was helemaal niets voor Kira, want ze draaide om de vraag heen, pruilend en lachend en flirtend met haar waaier – zoals ze altijd had gedaan; maar omdat Mara ernstig bleef, zuchtte ze uiteindelijk en zei: 'Nee, dan zou ik niet zijn gegaan. Ik ben bijna doodgegaan op die boot.'

'En heb je spijt dat je je baby hebt achtergelaten?'

'Ida's baby.'

'Ik wil het weten.'

Weer een zucht, niet pruilend of gespeeld. 'Mara, als ik die baby mee had genomen, zou hij op de boot zijn doodgegaan. Welke baby zou dat overleven? – zo warm, al die insecten, niet genoeg eten...'

Op dat moment bracht het dienstmeisje melk van de palmbomen en fruit.

'Is er hier genoeg te eten?'

'Meer dan genoeg. En mijn man is handelaar.'

'Je man! Ik dacht dat het huwelijk niets voor jou was.'

'Dat is ook zo. Maar er zijn hier verschillende soorten huwelijk. Hij wil een volledig huwelijk, hij vindt mij fantastisch.' En ze lachte zodat je al haar mooie tanden zag. Toen leunde ze voorover en fluisterde: 'Als hij eens wist dat ik in Chelops slavin ben geweest... Ik wilde niet dat hij me aanraakte voordat ik hier wettelijke bescherming had.' Hardop zei ze: 'Ik hou van hem en hij is goed voor me.' Op dat moment kwam een grote, zwarte man binnen. Hij had gehoord wat ze zei en was daar blij om. Hij glom van plezier met al zijn mooie zwartheid. Zijn haar was een grote zwarte bos. Hij stond met zijn hand op Kira's schouder en keek naar Mara, en haar vond hij niet fantastisch, dat zag Mara wel.

'Wie is je vriendin?'

'Ze is mijn nicht. Uit Chelops. Ze was getrouwd met de zoon van de hoofd-man.'

De man knikte, glimlachte beleefd, kneep in Kira's schouder en ging naar buiten.

'Hij is jaloers,' zei Mara.

'Op mannen en op vrouwen. Maar daar begin ik hier niet aan, hij zou me vermoorden. Ik heb daar natuurlijk nooit zoveel aan gedaan – aan meisjes. Alleen om wat te doen te hebben.' Ze kwetterde maar door, en vroeg Mara niets meer, omdat ze haar visie op het leven in Chelops had ontwikkeld en niet van plan was om die in twijfel te laten trekken.

Eén ding was duidelijk. Ze was eenzaam en wilde dolgraag praten. Niet om een gesprek te hebben, maar om te praten. Mara probeerde een paar keer om de woordenvloed te stuiten en toen kwam het dienstmeisje zeggen dat de herbergier haar zocht. O nee, er is iets met Dann, dacht ze, hij heeft vast iets gezegd – wat heeft hij gezegd? – en ze verontschuldigde zich tegenover Kira, die zei: 'Ik kom jou en Dann wel opzoeken,' en ze rende door het felle gele zonlicht naar de herberg, waar de herbergier stond te wachten met een man die hij voorstelde als Chombi. Ze vond hem angstaanjagend. Hij was heel lang en mager en zijn huid had een lelijke witte kleur die ze nog nooit gezien had. Zijn haar leek op Mahondisch haar, maar dan met die ongezonde witte huid – weerzinwekkend.

'Je broer maakt lawaai,' zei hij.

'Hij is mijn man, niet mijn broer,' zei Mara.

Het probleem was dat het niet zeker was of Dann eraan dacht om te liegen. Ze rende hun kamer in en vond Dann op zijn hurken, hijgend aan het hoofdeinde van het bed. Hij had gedroomd, dat was duidelijk. Ze zorgde dat hij ging liggen, gaf hem meer medicijn en zei: 'Dann, ik heb hem verteld dat we getrouwd zijn. Wil je dat goed onthouden?' Ze herhaalde het tot hij ja had gezegd en weer in slaap viel.

Mara zat bij het lage raam en zag de rivier honderd meter verderop langsstromen en zag de banen van de maan op het water bewegen. Zelfs die kleine beweging maakte haar misselijk.

Chombi kwam naar Dann informeren. Ze zei dat hij de rivierziekte had, die ziekte die je van insecten kreeg, maar dat het al beter ging. Chombi was een en al achterdocht en vijandigheid. Hij informeerde ook naar haar gezondheid. Hij had gehoord dat ze misselijk was toen ze aankwam. Mara zei dat ze de rivierziekte had gehad maar niet zo erg en dat ze nu beter was.

Terwijl Kira almaar praatte, had Mara zich een voorstelling van deze plaats kunnen vormen.

Het gebied van de Riviersteden werd bestuurd door het Goidelvolk, dat zijn hoofdkwartier in de volgende plaats langs de rivier had, Goidel geheten. Elke rivierstad had zijn plaatselijke vertegenwoordiger en de man die voor deze stad in de regering zat – Kira noemde hem de Spion – was de lange, blanke, magere man, Chombi. Kira had gezien dat Mara misselijk was – maar pas toen ze echt vroeg waar ze kon overgeven – en ze zei dat Mara niet ziek mocht zijn. Als Dann ziek was en zij ook, zou dat worden gezien als het mogelijke begin van een epidemie en dan zouden ze allebei worden meegenomen naar een isoleerziekenhuis in Goidel. Deze streek was bovenal bang voor epidemieën, want er waren er onlangs een paar geweest met veel sterfgevallen, voornamelijk kinderen. Mara was bang geweest om Kira te vertellen dat ze zwanger was, maar toen ze weer moest overgeven, zei Kira: 'En je kunt ze ook maar beter niet vertellen dat je zwanger bent want dan nemen ze je voor de voortplanting. Maar als je ze kunt laten geloven dat Dann je man is, gaat het wel goed. Ze halen vrouwen niet bij hun man weg.'

Mara kon dus noch ziek noch zwanger zijn. En wat moest ze doen? Het leek haar dat ze geen andere keuze had dan de reis voort te zetten en het beste ervan te hopen. Keuze: waren er mensen die een keuze hadden? Kira bijvoorbeeld. Als ze in Chelops was gebleven, zouden de Verwanten zelf haar waarschijnlijk met veel plezier naar de Hadronen hebben zien gaan, omdat ze zo lastig was. Als ze de baby had gehouden, zou Ida haar leven hebben vergald. Als ze de baby had meegenomen, zou die bijna zeker op de rivier zijn doodgegaan.

Mara kon besluiten om de langzame, moeilijke – en misselijkmakende – tocht terug naar Chelops te maken en tegen Meryx te zeggen: kijk, ik ben zwanger, je bent net als je vader, een schepper van kinderen. Maar zodra de baby geboren was, zouden de Hadronen haar opeisen. En dan zou ze zich nog steeds in diezelfde situatie bevinden waarvan Kira en zij allebei wisten: Chelops kon niet lang blijven bestaan.

Waarom zag Kira dit zo duidelijk en de rest van de Verwanten niet? Ze was wees, was als kind door de Verwanten opgenomen, afkomstig uit een lagere tak van de Mahondi's. Ze had nooit het gevoel gehad dat ze bij de Verwanten hoorde, had zich altijd als een buitenstaander beschouwd; en ze kon de Verwanten door de ogen van een buitenstaander zien, was nooit ingedut en zelfingenomen geworden.

Deze gedachten leidden tot een onplezierige conclusie: Kira zou waarschijnlijk overleven omdat ze was weggelopen en haar kind had achtergelaten, terwijl de Verwanten en de Hadronen – en Kira's baby – misschien niet zo makkelijk zouden overleven.

En wat moest Mara nu doen?

Ze luisterde naar Dann die in zijn slaap mompelde of schreeuwde, kalmeerde hem en zei tegen hem: Dann, wees stil – en hij werd wakker, was zo te zien weer helemaal de oude, en zei dat ze meteen moesten vertrekken.

'Weet je nog dat ik zwanger ben?' fluisterde ze. 'En dat ik je vrouw ben?'

'In het noorden is het beter,' zei hij en hij begon weer te rillen en te zweten van de koorts. Kira kwam bij hem zitten terwijl Mara sliep. Mara wist dat Dann knap was om te zien maar had hem nooit beschouwd als iemand die meteen veroveringen maakte – ondanks Felice – maar Kira vond Dann blijkbaar heel aardig en hielp Mara om hem te verschonen. Ze slaakte een gilletje bij het zien van zijn littekens en de striemen rond zijn middel en zei zuchtend dat ze misschien met hen mee zou gaan als ze verdertrokken. Dit stadje was zo saai. Het was tenslotte maar een kleine rivier. Ongeveer tien dagen reizen hiervandaan kwam hij uit op de hoofdrivier en via die rivier kon je helemaal tot het land varen waar de khamelen vandaan kwamen. Maar daar spraken ze een andere taal en dat vond Kira eigenlijk veel te lastig.

'Ik dacht dat overal dezelfde taal werd gesproken,' zei Mara. Kira lachte haar uit en zei dat het probleem met Mara was – en Kira had dat zelf ook gehad – dat ze dacht dat Hadronië heel Ifrik was, in plaats van een klein gebiedje, en omdat in het zuiden van Ifrik overal dezelfde taal werd gesproken, hadden ze gedacht dat het overal zo was.

Kira's aanwezigheid maakte de lange, blanke spion blijkbaar wat minder achterdochtig, want hij hield zich afzijdig totdat zij weg was en toen zei hij dat Mara volgens hem niet gezond was en dat hij verplicht was om dit aan zijn meerderen te melden. 'Ik voel me prima,' zei Mara. De man, die ze op een worm vond lijken of op de witte buik van een hagedis en van wie ze griezelde, pakte haar hand om haar pols te voelen, legde een magere duim op de slagader in haar hals, boog zich voorover om in haar mond te kijken en haar gebit te controleren en tilde een ooglid op. Mara wist dat hij niet alleen keek of ze gezond was. Hij zou zijn superieuren in Goidel inlichten over haar lichamelijke conditie.

'Als je zwanger bent,' zei hij, 'heb je niets te vrezen als die man je echtgenoot is.'

'Dat is hij.'

'Jullie lijken erg op elkaar.'

'Mahondi's lijken allemaal op elkaar. Dat is inteelt,' zei ze, zich er niet van bewust dat ze dat ook echt dacht.

'Dat is een probleem dat makkelijk te verhelpen is,' zei hij.

Dann was wakker en lag te luisteren, en Mara zag aan zijn gezicht dat hij vocht met innerlijke demonen.

'En eis jij het vaderschap van dit kind op?' vroeg Chombi hem.

'Ja zeker,' zei Dann, vergetend dat hij van Mara niet mocht zeggen dat ze zwanger was.

Mara vroeg Kira hoe lang het duurde om een boodschap naar Goidel te sturen. Twee dagen daarnaar toe. Daarna een paar dagen overleg en een besluit, en twee dagen op de boot terug. Alles bij elkaar ongeveer een week.

Mara zei tegen Dann dat de Goidels haar misschien als concubine zouden nemen. 'O, vast niet,' antwoordde hij. Zoals de laatste tijd gebruikelijk was duurde het even voordat hij haar hoorde en antwoord gaf. Ze was ervan overtuigd dat deze koortsaanval hem echt kwaad had gedaan, niet lichamelijk, want hij was aan de beterende hand, maar doordat zijn nachtmerries erger waren geworden. Ze vroeg zich af of Dann misschien een beetje gek was. Soms was hij dat inderdaad. In bepaalde opzichten.

Die hele week zorgde ze dat Dann en zijzelf goed aten, en ze liet hem op krachten komen door met hem langs de zandpaden te lopen en naar de oude verlaten stad in de savanne te wandelen. Ze wist dat ze in de gaten werden gehouden. Ze zaten bij Kira en Mara keek of Dann zich tot Kira aangetrokken voelde, want ze wilde graag gerustgesteld worden: op mannen begeren stond de doodstraf in de Riviersteden. Dann reageerde inderdaad op Kira, maar zij maakte overal grapjes over zodat het niet duidelijk was wat ze voelde.

Na tien dagen kwamen er twee mannen in uniform van de boot uit Goidel naar de herberg en ze vroegen naar Mara en Dann. Ze zaten in de gelagkamer te eten. Toen Dann de twee mannen zag, gaf hij een schreeuw, schoot de deur uit en verdween in de doolhof van paadjes en huisjes. Ja, de twee mannen leken heel erg op elkaar, dacht Mara. Zoals de meeste mensen hier waren ze zwart, met een goed figuur en een mager gezicht, maar hun haar was net als dat van de Mahondi's: lang en zwart.

'Ik zie dat je man is weggelopen,' zei een van de mannen vriendelijk. 'Nou, dat maakt het een stuk makkelijker. Pak je spullen. Je moet met ons mee naar Goidel.' Mara zei niets. Ze wist dat Dann was weggelopen omdat de twee mannen er precies hetzelfde uitzagen en dat ze later in zijn gedachten één man zouden worden. Misschien zou hij Kira om hulp vragen. En hij had geen misdaad begaan, was niet ziek – of zwanger.

'Je kunt beter zwanger zijn dan ziek,' zei de andere cipier. 'Anders zou het de isoleercel worden en dat is bepaald niet leuk.'

Ze keken toe terwijl zij betaalde. Nu had ze helemaal geen kleine muntjes meer. Zij keek toe terwijl ze overleg pleegden met Chombi, die vertelde wat er in het stadje allemaal gebeurd was en orders kreeg.

De boot stroomopwaarts arriveerde. Mara stapte met haar plunjezak aan boord en ging weer op dezelfde plaats zitten, maar nu zaten er twee mannen achter haar die haar in de gaten hielden. Wat dachten ze? Dat ze in deze grote, gevaarlijke rivier vol waterdraken zou springen? Dat ze tussen de draken door naar een oever zou zwemmen die grensde aan lege savanne en oude, verlaten steden?

Die nacht lieten ze haar in de herberg tussen hen in slapen. De volgende dag op de boot verliep hetzelfde. Ze had geen hekel aan deze mannen die alleen hun werk deden. Ze waren op hun manier wel vriendelijk en zorgden ervoor dat ze at en dronk. Die avond kwamen ze in Goidel aan en werd ze naar een gevangenis gebracht, waar ze werd overgedragen aan twee vrouwen die haar te eten gaven, haar wasten en haar met grapjes aan het lachen probeerden te maken.

De volgende ochtend moest ze voor een wat oudere magistraat verschijnen die haar wat manier van doen betreft in ieder geval aan Juba herinnerde.

'U beweert dus dat u getrouwd bent?'

'Ja.'

'Hoeveelstegraads huwelijk?'

Kira had haar opgedragen om tweedegraads te zeggen. Dat betekende hier dat zowel de man als de vrouw andere partners kon hebben, maar dat de man de verantwoordelijkheid voor alle kinderen op zich moest nemen aangezien het niet mogelijk was om het vaderschap vast te stellen. Dit was een van de wetten die waren ingevoerd toen duidelijk werd dat de vruchtbaarheid achteruitging.

'Tweedegraads,' zei Mara.

'Maar als de echtgenoot niet aanwezig is, maakt het niet zoveel uit welke graad het huwelijk is, bent u het daarmee eens?'

'Ja,' zei Mara.

'Welnu, u moet weer naar de gevangenis. Als uw man u niet binnen een week opeist, gaat u naar het voortplantingsproject.'

Mara was tussen de cipiers in naar het gerechtshof gelopen en zo liep ze ook weer terug. Op de heenweg was ze te zenuwachtig geweest om veel te zien; op de terugweg, enigszins gerustgesteld omdat ze dacht dat Dann wel zou komen, kon ze de straten zien waar ze doorheen liep. Goidel was heel anders dan de kleine lemen stadjes langs de rivier. Het was vele malen groter en hoewel de gebouwen van leem of leemstenen waren gemaakt, hadden ze dezelfde gladde pleisterlaag die ze in de oude vervallen steden boven het Rotsdorp had gezien. De gebouwen zagen er dus niet uit als een verlengstuk van de modderige rivieroever, maar waren wit of licht zandkleurig, of geel, of zelfs roze. De gevels waren geen van alle nieuw of schoon. Ze waren soms wat gehavend, of er waren stukken pleister vanaf gevallen en niet vervangen. De rieten daken moesten nodig worden vernieuwd. Op sommige hadden vogels nesten gemaakt. Er stonden veel gebouwen leeg. Maar er waren honderden mensen op straat, met felgekleurde, gestreepte of effen kleren van dezelfde stof als de kleren die ze opgerold onder in haar plunjezak had. Tere, bijna doorzichtige stof, met borduursel rond de hals en mouwen als het kledingstuk verder effen was. De mensen waren goed doorvoed. En bovenal heerste er een sfeer van rust en vertrouwen. Mensen stonden in groepjes te praten en te lachen. In een parkje zaten mensen op het gras te eten en te drinken. Haar cipiers marcheerden niet als soldaten, maar wandelden op hun gemak en stonden af en toe stil om iets uit te leggen als ze erom vroeg.

De twee vrouwelijke cipiers lieten haar weer binnen en maakten grapjes met de twee soldaten. Het waren slimme vrouwen die zich goed konden redden, wist Mara, en ze wilde hen graag vertrouwen. Ze besloot dat te doen: tenslotte had ze geen andere keus.

Ze vroeg of ze een of ander medicijn wisten om een baby te aborteren. Ze fluisterde, dus zelfs de muren konden het niet hebben gehoord. Ze waren niet verbaasd. Fluisterend zei een van hen dat ze de doodstraf zouden krijgen als iemand erachter kwam, en de ander zei dat ze er goed aan moesten verdienen.

Mara stopte haar handen onder haar kleed om een goudstuk los te knopen en zag toen hoe belachelijk ze zich gedroeg: ze konden met één beweging haar kleed omhoogtrekken zodat ze het koord met munten zagen. Ze knoopte het koord los en haalde het te voorschijn. Tweeëntwintig. Ze bood hun een goudstuk. Het werd eerst door de een en toen door de ander getest. Toen vroegen ze er nog een. Ze gaf hun er nog een. Ze wisten alle drie dat ze alles hadden kunnen pakken en even was Mara bang dat ze in de verleiding kwamen. Maar ze zeiden: 'Goed, stop het maar weer weg.' En ze maakte het koord weer vast waar het had gezeten.

Het was een geluk dat ze de enige vrouw in de gevangenis was, zeiden ze, want anders zou het te gevaarlijk zijn geweest. Vervolgens maakten ze grapjes dat hun meestal om medicijnen werd gevraagd om de vruchtbaarheid te vergroten, die reputatie hadden ze en daardoor konden ze Mara makkelijker helpen.

Ze gaven haar bittere drankjes die ze zo heet als ze maar verdragen kon naar binnen moest werken. Dat duurde drie dagen. Toen, op de vierde dag, 's avonds heel laat, legden ze haar op een stromatras op de grond en begonnen haar buik te bewerken. Ze voelde hoe die lange, deskundige vingers diep door haar vlees heen duwden, haar baarmoeder zochten, naar het kind voelden – en het vonden. De pijn was intens, ze viel flauw en kwam weer bij, en de vingers voelden en duwden nog steeds. De twee vrouwen bleven naar haar gezicht kijken en toen ze zagen dat ze echt niet meer kon verdragen, gaven ze haar nog een drankje.

Tegen de ochtend voelde ze de warme stroom tussen haar benen.

'Wil je het zien?' vroeg een van de vrouwen, en Mara zag heel even een klein wezentje in een bloederige massa. Ze voelde een afschuwelijke pijn in haar hart – een mes zou milder geweest zijn – en schudde haar hoofd dat ze het weg moesten halen. Ze had spijt dat ze had toegestemd om te kijken.

'Drie maanden,' zei de een, en de ander zei: 'Misschien zelfs nog een paar dagen meer?'

Dus het kind van Meryx leefde nog toen Mara het zag. Toen het dood was, sloop een van de vrouwen naar de savanne – want de gevangenis lag aan de rand van de stad – en toen ze terugkwam zei ze kordaat: 'Dat is gebeurd.'

Mara dacht: ik heb gekozen tussen de baby van Meryx en Dann. En toen: nee, dat is dwaas. Geen enkele baby zou een bootreis in deze hitte overleven. Ik had geen keus.

De twee vrouwen gaven haar iets om te slapen en maakten haar wakker met de boodschap dat Dann op tijd bij de rechtbank was aangekomen om haar op te eisen. Maar er was een probleem. Hij maakte een zieke indruk. Mara wist dat hij niet ziek was. Hij was ziek van angst. Ze wist wat het hem had gekost om de soldaten onder ogen te komen die het gerechtshof bewaakten. Ze voelde de angst van de kleine Dann in haar eigen zenuwstelsel en zag zijn gezicht, dat heel even het gezicht van de kleine Dann was.

'Hij heeft te horen gekregen dat je een miskraam hebt gehad,' zei de soldaat die de boodschap bracht.

Voordat Mara werd ontslagen, nam ze de twee vrouwen nog een keer mee naar het midden van een grote kamer en fluisterde dat ze een goudstuk moest wisselen, of zo mogelijk twee. En ze zeiden: 'Twee. Ieder één. Maar we geven je niet de volle waarde. Het is gevaarlijk voor ons.' Ze gaf hun twee munten, zodat er nog negentien in het koord zaten, en kreeg een heleboel lichte, goedkoop ogende munten terug. Ongeveer de helft van de waarde, dacht ze, maar ze gaf hun geen ongelijk. Dit wisselgeld stopte ze in haar plunjezak en ze dankte hen beiden, zei dat ze altijd aan hen zou blijven denken, wat ook zo was. En ze omhelsden haar en wensten haar alle goeds.

Dann zat in de herberg op haar te wachten. Hij was niet ziek maar nog steeds bang en gejaagd, en toen Mara hem bedankte dat hij haar was komen redden, barstte hij in snikken uit en klampte zich aan haar vast – bijna de kleine Dann, maar niet helemaal, want hij had nu een zekere hardheid en koppigheid, heel volwassen en verantwoordelijk, en zijn stem, 'Mara, als ik jou was kwijtgeraakt...', klonk bepaald niet als het stemmetje van kleine Dann.

'Of als ik jou was kwijtgeraakt,' zei ze.

Het was niet hun gewoonte om lichamelijke genegenheid te tonen, maar nu zaten ze dicht naast elkaar op bed, met hun armen om elkaar heen, stilletjes bij te komen. Ze voelden zich nu rustig, en Mara voelde de spanning uit zijn lichaam en uit haar eigen lichaam wegtrekken.

Het was heel dapper wat hij had gedaan. Ze wist dat soldaten, bewakers, politie hem doodsbang maakten. Dat hij toch zichzelf had gedwongen om die rechtszaal in te lopen – wat kon zij doen dat even dapper was? Maar ja, zij was niet bang om in een rechtszaal voor een rechter te staan: dat was alleen voor hem een kwelling. Dat wist ze, maar wist hij het ook? En dan die twee mannen, twee mannen...

Ze waagde het erop. 'Die twee mannen die ons in die vorige stad kwamen arresteren...' En ze wachtte tot hij zou zeggen: 'Niet twee mannen, één man.' Maar hij keek haar alleen maar heel lang onderzoekend aan.

'Mara, ik weet dat je me niet gelooft, maar er zit iemand achter me aan. Ik heb hem gezien.'

'Wie dan, Dann, wie is het dan?'

Hij liet alleen kreunend zijn hoofd op haar schouder zakken.

'Als jij me niet was komen opeisen,' zei ze, 'zouden ze me voor hun voortplantingsproject hebben gebruikt.'

'Ik weet het, ze hebben het me verteld.' En toen zei hij zachtjes, bijna nederig, met een glimlach: 'Mara, ik denk dat je er beter voor kunt zorgen dat je niet meer zwanger wordt.'

Ze hadden twee dagen om te rusten. Zij was nog wat zwak, maar voelde zich weer de oude. Zo had ze zich deze hele reis nog niet gevoeld. Hij at veel en ze wandelden samen door deze uiterst plezierige stad aan de rivier. Ze werden in de gaten gehouden door agenten van het gerechtshof en toen ze de boot stroomopwaarts namen, gingen de agenten met hen mee. Dat was nog steeds om te kijken of ze geen van beiden ziek waren. Mara had van de vrouwelijke cipiers gehoord hoe bang men was voor epidemieën en Dann had dat ook gehoord want iedereen had het erover. Vreselijke ziekten staken zomaar de kop op in de Riviersteden, zodat mensen ziek werden of doodgingen, en dan verdwenen ze ook weer zomaar. De rivierziekte was bij iedereen bekend en daar was men ook niet bang voor. De symptomen waren altijd hetzelfde: degenen die het hadden, beefden en rilden en kregen hoge koorts, daarna was het even rustig en dan volgde

weer een aanval: perioden van rust en koortsaanvallen, en soms gingen mensen
dood en soms ook niet. In ieder huis had men medicijnen tegen de rivierziekte,
maar er waren geen medicijnen tegen deze nieuwe ziekten, als ze al nieuw waren. Oudere mensen zeiden tegen elkaar dat het niet de eerste keer was dat er
ziektes langs de rivier hadden gewoed die weer waren verdwenen.

Toen de boot twee dagen later naar de kant ging om de nacht door te brengen
op het punt waar deze rivier uitmondde in de hoofdrivier die Cong heette, was
het al aan het schemeren en daarom zagen ze pas 's ochtends dat de rivier waar
ze vanaf kwamen de eerste rivier waar ze aan boord waren gegaan misschien op
een beek deed lijken, maar dat die rivier, die zo groot en machtig was geweest,
maar een voorproefje leek van waar ze nu naar staarden. Nog steeds gadegesla-
gen door agenten uit Goidel – want hier hield de soevereiniteit van Goidel pas
op – liepen ze van de herberg naar weer een volgende boot, die veel groter was
en aan een pier lag waar boten van allerlei formaat lagen afgemeerd. De rivier
was zo breed dat de vogels in de bomen aan de overzijde witte stipjes waren en
de bomen een laag randje vormden. Vanaf deze oever was te zien dat er nog veel
soorten palmen langs deze rivier groeiden, maar er stonden ook grote, groene
bomen en bomen die net groene, omhoogstekende handen leken vol doornen.
Langs de zijkanten van deze boot zaten roeiriemen, maar ze waren niet in gebruik en rustten op steunen, omdat deze boot werd voortbewogen door een
machine die op zonlicht liep, dat werd opgevangen op een schuin vierkant van
dof glanzend materiaal. Het geheim van dit gebruik van de zon was langgeleden
verloren gegaan, en het toestel was zo kostbaar – er waren er nog maar heel weinig van – dat het dag en nacht werd bewaakt. Dann bood aan als bewaker op te
treden, om gratis te kunnen reizen. De eigenaar en bestuurder van deze boot was
Han, een bejaarde vrouw, zo mager en dor en bruin als een boomstronk en even
gerimpeld. Ze keek hem lang aan en knikte uiteindelijk. Dann boezemde vertrouwen in. Hij had niet die ontspannenheid en openhartigheid van mensen die
nog nooit zijn bedrogen, dus moest het volgens Mara wel zo zijn dat zijn vele
vaardigheden en kundigheden duidelijk bleken uit zijn stellige overtuiging dat
hij zou worden aangenomen. Hij bood ook aan om het middagmaal te koken of
op te dienen. En hij zou gratis reizen. De reis zou een maand duren. Op dit traject zouden ze verder komen dan ze tot nu toe vanaf het Rotsdorp waren gereisd. Mara betaalde drie van haar goudstukken, van de negentien die ze nog
overhad. Nu had ze er nog zestien. Er waren ongeveer honderd mensen aan
boord van deze boot, sommigen kwamen van voorbij Chelops en anderen uit de
eerste Riviersteden waar ze langs waren gekomen. Ze had het gevoel dat ze deze
gezichten moest kennen, dat ze bekend waren, en zag dat Dann langzaam en
aandachtig van het ene gezicht naar het andere keek en alles in zijn geheugen
vastlegde.

10

Deze brede rivier was niet zo krachtig als zijn zijrivieren. Hij was veel ondieper. Het water stond laag in de bedding, alleen waren er hier geen grazige oevers doordat het water lager was komen te staan, maar alleen de verweerde watergeulen en ingestorte oevers van een rivier die regelmatig overstroomt, met het puin van de overstroming hoog boven de waterlijn en zelfs stukjes stro en dode resten van planten in de bomen. De waterdraken lagen niet op deze oevers maar diep in het water, of ze dreven langs als blokken hout: de stompe, wigvormige koppen waren net onder water te zien, met de neusgaten erboven, of er gleden lange, donkere schaduwen naast of achter de boot, want de beesten hoopten dat iets of iemand in het water zou vallen en het dek was te hoog om een sprong te wagen. De hemel was heet en blauw en leeg – geen wolkje te bekennen. Tussen de palmbomen en doornbomen op de oever door zag je af en toe het dansen en draaien van zandhozen die stof tussen de graspollen wegzogen. Het was drukkend, de lucht kleefde aan je huid. Maar nu was Mara niet misselijk. Ze dacht aan de dagen vol misselijkheid op de andere boten en vroeg zich af hoe ze die had doorstaan. Nou ja, ze had wel gemoeten. Nu zat ze op haar gemak en mijmerde over de stad Shari, waar ze naar toe gingen. Ze zouden de helft van de reis stroomopwaarts over deze rivier, de Cong, varen, en daarna, na een korte, moeizame doorvaart door een smal kanaal, op een andere rivier uitkomen die weer uitmondde in een meer dat Charad heette. Over die rivier zouden ze stroomafwaarts varen en de kostbare machine die zonlicht verzamelde zou worden afgezet om haar te sparen. Dan zouden de roeiriemen van pas komen. Dat hoorde ze allemaal van Dann tijdens zijn pauzes waarin hij samen met drie andere bewakers werd afgelost en naast haar kwam zitten. 'Het wordt steeds beter, hè, Mara?' zei hij tegen haar. En hij keek haar gespannen aan om te zien of zij hetzelfde voelde als hij: opluchting, gerustheid, misschien iets van ontzag dat het nu goed met hen ging nadat het zo slecht was gegaan.

Mara zweefde tussen slapen en waken, in een droomtoestand waarin alles waar haar blik op viel helder en duidelijk leek, maar ver weg; en het was een droom, ze droomde, en de stille boot die zich een weg baande over de rivier, de voorbijglijdende oevers, de strakke lucht waar af en toe een verdwaald wolkje verscheen – dat alles zweefde door haar geest alsof ze doorzichtig was of uit twee verschillende personen bestond, want ze herinnerde zich nog steeds de Mara met haar uitgedroogde huid die water vergeten was, de Mara die vaak snakkend naar water wakker was geworden met een droge, gebarsten mond. Wanneer de emmers met het water uit de rivier langs de passagiers gingen en haar beurt kwam, was iedere slok van de koelte die in haar neerdaalde als een fluistering: Mara, je bent nu veilig; en als ze haar handen in het water doopte en haar gezicht natmaakte, herinnerde haar huid zich de honger van vroeger.

Soms doemden er voor hen zandbanken op waarop de waterdraken lagen die het water in gleden als de boot verscheen. De oevers lagen aan weerszijden te ver weg om details te zien van nesten en vogels, en ze zagen ook geen dieren staan drinken omdat die wegrenden als ze de boot zagen. En zo voeren ze verder, dag in dag uit. Iedere nacht meerden ze aan, nu eens in een stad of een dorp en dan weer bij een herberg die eenzaam op de oever stond, te wachten op reizigers over de rivier. Al die herbergen en pensions waren eenvoudig, schoon en gezellig. Ze verstrekten avondeten en ontbijt bestaande uit brood, met soms wat kaas, en met gestoofde groenten en een drank van palmsap. De reizigers kregen grote, gemeenschappelijke kamers om in te slapen, of deelden met vier, vijf of zes personen een kamer. Dann en Mara verloren elkaar nooit uit het oog. De steden leken op Goidel, maar hadden allemaal hun eigen karakter, dat tot uitdrukking kwam in de ogen, gezichten, houding en manier van praten van de bewoners, en Mara vond dit inspirerend, een uitdaging, omdat ze pas sinds kort te maken had gekregen met levendige, drukke, zelfbewuste steden, die je net als mensen telkens weer moest doorgronden. Wanneer de boot 's avonds werd afgemeerd, liepen zij en Dann soms door de straten en dan keken ze altijd naar de gezichten en waagden het soms om een vrucht, of wat snoepgoed of een taartje te kopen, om de smaak te proeven van deze plaats die zo anders was dan andere plaatsen. Soms staarde Dann zo lang en aandachtig naar iemand dat hij of zij geërgerd en verstoord terugkeek: wat moet je?

'Wie verwacht je, Dann? Zeg het me alsjeblieft.'

Maar hij antwoordde niet. Soms dacht ze dat hij het niet hoorde, zo diep was hij dan in gedachten verzonken. In een poging om contact met hem te houden bleef ze soms dicht bij hem en praatte wat, zei iets over wat ze zagen, minutenlang, of soms wel een halfuur, zonder dat hij ook maar enig antwoord gaf. Maar later zei hij dan soms iets waaruit bleek dat hij haar had gehoord, dat hij nog wist wat ze had gezegd. Die avondwandelingen door de steden die ze bezochten vond zij heerlijk, maar hij niet, dacht ze. Hoe kon dat ook, hij was zo bang en op zijn hoede. Toch zei hij opeens onverwachts: 'Ik vind deze wandelingen met jou heel prettig, Mara. Ik kijk er de hele dag op de boot naar uit.'

Dag in dag uit. Soms kwam Dann gehurkt naast haar zitten om op het hout van het dek een klein stukje met zijn vingers uit te meten: de afstand die ze met deze boot hadden afgelegd. En daarna de afstand vanaf Chelops. Daarna vanaf het Rotsdorp. Toen hij een royaal model van Ifrik op de planken tekende, zagen andere mensen het en kwamen erbij zitten, met hun handen wijzend van hoe ver zij waren gekomen – maar ze waren geen van allen van zo ver gekomen als Dann en Mara. Sommigen kenden de vorm van Ifrik. Anderen staarden er verbijsterd naar en begrepen niet wat Mara en Dann uitlegden.

Dann stond bijna de hele tijd voor in de boot de zonnevanger in de gaten te houden. Er waren zes bewakers die elkaar steeds aflosten. 's Nachts liet Han twee bewakers achter wanneer ze aan wal ging om te eten of te slapen, maar meestal bleef ze samen met de bewakers aan boord. Dann hoorde daar vaak bij, maar Mara vond dat heel vervelend want ze was dan bang dat ze hem niet terug zou zien en kon niet slapen. Han zette Dann steeds vaker in. Deze uitgedroogde vrouw, die zo snel en waakzaam was als een grote, slimme, oude aap, hield de bewakers voortdurend in de gaten om te zien of ze weleens zaten te dagdromen en of ze hun gezicht soms te lang van de zonnevanger afwendden. Dann kon blijkbaar de hele tijd opletten. Hij stond wijdbeens op de boeg, schuin naar de zonnevanger gekeerd, zodat hij de hele boot kon overzien (en iedereen die hem eventueel zou besluipen, wist Mara) en zijn blik gleed langzaam over de gezichten van de reizigers naar de vanger en dan weer terug. Hij zag het onmiddellijk als iemand te dicht bij de vanger kwam of onvoorzichtig zijn bagage neerzette. Mensen smeekten Han of ze de zonnevanger mochten zien, en soms stond ze dat toe, maar dan bleef ze dicht bij de vanger en de mensen staan en hield iedere beweging in de gaten. De mensen stonden dan naar het vierkante stuk metaal te kijken dat nu onbekend was, iets wat in het verre verleden was uitgevonden en vergeten, dit vierkant dat een leeg, vaag glanzend oppervlak leek. Maar als je er dan goed naar keek, zag je veranderingen en lichtspelingen in de diepte en ook kleuren die krachtiger werden en weer afzwakten, als de kleur van water of de hemel bij zonsopgang en zonsondergang, dus het was net of je in water keek, in diep water. En wanneer ze vanuit de bedrieglijke diepten weer tot zichzelf kwamen, verraste en verontrustte het de reizigers altijd om te zien dat het gewoon een stuk was van iets wat leek op het tin waar ze hun leven lang al kommen en borden en bakken van hadden en dat uit fabrieken kwam die sommigen wel hadden gezien. Gewoon een vierkant stuk metaal, plat en dun, niets bijzonders, dat je zo opzij zou schoppen of op een vuilnishoop zou gooien; en toch was het iets wat ontzag of zelfs angst inboezemde, omdat dit onnozele ding, dat eruitzag of het zo van de schroothoop kwam, de boot dag in dag uit stroomopwaarts kon laten varen door het water van deze grote rivier te doorklieven.

Al snel kwamen er heel veel ondiepten en zandbanken, zodat Han zelf stuurde en dat niet overliet aan een van de bewakers, die wanneer de rivier diep genoeg was alleen maar aan het roer hoefden te staan om de boot recht te houden. Nu liet Han de boot heen en weer schieten over de rivier of tussen zandbanken door en stonden er aan weerszijden van de boot twee bewakers om een ondiepte af te wenden of de boot van een zandbank weg te duwen. Er lagen geen rotsen in deze rivier, alleen zand dat door de stromingen werd verplaatst. Dag in dag uit. Mara had het gevoel dat ze haar leven lang al op deze boot zat en er nooit vanaf zou komen, omdat ze iedere nacht in een herberg sliep die zo op alle andere leek dat ze soms dacht dat ze nog in de vorige herberg was, en omdat ze iedere ochtend weer aan boord ging en weer op dezelfde bank ging zitten, en wanneer de boot dan weer de rivier op ging, was het net of de wandeling door deze stad en de rusteloze slaap in de herberg niet hadden plaatsgevonden, want de werkelijkheid werd gevormd door de rivier, de ondiepten, de zandbanken, de oevers die met hun bomen en vogels naar achteren weggleden; en soms diep in het water vissen of de koppig volgende waterdraken. De waterdraken hadden de rivier blijkbaar verdeeld, want telkens als de boot bij een aaneengesloten stuk water kwam, zagen ze er een stuk of vijf van de zandbanken af hun kant op komen en die zwommen dan een tijdje mee om zich daarna weer naar een zandbank of een vlak strand te begeven. En dan nam een volgende groep van die beesten het weer over. Dag in dag uit… en toen veranderde er iets en dat was de lucht. In plaats van de lucht van rivierwater met soms een vleugje van de geur van warm zand, kwam er een bedorven lucht op hen af die weer vervloog zodat je er niet meer aan dacht, maar dan weer terugkwam, steeds sterker; en weldra kwamen de vuile dampen bij vlagen in hun gezicht en al snel hield de stank voortdurend aan. Mensen braakten over de rand van de boot of zaten met een doek tegen hun gezicht gedrukt. Die avond ging Han naar de eigenaar van een pension op de wal en overlegde een hele tijd met hem, terwijl ze keek hoe de reizigers hun spaarzame maaltijd aten. Of besloten om niet te eten, want hier was niet aan de lucht te ontkomen, waar ze ook gingen zitten of hoe goed ze de deuren en ramen ook dichtdeden.

Han riep hen bij elkaar en zei dat er in het gebied waar ze doorheen moesten oorlog was geweest, waarschijnlijk nog steeds oorlog was, en dat er aan weerszijden van de rivier heel veel mensen op de vlucht waren die zich op de een of andere manier in leven probeerden te houden. Ze hadden geen eten. Ze hadden vaak alleen de kleren die ze droegen. Ze waren stervende. Ze hadden alleen nog water. Als de passagiers verder wilden, zouden ze tussen zandbanken door moeten die vol zaten met deze wanhopige mensen. Het alternatief was om te draaien en weer terug te gaan langs de rivier. Ze nam aan dat niemand dat wilde. Dan zou morgen een moeilijke dag worden. Iedereen moest klaarstaan om eventuele pogingen van mensen om aan boord te komen af te weren en vooral om de zonnevanger te verdedigen. Ze zou tien van de sterkste mannen bij de zonnevanger zetten. Ze wilde dat iedereen meebetaalde aan een grote zak brood om naar de vluchtelingen te gooien: ze wachtte terwijl de mensen allemaal een paar muntjes gaven. Ze zei dat iedereen een stok moest zoeken en daar een punt aan moest slijpen. Voordat ze 's ochtends naar de boot gingen, zou er een teil water bij de deur van de herberg staan vol sterk geurende kruiden en daar konden ze doeken of zelfs iets van hun kleding in nat maken en dat om hun gezicht heen binden omdat de geur dan minder zou zijn.

De volgende ochtend gingen al deze mensen die elkaar nu inmiddels heel goed kenden, samen behoedzaam naar de boot met elk een stok of mes in de hand. Aan boord zette Han tien bewakers allemaal bij elkaar om de zonnevanger heen en gaf Dann de leiding over hen. De rest van de mannen zette ze langs de zijkanten en de vrouwen om de achterkant heen, allemaal met hun wapens. Ze ging zelf aan het roer staan en hield alles en iedereen in de gaten. De lucht was inmiddels bijna onverdraaglijk. Een paar uur lang voer de boot rustig midden over de rivier, tussen de zandbanken door, terwijl lijken voorbijdreven waar de waterdraken om vochten. Toen kwamen ze weer bij een recht stuk rivier en daar waren ze, de horden wanhopige mensen die vanaf de oevers naar de boot staarden. Er klonk een geschreeuw en vanaf beide oevers dromden ze het water in dat bijna tot in het midden ondiep was. De rivier was nergens diep. Binnen een mum van tijd plonsden, waadden en zwommen ze naar de boot. De draken klauwden en hapten naar dit verse vlees. Een paar aanvallers werden naar beneden getrokken zodat je ze niet meer zag, of vochten in het ondiepe water met de beesten, maar er kwamen honderden op de boot af, al vloekend, jammerend, gillend en smekend. Ogenblikkelijk sloegen de bewakers aan de voorkant mensen van de boot af die omhoog probeerden te klimmen. Iemand stak zijn armen omhoog en wilde zich aan de zonnevanger vasthouden maar Dann sloeg hem het water in. Overal langs de zijkanten van de boot duwden de passagiers de vluchtelingen met stokken, palen, riemen of wat dan ook weg. Een vrouw verdronk: ze kon niet zwemmen. Sommige kinderen bereikten een zandbank en begonnen naar de boot te springen toen die langskwam, en ze werden omlaag geslagen. Mara, die met de vrouwen op de achterplecht stond, zag hoe de mensen die van de zijkanten af waren geduwd de boot achterna probeerden te zwemmen. Han pakte de grote zak brood en gooide brood in het water; al snel waren alle aanvallers aan het vechten om het brood en ze gristen het bij anderen weg en aten het zwemmend of wadend. Toen waren ze dat stuk rivier met al die mensen voorbij, maar het gevaar was nog niet geweken, want er kwam weer een bocht en nog meer hordes vluchtelingen.

En weer sloegen de bewakers mensen weg die omhoog probeerden te reiken om zich aan de uitstekende zonnevanger vast te houden. Weer trokken de water-draken mensen onder water. Weer maakte het geschreeuw en geroep en gesmeek de reizigers zelf dol van angst, en ze waren wreder dan bij de eerste aanvallers. Het was hier drukker en de mensen hadden zich op beide oevers gevestigd, met talloze hutjes, hokjes en afdakjes in allerlei vormen. De stank was hier ook erger door deze vluchtelingenkampen. Omdat de vluchtelingen al langer op de oevers zaten, hadden ze al eerder boten aangevallen, wat bleek uit de manier waarop ze de aanval opzetten. Er werd een minuut of tien echt gevochten en zowel Mara als Dann bevond zich in het heetst van de strijd, Dann voor in de boot en Mara achterin. En toen kwam er weer een bocht en was alle rumoer voorbij. Het ene moment leek het of de wereld niets was dan gegil, geschreeuw en het geluid van hout op vlees – en toen voeren ze weer op een vredige rivier met bomen en riet langs de oevers. Er waren geen waterdraken meer: die waren allemaal naar het feestmaal stroomafwaarts gegaan. De wind die in hun gezicht waaide, maakte duidelijk dat de stank was verdwenen. En de reizigers lieten zich op hun plaats zakken, haalden de doeken voor hun gezicht weg en bleven uitgeput zitten ter-wijl de angst en woede wegebden.

Wat zou er met deze vluchtelingen gebeuren? Wat was er gebeurd met de inwoners van Rustam en van het Rotsdorp, van Chelops en van vele andere ste-den die door de lange droogte waren ontvolkt?

Wat gebeurde er met mensen die hun plekje kwijtraakten en moesten vluch-ten? En als die vluchtelingen die ze hadden achtergelaten nu eens naar hun huis teruggingen, wat zouden ze dan vinden, wie zouden ze dan vinden?

De boot voer weer langzaam verder. Het was al twee weken geleden dat ze uit Goidel waren vertrokken. Nu vroeg Han hun aandacht en zei dat ze meer geld van hen wilde hebben vanwege de lage waterstand, de noodzaak om banken en ondiepten te ontwijken en de felheid van de aanvallen. Ze beseften dat ze dat bij al deze tochten deed – deze lelijke, gele, aapachtige vrouw met haar kleine, inha-lige oogjes; ze hadden een hekel aan haar maar ze betaalden allemaal wat ze vroeg, omdat ze afhankelijk waren van haar kennis van de rivier. Er was meer dan eens gemopperd en gemompeld dat ze haar overboord moesten gooien en zelf met de boot verder moesten gaan. Maar zonder haar zouden ze binnen een paar minuten op een zandbank stranden en dat wisten ze. Mara gaf haar een zakje muntjes. Ze had in de herbergen zoveel betaald voor eten en logies voor haar en Dann dat ze nog maar een paar muntjes overhad. En ze hadden nog zo'n eind voor de boeg voordat ze aankwamen – waar? In het noorden. Iedereen had het de hele tijd over 'daarginds' en 'in het noorden' waar alles zoveel beter was. Hoe wisten ze dat? Wie wist het? Toen ze Han vroegen of ze het wist, zei ze met dat gemene lachje van haar, waaruit minachting voor iedereen klonk: 'Het hangt ervan af waar je terechtkomt, nietwaar?'

Nu moesten de reizigers zich schrap zetten voor nog een beproeving. Binnen een paar dagen zouden ze volgens Han bij het kanaal komen waar de boot een hele dag tussen oevers door moest worden gestuurd die zo dicht bij elkaar lagen dat zelfs een kind nog wel op het dek zou kunnen springen. Ze was zes maanden geleden deze kant op geweest en toen dreigde er geen gevaar op die ene plek waar je dat bijna zou verwachten: het kanaal. Maar de oorlog die zo veel mensen op de vlucht had gedreven, had zich vanuit het oosten tot hier uitgebreid en er zwierven bendes soldaten door het land. Han was oplettender dan anders. Haar ogen bewogen voortdurend, haar blik gleed eerst langs de ene oever, en de savanne daarachter, dan langs de andere oever, dan vooruit terwijl de rivier een bocht maakte, en naar achteren waar ze vandaan waren gekomen.

De volgende dag hoorden ze geschreeuw, barse commando's, stampende voeten op de harde grond en de boot haalde een groep soldaten in. Toen ze allemaal tegelijkertijd hun hoofd draaiden om naar de boot te staren, hadden ze allemaal hetzelfde gezicht: weer een variant op de mensen die stuk voor stuk naar exact hetzelfde model leken te zijn gemaakt. Het waren zware, lelijke mensen. Hun haar was een bleke, kroezende massa. Ze waren even gelijkvormig als insecten. Het waren soldaten van de Hennes, zei Han. De Hennes heersten over dit gebied. Je kon je goed voorstellen dat die stevig neergezette benen, stamp, stamp, stamp, de poten waren van een groot organisme, misschien van een van die lange, glanzende, bruine, wormachtige insecten, zo lang als een onderarm, met poten die als een golvende franje allemaal tegelijkertijd bewogen. En de bruine uniformen vormden een vage vlek, zoals een lang, bruin, kruipend insect dat als het wordt vermorzeld vol blijkt te zitten met wittig slijm. Je zou ook niet vreemd opkijken als de Hennes vol zaten met zoiets in plaats van met het gezonde, rode bloed van echte mensen.

Heel even bewogen de boot en de soldaten in hetzelfde tempo. Er werd weer een bevel geschreeuwd en de reizigers begrepen dat ze een nieuwe taal hoorden. Voor het eerst in hun leven, en dat gold voor allemaal, begrepen hun oren de woorden niet. Mara was ontdaan en verbijsterd, ze was een zekerheid kwijtgeraakt. Ze verlieten nu het gedeelte van Ifrik waar iedereen Mahondisch sprak en ze zou weldra niets meer begrijpen. Dat leek haar erger dan al het andere wat haar tot nu toe was overkomen. Er werd weer een bevel gebulderd en de soldaten maakten een scherpe bocht naar rechts en renden weg in oostelijke richting. Han had al die tijd bezorgd op de uitkijk gestaan. Ze kwamen in de buurt van het kanaal.

Mara zat te wachten. Ze keek naar Han en vond dat ze net een van die lange, magere, harige dieren was die op hun achterpoten gaan staan en met felle oogjes alle kanten op kijken als er gevaar dreigt, met hun voorpootjes gespannen opgetrokken, net zoals Han haar geldzakken vastklemde. Mara probeerde het allemaal in zich op te nemen: ieder geluid, de bezorgde gezichten om haar heen, iedere gelaatsuitdrukking van Han, alles. *Wat heb je gezien, Mara? Wat heb je gezien?*

Die vroege les was zo grondig in haar geheugen geprent dat het net was of ze nog steeds verwachtte dat aan het eind van iedere dag iemand haar zou vragen: 'Mara, wat heb je gezien?' En vandaag zou ze als eerste hebben genoemd: 'Ik heb Han naar iets heel ver weg op de westelijke oever zien staren. En toen ik keek, zag ik het ook. Twee mensen, maar ze waren zo ver weg dat je niet kon zien wat voor mensen het waren.'

Maar Han wist het wel, want ze zei bits tegen haar passagiers: 'Spionnen. Mannen. Soldaten. Let goed op.'

Maar de tijd ging voorbij, kalmpjes als het geluid van het water, en Mara zag in gedachten niet alleen dit tafereel op de rivier voor zich maar ook weer de kaart op de muur van Candace en de grote kalebas als wereldbol. Die wereldbol, van 'duizenden jaren geleden' – dat wil zeggen, de informatie erop –, gaf op de plek waar ze nu waren veel groen aan: regenwouden met overal grote rivieren die in westelijke richting stroomden, naar de zee, wat in Mara's gedachten een blauw vlak was. Voorbij dat netwerk op de wereldbol waarmee rivieren werden aangegeven, ontsprongen andere rivieren, die naar het noorden en vervolgens naar het westen liepen, een heel ander netwerk, dat op de wereldbol slechts door een afstand zo groot als Mara's nagel van het vorige was gescheiden. Het noorden – kwamen ze nu in de buurt van het noorden? Hoe wisten ze nu waar het noorden begon? Voor hen uit lag een gebied bijna half zo lang als Ifrik en zij en Dann waren al meer dan een derde van Ifrik doorgetrokken. Op de plek waar op die oude, van een kalebas gemaakte wereldbol een grote groene vlek te zien was, de dichte, natte regenwouden, lag nu de savanne die ze zag, waar rivieren tussen droge oevers stroomden. Verderop was de wereldbol bijna van oost tot west over heel Ifrik geel gekleurd: een zandwoestijn die praktisch het hele noorden bedekte. Maar dat was nu geen woestijn, want op de muurkaart die minder oud was dan die 'duizenden jaren' – wat bekoorden en betoverden die duizenden, duizenden jaren geleden toch – lag in het noorden een bos, geen regenwoud, maar zo'n bos als vroeger rond Rustam lag. En door die bossen, op de plek waar ooit zand had gelegen, hadden grote rivieren gelopen terwijl er op de wereldbol geen rivieren waren geweest. Maar de kaart was tenslotte ook al duizenden jaren oud, dus wie weet wat er nu was. Weer zand? Zand verplaatste zich, bossen kwamen en gingen, en deze rivier waar zij en Dann nu op voeren, zou in een droge tijd misschien in zijn zandige bedding verdwijnen. Maar het was nu het droge seizoen. In de herbergen langs de oevers klaagden de herbergiers over moeilijke tijden en tekorten. Deze tijd van droogte was zo slecht nog niet, want soms zag je skeletten van allerlei dieren uit een vorige droge periode op de oevers of uit het water steken. Ze waren gestorven door gebrek aan water op een plek waar het water nu tussen oevers met bomen en riet stroomde.

Han hoefde niet aan te kondigen: 'We moeten zo meteen het kanaal in,' want ze zagen de toegang al; maar voor die toegang zagen ze iets waar ze allemaal van schrokken. Op een zandbank lag net zo'n boot als deze met een paar draken die ernaast in de zon lagen, en op de boot was niemand. Han stuurde haar boot ernaar toe, en zei tegen de bewakers dat ze met de riemen moesten afremmen. Han pakte een roeispaan en sloeg tegen de romp van de verlaten boot. Er gebeurde niets. Je rook niets. Niemand kwam uit een schuilplaats te voorschijn. Het vierkantje van de zonnevanger was weg – nee, het was van zijn draaiende stang afgerukt en lag in het zand naast een van de draken. Han begon de draken met een roeispaan te slaan en ze waggelden langzaam het water in dat daar zo ondiep was dat ze niet verdwenen maar half onder water lagen te kijken. Dann sprong vanaf de zijkant van de boot met een grote plons het water in, greep de zonnevanger, plonsde terug, gaf de vanger aan Han en had net de uitgestoken handen gegrepen toen een van de draken het water uit schoot – maar hij stond al weer op het dek.

'Ze zijn gevangengenomen om soldaat te worden. Of slaaf,' zei Han. Ze gooide de zonnevanger neer en ging weer aan het roer staan. Het kanaal was niet veel breder dan de boot en het water stond laag. Vanaf de rivier, die zich hier verbreedde tot een ondiep meer, zouden ze de boot met roeispanen verder moeten duwen. Langzaam werd de boot het kanaal op geduwd, dat zich naar voren toe oneindig ver uitstrekte en waar het water zo laag stond dat het dek van de boot veel lager dan de oevers lag. Meestal kostte het een dag om het kanaal door te komen, maar de omstandigheden waren dit keer zo slecht dat het twee dagen zou duren. En weer eiste Han een extra bijdrage van hen allen. Ze liep met een zakje in haar hand tussen hen door en hun haat leek haar te voeden, want haar gezicht was tot een triomfantelijke grijns vertrokken en haar ogen waren een en al boosaardigheid. Is ze niet bang dat we haar zullen vermoorden? dacht Mara, en ze verbaasde zich erover hoe makkelijk ze aan dat idee wende, hoe plezierig het beeld was van Han die dood op de grond lag. Haar hart was weer gaan slapen en ze probeerde het uit door aan Meryx te denken, wat ze met opzet de hele tijd trachtte te vermijden, en hoewel haar lichaam opeens verscheurd werd door verlangen, bleef haar hart kalm. Het leek een hele tijd geleden en toch was het maar een paar weken terug. In Chelops kampten de Verwanten nog steeds met de problemen van het droge seizoen dat daar nog een maand zou duren. Nu dacht ze aan de nieuwe baby's en daardoor moest ze denken aan wat er onder het droge stof buiten Goidel verborgen lag en het leek haar dat haar hart toch niet dood was, want het begon pijn te doen. Zou ze ooit haar eigen kind in haar armen houden? Normaal gesproken – maar Mara begon zich zo langzamerhand af te vragen of het ooit normaal was geweest – zouden de oude vrouwen haar inmiddels waarschuwend toespreken. Schiet op, je verdoet de beste tijd om je voort te planten. Ze was twintig. Normaal gesproken zou ze inmiddels een stuk of vier kinderen hebben. De slaven in Chelops – dat wil zeggen de slaven van de Verwanten, slaven van slaven – kregen hun eerste baby's als ze vijftien of zestien waren. Zelfs de vrouwen van de Hadronen begonnen rond die leeftijd. Als slavin van de slaven zou ze in Chelops haar eigen huisje hebben gehad met drie of vier kinderen en een man die misschien niet de hele tijd bij haar woonde, maar die haar op het juiste moment weer een kind gaf. Normaal gesproken… In plaats daarvan stond ze aan de rand van de boot en duwde met een roeispaan tegen de zijkant van het kanaal. Boven haar was de hemel heet en blauw. Het trage water in het kanaal rook naar broeierige hitte. Wanneer de riemen en palen in de zij- kanten van het kanaal staken, verkruimelde de aarde en viel er een regen van stof en steentjes op het dek. Han stond op haar tenen om zo ver mogelijk over de randen van het kanaal heen te kunnen kijken – en toen kwam er weer het geluid van stampende voeten, die dit keer niet marcheerden maar renden, en ge- schreeuw in een vreemde taal dat alle reizigers verbijsterde en bang maakte. Op de westelijke oever van het kanaal, de tegenovergestelde oever van die waar gis- teren de soldaten waren verschenen, stonden ongeveer twintig soldaten, andere soldaten. Dit waren Mahondi's, dacht Mara eerst, maar toen aarzelde ze: ja, toch – nee, onmogelijk… ja, maar ze zien er niet uit als…

Er was niets aan te doen. De soldaten stonden recht boven de boot en bulder- den bevelen tegen Han, in hun eigen taal, die Han vertaalde. 'Ze nemen de jonge vrouwen en de jonge mannen mee.' De zes bewakers – sterke mannen van wie er drie jong waren, niet meer dan jongens – stonden ondertussen achter Han en wisten even niet wat ze moesten doen. Dann stortte zich naar voren toen de soldaten omlaag sprongen om de dichtstbijzijnde jonge vrouw te grijpen. De andere bewakers volgden hem terwijl Han schreeuwde: 'Nee, niet doen, stomme- lingen…' Maar er was al een rumoerig gevecht ontstaan aan die kant van de boot en andere passagiers begonnen mee te doen. Han werd neergeslagen en ver- dween tussen schuifelende, schoppende en stampende voeten. Haar geldzakjes vlogen in het rond. Voordat Mara wist wat ze deed, dook ze naar voren, pakte er snel een en zat weer zo snel op haar plaats dat het net was of ze heel even, slechts een paar seconden, in een andere tijd had verkeerd en toch had ze voldoende tijd gehad om haar zet te beramen, te kijken welk zakje ze moest pakken en hoe ze ongemerkt terug kon glippen terwijl het zakje in haar plunjezak verdween. Ze was verbaasd over zichzelf. Nu flitsten er messen en hoorde ze weer het misselijk- makende geluid van hout op botten, op vlees. Op de oever verscheen een man, een soldaat, die kennelijk de leiding had, want hij schreeuwde bevelen in die vreemde taal, en daarna in het Mahondisch: 'Hou onmiddellijk op.' De soldaten hielden ogenblikkelijk op en de bewakers ook. Han kroop gehavend en gewond op handen en voeten naar de voorkant van de boot en bleef daar ineengedoken, met haar hoofd in haar armen zitten. Deze nieuwe man was een Mahondi. Zodra ze hem zag wist Mara dat hij een Mahondi was en de anderen niet. Hij leek erg op de mannen die ze zich uit haar jeugd herinnerde en op de Mahondi's uit Chelops. Hij was lang. Hij was sterk en breed, omdat hij soldaat was. Zijn gezicht – maar nu was hij boos en angstaanjagend. Een bevel. De soldaten gingen naar de jonge vrouwen, bonden hun polsen samen en tilden hen over de rand van de boot heen, op de oever. Vier jonge vrouwen. Toen ze bij Mara kwamen, zei ze met een blik op de commandant, in het Mahondisch: 'Jullie hoeven mij niet te boeien.' En ze liep naar de rand en sprong zelf. De drie jongste bewakers, onder wie Dann, en nog vier andere jonge mannen werden geboeid en op de oever gezet. Han zat nog steeds ineengedoken tegen de zijkant van de boot, met haar armen over haar hoofd. De andere passagiers begonnen de boot voort te duwen zonder naar de soldaten op de oever te kijken. Toen zei Mara tegen de commandant: 'Vlug, neem dat mee,' en ze wees op de kapotte zonnevanger van de andere boot, die Dann in veiligheid had gebracht. Een bevel. Een soldaat sprong naar beneden en kwam terug met de zonnevanger. Een dof vierkant stukje metaal op een gebroken stang, iets wat je op de dichtstbijzijnde vuilnishoop zou gooien. De commandant keek Mara vragend aan, en ze zei: 'Het is misschien waardevol.'

Een bevel. En de soldaat die de zonnevanger had gepakt, legde hem op zijn schouder en hield hem aan de verbindingsstang vast. Hij gaf een schreeuw en liet het ding vallen. Mara pakte het op en stopte het in haar plunjezak.

'Als jij dat zegt,' zei de commandant en hij keek Mara aan met een blik – maar ze wist niet wat ze ervan moest denken. Hij was niet meer boos. Ze vond hem sympathiek.

De groep soldaten en gevangenen stond te wachten terwijl de commandant hen inspecteerde. De jongemannen keken nors, de meisjes huilden zachtjes. Ze stonden met hun rug naar het kanaal, waar de boot langzaam tussen de oevers door kroop, en waar je nu boze stemmen hoorde en jammerklachten en mensen die huilend de namen van de ontvoerde jonge mensen riepen. Om hen heen lag dezelfde savanne waar ze dag in dag uit doorheen waren gevaren: het droge, lusteloze gras dat je aan het eind van de regentijd had, lage, geurige struiken en af en toe een doornige boom.

Een bevel. De soldaten vormden twee groepen, een met de mannen en een met de vrouwelijke gevangenen. Mara stond te kijken en de commandant zei tegen haar: 'Jij ook.' En Mara sloot zich aan bij de vrouwen.

Ze liepen naar het westen. Al snel kwamen ze bij een paar ruïnes van steen. Daarna volgden nog meer ruïnes, die minder oud waren, van houten huizen waar brand zwartgeblakerde balken en deurposten had achtergelaten. Ze liepen ongeveer twee uur, in een rustig tempo, met de commandant achter hen aan. Toen Mara omkeek, zag ze dat hij naar haar liep te kijken. Ze kwamen bij een groep lage, bakstenen gebouwen met daarachter weer ruïnes. Op een uitgestrekt stoffig rood veld liepen een paar soldaten te marcheren. De commandant gaf een bevel. De soldaten met de jongemannen liepen weg, en Dann ook. Hij keek zo wanhopig en verdwaasd om naar Mara dat ze een stap naar voren zette om zich bij hem te voegen, maar de soldaten hielden haar tegen. Weer een bevel. Mara werd uit de groep jonge vrouwen geduwd, die door hun escorte werden afgevoerd. Ze bleef alleen achter en staarde nog steeds Dann na.

'Maak je geen zorgen om hem,' zei de commandant. 'Kom maar.' Hij ging haar voor, een van de bakstenen huizen in, als het tenminste een huis was. Ze bevond zich in een kamer met bakstenen muren, een bakstenen vloer en een laag rieten plafond. Er stond een schraagtafel en een paar houten stoelen.

'Ga zitten,' zei hij en hij ging zelf achter de tafel zitten. 'Ik ben generaal Shabis. Hoe heet jij?' Hij keek haar aandachtig aan en ze zei voorzichtig: 'Ik heet Mara.'

'Goed zo. Nou, ik weet een heleboel over je, maar niet genoeg. Je stamt van de familie in Rustam. Je bent bij de Verwanten in Chelops geweest. Je hebt problemen gehad met de Goidels, maar ze hebben je laten gaan. Je moet me over Chelops vertellen.'

'Hoe weet u dat ik daar was?'

'Ik heb een goed werkende inlichtingendienst.' En toen ze keek: 'Maar je zou verbaasd staan over alle verschillende verhalen die ik over jou in Chelops heb gehoord.'

'Misschien toch niet.'

'Nee. Ik moet je hele verhaal horen.'

'Dat zal wel even duren.'

'We hebben tijd genoeg. Ondertussen wil je waarschijnlijk zelf een paar vragen stellen?'

'Ja. Verwachtten jullie dat Dann en ik op die boot zouden zijn?'

'We verwachtten je rond deze tijd, ja. We houden de boten altijd in de gaten. Nou ja, het zijn er niet zoveel, ongeveer één per week, niet meer.'

'En jullie ontvoeren altijd meisjes voor de voortplanting en jongens om soldaat te worden?'

'Allebei om soldaat te worden. En geloof me, ze zijn bij ons beter af dan bij de Hennes. Wij geven die van ons tenminste een opleiding.'

Hierop leunde ze voorover en vroeg ademloos: 'En ik? Krijg ik ook een opleiding?'

Hij glimlachte en zei toen lachend: 'Nou, Mara, het is net of ik je een goed huwelijk heb beloofd.'

'Ik wil leren,' zei ze.

'Wat wil je leren?'

'Alles,' zei ze, en hij lachte weer.

'Goed dan. Maar intussen zal ik je vertellen wat je hier zult aantreffen. Je weet zeker wel dat je nu in Charad bent – het land Charad – en dat er hier twee volkeren wonen – heel verschillende volkeren: het ene volk zijn de Hennes en het andere de Agaren – dat zijn wij. We bevechten elkaar. De oorlog duurt al jaren.

Het is een patstelling. Mijn tegenstander, generaal Izrak, en ik proberen een wapenstilstand te sluiten. Maar zij zijn heel lastig. Je denkt dat je iets hebt afgesproken en dan – niets.'

'Dan zijn ze het waarschijnlijk weer vergeten,' zei Mara.

'Aha, ik merk dat je ze kent. Maar om te beginnen: wat was dat voor ding waar je op de boot zo'n drukte over maakte?'

Mara vertelde het hem. 'Hebben alle boten die niet?' vroeg ze toen.

'Nee. Het is voor het eerst dat ik er een heb gezien.'

'Die boot die op de zandbank vastzit. Die boot die was aangevallen. Die had er ook een. Die hebben wij nu.'

'Dat hebben de Hennes gedaan. En je weet niet hoe hij werkt?'

'Die oude vrouw wist het – Han. Zij wist in ieder geval hoe je hem moest bedienen. Maar ik had het idee dat ze dood zou gaan. Ze zei dat hij heel oud was. Ze zijn er bijna niet meer. Nu is er weer een minder.' En haar ogen vulden zich met tranen omdat ze dacht aan het zinloze ervan. Als Han doodging, was er weer wat kennis verdwenen.

'Zoiets kan gebeuren,' zei hij.

'Ja, inderdaad. En dan is er weer iets voorgoed verdwenen.'

Hij was zo aangedaan door haar verwijt dat hij opstond, wat rondliep en toen met moeite weer ging zitten.

'Het spijt me. Maar mijn soldaten verwachtten geen verzet. Er wordt nooit verzet geboden. Ik kan me niet herinneren dat er ooit eerder iemand gewond is geraakt – ernstig gewond. En Dann begon.'

'Ja.'

'Je moet je geen zorgen om hem maken.'

'Ik weet genoeg over mensen die vechten – de soldaten zullen Dann straffen omdat hij tegen hen heeft gevochten.'

'Nee, want ik heb mijn bevelen gegeven. En nu, je verhaal.'

Mara begon bij het begin, met wat ze zich kon herinneren van haar jeugd, haar vader en moeder, haar lessen; ze vertelde hem wat ze wist van de vetes en machtswisselingen, en daarna hoe zij en Dann gered waren. Shabis keek naar haar gezicht terwijl hij luisterde. Ze was op het punt gekomen dat Dann haar in het Rotsdorp was komen halen toen haar stem leek weg te ebben, en Shabis zei: 'Genoeg. Je moet eten.'

Een bediende bracht eten. Het was heel smakelijk. Shabis keek heimelijk naar haar terwijl hij bezig was met iets op de tafel – wat was het? Hij schreef, op stukjes zacht, glad, wit leer. Ze had zoiets niet meer gezien sinds ze heel klein was en ze kon haar ogen er niet van afhouden.

'Wat is er, vind je het eten niet lekker?'

'O ja, ik ben niet gewend om zo goed te eten.' Want dit was zelfs nog beter en lekkerder dan het eten in Chelops.

'In het leger krijgen we van alles het beste.'

Ze had de indruk dat hij het niet prettig vond om dat te zeggen. En dat hij het niet erg vond dat zij dat merkte. Zou deze man die haar gevangen had genomen een vriend worden? Was ze veilig? Ze vond hem wel aardig. Met zo iemand had ze zich altijd het gelukkigst gevoeld. Hij was een knappe man, met een vriendelijk gezicht nu hij niet boos keek, en ze wist bijna zeker dat het een betrouwbaar gezicht was. Waarschijnlijk zou Dann er ongeveer net als Shabis uitzien als hij ouder was.

Toen ze gegeten had, nam de bediende haar mee naar een kamer waar ze zich waste en een toilet gebruikte zoals ze nog nooit had gezien. Het had een hefboom waarmee water door kanalen in de diepte werd gespoeld. Ach, dacht ze, om te beginnen moet je natuurlijk wel water hebben.

In een opwelling trok ze het slavenkleed uit dat ze weken achtereen dag in dag uit had gedragen en trok het jasje en de broek aan die ze van Meryx had gekregen. Ze roken naar hem en ze moest vechten tegen de heimwee. Toen ze terugging zei Shabis: 'Je ziet eruit als een soldaat.'

Ze vertelde hem dat de mannen van Chelops dit droegen.

'Heb je een jurk?'

'Een jurk leek me niet geschikt.'

'Nee. Daar heb je gelijk in.'

Hij bekeek haar. 'Heb je je haar altijd zo?'

Haar haar was nu lang genoeg om het in een leren speld achter haar hoofd te dragen. Net zoals zijn haar: dat was even lang als dat van haar en werd ook met een speld bijeengehouden. En net als het haar van die arme Dann. Ze hadden alle drie glanzend zwart, steil haar. Handen met lange vingers. Lange, snelle voeten. En de diepliggende, donkere ogen van de Mahondi.

Ze begon weer met haar verhaal. Toen ze over de Verwanten in Chelops begon, onderbrak hij haar steeds omdat hij meer bijzonderheden wilde weten, hoe ze woonden, hoe ze een zekere onafhankelijkheid wisten te bewaren, ook al waren ze slaven. Hij vroeg ook over de Hadronen en daarna over de periode van droogte. Ze wist dat hij de essentie begreep toen hij vroeg: 'En jij denkt dat ze hun situatie niet begrijpen omdat ze al zo lang zo comfortabel leven?'

'Misschien is niet iedereen die zo comfortabel leeft zo kortzichtig?'

'Ik kan me nauwelijks herinneren hoe vrede is. Ik was heel jong toen de oorlog begon – vijftien. Ik zat toen in het leger. Maar voor de oorlog was het leven goed. Misschien waren we te kortzichtig? Ik weet het niet.'

Ze ging verder. Er was nog een pauze, tegen zonsondergang, waarin de bediende iets te drinken bracht dat gemaakt was van melk en brood. Ze dacht aan Dann, was bang dat hij zou proberen te ontsnappen – of te vechten – of dat hij wanhopig zou worden.

Ze waagde het om voor hem te pleiten. 'Ik ben zo bezorgd over Dann.'

'Wees maar niet bezorgd. Hij krijgt een speciale opleiding. Hij zou een goede officier zijn.'

'Hoe weet u dat?'

'Het is mijn werk om dat te weten.'

'Omdat hij een Mahondi is?'

'Gedeeltelijk. Maar weet je dat er nog maar heel weinig van ons over zijn? Van de echte Mahondi's?'

'Hoe moet ik dat nu weten? Ik weet niets. Ik heb niets geleerd. Ik kan niet lezen of schrijven.'

'Morgen zullen we beslissen wat je gaat leren. En ik heb al iemand opdracht gegeven om je Charadisch te komen leren. Dat wordt overal in Noord-Ifrik gesproken. Het is de enige taal die iedereen spreekt.'

'Ik heb nog nooit nagedacht over mensen die verschillende talen spreken. Ik heb altijd Mahondisch gehoord... maar ik hoefde er nooit over na te denken.'

'Vroeger sprak iedereen in Ifrik Mahondisch. Dat was toen wij over Ifrik heersten. Het was de enige taal. Maar toen kwam het Charadisch in het noorden. Nu spreekt iedereen Charadisch en spreken nog een paar mensen Mahondisch.'

'Ik zal nooit vergeten hoe bang ik was toen ik mensen hoorde praten en niet begreep wat ze zeiden.'

'Je zult het gauw genoeg begrijpen. Kom, vertel nu maar weer verder.'

Maar ze raakte die avond niet uitverteld omdat hij alles wilde weten over de mensen die ze in de Riviersteden had ontmoet: over de herbergen en de herbergiers, hoe de mensen eruitzagen, hoe ze praatten, wat ze aten, over Goidel en de soepele stijl van bestuur daar. Ze aarzelde voordat ze hem over de gevangenis vertelde, over de twee vrouwen en wat ze voor haar hadden gedaan, maar ze vermoedde dat hij al iets wist. En dus vertelde ze het hem, en zelfs hoeveel verdriet het haar had gedaan omdat Meryx het niet wist. Ze zag aan zijn gezicht dat hij medelijden met haar had en ook dat hij medelijden had met Meryx, wat ze evenzeer waardeerde.

'Dat is heel erg,' zei hij. 'Het is echt erg. De arme man.' Hij aarzelde, maar zei toen: 'Je wist niet dat er een opstand in Chelops was geweest?'

'Nee.' Ze kreeg een bang voorgevoel en dacht eerst aan Meryx en toen aan de nieuwe baby's.

'Vorige week kwam er een boot langs. De verhalen van reizigers zijn niet altijd betrouwbaar, maar er was kennelijk een opstand. Dat is alles.'

'Wie zijn in opstand gekomen?'

'Men zei de slaven.'

'Nou, het kunnen niet de Verwanten zijn, dus het zijn waarschijnlijk de gewone slaven geweest.'

'Weet je nog de namen van de mensen die je in de Riviersteden hebt ontmoet?'

Maar het had geen zin, ze was met haar gedachten bij Chelops. En dus zei hij dat ze naar bed moest en dat ze de volgende ochtend verder zouden gaan.

Ze viel op bed neer en sliep al voordat ze de kamer die haar was gewezen had gezien; en toen ze de volgende ochtend haar ogen opendeed, dacht ze dat ze weer op de heuvel bij het Rotsdorp was en naar de tekeningen keek die in de muren waren gekerfd of op de pleisterlaag waren geschilderd. Toen dacht ze: maar dit zijn andere mensen, heel andere mensen. Ze waren lang, slank en fijn gebouwd en leken helemaal niet op de mensen die ze haar hele jeugd had bestudeerd. En de dieren – ja, hier had je ook weer de waterdraken, en de hagedissen, maar ook allerlei dieren die ze nog nooit had gezien. De tekeningen waren fijn en precies, hoewel de steen zo oud was dat alle lijnen van de tekening waren vervaagd. Degene die de tekeningen ooit in de rots had gekerfd, had waarschijnlijk heel fijne, dunne messen gebruikt die je nu helemaal niet meer had, en hij – of zij? – had de beelden heel duidelijk voor ogen gehad; en die lijnen en vormen waren via lange, dunne, handige vingers op de rots overgebracht – hier zag je die handen en vingers, op de rots. Je zag de spieren op een been, langwerpige, slimme ogen, de nagels op handen en voeten. Ooit waren deze tekeningen gekleurd geweest. Er zaten nog veegjes kleur: rood, groen, geel… Er klonk een geluid in de kamer achter haar, ze draaide zich snel om en stond meteen aan de andere kant van de kamer, naast de bediende van gisteravond, die net de zak munten die ze gisteren had gepikt in zijn zak wilde laten glijden. Mara gaf een harde klap met de zijkant van haar hand op zijn pols en hij liet het zakje vallen en brulde het uit. Hij begon glimlachend en vleiend in het Charadisch te smeken en te brabbelen. In haar eigen taal kon hij alleen 'sorry', 'alstublieft' en 'prinses' zeggen. 'Eruit,' zei ze in het Mahondisch.

Hij rende zachtjes huilend naar buiten terwijl hij zijn pols vasthield.

Ze ging op de rand van het smalle houten bed zitten waarin ze onder een dunne deken had geslapen. Het was warm, maar niet zo vochtig warm als in de Riviersteden. De kamer was ruim. De onderkant van de muur was heel oud, met tekeningen die erin waren gegraveerd; daarboven waren de muren doorgetrokken tot het rieten dak – wel enigszins ongelijkmatig, want ruïnes zijn nu eenmaal niet recht. Het bovenste deel van de muur bestond uit leem met stro. De vloer, die uit het verleden stamde, was gemaakt van glanzende, gekleurde steentjes die in patronen waren gelegd. Tussen het onderste deel van de muren en de vloer en wat erbovenop stond zaten – hoeveel jaren? Duizenden? Wat zouden die mensen uit de oudheid hebben gezegd over de ruwe, hobbelige bovenkant van de muren waar kleine stukjes stro in glinsterden? Vervallen steden. Allerlei soorten steden. Hoe kwam het toch, waarom moesten mooie steden toch altijd tot ruïnes vervallen? Nou, ze kende in ieder geval een van de redenen, omdat ze had gezien wat er met het Rotsdorp was gebeurd: droogte. Maar kwam het altijd door droogte? Op de muren van de oude ruïnes en op de balken van de ingestorte gebouwen die ze onderweg hierheen had gezien, zaten sporen van brand. Maar een land werd jaar in jaar uit door brand geteisterd en dan beschermden de mensen hun huizen. Als ze in het droge seizoen niet dag in dag uit de wacht hielden, kon brand binnen een mum van tijd alles vernietigen zodra een harde wind draaide. Maar mensen hielden altijd de wacht. Was de brand dan te hevig of waren de mensen te lui? Droogte. Brand. Water? Dat kon je je niet goed voorstellen.

Mara liep naar haar plunjezak en pakte de blauwe en groene katoenen jurken uit Chelops. Ze waren gekreukeld, maar ze waren ook niet geschikt voor hier, besefte ze, evenmin als de tere oude jurken die opgerold helemaal onder in haar plunjezak zaten. Ze haalde de bruine, gladde tuniek onder de samengeperste kleren uit en daar zat geen kreukje in. Ze trok de kleren aan die ze gisteren had gedragen, kamde haar haar en bond het naar achteren. Ze keek of het koord met munten onder haar borst nog op zijn plaats zat. Ze liep met het zakje muntjes dat de bediende had proberen te stelen en de bruine tuniek naar de kamer naast die van haar. Shabis zat te ontbijten. Hij knikte tegen haar dat ze moest gaan zitten. Dat deed ze en hij schoof brood en fruit naar haar toe. Toen zag hij het bruine kledingstuk en staarde ernaar.

'Wat is dat?'

Ze vertelde het hem. 'Ik heb dit jarenlang dag en nacht gedragen. Er komt nooit een scheur in of een vlek op. Je schudt het stof er gewoon uit. Het slijt nooit.'

Hij voelde aan de stof en trok onwillekeurig een vies gezicht.

'Het zou handig zijn voor het leger,' zei hij.

'Niemand weet nog hoe je het moet maken, net als bij de zonnevanger. Maar ik heb zitten denken, Shabis. Je zou eigenlijk iemand achter de boot aan moeten sturen. Als Han nog leeft, zou je haar kunnen laten vertellen hoe de zonnevanger werkt.'

Hij zweeg. Ze besefte dat het kwam door de manier waarop ze had gesproken. Toen zei hij: 'Ik merk dat er weinig kans is dat je je tegen mij gedraagt zoals het hoort.'

'Hoe moet ik me dan gedragen?' Ze zei het met een glimlach. Ze was niet bang van hem. Hij behandelde haar als... als een familielid.

'Het geeft niet. Maar ik ben het met je eens. Ik heb al een peloton naar de boot gestuurd. Die was nog niet zo ver. De vrouw die je Han noemt was dood. Ze gebruikten roeiriemen, dus niemand weet waarschijnlijk hoe je de boot met de zonnevanger in beweging moet houden. Onze soldaten wilden net weggaan toen er een paar Hennes aan kwamen. Ik wist niet dat ze zo dichtbij waren.'

'We hebben ze gisteren langs de oever zien rennen.'

'Dat heb je niet gezegd.' Hij zei het bars. Ze wist dat het gedeeltelijk kwam doordat ze niet netjes tegen hem had gesproken. 'Het was het allerbelangrijkste wat je me had kunnen vertellen.'

'Maar we waren nog niet bij dat deel van mijn verhaal gekomen.'

'Je kon denk ik niet weten hoe belangrijk het was. Zullen we nu verdergaan?'

'Om te beginnen: wil je dit voor me bewaren?'

Hij keek naar het leren zakje, schudde er een paar munten uit en zei: 'Dit is niet het geld dat hier wordt gebruikt.'

'Helemaal niet?'

'Misschien verder naar het noorden. Ik heb gehoord dat ze het daar minder belangrijk vinden wat voor munten ze gebruiken.'

'Wij gaan naar het noorden.'

'Nee, Mara, je gaat nergens meer naar toe.'

Hij maakte geen grapje en was nu niet vriendelijk maar streng. Zijn mond stond strak, zijn ogen – nee, niet onvriendelijk – ernstig.

En ze raakte in paniek omdat ze besefte dat ze weer een gevangene was. Ze wilde opstaan van deze tafel en van haar goede ontbijt en het op een rennen zetten en Dann zoeken... en dan?

'Mara, tussen hier en Shari zitten de Hennes, zit het leger van de Hennes. Wil je echt soldaat worden bij de Hennes? Geloof me, dat is heel wat anders dan soldaat zijn bij de Agaren.' Hij schoof de zak muntjes naar haar toe. 'Niemand zal deze stelen. Wist je trouwens dat je de pols van die jongen hebt gebroken?'

'Goed zo. Hij is een dief.' En toen hij verwijtend keek: 'Ik heb dat allemaal niet gedaan om een of ander diefje te laten afpakken wat ik met zo veel moeite heb verkregen. Toen ik dit zakje gisteren tussen al die voeten weggriste, had ik wel doodgetrapt kunnen worden. Net als Han.' En toen hij zwijgend bleef zitten: 'Zonder het geld dat we bij ons hadden, zouden we niet ver bij het Rotsdorp vandaan zijn gekomen.'

'Maak je geen zorgen, niemand zal aan jouw spullen komen wanneer ze zien wat je kunt doen.'

'Goed zo. En waarom noemde hij me "prinses"?'

'Dat is een soort vleierij. Als ze mij gunstig willen stemmen, noemen ze me "prins".'

Ze zaten nu ernstig naar elkaar te kijken, door wat er niet werd gezegd.

'Begin je nu over kostbare kinderen en geheimzinnige plannen?'

'Dat zou ik kunnen doen, maar ik heb belangrijkere zaken aan mijn hoofd.'

'Maar is er een plan waarbij Dann en ik betrokken zijn?'

'Geen plan. Mogelijkheden. En ik denk dat ik je beter maar gelijk kan vertellen dat ik er niet in geïnteresseerd ben.' Hij verbeterde zichzelf: 'Ik ben er persoonlijk niet in geïnteresseerd.' Hij zweeg even en voegde er toen aan toe: 'En ik zie niet in waarom jij erin geïnteresseerd zou zijn, omdat je zo ver verwijderd bent van iedere plek waar het van belang zou kunnen zijn. Ver in tijd,' zei hij nadrukkelijk. 'En ook ver in afstand – honderden kilometers.'

'Ach,' zei Mara, nadat ze dit in zich had opgenomen, 'ik denk dat prins en prinses zijn, en alles wat daarmee verband houdt, niet zo veel zin heeft – niet wanneer je zo leeft.'

'Ik ben het met je eens. En ik moet je zeggen dat ik persoonlijk vind dat de tijd waarin het nuttig of belangrijk had kunnen zijn allang voorbij is. Kun je nu verdergaan met je verhaal?'

Ze vertelde verder. Toen ze bij het gedeelte kwam waarin de soldaten van Hennes verschenen, stelde hij vraag na vraag. Wat hadden ze gedragen? In wat voor conditie waren hun uniformen? Wat voor kleur waren hun schouderbanden? Wat hadden ze aan hun voeten? Zagen ze er goed gevoed uit? Waren ze stoffig en vuil? Hoeveel waren het er?

Ze kon alle vragen nauwkeurig beantwoorden. 'En ze droegen wapens waarvan ik weet dat ze nutteloos zijn.' Ze beschreef ze. 'De Hadronen hebben ze ook.'

'Waarom zeg je dat ze nutteloos zijn?' Ze vertelde het hem. 'Ze zijn niet verouderd. Het zijn kopieën van iets ouds. Iets heel ouds. Een soldaat van de Hennes die goed was in dat soort dingen, zag eens een wapen uit een oud museum. Hij bedacht hoe je dat kon kopiëren. Het werd natuurlijk niet helemaal hetzelfde. Die technologie hebben we niet. Maar ze werken wel. Meestal wel. Eerst leverde dat het leger van de Hennes een voorsprong op, maar toen kregen wij ze ook. Dus nu staan we er weer precies hetzelfde voor. Het enige is dat er nog meer mensen gedood worden en gewond raken.'

'Hoe werken ze?'

'Ze schieten kogels naar buiten. We maken kogels. Je stopt het materiaal waar we lucifers van maken in een gaatje, steekt het aan en de kogel wordt naar buiten geschoten.' Hij was stil en grimmig. 'Ik heb op school geleerd dat slechts vijf eeuwen nadat men in de oudheid dit soort wapens had uitgevonden de hele wereld in de ban was van een technologie die hen tot slaaf maakte. Gelukkig hebben wij noch de middelen noch de mensen daarvoor. Nog niet tenminste.'

Dit was zo veel informatie, en ze begreep maar een deel ervan. 'Gisteravond heb je me beloofd dat ik les zou krijgen,' riep ze uit.

'Eerst taallessen.'

'Er moet altijd iets eerst.' En daarna, toen ze zijn ernstige, verontruste blik zag, riep ze wanhopig: 'Je weet niet hoe het is om te weten dat je zo onwetend bent, dat je niets weet.'

'Je zei toch dat je in Chelops merkte dat je meer wist dan zij – over bepaalde dingen tenminste?'

'Dat zegt niet veel. Ik wist inderdaad meer, maar waar ik echt meer over wist was niet het soort dingen dat ik wil leren. Ik weet hoe je in leven moet blijven. En dat weten zij niet. Als ik er nu aan terugdenk, lijken ze net kinderen...' Ze begon te huilen. Ze legde haar hoofd op haar armen en huilde. Ze voelde de hand van Shabis op haar schouder. Het was een vriendelijke hand maar ook een waarschuwing.

'Genoeg, Mara. Nu ophouden.'

Langzaam hield ze op. De warme druk op haar schouder hield ook op. Ze tilde haar hoofd op.

'Je begint morgen met de taallessen. Vandaag moet je iets voor ons doen. Je moet de officieren je verhaal vertellen.'

'Hoe kan dat nu? Ik spreek geen Charadisch.'

'De meesten kennen wat Mahondisch. Ik zou graag willen dat ze meer kennen. Je zult langzaam moeten spreken zonder lange woorden te gebruiken.'

'Ik ken geen lange woorden.'

'Begin nu niet weer te huilen.'

'Waarom alleen de officieren?'

'Wil je een gehoor van tienduizend mensen?'

'Hebben jullie tienduizend soldaten?'

'In dit deel van het land tienduizend. In het westen, onder generaal Chad, tienduizend. In het noorden twintigduizend – dat wil zeggen, rondom Shari. Naar het oosten toe tienduizend, om de Hennes onder de duim te houden.'

'Hoeveel mensen wonen er in heel Charad?'

'De meeste mensen zitten in het leger.'

'Zit iedereen in het leger?'

'Zoals je weet zijn oorlogen zwaar voor de gewone mensen in een land. We merkten dat alle jonge mannen naar ons toe kwamen en smeekten om in het leger te mogen. Daarna kwamen de vrouwen. We maken de meesten soldaat of ze werken op de een of andere manier voor het leger. Bij ons krijgen ze kleren en eten, zie je. We merkten al snel dat er in Charad hele stukken waren waar geen gewone burgers meer woonden. De oorlog was toen al twintig jaar aan de gang. Hun akkers waren vernietigd en hun vee was meegenomen. Al snel zaten alle Agaren in het leger. Velen van hen hebben nog nooit een gevecht of zelfs maar een overval meegemaakt of de Hennes gezien.'

'In feite zeg je dat het hele land een soort – tirannie is.'

'Daar komt het wel op neer.'

'Wie is de heerser? Jij?'

'We zijn met vier generaals. Wij heersen. En dat doen we goed.'

'En protesteert het volk?'

'Inderdaad.'

'En wat gebeurt er dan?'

'Wat heb jij gedaan met die arme jongen die je geld wilde stelen?'

'Wat willen ze? Wat willen ze veranderen, als ze iets willen veranderen?'

'Soms vragen we het ons af – wij vieren. Ze noemen ons De Vier. Ze krijgen te eten. Ze krijgen goed te eten. Ze zijn veilig.'

'En binnenkort krijgen jullie je wapenstilstand met de Hennes. Zitten die ook allemaal in het leger?'

'Nee. Zij hebben een grote, ontevreden burgerbevolking. Mara, je krijgt je lessen, dat beloof ik je. Dan gaan we nu naar de paradeplaats. Daar staan duizend officieren.'

'Verwacht je van me dat ik duizend mensen toespreek?'

'Waarom niet? Dat lukt je wel. Als je nu begint, kun je tegen de middag je verhaal af hebben. Geef niet te veel persoonlijke details. Ik wil dat je over de klimaatveranderingen vertelt, over de manier waarop dieren veranderen, de schorpioenen en zo. Beschrijf het systeem in Chelops. Vertel ze over de Riviersteden. Sommige soldaten zijn als vluchteling daarvandaan gekomen. Vertel ze over de voedseltekorten, dat soort dingen.' Hij glimlachte, tevreden met zichzelf – of met haar. 'Mijn soldaten zijn de best opgeleide soldaten van Charad.'

Wat vond ze hem toen aardig en wat bewonderde ze hem! En ze voelde zich zo op haar gemak met hem. En toch leek hij niet op de makkelijke, vriendelijke, lachende mensen die ze volgens haar toch alleen maar gekend had in haar jeugd. En hij leek niet op Juba, en zeker niet op Meryx, die ze nu weer voor zich zag, naar haar glimlachend met zijn vriendelijke, charmante glimlach die vervaagde terwijl ze keek. Dag Mara, dag – en hij draaide zich om en liep weg. Deze man was al twintig jaar soldaat en maakte nooit een gebaar of een beweging en zette geen stap die niet paste in een bepaald patroon dat hij had geleerd. En toch leek deze discipline totaal niet op de afschuwelijke gelijkheid van de Hennes.

Ze liepen door de platte, lage gebouwen van het leger naar de plek waar ze de officieren op de paradeplaats zag marcheren, allemaal in hetzelfde bruine, wijde uniform. Het stof dwarrelde op onder hun stampende voeten. Het stoof om hun benen heen en daalde weer neer toen ze halt hielden en op de plaats rust stonden. Ze keek of ze Dann zag en uiteindelijk ontdekte ze hem. Te midden van deze menigte mannen kwam hij haar onbekend voor zoals hij daar stond in een groep van tien. Ze glimlachte naar hem en hij knikte even, terwijl hij zijn gezicht krijgshaftig strak hield.

Nu ze er zoveel bij elkaar zag, werd ze weer zenuwachtig: de meesten waren Mahondi's maar misschien toch niet. Als je al die mannen die voor haar stonden stuk voor stuk bekeek, zou je denken: ja, een Mahondi, maar misschien niet de knapste of meest gespierde Mahondi die ik heb gezien. Maar als je vijftig van deze mannen nam en ze naast vijftig echte Mahondi's zette, zou het verschil meteen duidelijk zijn. Maar welk verschil? Het was niet makkelijk te zien.

Shabis gaf een teken en ze begon te praten. Ze stond op een kleine houten verhoging en keek op hen neer. Het was stil en ze kon zich goed verstaanbaar maken. Wel was het moeilijk voor haar dat ze hun gezicht onbeweeglijk hielden omdat ze soldaat waren, en ze niet wist hoe interessant ze het vonden. Maar af en toe, wanneer ze aarzelde, knikte Shabis dat ze door moest gaan. Na ongeveer een uur eindigde ze met een gedetailleerde beschrijving van de soldaten van de Hennes op de rivieroever en toen Shabis hun vroeg of ze vragen hadden, stak de een na de ander zijn hand op en ze wilden vooral meer over de Hennes weten. Pas later kwamen de vragen over de droogte en de Riviersteden.

Toen ze met Shabis terugliep, vroeg ze hem of er hier ooit hongersnood had geheerst, en of dat dan de reden was dat de Agaren een armzalige versie van de Mahondi's leken. Hij zei dat hij inderdaad dacht dat er een hongersnood was geweest, maar wel heel lang geleden, en beantwoordde toen de vraag die ze eigenlijk stelde: 'Maar hun kinderen lijken bij de geboorte niet op ons. Niet echt. Eerst denk je dat het een Mahondische baby is, en dan kijk je nog eens goed.'

'Wat is er dan gebeurd? En waarom?'

'Niemand weet het. Waarom veranderen die schorpioenen waar je me over hebt verteld? En de spinnen en hagedissen?'

Ze zaten tegenover elkaar aan de schraagtafel en kregen hun middageten opgediend. Er was vlees met gekookte groenten. Ze vertelde hem dat ze bijna nooit vlees had gegeten, zelfs niet in Chelops. Ze zou er wel aan wennen, zei hij, maar een stuk pees van een of ander beest, aan de buitenkant bruin maar binnenin nog rood, deed haar denken aan Mishka en Mishkita en de melkbeesten in Chelops.

Hij zei dat het in deze streken makkelijker was om mensen vlees te geven dan om voldoende groenten te verbouwen. Er waren grote kuddes vleesdieren, en een groot deel van het vrouwenleger had tot taak om voor deze dieren te zorgen. Het waren sterke beesten die zelfs als er weinig voer was nog goed gedijden, en ze hoefden maar één keer per week te drinken. De Hennes daarentegen waren goed in het verbouwen van groenten maar wisten niet zoveel van dieren af. Als de Agaren en de Hennes nu maar een wapenstilstand konden sluiten, kon er heel veel nuttige handel ontstaan.

Toen zei hij dat hij haar alleen liet omdat hij op verkenning ging.

En zij zei: 'Maar eerst wil ik nog iets heel belangrijks vragen. Weet je hoe ik heet?'

'Zei je niet dat je Mara heette?'

'Waarom was het zo belangrijk dat Dann en ik onze echte namen vergaten?'

'Je weet toch wel dat er mensen naar jullie zochten die jullie wilden doden?'

'Was dat alles?'

'Was het niet genoeg? Je weet toch dat je hele familie is vermoord?'

'Ja.'

'Nu blijkt dat ze van de andere partij ook allemaal dood zijn. Dus jij en Dann zijn de enige Mahondi's uit Rustam die nog over zijn.'

'Het is zo naar als je je echte naam niet weet.'

Hij was even stil. 'Naar maar veilig. Wat is er mis met Mara? Het is een heel mooie naam.' Hij stond op en maakte aanstalten om weg te gaan. 'Zal ik je broer Dann meenemen op verkenning? Hij lijkt me vlug van begrip, net als jij. Misschien wil jij ook soldaat worden? Vrouwelijke soldaten zijn heel goed.' Maar toen hij haar gezicht zag, zei hij lachend: 'Nee, maar je zou wel een goed soldaat zijn. Maak je geen zorgen. Ik ben van plan om je op te leiden als mijn assistent. Ik heb er een nodig. En jij begrijpt zo snel waar het om gaat.'

Het was moeilijk om koppig te blijven, nu hij zo vrolijk en vriendelijk klonk, maar ze zei toch: 'We gaan naar het noorden, Dann en ik. Zodra het kan.'

'En wat denk je daar te vinden?'

'Gaat het daar niet beter? Is dat alles alleen maar een droom?'

En hij antwoordde precies als Han: 'Het ligt eraan waar je terechtkomt.'

Vervolgens zei hij, toen hij haar gezicht zag: 'Wat verwacht je, Mara? Waar droom je van?'

Mara had visioenen van water en bomen en mooie steden en aardige, vriendelijke mensen – maar het beeld van de steden was nogal vaag, want ze had nog nooit een stad gezien die niet bedreigd werd.

'Ben jij in het noorden geweest?'

'Bedoel je echt in het noorden? Het noordelijke noorden?'

'Ja.'

'Ik ben opgegroeid in Shari en heb toen nog een poosje op een school ten noorden daarvan gezeten, in Karas. Maar over het echte noorden heb ik alleen maar horen vertellen.'

'Is het waar dat er daar een plek is met... waar je iets kunt ontdekken... over die mensen uit de oudheid, bedoel ik, die mensen die alles wisten?'

'Zoiets, ja. Dat zegt men. Ik heb vrienden die er zijn geweest. Maar weet je, Mara, mijn leven is hier. Ik moet bekennen dat ik af en toe weleens zou willen dat ik op een makkelijkere plek leefde. En nu ga ik.'

Mara bleef nog een poosje alleen in deze kamer zitten, in zijn kamer, en ging toen naar de kamer waar ze sliep, liep er rond en keek zorgvuldig naar de rotstekeningen. Deze mensen waren mooier en knapper geweest dan ze zich ooit had kunnen voorstellen. Shabis zag er knap uit en hij had een aardig en intelligent gezicht – maar deze mensen... Als een van hen nu hier naar binnen zou komen lopen, dacht ze, zou ik me nog lelijker en onhandiger voelen dan anders. Alles aan hen was mooi. De kleren die ze droegen waren niet gewoon stukken stof die aan elkaar waren genaaid met gaten voor de armen en het hoofd, want dat was in feite het patroon waar ieder kledingstuk dat ze ooit had gezien op gebaseerd was. Zelfs broeken bestonden uit twee stukken stof die waren ingekeept en aan elkaar genaaid voor de pijpen, en in de taille en bij de enkels waren samengebonden. De kleren die de mensen uit de oudheid op de muurtekeningen droegen waren vernuftig geknipt, met plooien en ruches en strikjes, en mouwen die zo slim waren ingezet dat ze moest glimlachen toen ze ernaar keek. En de versierselen in hun oren – lange, smalle oren – waren zo kunstig gemaakt... Maar de verf was dof geworden zodat je geen details meer kon zien. En de ringen aan de lange, smalle vingers, en de kettingen... Wat moest dat een mooi gezicht zijn geweest, een heleboel van die mensen bij elkaar – hoe hadden ze geheten? Hoe noemden ze elkaar? Hun huidkleur was bruin, een warm lichtbruin, en ze hadden langwerpige ogen die door verf nog langer leken, een glimlachende mond, een smalle neus en kort, bruin haar dat bijeengehouden werd met ringen van – het leek wel goud. En ze hadden in deze stad gewoond – want nu wist Mara dat deze gebouwen van het leger gewoon op een open ruimte waren neergezet tussen kilometers ruïnes – een stad van huizen met heel veel lagen, acht of tien, en… Maar wie wist hoe lang ze hier hadden geleefd? Hoe hadden ze geleefd? Op het ene tafereel na het andere zag je hen dansen, of aan lage tafels zitten eten, of met hun huisdieren, honden, zoals de honden die ze zich herinnerde, en andere, zoals haar lievelingsdiertje Shera, die ze zelfs nu nog aan haar wangen voelde likken, en vrolijk gekleurde vogels die in het rond vlogen. Er was een rivier geweest, misschien wel dezelfde als waar zij op had gevaren, en er waren boten die zo groot waren dat ze allemaal iets op het dek hadden dat op een huisje leek, waar mensen gezellig bij elkaar zaten. Bedienden – slaven? – brachten schalen eten en drank in gekleurde bekers. Er was hier niets van wat ze in de ruïnes bij het Rotsdorp had gezien: rijen mensen die met kettingen rond hun middel of nek aan elkaar waren gebonden.

Het kwam bij haar op dat mensen die 'in het noorden' zeiden – misschien al honderden jaren lang, in de zuidelijker gelegen steden – in feite misschien deze stad bedoelden. Misschien werd er in Ifrik zelfs al wel duizenden jaren over deze mooie stad gepraat. Nee, geen duizenden jaren: om de een of andere reden bleven steden niet zo lang bestaan. Steden waren net mensen: ze werden geboren, leefden en gingen dood.

Later, toen het donker werd, kwam de bediende binnen met een kan melk en een paar koekjes. Zijn pols zat in het verband. Hij bleef naar haar kijken en schoot schuchter de kamer weer uit, doodsbenauwd. Hij mompelde zachtjes iets en het klonk niet vriendelijk. Nou ja, morgen zou ze deze taal beginnen te leren en dan kon niemand meer dingen tegen haar zeggen die ze niet begreep.

Maar voordat ze ging slapen, ging ze naar buiten om naar het geglinster van de sterren te kijken… En ze bleef daar staan tot ze zag dat een soldaat haar in de gaten hield: hij stond op wacht. Ze ging naar binnen en naar bed, en dacht aan Dann en wanneer ze hem zou kunnen zien.

De volgende ochtend informeerde Shabis bij het ontbijt naar de littekens rond Danns middel, en ze zei dat hij die gekregen had toen hij heel ziek was in Chelops. Shabis zei dat in sommige gebieden in Ifrik slaven kettingen met stompe punten rond hun middel droegen die ongeveer dezelfde littekens gaven als die van Dann. Ze zei dat ze nog nooit zoiets had gehoord. Na een poosje knikte hij; ze nam aan dat hij haar wel geloofde maar dat het hem niet veel kon schelen. Ik ga niet om hem geven, dacht ze, we gaan naar het noorden.

De lessen Charadisch kreeg ze van een oude vrouw, een goede lerares, en Mara leerde snel. Iedere ochtend leerde ze Charadisch en iedere middag onderwees Shabis haar gedurende minstens een uur, of nog langer als hij tijd had, via een eenvoudige methode. Zij stelde vragen en hij gaf antwoord. Slechts heel af en toe zei hij: 'Ik weet het niet.' Ze protesteerde dat ze zo onwetend was en niet wist wat ze moest vragen, maar hij zei dat ze zich pas zorgen hoefde te maken als ze geen vragen meer had.

Ze vroeg of ze Dann mocht zien. Hij zei dat Dann in een fase van de opleiding was die moeilijk onderbroken kon worden en dat hij het zo goed deed dat het jammer zou zijn.

11

De meeste avonden was Shabis er niet; dan zei hij dat hij op verkenning was of zijn soldaten instructies moest geven. Toen hoorde ze dat hij een vrouw had. Aangezien hij het daar nooit over had, praatte zij er ook niet over. Zou ze het prettig vinden als hij met haar naar bed wilde? Bij die gedachte ontwaakte haar lichaam en het jammerde dat het Meryx wilde en niemand anders. En de gedachte aan hem was inderdaad zo pijnlijk dat ze niet aan hem wilde denken. Het leek haar nu een ander leven toe en een andere tijd, die periode waarin ze iedere nacht in de armen van Meryx had gelegen alsof dat normaal was in plaats van kou en honger lijden en uitgeput zijn en op de vlucht zijn. In het donker wakker worden en de zachte adem voelen van iemand van wie je zielsveel houdt... Nee, ze wilde er niet aan denken, ze wilde het zich zelfs niet meer herinneren.

Ze was nu blij dat Shabis een vrouw had en er 's avonds niet was, want zo kon ze hier rustig zitten en nadenken over wat ze overdag van Shabis en de lessen Charadisch had geleerd.

Er kwam weer een boot uit het zuiden aan bij het kanaal, en die werd lang genoeg tegengehouden om nieuws te horen. De droogte hield nog steeds aan in het zuiden, er was helemaal geen regen gevallen. Het ging slecht. En Chelops? Het was niet duidelijk, behalve dat er gevechten waren geweest. Ze vroeg zich af of de volgende boot die langskwam de Mahondi's uit Chelops zou brengen of misschien zelfs de Hadronen? En wat gebeurde er allemaal in de Riviersteden? De steden die het verst weg lagen raakten ontvolkt, maar in Goidel ging het nog niet zo slecht.

De dagen gingen voorbij en werden weken. Dann kwam haar opzoeken. Ze hadden elkaar boodschappen gestuurd in de trant van 'Met mij gaat het goed. Hoe gaat het met jou?'

Mara keek hoe hij op haar af kwam lopen. Het leger had hem goed te eten gegeven en hij zag er niet meer zo mager en knokig uit, als een afgeknaagd bot op zijn slechtste dagen. Hij was gegroeid. Hij zag er knap uit, heel knap, in zijn uniform, en hij liep vol zelfvertrouwen. Vroeger bewoog hij zich voortdurend alsof hij werd opgejaagd. Ze omhelsden elkaar niet maar gingen zitten en keken elkaar aan. Ze zaten in de kamer waar ze sliep. Dann wierp een blik op de muurschilderingen, keek nog eens en werd er toen zo door geboeid dat hij met moeite weer ging zitten praten. Het was een schok om in deze kamer een man in uniform te zien waardoor er nog een extra laagje tijd werd toegevoegd. Want ze had met Shabis grapjes gemaakt dat ze in deze kamer tot haar schouders in een oude beschaving leefde die zo mooi was als men zich nu niet meer kon voorstellen, maar dat ze vanaf haar schouders een lemen hut bewoonde. Maar Dann hoorde in een moderne barak thuis.

'Mara, wanneer gaan we weg?'

Ze had geweten dat hij die vraag zou stellen. 'Hoe kunnen we weggaan? Hoe ver zouden we komen?'

'We hebben het altijd gered.'

'Niet in een land waar ieders doen en laten bekend is. En als je uit het leger wegliep, zou dat verraad zijn en daar staat de doodstraf op.'

Hij begon rusteloos in zijn stoel te schuifelen, weer de oude Dann, vol nauwelijks bedwongen opstandigheid.

Mara stond op en ging in de kamer ernaast kijken of er iemand luisterde. De jongen van wie ze de pols had gebroken, was vlak bij de deur aan het opruimen. Hij rende de kamer uit toen hij haar zag. Nu kende ze genoeg Charadisch om te begrijpen wat hij zei: hij noemde haar heks, lelijk wijf, feeks, slang. Ze riep hem in het Charadisch soortgelijke toevoegingen na en zag dat hij zich doodschrok.

'Hoe is Shabis?' vroeg Dann.

'Dat zou jij moeten weten. Je gaat vaak genoeg met hem mee op verkenning.'

'Goed, hij is inderdaad dapper. Hij vraagt ons nooit om iets te doen wat hij zelf niet doet. Maar dat bedoel ik niet.'

'Hij is getrouwd.'

'Dat weet ik.' Die wereldwijze, cynische glimlach was iets wat hij in het leger had geleerd.

'En ik ben Meryx nog niet vergeten.'

Dann aarzelde en zei toen zachtjes: 'Mara, Meryx is waarschijnlijk dood.'

'Hoe bedoel je? Hoe weet je dat?'

'Er is opnieuw gevochten in Chelops. De mensen uit de stad zijn naar de buitenwijken in het oosten getrokken en hebben de Hadronen en een heleboel Mahondi's afgeslacht.'

'Wie heeft dat gezegd?'

'Kira. Die is met de vorige boot aangekomen. Ze had het van een paar vluchtelingen gehoord. Ze wilde hier wel soldaat worden, maar ze kan nooit zo goed doen wat haar gezegd wordt en dus zorgt ze nu voor dieren.'

'Heb je contact met Kira?'

Hij bleef met zijn antwoord aan de oppervlakte. 'We ontmoeten elkaar in het eethuis. We zijn bevriend.'

Ze had voldoende gehoord en was er blij om. Hij had dus een vriendin. 'Dann,' zei ze, 'ik leer niet alleen Charadisch spreken maar ook lezen en schrijven. Ik leer heel veel. Dat heb ik altijd gewild.'

'Het zal goed van pas komen als we naar het noorden gaan.'

'Dann, heb je je ooit afgevraagd waarom we het steeds maar over het noorden hebben?'

'Natuurlijk. Dat komt omdat iedereen heeft gezegd dat het daar beter is.'

'Het is hier ook beter.'

'Maar het is niet wat ik had gehoopt.'

'Nee,' zei ze zachtjes, 'dat is zo.'

'Ze zeggen dat er in het noorden – het echte noorden – allerlei dingen en mensen zijn zoals we nog nooit hebben gezien.'

'Dann, jij en ik – we hebben niet veel gezien, hè? Alleen dat alles verdroogde en dat er gevochten werd en...'

'En opium en moorden,' zei hij.

'En opium en moorden. Dann, ben je nog steeds bang voor hem – die persoon die volgens jou achter je aan zat?'

Hij sprong uit zijn stoel, weg van die vraag, en ging naar buiten staan kijken, naar het felle ochtendlicht. 'Hij heeft inderdaad geprobeerd me te doden. Hij is ontsnapt.'

'Waar was dat? Hier?'

'Dat vertel ik je een andere keer wel. Maar onthoud goed – als je hoort dat ik verdwenen ben, dan wacht ik op je in Shari. Of in Karas.'

'Die liggen allebei binnen het netwerk van spionnen voor Charad. Dann, weet je dat je op de nominatie staat om tisitch te worden?'

Bijna van het begin af aan had Dann de leiding gehad over een peloton van tien man. Na zijn basisopleiding was hij tot centus bevorderd, dat wil zeggen dat hij honderd man onder zich had. Als hij tisitch werd, zou hij verantwoordelijk zijn voor duizend man. Hij zou een van de vijftig officieren zijn die rechtstreeks onder de generaal, Shabis, stonden. En hij zou in het bestuur van Zuid-Charad komen.

Hij had zich omgedraaid en stond haar aandachtig aan te kijken met die blik die ze van hem kende. 'Heeft generaal Shabis dat gezegd?'

'Ja. Ze hebben een heel hoge dunk van je. Hij zei dat je de jongste centus bent die ze ooit hebben gehad. En alle tisitchen zullen veel ouder zijn dan jij.'

'Ik wil geen Agaar zijn. Ik wil niet in Charad blijven.' Maar ze zag dat hij vergenoegd was. Toen zei hij: 'Alles staat hier stil, vind je niet?'

'Dat blijft niet zo. Ze proberen een bestand te sluiten. Dan verandert heel Charad.'

'En wanneer komt dat bestand er?'

'Shabis probeert een bijeenkomst te beleggen met generaal Izrak.'

'Nou, succes. Ze zijn niet te vertrouwen, die Hennes.'

Ze wist dat dit meer was dan de beroepssoldaat die over de vijand praatte, meer dan een automatische reactie. 'Vertrouwen? Wie heeft het nu over vertrouwen? Als er een bestand komt, moeten er waarborgen worden gegeven, en dat betekent dat beide partijen erop achteruit gaan als ze het bestand schenden.'

'Slim, Mara. Maar je vergeet dat de Hennes dom zijn. En ik heb gemerkt dat slimme mensen domme mensen vaak niet begrijpen.'

Na zo'n lange tijd, bijna zes maanden, vonden ze het heerlijk om zo te praten. Ze hadden nog tijden door kunnen gaan, maar hij moest weer terug naar zijn verplichtingen. Shabis kwam binnen en Dann salueerde en bleef staan. Shabis vroeg Dann iets over een of ander probleem bij het leger en Dann antwoordde correct en zorgvuldig, maar niet al te uitgebreid. Mara zag dat Shabis hem op de proef stelde. Hij knikte en zei: 'Goed. Ingerukt mars. Je mag je zus binnenkort weer komen bezoeken.' Dann salueerde en ging naar buiten, met een blik op Mara om haar te herinneren aan hun ontsnappingsplannen.

Shabis ging op de plek zitten waar Dann had gezeten. 'Hoe zou je het vinden om spion te worden, Mara?' vroeg hij. En hij begon te lachen toen hij haar verbijstering zag. 'Ik wil dat je met me meegaat als we over het bestand gaan onderhandelen en dat je dan blijft om het verder uit te werken – en alles wat je ziet aan mij meldt. Het zou niet lang duren.'

'Dan zou ik alleen zijn? Bij de Hennes?' Ze was echt geschokt. 'Ik kan ze niet uit elkaar houden. Ik begrijp niet hoe ze dat zelf kunnen.'

'Soms kunnen ze het ook niet. Ze hebben allemaal een soort speld of merkteken op.'

'Wat is er toch mis met hen? Er is iets…'

'Ik denk dat het leven – nu ja, de essentie van het leven – van één persoon bij hen zo is verdund dat tien, of misschien wel vijftig van hen gelijk zijn aan één van ons.'

Ze zei:

> 'De innerlijke vonk
> de levensvlam
> verdwijnt even snel weer als hij kwam.'

'Wat is dat?'

'Ik weet het niet. Mijn hoofd zit vol – dingen, stukjes van woorden en ideeën, en ik weet niet waar ze vandaan komen. Misschien uit mijn jeugd.'

'Nou ja, daar gaat het inderdaad om. Hun levensvonk. Misschien hebben ze die niet. Maar in bepaalde opzichten zijn ze vrij slim. Tenslotte heeft een van hen dat geweer gekopieerd zodat het werkt.'

'Ik geloof niet dat ik ze daardoor aardiger ga vinden.'

'Nou, weiger je het?'

'Ik dacht dat ik je gevangene was en gewoon moest gehoorzamen?'

'Ben je dat dan?'

'Ik zal erover nadenken. Het probleem is dat ik koude rillingen van ze krijg. Ik geloof dat ik die uitdrukking pas goed ben gaan begrijpen toen ik de Hennes zag.'

En ze dacht er ook inderdaad een hele tijd over na toen ze alleen in haar kamer was. In háár kamer – alleen. Wat genoot ze van die kamer en van alleen te kunnen zijn wanneer ze wilde.

Shabis wilde het hele land veranderen, vrijer en plezieriger maken, en het geld dat nu aan vechten en overvallen werd besteed voor verbeteringen gebruiken. Maar werd er zoveel aan de oorlog besteed? Er waren veldslagen, maar niet vaak. Er waren schermutselingen. Dann had gelijk gehad toen hij zei dat er in Charad – of in ieder geval in dit deel van Charad – niets veranderde. Het leger had boerderijen en fabrieken, ze bouwden steden op de oude ruïnes die overal in Charad te vinden waren, ze gaven mannen en vrouwen een opleiding in het leger en het was een vrij gemakkelijk leventje.

Shabis wilde het halve leger ontslaan en het burgerleven in sturen en wanneer de oorlog tot het verleden ging behoren, alleen voldoende soldaten overhouden voor een onverhoedse aanval. Maar als je het leger ontbond, zouden de generaals te maken krijgen met vele duizenden mensen die gewend waren aan orde en discipline en die nu naar werk zochten. Wat voor werk? Nu kreeg iedereen eten en kleding. Shabis zei dat de oud-soldaten goed konden worden ingezet om steden te herbouwen en dichtgeslibde rivieren uit te graven. Prima. De onzichtbare banden van oude disciplines zouden hen een poosje in bedwang houden, maar dan zou er een moment komen waarop mensen met elkaar zouden moeten concurreren om werk te krijgen, gedwongen door behoeften die nu zo automatisch werden bevredigd dat niemand erover hoefde na te denken. Er zou geld moeten zijn en een systeem om het te wisselen, en als ze zouden weigeren om te werken, zouden ze niet te eten krijgen. Het klonk allemaal zo simpel en Shabis praatte er zo gemakkelijk over. Maar er zou grote onrust en ontevredenheid ontstaan en zoals Mara wist, maar Shabis blijkbaar niet, zou dan de dreiging van opium volgen. Toen ze dat tegen hem zei, antwoordde hij: 'Daar zouden straffen op staan.' Want Shabis, de soldaat, vertrouwde op straffen en terechtwijzingen. Er zouden gerechtshoven, gevangenissen en politieagenten komen.

En dan had je nog de Hennes, een volk binnen de grote groep Agaren, een land in een land. Mara had gezegd: 'Waarom laat je de Hennes zich niet afsplitsen en hun eigen land hebben? Waarom wil je ze erbij?'

'Ze willen ons,' was het antwoord. 'Ze willen hebben wat wij hebben. Ze weten dat we sneller en slimmer zijn dan zij. Volgens mij denken ze dat ze op ons zullen gaan lijken als ze ons deel van Charad, het gebied van de Agaren, veroveren.'

'Maar als je een bestand hebt, moeten ze verder ook niet meer proberen om land van de Agaren te veroveren en moeten ze tevreden zijn met wat ze hebben.'

'Precies. We zullen handel drijven en in vrede leven.'

Een geloofwaardig verhaal, dacht Mara. Omdat Shabis al vanaf zijn zestiende in het leger zat, stond hij niet meer open voor – nou ja, dingen die zij en Dann volledig aanvoelden. Hij begreep niets van anarchie, oproer en de woede van angstige mensen.

Het hoogtepunt in Mara's bestaan waren nu de 'lessen' 's middags, de gesprekken met Shabis. Ze kreeg nog iedere ochtend taalles, al sprak ze de taal nu al heel aardig en begreep ze alles wat er werd gezegd. Ze kon ook een beetje schrijven. Shabis had een oud boek van boomschors, met verhalen uit het verre verleden. Het was in het Mahondisch. Maar haar schrijflessen waren in het Charadisch. Ze probeerde de geschreven woorden te ontcijferen met behulp van wat ze in haar hoofd had, het Mahondisch. Shabis hielp haar. Hij bracht nu meer tijd met haar door, soms wel drie of vier uur per middag. Ze reserveerden een van die uren om dingen in het Charadisch te zeggen, zodat ze kon oefenen.

Het leukst vond ze om over die 'mensen van langgeleden, van duizenden jaren terug' te praten. Hij zei dat hij haar niet veel kon vertellen, maar naarmate ze verderpraatten, bleek hij heel veel te weten door wat hij hier en daar had opgepikt. Ze voegden alles samen wat ze wisten, de herinneringen uit haar jeugd, wat ze van Daima had gehoord en van de Mahondi's in Chelops. Shabis zei dat ze een heel goed overzicht van overgeleverde kennis zouden hebben als ze alle Mahondische families op een plek bij elkaar hadden kunnen krijgen. 'Het probleem is,' zei hij, 'dat we allemaal een beetje weten, maar niet hoe het allemaal aan elkaar past.' Hij had bijvoorbeeld nog nooit zoiets gezien als de muurkaart van Candace en de van een kalebas gemaakte wereldbol, die uit heel verschillende perioden stamden, waar misschien wel honderden jaren tussen zaten. Of duizenden jaren. Hij vroeg Mara om de kaart met het lege stuk wit aan de bovenkant voor hem te tekenen en bracht haar een pas geprepareerde witte dierenhuid die zo zacht was als stof, en verder stukjes houtskool en wat plantaardige verfstoffen. Daarna wilde hij nog een kaart, van het tijdperk ervoor, toen er nog niet zo'n groot deel van het beeld met wit was bedekt.

Soms merkten ze toevallig wat de ander wist. Shabis zei bijvoorbeeld eens dat gedurende een bepaalde periode in die langvervlogen tijden mensen tamelijk oud werden, wel honderd of nog ouder, terwijl tegenwoordig iemand van vijftig al aardig oud was. 'Ik ben een oude man, Mara – vijfendertig. Toen was een man van vijfendertig nog jong. En er was een tijd waarin de vrouwen het ene kind na het andere kregen en daardoor soms jong stierven of al oud waren als ze veertig waren, maar toen ontdekten ze een medicijn of een kruid dat voorkwam dat ze kinderen kregen...'

'Wát?' zei Mara. 'Wat zeg je nu?'

Ze staarde hem hijgend aan.

'Wat is er, Mara?'

'Ik kan niet... Ik geloof niet dat ik dat kan begrijpen... wil je beweren... bedoel je dat die vrouwen in de oudheid een of ander medicijn namen en dan geen kinderen kregen?'

'Ja. Dat staat in de Zandgeschriften.'

'Die vrouwen hoefden dus niet bang te zijn voor mannen.'

'Ik heb niet gemerkt dat jij bang bent,' zei Shabis droogjes.

'Je begrijpt het niet. Daima zei de hele tijd tegen me, tot ik soms boos op haar werd: onthou goed, als je een man ontmoet, kan die je zwanger maken. Bedenk of je in je vruchtbare periode bent en als dat zo is, wees dan op je hoede.'

'Mijn beste Mara, het klinkt alsof je mij daar de schuld van geeft.'

'Je weet gewoon niet wat het betekent om altijd te denken: wees voorzichtig, ze zijn sterker dan jij, ze zouden je zwanger kunnen maken.'

'Nee, dat weet ik inderdaad niet.'

'Ik kan me niet eens voorstellen hoe het zou zijn om je op je gemak te voelen als je een man tegenkomt. En dan, als het je uitkomt, op het moment dat je het wilt, krijg je een baby. Die vrouwen in de oudheid moeten heel anders zijn geweest. Heel anders...' Ze zweeg en dacht na. 'Ze waren vrij. Wij zouden nooit zo vrij kunnen zijn.' Nu dacht ze aan Kulik, hoe ze hem had ontweken, uit de weg was gegaan, voor hem was weggelopen, en zelfs nachtmerries van hem had gehad. Dromen vol hulpeloosheid. Daar draaide het om. Dat je hulpeloos was.

Ze vertelde hem over Kulik en hoe blij ze was geweest toen haar menstruatie door de droogte was gestopt. Ze zei dat ze soms het rotshuis niet eens uit ging als ze haar vruchtbare periode had, zo bang was ze van hem.

Haar stem klonk boos en gespannen toen ze het over Kulik had en Shabis was daar zo door aangedaan dat hij eerst opstond en de kamer door liep, daarna terugkwam, weer ging zitten en haar handen pakte: 'Mara, hou alsjeblieft op. Je bent hier veilig. Ik beloof het je, niemand zou het wagen om...' En toen, terwijl haar handen slap in de zijne lagen, liet hij haar los en zei: 'Het is vreemd dat we hier zitten te praten over angst voor zwangerschap terwijl nu meestal over het tegenovergestelde wordt gepraat. Wist je dat er een feest wordt gehouden als een van onze vrouwelijke soldaten zwanger raakt en dat iedereen dan bezorgd om haar is? Ze krijgt een speciale verpleegster.'

Iets in zijn gezicht en zijn stem maakte dat ze opeens zei: 'Jij hebt geen kinderen gekregen?'

'Nee.'

'En je wilde ze wel?'

'Ja.'

'Het spijt me zo, Shabis.'

Er ging een wilde gedachte door haar heen: ik zou hem een kind kunnen geven – en ze schrok van zichzelf. Ze had een kind met Meryx gewild, om hem te troosten, om te bewijzen...

'Nee, ik ben niet zoals je Meryx. Ik ben niet onvruchtbaar. Ik heb een kind gekregen bij een vrouw die ik tijdens een veldtocht tegenkwam. Maar zij was getrouwd en het kind is nu opgenomen in haar gezin.'

Ze dacht na. We draaien in kringetjes rond – wij vrouwen. Ik zou Shabis een kind kunnen geven en dan zou ik hier in Charad blijven hangen en nooit naar het noorden kunnen gaan.

Niet lang na die middag zei Shabis dat zijn vrouw haar wilde ontmoeten en haar uitnodigde voor het avondmaal.

12

Mara had niet veel meer gezien dan de directe omgeving van waar ze woonde – het hoofdkwartier van Shabis –, gedeeltelijk omdat de schildwacht haar tegenhield als hij merkte dat ze aanstalten maakte om weg te wandelen en ook omdat ze het gevoel had dat Shabis niet wilde dat ze werd gezien. Op de avond van het diner liep ze nu met Shabis tussen de ruïnes door die zo leken op de ruïnes die ze kende, en vervolgens naar een gedeelte dat herbouwd was zoals die stad in het verre verleden er waarschijnlijk uit had gezien. Hier waren hele straten vol met mooie huizen. Hier stonden stenen beelden in stoffige tuintjes. Het huis waar ze voor bleven staan, had een lantaarn voor de deur hangen die gemaakt was van zulke dunne stukjes gekleurde steen dat de vlam erin de roze met witte aderen toonde. In een grote hal hingen nog meer lampen in allerlei verschillende soorten, en wandtapijten, en een deur van een kruidig geurende houtsoort die Mara nog nooit had gezien, leidde naar een grote kamer die Mara deed denken aan de vergaderruimte van de Verwanten in Chelops. Het meubilair was hier echter veel verfijnder en er lagen zulke mooie tapijten op de grond dat ze dolgraag bij al die tapijten was neergeknield om ze op haar gemak te bestuderen. Er was een vrouw binnengekomen die Mara op het eerste gezicht wantrouwde. Ze was groot en knap, met opgestoken haar dat met een zilveren gesp bijeen werd gehouden, en ze glimlachte alsof haar gezicht ieder moment doormidden kon splijten, vond Mara. Ze deed niet anders dan glimlachen en kirren, 'Dus dit is nu eindelijk Mara,' en ze hield Mara's handen vast, kneep haar ogen samen en staarde haar glimlachend aan. 'Wat heerlijk om je hier in mijn huis te zien... ik heb Shabis de hele tijd gevraagd om je mee te nemen... maar mijn man heeft het zo druk – maar dat weet je nog beter dan ik...' Zo ging ze maar door, glimlachend en vals, en Mara liet het over zich heen gaan terwijl ze geschrokken bedacht dat het werke-

269

lijke leven van Shabis zich hier afspeelde, in dit mooie huis met deze vrouw. Hier bracht hij zijn avonden door, ongetwijfeld in een kamer even mooi als deze – met deze vrouw.

Mara droeg de bruine slangentuniek, op de broek van Meryx, omdat deze vrouw, de vrouw van Shabis, had gezegd dat ze graag die stof wilde zien waar haar man haar over had verteld. Nu begon er een hele ceremonie waarbij zij aan het spul voelde en huiverde, *Bah*, en zei dat ze Mara zo bewonderde omdat ze dat afschuwelijke ding zo lang had gedragen – hoe lang was het, jaren? Shabis had het haar verteld. Wat was Mara dapper. En als Mara hier wegging – want zij, Panis, meende dat Mara dat van plan was – wilde zij, Panis, haar een gunst vragen: laat alsjeblieft dit kledingstuk achter zodat Shabis en ik een aandenken aan je hebben.

Shabis voelde zich niet op zijn gemak, maar glimlachte. Het was Mara duidelijk dat het een moeilijke avond zou worden. Tijdens een goede, maar helaas korte maaltijd keek deze vrouw, die Shabis bezat, telkens weer met een achterdochtige, koele blik van haar naar Shabis en als ze iets tegen elkaar zeiden of een grapje maakten, glinsterden de zwarte ogen in dat koele gezicht vol haat. Wat was dit dom, dacht Mara, wat stond ze hier ver boven, want dat leven van liefde of jaloerse blikken leek ergens in het zuiden, in Chelops, begraven, waar – zoals de reizigers nu meldden – een brand had gewoed in alle buitenwijken ten oosten van de stad.

Zodra de maaltijd was afgelopen, zei Shabis dat Mara vast wel moe zou zijn na de hele dag zo hard te hebben gestudeerd en dat hij met haar mee terug zou lopen. Panis werd daar zo boos om dat het duidelijk was dat Shabis onmogelijk met Mara mee kon lopen, die zei dat het maar een klein stukje was, een paar straten, en dat ze wel alleen kon gaan. Mara zag dat Shabis het vreselijk vond: hij was bleek van ongerustheid om haar en ook van woede. Hij stond echt op het punt om zijn vrouw te trotseren en met Mara mee te gaan, toen Panis zijn arm met twee handen greep en zei: 'Mara vindt het vast niet erg om een paar minuutjes door het donker te lopen na alles wat ze heeft gedaan en gezien.'

'Het wachtwoord voor vanavond is "Plicht",' zei Shabis, 'voor het geval de schildwacht je tegen wil houden.'

Het was een avond waarop de hemel donker en betrokken was, omdat de wolken van de regentijd er nog waren. Mara liep zachtjes over het midden van de herbouwde straat, waar bij alle huizen lampen hingen zodat ze alles kon zien, en liep daarna de straten in van het vervallen stuk. Ze liep voorzichtig, want het was erg donker. Toen kwam er een schaduw naar voren vanuit een nog diepere schaduwplek en ze wilde net het wachtwoord zeggen, 'Plicht', toen een hand over haar mond werd gelegd en ze werd meegesleept door twee Hennes, van wie er een haar voeten vasthield en de ander haar schouders beet had en haar mond stevig dichthield met een enorme, zurige hand. Zo werd ze tussen de ruïnes door gedragen, steeds in de schaduw langs de rand van de al zo donkere straten. Toen ze aan de oostelijke rand van de vervallen stad kwamen, slopen er een heleboel schaduwen naar voren en werd ze verdergedragen op een draagbaar van ineengevlochten armen die zo stevig waren als boomstammen, en uiteindelijk werd ze neergezet bij een compagnie van vijftig soldaten van de Hennes. Er werd een prop in haar mond gedaan en toen moest ze in straf tempo naar het gebied van de Hennes marcheren, de hele nacht door tot het licht werd, en uiteindelijk kwam ze in een kamp met gebouwen van leemstenen en tenten van dik, donker materiaal. Dit was een legerkamp, heel anders dan de steden waar het leger van de Agaren in woonde. Het was een heel groot kamp. Ze haalden de prop uit haar mond, duwden haar een hut in, zetten een kaars in een hoek en zeiden dat er in die hoek water en brood stond en dat ze bij generaal Izrak zou worden ontboden.

Haar eerste gedachte was dat Dann en zij nu in twee legers zaten die elkaars vijand waren. Haar tweede gedachte was dat ze haar plunjezak niet meer had, die ze altijd bij zich had gehad, omdat ze het gevoel had dat haar leven ervan afhing. Al haar bezittingen zaten erin: de twee oude Mahondische gewaden, twee mooie jurken uit Chelops, de kleren van Meryx, een heel pak en een tuniek, want ze droeg de broek van het andere pak nu bij deze bruine tuniek, en verder het zakje munten dat ze op de boot had weggegrist toen Han tussen die dodelijke voeten viel. Het was niet veel, maar het was van haar en zonder die bezittingen had ze alleen de broek en de tuniek die ze aanhad en de lichte schoenen van boomschors die de Agaren droegen. Nou ja, wat maakte het uit. Ze leefde nog, nietwaar – ze stond daar gezond, sterk en helemaal niet bang, omdat ze wist dat ze de Hennes makkelijk aankon. Er was een laag bed en ze viel erop neer, sliep onmiddellijk in en werd pas laat in de middag wakker. Nu zag ze dat er tralies voor het raam zaten en dat de deur niet van binnen uit kon worden geopend. De gevangenis was niet meer dan een gammel schuurtje: ze was waarschijnlijk in paar uur door die ruwe lemen muren heen. Er was een deur naar een kamer met een toilet en een kom water. Ze maakte er gebruik van. Min of meer schoon ging ze bij het raam staan, maar ze zag alleen een uitgestrekte rode vlakte met nog meer schuurtjes en tenten; toen kwam er een Hennes binnen die zei dat de generaal haar morgen zou ontvangen en dat ze intussen moest sporten. Hij keek haar aan op een manier die ze totaal niet gewend was: zijn blik was op haar gericht maar hij leek haar niet te zien. Zijn manier van praten, die monotoon was en tegelijkertijd hakkelig, verontrustte haar, zoals alles van de Hennes, maar ze wist dat ze daar niet aan toe moest geven.

Buiten de hut liep een zandweg dwars door het kamp naar het oosten en ze kon zich een beeld van haar omgeving vormen. Voor een groot gebouw stonden bewakers van de Hennes met geweren waarvan ze nu wist dat ze niet alleen voor de show waren, en er stonden ook bewakers voor andere gebouwen. De soldaat die haar bewaakte, ging over in een soepele draf en zij holde naast hem mee. Hij deed geen poging om met haar te praten. Ze was moe omdat ze de hele nacht had gelopen en vroeg zich af waarom het nodig werd gevonden dat zij sportte. Maar ze begreep dat dit gewoontedieren waren: gevangenen moesten iedere dag sporten. Toen ze buiten het kamp kwamen, in open terrein met struiken, zei ze hijgend tegen hem dat ze moe was en hij stopte, draaide zich om en begon terug te hollen. Het was net of ze hem bij zijn schouders had gepakt en had omgedraaid. Het was laat in de middag: de zon leek de hutten, schuurtjes en tenten van het kamp af te platten tot lange, zwarte schaduwen. Op een exercitieterrein buiten het kamp liepen soldaten te exerceren terwijl officieren bevelen brulden. Dit was hetzelfde soort exerceren en dezelfde bevelen als ze in het andere leger had gehoord. Als ze geen Charadisch had geleerd, zou ze nu heel bang zijn en zich geen raad weten: in gedachten dankte ze Shabis voor de taallessen die ze iedere ochtend had gehad.

Toen ze langs het grote gebouw kwamen met bewakers ervoor, kwam er een groep Hennes naar buiten om naar haar te kijken. Ze dacht dat een van hen waarschijnlijk de generaal was – ze zagen er in elk geval allemaal uit of ze belangrijk waren. Wat zouden ze van haar vinden, zo'n Mahondische vrouw die langzaam voorbijholde en die zo anders was dan zij en ook zo anders dan de meeste Agaren die ze kenden? Op dat ogenblik zag ze uit een tent twee mensen te voorschijn komen van het ras dat ze gezien had op de muren van het hoofdkwartier van Shabis en van de kamer waar ze geslapen had. Lang, tenger, met elegante lange ledematen en een smal hoofd, volledig anders dan de lelijke, dikke Hennes – maar zij waren blijkbaar een soort bedienden, want ze droegen schalen eten.

In haar hut werd haar door dezelfde cipier een maaltijd gebracht en daarna ging ze weer liggen om te gaan slapen. Maar ze bleef een hele tijd wakker en lag maar te denken. Wat wilden ze van haar? Wat hadden de spionnen hun verteld? Wilden ze haar voor de voortplanting? Alweer? Nou ja, wat verwachtte ze anders? Een vrouw was voor de voortplanting en aangezien de vruchtbaarheid steeds verder afnam – hier ook, zoals overal in Charad – zou een vrouw die nog al haar eitjes had… Maar dat zouden de Hennes niet allemaal weten: zelfs Shabis had het niet geweten totdat ze het hem vertelde. Eén ding was zeker en dat was dat ze zich eerder van kant zou maken dan dat ze met een van de Hennes zou slapen. Dus dat probleem was opgelost… Nou nee, toch niet. Ze zou zich niet van kant maken. Nadat ze alles wat ze had doorstaan overleefd had… Nee. Maar ze zou zich niet voortplanten. Ze zou ervoor zorgen dat ze geen seks had tijdens haar vruchtbare periode: ze lag te denken hoe ze penetratie zou kunnen voorkomen. En daarna zou ze ontsnappen. Ze zou weglopen, Dann zoeken en… Ze viel in slaap en toen ze wakker werd, dacht ze dat ze in het Rotsdorp was omdat ze die oude gladde tuniek zo om zich heen voelde glijden.

Ze stond al klaar toen de bewaker haar kwam halen om naar de generaal te gaan. Die bevond zich in het grote gebouw dat ze gisteren had gezien, een gebouw met muren van leem met gras, een rieten dak en een vloer van aangestampte aarde. Om een lange tafel zaten een stuk of twintig Hennes, allemaal in een uniform van dof, bruin materiaal, net zoals het uniform van het leger waar ze vandaan kwam. Ze hadden allemaal precies hetzelfde gezicht dat naar haar staarde. Ze zat recht tegenover de generaal, die zich van de anderen onderscheidde door een rode epaulet. Iedere Hennes had een gekleurde epaulet of een speld of onderscheidingsteken op. Het grote, platte, gelige gezicht – het zag er vettig uit; de lichte ogen; de grote bos haar die er ook vettig uitzag. Smeerden ze olie in hun haar? Of een of ander vet? Hun haar en huid voor zover die te zien was leek nat, maar het was vet of olie.

Ze had zich er helemaal op ingesteld om weer haar verhaal te vertellen, waarbij ze het zo kort mogelijk zou houden, maar deze man, de generaal, zei: 'Wanneer verwacht je de baby?'

Dit was heel iets anders dan ze dacht. Ze zweeg, probeerde haar kalmte te hervinden en zei: 'Ik krijg geen kind.'

Hierop keerden de grote, platte gezichten zich naar elkaar toe en weer terug, en de generaal zei: 'Je krijgt het kind van generaal Shabis.'

'Nee.'

'Je bent de vrouw van generaal Shabis.'

'Nee, dat ben ik niet. En ook nooit geweest.'

Weer keerden de gezichten zich naar elkaar toe om – waarschijnlijk – verbazing uit te drukken.

'Dat ben je nooit geweest.'

Het was geen vraag, maar een constatering; soms zeiden ze iets waarbij uit het verband bleek dat het een vraag was, maar hun stem veranderde niet – bleef vlak, toonloos en zwaar.

'U bent verkeerd geïnformeerd,' zei Mara.

'We zijn verkeerd geïnformeerd. Je bent niet de vrouw van generaal Shabis. Je bent niet zwanger van hem. Je bent niet zwanger.'

Dit laatste was een vraag en Mara antwoordde: 'Nee.' Toen zei ze: 'Als jullie me gevangen hebben genomen vanwege verkeerde informatie, waarom sturen jullie me dan niet gewoon terug?' Maar terwijl ze het zei, besefte ze dat het verspilling van tijd was om grapjes tegen deze schepsels te maken.

'We sturen je niet terug. Je zult wel van pas komen. We hebben wel werk voor je.'

In ieder geval, dacht ze, was het niet bij hen opgekomen om haar als vrouw voor de seks te gebruiken. 'Mag ik iets vragen?'

Ze keken elkaar aan – dat langzame draaien van de gezichten die vervolgens weer naar haar werden gewend.

'Je mag iets vragen.'

'Wat zou u eraan hebben gehad als ik zwanger was geweest van generaal Shabis?'

'Hij is een goede generaal. Hij is heel succesvol. We zouden het kind als generaal hebben opgevoed. We zijn van plan om de kinderen van de andere drie generaals gevangen te nemen.'

'Wat gaat u met mij doen?'

'Dat is een vraag. Je had geen toestemming gevraagd.'

'Het spijt me.'

'Maar ik zal antwoord geven. Je hebt Charadisch geleerd en je spreekt Mahondisch.'

Nu verwachtte ze dat hij naar haar verleden zou vragen, maar hij was niet nieuwsgierig. Ze hadden ook geen van allen naar voren geleund om haar tuniek van dat verbazingwekkende onverwoestbare materiaal te bekijken. Toch kon geen van hen dat materiaal ooit hebben gezien.

'Ik zou graag nog iets vragen.'

'Je mag nog iets vragen.'

'Generaal Shabis wil een bestand met u sluiten. Hij denkt dat een bestand heel Charad ten goede zal komen.'

'Maar ik ben nog niet op dat punt van de ondervraging,' wees de generaal haar terecht. 'Eerst moet ik je zeggen dat je op de hoogte zal worden gesteld van de taken die je krijgt. Misschien word je in het leger geplaatst. Je kennis van het Mahondisch zal van pas komen.'

'Ondertussen heb ik geen kleren en niet eens een kam of een tandenborstel. Misschien kunt u nog een overval organiseren om mijn spullen op te halen?' Alsof ze nog niet had geleerd dat grapjes hen alleen van hun stuk brachten.

'We zijn niet bereid om een overval te doen alleen om jouw bezittingen te bemachtigen. Het is heel dom dat je dat denkt.'

Mara besefte nu dat van alles wat ze zou moeten doorstaan bij de Hennes, verveling waarschijnlijk het ergste ongemak zou zijn.

'Wat is de werkelijke reden dat generaal Shabis om een bestand vraagt?'

'Hij denkt dat het ten goede zou komen aan het hele land.'

'Ik vraag je naar de werkelijke reden.'

'Dat is de reden. Hij wil graag dat de oorlog ophoudt. Hij zegt dat jullie al twintig jaar oorlog voeren en dat geen van beide partijen er iets mee heeft gewonnen.'

'Maar we winnen vaak veldslagen die we met hen hebben.'

'Maar de vier generaals besturen het gebied van de Agaren, zoals ze al jaren doen, en u hebt dit gebied in bezit – er verandert niets.'

'Die uitspraak is niet juist,' zei generaal Izrak, klaarblijkelijk opgewonden, want zijn ogen leken een beetje te trillen in hun kassen. 'We hebben een maand geleden een behoorlijk stuk van hun gebied veroverd, in de loopgraven die de scheidingslijn vormen tussen onze legers, aan ons westfront en hun oostfront. Een jaar geleden veroverden zij een gebied zo groot als dit kamp. Een maand geleden hebben we het heroverd. We hebben slechts vijfhonderd soldaten verloren en zij hebben er vierhonderd verloren.'

'Generaal Shabis zou dat beschouwen als een onnodig verlies van soldaten die voor andere taken hadden kunnen worden ingezet.'

'Voor wat voor taken?' vroeg de generaal, die steeds meer van slag raakte. En rond de hele tafel draaiden de grote, glimmende gezichten van de Hennes heen en weer en hun ogen glinsterden.

'Voor het bouwen van steden. Het verbeteren van boerderijen. Het uitbaggeren van rivieren. Het krijgen van kinderen. Het verbouwen van voedsel.'

Met een klap kwam de grote vuist van de generaal op de tafel neer en daarna sloegen alle Hennes net als hij om beurten met hun vuist op tafel.

'We krijgen al het voedsel dat we nodig hebben. We overvallen hen en we bemachtigen voedsel, en bovendien verbouwt onze burgerbevolking voedsel en wat we nodig hebben nemen we hun af.'

Het was duidelijk dat het Shabis niet zou lukken om een bestand te sluiten. Ze wou dat ze het hem kon vertellen. Het viel haar in dat hij een spion in het kamp van de Hennes had willen hebben en nu was ze hier. Maar de Hennes hadden een spion uit het andere kamp – zij zelf, want ze kon hun alles vertellen wat ze wist. En ze was bereid dat te doen. Als ze wisten hoe goed georganiseerd, hoe bevredigend, hoe stabiel het bestuur van de vier generaals was, zouden zij, de Hennes, dan niet van gedachten willen veranderen? Zouden ze weleens van gedachten veranderen? Konden ze dat wel?

Er kwamen twee van die lange, mooie muurmensen binnen met dienbladen. Hun elegantie maakte deze grove, lelijke mensen nog weerzinwekkender. Wisten ze dat hun voorouders heel lang geleden – duizenden jaren geleden? – in een prachtige stad hadden gewoond die slechts een nacht lopen hiervandaan was, en dat hun beschaving waarschijnlijk heel Ifrik had beïnvloed?

Iedere Hennes had een bord eten voor zich. Het was lang niet zulk lekker eten als in het andere kamp. Ze begonnen te eten. Toen zag Mara dat het niet alleen mannen waren: er waren een paar vrouwen bij, met platte rondingen van voren. Dat was het enige teken van hun vrouw-zijn. Ze aten langzaam en methodisch, terwijl de twee elegante slaven stonden te wachten.

'Jij krijgt je eten in je eigen verblijf,' zei de generaal.

'Mag ik iets vragen?'

Ze keken allemaal verbaasd. 'We praten en eten niet tegelijkertijd. Dit gesprek is ten einde. Misschien zijn er morgen nog dingen die we willen vragen.'

En Mara werd door de bewaker naar haar gevangenishut gebracht. Ze probeerde hem aan de praat te krijgen, maar hij antwoordde: 'Je zult worden ingelicht.'

275

Ze kreeg eten gebracht. Hoe zou ze kunnen ontsnappen? Als ze soldaat werd, dan misschien... Ze werd 's middags weer meegenomen voor het gebruikelijke hardlopen, en zag op de terugweg weer de generaal en zijn staf. Bij normale mensen zou de uitdrukking op hun gezicht hebben betekend dat ze haar nog nooit hadden gezien en nog nooit van haar gehoord hadden, maar met de Hennes wist je het niet.

's Ochtends werden haar twee uniformen gebracht zoals ze allemaal droegen: een bruinachtig jasje met broek en een bruine wollen muts met een klep aan de voorkant die naar achteren kon worden geslagen en kon worden vastgeknoopt. Twee paar lichte schoenen van boomschors, die duidelijk niet bedoeld waren om mee te marcheren. Een paar twijgjes voor haar tanden. Zeep. Een zakje of tasje dat op de schouders kon worden vastgemaakt zodat het op de rug hing. Dit was kennelijk de uitrusting voor de vrouwelijke soldaat, want er zat ook nog een zak bij met oude lappen en een touw om ze mee vast te binden. Verder nog een bericht van de generaal dat ze wanneer ze wist dat ze niet zwanger was, hem het bewijs moest sturen.

'Je bent geen gevangene meer,' deelde haar bewaker haar mee. 'We doen deze deur niet meer op slot.'

Ze overwoog om voor de grap te zeggen: 'Als ik geen gevangene ben, mag ik dan het kamp uit lopen en teruggaan naar de Agaren?' Maar ze wist dat het denkwerk van deze arme man dan zo ontwricht zou raken dat hij ogenblikkelijk naar de generaal zou moeten rennen voor instructies.

Over vier dagen zou ze wat bloed hebben om de generaal te tonen, en intussen zou ze de tijd benutten en zoveel mogelijk informatie verzamelen door goed om zich heen te kijken. Niemand besteedde enige aandacht aan haar toen ze rondliep – zo leek het tenminste. Ze stond verbaasd over de schijnbare wanorde in dit kamp. Toen zag ze dat er nette blokken waren die los stonden van de rest. Er stond een blok tenten die heel ordelijk waren neergezet, met nette paadjes ertussen, maar de tenten stonden weer schuin ten opzichte van een paar rijen schuurtjes die even netjes recht stonden, en beide blokken stonden weer los van een kleine wijk die op zich weer uit rijen vakjes bestond. Het was moeilijk om van de ene kant naar de andere te komen in dit kamp, dat eigenlijk een stad was, aangezien het er kennelijk al zo lang stond. Ze merkte dat ze telkens het dichtstbijzijnde pad volgde om bij de volgende groep gebouwen te komen, maar dat zo'n pad soms doodliep tegen de muur van een huis, of gewoon ophield. Pakhuizen en waterreservoirs stonden her en der verspreid en helemaal in het midden van het kamp of van de stad stond een wachttoren, en die had toch langs de rand moeten staan?

Toen ze merkte dat ze op een drukke weg in westelijke richting stond – de weg waarover ze hiernaartoe was gebracht – begon ze gewoon te lopen. Ze dacht dat ze misschien niet zou worden opgemerkt, maar ze was nog niet tot de rand van het kamp gekomen of ze hoorde voeten zacht in het stof ploffen en toen ze omkeek, zag ze een sierlijk wezen, een Neanthes, die meer vloog dan liep, met lange, fijne handen uitgestrekt. 'Je moet terugkomen. Je mag niet.'

Ze liepen samen terug. Mara zei dat ze zo graag een schrijfstok en wat schrijfbladen zou hebben om meer Charadisch te leren, maar het meisje antwoordde dat soldaten niet werden aangemoedigd om te leren. 'En vooral de Neanthes niet. Ze zijn bang van ons, snap je.'

Toen ze bij Mara's hut waren, vertrok deze Neanthes, schijnbaar meer dansend dan lopend, terwijl ze stralend naar Mara glimlachte met een samenzweerdersblik.

Op de juiste dag stuurde Mara de generaal bericht dat er bloed was en dus geen zwangerschap; maar daar kwam de Neanthes weer om te zeggen dat ze opdracht had om het bloed zelf te bekijken. 'Maar ik had wel in mijn vinger kunnen prikken,' fluisterde Mara, en er werd terug gefluisterd: 'Zie je? Ze zijn dom.' Ze rende met het bewijs terug naar de generaal en kwam weer terug met de boodschap: 'Je hebt bloed. Je bent dus niet zwanger. Je begint morgen met de opleiding.'

De volgende dag merkte ze dat de nieuwe rekruten niet allemaal Hennes waren. Op het exercitieterrein bevonden zich honderd rekruten, mannen en vrouwen, voornamelijk Hennes en een paar Neanthes, maar ongeveer een derde bestond uit mensen die Mara nog nooit had gezien. Ze waren klein, gedrongen, sterk en gelig, en ze zagen er wat knokig uit, zoals Dann toen hij ondervoed was – en Mara zelf waarschijnlijk ook. Het waren Thores, en ze waren vrijwillig naar het kamp gekomen om bij het leger te gaan, waar ze te eten zouden krijgen: het gebied waar ze vandaan kwamen was verpauperd omdat de Hennes er pas op voedselrooftocht waren geweest. Het was meteen duidelijk dat de rijzige Neanthes met hun lange benen niet samen met de kleine Thores met hun korte beentjes konden oefenen, aangezien de een twee keer zulke grote stappen maakte als de ander. De nieuwe rekruten werden verdeeld in zes pelotons Hennes, tien per peloton, drie pelotons Thores en een peloton Neanthes. Mara werd bij de Neanthes ingedeeld. Ze was wat minder lang, soepel en slank, maar ze verschilde niet veel van de kortste van hen.

Over het stoffige exercitieterrein marcheren terwijl een instructeur van de Hennes tegen hen schreeuwde, was eerder vervelend dan zwaar, maar hij liet hen urenlang in de hete zon lopen terwijl de stofwolken om hen heen opdwarrelden en ze honger en dorst kregen. Hij probeerde hen lichamelijk zoveel mogelijk uit te putten maar ook hierbij was het probleem weer dat ze zo verschilden. De pelotons stevige, onverstoorbare Hennes toonden weinig tekenen van vermoeidheid, terwijl de Thores, die toch al ondervoed waren, er slecht aan toe waren, en de Neanthes begonnen te struikelen en flauw te vallen. Ze konden niet allemaal dezelfde oefeningen doen. Het bleek dat dit probleem zich steeds voordeed met nieuwe rekruten, maar de Hennes dachten blijkbaar altijd dat het dit keer anders zou zijn en ze waren verrast dat er weer precies hetzelfde gebeurde als altijd.

Van nu af aan zouden de Hennes twee uur eerder beginnen dan de Thores en dan zouden de Neanthes een uur later mee gaan doen. En volgens dat schema werd nu voortaan geoefend gedurende de maand die nodig was om Mara en de anderen tot soldaat te maken. Ze vond het niet leuk maar had er ook geen hekel aan. Soldaten moesten oefenen en ze was nu soldaat – hoewel dat niet lang zou duren als het aan haar lag.

Opeens veranderde alles. Op een nacht was er een overval in het oosten en waren er gevangenen gemaakt. Ze hadden Mara's hut nodig en zij werd eruit gezet en ze zag dat er vier Thores naar binnen werden geduwd om haar plaats in te nemen.

Ze kreeg opdracht om naar het noorden te marcheren met een compagnie die de wachters aan de noordgrens moest aflossen. Ze dacht dat ze nog wel iets van generaal Izrak zou horen voordat ze wegging, maar ze hoorde niets: ze was maar om één reden voor hen van belang geweest.

13

Ze marcheerden eerst door grasland met hier en daar een groepje doornbomen; maar toen ze de eerste avond hun kamp opsloegen, bevonden ze zich aan de rand van een grote vlakte met een paar heuvels en toen ze daar de volgende dag overheen marcheerden, zagen ze niet meer het zand of de rode aarde die rond het kamp van de Hennes lag, maar donkere, vezelachtige grond waarop wat lage plantjes groeiden. De wind kwam uit het noorden en blies die aarde recht in hun gezicht, en al snel hadden alle soldaten doeken om de onderkant van hun gezicht geknoopt waar ze doorheen ademden. Die hele dag marcheerden ze door lage, bultige heuvels met af en toe een dorp van de Thores, en die avond hadden ze de vlakte achter zich gelaten en bevonden ze zich weer op een helling met voor hen uit een woest landschap van ruige heuvels en oneffen terrein. Daar marcheerden ze de laatste dag doorheen. Die avond zagen ze voor hen uit een rij wachttorens die allemaal op een heuveltje stonden; om elke wachttoren heen lag een kamp, meer een soort dorp, aangezien er geen tenten maar hutten stonden, en een vlammende zonsondergang wierp een felle gloed over de vlakke grond tussen de torens, waar aarde als een bewegend beest ronddwarrelde en ronddraaide, en over heuveltjes waarvan de top even oplichtte, voordat de zon onderging en het volkomen donker was; en toen kwamen in de duistere hemel de sterren te voorschijn, niet helder en fonkelend, maar vaag door al het stof in de lucht.

De compagnie verdeelde zich en ging naar verschillende wachttorens. Mara kwam in de verste te zitten, helemaal bovenin, waar je de wachtvuren hier en daar in het donker kon zien branden. Dit was de uiterste noordgrens. Voor hen uit lag het gebied van de generaal van de Agaren die over het noorden ging, dat zich uitstrekte tot Shari, ongeveer tien dagmarsen verder. In de verte zag je nog een rij vuren, die van de vijand. Wie weet was Dann daar wel – haar vijand. Nou ja, het zou niet lang duren – maar waarom dacht ze dat? vroeg ze zich angstig af. Omdat ze nooit ergens lang was gebleven, altijd wel weer door problemen of gevaar verder had moeten trekken; maar iedereen wist dat de soldaten die naar de grens werden gestuurd, daar soms jaren bleven.

Er waren twee pelotons, oftewel twintig soldaten, op deze voorpost. Het waren Neanthes en Thores door elkaar – de Hennes hielden niet van grensbewaking – en ze stonden onder bevel van een Thoresvrouw, Roz, die als kind gevangen was genomen en nooit iets anders had gekend dan het leger. Deze voorpost was heel ordelijk, efficiënt en schoon, en Mara besefte dat ze in heel wat slechtere omstandigheden had verkeerd. Al snel kreeg ze een hut voor zichzelf en mocht ze wachtlopen, meestal met mensen die ze aardig vond. Commandant Roz zette mensen bij elkaar die goed met elkaar overweg konden, en lette erop dat haar soldaten voornamelijk taken kregen die ze prettig vonden. Mara vond het leuk om wacht te lopen, en dat was dus haar taak. Anderen verzamelden brandhout, haalden water, repareerden hutten of kookten. Niet dat er veel te koken was: eens per maand kwamen er koeriers met proviand uit het kamp van de Hennes, maar ze leefden voornamelijk op brood, gedroogd fruit en groenten. Soms gaf de commandant een paar soldaten opdracht om erop uit te trekken en te kijken of ze een hert konden vangen of een paar vogels, maar er was nu in het droge seizoen niet zo veel wild. Dit was het derde droge seizoen sinds Mara uit het Rotsdorp was vertrokken.

Ze had vaak alleen de wacht op de toren. Volgens de voorschriften moesten er altijd twee op wacht staan, maar zelfs als dat zo was, sliep een van de twee meestal. Er was al jaren niet gevochten aan dit front en nooit een overval geweest, zelfs geen 'incident'. Een spion was het ergste wat ze te vrezen hadden. Als Mara dienst had, kwam de commandant vaak naar boven. Ze was gefascineerd door Mara en Mara door haar. Ze herinnerde zich weinig van haar leven voordat ze op haar elfde gevangen was genomen; ze was altijd soldaat geweest, had altijd geweten waar haar volgende maaltijd vandaan kwam, wat voor kleren ze moest dragen en wat ze moest doen. Ze zát niet in het leger, ze wás het leger. Ze luisterde met haar hand tegen haar mond gedrukt en met grote ogen naar Mara's verhalen over haar wisselvallige bestaan, en ze giechelde zenuwachtig wanneer Mara lachend zei: 'Je gelooft geen woord van wat ik je vertel.' Of ze het nu wel geloofde of niet, ze vroeg telkens weer: 'Vertel me eens over het huis met de spinnen', of hoe de luchtscheerder neerstortte, of hoe de mensen in de Riviersteden leefden. Ze was nog nooit buiten het kamp van de Hennes geweest, behalve wanneer ze wachtliep, en ze had nog nooit van luchtscheerders gehoord. Ze wilde vooral over de vloedgolven horen, en het was prettig om over het stromende water te praten terwijl de wind stof uit het noorden blies.

Mara stond alleen op haar toren en luisterde naar het droge zuchten van de wind om de hoeken en steunpilaren van het oude, wankele gebouw en hoorde het plof, plof, plof van zand dat tegen de voet van de toren viel, waar het zich met slecht weer 's nachts bijna zo hoog ophoopte als de schouders van de Thores – die het 's ochtends weer weghaalden – of als het middel van de Neanthes. Rond deze toren lag een dikke laag van de weggewaaide zwarte grond en zodra de regen kwam, zouden daar groenten worden geplant die razendsnel groeiden, want dit was vruchtbare grond. Mara stond met haar rug naar het land in het zuiden en zag de vage lichten van de wachtvuren die zich kilometers ver naar het oosten en westen uitstrekten, en achter een donker gat de wachtvuren van de Agaren. Ze luisterde naar de soldaten die beneden zongen: de zachte, weemoedige liederen van de Neanthes, de liederen van de Thores waarvan de tekst, als je er goed naar luisterde, een heimelijke klacht was over een onderwerp waarover mensen niet openlijk durfden te spreken. Op sommige avonden, als het niet zo hard waaide, leken deze liederen als een veelstemmig pleidooi op te rijzen overal langs de kilometerslange grens; en op een stille avond kwamen er flarden muziek van de vijandelijke linie.

Toen ze op een avond van haar wacht kwam, zag ze iets bewegen tussen de hopen stof aan de voet van de toren en zag ze ogen glinsteren. Ze sprong naar voren en trok een doodsbenauwde stumper te voorschijn die huilde en smeekte terwijl zij haar mes tegen zijn keel hield. 'Stil,' zei ze. 'Vertel me, wat is er voor nieuws over het zuidelijke leger van de Agaren? Weet je iets van generaal Shabis?' 'Nee, ik weet niets.' 'Weet je iets over tisitch Dann?' 'Nee, ik heb je al verteld dat ik niets weet.' 'Wat voor nieuws is er dan in jouw sector?' 'Niets, alleen dat jullie leger Shari gaat aanvallen.' 'Ben je daarom hier aan het spioneren? Nou, ga maar terug en vertel ze dat het onzin is.' En ze liet hem gaan zodat hij weer naar zijn eigen linie kon sluipen.

Ze vertelde dit tegen commandant Roz, die zich afvroeg of ze het aan het hoofdkwartier moest rapporteren wanneer er weer koeriers met eten kwamen. Ze besloot het niet te melden, maar zei dat ze een verkenningstocht zou organiseren. Mara vroeg of ze alleen mocht gaan. Ze liet Roz haar oude kleed zien, dat van kleur veranderde bij ander licht en soms kleurloos was, of zelfs onzichtbaar, en ze zei dat ze het op een avond aan zou trekken als het stof rondwaaide en dat ze zou proberen af te luisteren wat er in de wachtpost tegenover hen werd gezegd. Toen de commandant het kledingstuk zag, voelde ze eraan en trok een gezicht, zoals iedereen altijd deed.

Mara trok de tuniek aan over de dikke onderkleding die ze hadden tegen de kou, en rende het donker in. Het was een koude, rumoerige nacht, want de wind rukte en kwam in vlagen. Ze voelde het stof om haar benen heen draaien. Ze kroop de laatste paar meter en ging net buiten de lichtcirkel van een vuur plat op haar buik liggen. De soldaten rond het vuur spraken Charadisch en ook Mahondisch. Ze zaten te eten en gooiden botjes en stukjes vlees in het vuur en hadden het over hun saaie leven op deze wachtpost en hoe ze verlangden om afgelost te worden zodat ze weer naar Shari terug konden. Het enige interessante wat ze zeiden, was dat generaal Shabis het commando over het noordelijke leger en over Shari zou krijgen en dat zou geweldig zijn. 'Hij is de beste van het stel, generaal Shabis, hij laat ons niet hier verkommeren.' Toen kwam het gesprek op vrouwen.

Mara had bedacht dat ze kon opstaan uit haar schuilplaats achter een paar lage struiken en zeggen dat ze de assistent van generaal Shabis was – ze zouden haar verwelkomen als een van hen, als iemand van hun leger, en haar meenemen naar... Wat dwaas om dat te denken. Ze was een vrouw, alleen, en een makkelijke prooi. Dit waren mannen die al maanden geen vrouw hadden gezien. Nee, als ze wilde deserteren, moest ze dat doen op een moment dat ze wat proviand en water kon stelen en dan moest ze door het donker wegsluipen, om hun eigen linie wachtvuren heen, en daarna om de wachtvuren en forten van de vijand heen, en dan moest ze als een haas wegrennen naar... Ze geloofde niet dat Shabis zelfs maar in de buurt van Shari was.

Ze lag heel stil, en het enige moeilijke moment was toen een soldaat een paar passen het donker in liep om te plassen. Ze hoorde het vocht op de droge grond sissen en zag in het flikkerende licht van het vuur zijn gezicht – terwijl hij vol verlangen het donker in staarde, denkend aan zijn huis. Toen liep hij weer terug naar zijn makkers rond het vuur. Sommigen wikkelden zich in een deken en gingen liggen slapen. Twee hielden de wacht. Op de wachttoren achter hen staarden anderen over hun hoofd heen de nacht in – naar de toren waar Mara zo veel tijd doorbracht. Ze kroop achteruit weg en rende naar huis. Want deze voorpost was nu haar huis. Ze vertelde commandant Roz dat generaal Shabis misschien naar Shari zou komen maar dat de soldaten dat volgens haar alleen maar hoopten omdat Shabis de vriendelijkste van de generaals was.

Het droge seizoen ging voorbij. De bliksem danste rond de horizon en de donderslagen knalden terwijl de regen met bakken uit de hemel kwam. De volgende ochtend was al het land tussen hen en het vijandelijke front vol zilverige, slingerende beekjes, want de bodem was zo droog dat hij eerst geen water opnam, maar toen het glinsterende netwerk van water groter werd, zonk het vocht weg en werd de bodem een donkere, veerkrachtige spons. Overal kwamen bloemen omhoog: tere, kleurige bloemen, en overal liepen vogels tussen de bloemen.

De commandant trok er met haar soldaten op uit om groenten te planten. De zon deed wolken stoom oprijzen. Door de heldere lucht klonk het zingen van de vijandelijke linie, zodat de soldaten aan dit front de liederen van de vijand beantwoordden met hun eigen liederen, en een week lang was het net of de twee legers elkaar een serenade brachten.

Alle soldaten renden 's avonds naakt de regen in, hielden hun armen omhoog en waren verrukt als het water langs hun lichaam stroomde. Alleen Mara niet.

Ze durfde het koord met munten niet af te doen en ze kon zich niet met het koord vertonen. Toen ze haar plaagden dat ze zo verlegen was, zei ze dat ze altijd had geleerd dat ze haar lichaam alleen aan haar echtgenoot mocht tonen. Nu lachten ze haar nog harder uit.

Commandant Roz sloop naar Mara's bed en smeekte om bij haar te mogen, als een klein diertje, en toen Mara dat niet wilde, vroeg ze: 'Vind je me niet aardig, Mara?' Mara vond haar heel aardig. Ze zou deze metgezellin met open armen hebben ontvangen, maar ze durfde niet. Als bekend werd wat ze onder haar uniform droeg...

Roz knielde naast het bed en Mara hield haar handen vast en begon haar te vertellen over haar man, Meryx, die misschien wel dood was en dat ze het niet kon verdragen als iemand anders dan hij haar aanraakte.

Hierdoor hield Roz nog meer van Mara, die romantische vrouw die zo rein was en haar dode geliefde zo trouw was.

Ze ging naar de soldaten terug en vertelde hun dat Mara onvermurwbaar was. Ze bewonderden Mara allemaal: de vrouwelijke soldaten, die natuurlijk zelf ook van een geliefde droomden – en sommigen hadden hier aan de grens de liefde gevonden –, en de mannelijke soldaten, die misschien wel een vrouw of geliefde thuis hadden. Ze werd nog meer een eenzame en romantische figuur, en men benijdde haar.

Wat ze Roz had verteld, was niet ver van de waarheid. Hoewel ze helemaal niet aan Chelops en de mogelijke – nee, waarschijnlijke – dood van Meryx wilde denken, voelde ze hem vaak dicht bij haar. Ze hoefde zijn beeld maar op te roepen als ze alleen was, of in bed lag, of ze voelde dat hij bij haar was. Dus je zou kunnen zeggen dat ze nooit aan Meryx dacht, dat niet wilde, maar dat hij toch als een vriendelijke schaduw bij haar was.

Mara stond op de toren naar het noorden te kijken en bedacht dat ze er al zes maanden was. De soldaten die naar de wachttorens werden gestuurd, hoorden eigenlijk na zes maanden te worden afgelost. De koeriers kwamen met de rantsoenen en zeiden dat ze niets gehoord hadden over een compagnie die hen kwam aflossen. Op de vraag wat voor nieuws er was, antwoordden ze dat er geruchten gingen over een staatsgreep in het noorden. Maar er waren altijd geruchten over een staatsgreep ergens. Mara vroeg of er nieuws was over generaal Shabis, maar ze zeiden dat 'iedereen' zei dat hij en de andere generaals ruzie hadden. Wie was iedereen? Een paar spionnen hadden het gezegd. Hadden ze iets gehoord over een tisitch die Dann heette? Eentje zei dat hij dacht dat er een generaal Dann was. 'Een generaal?' Een plaatsvervangend generaal: je weet wel, iedere generaal heeft een generaaltje naast zich om op te leiden als vervanger.

Het leven op de wachtpost werd aangenamer naarmate de regentijd langer duurde. Boeren brachten eten, en vroegen krankzinnige prijzen, waarop werd afgedongen. Commandant Roz was altijd aanwezig bij deze ontmoetingen omdat er vaak spionnen bij waren. Mara wist aan een heel verdachte boer die te veel vragen stelde te ontfutselen dat generaal Shabis in Shari was. Hij was daar om de verwachte staatsgreep van de Hennes te verijdelen.

De regentijd hield aan maar was wisselvallig. De bloemen die met de eerste regen waren verschenen, waren verdwenen, maar er lag een groen waas over het bruin. Konijnen en herten kwamen uit de heuvels naar beneden en vormden maaltijden voor de soldaten. Zoals gebruikelijk in een land waar regen leven betekent, had iedereen een kalender in zijn hoofd met regentijden: de vorige regentijd was goed geweest zodat de stuwmeren vol waren, de regentijd daarvoor was slecht geweest en toen stond er weinig water in de stuwmeren; daarvoor waren er twee vrij goede regentijden geweest, maar daarvoor een heleboel slechte. Het volgend jaar – iedereen was benieuwd hoe die regentijd zou zijn.

Mara stond op haar toren en keek naar het noorden. Ze was er bijna een jaar. Toen was ze er een jaar. Ze waren haar vergeten. Het was weer het droge seizoen en de zwarte aarde was donkergrijs geworden, al zou het wel even duren voordat de grond weer helemaal uitgedroogd was zodat de wind zijn werk weer kon gaan doen en het land weer kon gaan optillen en verplaatsen en opnieuw vormen.

14

Geheel onverwacht, omdat niemand de geruchten had geloofd, kwam een koerier vertellen dat het leger hierlangs naar het noorden zou trekken en dat zij, de wachters bij de grens, daarbij zouden worden ingelijfd en hun uitrusting en wapens gereed moesten hebben. Er waren geweren in het fort opgeslagen. Niemand gebruikte ze omdat iedereen bang was dat ze in hun gezicht zouden exploderen, zoals zo vaak gebeurde. Nu werden ze te voorschijn gehaald en schoongemaakt, en iedere soldaat keek een kleine voorraad van het explosieve poeder na. Ze deden dat omdat het verplicht was, maar aangezien ze inmiddels ervaren oude rotten waren, stouwden ze hun pukkels en tassen vol met eten en warme kleding en sleepten ze hun messen.

Toen wachtten ze, gespannen naar het zuiden kijkend, tot de horizon naar hen toe begon te bewegen en daar kwam het leger van de Hennes, dat hen overspoelde. Het grote leger – het was tienduizend man sterk – marcheerde zes uur lang en rustte dan twee uur, marcheerde weer zes uur en rustte weer, en zo ging dat dag en nacht door, tien dagen lang. De maan stond hoog en scheen helder en verlichtte de hemel, maar de stofwolken die door al die marcherende voeten werden opgeworpen, verminderden het zicht om hen heen. Roz, de commandant van het peloton, liep de hele tijd naast Mara, te praten over hoe mooi het zou zijn als ze Shari bezetten, en dat ze nog nooit bij een leger had gezeten dat een stad innam. Mara vroeg zich af hoe ze kon ontsnappen. Toen de hele meute op de helling voor Shari stopte en in de diepte de witte torens van Shari boven de bomen en de drukke straten zag blinken, viel er een stilte gevolgd door een spontaan hoerageroep. Iedereen dacht aan oorlogsbuit en pleziertjes. Mara had haar twijfels. Waarom stuurt de vijand geen leger om ons tegen te houden? Ze begreep al wat er aan de hand was, en ze vroeg zich af waarom generaal Izrak het niet zag. Als er geen verdediging was en dit leger zonder slag of stoot de stad kon binnentrekken, was het een valstrik. Mara wist dat de troepen van generaal Shabis waarschijnlijk in de lage heuvels rond de stad waren opgesteld. Ze wist dat ze als een dier in een val zou zitten als ze niet wist te ontsnappen – maar ze kon niet ontsnappen en ze marcheerde met het leger mee, op ongeveer een derde van de colonne, de straten van Shari in, die mooier en chiquer waren dan ze ooit had gedacht. En toch zag je alleen de wanhopige inwoners die wegrenden en dekking zochten in gebouwen, winkels en zelfs in bomen. Het leger werd tot stilstand gebracht met de voorhoede op het grote plein. Waarschijnlijk begreep generaal Izrak nu pas dat hij in de val was gelopen en vroeg hij zich af of hij zich moest terugtrekken of moest vechten. De soldaten begrepen het nu ook. En het leger, dat in geen jaren echt had gevochten, raakte in paniek. Toen kreeg Mara haar kans. De gelederen vielen uiteen, soldaten verdwenen in zijstraten en stegen, in tuinen en huizen, verdwaasd van angst, maar ook uit op oorlogsbuit. Mara dook alleen een winkel in, trok haar uniform uit, of in ieder geval het bovengedeelte, en trok het oude, bruine, op een vel lijkende kledingstuk aan dat ze onder in haar legerpukkel had zitten. Toen rende ze de winkel uit en verdween in de menigte vluchtende inwoners, waarin ze niet uit de toon viel. Het enige was dat ze haar legertas met haar broek in de winkel had laten staan. Met al haar eten en kleren. Ze had nu helemaal niets, behalve de broek van de Hennes en die oude, onverwoestbare tuniek. De vluchtelingen dromden aan de noordkant Shari uit. Het leger van Shabis, dat buiten de stad stond opgesteld, stond aan weerszijden van de hoofdweg om hen door te laten. De officieren schreeuwden: 'Ga naar Karas – we hebben dit gespuis voor de zonnewende Shari weer uit.' 'Je bent voor je het weet weer thuis.' 'Jullie vinden onderweg wel eten.' En nog veel meer. Maar de vluchtelingen leken het niet te horen, ze waren zo opgejaagd en bang, en ze wilden maar één ding: zo ver mogelijk bij de troepen van de Hennes vandaan zien te komen. Ze hadden al vreselijke verhalen gehoord, over verkrachting, moord en geweld.

Als Mara niet oppaste, zou ze zo Shari uit zijn en op de weg naar Karas zitten. Ze stapte tussen de mensenmassa uit en daar, onder een grote doornboom, precies aan het eind van de stad, stond een groep officieren van de Agaren naar de vluchtelingen te kijken. Mara bedacht dat ze nu geen soldaat meer was en niet de bescherming van een uniform had: ze was gewoon een jonge vrouw. In een leeg hokje waar ze zich even kon verbergen, knoopte ze snel een munt los uit haar koord met goudstukken. Vervolgens liep ze naar hen toe en zei: 'Ik wil generaal Shabis spreken.'

Ze was voorbereid op hun reactie: verbazing, daarna ongeloof en daarna het in zo'n situatie gebruikelijke hoongelach.

'Hij kent me,' zei ze.

'Hij kent je dus, hè?'

Ze waagde het erop: 'Generaal Dann, is die er?'

'Die ken je zeker ook?'

'Ja, inderdaad.'

Nu keken ze als soldaten van wie het verstandelijk vermogen te zwaar is belast. Haar kalmte en zelfverzekerdheid verwarden hen. En ook dat ze een Mahondi was en leek op de generaals Shabis en Dann.

Het was een dubbeltje op zijn kant; de mannen hadden nog meer vragen kunnen stellen, maar in plaats daarvan klonk er een luid gejoel en geschreeuw, en toen kwam een van hen naar voren, pakte haar bij haar pols en onder luid gelach van de anderen trok hij haar een leeg gebouwtje in dat normaal een theehuis was. Voordat hij de kleren van haar af kon rukken om te laten zien wat hij kon, hield ze hem het goudstuk voor, in de hoop dat hij niet tot de mensen behoorde die niet wisten wat goud was, en zei: 'Dit krijg je als je me naar generaal Shabis of naar generaal Dann brengt. En ik zal niet zeggen dat je hebt geprobeerd me te verkrachten.'

Haar manier van doen weerhield hem, haar kalmte. Hij trok zijn kleren recht en zei: 'Ik heb dienst.'

'Dat zie ik.'

Hij keek vlug om zich heen, de uitdrukkingen wisselden elkaar snel af op zijn gezicht – even kwam hij in de verleiding om haar alsnog te verkrachten; toen stak hij zijn hand uit naar de munt, en zij sloot haar hand eromheen.

'Wacht,' zei hij. Hij rende terug naar zijn makkers. Ze zag hun gezicht van uitdrukking veranderen terwijl hij praatte. Hij kwam naar haar toe rennen. 'Snel,' zei hij. En ze renden weg, om de drommen vluchtende mensen heen, door steeds mooiere straten tot ze bij een groot gebouw kwamen met wachters ervoor. 'Generaal Shabis is aan de andere kant van de stad,' zei de officier. 'Generaal Dann is daarbinnen.' Ze hield hem het muntstuk voor; hij pakte het en zei: 'Als je de boel niet beduvelt, vertel dan tegen generaal Dann dat ik je hier heb gebracht.' En hij rende weg.

Ze liep de trap op en zei tegen een van de wachters dat ze generaal Dann wilde spreken.

'Hij is bezig,' zei een van hen, vol minachting voor een burger.

'Ik denk dat hij me wel wil ontvangen. Zeg maar dat zijn zus er is.'

De gezichten van de bewakers veranderden op slag. Een liep het gebouw in en de ander bleef met gefronst voorhoofd naar haar staan kijken, en probeerde hetgeen hij zag, deze stoffige vrouw met haar vreemde kleren, te rijmen met de grote generaal Dann.

Ze werd naar binnen gebracht, door een ruime hal vol officieren die probeerden er bezig uit te zien, naar een zijkamer. Daar stond een jonge officier uit het raam naar de chaos beneden te kijken, en hij was zo knap, zo aantrekkelijk dat al haar zintuigen een schok kregen; en ze wilde net vragen: 'Waar is generaal

Dann?' toen ze zag dat het Dann was, en tegelijkertijd draaide hij zich om en zei beschuldigend: 'Mara, waar heb je gezeten?'

Hierop viel ze in een stoel neer en begon te lachen en daarna te huilen, en ze legde snikkend haar hoofd op haar armen, terwijl haar broer voor haar stond en verwijtend zei: 'Mara, we dachten dat je dood was.' En zijn stem, ongeduldig, vol liefde, echt de stem van Dann, gaf haar het gevoel dat ze weer thuis was. 'Nu je er bent, kunnen we weg,' zei hij. 'We kunnen naar het noorden gaan.'

Hierop begon ze weer te lachen en zei: 'O, Dann, wat heb ik je gemist.'

Terwijl ze haar hoofd optilde om naar Dann te kijken, zag ze tegenover haar een jongeman zitten, een jongen nog, die verbitterd keek en tegelijkertijd glimlachte, *het is toch niet waar, hè!* Hij was heel erg jaloers. Zowel Mara als Dann besefte tegelijkertijd dat ze Charadisch hadden gesproken; en nu gingen ze over op hun eigen taal en dat was voor haar – ze had zo lang geen Mahondisch gesproken – op zich al een thuiskomst.

Ze stond op en het tweetal omhelsde elkaar en nu stonden Danns ogen ook vol tranen. 'O, Mara,' zei hij, 'je weet niet half hoe het zonder jou is geweest.'

Op dit moment stond de jongeman op en liep nadrukkelijk de kamer uit. Dann liep snel op hem af, legde zijn hand op zijn schouder en zei: 'Dit is mijn zus.' Maar de jongen schudde met een hooghartig gebaar Danns hand van zich af en liep naar buiten, waarbij hij de deur overdreven zorgvuldig dichtdeed.

Broer en zus zaten dicht bij elkaar en hij hield haar hand vast en keek haar aan en aan zijn manier van kijken zag ze hoezeer hij was veranderd, want het was niet de gejaagde, achterdochtige blik die ze zo goed van hem kende, maar een open, vriendelijke, onderzoekende blik.

'Shabis heeft spionnen gestuurd om uit te zoeken waar je zat, maar ze kwamen terug met de mededeling dat je dood was.'

Ze vertelde hem waar ze had gezeten en hij luisterde.

Toen zei hij: 'Laten we gaan, Mara. Ik geloofde niet dat je dood was. Ik bleef alleen in de buurt voor het geval je nog zou komen opdagen.'

'Maar je bent generaal, hoe kun je nu gewoon weggaan?'

Hij stond lachend op en liep met grote stappen rond omdat hij zo opgewonden en blij was dat hij niet stil kon blijven zitten. 'Ik ben alleen generaal in opleiding. En bovendien geef ik daar niet om, Mara. Geef jij daar wel om? Nee, natuurlijk geef jij daar niet om. Shabis vindt me aardig – daar gaat het om. Hij heeft gezegd dat hij me als een familielid beschouwt. Maar deze oorlog – die is dom. Ik wil daar niet bij horen.'

Hij legde het plan uit – het plan van de Agaren. De troepen van generaal Shabis trokken op naar de buitenwijken in het zuiden en generaal Izrak zat in de val. Wanneer Shabis opruiming had gehouden in Shari, zou zijn leger naar het hoofdkwartier van de Hennes marcheren en het hele zuidelijk deel van het gebied van de Hennes bezetten. Het land zou weldra in handen van de Vier Generaals zijn. En de oorlog zou over zijn. Dann beschreef deze plannen spottend en Mara was het met hem eens.

Hij eindigde met de woorden: 'Een in het nauw gedreven everzwijn kan lelijke wonden toebrengen.'

'Opruiming,' zei Mara. 'Dat betekent een bloedbad.'

'Wie zal om de Hennes treuren? Of om soortgenoten van hen, waar dan ook?'

'Het leger bestaat niet alleen uit Hennes. Er zijn ook een heleboel Neanthes en Thores.' Hij zweeg. 'Waarom kondigen jullie geen amnestie voor de Neanthes en Thores aan? Die zijn allemaal gevangengenomen en tot soldaat gemaakt.'

'Mara, het is niet ons probleem.'

'Ik begrijp niet waarom Shabis met dit plan heeft ingestemd. Het is dwaas. Hij had de Hennes kunnen tegenhouden voordat ze Shari bereikten.'

'Hij was het er ook niet mee eens. Je vergeet dat er vier generaals zijn. Hij werd weggestemd. Hij wilde ver ten zuiden van Shari de stellingen betrekken. De andere drie wilden een hinderlaag.'

'En een bloedbad.'

'En een bloedbad.'

'Ik wou dat ik Shabis kon zien. Hij is goed voor me geweest, Dann. Hij heeft me zoveel geleerd.'

'Mij ook. Maar Mara, ben je vergeten dat we gevangenen zijn? Formeel zijn we gevangenen van de Agaren. Nou ja, jij in ieder geval. Denk je dat Shabis gewoon zou zeggen: O, gaan jullie weg? Nou, het beste, kinderen.'

'Waarom niet? Misschien zou hij dat wel zeggen.'

'Ze hebben heel veel werk aan mij besteed. Ze willen me de positie van Shabis laten overnemen als hij de algehele leiding krijgt. Dat zullen ze niet zomaar weggooien.'

'Wat doen we?'

'We gaan eerst naar Karas.'

'En daarna?'

'De grens met de Noordlanden. Die ligt een dagmars bij Karas vandaan. Als we die hebben bereikt, zijn we vrij.'

'Eerst moeten we naar Karas zien te komen.'

'En dat is het gevaarlijkste deel.'

Buiten op straat klonk opeens geschreeuw en het lawaai van rennende voeten. De vluchtelingen renden ook langs dit gebouw. Dann deed de grote ramen dicht zodat ze elkaar konden horen. Mara had nog nooit zulke ramen gezien: ze waren groot, van de vloer tot het plafond, en gemaakt van dik glas. Ze wist wel iets van glas, had het weleens gezien – in de ramen van het huis van Shabis dacht ze, maar toen was het te donker geweest om het goed te zien. Hier had je hele platen van glas. Ze bedacht dat een stad met glas in de ramen weet dat het een veilige stad is, want er hoeft maar een steen te worden gegooid of het glas is gebroken. Nou, Shari leerde vandaag dat het heel anders kan zijn.

Ze besprak nu samen met Dann de moeilijkheden. Zoals altijd ging het om de details, want ze wisten allebei maar al te goed dat er maar iets verkeerd hoefde te gaan of er kon een ramp gebeuren.

Om te beginnen was Dann een hoge officier en hij kon zich niet zomaar op de weg naar het noorden vertonen: dat zou verraad zijn. Hij moest de juiste kleren aanhebben. Bovendien zag zowel hij als Mara er opvallend uit. Nu nam Dann haar mee naar een muur waar zo te zien een raam in zat waardoor je een boom zag; maar ze zag dat het glas was dat een boom liet zien die achter hen stond, voor de ramen, in de tuin. Ze wilde dolgraag naar dat glas kijken, en ontdekken… maar Dann zei: 'Vlug, we moeten opschieten.' Ze stonden voor dit glas, dat weerspiegelde, en ze zag hoe sterk ze op elkaar leken: lang – Dann was wel vijftien centimeter gegroeid sinds ze hem voor het laatst had gezien –, sterk maar fijn gebouwd, met glanzend zwart haar en grote, donkere ogen. Hij was knap, zoals meteen al met een schok tot haar was doorgedrongen; maar ze zag hem nu al als een soort verlengstuk van zichzelf en door de afstand die werd gecreëerd door het glas waarin ze zichzelf zagen – ook al was het met al die bladeren en takken net of ze in een boom stonden – zag ze pas hoe goed hij er eigenlijk uitzag. En hij glimlachte naar haar spiegelbeeld. 'Kijk eens hoe je geworden bent,' zei hij. 'Je bent een schoonheid. Als je niet oppast word je nog aangerand.'

'Ik ben ook bijna aangerand.' En ze vertelde hem wat er was gebeurd. 'Maar ik heb mezelf vrijgekocht. Bedenk je weleens dat we dat goud bijna hadden achtergelaten?'

'Ja. Vaak genoeg. Hoeveel heb jij er nog?'

'Vijftien.'

'En ik heb er nog zes verstopt. En dan nog…' Hij raakte zijn middel aan. 'Ik moet deze er nog eens veilig uit zien te krijgen. Ze jeuken soms. Ondertussen ben ik wel blij dat ze daar zitten.'

Wat voor kleren zouden ze op die gevaarlijke weg dragen?

Nu liep hij naar een kast en haalde Mara's oude plunjezak te voorschijn. 'Ik heb hem altijd meegenomen. Voor de zekerheid. Ik geloofde eigenlijk niet dat je dood was. Dat zou niets voor jou zijn. En nu wordt het onze redding.'

Ze haalde de twee slavenkleden eruit.

Hij zei: 'Je moet die broek van de Hennes uittrekken.'

Ze trok hem uit en stond daar in de bruine tuniek die nu tot haar knieën kwam.

'Die moet je ook uittrekken. Mensen zouden nieuwsgierig worden.'

Ze was verlegen voor hem; hij zag het, draaide zich om en zij trok het oude kleed aan dat nooit meer wit zou worden omdat het door al het stof was gekleurd.

Er werd geklopt. Dann liep naar de deur en opende die op een kier. Er kwam een heleboel lawaai uit de hal. Hij zei: 'In orde. Ik zal er iets aan doen. Stoor me voorlopig niet meer totdat ik het zeg.'

'En nu moeten we echt snel zijn.' Hij trok vlug zijn uniform uit en zei terwijl hij dat deed: 'Vaarwel, generaal Dann.' Speet het hem? Aarzelde hij op dit laatste moment? Als dat zo was, merkte Mara er niets van. Heel even zag ze Dann naakt, niet lelijk of uitgemergeld of een en al ribben en botten of knokig, maar mooi, hij was werkelijk zo mooi – en toen had hij het slavenkleed aan en zei ze: 'Wat zien we er vreselijk uit.'

'Niet vreselijk genoeg. Doe iets over je haar.' Ze deed er een stuk stof omheen en knoopte dat stevig vast. Hij zette de wollen muts op die Mara in haar plunjezak had bewaard. In die plunjezak gooide hij wat fruit en brood dat was neergezet voor generaal Dann.

'Water,' zei ze.

'We verstrekken water langs de weg naar Karas,' zei hij. 'Water en soep voor de vluchtelingen.'

'Dat zijn wij nu ook.'

'Ja. Snel.' De kamer was op de begane grond en de ramen keken uit op een tuintje, waarachter de vluchtelingen in drommen langskwamen. Dann pakte zijn mes uit zijn afgedankte uniform, stopte het in het speciale zakje ervoor en deed er een zakje bij waarin hij de munten bewaarde. Zij pakte haar plunjezak op, maar ze had haar mes in de legerpukkel laten zitten die ze had weggegooid. Dann gooide het raam open, zodat het geschreeuw en de boze stemmen naar binnen kwamen, sprong naar buiten, en zij sprong achter hem aan. In een oogwenk waren ze de tuin door en liepen ze tussen de vluchtelingen. Een schildwacht die naar de vluchtende menigte had staan kijken, zag het tweetal te laat, dacht misschien dat ze vluchtelingen waren die de tuin in waren gelopen, of besloot, om moeilijkheden te voorkomen, dat hij hen niet had gezien.

15

Mara en Dann liepen ieder met een plunjezak over hun schouder tussen mensen die bijna renden, met tien of twaalf naast elkaar, over de weg naar Karas. Op alle gezichten lag een uitdrukking van verslagenheid, van verbijsterde woede. Ze wisten allemaal dat wanneer ze naar Shari terugkeerden, hun huis er misschien niet meer zou staan of in ieder geval geplunderd en leeggeroofd zou zijn. Kinderen huilden. Er gingen al mensen naar de kant om naast de weg even te rusten omdat ze het tempo niet konden bijhouden.

Buiten de stad gekomen keek de menigte nog één keer achterom: hier en daar steeg rook op. De soldaten die in de val zaten veroorzaakten brandjes, door onnadenkendheid, omdat ze dronken waren of misschien wel opzettelijk. Er klonk rumoer uit de belegerde stad: geschreeuw en gegil, maar ook gezang.

De vluchtelingen liepen tussen de troepen door die aan weerszijden van de weg stonden opgesteld. Dann probeerde zich onopvallend te gedragen, en hield zijn arm voor zijn gezicht, alsof hij het tegen de zon wilde beschermen.

Meteen buiten de stad was de eerste voedselpost die door Shabis was ingericht voor de vluchtelingen en waar soep met brood en water werd uitgedeeld.

Mara en Dann stonden in de rij voor wat water – ze hadden niets om het in te doen –, dronken zoveel ze konden en renden weer verder. Ze trokken de aandacht omdat ze zo vol jeugdige energie renden, dus vertraagden ze hun tempo tot een stevige wandelpas. Het werd donker, en sommige mensen zochten bij de volgende voedselpost een plek om de nacht door te brengen, maar de meesten liepen door. Het was nu halve maan, maar die verspreidde nog steeds een helder geel licht op de weg. Het lopen ging makkelijk. Midden in de nacht aten de twee bij een voedselpost soep en dronken ze water uit de grote vaten die bewaakt door soldaten langs de weg stonden. Ze sliepen een paar uur, samen met een heleboel anderen, en voelde zich weer teruggaan in de tijd toen ze rug aan rug naast elkaar gingen liggen, met hun gezicht naar buiten gekeerd om op te letten op dieven.

Er waren geen dieven, alleen rusteloze, huilende, treurende mensen en huilende kinderen. Het was zo'n lawaai dat Mara en Dann maar verderliepen. De mars van die dag ging makkelijk, omdat ze in een grote, dringende menigte liepen, hoewel er toch wel af en toe iemand aandachtig naar Dann keek, alsof ze hem herkenden. De voedselposten waren goed verdeeld en het waren er veel. Shari lag inmiddels een heel eind achter hen en telkens wanneer de weg op een hoog punt kwam, keek iedereen achterom en probeerde iets te zien – maar er steeg alleen donkere rook op en dat bracht nog meer tranen, verwensingen en machteloze woede teweeg. Die nacht was hetzelfde als de vorige, met het zwakke licht van de afnemende maan. Mara en Dann sliepen wel, maar niet veel, omdat ze zo gewend waren om waakzaam te zijn. Er was één verschil. Langs de weg had een kleine herberg gestaan en Mara was naar binnen gerend, had een mes in de verlaten keuken gevonden en dat zat nu veilig in haar kleed weggestopt.

De volgende dag zagen ze halverwege de ochtend Karas liggen, dat kleiner was dan Shari, maar heel aardig. Shabis was hier opgevoed, zei Mara tegen Dann, en ergens hier in de buurt moest de school zijn die hij had bezocht.

En nu moesten ze goed nadenken over wat ze zouden kopen. Onderweg hiernaar toe was het door de voedselposten makkelijk geweest om aan eten te komen, maar nu zou ieder eethuis en iedere herberg vol mensen zitten. Ze liepen naar een plein en gingen onder een boom op het plaveisel zitten. Dat bestond uit mooie gekleurde steentjes waarvan allerlei patronen en afbeeldingen waren gevormd. Sommige afbeeldingen waren van mensen die wel wat op de Neanthes leken. En er waren ook dieren afgebeeld die ze nog nooit hadden gezien. De mensen stonden al in de rij om uit een fontein te drinken.

Wat voor kleren moesten ze aan? Dann zei dat in het noorden zowel mannen als vrouwen lange katoenen, witte of gestreepte kleden droegen, die los van snit waren met lange, rechte, wijde mouwen. Dat was om de lucht makkelijk om het lichaam te laten waaien, want waar ze naar toe gingen zou het warm zijn.

'En is het dan tot nu toe niet warm geweest?' protesteerde Mara.

Ze haalde uit haar plunjezak de blauwe en groene wijde jurken uit Chelops die daarna nooit meer ergens de geschikte kleding waren geweest en die ze associeerde met het makkelijke leventje in de diepe schaduw van de binnenhof. Ze leken nu ook niet geschikt. Toen keken ze naar de prachtige kleren waar ze niet van wilde scheiden – maar ze legde ze weer terug onder in de plunjezak. Daarna pakte ze de slangenjurk, die in het felle zonlicht zijn kleur leek te hebben verloren en er melkachtig doorschijnend uitzag toen ze hem omhoogfield. De twee slaventunieken waren te kort en te klein. Ze zouden kleren moeten kopen om niet op te vallen in de Noordlanden.

Ze vonden een grote kledingzaak die verkocht wat ze zochten. Ze werden Sahargewaden genoemd, en ze kozen twee bruin-wit gestreepte. Toen de winkelier de zak munten zag die Mara uit haar plunjezak haalde, de munten die ze op de boot van Han had gestolen, zei hij dat hij die niet accepteerde.

'Maar ze worden nog steeds gebruikt,' zei Dann, weer helemaal de jonge generaal.

De winkelier, een oude man die chagrijnig was van ouderdom, mopperde en zei dat hij er verlies op zou lijden als hij ze moest wisselen. Uiteindelijk betaalden ze twee keer zoveel als de gewaden waard waren. Ze kochten een paar stukken stof. Ze kochten ook een paar leren flessen voor water. Toen vroegen ze of ze zich ergens konden verkleden.

'Zijn jullie op de vlucht voor de politie?' vroeg de oude man, maar het kon hem niet schelen.

'Nee, voor het leger,' zei Mara.

'Waar hebben we het aan te danken dat we al die vluchtelingen op ons dak krijgen?' mopperde hij.

'Jullie zullen goed aan ons verdienen,' zei Mara.

'Ik word liever met rust gelaten. Mijn vrouw is dood. Als ze hier komen en verwachten dat ik ze in huis neem, wie moet ze dan te eten geven en voor ze zorgen? Deze ouwe gek dus.'

'Het zal niet lang duren,' zei Dann. 'Generaal Shabis heeft ze omsingeld en iedereen kan binnenkort weer naar huis.'

'En als ze nu eens niet meer naar huis willen, maar hier in Karas willen blijven? Dat zou een mooie boel zijn!'

'Dat doen ze niet,' zei Dann, 'want Shari is veel mooier dan Karas.'

'O ja? En wat is er mis met Karas, vertel me dat eens.'

Ze verkleedden zich, zorgden ervoor dat de twee messen veilig in de nieuwe kleren zaten en gingen daarna op zoek naar een herberg om te rusten. Ze wisten al wat er zou gebeuren: alle mensen, hoe ongelukkig en bezorgd ook, staarden hen na. Ze vormden een opvallend jong paar en ze wisten allebei dat ze daardoor in de problemen zouden komen.

In de herberg bestelden ze een maaltijd en terwijl ze zaten te wachten, tekende Dann, opgetogen en triomfantelijk glimlachend, een zo groot mogelijke kaart van Ifrik op het tafelblad en zette er een merkteken in voor Rustam, een voor het Rotsdorp, een voor Majab en een voor Chelops. Hij trok dikke vertakte strepen voor rivieren en kleine stipjes voor de Riviersteden en voor Goidel, gaf op de kaart aan waar Shari en Karas lagen en spreidde zijn lange vingers wijd uit om de afstand die ze hadden afgelegd te overbruggen. Het tweetal glimlachte blij naar elkaar. Dann zei: 'Op die wereldbol van die oude kalebas lag er van hier tot de Middenzee woestijn. Zand. Sahar. Er was maar één rivier: de Nilus. Op de muurkaart, duizenden jaren later, geen woestijn, maar een heleboel verschillende soorten land. En twee grote rivieren, de Nilus en de Adrar. Die lopen allebei naar het noorden. Ze hebben allebei een heleboel kleine zijriviertjes. We zitten een heel eind bij allebei die rivieren vandaan. De Nilus is een eind naar het oosten en de Adrar is dezelfde afstand naar het westen. Om een van die rivieren te bereiken zou op zich al erg veel inspanning kosten. Er liggen geloof ik geen rivieren voor ons. De volgende stad in noordelijke richting is Bilma. Dan krijg je Kanaz. Bilma is een paar dagen lopen hiervandaan. Ik weet dat er voor ons uit Thores wonen. Dat heeft een spion me verteld. En Neanthes.'

'En Mahondi's? De Verwanten zeiden dat de Mahondi's de belangrijkste bevolkingsgroep van Ifrik zijn.'

'Waar zijn ze dan allemaal?'

Het was gezellig om samen in deze herberg te zitten en het was gezellig in Karas, een oude handelsstad, die altijd vol was met reizigers overal vandaan, zelfs nu er zo veel vluchtelingen de stad in kwamen. Het werd zo vol en lawaaiig in de herberg dat ze besloten op te stappen. Ze vulden hun waterflessen, kochten brood en gedroogd fruit voor onderweg en Mara haalde twee goudstukken uit haar koord die ze in haar zak onder het mes stopte: ze wilde niet dat onvriendelijke ogen haar onder haar jurk met het koord zagen rommelen.

Ze moesten de hele dag snel doorlopen om bij de grens te komen. Herbergen en slaapplaatsen dicht bij een grens genieten overal altijd erg veel belangstelling van de autoriteiten, dus toen het tweetal de Herberg aan de Rand naderde, een groot gebouw dat rood werd belicht door de ondergaande zon, waren zij erg op hun hoede en klaar om te vluchten. Ze hadden overwogen om in de open lucht te overnachten, maar ze waren moe en hadden rust nodig. Ze dachten dat ze de eersten waren van degenen die uit Karas waren doorgegaan. Ze liepen door een kamer vol reizigers onder de waakzame blik van een vrouw met felle ogen die kennelijk de eigenares was, en ze zagen dat haar niets ontging.

Mara vroeg naar een kamer, liefst op de begane grond, en aan de achterkant, en toen ze als reden daarvoor aanvoerde: 'omdat we slecht slapen en graag een rustige kamer willen', zag ze aan de glimlach van de vrouw dat die dat verzoek vaker hoorde. De vrouw zei dat er koeriers uit Shari en Karas werden verwacht. Ze vertelden haar dat Shari werd belegerd, maar dat wist ze al. Ze zagen dat ze waarschijnlijk evenveel informanten had als welke krijgsheer of stadsbestuurder ook. 'Ze hebben vaak interessant nieuws,' zei ze. 'Ik vertel ze niet altijd wat ze willen weten. Het hangt ervan af.'

Dit was het moment waarop het goudstuk te voorschijn moest komen. Het probleem was dat Mara dacht dat een heel goudstuk te veel was voor wat ze wilden, namelijk alleen een waarschuwing als de koeriers van hen wisten.

'Kun je dit wisselen?' vroeg Mara.

De vrouw keek aandachtig en haar ogen glinsterden: zij wist in ieder geval wel wat een goudstuk was. Ze pakte de munt van Mara aan alsof die hem aan haar gegeven had, en terwijl ze met twee handen op de bar leunde, met de munt ertussenin, keek ze eerst Mara en toen Dann recht aan.

'Interessant nieuws over de jonge generaal,' zei ze. 'Je zou toch niet verwachten dat de protégé van generaal Shabis er midden in een oorlog vandoor gaat.' Maar ze glimlachte tegen Dann en daarna tegen Mara. 'Ze zeggen dat het om liefde ging.'

Ze pakte langzaam de munt op en stopte hem diep tussen haar borsten. Toen zei ze: 'Er zijn paden die over de grens heen lopen waarbij je de wegen en de wachters vermijdt.'

Mara pakte de andere munt uit haar zak en de vrouw pakte hem van haar aan.

'Gaan jullie maar rusten. Ik roep wel als jullie ervandoor moeten.'

In de kamer die ze hun gaf, aan de achterkant, met een laag raam, stonden twee bedden die er comfortabel uitzagen, maar het leek te gevaarlijk om te gaan slapen. Ze gingen liggen met hun bezittingen bij de hand.

Mara bedacht hoe heerlijk de tijd voor het slapen gaan samen met Meryx was geweest, het luie praten over van alles en nog wat, de intimiteit, en hoe heerlijk het nu met Dann zou zijn, als ze niet voortdurend hun oren hadden moeten spitsen.

'Als Shabis je zou inhalen – zou hij je dan straffen?'

'Hij zou wel moeten. De doodstraf. Discipline.'

'Maar hij houdt van je.'

'Hij houdt niet van mij.' Hij klonk moe en geprikkeld. 'Mara, heb je nooit bedacht dat het toch een beetje vreemd was dat jij in zijn huis zat?'

'Het was niet zijn eigen huis. Het was zijn werkplek.'

'En heb je je ooit afgevraagd waarom de Hennes je hebben ontvoerd?'

'Natuurlijk. Maar dat kwam omdat ze dachten dat ik zwanger was van Shabis. Gewoon weer een voortplantingsproject.'

'En hoe zouden ze kunnen weten dat je zwanger was? De vrouw van Shabis heeft een boodschap naar Izrak gestuurd dat je zwanger was van Shabis. Ze wilde je kwijt.' Ze zweeg geschokt. 'Ze was jaloers. Dat verbaast je toch zeker niet?'

'Ik wist eerst niet eens dat hij een vrouw had.'

'En toen je het wel wist?'

'Ik dacht waarschijnlijk dat... ik dacht dat het wel in orde zou zijn.'

'Je bent een gek mens. Heb je niet eens gemerkt dat hij verliefd op je was?'

'Nee. Ik wilde alleen... hij gaf me les. Dat is alles. Ik ben nog nooit van mijn leven zo gelukkig geweest, Dann.'

Hij lachte. Ze vond het geen prettige lach. De mannelijke soldaten in de wachttoren lachten ook zo als ze het over vrouwen hadden.

'En als ik dan zo vreemd ben, hoe zit het dan met jou? Die jongen van je in het hoofdkwartier van Shari... die heb je zo achtergelaten, het kon je niets schelen.'

'Mara, ik heb hem iedere dag, en soms wel een paar keer per dag, verteld dat ik weg zou gaan. Dat ik op een dag gewoon weg zou wandelen en dat hij daarop voorbereid moest zijn.'

'Maar toch, hij was jaloers; als blikken konden doden, dan…'

'Hij is naar het hoofdkwartier gekomen en heeft me gesmeekt om hem als bediende in dienst te nemen. Hij was bij de Hennes weggelopen. Hij wilde voor mij werken. En hij heeft ook voor me gewerkt.' Weer die onplezierige lach. 'Hij was gehuld in lompen en halfdood van de honger toen hij kwam. Hij heeft te eten gekregen. Hij heeft een uniform gekregen. Hij vindt wel weer een andere officier. Waarschijnlijk heeft hij er al weer een gevonden.'

'En dat kan je niet schelen.'

'Ik geef toevallig meer om Kira.' Ze zag hem zijn hoofd van het kussen optillen om te zien hoe ze reageerde. Ze was verbijsterd. 'Kira en ik waren samen. Ik wilde dat ze met me meeging toen ik werd overgeplaatst naar het leger in het noorden maar ze houdt van luxe, Kira. Ze had liever haar leuke huisje en haar leuke leventje. En haar lekkere opium.' Hij bootste Kira na: 'Maar ik rook maar heel af en toe, Dann, alleen zo heel af en toe een keertje, Dann… Ze heeft waarschijnlijk ook al weer iemand anders.'

'En jij had tegelijkertijd die jongen en Kira.'

'Weet je, Mara? Omdat jij al die tijd zo leuk en gezellig met Meryx hebt samengeleefd, praat je als een oud wijf.'

'Al die tijd,' zei Mara fel. 'Het was nog geen jaar.'

'Dat is heel lang voor mensen zoals wij.' Hij geeuwde. 'We reizen heel wat af, hè, Mara?'

Uit de grote gelagkamer kwam rumoer. Harde stemmen. Bevelen.

'We kunnen maar beter gaan,' zei Dann.

Op dat moment ging de deur open en kwam de eigenares naar binnen. 'Tijd om te vertrekken,' zei ze. 'Ze zitten inderdaad achter jullie aan. Ga maar door het raam. Er staat buiten een meisje. Zij wijst jullie de weg.' Ze draaide zich nog een keer om en voegde eraan toe: 'Veel geluk. Over de grens zijn jullie veilig.' Ze liep de kamer uit.

'De mensen vinden ons aardig,' zei Dann.

'Soms vinden ze ons helemaal niet aardig.'

'Maar ze vinden het goud altijd aardig. Snel.' Hij was al het raam uit en zij volgde hem. Een jong meisje zat gehurkt in de bosjes, haar ogen glinsterden in het licht dat door het raam naar buiten viel. Ze liep snel de tuin uit en keek om of zij meekwamen. De maan was een klein geel schijfje en de sterren waren nog helderder; de sterren waren talrijk en glinsterden en ze gaven zo veel licht dat er vage schaduwen gevormd werden. Een tel later renden ze alle drie tussen de bomen door en een achtervolger zou moeite hebben om ze te zien: vogels of schimmen die door het bos schoten.

16

Het was ver na middernacht toen het meisje hijgend zei: 'Hier is het,' waarmee ze de grens bedoelde; maar er was niets te zien, alleen een rij heuvels waarin ze over rotsen heen sprongen en klauterden. Toen kwam er weer bos: grote, oude bomen met een zachte laag eronder die het geluid van hun rennende voeten dempte. Mara en Dann dachten dat ze wel terug zou gaan, maar ze rende met hen verder totdat ze boven op een heuvel in de verte wees. De hemel werd al lichter. De stad die ze in de diepte zagen, was ruim opgezet en liep zo ver als ze konden zien door naar het noorden. Er waren hier en daar wat vage lichtjes die een zacht twinkelend netwerk in het duister vormden. Hier zei het meisje: 'Ik ga terug,' en ze was al bijna weg toen Mara en Dann haar tegenhielden. Ze moesten nog een paar dingen weten. Om te beginnen, wat voor taal werd hier gesproken? Charadisch, zei ze, verbaasd dat er zelfs maar een andere taal mogelijk zou zijn, want de gesprekken van buitenlanders die ze in de herberg hoorde, waren haar even vreemd als de nachtelijke geluiden van vogels die ze hadden gehoord. Wat voor geld gebruikten ze? Geld, zei ze. Mara pakte onder uit haar plunjezak een handvol oude munten en het meisje schudde haar hoofd toen ze die zag en stak haar hand ongelovig uit om ze aan te raken. Ging het goed in deze stad? Was Bilma welvarend? Had het te kampen met droogte? Hoe waren de bestuurders van dit land? Maar het tweetal zag dat dit meisje al helemaal tevreden was dat ze werk had gekregen in dat schitterende, dynamische centrum, de Herberg aan de Rand, de laatste pleisterplaats in Charad op de weg naar het noorden, waar reizigers langskwamen met verhalen over landen waar ze bijna nog nooit van had gehoord. En op een dag zou er een knappe jongeman naar de herberg komen en... Zoveel wisten ze al over het magere meisje dat zo weinig vlees op haar botten had, niet omdat ze te weinig te eten had gekregen maar omdat ze nog een kind was. Mara bood haar een paar van de munten van de oude Han aan, maar ze giechelde en zei dat ze gewoon haar werk deed. En ze rende weg en verdween tussen de bomen.

Die bomen waren hier zo dicht bij de stad niet zeer talrijk en misten vaak een paar takken. En tussen de rand van het bos en het begin van de stad lag een heel stuk vuil en platgetrapt gras met hier en daar een schuurtje of een hut.

Onder de laatste van de grote, onaangetaste woudreuzen – die nieuw voor hen waren, want ze hadden geen van beiden ooit zo'n bos gezien, met bomen die twee of drie keer zo hoog waren als de bomen op de savanne – gingen ze zitten om te rusten en te praten. Ze moesten wat beslissen. Eerst keken ze wat ze allemaal over Bilma wisten of hadden gehoord.

Het was een grote, machtige stad, maar niet de grootste stad van de Noordlanden. Het was een handelsstad: een paar handelsroutes liepen erdoorheen of eindigden hier. Net als alle steden in de Noordlanden werd de stad bestuurd door een militaire junta die tijdens een opstand aan de macht was gekomen. De centrale regering waar de steden belasting aan betaalden, was zwak, of gemakzuchtig en iedere stad had zijn eigen gebied en was praktisch zelfstandig. Het klimaat was anders dan in het zuiden, waar je duidelijke regentijden had met daartussen lange perioden van droogte. Hier in de Noordlanden vielen 's zomers milde regenbuien op de bossen, maar de winters waren streng. Nog verder naar het noorden duurden de winters soms wel maanden, had Dann gehoord.

Ze moesten nu nodig slapen en eten, maar slapen durfden ze niet. Ze hadden nog wat brood over. Terwijl ze zo renden waren ze geen vruchten tegengekomen, maar in het donker was het verschil tussen vruchten en de grote bladeren van sommige bomen niet te zien geweest. Er liep een beekje. Ze dronken. Langs het beekje stonden dichte struiken en daarin verstopten ze zich en sliepen ze wat. Ze schrokken weer wakker omdat ze dachten dat ze stemmen hoorden, maar het waren de vogels die hen hadden gewekt. Ze lagen daar en ze zagen zo veel vogels, in alle soorten en maten, en ze luisterden naar hun gezang met al die verschillende geluiden – maar intussen was het al middag en ze wisten niet wat ze nu moesten doen.

'Besef je dat we altijd problemen hebben gehad met geld wisselen?' zei Mara.

'Het grootste probleem had ook nog kunnen zijn dat we geen geld hadden.'

Mara haalde het koord met munten onder haar jurk vandaan, legde het op de grond en zei: 'Nog dertien.'

Dann legde vier munten op de grond, voelde even aan zijn middel en zei: 'Daar nog tien.' En toen: 'We moeten er eigenlijk niet meer van die van jou gebruiken. Misschien raken we elkaar wel weer kwijt.' Hij gleed uit zijn nieuwe lange gewaad en zat naakt voor haar met alleen een klein lendendoekje om. Opeens was hij weer gewoon een slanke jongen, niet meer de gewichtige en belangrijke generaal Dann. Hij was zo mooi, deze soepele, elegante jongen, maar

Mara's ogen werden getrokken door het litteken rond zijn middel... Hij pakte zijn mes en stak de punt ervan in zijn vlees, net boven het litteken, en wipte er een munt uit die glanzend en schoon, met maar een beetje bloed erop, op de grond tussen hen in viel. Dann zag bleek en zijn mond stond strak, maar hij wipte er nog een munt uit. Toen nog twee aan de andere kant van het litteken.

'Ik heb er twee gebruikt om cadeautjes voor Kira te kopen,' zei hij. 'Dus ik weet hoe ik het moet doen. En het doet niet erg pijn.' Maar hij zag er ziek uit.

'Genoeg,' zei ze.

'Nee.' En hij ging door tot er zes op de grond lagen. 'Er zitten er nog zes veilig daarbinnen,' zei hij. Het litteken bloedde. Dann pakte een stuk stof uit de zak, maakte dat nat in de beek en depte de wond telkens weer, maar die bleef bloeden.

'Ik wou dat we Orphne hier hadden om ons te vertellen wat voor planten we moeten gebruiken.'

'Of Kira. Ze heeft heel wat van Orphne opgestoken. Maar de planten zijn hier anders.'

'Misschien toch niet zo heel anders.' Mara begon op de oever van de beek te zoeken, trok aan planten en rook eraan; en toen vond ze er een, een grijzige plant met stekelige bladeren die ongeveer zo rook als een plant die Orphne had gebruikt om bloedingen te stelpen. Ze gaf hem aan Dann. Hij snoof eraan, kauwde flink op een stuk en smeerde het sap vanuit zijn mond op de zere plekken. Het bloeden stopte, maar het was een echte wond die er lelijk uitzag.

'Nou ja, we hebben nu in ieder geval genoeg geld om het even uit te zingen. Jij dertien en ik tien.'

Mara stopte het koord met de dertien knopen weer onder haar borsten en vroeg zich af hoe het zou zijn om een lichaam te hebben waar je niet de hele tijd aan hoefde te denken als een mogelijke bron van gevaar, zodat ze zich nooit zonder kleren kon vertonen en altijd bang moest zijn dat de stof van haar jurk zou opwaaien of opgetild zou worden.

Dann lag met zijn ogen dicht in het zachte gras bij de beek. Het was stil: alleen vogels en het geluid van water. Ze kon de verleiding niet weerstaan om ook te gaan liggen en ze viel in slaap. Toen ze wakker werden, was het laat in de middag. Hij zei dat de wond bij zijn middel pijn deed. Mara hoopte dat het mes schoon was geweest. Hij maakte er grapjes over en zei dat het bijna niet schoon kon zijn met zo'n leven. Dat mes was zijn beste kameraad, zei hij.

Het werd tijd dat ze het bos uit gingen. Ze liepen over de paden langs de schuurtjes en hutjes van de allerarmsten naar de rand van de stad en daarna verder naar het centrum, waar ze een herberg vonden. Het was een grote herberg en ze hoopten dat ze er niet erg zouden opvallen. Hij zat helemaal vol: allerlei verschillende mensen met allerlei verschillende huidkleuren, die ze soms geen van beiden ooit hadden gezien, bijvoorbeeld heel bleek of roodachtig, met lichtblauwe of groene ogen. Maar de meesten droegen de lange Sahargewaden en het was zo'n mengelmoes, dat Mara en Dann dachten dat ze wel niet zouden opvallen. Ze aten snel aan een grote tafel: gestoofde groenten, wat geroosterd vlees en fruit. Ze vroegen om een kamer. Dit keer zag de eigenaar er niet uit als een spion. Het was een luie, onverschillige man die vroeg waar ze vandaan kwamen, en toen ze 'Uit het zuiden' zeiden, zei hij alleen: 'Ik heb gehoord dat het daar niet zo goed gaat.'

De kamer was op de derde verdieping en was groot en comfortabel, met twee bedden. Er zat een stevige grendel op de deur. Ze sliepen en voor het eerst sinds ze zich konden herinneren vonden ze het fijn om onder een dikke deken te slapen.

Mara werd 's nachts wakker van het gekreun van Dann en 's ochtends keken ze naar zijn middel en beseften dat ze iets van medische hulp moesten zoeken. Maar ze wilden niet dat iemand die verstopte munten zag. Ze gingen naar de grote gelagkamer beneden, waar de eigenaar naast een tafeltje zijn gasten stond te bekijken, alsof hij niet bewogen had sinds ze hem voor het laatst hadden gezien. Zo veel gasten, zulke lawaaiige mensen, zo vrolijk en zo zelfverzekerd: Mara had nog nooit zoiets gezien. Deze mensen kenden helemaal geen angst of gevaar. Ze zei dat ze de naam en het adres van een dokter wilde en zag meteen een oplettendheid in zijn ogen die er tot nu toe niet was geweest: hij was bang voor een besmettelijke ziekte. Dus ze zei meteen dat het ging om een oppervlakkige wond die niet wilde genezen maar niet gevaarlijk was.

Ze liep volgens de aanwijzingen door drukke, levendige straten en hoorde allemaal verschillende talen maar vooral Charadisch. Ze hoorde niet één keer Mahondisch. In het huis van de dokter trof ze een krom en bijna blind oud vrouwtje aan dat naar haar tuurde maar haar nauwelijks leek te zien; en toen Mara vroeg om een lotion om een ontstoken wond te genezen, pakte ze een potje van een plank. Nu moest er betaald worden. Mara had het zakje muntjes dat ze van Han had afgepakt bij zich en ze legde wat munten op de tafel waar de oude vrouw achter stond. En nu tuurden en knipperden de oude ogen en de oude vingers voelden moeizaam. 'Wat is dit? Dat geld heb ik al een hele tijd niet gezien.'

'Het is een wettig betaalmiddel,' zei Mara.

'Dat weet ik nog zo net niet.' En ze riep iets in het Charadisch naar de achterkamer en daar kwam een jongeman uit die Mara meteen al onsympathiek en onbetrouwbaar vond. Hij veegde met de achterkant van zijn hand over zijn mond. Hij had zitten eten. Ze rook gekruid eten. Alles aan hem was bijdehand en sluw, en iedere beweging en iedere blik was even arrogant.

'Bent u de dokter?' vroeg Mara.

Hij antwoordde niet, maar pakte de munten op, keek haar toen achterdochtig en nieuwsgierig aan en zei: 'Deze zien we niet zo vaak.' Hij pakte er een paar op en schoof de andere weg. Hij deed alles langzaam zodat hij haar nog meer vragen kon stellen. Ze werd bang. 'Voor wie is dit medicijn?' vroeg hij en ze zei: 'Voor mijn broer.'

'Is het erg?'

'Nogal.'

'Als het morgen nog niet beter is, kom dan terug.' Maar hij draaide zich niet om en Mara ook niet.

'Ik wil wat geld wisselen,' zei ze, en terwijl ze het zei wist ze dat ze een fout maakte. Het was net of die kille ogen van hem de woorden uit haar hadden getrokken.

'Wat voor geld?'

Ze had een goudstuk in haar zak zitten en ze legde het neer en zag weer hoe die handige vingers begonnen te voelen en tasten.

'Zo een heb ik er ook al heel lang niet gezien. Waar komen jullie vandaan?'

'Van ver.'

'Dat zie ik.' Hij schoof de munt weer naar haar toe en zei: 'Als je 's avonds naar eethuis De Passage gaat, kun je het daar wisselen.'

Hij keek hoe ze wegliep. Ze wist dat alles met hem verkeerd was gegaan en dat het gevaarlijk was.

Ze depte Danns wond met de lotion, en ging toen naar beneden om over de rekening te onderhandelen. Uiteindelijk kreeg ze de herbergier zover dat hij de oude munten accepteerde, maar ze wist dat ze weer het dubbele betaalde. Nu ging ze bij Dann zitten. Hij dronk wel maar wilde niet eten en hij sliep wel maar werd telkens weer wakker. Hij was koortsig en de wond zag er slechter uit.

De volgende dag ging ze weer naar het huis van de dokter. De oude vrouw riep meteen de jongeman tegen wie ze had gezegd dat ze iets tegen de koorts wilde.

'Ik zal tegen mijn vader zeggen dat hij naar je broer moet gaan kijken.'

'Nee, nee, het medicijn is wel voldoende.' Ze wist dat ze het niet op de juiste toon zei en dat hij besefte dat ze iets verborgen hield. Ze vroeg zich af waarom ze zich tegenover deze man alleen maar schuldig en zenuwachtig kon gedragen.

'Hij kan beter naar hem gaan kijken,' zei de jongeman.

Mara liep naar de herberg terug met de dokter, een wat oudere man die ze ook niet erg aardig vond maar die niet meteen zo onsympathiek overkwam als zijn zoon. Dann gloeide en de wond zag er lelijk uit. Tot Mara's opluchting kwam de dokter er niet aan, dus hij kon de munten die er nog zaten niet voelen, maar hij keek naar Danns tong, trok zijn oogleden omhoog, luisterde naar zijn borstkas en onderzocht zijn genitaliën, wat Mara heel onplezierig vond. Ze wist dat het waarschijnlijk wel de taak was van een dokter, maar slavenhandelaren deden het ook. En bovendien werd ze helemaal zenuwachtig en onrustig van die hand die daar maar duwde en voelde. Ze wilde die hand wegslaan. Toen vroeg de dokter of Dann zich om wilde draaien en hij legde zijn oor tegen de bovenkant van Danns rug, eerst aan de ene kant en toen aan de andere kant. Hij kwam weer overeind en zei: 'Dat is een oude wond. Zeker van een slavenketen? Waarom is hij nu opengegaan? Heeft je broer het litteken proberen weg te krabben?'

Mara had nog nooit van zoiets gehoord en kon het zich ook niet voorstellen en dat zei ze ook. 'Nou, dan is het een beetje raadselachtig.' Hij liet drie soorten medicijnen achter: een om op de wond te doen, de andere om te drinken. Hij accepteerde betaling in oude munten zonder daarover te onderhandelen. Toen zei hij dat ze eethuis De Passage wel gezellig zouden vinden als haar broer wat beter was. Mara had het gevoel dat het een valstrik was, maar ze wist niet precies wat; en toen hij zei: 'Als die wond beter is, zal ik eens goed naar dat litteken kijken. Misschien zit er wel ergens een ontsteking,' dacht ze bij zichzelf: o nee, daar komt niets van in.

Een paar dagen en nachten verpleegde Mara Dann, die eerst niet erg vooruit leek te gaan. Hij ijlde en schreeuwde bedreigingen en waarschuwingen, en Mara wist dat hij in gedachten weer in de Toren was. En hij gaf als een legerofficier bevelen en probeerde soms liggend te saluteren terwijl hij 'tot uw orders' mompelde. Tijdens die lange koortsaanvallen leek Dann verschillende perioden uit zijn verleden opnieuw te beleven en Mara merkte aan wat hij zei, of kreunde of schreeuwde dat hij telkens weer terugging naar de Toren en dan vreselijk leed. Weer klampte de kleine Dann zich aan zijn grote zus vast, greep haar beet en schreeuwde dat ze hem niet mee mochten nemen... Uiteindelijk viel hij in slaap en ging het beter met hem. Met iedere dosis medicijnen ging hij vooruit, en ongeveer een week nadat hij in de herberg was aangekomen, was hij weer de oude. Nu kon ze hem te eten gaan geven. Het eten was hier voedzaam en gevarieerd, maar er waren allerlei nieuwe smaken en kruiden omdat er door deze stad tenslotte eeuwenlang handelaars en reizigers waren getrokken die uit de hele Noordlanden en ook uit de Middellanden in het oosten kwamen. Maar daarvan wisten ze alleen dat ze ver weg waren.

Mara stond bij het raam en keek uit op een rustig straatje. Dit was een buitenwijk. Alle huizen waren van baksteen en hout, met tuinen eromheen. In het oosten stonden een heleboel bleke, sombere, hoge gebouwen die op de Torens van Chelops leken; maar hier waren ze niet het domein van criminelen, maar de plek waar de rijken woonden, de heersers over Bilma. Mara keek er nieuwsgierig naar en wou dat ze naar buiten kon. Ze voelde Danns blik op haar rug en hoorde: 'Ga toch naar buiten, Mara. Ik voel me nu goed.' Het klonk knorrig, zoals zo vaak de laatste tijd. Te vaak. Ze draaide zich om, met opzet glimlachend. Ze wist dat haar bezorgdheid hem irriteerde. En ze was inderdaad bedroefd en bezorgd, veel erger dan hij vermoedde. Dit was niet de intelligente, vastberaden, opgewekte jonge soldaat van nog maar zo kort geleden, maar een gekweld man. Herinnerde hij zich die vreselijke nachtmerries en hoe hij zich aan haar had vastge-klampt en haar gesmeekt had hem te beschermen?

'Goed dan,' zei ze en toen ze de kamer uit liep besefte ze dat ze vol verwach-ting en blijdschap haar pas versnelde. Ze wilde al zo lang deze stad zien. Ze bleef nog even staan om te zeggen: 'Wees voorzichtig, Dann. Doe niet meteen te veel.'

Nu had ze de rustige straten van de buitenwijk achter zich gelaten en liep ze door het centrum van Bilma, waar ze af en toe bleef staan om te kijken en dan dacht: ik heb nog nooit zulke straten gezien. Bilma was druk, zelfverzekerd, rumoerig, modern, vol handelaren, kopers en kijkers, vol winkels, stalletjes en kraampjes, en er waren een paar markten waar ze naar toe ging om te genieten van de drukke levendigheid om haar heen. In iedere stad waar ze ooit was ge-weest, leken de mensen altijd gespitst op nieuws over de droogte die langzaam naar het noorden kwam; maar hier hadden ze het over 'daarginder', 'in het zui-den', 'de oorlog in het zuiden', en 'de droogte in het zuiden' alsof dat alles hen niet kon deren. En waarschijnlijk was dat ook zo, want dit was een heel ander land, met zijn uitgestrekte bossen en oude rivieren die zolang men zich kon heugen niet waren opgedroogd. Mara genoot zo van deze succesvolle stad en zijn veeltalige bevolking, dat ze vergat om voorzichtig te zijn totdat ze merkte dat ze meer aandacht kreeg dan haar lief was. Toen zag ze dat haar gewaad, het Sahargewaad, het lange gestreepte kledingstuk dat ze had gekocht om er net uit te zien als ieder ander in de Noordlanden, in feite door mannen werd gedragen. De mannen droegen allemaal wit, of wit met zwarte of donkerbruine of blauwe of groene strepen, terwijl de vrouwen lichte, heldere kleuren droegen: geel, roze en lichtblauw, of met patronen die Mara nog nooit had gezien, zodat ze bewon-derend naar een rok of een mouw wilde kijken omdat de stof zo prachtig fijn geweven was. Lichte, dunne jurken. Ze leken nog het meest op de vrolijk ge-kleurde jurken van de Verwanten, maar ze wist dat ze daarin niet anoniem zou blijven omdat ze wijd waren met stroken, terwijl deze kleren recht waren om de patronen beter uit te laten komen. Ze ging naar een kraampje en kocht een ge-waad met een schitterend ingewikkeld patroon en ze wist dat ze daarin niet zou opvallen. Toen ze had betaald – en ze moest de koopman overhalen om de mun-ten te accepteren – besefte ze dat ze nodig een goudstuk moest wisselen, want ze had nog maar zo weinig andere munten.

Ze ging terug naar de herberg, waar de herbergier haar tegenhield en zei dat hij haar wilde waarschuwen: hij besefte dat er in het zuiden waarschijnlijk ande-re gewoonten waren, maar een vrouw die te veel alleen op straat liep, vroeg om moeilijkheden. Ze bedankte hem en ging naar de kamer, en daar zat Dann pre-cies zoals ze hem had achtergelaten: lusteloos en somber. Hij draaide zijn hoofd om en keek hoe ze het gestreepte gewaad uittrok en het nieuwe aantrok. 'Mooi,' zei hij, en hij bedoelde zowel haar als de jurk. 'Mooie Mara.' Ze vertelde hem over de drukke straten en de markten en hij luisterde wel maar ze wist dat hij niet alleen haar zag als hij naar haar keek. In een opwelling vroeg ze: 'Mis je Kira?'

'Ja,' zei hij. 'Heel erg.'

Roekeloos, want hij was altijd heel lichtgeraakt, vroeg ze: 'En de jongen?'

'Je begrijpt het niet,' zei hij boos. 'Die was er gewoon, meer niet.'

Ze bestelde eten voor hen beiden en keek hoe hij at totdat hij zei: 'Hou toch op, Mara. Ik kan echt niet meer eten. Ik heb geen trek.'

En toen ze weer rusteloos was en hij dat zag, zei hij: 'Ga maar naar buiten als je wilt. Ik ga wel slapen.'

Ze ging naar beneden, waar de herbergier als een soort meubelstuk op zijn vaste plek stond om klanten in de gaten te houden. Ze ging voor hem staan in haar nieuwe jurk, waarin ze toch vast wel op de plaatselijke bevolking zou lijken. 'Kan ik met deze jurk aan wel naar buiten?'

'Jawel,' zei hij met enige aarzeling. 'Maar wees voorzichtig.' En hij voegde er streng en waarschuwend aan toe: 'Je bent een aantrekkelijke vrouw.'

'Ik heb overal op straat aantrekkelijke vrouwen gezien.'

'Ja, maar waren die alleen?'

Mara ging naar buiten en bedacht dat het zo vreemd was dat je hier helemaal geen politie zag en ook geen politiespionnen of de waakzame, achterdochtige blikken die ze zo goed kende.

Wat heb je gezien, Mara? Wat heb je gezien? Toen ze 's ochtends had rondgelopen, was ze te veel onder de indruk geweest van alles om het goed te zien. Nu ze weer oplette en weer net zo op haar hoede was als anders, zag ze dat er overal op straat wel evenveel vrouwen als mannen liepen, maar dat de vrouwen in groepjes of met zijn tweeën of drieën liepen en meestal kinderen bij zich hadden of vergezeld waren van een of meerdere mannen. Als je een vrouw alleen zag, was ze oud, of was het een dienstmeisje met kinderen die ze ergens naar toe moest brengen, of een dienstmeisje dat met haar manden naar de markt ging. Op straat liepen de vrouwen hier niet te slenteren of te treuzelen en stonden ze niet om zich heen te kijken. En nu ze alles zag, twijfelde ze er niet aan dat de herbergier gelijk had. Als mensen haar zagen, keken ze nog eens, en hun gezicht verstarde van nieuwsgierige verbazing. Wat was er aan haar te zien? Ze wist dat ze knap was, maar er was hier niet bepaald een tekort aan knappe vrouwen. Ze was een Mahondi – was dat het? Ze had geen Mahondi's gezien toen ze door Bilma heen liep. Maar er waren hier zo veel verschillende mensen: mensen die even groot en slank waren als de Neanthes, en die kort en stevig waren als de Thores, en alles daartussen. Geen Hennes, niet één. En geen Hadronen. En zeker geen Rotsmensen. Stel je eens voor dat ze altijd in het Rotsdorp was blijven wonen en nooit had geweten dat er zo veel levendige, intelligente, lachende mensen waren die zo van elkaar verschilden dat ze steeds weer een ander figuur of ander soort haar of een andere soort huid zag. Maar ze voelde zich niet meer op haar gemak bij het verkennen van deze straten en ze zag overal gevaar. Ze liep terug naar de herberg en de herbergier zei eerst dat er bezoek voor haar was en vervolgens dat het tijd werd dat hij weer geld kreeg.

Ze vroeg of hij een goudstuk wilde wisselen. Ze had geldwisselaars op de markten gezien, maar toen ze naar de transacties keek, besefte ze dat ze niet het juiste bedrag zou krijgen. Die mannen en vrouwen achter tafeltjes vol opgestapelde munten, stuk voor stuk met een bewaker naast zich die gewapend was met messen en knuppels, keken allemaal aandachtig naar iedere handelaar of reiziger die op hen afkwam; en Mara had goed op de inhalige gezichten gelet en op de zelfvoldane blikken als de slachtoffers weggingen met minder geld dan ze hadden moeten krijgen.

'Je kunt geld wisselen in eethuis De Passage.'

Ze trof Dann aan in gezelschap van de dokter en zijn zoon, de jongeman die zij zo onplezierig vond. En Dann zat opgewekt te praten en te lachen. Toen Mara binnenkwam, hield hij op met lachen.

'Je patiënt maakt het heel goed,' zei de dokter.

'De medicijnen waren heel goed,' zei ze.

'Mijn vader is een beroemd dokter,' zei de jongeman.

Het tweetal stond op van haar bed waar ze hadden gezeten: door haar komst was het bezoek opeens minder gezellig. Dann vond het kennelijk jammer dat zijn nieuwe vriend vertrok. Mara keek nog eens naar de jongen om te zien of haar antipathie ten onrechte was, maar ze zag alleen een slim gezicht – ze vond het een sluw gezicht – met brutale, schaamteloze ogen. Ze zag ook iets van onderdrukte woede en ze dacht dat ze wel begreep waarom, omdat ze zich de manier herinnerde waarop hij 'Mijn vader is een beroemd dokter' had gezegd. Want al was zijn vader beroemd, híj was dat niet, en als hij uiteindelijk beroemd werd, zou dat niet zijn om de degelijke kennis die de dokter zijn kalmte en waardigheid gaf.

Maar Dann vond Bergos, de zoon van de goede dokter, wel aardig.

De twee mannen gingen weg. Dann zei dat hij die avond misschien wel uit wilde, en Mara wist dat hij naar eethuis De Passage zou gaan. O ja, het was zeker een valstrik, maar ze wist nog niet precies hoe, behalve dat ze er niets aan kon doen tot ze echt in de val zou zitten. Dann voelde zich nog niet goed genoeg om deze stad te verlaten en verder te gaan. Toen hij weer op bed ging liggen om te rusten, zei hij: 'We zouden hier ook kunnen blijven, Mara. Het is een leuke stad. Dat vind jij toch ook…'

En Mara keek hoe hij in slaap viel en bedacht dat de tocht naar het noorden, altijd maar naar het noorden, met alle gevaren en problemen van dien, misschien wel zou eindigen in deze plezierige en schijnbaar gastvrije stad. Was het doel van de tocht naar het noorden niet geweest om zoiets te vinden, iets wat veel beter was dan ze ooit had kunnen denken? Om te beginnen het water: water dat niet per druppel of zelfs niet per kopje werd afgemeten; water dat in grote vaten op de hoeken van straten stond zodat mensen het konden drinken uit de royale houten soeplepels die klaar hingen; water dat door pijpen van riet de huizen in stroomde; water dat in de vele fonteinen klaterde; water dat dichtbij door weldadige rivieren stroomde; water in badhuizen die in iedere straat te vinden waren; water dat in royale hoeveelheden uit de hemel viel – water dat je als vanzelfsprekend beschouwde, net als lucht. En door dat water, overal gezonde mensen en kinderen, en kinderstemmen – ze hoorde de kinderen spelen in een tuin vlakbij.

Het was middag, het uur van de rust was bijna voorbij. Hier lag iedereen tijdens de warme uren in zijn kamer, of zat rustig in de schaduw van een theehuis. In deze verduisterde kamer waar de latjes van de jaloezieën strepen op de vloer vormden en strepen dwars over het bed waarop Dann sliep, zodat ze angstig dacht dat het leek alsof hij in een kooi lag, zat Mara na te denken. Ze dacht heel goed na en wist dat ze niet hier in Bilma wilde stoppen. Daarvoor had ze niet die lange reis gemaakt. Waar was ze dan wel naar op zoek? Hier niet naar, dat wist ze in ieder geval zeker.

Die avond gingen ze naar beneden om te eten, Dann voor het eerst, en de herbergier feliciteerde hem met zijn genezing; en Dann zei: 'Laten we naar De Passage gaan. Ik wil weleens wat anders.'

17

Op straat kwamen een paar mannen snel aanlopen die nog eens omkeken naar Mara, en Dann zei: 'Ik tref het toch wel dat ik zo'n mooie vrouw bij me heb.'

Hij sprak geaffecteerd, koket zelfs, alsof hij zichzelf goedkeurend bekeek; en terwijl het in haar hoofd, op het ritme van haar hart, *een valstrik, een valstrik* dreunde, bedacht ze somber dat ze nooit had gedacht dat hij zo bekakt kon praten. Het klopte toen hij zei dat hij nog niet de oude was: een Dann die ze niet kende slenterde naast haar en ze zag in zijn hand bijna een bloem, die hij behaagziek tegen zijn lippen drukte, zoals mannen – maar wat voor mannen? – weleens deden onder het wandelen, waarbij ze dan over de bloem heen naar de vrouwen keken en ook naar de mannen. En onmiddellijk stak Dann zijn hand uit naar een heg en plukte een helderrode bloem. Ze smeekte hem zwijgend: breng die bloem niet naar je lippen, alsof het een bewijs zou zijn dat hij veilig was wanneer hij het niet deed – en hij deed het niet, liet de bloem alleen tussen zijn vingers draaien. Het was geen prettige wijk waar ze doorheen moesten om bij De Passage te komen. Mara, die zo betoverd was geweest door deze stad dat ze niets onaangenaams had willen zien, keek nu met opzet naar de lelijke, arme straten, naar een vrouw met gefronst voorhoofd en opeengeklemde lippen, een kind met weinig vlees op zijn botten en een man met een verslagen uitdrukking op zijn gezicht.

De Passage was een groot gebouw dat baadde in het licht, en de straat ervoor was vol met komende en gaande klanten. Ze hadden een onrustige en opgewonden uitdrukking op hun gezicht – net als Dann nu. De ruimte waarin ze binnenkwamen was groot, helder verlicht en bomvol. Er waren hier voornamelijk mannen, en Mara zag meteen dat zij de enige vrouw was met een gewone jurk aan. Alle anderen waren jong, soms nog kinderen, en ze droegen dunne, doorschijnende rokken en hun borsten waren niet of nauwelijks bedekt. Dann en zij gingen zitten en kregen meteen een beker sterk geurende drank gebracht. Het was een drank van graan, zoals ze in Chelops had helpen bereiden. Het was erg lawaaiig. Het had geen zin om te proberen iets tegen elkaar te zeggen tenzij ze wilden schreeuwen. Ook hier had je weer dezelfde mengelmoes van volkeren die ze soms nog nooit hadden gezien en de talen die ze hoorden waren hun vreemd. Dit was dus niet een café voor de inwoners van Bilma, maar voor de handelaren, de reizigers en de bezoekers.

Iemand tikte op Mara's schouder. 'Wil je geld wisselen?' hoorde ze, en een ober wees naar een deur achterin die gesloten was, in tegenstelling tot de meeste andere deuren hier. Ze zei tegen Dann dat ze zo weer terugkwam, en liep naar achteren.

Het was een kleine kamer, voor transacties en zaken, en daarin wachtte een dikke oude vrouw haar op die nauwelijks tot haar schouder kwam. Ze was heel zwart, dus ze kwam niet uit deze streek. Ze droeg een mooie, paarse, glanzende jurk met een rok die om haar heen leek te dansen toen ze naar een stoel liep achter een eenvoudige houten tafel. Ze ging zitten en wees Mara een lege stoel.

Ze bekeek Mara snel, openhartig en neutraal: ze had evengoed een baal nieuwe stof kunnen bekijken.

'Hoeveel wil je wisselen?'

Mara haalde een goudstuk uit haar zak, waar ze het vast in had gestopt, en pakte er toen nog een. Ze dacht aan de steeds terugkerende zorgen om het wisselen van geld.

'Ik geef je meer dan je op de markt krijgt.'

Mara glimlachte, om de oude vrouw te laten zien dat zij, Mara, daar niet erg van onder de indruk was. En het oudje – want ze was echt oud, ondanks haar paarse draperieën en glinsterende oorbellen en kettingen – glimlachte ook, omdat ze het eens was met Mara's kritiek: zo ging het nu eenmaal, wilde die glimlach zeggen.

'Ik heet Dalide,' zei ze. 'Ik wissel al geld zolang jij leeft.'

'Ik ben tweeëntwintig.'

'Je bent op het hoogtepunt van je schoonheid.'

Mara had kunnen zweren dat Dalide zich zo voorover had willen buigen om haar mond open te maken en naar haar tanden te kijken en daarna hier en daar in haar te knijpen met vingers die al zo vaak exact hadden bepaald hoe aantrekkelijk een jonge vrouw was.

Mara legde de twee goudstukken neer. Dalide pakte er een, terwijl ze met haar andere hand het tweede goudstuk streelde. 'Zo een heb ik nog nooit gezien,' zei Dalide. 'Wie is dit?' – wijzend op de vage vorm van een gezicht, waarschijnlijk van een man, op de munt.

'Ik heb er geen idee van.'

'Goud is goud,' zei Dalide. 'Maar goud dat zo oud is als dit is nog beter.'

Ze haalde zakjes munten uit een grotere zak en begon voor Mara stapeltjes munten van verschillende waarden neer te leggen, met een veelbetekenende blik naar Mara telkens als een stapeltje af was. Dit waren niet de dunne muntjes die Mara bij zich had gehad, een lichte massa geld waarvan je telkens een handvol moest geven. Dalide gaf haar munten die makkelijk te hanteren en te wisselen waren, maar die op zich een vrij hoge waarde hadden. Mara telde ze. Ze wist ongeveer wat ze moest verwachten, en ze zat er niet ver naast. Ze stopte de munten snel in een katoenen zakje dat ze bij zich had, en Dalide riep: 'Je bent toch niet van plan om daarmee 's avonds over straat te gaan?'

'Wat moet ik dan?'

'Als je niet je broer bij je had, zou ik mijn lijfwacht met je meesturen.'

'Iedereen is goed over ons op de hoogte.'

'Jullie zijn een interessant paar.'

'Waarom dan wel?'

Dalide gaf geen antwoord, maar zei: 'Wil je dat ik een goede man voor je zoek?'

En nu begon Mara te lachen omdat het zo absurd was.

Dalide lachte niet. 'Een goede man,' drong ze aan.

'Nou,' zei Mara, nog steeds lachend, 'wat zou dat me kosten? Kan ik hier een man voor kopen?' En ze schudde met haar zakje munten zodat ze rinkelden.

'Niet helemaal,' zei Dalide en ze wachtte tot Mara zou zeggen hoeveel geld ze had.

'Ik heb niet genoeg geld om een man te kopen,' zei Mara, en ze voegde er lachend aan toe: 'In ieder geval geen goede.'

Dalide knikte, en glimlachte even om Mara wat tegemoet te komen. 'Ik kan geld voor je wisselen – zoals je weet. En ik kan voor een bepaalde prijs een man voor je zoeken.'

'Ik voel me niet erg gevleid dat je denkt dat ik een man moet kopen. Nog niet zo lang geleden heb ik een man gehad zonder dat er ooit zelfs maar over geld werd gesproken.' En onwillekeurig vulden haar ogen zich met tranen.

Dalide zag haar tranen en knikte. 'Moeilijke tijden,' zei ze kordaat.

'In deze stad toch bepaald niet. Als dit moeilijke tijden zijn, weet ik niet wat je zou zeggen als ik je zou vertellen wat ik allemaal heb gezien.'

'Wat heb je gezien?' vroeg Dalide zacht.

Mara zag geen reden om geheimzinnig te doen en zei: 'Ik heb van jongs af aan Ifrik zien verdrogen. Ik heb dingen gezien die je niet zou geloven.'

'Als kind woonde ik in de Riviersteden. In Goidel. Ik was met mijn zusjes aan het spelen toen een slavenhandelaar me meenam – ik ben een paar jaar slavin geweest in Kharab. Ik ben ontsnapt. Ik was mooi. Ik gebruikte mannen en werd onafhankelijk. Nu ben ik een rijke vrouw. Maar er is niet veel wat je me kunt vertellen over ontberingen.'

Mara keek naar dit lelijke oude mensje en bedacht dat ze mooi was geweest. Ze zei: 'Als ik je nodig heb, kom ik wel terug.' Ze stond op en Dalide ook. 'Ga je met me mee?' vroeg Mara, toen ze zag dat iedereen in de grote zaal zich omdraaide om te kijken naar deze groteske oude vrouw met haar paarse jurk en haar mooie juwelen.

'Ik werk hier niet,' zei Dalide. 'Ik ben alleen gekomen om jou te ontmoeten. Ik wilde je eens zien.'

'En je hebt me gezien.'

'Inderdaad. Nou, tot ziens dan maar.'

Dalide liep de drukke zaal uit en Mara zocht Dann, maar die was verdwenen. Weer dezelfde ober zag haar staan en wees haar een andere deur, een die open was. Ze liep naar binnen. En daar zag ze een kamertje vol tafels waaraan voornamelijk mannen zaten te gokken. Dann stond bij een tafel, samen met Bergos, en keek naar het snelle bewegen van de handen die dobbelstenen gooiden. Ze liep naar Dann toe. 'Laten we naar huis gaan,' zei hij, toen hij haar zag. Hij klonk geïrriteerd. Als ze op dat moment niet was gekomen, zou hij al snel tussen de dobbelaars hebben gezeten. Dann wisselde zachtjes een paar woorden met Bergos. Mara en hij liepen naar buiten, waar het nu niet meer druk was. Mara was zich bewust van de zware zak munten die ze probeerde te verbergen en zei: 'Laten we snel doorlopen, Dann.' En hij zei: 'Hoeveel heb je gekregen?'

En voor het eerst in haar leven loog Mara tegen hem en zei dat ze maar één goudstuk had gewisseld in plaats van twee.

Toen ze veilig weer op hun kamer waren, rommelde Mara wat met de munten zodat het er minder leken, terwijl ze met haar rug naar Dann toe zat. Ze gaf hem de helft van wat een goudstuk waard was en zei dat hun goudstukken hier niet bekend waren en waarschijnlijk veel kostbaarder waren dan ze wisten.

Dann lag op zijn bed uit het raam naar de wassende maan te kijken. Zijn gezicht – o, wat werd ze bang toen ze zijn gezicht zag. Toen viel hij in slaap en kon ze goed naar hem kijken en zich afvragen of dat de nieuwe Dann was, die haar vijand leek, of de echte Dann, haar vriend. Hoe was het mogelijk dat iemand zomaar in een heel andere persoon kon veranderen… Maar misschien was deze nieuwe persoon, die ze niet aardig vond en voor wie ze bang was, wel de echte persoon in plaats van degene zij als de echte zag. Want hoe was hij eigenlijk geweest toen hij generaal Dann was, met die jongen?

Ze sliep met het zakje geld onder haar arm, en 's ochtends was Dann weg. De herbergier zei dat hij een wandelingetje aan het maken was met Bergos. Mara betaalde hem wat ze verschuldigd waren, en hij vroeg: 'En, wat vond je van Moeder Dalide?' Mara glimlachte alleen naar hem, waarmee ze wilde zeggen: bemoei je met je eigen zaken, hoewel ze het gevoel had dat het ook zijn zaken waren, en ze werd koud van angst toen hij fluisterde: 'Wees voorzichtig. Je moet voorzichtig zijn.' En toen, terwijl hij om zich heen keek of er niemand meeluisterde: 'Ga weg. Je moet weg uit deze stad.'

Nu wilde ze een heleboel vragen, maar ze moest wachten omdat er mensen binnenkwamen die naar kamers vroegen. Zij en Dann hadden gezegd dat er mensen waren die hen heel aardig vonden en hen hielpen: hoorde deze man daarbij? Nog meer mensen wilden betalen en weggaan. Dus Mara dacht: ik vraag het hem later wel, als ik hem alleen tref, en ze ging naar buiten. Ze wilde een heuveltje op lopen waar je uitzicht had, om eens goed te kijken hoe groot de stad was; maar ze was zo ongerust dat ze aan een tafeltje ging zitten voor een herberg in het centrum waar klanten onder een baldakijn van groene bladeren en rode bloemen zaten te eten en drinken. Ze keken ook naar mensen die op de stoep liepen en leverden commentaar op hen en hun kleren. En de voorbijgangers wisten blijkbaar dat er over hen werd gepraat en vonden dat niet erg, maar liepen juist heel zelfbewust, als acteurs.

Mara wist dat er naar haar werd gekeken. In deze stad werd heel discreet, eigenlijk onzichtbaar gesurveilleerd; ze had niet het idee dat ze nu door de politie in de gaten werd gehouden. Door wie dan wel?

Een meisje kwam langs met een blad met een of ander geel drankje en ze zette een beker voor Mara neer, die er opeens zeker van was dat deze beker met opzet apart had gestaan. Ze zette de beker terug op het blad en pakte een andere. Het meisje keek haar beledigd aan. Nou ja, dacht Mara, er had vergif in kunnen zitten. Alles is mogelijk. Ik moet hier eigenlijk weggaan – ze bedoelde zowel uit dit café als uit Bilma. Ze stond op, maar ging weer zitten, want ze had Dann zien lopen samen met Bergos en nog iemand, een Mahondi – een echte Mahondi? Ja, net zo echt als zijzelf en Dann. Ze vond hem er even sympathiek uitzien als ze Bergos antipathiek vond. De drie mannen gingen een eind bij haar vandaan aan een tafeltje zitten, maar ze wist dat Dann alleen maar deed alsof hij haar niet had gezien. Dit vrolijke, lawaaiige tafereel – mensen die zaten te eten, te drinken en te praten of die daar gewoon op hun gemak zaten, dat alles onder een dak van groen en bloemen – was niet meer zo leuk, en ze zag alleen nog maar ordinaire of domme gezichten en Dann, die met Bergos zat te praten, leek al geen haar beter.

Ze had pijn in haar hart en in haar ogen. Waarom probeerde ze altijd maar weg te lopen, altijd op de vlucht en vechtend voor haar eigen leven en dat van Dann? Waarom? Ze vond zichzelf nu heel dom, een kleine bange vluchteling, die altijd over haar schouder keek, altijd keek of er geen dieven waren, die Dann bewaakte, of als hij er niet was, zich zorgen om hem maakte. Mara keek terug op haar leven vanaf het ogenblik waarop ze zich had verzet tegen de 'boze man' in het huis van haar ouders en ze vond zichzelf net een druk schuifelend kevertje.

En nu bedacht ze opeens, terwijl ze naar Bergos keek, dat hij degene was die ervoor had gezorgd dat ze in de gaten werd gehouden. Voor hem moest ze bang zijn. En voor degenen voor wie hij werkte. Wie waren dat? Dalide? Maar wat kon zij van haar verwachten, behalve een betaling als ze een huwelijk wist te regelen?

Mara bedacht dat ze op moest staan, langzaam en nadrukkelijk, zodat iedereen het zag, en dan naar de mannen moest lopen, vriendelijk naar alle drie moest glimlachen, wat praten en dan hun uitnodiging om erbij te komen zitten afslaan. Daarna zou ze weggaan. Maar stel dat ze niet vroegen of ze erbij wilde komen zitten? Ze stond stilletjes op, sloop door een zijdeur in het bebladerde scherm naar buiten en liep zo snel mogelijk naar de heuvel zonder nog te kijken wie op haar lette. Het kon haar niet schelen wat er met haar gebeurde. Er klonken voetstappen achter haar. Aan de snelheid ervan merkte ze hoe snel ze liep. Dann haalde haar in en pakte haar arm. Ze schudde hem van zich af en liep door. Hij liep naast haar. Hij zei niets tot ze boven op de lage heuvel waren, waar een grote tuin of park was, met aan de noordkant een hoge schutting met wachters erbij.

'Stop, Mara, laten we gaan zitten.'

Er was een bankje. Met één blik zag ze dat dit weer 'haar' Dann was, niet 'die ander', zoals ze de bedrieger nu noemde. Hij was ernstig, vriendelijk en rustig en hij glimlachte naar haar. Hij pakte haar hand.

'Mara, blijf alsjeblieft niet boos.'

De boze, opstandige gedachten die door haar hoofd speelden, verdwenen. 'Wie is die Mahondi?'

'Hij heet Darian. Hij komt net bij Shabis vandaan. Hij heeft nieuws. Maar eerst…' Hij pakte een spiraal van een zwaar, dof metaal, geslagen zilver, uit zijn binnenzak en gaf die aan haar. Het was een armband, maar voor de bovenarm, niet voor de pols, en hij moest strak zitten. Het was een slang en de kop was enigszins opgeheven, klaar om aan te vallen. Mara schoof hem over haar elleboog, deed hem om haar bovenarm en zag hoe goed hij stond. Ze liet haar mouw over de slang heen vallen, die mooie mouw, met zijn fijn, schimmig patroon. 'Doe hem nog eens af.' Mara deed dat. Hij duwde op de staart van de slang op de plek waar een kleine inkeping zat, en er schoot een mes uit de bek, een flinterdun stukje glinsterend metaal. Dann drukte weer en het mes gleed weer terug. 'Het is giftig. Doodt onmiddellijk.' En omdat ze zo ongerust keek: 'Shabis heeft het je gestuurd.'

'Een heel aardig cadeautje.'

'Ja zeker, Mara. Hij heeft tegen Darian gezegd dat je de hele patrouille van de Hennes die je gevangen heeft genomen had kunnen doden en zelf had kunnen ontsnappen als je dit had gehad.'

Mara schoof de slang weer over haar arm en liet de mouw er weer overheen vallen.

'Hij is zo mooi,' zei Dann, de mouw strelend, en haar arm daaronder. 'En nu het nieuws, maar het is geen goed nieuws. Nadat we zijn weggelopen, is de helft

314

van het leger van de Hennes ontsnapt. Dat had Shabis de andere drie generaals al voorspeld. Ons leger heeft hun leger teruggejaagd naar de wachttorens en daar hebben de Hennes postgevat. Er is een bloedige veldslag geweest. Zij hebben hun gebied gehouden. Ons leger heeft zich teruggetrokken. Dus er zijn alleen duizenden mensen gedood, zowel soldaten als burgers. Burgers van de Neanthes, Hennes en Thores.'

'Dus alles is weer precies hetzelfde?'

'Ja, een patstelling.'

'O nee,' zei ze opstandig, 'nee, niets blijft hetzelfde.'

'Maar het is al jaren zo. Waardoor kan het dan nog veranderen?'

'Bijvoorbeeld door droogte.'

'Droogte, droogte... zo zien wij alles, door wat we hebben meegemaakt. Maar er komt geen droogte. Bilma krijgt eerder overstromingen.'

En nu, terwijl hij nog steeds haar arm vasthield, keken broer en zus allebei naar Bilma, dat zich in de diepte uitstrekte: tuinen met huizen, parken met huizen en overal fonteinen. Ze hoorde zijn zucht. Ze zag zijn gezicht betrekken en trok instinctief haar arm weg. Hij merkte het niet. Hij keek naar de mooie grote huizen die overal op de hellingen stonden.

'Mara, waarom blijven we hier niet?' Ze schudde haar hoofd en voelde weer hoe het gevaar een net om haar heen trok. 'Ik wil je iets laten zien.' Hij trok haar van de bank af en ze liepen met hun rug naar de stad toe naar de plek waar de hoge schutting aan de andere kant van de heuvel naar beneden liep. De wachters hielden hen in de gaten. 'Darian heeft me dit vanochtend vroeg laten zien. We zijn hierheen gegaan.' Waar de schutting langs de heuvel omlaag begon te lopen, konden ze erdoorheen kijken naar een lang, laag gebouw dat onder aan de heuvel lag, met aan weerszijden een platform. Ten noorden van dat gebouw liepen dicht bij elkaar twee evenwijdige lijnen die in het zonlicht zacht glansden. Iets wat eruitzag als een lange, overdekte doos werd vanaf een van de platformen door een groep jongemannen langs de lijnen geduwd. De lijnen liepen naar het noorden, eerst door open bos en daarna door grasland. Het tweetal stond zwijgend te kijken hoe de jongemannen die de doos duwden met gebogen ruggen zwoegden. Ze waren met zijn twintigen, en toen rende de helft langs de doos, pakte een paar touwen of kabels die niet te zien waren vanaf de plek waar ze stonden op de heuvel, en liep daaraan trekkend vooruit terwijl de tien aan de achterkant duwden.

'Dat is de weg die Bilma uit gaat,' zei Dann.

'En wie zit in dat – vervoermiddel?'

'Wie denk je? Zie je de wachters niet? De rijken maken er gebruik van. Die sporen lopen naar de volgende stad in het noorden, Kanaz. Er zijn vroeger machines geweest die op eigen kracht over zulke sporen liepen.'

'Vroeger? O, zeker weer duizenden jaren geleden?'

'Nee. Tweehonderd of driehonderd jaar, men weet het niet zeker. Maar nu doen slaven het werk.'

'Ik wist niet dat er in Bilma slaven waren.'

'Ze worden geen slaven genoemd, Mara. Darian wil dat ik samen met hem daar ga werken om de wagons te duwen – zo heten die dingen. En als we dan bij de volgende stad zijn, of die daarna – dan lopen we weg.' En nog voordat hij het zei, wist ze wat ze te horen zou krijgen. 'Ik sterf nog liever, Mara. Dat heb ik al eens gedaan, dode machines heuvel op heuvel af duwen.'

'En nog niet zo lang geleden was je generaal Dann.' Ze glimlachte naar hem, met de bedoeling hem een beetje te plagen, maar ze zag dat hij boos en somber keek. Dit was haar Dann niet. Deze Dann zou niet zo gewoon en aardig mijn hand pakken en vol genegenheid mijn arm vasthouden, dacht ze.

'Er is nog iets. Kira is met Darian naar het noorden gekomen. Hij heeft mijn plaats in haar hart overgenomen toen ik wegging. Nou ja, hij zat al een tijd achter haar aan. Darian is een deserteur. Dus Shabis zal voor meer dan één officier een vuurpeloton klaar hebben staan.'

'Dann, ik weet zeker dat Shabis niet...'

'O, Mara, je bent soms zo dom. Een leger heeft regels. Als ze me te pakken krijgen, dan ben ik er geweest. Dat geldt ook voor Darian. Dat betekent dat als mensen weten dat ze een premie voor ons kunnen krijgen... Daarom wil Darian naar het noorden. Er komen problemen tussen de Vier Generaals. Ze geven nu met zijn drieën Shabis de schuld dat het in Shari is misgegaan. Er is heel veel onvrede in het leger. Als de Generaals de kleine generaal Dann en majoor Darian in het openbaar zouden laten terechtstellen, zou dat heel goed zijn voor de discipline.'

Hij staarde weer naar beneden. Er werd weer een wagon langs de lijnen naar buiten geduwd. 'Misschien is Kira daar wel. Zodra ze hier waren is ze bij Darian weggegaan. Hij was gewoon een middel om weg te komen. Ik heb gehoord dat ze al weer een andere beschermer heeft. Dus ze heeft hier in dezelfde stad als ik gewoond zonder dat ik het wist. Misschien kijk ik nu wel naar haar.'

'O, je houdt echt van haar,' zei Mara, maar ze schrok terug toen ze zag dat hij nog steeds somber en boos keek.

'Zo zou jij ook naar het noorden moeten reizen, Mara. Met een beschermer. Zo gaat dat, en ik zou je wagon duwen.' Hij draaide zich om en pakte vriendelijk haar handen. Dit was niet 'die ander'. 'Ik hou inderdaad van haar. En dat zou je niet erg moeten vinden, Mara, want mijn hart was zo klein als een gedroogd boontje voordat ik Kira kende. Net zoals dat van jou nu.' De tranen stonden in Mara's ogen, terwijl ze dacht aan haar koude hart dat zo'n pijn deed. 'Maar toen ik zoveel van Kira ging houden, begreep ik hoeveel ik van jou hou. Dat begreep ik toen pas. Ik begon me te herinneren... ik weet dat je voor me hebt gezorgd en me hebt verdedigd, Mara. En je hebt voor me gezongen, en Kulik bij me weggehouden... Kulik is hier, ik heb hem gezien.' En toen hij zag hoe ze keek, zei hij: 'Echt, ik heb hem gezien. Je gelooft me nooit, hè?' En nu stond 'die ander' weer voor haar. Ze werd bang.

'Ik was maar de kleine Dann. En jij was een grote meid. Maar nu zijn we aan elkaar gelijk. Ik wil in Bilma blijven. Ik wil een van die huizen kopen...' Hij draaide zich om en trok haar met zich mee. De grote, witte huizen met hun tuinen waren schitterend. 'Ik wil in zo'n huis wonen.'

'Dann, daar hebben we het geld niet voor.'

Hij duwde haar jurk tegen haar aan zodat hij het koord met munten voelde dat daar zat.

'Geef me jouw munten, Mara.'

Hij schudde haar zachtjes door elkaar, en daarna wat minder zachtjes. 'Geef ze aan mij.'

'Nee. Je zou ze me natuurlijk met geweld kunnen afpakken.'

Zijn gezicht vertrok en trilde, met kleine zenuwtrekjes rond zijn ogen en mond. Het was net of het gezicht van die ander vocht om de Dann die ze kende op een afstand te houden. Zijn ogen staarden somber en zijn mond hing half-open – de afschuwelijke zenuwtrillingen gingen niet over.

'Ik heb tien goudstukken. Wist je dat we daar een huis voor zouden kunnen kopen? We zouden hier kunnen blijven – een klein huis, niet zo een... Maar ik weet hoe ik aan meer geld kan komen, ik weet dat het kan. En ik wil die goud-stukken van jou hebben...'

Zijn gezicht vertrok even en toen was het voorbij. 'Goed, ik red me wel zon-der jou, Mara. Nou ja. Nu weet ik waar we aan toe zijn.'

'Nog één ding,' probeerde ze zwakjes. 'Als je bang bent dat de mensen hier je terug zouden brengen naar Charad om je te laten executeren, moet je eigenlijk niet hier blijven.'

'Ik heb je al gezegd, ik ben niet meer de kleine Dann. Ik kan wel voor mezelf zorgen.' En hij was al weg en rende terug naar de stad. Hij riep nog achterom: 'Misschien snijd ik mezelf wel weer open. Dat zijn er dan nog eens zes.'

'Niet doen, Dann, niet doen,' riep ze hem na, en ze hoorde hem honend te-rugroepen: 'Niet doen, Dann, niet doen.'

Ze ging terug naar de herberg en bestelde eten op haar kamer. Ze kon de spanning van de vijandige blikken niet verdragen, ook al verbeeldde ze het zich misschien alleen maar. De herbergier knikte alleen maar, maar zijn ogen ston-den bezorgd. Ja, hij was inderdaad een van de mensen die hen aardig vonden – haar in ieder geval. Ze wist dat Dann niet op de kamer zou zijn en ze verwachtte hem niet terug. Hij had al zijn spullen meegenomen. En ook zijn deel van het geld dat Dalide had gewisseld. Ze lag gedurende de hete uren uit het raam te kijken, waar de hemel zinderde van hitte, daarna verbleekte en uiteindelijk fel kleurde door de ondergaande zon. Ze sliep niet. Ze had een akelig voorgevoel.

Toen er op de deur werd geklopt en de herbergier haar riep, wist ze wat ze te horen zou krijgen. 'Je moet naar eethuis De Passage gaan,' zei hij. 'Je broer is daar.' En vervolgens: 'Ik zal een jongen met je meesturen.'

Ze keek de kamer rond en dacht: wat moet ik meenemen? Stel je voor dat ik hier niet meer terugkom? Maar waarom zou ik dat denken... het is dwaas. Maar toch... En ze stopte al haar bezittingen in haar trouwe plunjezak.

De herbergier zag de plunjezak en zei: 'Betaal me wat ik van je te goed heb.'

'Ik ga niet weg,' zei ze.

'Betaal het me.'

Ze betaalde en hij riep de jongen die met haar mee zou gaan. Ze was blij dat hij erbij was, al was het een kwajongen van een jaar of tien die haar niet zou kunnen verdedigen, en al wist ze dat hij meeging om de herbergier te kunnen vertellen wat hij had gezien.

De gelagkamer van De Passage zat vol mensen en het lawaai was als een schreeuw in haar oren. Ze liep door de kamer waar gegokt werd en daar zat Dann. Hij had een kleur en lachte opgewonden. De kamer was bomvol en alleen rond de tafel was nog wat ruimte vrijgelaten. Naast de man die de dobbelstenen schudde en de fiches uitdeelde, stond de eigenaar van De Passage, meestal een gezellige gastheer, maar nu bleek en gejaagd – en dat was ook terecht, want voor Dann lagen alle mogelijke soorten munten opgestapeld. Een fortuin. Over de stapels munten heen riep Dann haar toe: 'En wie is er nu dom, Mara? Kijk eens wat ik heb gewonnen.'

'Hou dan nu op,' riep ze. 'Hou op nu je het nog hebt.' Want ze zag dat hij van plan was om door te gaan.

Dann aarzelde. De tijd leek even stil te staan. Met een triomfantelijke grijns op zijn gezicht stond Dann op. De gezichten van de toeschouwers stonden waarschuwend en ongerust. De grote lamp boven de tafel zwaaide zachtjes heen en weer zodat de schaduwen bewogen. En toen legde Dann zijn handen op de stapeltjes die hij had gewonnen en zei: 'Ik ga door.'

'Niet doen, alsjeblieft, niet doen,' zei Mara en hij bauwde haar weer na: 'Niet doen, Dann, niet doen.'

Hij schudde de dobbelstenen, gooide, schudde, gooide, schudde – en gaf een opgetogen schreeuw en begon ter plekke te dansen. Een lange stilte waarin de eigenaar, die er nu ziek uitzag, het bedrag op een stuk hout schreef. En daarna zijn naam.

Dann hield het omhoog, liet het aan iedereen zien en gooide het toen naar Mara.

Nu zag Mara Bergos, die met zijn rug tegen de muur tussen een menigte mensen stond. Natuurlijk was hij er. Naast hem stond de nieuwkomer, Darian. Bergos grijnsde, vol boosaardig plezier, maar Darian was ernstig en bezorgd. Mara keek hem smekend aan. Hij haalde zijn schouders op. Maar toen werkte

318

hij zich toch door de menigte en legde zijn hand op Danns schouder. Hij zei zachtjes iets tegen hem. Terwijl deze man die hij als een vriend beschouwde tegen hem sprak, vertrok Danns gezicht weer tot een zenuwachtige grimas omdat hij in tweestrijd verkeerde, maar hij schudde Darian van zich af. Hij stond met zijn handen net boven de enorme hoop rijkdom voor zich. Er lag daar zoveel dat de mensen met open mond ernaar staarden. Danns gezicht vertoonde nu allerlei emoties: hij was bang, maar wilde zich niet laten kennen en hij vroeg weer om de dobbelstenen. Hij stond met zijn hand boven de beker, en op het laatste ogenblik had hij kunnen stoppen en zou hij veilig zijn geweest, maar hij was bezeten en met zijn lippen stevig op elkaar geklemd om de zenuwtrekken te onderdrukken, gooide hij... en verloor, zoals te verwachten was.

De eigenaar stapte snel naar voren en gooide alles wat Dann gewonnen had in een zak. Zo lag de tafel vol geld en zo was hij weer leeg.

Dann stond dwaas te glimlachen. Het was doodstil in die kamer.

'Ik ben nog niet uitgespeeld,' zei hij.

Mara wist dat hij de zes goudstukken onder zijn litteken bedoelde, maar op dat moment zei Bergos zachtjes: 'Je zou je zus in kunnen zetten.'

Er ging een zucht of gekreun door de kamer.

'Ik zet Mara in,' zei Dann. 'Ik zet mijn zus in.' Darian legde weer zijn hand op Danns schouder maar die schudde hem weer van zich af. 'Maak je geen zorgen, Mara,' riep Dann, maar nu was zijn grijns dwaas en zwak, en zijn hand trilde. 'Ik win vanavond alleen maar.'

Weer probeerde Darian hem tegen te houden, maar Bergos was naar voren gekomen en naast Dann gaan staan. Dann pakte de beker en de dobbelstenen – wierp, en verloor.

En nu begon Dann te jammeren; hij huilde als een hond, trok met allebei zijn handen aan zijn haar en kreunde: 'Mara, Mara, Mara.'

Maar Mara voelde al een hand op allebei haar armen en ze werd omgedraaid en door de mensenmassa heen naar buiten geduwd, en daarna de grote kamer in, waar ze hadden gehoord van het drama dat zich in de gokruimte had afgespeeld, en de mensen stonden te kijken hoe zij door de kamer werd geduwd, maar achteruitstapten om niet in aanraking te komen met deze ongelukkige. Op straat verbaasde het haar niet dat ze aan een kant naast zich het grijnzende gezicht van Bergos zag. De andere man kende ze niet.

Terwijl ze snel door de straten werd geduwd, dacht ze aan Dann. Hij had al zijn geld verspeeld, ook de zes goudstukken. Wat zal hij doen? Zal hij de andere munten eruit snijden? Zonder iemand om hem te helpen?

Ze gingen niet ver. 'Wat is dit voor huis?' vroeg ze. En Bergos zei: 'Het huis van Dalide.'

Ze dacht: als ze me wilde hebben, waarom heeft ze me dan niet gewoon ontvoerd? Ze zei tegen Bergos: 'Zou het niet makkelijker zijn geweest om me gewoon gevangen te nemen?'

'In strijd met de wet,' zei hij.

Ze bevonden zich in een grote, vaag verlichte hal. Voor hen uit hing een dik, donkerrood gordijn.

'En het is zeker niet in strijd met de wet om een vrouw te vergokken,' zei ze. Ze merkte dat ze door het gordijn werd getrokken en ze stond in een grote, felverlichte kamer vol vrouwen en meisjes met prachtige kleren aan en sommigen halfnaakt. Ze staarden Mara aan. Ze hadden een nieuwsgierige uitdrukking op hun gezicht en sommigen keken boos. Er hing de geur van opium. Nu liet de man die ze niet kende haar arm vallen en hij liep naar een grote, lelijke man die lui bij een muur de vrouwen stond te bewaken. Ze overlegden wat met zijn tween, terwijl ze keken hoe Bergos haar een deur door duwde en een kale donkere gang in, waarvandaan een trap naar boven voerde. Ze liep omhoog, terwijl Bergos stevig haar arm vasthield. Boven aan de trap was weer een gang, en Bergos duwde haar een kamer binnen. Ze hoorde de deur in het slot vallen toen hij hem dichtdeed.

Het was een grote kamer met mooi meubilair en prettige kleuren, heel anders dan de kamer beneden waar de vrouwen zaten. In een nis stond een breed, laag bed, en er stonden een ronde tafel en gebeeldhouwde stoelen met kussens. Sinds haar bezoek aan het huis van Shabis had ze niet meer zulk meubilair gezien, of zulke mooie lampen of een vloer met zulke zachte tapijten. Maar ze kreeg een benauwd gevoel in de kamer en ze rende naar het raam en trok de zware gordijnen open. Buiten schitterden sterren aan de hemel en in de diepte lag een schemerige tuin; daarin was een vuurtje waar mannen omheen hurkten. Ze hoorde hen zachtjes praten, maar ze wist niet in wat voor taal.

Haar hart ging tekeer. Misschien had ze zo'n benauwd gevoel omdat haar hart zo bonsde. Ze begon snel en wanhopig heen en weer te lopen, met haar hand tegen haar hart gedrukt in een poging het tot bedaren te brengen; toen hoorde ze opeens een geluid en Dalide stond in de deuropening. Het was een bizar gezicht: een wijde witte jurk met stroken en paarse lintjes en strikjes, en daarboven het oude, bruine, gerimpelde gezicht met de verwelkte mond en de zwarte oogjes in een web van rimpels. Deze spookachtige verschijning liep wankel op haar zwarte hoge hakken over het tapijt en ging aan de tafel zitten. Dalide gebaarde Mara dat ze moest gaan zitten. Mara ging zitten. Dalide klapte in haar handen. Dezelfde grote, lelijke man die Mara beneden had gezien, kwam binnen met een kan en twee bekers. Hij droeg ook Mara's plunjezak, die hij neerlegde. Hij keek niet naar Mara en ging de kamer weer uit.

'Je had je plunjezak in De Passage laten staan,' zei Dalide.

'Ik vermoord de eerste man die me aanraakt,' zei Mara.

Dalide lachte kakelend, stak een klauwachtige hand uit, wees op de slang die onder Mara's dunne mouw te zien was en zei: 'Ja, ik heb die speeltjes wel vaker gezien. Ze kunnen heel handig zijn.' En toen ze zag dat Mara haar hand beschermend over de metalen spiraal legde: 'Ik zal je slangetje heus niet afpakken.'

Ze schonk een gele, schuimende drank in de twee bekers en nam meteen een slokje uit haar beker, zodat Mara ook durfde te drinken.

'En ik zal je ook niet vergiftigen.'

'Of me verdovende middelen geven?'

'Ach, wie weet,' zei Dalide.

'Wat wil je dan? Wat heb je met mijn broer gedaan?'

'Waarom zou ik iets met hem doen?'

'Hij heeft alles verspeeld. Hij heeft niets meer.'

'Ik handel niet in mannen, ik handel in vrouwen.'

Mara voelde dat haar lichaam, gezicht en hart tot rust kwamen. Ze vertrouwde Dalide wel, besloot ze. Of misschien voelde ze wel opluchting door deze stille kamer, het comfort en de zachte kleuren.

'Ik zal zeggen waar het om gaat,' zei Dalide. 'Ik ben van plan om je voor een heel goede prijs te verkopen – echt voor een heel goede prijs – aan een man die je weet te waarderen. Maar hij is op het ogenblik niet hier. Hij is in Kanaz. Als hij terugkomt, zal hij eens goed willen kijken en dan weet ik wat zijn besluit zal zijn.'

'Waarom denk je dat ik hem niet zal doden? Ik ben niet van plan om iemands bezit te worden.'

'Waarom wacht je niet af?'

'Wie is deze man?'

'Hij zit in de Raad – hij is een van de belangrijkste leden.'

'En zij besturen Bilma?'

'En dit hele land.'

'Waarom zou zo'n hooggeplaatst persoon belangstelling hebben voor – een weggelopen slavin?'

'Je vergeet dat ik zelf ook een weggelopen slavin ben. Die positie maakt je slim. En ik heb een vermoeden... het is mijn werk om mannen te kennen en de vrouwen die geschikt voor hen zijn.'

Ze stond met moeite op uit haar stoel. 'Je zult nu wel gauw slaap krijgen. Ik heb mijn slaapdrank met je gedeeld. Morgenochtend praten we verder – als je wilt. Maar het maakt mij niet uit. Je vindt me niet aardig, maar je hebt me nodig. Je kunt je vrij door dit huis en de tuin bewegen. Probeer niet weg te lopen. Je wordt in de gaten gehouden. En als je dat slangetje van je bij een van mijn mensen gebruikt, draag ik je over aan de politie. Ik doe nooit iets wat in strijd is met de wet en ik laat overtredingen ook niet toe.' En ze waggelde de kamer uit in die belachelijke witte jurk die zwierde boven zwarte schoentjes die net hoefjes waren.

Mara werd overvallen door de behoefte om te slapen. Ze trok haar jurk uit en wilde zich net op het bed laten vallen toen ze opeens het gevoel kreeg dat er iemand naar haar keek. Tussen alle schaduwen en diepere schaduwen en licht-vlekjes en stralen licht van de lamp zag ze een lange gestalte voor een muur staan die haar in de gaten hield. Ze gaf een gil. De deur ging meteen open en daar stond haar cipier, de grote, bruut uitziende man.

'Wat is er?' vroeg hij in onhandig Charadisch.

Ze wees op de toeschouwer en die wees naar haar. Het drong met een schok tot haar door wat er aan de hand was, maar ze beefde van schrik. De man keek waar ze naar wees en schudde toen ongelovig zijn hoofd alsof hij wilde zeggen: ze is gek... En hij liep lachend de kamer uit.

Half slapend deed Mara nog een paar stappen naar de muur toe en zag Mara op haar afkomen. Dreigend en zwijgend, een vijand... Maar ze zakte bijna in elkaar. Ze liep naar het bed en viel erop neer.

Ze werd laat wakker. De kamer baadde in het licht. Mara had gedroomd van een reis waarbij ze bij iedere bocht andere Mara's tegenkwam: Mara het kind; Mara die zich over een uitdrogende poel boog en haar kleine apengezichtje zag in water waar een laagje stof op lag; Mara bij de Verwanten – met Juba, met Me-ryx, die lachend zijn armen om haar hals sloeg; Mara in haar slavenkleed, op de vlucht, altijd op de vlucht.

Ze stond op en ging naakt voor het deel van de muur staan dat weerkaatste wat zich ervoor bevond. Dit was heel iets anders dan de muur van Ida, waar ze zich vaag had gezien door een soort netwerk van barstjes, en ook anders dan het raam in Shari, waar ze zich nauwelijks goed had kunnen zien door alle bladeren en takken. Ze stak een hand uit en zag een hand die haar hand aanraakte – een koel, hard oppervlak als water dat vaste vorm had aangenomen. Het was moei-lijk te zien wat spiegelbeeld was, en wat de Mara was die ademde en weg kon lopen. Mara zag een lange, slanke vrouw met volle borsten die half verborgen wat ze eronder droeg. Een vrouw die tuurde en staarde, en achter haar zag je het bed en een groot deel van de kamer. Wanneer ze wat bewoog, weerkaatste deze magische watermuur ook een vensterbank en lucht waarin wolken voorbijdre-ven. Ze kon het beeld dat ze zag niet rijmen met het beeld dat ze van zichzelf had. Ze dacht: mensen zien dát de hele tijd en niet dít – waarmee ze bedoelde wat ze zelf als Mara zag, het beeld dat ze van zichzelf had. En ze ging dicht bij de watermuur staan en keek aandachtig naar haar ogen, donkere ogen in een ernstig gezicht. Zij kijken naar mijn gezicht en daarna naar mijn ogen, net zoals ik naar gezichten en ogen kijk in de hoop te zien wie daar is; ze hopen dat ze mij, Mara, de Mara hier vanbinnen zullen bereiken. Maar ik heet eigenlijk niet Mara. Ik heb jaren gewacht tot ik zou horen hoe ik eigenlijk heet, maar nu weet ik dat het niet uitmaakt. Want als ik het eindelijk hoor, zal ik denken: heet ik echt zo? Ik heet Mara. Maar toch draagt het beeld dat ik van mezelf heb, hierbin-nen, een andere naam, geen Mara. Zo heet de persoon die mij aankijkt. Ze zeg-gen dat ze mooi is. Ze is nu niet mooi, ze is zenuwachtig en kijkt gespannen. En

Mara probeerde te glimlachen en zichzelf mooi te laten zijn, maar ze vond zichzelf meer lijken op een slang die op het punt staat om toe te slaan. En ze haalde bijna de armband van haar bovenarm af, de metalen spiraal met zijn opgeheven slangenkop, klaar om aan te vallen, want zo zag ze zichzelf. En terwijl ze zich van de watermuur afkeerde, zag ze heel even iemand anders, die glimlachte door alle gedachten die ze over zichzelf had, over die weggelopen slavin.

Haar mond was droog. Ze voelde zich een beetje misselijk. Ze vond een kamer met een wasgelegenheid en ze waste zich, en borstelde haar haren, heel langzaam omdat de slaapdrank haar bibberig had gemaakt, en ze trok de jurk aan die eruitzag of er vlinders in geweven waren. Ze ging weer terug naar de watermuur om zichzelf gekleed te bekijken. Nou ja, dat was beter. Terwijl ze daar stond, ging de deur open en kwam de man van gisteravond binnen met een dienblad. Hij grinnikte toen hij haar daar zag, en maakte een gebaar: zie je hoe dwaas je was?

Ze zag dat hij geen kwaad in de zin had, maar alleen dom was. Ze keek aandachtig naar hem om hem later, in een hinderlaag of een gevecht, te kunnen herkennen. Hij was lang en stevig, een en al spieren en kracht. Hij had een dikke nek. Een groot, lelijk gezicht. Geel: hij had een gele huidkleur. Hij ging naar haar plunjezak en begon haar kleren eruit te halen en ze stapte naar hem toe om hem tegen te houden. Hij maakte een gebaar van wassen.

'Hoe heet je?' vroeg ze, in het Mahondisch. Hij schudde zijn hoofd. 'Hoe heet je?' in het Charadisch.

'Senghor.'

'Waar kom je vandaan?'

'Uit Kharab. De bedienden van Moeder Dalide komen uit Kharab. Zij is daar slavin geweest en nu zijn wij haar slaven.' Hij glimlachte en zei het schertsend. Ze zag dat het een standaardgrapje van de bedienden hier was. Maar hij noemde zichzelf wel slaaf. 'Het is goed voor ons dat niemand onze taal kent. We kunnen zeggen wat we willen.' En hij begon te brullen van het lachen en zichzelf op zijn borst te slaan. Toen ging hij de kamer uit met haar jurken over zijn arm.

Ze stond bij het raam. In de grote tuin beneden zag ze een laagje as waar de vorige avond de bewakers gehurkt hadden zitten kletsen – in het Kharabisch, wat niemand verder verstond. Behalve Dalide natuurlijk. Toen keek ze naar de hoge, slanke, witte torens waar de rijken woonden, met daaromheen grote villa's met tuinen. Gisteravond had Dann heel even genoeg geld gehad om een van die huizen te kopen en als een rijk man daar te leven.

Dann zou wel naar de herberg zijn teruggegaan, waar iedereen al wist wat er was gebeurd en waar ze hem zouden mijden – iemand die zo veel ongeluk met zich meebracht. De herbergier zou hebben verteld dat zijn zus de rekening had betaald, maar hoe dacht Dann de volgende rekening te betalen? Dann zou daar zwijgend en nog verdoofd van de klap hebben gestaan. Wat zou hij hebben gezegd? Zou hij hebben gebluft? Hij had misschien nog een paar muntjes in zijn zakken gehad, maar voor niet meer dan een paar overnachtingen en wat eten.

Eten – weer eten, de noodzaak van eten. Zolang ze hier was, had ze zich niet druk gemaakt om eten – wanneer ze maar wilde werd er eten voor haar neergezet. Maar er zou voor Dann al heel gauw geen eten meer zijn.

Ze liep naar het blad dat op de tafel stond. Dit was beter dan alles wat ze tot nu toe had gehad: zachte, luchtige koekjes met honing en een bruine, schuimende, geurige drank. Zolang ze in dit bordeel zat, zou ze zich waarschijnlijk geen zorgen hoeven te maken over het eten.

Zou Dann in de verleiding komen om nog een paar goudstukken los te snijden? Hij zou het niet durven. Als het verkeerd ging, zou hij weer de dokter moeten roepen. En hoe lang zou Dann leven als ze wisten wat er onder dat litteken verborgen zat? Het was zo verbazingwekkend dat ze het niet snel zouden geloven. En terwijl ze bij dat ontbijtblad zat en het heerlijke eten at, bedacht ze dat wat onder bepaalde omstandigheden gewoon verstandig was, onder andere omstandigheden waanzin was. Omdat de misdadigers in de Toren hem voor een van die munten al zouden hebben vermoord, had Dann ze in zijn eigen vlees verstopt, ergens stiekem in een hoekje, door in zijn vlees te snijden en de munten naar binnen te duwen, en er daarna een doek omheen te binden om het bloeden te stelpen. En dat was alleen maar verstandig want daardoor had hij het overleefd. Maar nu, in deze plezierige stad, deze veilige stad – nou ja, niet voor iedereen – was het gewoon idioot. Hoe zou ze hem nu onopgemerkt een goudstuk kunnen toespelen? Dat kon ze niet. Ze werd voortdurend in de gaten gehouden.

O, ze was zo moe, zo slaperig. Ze ging op haar bed liggen en viel weer in slaap, en toen ze wakker werd, stond haar middageten onaangeroerd op tafel en was het avond. Ze liep naar de deur, die niet op slot zat, en zag Senghor op zijn hurken vlak voor de deur zitten, met zijn rug tegen de muur. Als hij al had geslapen, werd hij in ieder geval vlug genoeg wakker om op te springen en een hand uit te steken om haar tegen te houden.

'Zeg tegen Dalide dat ze me geen slaapdrank meer moet geven. Ik word er ziek van. Ik ben het niet gewend. En zeg tegen haar dat als ik nog eens merk dat ik verdovende middelen krijg, ik mezelf zal uithongeren.'

Senghor knikte. Hij maakte een gebaar dat ze de kamer weer in moest, deed hem vanaf de buitenkant op slot, zodat zij net achter de deur trillend van woede bleef staan. Een paar minuten later hoorde ze dat de deur weer van het slot werd gehaald. Hij zei dat Moeder Dalide haar de slaapdrank had gegeven omdat ze zag dat Mara zo moe was dat ze zonder die drank waarschijnlijk niet zou slapen. Maar Mara kon ervan op aan dat Dalide haar geen drankjes meer zou geven.

'Wanneer kan ik Dalide spreken?'

'Moeder Dalide vertrekt vanavond naar haar andere huis in Kanaz.'

'Wanneer komt ze weer terug?'

'Ik weet niet. Soms gaat ze zeven dagen, misschien ook dertig.'

Nu werd Mara bijna wanhopig. Dalide had geen haast met haar plannen om Mara met veel winst te verkopen. 'Heeft ze een boodschap voor me meegegeven?'

'Ja. Geen medicijnen meer.'

'Nee, over dat ze weggaat?'

Hij staarde haar aan en zei honend: 'Waarom jou iets zeggen? Je bent maar een van de vrouwen van dit huis. Zij jou goed eten geven omdat zij jou goed verkopen.'

Dus in die mooie kamer, die ze al als haar thuis zag, een toevluchtsoord, had wel vaker een vrouw gezeten die Moeder Dalide goed zou verkopen.

'Ik ga naar de tuin kijken.'

'Je blijft in huis.'

'Dalide heeft gezegd dat ik kon gaan waar ik wilde, in het huis en in de tuin.'

'Dat heeft zij niet tegen mij gezegd.'

'Als ze nog niet weg is, ga het haar dan vragen.'

Weer werd ze de kamer in geduwd en werd de deur op slot gedaan. Ze wachtte en hij kwam terug.

'Je mag in het huis en in de tuin.'

Mara liep de trap af en door het gordijn de kamer in waar de meisjes zaten. Ze hingen daar halfnaakt wat rond, in hun mooie kleren. Toen ze door de kamer liep, pakte een klein, dik, mooi meisje haar hand en zei: 'Blijf bij ons. Praat met ons.'

Ze verveelden zich zo erg, zo erg. Ze voelde hun verveling daar rondhangen in die trieste kamer. Twintig meisjes die zaten te wachten. Dit huis had kennelijk veel klanten.

Mara liep naar de voorkant van het huis, met Senghor achter zich aan, en deed de deur open. Toen ze bij de deur kwam, sprong hij voor haar en hield zijn dikke arm voor de deur. Over zijn arm heen zag ze Dalide in een broos rijtuig zitten, dit keer niet in strookjes en kantjes, maar in een bruin leren pak waardoor ze eruitzag als een dik pakket dat in het midden was dichtgebonden. Ze wachtte tot de oude vrouw haar zag en haar een of ander teken zou geven, maar Dalide deed net of ze haar niet zag. Het rijtuig zette zich al in beweging.

Mara keek in de kamers aan weerszijden van de hal. Overal stonden banken, divans, tafels en stoelen. In een kamer was een bediende vuile lakens van een grote, bed-achtige bank aan het afhalen en er schone lakens op aan het doen.

Mara liep weer terug door de grote kamer. Ze glimlachte vriendelijk naar alle kanten en ontweek de grijpende handen van het dikke meisje dat nu in de armen van een vrouw lag van wie Mara een beetje schrok. Ze was zo bleek dat ze bijna groen zag, en ze had steil, licht haar en groene ogen. Mara had nog nooit zoiets gezien en vond haar afschuwelijk. Ze deed een deur open en zag dat in deze kamer een bed stond en stoelen, en op een tafeltje stonden kannen met het gele drankje en koekjes. In weer een andere kamer stond alleen een bed en er was een watermuur, net als in haar kamer. Ze wist nu dat deze weerspiegelende vlakken spiegels werden genoemd, maar als ze er een zag, dacht ze alleen maar aan helder, diep water.

Ze liep naar de achterkant van het huis en daar waren kamers die waarschijnlijk van Dalide waren: comfortabel, met degelijk meubilair en overal mooie lampen die zacht licht verspreidden dat je scheen te wenken. Toen stond ze op de achtertrap en keek naar de tuin, die al schemerig werd. De bewakers waren hun vuurtje aan het aanleggen. Een deed vlees en groenten in een pot. Anderen zaten op hun hurken te wachten en zongen een droevig lied vol heimwee. Grote, gele mannen, net als Senghor. Ze deed een stap de tuin in en aangezien Senghor dat ook deed, verloor ze haar belangstelling. Zijn aanwezigheid daar, zo dicht bij haar, met dat grote, lelijke lichaam en die geur van hem, een zurige, droge, sterke geur, maakte dat ze zich ingesloten voelde, gevangen, zelfs al was ze niet echt een gevangene.

Toen ze weer in de grote kamer kwam waar de vrouwen zaten te wachten, waren er al mannen binnengekomen die met de meisjes die ze hadden gekozen zaten te praten. Deze meisjes waren een en al opgewektheid en deden niets dan flirten en lief lachen. De anderen zaten te kijken. De mannen waren handelaren die een bezoek aan de stad brachten en ze leken opgetogen over de gulle gastvrijheid, de drankjes, het eten en de attente bedienden. Nou ja, Mara zou deze kamer vroeger ook mooi hebben gevonden. Een van de mannen zag haar en wees, maar Senghor schudde zijn hoofd en leidde haar snel verder. Maar ze zag nog net een volgende groep binnenkomen. Deze mannen herkende ze als soortgenoten van de Hadronen, niet wat lichaamsbouw betreft, want ze waren een mengelmoes, zoals de meeste mensen die je hier op straat zag, maar omdat ze de zelfvoldane ingenomenheid herkende die het bewustzijn van macht met zich meebrengt: lompe, verwende mannen die vast meedogenloos waren. Ze zagen haar net toen ze de kamer uit ging en ze stootten een gebrul uit alsof ze op jacht waren en wilden al achter haar aan komen; maar Senghor stak zijn arm uit om hen tegen te houden en toen ze door het gordijn en de deur waren, deed hij die op slot. Nu was ze blij dat hij erbij was. Die mannen – ze kende ze maar al te goed. Dus het gevaar in Bilma was niet dat het verdroogde, of dat daar enige kans op was, maar dat het een corrupte regering had. Maar als dit de heersers van Bilma waren, wat bleek uit Senghors houding – tegenover de handelaren had hij niet die kruiperige nederigheid –, was het hier dan hetzelfde als in Chelops, waar een laag van schijnbare ondergeschikten in feite de plaats bestuurden? Die gezichten… Dalide had gezegd dat de man aan wie ze Mara wilde verkopen een bestuurder was. Trillend van angst over de toekomst die haar waarschijnlijk wachtte, kwam ze weer bij haar kamer.

Toen Senghor op het punt stond om de deur voor haar neus dicht te doen, zei ze: 'Ik wil wat informatie.'

'Wat dan?'

'Weet je iets over mijn broer, Dann?'

'Je broer? Waarom zou ik dat weten?'

'Ik ben erg bezorgd over mijn broer. Als je hoort waar hij is...'

'Ik heb opdracht om met de vrouwen van het huis niet te praten over wat er buiten gebeurt.' En toen zag ze een oprechte nieuwsgierigheid op zijn gezicht dat er meteen vriendelijker uitzag. Hij kwam dichter bij haar staan en zei zachtjes, zonder haar aan te kijken: 'Vreemd, dat als een broer zijn zus vergokt, die zus dan niet kwaad is.'

'Ik heb niet gezegd dat ik niet kwaad ben. Maar hij is mijn broer. Als je iets hoort...'

Nu keek hij haar wel aan en zei: 'Ik ben al twintig jaar bij Moeder Dalide. Ze is goed voor me. Ik ga niet tegen haar opdrachten in.'

'Maar vertel me dan dit: zijn er nog meer vrouwen die in eethuis De Passage zijn vergokt?'

'Ja.'

'En zijn die door Bergos hier gebracht?'

Maar hij schudde zijn hoofd en ging de kamer uit.

Ze was alleen. Ze ging bij het raam staan en zag dat in de tuin het vuurtje van de bewakers brandde en bij de dansende vlammen speelden hun schaduwen over de aarde en de struiken. Ze zaten te eten en de geur van voedsel steeg naar haar op en maakte haar hongerig. Haar blad met avondeten kwam en ze ging zitten eten terwijl ze bedacht dat ze dit allemaal al heel gewoon vond: eten, goed eten, beter dan alles wat ze ooit had gegeten. Maar het vreemde was dat ze niet bij iedere hap dacht: dit is geweldig, een wonder, dat dit eten hier is en dat ik het eet, goed eten en schoon water, alsof het iets is waar ik recht op heb ik, Mara, die jarenlang zuinig moest zijn op ieder hapje eten en ieder slokje water. En zou ze nu binnenkort die Mara vergeten en eten zien zonder ooit nog te denken aan het harde werk en de handigheid die nodig waren om het te maken?

Waar was Dann toch?

Ze ging weer bij het raam staan en tekende in gedachten een kaart van het huis. Het was een groot, vierkant huis van grote, stevige, vierkante bakstenen waar je niet zo gauw doorheen kwam. Het huis was in twee lagen gebouwd, met kamers boven elkaar. Ervoor liep een straat en daar stond een bewaker. Aan de achterkant was de tuin waar ze op uitkeek – met bewakers. De kamers op de benedenverdieping hadden allemaal dikke, houten tralies – niet de kamers van Dalide maar wel alle andere. Voor dit raam zaten geen tralies, maar als ze omlaag sprong, zou ze een arm of been breken en de bewakers zouden haar tegenhouden. Te oordelen aan Senghor waren alle bedienden Dalide toegewijd. Dus niet om te kopen. En ze kon niet laten merken dat ze geld had, omdat Dalide het dan van haar zou afpakken. Dus de enige manier om iets te horen was van de mannen die hier kwamen.

Later die avond hoorde ze Senghor discussiëren met mannen die voor haar deur stonden: ze eisten toegang. De meisjes beneden hadden met hun klanten over haar gepraat.

De volgende dag ging ze pas tegen de middag naar de grote kamer beneden. De vrouwen waren net op en liepen geeuwend rond. Het kleine dikke meisje lag weer in de armen van de lange witte vrouw met haar steile lichte haar; ze streelde het haar en speelde ermee, maar toen ze Mara zag, stak ze haar handen uit en pakte die van Mara met gilletjes van plezier, en trok haar omlaag. Nu zat Mara dus binnen handbereik van deze witte vrouw die zo vreemd en beangstigend was; en toen het kleine meisje zei: 'Zeg eens iets, Mara, vertel ons iets,' kon ze nauwelijks rustig blijven; ze vertelde weer haar verhaal, want wat zou ze hun anders kunnen vertellen als ze zo nieuwsgierig naar haar waren? Ze zagen het als een verhaaltje, een verzinsel, want wat ze zei lag zo ver van hun ervaringen af, al kwamen sommigen van hen van het platteland, waar ze vanwege de moeilijke omstandigheden door hun ouders waren verkocht. Ze hadden geen van allen echt honger gekend en konden niet bevatten dat er weleens niet genoeg water te drinken zou kunnen zijn. Dus Mara vertelde haar eigen verhaal en verwonderde zich er met hen over, vooral omdat ze niets zei over de goudstukken die haar en Dann hadden gered. De leidraad van het verhaal ontbrak dus, en af en toe klonk het alsof de succesvolle vlucht van broer en zus te danken was geweest aan bovennatuurlijke ingrepen in plaats van noeste volharding met steun van de kleine voorraad goud die jarenlang in een oude vloerkaars had gezeten.

Ze eindigde het verhaal toen de klanten binnenkwamen, terwijl de meisjes om het hardst riepen of ze de volgende dag weer terug wilde komen om hun nog een verhaal te vertellen. Het meisje, Crethis, dat tijdens het verhaal zo dicht mogelijk bij haar had gezeten zonder echt in haar armen te klimmen, ging nu weer bij haar bleke vriendin Leta op schoot zitten, die door de anderen de Albina werd genoemd. Maar Crethis moest meteen weer bij Leta weg, omdat er een man binnenkwam die haar opeiste. Het was een verstandig uitziende, ernstige, aardige man die wel een Mahondi leek – was hij een Mahondi? Ja. Hij keek aandachtig naar Mara, glimlachte en knikte, maar vroeg niet om haar. Hij nam Crethis mee naar een kamer apart, en Mara ging naar boven.

Daar merkte ze dat al haar jurken waren gewassen en opgehangen. Haar zakje munten was op tafel gelegd. Ze paste de twee jurken uit Chelops. Nou, die zwierige, kleurige katoenen jurken hadden toen mooi genoeg geleken. Ze trok het onverwoestbare bruine kledingstuk aan en ging voor de spiegel staan. Het was nu te kort voor haar, kwam net tot haar knieën en leek als een schaduw om haar heen te zweven. Ze stond in de watermuur te kijken toen Senghor binnenkwam met haar blad met eten. Hij zag haar, wees meteen naar wat ze aanhad en vroeg: 'Wat is dat voor ding?' Want hij had het proberen te wassen.

'Er is vroeger een beschaving geweest die dingen maakten, die – ze sleten nooit.'

Hij schudde zijn hoofd: ik begrijp het niet.

'Een volk, langgeleden, honderden jaren...' Ze dacht dat hij de honderden had begrepen en probeerde: 'Duizenden jaren geleden ontdekten ze hoe ze dingen moesten maken – huizen, kleren, potten en kannen die altijd blijven bestaan.'

'Wat voor volk? Wie? Waar?'

'Langgeleden. Niemand weet wanneer.' Hij staarde met gefronst voorhoofd voor zich uit. 'Er waren veel volkeren die leefden en daarna verdwenen. Niemand weet waarom.'

Hij staarde haar aan met een gezicht dat somber en vol ontzag was, maar ook boos. Toen besloot hij te lachen. 'Je moet dit verhaal aan de meisjes vertellen – die zouden het heel leuk vinden,' zei hij, en hij schudde al die moeilijke gedachten toen met een energieke hoofdbeweging van zich af.

De volgende dag na het eten, toen het hele huis en iedereen erin loom en slaperig was, de meisjes omdat slaap een vluchtweg uit hun leven was, ging Mara weer naar beneden en vond Crethis op haar vaste plaats in Leta's armen. Dit keer ging Mara zo dichtbij zitten dat Crethis zich niet hoefde te verroeren en alleen haar hand uitstak om Mara te strelen of haar haren aan te raken vanuit de beschermende armen van Leta.

Mara vertelde hun over de steden die overal tot ruïnes waren vervallen, en over de stad die ze had gezien en die nooit kon veranderen of instorten; en toen begon ze hun over het verleden te vertellen van het gebied waar ze zich bevonden, de landen rond Bilma. Ze luisterden voorovergebogen, zo vol belangstelling dat ze hun snoepjes en opium en hun geeuwen vergaten.

'Vanwaar we nu zijn tot aan de Middenzee lag vroeger alleen maar zand. De Middenzee heet zo omdat er vroeger een zee was, maar nu is het alleen een groot gat in de aarde waar ooit een maan terecht is gekomen – die viel uit de hemel en scheurde de aarde open. Alleen maar zand. Stel je voor dat je een witte streep zand op de weg ziet en dat die groter wordt en alles bedekt wat je ziet – overal waar je kijkt is zand...' De vriend van Crethis was binnengekomen en stond te luisteren. Hij gebaarde naar Crethis dat ze moest blijven zitten en Mara niet moest onderbreken. 'Maar onder dit zand lagen vroeger bossen en velden waar mensen graan verbouwden. Bossen en velden die mensen te eten gaven, en toen werd het om de een of andere reden allemaal door het zand bedekt. En toen, na vele, vele jaren' – ze durfde niet honderden, laat staan duizenden te zeggen – 'waaide er aarde over het zand en daarna zaadjes, en toen waren er in plaats van het zand weer bossen, uitgestrekte bossen. Maar in die bossen kwamen mensen wonen en die begonnen de bomen om te hakken en wat je nu ziet is dat stadium:

mensen die steden te midden van de bossen aanleggen en bomen omhakken – alles is altijd een fase, de ene situatie gaat altijd in de andere over.'

De jonge vrouwen zagen er ongerust en bezorgd uit, maar niet allemaal. Sommigen begrepen het en leunden voorover om te luisteren en vooral Leta volgde ieder woord.

'En wanneer komt het zand weer terug?' vroeg iemand.

'Wie weet? Misschien wordt het wel weer allemaal zand waar niets kan groeien; maar net als men denkt dat alles dood is, dat er nooit meer iets zal groeien, veranderen de seizoenen en de regen en in plaats van zich te verspreiden, verdwijnt het zand en komen er weer bossen.'

'Zoals nu,' zei Crethis en ze glimlachte over Leta's arm heen naar de man die stond te luisteren.

'We hebben nu open bossen, met daarin steden, en grote open gebieden waar velden zijn en daar waait de grond weg en wordt de laag aarde dunner. Diep onder onze voeten ligt het zand uit de tijd dat dit allemaal woestijn was, met overal zand, zo ver als het oog reikte.'

De vriend van Crethis knikte goedkeurend, zodat het gezucht en de ongelovige uitroepen verstomden.

'Waar heb je dat allemaal geleerd?' vroeg hij Mara.

'Van Shabis in Charad. Hij heeft me alles geleerd wat ik weet.'

Hij keek haar doordringend aan, zodat het haar wel moest opvallen, en zei: 'Ik ken Shabis.'

'Ken je Darian?'

'Ja, ik ken Darian.'

Dan zou hij dus ook iets over Dann weten... Hij stond op, maakte een gebaar naar Crethis dat ze met hem mee moest komen en zei tegen Senghor: 'Mara gaat met ons mee.'

'Dat is niet toegestaan,' zei Senghor.

'Ik regel dat wel met Moeder Dalide.'

Het drietal ging naar een zijkamer waar behalve het bed een tafeltje stond met koekjes en een kan sap en zelfs fruit. Senghor probeerde mee naar binnen te lopen, maar de deur werd voor zijn neus dichtgedaan.

Mara ging in de enige stoel zitten, en de andere twee zaten op het bed. Crethis kroop tegen haar vriend aan, die met een toegeeflijke glimlach zijn arm om haar heen sloeg.

'Ik heet Daulis. Ik zit in de Raad van Bilma.'

'Je lijkt niet op de andere bestuurders.'

'Dank je, Mara. Ik hoop dat ik anders ben – maar ze zijn niet allemaal als degenen die hun avonden hier doorbrengen.'

'Ik wou dat jij hier je avonden doorbracht,' zei Crethis pruilend. Dat pruilmondje en de bijbehorende kuiltjes waren niet iets wat Crethis alleen voor haar werk deed. Zo was ze nu eenmaal: altijd glimlachen, aaien, pruilen, knuffelen en strelen.

'Je broer is in gevaar, Mara. Er is een grote beloning uitgeloofd voor degene die hem terugbrengt naar Charad. En ook voor Darian.'

'Ik begrijp niet waarom Shabis niet – gewoon een oogje kan dichtknijpen.'

'Shabis is echt een buitenbeentje onder de generaals. Dann was zijn beschermeling. Darian moest Dann vervangen. De andere generaals hadden kritiek op Shabis: ze zeiden dat Dann en Darian te jong waren. Shabis zei dat ze allebei even competent waren als mannen die twee keer zo oud waren. Het is slechts een kwestie van tijd voordat ze worden opgepakt en teruggebracht naar Shari voor een groot schijnproces.'

De tranen stroomden over Mara's gezicht. Kleine Crethis leunde vanaf Daulis' schoot voorover om ze weg te strelen.

'Dus zijn Dann en Darian naar Kanaz gegaan.'

'Hoe dan?' Maar ze wist het al.

'Ze zijn in dienst genomen als wagonvoerder. Om wagons naar Kanaz te duwen.'

Ze kon een wanhopige lach niet onderdrukken. 'We hebben daar nog grapjes over gemaakt. Maar we zeiden toen dat ik in de wagon zou rijden.'

'Hij wacht op je in Kanaz.'

'En hoe moet ik in Kanaz komen?' zei ze bitter. 'Ik word hier verkocht.'

Hij keek haar vriendelijk aan en glimlachte. Ze begreep toen dat hij de man was aan wie ze zou worden verkocht. Ondertussen zat Crethis naar hem te glimlachen en haar hand stak in de zak van zijn gewaad. Mara wist dat ze weg moest. Ze stond op en zag hoe hij naar haar keek, humoristisch en kameraadschappelijk. Ze liep de kamer uit, deed de deur dicht en daar stond Senghor.

'Ik weet zeker dat het goed is,' zei ze. 'Daulis is blijkbaar een goede vriend van Moeder Dalide.'

'Ja, ze zijn bevriend. Maar het is verboden, wat er gebeurd is.'

Toen ze weer op haar kamer was, ging ze zitten om na te denken. Daulis ging haar kopen, maar vrijde met Crethis. Dat maakte haar bedroefd. Ze hoopte dat ze niet jaloers was, en ze wist dat ze dwaas deed.

Dat ze aan Daulis verkocht zou worden, nadat ze had gezien aan wat voor mannen ze had kunnen worden verkocht – dat was toch wel reden genoeg om gelukkig te zijn. En ze was, zo niet gelukkig, dan toch opgelucht, en ze besefte dat haar ademhaling al dagenlang onderdrukt en oppervlakkig was. Ze haalde nu weer diep adem, vanuit haar middenrif, en ze had niet meer het gevoel alsof er messen in haar ogen staken.

De man wist van Dann, wist van haar, en wilde hen helpen. Waarom? Hij was een Mahondi, dat wel. Er was iets wat had moeten worden uitgelegd, besefte ze. Zou die uitleg nog komen? Als Dalide terugkwam, zou hij de oude vrouw het

bedrag voor Mara betalen en dan – dan zou ze hiervan verlost zijn. Maar Dalide
bleef misschien nog dagen of weken weg…

18

Toen Mara in slaap viel, dacht ze niet aan Daulis maar aan Shabis. Hij hield van haar, had Dann gezegd, en ze had het nooit gemerkt of vermoed. Nu dacht ze erover na en ze zag hem daar in haar verleden naar haar staan glimlachen, lang, vriendelijk en edelmoedig, maar meer als een vader, niet als een minnaar. Ze kreeg een warm gevoel vanbinnen als ze aan hem dacht, maar het was niet hetzelfde als wanneer ze aan Meryx dacht, die arme Meryx, die nooit zou weten dat hij een kind had verwekt. .

Mara's armen waren gevuld met een lieflijke warmte, kleine armpjes grepen haar vast, ze voelde een nat babymondje tegen haar wang en hoorde het kraaien van baby's... Ze werd vroeg in de ochtend bedroefd wakker. Ze had nooit aan het kind willen denken dat door de wijze vrouwen in Goidel was weggewerkt, en ze wilde zich dat nu ook niet herinneren. Ze stond op, waste zich, kleedde zich aan en ging bij het raam zitten terwijl de bewakers tegen de nog rokende blokken van hun vuurtje van de vorige avond schopten en geeuwend op weg gingen naar bed. Overal zonlicht. Helder, koel zonlicht. Ze zag een beestje, een huisdier, net als haar Shera van vroeger, dat tussen afgevallen bladeren dartelde. Het was hier zo stil, in Moeder Dalide's huis. Toen Senghor haar ontbijt bracht, was het net of hij anders naar haar keek, maar ze wist niet wat dat te betekenen had. Ze zat de hele ochtend bij het raam, en er gebeurde niets in die tuin. Wanneer de bewaker geeuwde of een windvlaag een paarse klimplant deed bewegen zodat de schaduwen over het steen dansten, waren dat belangrijke gebeurtenissen. Beneden haar sliepen de vrouwen in hun bezoedelde bedden. Ze wist dat ze het niet leuk vonden om wakker te worden en vaak maar weer gingen slapen, en dan weer wakker werden en weer gingen slapen, en alleen opstonden wanneer ze moesten. Tegen de middag hoorde ze hun boze, klaaglijke stemmen, geen gelach, en de grote kamer liep langzaam vol, want er waren een paar klanten voor de middag, en de vrouwen lagen daar te geeuwen en te knabbelen op snoepjes en koekjes en te drinken van hun sapjes. De last van hun droefheid lag zwaar op het hele huis. De middagen waren altijd het ergst. Lange, lome, trage middagen, waarin de sporadische klant een vertiertje was en ze druk ruzieden over wie hij zou kiezen, om even iets anders te voelen dan hun droefheid en wrok. Mara wist dat ze bij al haar avonturen, en bij alle gevaren die ze had doorstaan, nooit zoiets ergs had meegemaakt als de hopeloze dromen van die arme vrouwen beneden, die als een giftige damp om hen heen hingen...

Ze zag zichzelf niet als een van hen, maar toch was ook zij een vrouw van dit huis, zoals Senghor haar in herinnering bracht. Ze rook de kille, zoete, trage geur van opium. Beneden staken ze hun korte pijpjes aan en de meisjes die zelf niet rookten, leunden nog dichter tegen de anderen aan en namen diepe teugen van de rook die in de longen van hun lotgenoten had gezeten. Tweedehands opium noemden ze deze gewoonte.

Er werd geklopt. Wat was dat? Niemand klopte, Senghor in ieder geval niet; maar het was wel Senghor, en hij zei: 'De vrouwen willen graag dat je naar beneden komt en hun verhalen vertelt.'

Hij gedroeg zich anders. En toen ze de grote kamer in liep, dacht ze dat de meisjes anders naar haar keken toen ze riepen: 'Kom met ons praten, Mara,' en de kleine Crethis zei vanaf Leta's schoot: 'Begin nog eens vanaf het begin, Mara.'

Nu begon Mara op een punt dat verder in het verleden lag, namelijk het moment waarop ze in het donker was weggevlucht uit het huis van haar ouders, en ze begon met haar vroege jeugd – dat heerlijke, plezierige, makkelijke leventje waarin ze iedere ochtend wakker werd om de avonturen van een kind te beleven, met het prettige vooruitzicht van het *Wat heb je gezien, Mara, wat heb je gezien?* En terwijl ze praatte, herinnerde ze zich zelfs nog meer bijzonderheden, kleinigheden die ze bijna was vergeten: hoe het water in een beek over een ondiep liggende steen liep en daar patronen op vormde; de zachte bloemengeur van haar moeder als die haar welterusten kwam zeggen... Al pratend en met haar gedachten bij het verleden keek Mara naar de mollige Crethis, met haar babygezichtje en haar vochtige roze lippen, en ze wist over welk kindje ze had gedroomd. Crethis, die in een beschuttende arm naar Mara lag te kijken, was net een klein meisje. Ze was ook een klein meisje, een baby zelfs, met haar zoekende handen, een baby die naar iets greep, die lachend het gezicht boven zich pakte. Het gezicht dat zo anders was dan alle andere gezichten, met de geloken groene ogen en bleke witte, glinsterend witte wimpers en het dikke, lichte haar dat over het gezicht van Crethis viel, zodat die er lachend aan trok. Maar omdat Leta zo anders was, had ze nooit gebrek aan klanten, en er kwam een man binnen die naar haar wees en ze moest opstaan en met hem meegaan naar een van de kleine kamertjes. Crethis kroop naar Mara en nestelde zich in haar armen. Mara praatte door, en hoorde in haar stem ondertonen van verlangen, als een lied, en ze dacht: ja, maar ik vertel hun niet hoe het stof zich ophoopte op de binnenplaatsen en de fonteinen droogstonden en de bomen smachtten naar water.

Nu stak Crethis haar hand uit, raakte Mara's gezicht aan en zei: 'Prinses Mara, je hebt in een paleis gewoond.'

Mara begreep waarom Senghor nu meer respect voor haar had, en waarom de meisjes zo nieuwsgierig waren en ze zei: 'Als ik al een prinses was, wist ik het niet, en ik ben nu geen prinses.'

De avondklanten kwamen binnen en de meisjes kwamen overeind uit hun luie houding en gingen er bekoorlijk bij zitten, koket met elkaar pratend, met een half oog op de deur gericht om te kijken wie er zou komen.

Daulis arriveerde. Hij zag er bezorgd en gehaast uit en wenkte meteen naar Mara. Crethis stond op, maar hij schudde zijn hoofd – nee. Op dat moment kwam Leta terug en toen ze Daulis zag, ging ze naar hem toe en praatte zachtjes en dringend met hem terwijl ze zijn arm vasthield.

'Wacht,' zei hij. 'Wacht, Leta. Wacht.'

Hij ging met Mara naar haar kamer. Mara zag nog net hoe Crethis tegen een ander meisje aan kroop, niet tegen Leta, die Daulis stond na te kijken. Ze gingen niet zitten.

'Een vervelende zaak,' zei Daulis. 'Het is mijn schuld. Ik ben bang dat ik Crethis iets over je verteld heb...'

'Een prinses,' zei Mara. 'Een prinses in een bordeel.'

Hij maakte een gebaar: alsjeblieft. En zijn gezicht stond ongelukkig, een en al verontschuldiging en bezorgdheid. Toen ze hem zo zag, kreeg ze een veel minder hoge dunk van hem. Hij leek zelfs kleiner, minder indrukwekkend.

'Dus,' zei Mara, 'dat heeft ze tegen de meisjes verteld en de meisjes hebben het tegen klanten verteld.'

'Ik heb het geld om je uit te kopen. Het is gedeeltelijk mijn geld en gedeeltelijk het geld van Shabis. Maar nu willen een paar leden van de Raad je kopen...'

'Een prinselijke prostituee?' vroeg Mara.

'Een Mahondische prinses. Daar zouden ze trots op kunnen zijn. En ze zijn van plan om Dalide het dubbele te bieden van wat ik met haar heb afgesproken. Zoveel heb ik niet.'

Mara dacht: ik heb het hier, op mijn lichaam, maar dat ga ik hem niet vertellen. Misschien dat ik het later nog harder nodig heb dan nu.

'Gelukkig is Moeder Dalide weg. Ze zou de verleiding niet kunnen weerstaan, hoewel ze het eens was met de prijs. Ik denk dat je dan snel in een nog minder plezierige gevangenschap zou verkeren. En dus moeten we snel handelen. Ik heb een verklaring afgelegd tegenover de voornaamste magistraat, die gelukkig een goede vriend van me is, dat ik die prijs met Dalide heb afgesproken. Die afspraak is bindend volgens de wet, maar ik weet zeker dat Dalide en die boeven wel iets zouden bedenken om daar onderuit te komen. Ik stel voor dat ik je meteen mee-neem naar Kanaz in het noorden. En als je Dann daar dan hebt ontmoet, gaan we verder.'

'Wie controleert de uitvalswegen naar het noorden?'

'De Raad natuurlijk. Daar zit ik ook in. We moeten weggaan voordat de ande-ren erachter komen.'

'En wie is er zo op gebrand om deze prinses veilig Bilma uit te krijgen? Waar moet ik heen?'

Hij aarzelde. 'Je zult het snel genoeg te weten komen, Mara. Dat beloof ik je. Dan begrijp je het allemaal. Nu moeten we opschieten.'

Ze begon haar kleren in de plunjezak te stoppen, verdrietig dat die zo mooi gewassen en geperste kleren weer helemaal zouden kreuken.

Buiten klonk een luid geruzie. Senghor en Leta. Ze kwam naar binnen en probeerde de deur voor Senghors neus dicht te doen. Hij liet zich niet buiten-sluiten. Daulis moest hem naar buiten duwen.

'Daulis, waarom wilde je niet naar me luisteren?' vroeg Leta. 'Ik probeerde je iets te vertellen. Ik heb net het Hoofd van de Raad gezien, en die zei dat ze het noordelijke station onder bewaking stellen.'

Daulis liet zich op het voeteneind van het bed vallen en liet zijn hoofd in zijn handen rusten.

'Maar als je naar mij luistert,' zei Leta. 'Luister nou. Ik weet een manier. Je moet met Mara trouwen en dan kunnen ze je niet tegenhouden – nou, je bent toch niet getrouwd?'

Daulis zweeg, maar de snelle, bijna steelse blik die hij op Mara wierp, maakte haar duidelijk dat hij niet met haar wilde trouwen.

'Het huwelijk zou buiten het gebied van Bilma niet rechtsgeldig zijn.'

'Nee? Hoe weet je dat?'

Leta lachte boos. 'Dat weet ik. Ik heb jaren gezonnen op manieren om weg te komen. Ik ken de wetten. Geen man in Bilma met enige deskundigheid die ik niet in mijn bed heb gehad, die ik niet ergens voor heb gebruikt. Informatie. Ik zit hier al tien jaar,' zei ze. 'Tien jaar.' En Mara hoorde de afschuw en de haat in haar stem. 'Neem me met je mee,' zei ze. 'Ik heb wat gespaard. Moeder Dalide laat ons wat houden. Ik heb mijn afkoopsom al twee jaar bij elkaar. Ik zou me-zelf vrij kunnen kopen, maar als ik dan door Bilma liep, zou ik de hele tijd de mannen zien met wie ik seks heb gehad. In Kanaz kent niemand me.'

'Als ik iemand mee zou nemen, zou dat toch Crethis zijn,' zei Daulis.

Leta kon maar nauwelijks haar ongeduld bedwingen, zag Mara.

'Ik weet dat je haar lief vindt,' zei ze.

'Ja, inderdaad,' zei hij nadrukkelijk.

'Heb je al bedacht wat je met haar zou moeten? Ze is niet zoals ik, ze is niet onafhankelijk. Je zou je de hele tijd met haar moeten bemoeien.'

'Met genoegen,' zei hij. Maar dat was enkel om zich niet gewonnen te geven – hij keek aarzelend.

'Er zijn vrouwen die dit leven haten,' zei Leta. 'Zoals ik. En er zijn vrouwen die het leuk vinden. Daar hoort Crethis bij.' Daulis schudde zijn hoofd – probeerde de gedachte van zich af te schudden. 'Crethis kan wel zes mannen per nacht krijgen en dat gebeurt ook vaak. Ze is heel geliefd. En ze geniet er iedere minuut van.' Daulis was opgestaan en staarde uit het raam, waar de vonken van het vuur van de bewakers omhoogschoten in het donker. 'Als je haar uit dit huis zou weghalen, zou ze teruggaan. Het is haar thuis. En als je haar mee zou nemen naar Kanaz, zou ze binnen de kortste keren weer in een bordeel zitten.'

Daulis zweeg. Hij hield zijn gezicht afgewend, maar er liepen tranen overheen.

'Ja, je houdt van haar. Maar ze is een klein meisje. Ze was zes toen ze hier kwam – en haar leven als hoer begon. Ze heeft nog nooit een nacht alleen doorgebracht, behalve vorig jaar toen ze die ziekte van de longen had.'

'Ik heb het haar beloofd,' zei Daulis.

'Wat heb je haar beloofd? Een Raadslid kan toch niet beloofd hebben om een hoer uit het bordeel van Moeder Dalide te trouwen?'

'Ik heb haar een veilig onderkomen in mijn huis beloofd.'

'Je bent niet de enige. Je vriend het Hoofd van de Raad heeft haar al eens mee naar huis genomen, maar ze was zes dagen later weer terug. Dit is haar thuis en Moeder Dalide is haar moedcr.'

'Goed, pak je spullen,' zei Daulis.

Leta rende de kamer uit cn tcrwijl zc haar snelle, lichte stappen op de trap hoorden, kwam Senghor de kamer in.

'Ja, ik weet het,' zei Daulis. 'Het mag nict; maar ik ben Raadsheer Daulis van de Hoogste Raad en ik beveel je om opzij te gaan.' Senghor ging opzij.

Mara en Daulis liepen naar beneden, Mara met haar plunjezak, terwijl de vrouwen die niet aan het werk waren de hal in liepen om te kijken. Een paar wierpen een kushand toe, naar Daulis of naar Mara, het was moeilijk te zien naar wie.

Leta kwam aanlopen met een tasje spullen in haar hand en even later stonden ze met zijn drieën in de nachtelijke straten van Bilma. Ze liepen snel door zijstraten tot ze bij een grote poort kwamen. De wachter herkende Daulis en liet hen binnen. Daulis liet de twee vrouwen in een kamer beneden achter terwijl hij boven ging overleggen met zijn collega en vriend, de magistraat, en toen werden ze naar boven geroepen. Een paar minuten later was Mara geheel volgens de wet met Daulis getrouwd, met Leta als getuige. Ze hoefden alleen te zeggen dat ze allebei niet getrouwd waren en niet aan iemand anders waren beloofd. Toen schreef Mara haar naam naast die van Daulis in een groot perkamenten boek. Sinds ze bij Shabis was had ze niet meer geschreven, behalve dat ze met een stok wat letters in het stof had geoefend. Ze kreeg een leren schijfje aan een koord dat ze om haar hals moest hangen, zodat iedereen kon zien dat ze getrouwd was en aan een man toebehoorde. En voorlopig was ze blij met die bescherming.

Daulis vroeg de magistraat om een brief naar de Raad te sturen met de boodschap dat Mara uit het huis van Dalide getrouwd was en volgens de wet Bilma mocht verlaten.

Toen ze weggingen, vroeg de magistraat aan Mara: 'Ben jij de vrouw van wie de broer in Charad gezocht wordt wegens desertie?'

'Mijn broer is naar het noorden gegaan. Hij is veilig.'

'Met die prijs op zijn hoofd kan hij maar beter verdertrekken. Hij zal nergens veilig zijn aan deze kant van Tundra.'

Ze liep met Daulis en Leta snel en zachtjes door paadjes en zijstraten, naar de heuvel boven het station waar ze met Dann was geweest, maar ze liepen er met een boog omheen, en kwamen vlak bij het platform waar een aantal wagons stond opgesteld voor de volgende ochtend. Ze durfden niet in een wagon te gaan zitten, voor het geval er naar hen gezocht werd, maar ze zagen een eindje verderop een schuurtje of hutje staan en daar gingen ze naar toe. Al snel zagen ze in het vage maanlicht een paar soldaten achter de heuvel vandaan komen en de wagons doorzoeken. Ze wilden al teruglopen, toen een van hen naar het schuurtje toe kwam, door een gebarsten raampje naar binnen tuurde en binnenkwam.

Daulis stapte naar voren en zei: 'Weet je wie ik ben?'

De soldaat aarzelde en zei: 'Ik moet u arresteren.'

'Waar is je arrestatiebevel?'

'Er was geen tijd voor een arrestatiebevel. Het Hoofd van de Raad heeft ons gestuurd.'

'Goed, dan geef ik je een bevel. Ik ben Daulis, dat weet je, en ik ga met mijn vrouw Mara naar Kanaz. Je hebt niet het recht om me tegen te houden.'

De soldaat keek de stoffige oude schuur rond en vroeg zich af: als dit legaal is, waarom verstop je je dan? Maar hij wist niet wat hij moest doen en hij durfde Daulis niet te arresteren. Hij ging zonder te salueren naar buiten en ze zagen de twee soldaten naast de wagons met elkaar overleggen. Ze liepen langzaam weg.

Het was inmiddels ver na middernacht. Leta haalde wat brood te voorschijn – ze had het nog snel uit de keuken gepakt toen ze wegging. Ze aten haastig, verlangend naar water, en ze gingen naar buiten en vonden een omgevallen boom met een heleboel takken; en daar gingen ze op hun hurken achter zitten om de wagons en het schuurtje waar ze hadden gezeten in de gaten te houden, want ze dachten dat de soldaten wel terug zouden komen. Net voor het licht werd, kwam er inderdaad iemand, maar dat was een zwerver en die was misschien nog gevaarlijker, want als hij zag dat ze zich verborgen hielden en dus bang waren voor de politie, zou hij hen misschien wel gaan aangeven in de hoop een beloning te krijgen.

De zon kwam op. Het platform bij het station liep langzaam vol. Het drietal rende ernaar toe, en toen zag Mara de zwerver naar haar staan staren. Ze kende hem, kon niet bedenken wie het was… ze liep naar hem toe en herkende Kulik maar met moeite, omdat hij zo mager was en in vodden gekleed ging.

Ze wilde net weer weglopen, toen hij een stap naar voren deed, haar arm pakte, dat akelige, gehavende gezicht van hem vlak bij haar bracht en zijn vieze tanden dreigend ontblootte.

'Geef me wat geld, Mara,' zei hij.

'Nee.'

'Dan pak ik het.'

Een vechtpartij, een lawaaiig opstootje of zelfs alleen maar geschreeuw was wel het laatste waar ze behoefte aan had. Ze gaf hem een handvol muntjes en terwijl ze zich omdraaide, zag ze zijn triomfantelijke gezicht en hoorde ze hem zachtjes zeggen: 'Waar is je broer? Ben je van plan om hem verborgen te houden?'

Ze ging weer naar de andere twee op het platform, en ze stapten in, net toen de wagon in beweging kwam, met de jongemannen aan de voorkant die trokken en de jongemannen aan de achterkant die duwden. En terwijl de wagon al sneller begon te rijden, kwamen een paar officieren, geen soldaten, het platform op rennen en keken hen na.

'Wanneer zullen we veilig zijn?' vroeg Mara.

'Niet in Kanaz,' zei Leta. 'Maar ik heb gehoord dat het een grote stad is, dus we kunnen ons er wel verborgen houden.'

En de andere twee keken haar vol ontzag aan en geloofden haar. Nu ze weg was uit dat huis dat haar zo vernederde, was Leta een indrukwekkende vrouw, die door haar levenservaring gezag uitstraalde en ook knap was. Ze droeg een donkergroen kledingstuk dat haar bleke huid en groene ogen deed glanzen. Haar lichte haar zat in een grote knot. En wie is nu de prinses? dacht Mara, gefascineerd door deze vreemde vrouw die zo totaal anders was dan ieder ander die ze ooit had gekend.

Ze hielden met zijn drieën elkaar beet en grepen zich aan van alles vast. De wagon bestond uit een verzameling houten planken en latten, net als een kooi, en hij rammelde, en schudde en zwaaide heen en weer – hij zou nog weleens om kunnen slaan. En al snel gaf een verzameling houtsplinters naast het spoor aan dat de wagons inderdaad weleens omsloegen, hoewel ze niet erg hard reden. Een snelle koerier had het makkelijk bij kunnen houden. De jongens die trokken, liepen met soepele tred en hadden voldoende adem om tijdens het lopen naar elkaar te schreeuwen. De jongens die geduwd hadden, waren op het laatste moment op de wagon gesprongen en wachtten tot ze de anderen moesten aflossen wanneer die moe werden. Maar aan hun manier van praten te oordelen was er blijkbaar een punt voor hen uit waar de lijnen waren gebroken. Dat gebeurde wel vaker, zoals te zien was aan de stapels onderdelen die met tussenpozen naast het spoor lagen: stukken van het zwaarste hout uit het bos. Al snel werd aan de touwen getrokken zodat de wagon tot stilstand kwam. Voor hen uit waren werklieden de gebroken rails aan het vervangen. Het drietal voelde zich uiteraard nogal ongerust omdat ze slechts een paar uur buiten Bilma al stilstonden, en omdat een snel paard hen makkelijk zou kunnen inhalen.

Eerst hadden ze door een open bos gereisd, maar nu bevonden ze zich in een grazig dal, dat wel leek op de dalen die Mara zo vaak op haar reis naar het noorden in de uitgestrekte, droge savanne had gezien; maar het gras was anders en de bomen ook: ze waren lager en knoestiger, niet de luchtige, wijdvertakte bomen van het bos ten zuiden van Bilma. Onder de bossen, op een diepte van een meter of zeven, lagen waarschijnlijk nog de oude zandlagen van de woestijn die volken in de oudheid de Sahara hadden genoemd. En Mara bedacht dat ze in haar plunjezak nog twee gestreepte kaftans had die Sahars werden genoemd. Terwijl het zand ver onder hen was overstroomd – zei men – en met bossen was begroeid, geteisterd was door brand, telkens weer was overstroomd, en weer zand was geworden… terwijl dat alles plaatsvond, duizenden jaren achtereen, hield een klein woordje hardnekkig een oude klank vast, en mensen die de namen van hun voorouders niet eens meer kenden en zelfs niet wisten dat ze voorouders hadden gehad, wandelden gewoon een winkel in en zeiden: 'Ik wil naar de Saharkaftans kijken.'

Op een pad dat evenwijdig liep aan het spoor verscheen een statige optocht van paarden, ezels, lichte karren en draagstoelen gedragen door – maar ze hadden geen slaven in Bilma –, en mannen en vrouwen te voet. De mensen in de wagon keken een halfuur lang naar deze karavaan die voorbijtrok. 'Waarom zijn er dan wagons nodig?' vroeg Mara.

'Een goede vraag,' zei Daulis. 'Sommige mensen willen de dienst ook opheffen. Maar met zo'n karavaan duurt het een week voordat je in Kanaz bent en met een wagon een paar dagen. Dit is eigenlijk meer voor dringende bestuurszaken.'

'Onder andere,' zei Leta glimlachend tegen hem en hij bloosde echt.

'Onder andere,' gaf hij toe.

'Dit wordt ook het Liefdesspoor genoemd,' zei Leta tegen Mara. 'Overal langs de route liggen herbergen die gebruikt worden voor vakantie en voor de liefde.' Het woord 'liefde' klonk uit haar mond als een vloek.

'Arme Leta,' zei Daulis tegen haar. 'Maar binnenkort wordt het allemaal anders voor je.'

Haar ogen stonden vol tranen en ze wendde haar gezicht af. 'Misschien wel,' zei ze uiteindelijk. En vervolgens: 'Jij bent een goede man, Daulis. Dat weten we allemaal.' Met 'we' bedoelde ze het bordeel. 'We weten wel wie de schoften zijn.' En weer beefde haar stem.

Mara, die nu zo dicht bij Daulis zat, bedacht dat ze hem nog niet goed had bekeken. Ze keek nu naar hem bij het heldere ochtendlicht. Ja, hij was een goede man. Zijn gezicht was te vertrouwen – nou ja, ze had hem ook vertrouwd. Maar als ze zijn gezicht vergeleek met een ander gezicht dat ze zich kon herinneren, kon hij die vergelijking toch niet doorstaan. Het gezicht van Shabis was mooier en tegelijkertijd krachtiger en gevoeliger.

Er kwam opeens een idee bij Mara op, alsof ze het voelde, of iemand het haar influisterde, en ze vroeg: 'Willen de Drie Generaals niet alleen Dann maar mij ook?'

'Ik wilde je het nog niet vertellen. Maar inderdaad, ze willen jou ook.'

'Bieden ze geld voor me?'

'Niet officieel; maar ze hebben contact opgenomen met onze Raad. Ze denken dat jij het kind van Shabis hebt.'

'Maar dat was alleen maar wat jaloersheid van zijn vrouw.'

'Ze denken dat je zijn kind hebt gekregen terwijl je bij de Hennes was. Ze zijn van plan om zich van Shabis te ontdoen, en ze willen niet dat er nog een kind van hem in leven is.'

'Er is een kind van hem in leven.'

'Was.'

Mara dacht aan haar leven als soldaat, in de wachttorens, en stelde zich daar een baby voor, een kind, en ze begon te lachen. En ze bleef lachen, terwijl Leta en Daulis haar ernstig aankeken. Ze wist dat ze hysterisch klonk. Ze was moe, nog steeds gek van bezorgdheid om Dann – en hysterisch. 'Je weet niet half hoe grappig het is,' zei ze eindelijk. 'Nou, de Drie Generaals weten blijkbaar niet zoveel van de Hennes. De Hennes waren van plan om een voortplantingsprogramma op te zetten om hun ras te verbeteren. Daarvoor wilden ze het kind van Shabis gebruiken, als dat geboren zou worden, en ze wilden ook de kinderen van de Generaals ontvoeren.'

'Precies. Door middel van het kind van Shabis wilden ze Agarië opeisen. Ze waren van plan om Agarië binnen te trekken met het kind voor hun leger uit.'

'Dan weten de Hennes niet veel van de Agaren.'

'En de Drie Generaals willen het kind ook. Omdat Shabis zo populair is, zijn ze bang dat de soldaten zich rond Shabis en zijn kind zullen groeperen.'

Nu zweeg Mara moedeloos. En ze was bang. Slechts een paar hatelijke woorden van een ongelukkige vrouw konden ervoor zorgen dat zij, Mara, weer gevangen werd genomen. Hadden ervoor gezorgd dat er zo koortsachtig complotten werden gesmeed en plannen werden beraamd. Hadden weer een oorlog kunnen veroorzaken… Maar ze vond dat ze zelf ook schuld had. Hoe had ze zo blind en gedachteloos kunnen zijn, zo onnozel, dat ze daar bij Shabis woonde en er nooit aan dacht dat hij een vrouw had die toch op zijn minst achterdochtig zou zijn. Terwijl uiteindelijk bleek dat ze dodelijk jaloers was. Mara probeerde zich voor te stellen hoe ze zich zelf zou hebben gevoeld als ze met Meryx had samengewoond en had geweten dat hij al zijn dagen met een gevangengenomen vrouw doorbracht, met haar praatte, haar les gaf en zijn middagmaal met haar gebruikte.

'Ik ben heel dom geweest,' zei ze hardop, en ze vertelde Leta en Daulis dat deel van haar verhaal.

Leta sprak haar oordeel uit. 'Iedere vrouw uit het bordeel had je kunnen vertellen wat je kon verwachten.'

'Ja, dat weet ik.'

Daulis pakte haar hand, en toen ze hem instinctief terugtrok, zei hij plagend: 'Nu je mijn vrouw bent, Mara, zul je me toch moeten toestaan dat ik je hand vasthoud. Al was het alleen maar om me ervan te overtuigen dat je niet echt een hekel aan me hebt.'

'Je weet best dat je me niet als echtgenote wilt.'

Ze hoorde haar stem: eenzaam, verdrietig en rauw van de tranen. 'Weet je waar ik steeds aan moet denken? Aan de baby die ik ben kwijtgeraakt. De baby...' En ze begon te huilen.

Leta zei: 'Ik moet ook de hele tijd denken aan de baby die ik ben kwijtgeraakt.'

Nu keken Mara en Daulis haar verbaasd aan en Leta legde het uit. 'Crethis. Die was mijn baby. Ik heb nooit een baby gehad. En ik moet steeds aan haar denken.'

'Ik ook,' bekende Daulis.

'Ik heb altijd voor haar gezorgd,' zei Leta, 'en nu ben ik weg. Ze houdt van Daulis – voor zover ze van iemand kan houden. Moeder Dalide is weg. Ze zal er vandaag wel slecht aan toe zijn.'

'Ben je bedroefd omdat je bent weggegaan?' vroeg Daulis.

'Je bedoelt of ik vind dat ik in het bordeel had moeten blijven omdat Crethis me zal missen?'

'Nee.'

'Wat bedoel je dan? Natuurlijk ben ik bedroefd. Niet alleen om Crethis, maar zij is wel de voornaamste reden. De meisjes daar zijn de enige vriendinnen die ik heb gekend. Maar ik heb geprobeerd om daar weg te komen vanaf de dag dat ik er kwam. En dus – gaat Crethis misschien dood.'

'Waarom zou ze doodgaan?' vroeg Daulis snel.

'Je bent sentimenteel,' zei Leta, 'daar heb ik geen respect voor. Als je iets doet moet je de gevolgen accepteren. Crethis heeft zwakke longen. Ze is bijna doodgegaan. Ik heb haar verpleegd. Ik ben de hele tijd bij haar gebleven. Zonder mij zou ze zijn doodgegaan. Nou, Crethis kennende heeft ze waarschijnlijk allang weer iemand anders gevonden om zich aan vast te klampen. Maar niemand zal wekenlang dag en nacht naast haar bed blijven zitten...' En nu huilde Leta ook.

De rails was gerepareerd. De jongemannen die op de wagon waren gesprongen, liepen naar voren om te gaan trekken en losten de anderen af, die op hun plaats in de wagon gingen zitten.

Maar ze hoefden niet lang meer te hotsen en botsen want na een klein uur stopten ze bij een herberg die daar stond tussen de sombere, donkere bomen van deze streek. Er stapten wat passagiers uit, stelletjes die hand in hand of gearmd liepen. Uit de herberg kwamen bedienden eten verkopen aan de passagiers en ze brachten ook een kruik water.

Iedereen dronk op een manier die Mara herkende: ze waren bang dat ze voorlopig geen water meer zouden krijgen.

De jongemannen die de wagon in beweging hielden, losten elkaar weer af. Ze waren nu allemaal moe en riepen elkaar dus geen grapjes of roddelpraatjes meer toe onder het rennen, en degenen die in de wagon zaten te wachten tot het hun beurt was om te duwen of te trekken, waren stil en lusteloos.

De tocht duurde voort. Ze waren bekaf en nogal misselijk, en Leta zei dat ze hoofdpijn had. Mara was blij met de arm die Daulis haar bood en leunde tegen hem aan met haar hoofd op zijn schouder, en ze bedacht dat ze zo lang heel onafhankelijk was geweest dat het moeilijk voor haar was om gewoon lief te zijn net als Crethis, voor wie knuffelen, aaien, strelen en kussen even gewoon waren als ademhalen. Ze had tegelijkertijd twee tegenstrijdige gedachten: aan de ene kant was ze blij dat ze met Daulis getrouwd was, omdat ze zich veilig kon voelen, en aan de andere kant bedacht ze dat ze binnenkort vrij zou zijn, en weer in haar gewone doen en met niemand getrouwd.

Toen het donker werd moesten ze stoppen omdat de wagons 's nachts niet reden over deze breekbare rails die zo makkelijk kapotgingen. Er was een herberg en daar namen ze met zijn drieën een kamer en ze aten op de kamer, deden de deur aan de binnenkant op slot en schoven er een zware tafel voor. Ze hadden ieder een eigen bed en ze dommelden en schrokken weer wakker en zagen dat de anderen ook wakker waren en waakten, en ze wisten dat dit zo'n nacht was waarin het eerste licht een bevrijding betekent van verplicht stilliggen. Zodra het vierkantje van het raam iets van licht vertoonde, stonden ze op en kleedden ze zich aan, en ze gingen bij het spoor staan wachten. Het was een heldere, vrij koude ochtend. Ze gingen op de banken zitten die er voor reizigers waren gemaakt om te ontbijten.

Mara vertelde hun over de vliegmachines in het zuiden die aan de grond stonden en door hardlopers moesten worden voortgeduwd, en over Felice en haar vliegdienst. Leta stond versteld, want ze had nog nooit van zulke machines gehoord; maar Daulis zei dat er nog niet zo lang geleden, toen zijn vader nog leefde, in Bilma zulke machines waren geweest, maar dat er een staatsgreep was geweest en er over het bezit van de machines was gevochten, en op het hoogtepunt van de strijd hadden de rebellen alle machines, tien stuks, in brand gestoken. In het bos ten noorden van de stad kon je de resten nog zien liggen, wat er tenminste nog van over was, want ze waren in de loop der jaren uit elkaar gehaald om er hutjes en afdakjes van te maken.

'Ben je bang dat er weer een staatsgreep komt?' vroeg Mara.

Leta lachte van verbazing, maar Daulis zei ernstig: 'Ja, Mara, er zijn inderdaad mensen die daar bang voor zijn. Maar als er een staatsgreep was, zouden die door mijn vrienden worden gepleegd. Ik weet niet waar we banger voor zijn, dat er een staatsgreep komt of dat er geen komt. Maar het lijkt erop dat een bewind, een periode van vrede, nooit langer duurt dan een jaar of honderd. En de vorige staatsgreep is honderdvijftig jaar geleden geweest.'

'En jullie Raad is corrupt.'

'Ja, er zijn inderdaad leden die corrupt zijn.'

'En er zijn vast een heleboel arme mensen in Bilma, anders zouden jullie voor het duwen van jullie wagons niet zo veel jongemannen hebben die eruitzien of ze een stevige maaltijd nodig hebben.'

'Ja, er zijn arme mensen, en het wordt steeds erger.'

'Hoezo erger?' vroeg Leta. Ze klonk alsof ze zich bedreigd voelde.

'Het lijkt vrij duidelijk dat we een soort klimaatverandering hebben. In het noorden zeggen ze dat het IJs zich weer terugtrekt.'

'Maar in het noorden is er altijd ijs en sneeuw,' zei Leta.

'Soms wel, maar soms ook niet,' zei Mara. 'Duizenden jaren van het een, en daarna duizenden jaren van het ander. Vroeger heeft het zand zich in een warme periode hier wel van zee tot zee uitgestrekt. Ik heb nog nooit de zee gezien.'

'Ik wel,' zei Daulis. 'Toen ik klein was. Maar ik kan me het nauwelijks herinneren. Het was ruw water dat op de rotsen sloeg.'

'Zout,' zei Mara. 'Zout water.'

'Waarom zout?' vroeg Leta. 'De handelaren zeggen dat het zout is, maar die vertellen ons allerlei verzinsels, om te kijken hoe goedgelovig we zijn.'

Nu kwamen de wagonvoerders uit hun onderkomen en al snel vertrok de wagon weer. Het schudden en rammelen duurde maar voort. Ze moesten stoppen zodat de wagonvoerders elkaar weer konden aflossen, en de lijn was nog een keer gebroken. Door het oponthoud kwamen ze pas tegen het donker in de buitenwijken van Kanaz aan. Ze besloten om de nacht door te brengen in de laatste herberg langs het spoortraject. Daar kende men Daulis wel, als lid van de Raad, en hij waagde het om aanspraak te maken op een suite. Mara vroeg of er een boodschap voor haar was achtergelaten door een zekere Dann, hoewel Leta haar zei dat ze voorzichtig moest zijn. 'Je bent pas veilig als je in Tundra bent, niet eerder.'

'En jij? Wat ga jij doen?'

'Ik vind wel werk als dienstmeisje in een van de herbergen in het centrum. Als dat me niet lukt, ga ik naar het huis dat Moeder Dalide hier heeft.'

'Maar je bent bij haar weggelopen,' zei Daulis.

'Ze was mijn moeder. Ik kan me tenminste geen andere moeder herinneren. Ze vergeeft me wel. En bovendien ben ik een buitenkansje door mijn kleur.'

'Vroeger had iedereen jouw kleur – op de plek waar nu het IJs ligt,' zei Mara. Leta was stomverbaasd. 'Iedereen? Wanneer?'

'O, duizenden jaren geleden,' zei Mara lachend en ze bedacht dat ze zo meteen nog op Shabis ging lijken, die toen hij haar les gaf woorden als duizenden gebruikte zoals een ander vorige zomer zei. 'En later vormden vluchtelingen voor het IJs kolonies in Noord-Ifrik.'

'Er is nog steeds een kolonie,' zei Daulis.

'Zal ik dan maar daarnaar toe gaan?' vroeg Leta.

'Dan verlies je je waarde als zeldzaamheid,' zei Mara. 'Je kunt beter bij ons blijven.'

'Je mag met ons mee naar het noorden reizen, als je wilt,' zei Daulis. Zijn stem was meer dan vriendelijk; en hij legde glimlachend zijn hand op haar schouder. 'Toe, waag het erop samen met ons.'

'Ik zou je missen, Leta,' zei Mara.

Leta keek nu hen beiden ernstig en dankbaar aan met een zachte uitdrukking op haar anders zo harde gezicht, en ze zei: 'Ik zal erover denken.'

'Kom in ieder geval achter ons aan als het je niet lukt in Kanaz.'

'Als het me niet lukt om dienstmeisje te worden? Maar ik ben niet van plan om dienstmeisje te blijven. Ik heb ambities. Maar ik zal onthouden wat jullie gezegd hebben. Waar zou ik jullie in het noorden kunnen vinden?'

'Je vindt elkaar altijd wel,' zei Mara. 'Ik verwacht dat Dann mij ook vindt.'

De volgende dag verhuisden ze naar een karavansera in het hartje van Kanaz om op Dann te wachten. De stad was heel anders dan Bilma, die handelsstad vol mensen overal vandaan. Kanaz was niet veeltalig en druk. Er woonden mensen met een mager, plat lichaam en scherpe gelaatstrekken. Mara had ze al eerder gezien, op de muren van de ruïnes bij het Rotsdorp. En hier zag ze hen weer, alsof er geen duizenden jaren en vele emigraties overheen waren gegaan. Het waren flegmatieke, trage mensen en overal in de stad stonden gebouwen met grote en kleine torens die volgens Daulis plaatsen van gebed waren.

'Wat voor plaatsen?' vroegen Leta en Mara tegelijkertijd.

En hij vertelde hun dat ze geloofden in een machtig, onzichtbaar Opperwezen dat in een goed humeur kon worden gebracht, goedgunstig kon worden gestemd door deze mooie, vrolijk gekleurde gebouwen waar mannen en vrouwen woonden die speciale kleren droegen, door de straten liepen te zingen en de naam van het Opperwezen riepen, en die het bewind voerden over de stad.

'En valt Kanaz niet onder de rechtspraak van Bilma?' vroeg Mara.

In theorie wel, maar in praktijk niet. Dat was een van de redenen dat de intelligentste leden van de Raad van Bilma meenden dat het einde van hun heerschappij nabij was. Bilma had niet de kracht om opstandige provincies tot de orde te roepen en hoewel de verstandhouding oppervlakkig gezien goed was, hielden de twee steden elkaar nauwlettend in de gaten en wachtten af. Dat legde Daulis aan hen uit en hij vertelde nog meer bijzonderheden die Mara wel interessant vond, maar Leta niet zo.

Maar toen zei Daulis tegen Leta: 'Als je hier blijft, heb je twee nadelen.'

'Een weet ik er al, ik zal hier niet zo bijzonder zijn als meer naar het zuiden. Ik ben maar een beetje lichter dan sommige mensen hier. En het andere nadeel?'

'Je moet de speciale taal en gewoonten van de priesters leren en net doen of je in hen gelooft, want ze zijn wreed tegen mensen die niet op zijn minst lippendienst bewijzen aan hun bewind.'

'En hoe slaagt Moeder Dalide erin om hier goede zaken te doen met haar bordeel, in zo'n stad?'

'Ze betaalt de priesters hier net zoals ze ons in Bilma betaalt.'

Ondertussen waren ze allemaal zenuwachtig. Dit was de grootste herberg voor reizigers en er moesten wel spionnen zitten, zowel van Bilma als van het plaatselijk bewind. Maar als Dann hen ergens zou zoeken, was het hier. Ze besloten om er die nacht te blijven en niet naar een minder bekende herberg te gaan, maar wel hun maaltijd op de kamer te gebruiken, ver uit de buurt van de enorme gelagkamer die bijna de hele benedenverdieping in beslag nam en waar eten en drinken werd geserveerd.

Of moesten ze misschien zelf alle herbergen in de stad rondgaan en naar Dann vragen? Mara had nog nooit iemand iets verteld over de munten die onder Danns littekens verborgen zaten, maar ze vertelde dat nu wel aan deze vrienden om uit te leggen waarom ze niet wist of hij een laag baantje had genomen om te kunnen eten, of ergens een fatsoenlijk onderkomen had. Of – maar dat zei ze niet hardop en hield ze voor zichzelf – misschien ergens waar hij weer opium rookte. Want daar was ze met hem nog het bangst voor.

Laat die avond, toen ze al van plan waren om te gaan slapen en niet langer te wachten, was er rumoer voor de deur. Mara stond al overeind – ze herkende Danns stem. En daar stond hij, in de deuropening, met achter zich de bediende die deze arme wagonvoerder met een gescheurde tuniek en op blote, stoffige voeten de weg had proberen te versperren. Welke Dann was dit? vroeg Mara zich af, maar ze zag in zijn ogen de verantwoordelijke Dann, de volwassen man, hoewel zijn hele lichaam verwrongen leek, verontschuldiging leek te vragen en smeekte om vergeving. En de twee vielen in elkaars armen en omhelsden elkaar huilend. 'O, Mara, vergeef me,' en Mara: 'O, Dann, je bent er weer.' De twee anderen zaten op hun kussen op de grond en keken zwijgend toe totdat broer en zus elkaar eindelijk los konden laten om een stap achteruit te doen en naar elkaar te kijken. Toen zei Dann: 'Mara, dat was die andere ik, dat was ik niet.' 'Dat weet ik,' zei Mara en ze bedacht dat Dann nog nooit eerder die scheiding in zichzelf had erkend. Nu pakte Dann Mara's handen en zei: 'Mara, ik kan nu makkelijk zeggen dat het nooit meer zal gebeuren, maar je moet me helpen.'

'En wat had ik kunnen zeggen om jou ervan te weerhouden die avond naar de speelzaal te gaan?'

Zijn gezicht vertrok en hij had moeite om haar aan te kijken, maar hij herstelde zich en zei: 'Mara, je hoeft me er alleen maar aan te herinneren dat ik jou vergokt heb, en jij bent echt het kostbaarste, het meest...' En ze vielen weer in elkaars armen.

Dit tafereel had nog wel een poosje zo door kunnen gaan als er niet opnieuw buiten geschreeuw had geklonken. De deur ging open en Dalide kwam binnen met haar handen vol pakken en tassen. Ze zette alles neer en keek eens naar de kamer, die niet de mooiste kamer van de herberg was, met de dienbladen van het avondeten nog in een hoek op de grond, de versleten kussens, en in een hoek een stapel haveloze stromatrassen.

'Nou, Raadslid Daulis, dit is niet bepaald de plek waar ik u zou verwachten.' Tegen Leta zei ze: 'Stapel eens een paar van die dingen op elkaar.' en Leta maakte een hoge zetel van de stromatrassen. Hierop liet Dalide zich voorzichtig zakken, en toen keek ze hen allemaal om beurten aan. En ze wachtten angstig want ze hadden allemaal reden om bang voor haar te zijn.

Deze machtige vrouw zag eruit als een soort pop, met een omvangrijk rood katoenen kledingstuk, tegen het stof, over haar strakke leren reiskostuum, en haar felle, zwarte kraaloogjes en geverfde oranje haar.

'Raadslid, u bent me nog iets schuldig voor Mara – en ik heb gehoord dat ik twee keer zoveel voor haar had kunnen krijgen.'

'Niet volgens de wet,' zei Daulis en hij pakte een zak munten en legde die naast zich.

Ze maakte een gebaar: wacht maar even. En ze wendde zich tot Leta op haar kussen. 'Nu, Leta? Heb ik je echt zo slecht behandeld?'

'Nee, Moeder. Maar je weet dat ik altijd al weg wilde. En ik heb mijn afkoopsom.'

Nu wendde Dalide zich tot Mara: 'Je denkt zeker dat je in dat Centrum waar iedereen het over heeft een soort paradijs zult vinden? Nou, reken daar maar niet op.'

En nu keek ze heel lang uiterst koel naar Dann, met een inspecterende blik zodat hij zich zou gaan schamen. Dann slaagde erin om haar aan te blijven kijken, maar ze zagen allemaal dat hij bijna in tranen was.

'Leta,' zei Dalide, 'de vrouw die hier de leiding heeft over mijn huis, wil ophouden met werken. Zou jij haar plaats willen innemen?'

Leta leek dit niet te kunnen bevatten. Ze schoof wat op haar kussen heen en weer, bracht haar hand naar haar gezicht alsof ze een gebaar wilde gaan maken van: het is me allemaal te veel, liet haar hand weer vallen, sloeg toen twee handen voor haar mond en staarde Dalide aan. 'Bedoel je, hier in Kanaz blijven en je huis hier leiden?'

'Dat zei ik. Je kunt het. Je bent een slimme vrouw. Je weet hoe ik te werk ga.'

Daulis en Mara zagen dat Leta in tweestrijd verkeerde en begrepen het. Ze had gezegd dat ze ambities had en eigenlijk konden ze zich haar heel goed voorstellen als de Moeder Dalide van Kanaz.

'Waarom denk je dat ik met deze biddende mensen zou kunnen omgaan? Ik heb daar geen ervaring mee.'

'Het zijn gewoon mannen. Net als de Raadsleden. Ik heb ze vandaag betaald voor het komende jaar. En als er problemen zijn, zit ik maar een week reizen hiervandaan in Bilma. Of twee dagen reizen per wagon.'

'Dan kan ik weer niet op straat lopen zonder iedere man die ik tegenkom aan te kijken en me af te vragen of ik hem niet al eens tot matras heb gediend.'

'Je hoeft niet met ze te slapen als je de leiding hebt.'

Leta was heel stil. Haar ogen staarden – met een in zichzelf gekeerde blik. En toen zei ze: 'Moeder, ik kan het niet, het spijt me. Ik denk dat ik met Mara en Daulis naar het noorden ga.'

'En met Dann,' zei Dalide. 'Misschien vergokt hij jou de volgende keer.'

Mara zei: 'Dalide, ik heb begrepen dat je mannen niet echt ontmoedigt om hun vrouwen te vergokken. En als je Dann niet aardig vindt, hoe vind je dan die achterbakse Bergos?'

'Ik hoef ze niet aardig te vinden,' zei Dalide. 'Bergos ook niet. Ik ben een zakenvrouw. Ik zie mogelijkheden en die benut ik. En ik ben niet de enige die agenten in eethuis De Passage heeft om te kijken wat voor vrouwen gekocht kunnen worden of wat voor mannen genoeg zijn bezeten van goklust. Sommige Raadsleden, bijvoorbeeld – ja, Raadslid Daulis?'

'Ik niet,' zei hij.

'Sommige vrienden van u wel.' En nu zei ze tegen Leta: 'Geef me je afkoopsom.'

'Moeder,' zei Leta, 'dit is alles wat ik heb.'

Nu verkeerde Dalide in tweestrijd. Haar ogen waren op het zakje gericht met de afkoopsom, en toen werd haar gezicht zachter en zei ze: 'Goed, hou het maar.'

Nu stortte Leta zich naar voren, en ze sloeg haar armen om Dalides knieën, drukte haar gezicht in de donkerrode plooien en snikte het uit.

De grote knot licht haar die glinsterde in het lamplicht, hing over haar nek, en Dalide haalde de spelden eruit en het haar viel als zonlicht naar beneden. Dalide zat het haar te strelen en ermee te spelen. Ze tilde het op en liet het licht erop vallen. Het gezicht van het lelijke, zwarte vrouwtje vertoonde een wonderlijk mengsel van spijt, verdriet en bittere humor. 'Vanaf het moment dat jij als klein meisje in mijn huis kwam, heb ik zulk haar willen hebben.' En ze duwde tegen haar oranje pieken met een gebaar dat tegelijkertijd spijtig en komisch was en zelfkritiek uitdrukte. 'Leta, als het je niet goed gaat in het noorden, kom dan bij mij terug. Ik ben dol op je – hoewel je dat waarschijnlijk niet altijd gemerkt hebt.' Ze duwde Leta weg en zei tegen Daulis: 'Geef me nu het geld voor Mara.'

'Mag ik het je in Bilma betalen?'

'Nee. Ik moet nog voor twee meisjes betalen die ik mee terug neem.'

Daulis gaf haar de zak met geld.

'Van u hoef ik het in ieder geval niet na te tellen.' Ze kwam overeind. 'En hebben jullie nog een boodschap voor de kleine Crethis?'

Daulis schudde zijn hoofd. 'Jij, Leta?'

'Zeg haar... zeg haar...'

'Ik weet wat ik moet zeggen. En komt u weer terug naar Bilma, Raadslid?'

'Ik denk van wel. Als ik gedaan heb wat ik moet doen.'

'Als u deze twee Mahondi's hebt afgeleverd.'

'Wat zijn dat voor meisjes, Moeder?' vroeg Leta.

'Meisjes van hier. Een van die mooie priesters heeft me gevraagd of ik ze wilde hebben. Hij had ze van hun ouders gekocht, net zoals ik jou heb gekocht, Leta. Ze zullen een leuke afwisseling zijn voor de mannen in mijn huis in Bilma. Wat u, Raadslid?'

Daulis schudde zijn hoofd: Laat me met rust.

'Hoe oud zijn ze?' vroeg Mara.

'Ze weten niet hoe oud ze zijn. Ik denk tien of elf. Maar ze zijn zo ondervoed dat ze er jonger uitzien. Ik heb ze zo weer goed gevoed en mooi. Dag, Mara. Je kunt niet zeggen dat je er slecht van af bent gekomen in mijn huis. Je hebt een beschermer gevonden. Dag, Leta. Misschien zie ik je nog eens. Ik zal u ook maar gedag zeggen, Raadslid. Je weet maar nooit.' Ze negeerde Dann. En ze liep de kamer uit.

Leta rende naar het raam en ze verdrongen zich om haar heen. Op straat stond een rijtuig met twee muilezels ervoor te wachten. Er zat een klein afdakje over het rijtuig heen, maar ze konden twee kleine meisjes zien zitten die tegen elkaar aan kropen en terugdeinsden voor Dalide toen die instapte en tegenover hen ging zitten. Twee bange gezichtjes: en ze hoorden het droevige snikken van de kinderen.

Leta liep bij het raam vandaan, liet zich op een vloerkussen vallen en bleef met haar gezicht in haar handen vol verdriet heen en weer zitten wiegen.

Daulis legde zijn hand op haar schouder en zei: 'Dat ligt nu allemaal achter je, Leta.' En toen: 'Ik ga slapen.'

Hij gooide een stromatras in een hoek en ging erop liggen met zijn rug naar de kamer toe. Algauw volgde Leta zijn voorbeeld. Mara en Dann gingen met hun gezicht naar elkaar toe op één matras liggen en vertelden elkaar fluisterend wat hun de afgelopen paar dagen was overkomen.

's Ochtends zaten ze rond hun dienbladen met het ontbijt erop en maakten plannen. Hoeveel geld hadden ze ieder? Dat was de belangrijkste vraag.

Leta bood haar afkoopsom aan, maar Daulis zei: 'Nee, hou dat maar. Dat gebruiken we alleen als laatste redmiddel.'

Dann zei dat hij wat kleingeld had, maar hij hield het voor een noodgeval.

'Is dit dan geen noodgeval?' vroeg Daulis, en Dann haalde te voorschijn wat hij had, voldoende muntjes voor misschien een dag logies en eten.

Wat Daulis kon bijdragen was niet veel meer: hij had erop gerekend Dalide in Bilma te kunnen betalen.

Mara stopte haar twee handen in haar wijde mouwen, maakte haar koord met munten los en legde het neer. 'Elf,' zei ze.

'Schatten die schatten verbergen,' zei Daulis en Leta keek hem doordringend aan terwijl Dann jaloers zei: 'Ik heb gehoord dat je met Mara bent getrouwd?'

'Misschien is het je opgevallen dat ik niet op mijn rechten als echtgenoot sta.'

Dann verontschuldigde zich. Toen zei hij: 'Ik moet mijn munten maar eruit halen.'

'O nee,' zei Mara, en ze knoopte een munt los om aan hem te geven.

Hij werd wit. Het was alsof ze hem een klap had gegeven. 'Ik kan je geld niet aannemen nadat... nadat...'

'Doe niet zo dom,' zei Mara.

'Laat mij eens kijken, Dann,' zei Leta snel en tactvol, zodat Mara besefte dat ze te nonchalant en gevoelloos was geweest.

'Ik geloof dat er eentje net onder de huid zit,' zei Dann. Hij tilde zijn kleed op. Het litteken was wit en glanzend, met bobbeltjes eronder. 'Kijk eens,' zei hij tegen Leta. 'Voel die eens.'

'Die kunnen we er vast wel makkelijk uit krijgen.'

Ze haalde een leren zakje te voorschijn en daaruit pakte ze een mesje en een paar bundeltjes kruiden. Ze maakte een van de kruiden nat en depte de plek waar de rand van de munt te zien was ermee. 'Dat neemt de pijn weg,' zei ze.

Mara keek vol afschuw toe. Leta zag het en zei: 'Ik heb je toch gezegd dat ik zoveel mogelijk heb geleerd van de mannen die naar Moeders huis kwamen. Ik heb iets van medicijnen geleerd.'

Na ongeveer vijf minuten veegde ze het mesje langs een ander bundeltje kruiden en maakte een klein sneetje net boven het litteken. Het goudstuk was meteen te zien. Leta haalde het te voorschijn. 'Het doet geen pijn,' zei Dann, en zij antwoordde: 'Nee, maar het zal wel een beetje pijn gaan doen.'

'We moeten hier eigenlijk blijven totdat Dann beter is,' zei Mara, maar Daulis zei: 'Het is gevaarlijk om te blijven.'

Mara knoopte nog een munt los en zei: 'Ga naar beneden en koop ze om. Waarschijnlijk zal niemand meer bieden dan dit.'

'Nee, van zijn leven niet,' zei Daulis en hij pakte het goudstuk aan en liep de kamer uit.

Toen hij terugkwam, zei hij dat hij de kamer nog een dag extra had gereserveerd en dat hij dacht dat ze wel veilig waren.

Leta wikkelde een doek om haar haren zodat ze onopvallend was en zei dat ze de stad ging bekijken. Mara wilde ook gaan, maar Daulis zei dat ze binnen moest blijven. Dann vroeg Leta om iets van kleren voor hem te kopen. Hij had alleen zijn vuile en gescheurde wagonvoerderspak.

Leta vertrok en toen vroeg Mara: 'Vertel ons eens over dat Centrum. Waarom breng je ons daarheen?'

'Ik kan alleen maar zeggen dat ze plannen voor jullie beiden hebben. Dat heeft Shabis me verteld, en hij weet zelf ook niet veel meer.'

'Maar dat "niet veel meer" is juist waar het om gaat.'

'Ja. Maar ik ga je niet meer vertellen. Dat mocht niet van Shabis. Je zult het wel merken. Je moet een soort keuze maken.'

'Omdat we Mahondi's zijn?'

'Ja.'

'Waar zijn al die Mahondi's die volgens zeggen overal zouden zijn?'

'Er zijn er nog maar heel weinig van ons over.'

'Is dat erg?' vroeg Mara, want ze had nu zo veel verschillende volkeren in verschillende gebieden gezien dat ze zich moeilijk kon voorstellen dat het ene volk beter zou zijn dan het andere.

'Ik denk dat er mensen zijn die dromen van vroeger, toen heel Ifrik onder de heerschappij van Mahondi's stond.'

'Heel Ifrik?'

'Ja, heel Ifrik.'

'Hebben we het goed bestuurd?'

Daulis lachte. 'Vanuit het standpunt van de Mahondi's gezien wel.'

'Dus er zijn veel mensen die geen goede herinnering aan de heerschappij van de Mahondi's hebben?'

'Weet je, mensen vergeten gauw. Dit Mahondische rijk was – laat eens kijken – ongeveer driehonderd jaar geleden op zijn hoogtepunt.'

'Nog maar zo kort geleden. En zijn er mensen die vinden dat het weer terug moet komen?'

'Over terugkomen gesproken, Leta moet terugkomen. Ik maak me ongerust.' En naarmate de uren verstreken werden ze alle drie ongerust. Toen kwam Leta eindelijk terug. Ze had allerlei nuttige dingen gekocht voor onderweg: twee van de lange, zwart-wit gestreepte kaftans, de Sahargewaden, die door mannen gedragen werden. Ze inspecteerde Danns wondje en zei dat het bijna genezen was. Ze zei dat ze blij was dat ze uit Kanaz wegging, het was een afschuwelijke stad. Overal zag je de biddende mannen en ze hadden stokken en als iemand zich in hun ogen onbehoorlijk gedroeg, sloegen ze op je billen, schouders of zelfs op je hoofd. 'Gelukkig had ik mezelf goed ingepakt: ze slaan ons vrouwen als ons uiterlijk hun niet aanstaat.'

Dann wilde weten hoeveel geld ze nodig zouden hebben om de wachters bij de grens met Tundra om te kopen, maar Daulis zei: 'Geloof me, die wachters hoef je niet om te kopen.'

'Dat is ongebruikelijk.'

'Het bewind is ongebruikelijk, dat zul je zien. Het is heel nieuw en nog rechtschapen.'

'Hoe nieuw?' vroeg Mara.

'O, ongeveer honderd jaar oud. Dus het gebruikelijke verval zal binnenkort wel inzetten. Als het al niet is gebeurd.'

Na het avondeten gingen ze ieder op een eigen stromatras liggen en bleven praten tot het donker werd, en de een na de ander viel in slaap.

De volgende ochtend moesten ze kiezen tussen weer een wagon, of een vervoermiddel zoals dat van Dalide, een licht rijtuig met muilezels. Ze konden het idee om weer een dag door elkaar te worden geschud niet verdragen, dus ze kozen voor het rijtuig, dat er twee dagen over zou doen om de grens te bereiken. Het rijtuig was even oncomfortabel als de wagon. De koetsier liet de muilezels in een gelijkmatig tempo lopen, maar de weg was oneffen. Ze werden allemaal misselijk, de koetsier moest telkens zijn muilezels laten stilstaan zodat ze uit konden stappen. En ze hadden het koud. Er joeg een dunne, kille damp over hen heen en op de hoger gelegen gedeeltes van de weg hing die zo laag dat het landschap waar ze doorheen reden aan het oog werd onttrokken. Leta zag er ziek uit. Toen Mara zei dat ze het vreselijk vond dat alles zo schuilging achter de wollige witheid, zei Leta dat ze het leuk vond. En ze bekende dat het uitgestrekte landschap haar bang maakte. 'Te veel ruimte,' fluisterde ze en ze bedekte haar ogen toen ze weer uit de verdoezelende mist kwamen. De andere drie overlegden met elkaar maar alleen door elkaar aan te kijken. Het kwam bij hen op dat deze vrouw een heel beschut leven had geleid bij Moeder Dalide. Ze was nauwelijks naar buiten gegaan, had te eten gekregen, was warm gehouden, had een vreselijk en onterend, maar veilig bestaan geleid, want het was zeker veilig geweest. En nu was ze hier in de wijde wereld, met geen enkel idee wat er met haar zou gebeuren.

Mara sloeg haar arm om haar heen en voelde hoe ze trilde.

Leta liet haar hoofd op Mara's schouder zakken en fluisterde: 'Mara, heb ik een vreselijke vergissing begaan?'

Het rijtuig schudde en rammelde zo erg dat Mara tegen de twee mannen die tegenover hen zaten moest zeggen: 'Leta is bang dat ze een vergissing heeft begaan door met ons mee te komen,' en Daulis leunde meteen voorover, een en al bezorgdheid. Hij pakte Leta's handen en zei: 'Nee, Leta, nee, natuurlijk voel je je vervelend. Het is onze schuld dat we daar niet aan gedacht hebben.'

'Als je teruggaat, neem me dan alsjeblieft mee, Daulis. Ik geloof niet dat ik jullie kan bijhouden. Ik voel me echt ziek als ik om me heen kijk en zie dat... Het is zo uitgestrekt en zo koud en zo lelijk.'

De mist was even opgetrokken en Mara vond dat dit weidse, sombere landschap een zekere schoonheid bezat, hoewel ze zich niet zo thuis voelde in de kille vochtigheid die alles hier had. Was dit echt Ifrik? had ze zitten denken.

Daulis hield nog steeds Leta's handen vast en bij een hobbel vloog ze naar voren en tilde hij haar op. Hij zei iets tegen Dann, die met een hachelijke manoeuvre naast Mara gleed terwijl Daulis Leta naast zich zette. Daar klampte ze zich huilend aan hem vast. Deze trotse, sterke vrouw met haar magere haviksgezicht leek op dat moment erg op haar lieve Crethis.

Het was een lange, moeilijke dag, de zwaarste sinds Bilma. De herberg waar de koetsier die avond halt hield was groot, aangezien hij langs de hoofdweg naar het noorden lag, maar zag er armoedig en haveloos uit. Hij stond in de hoofdstraat, de enige straat van het dorp dat kennelijk alleen was ontstaan omdat de herberg er was. Toen het viertal uitstapte, zei de koetsier dat hij hen de volgende ochtend weer op zou halen en hij wilde betaald worden voor die dag. Mara had hem al betaald. Er ontstond een ruzie, die de aandacht trok van mensen die de herberg in gingen. Dann zei tegen Mara: 'Trek niet zo veel aandacht.' Ze gaf de koetsier nog wat geld. Hij mopperde maar vertrok. En nu hoefden ze niet te overleggen wat ze zouden gaan doen. Er was een winkel die voorzag in de behoeften van reizigers, en daarin was een hele muur vol met allerlei mantels, capes en shawls. Ze kochten capes waar je je hoofd doorheen kon steken en die groot genoeg waren om als deken te gebruiken, want ze hadden het 's nachts koud gehad. En ze kozen geen vrolijke kleuren of ingewikkelde patronen maar grijs, omdat ze niet op wilden vallen.

In de herberg aan de overkant van de straat kregen ze zonder meer een kamer en de herbergier toonde geen bijzondere belangstelling voor hen. Maar ze voelden zich niet rustig en Dann zei dat dit het gevaarlijkste deel van de reis was: vannacht en morgennacht. Overdag was het waarschijnlijk veilig, omdat achtervolgers hen in de wagons zouden zoeken en niet zouden verwachten dat ze zich open en bloot op de bijna lege weg durfden te wagen. Bovendien zouden deze achtervolgers geen geld hebben voor een rijtuig, tenzij het ambtenaren waren. En dat bracht het viertal, dat zich met de deur stevig vergrendeld in hun kamer verborgen hield, tot de vraag: welke achtervolgers? En wat of wie vertegenwoordigden ze? Hoe konden ze worden herkend? Als de Raadslieden van Bilma nog steeds hoopten Dann en Mara aan Charad te kunnen verkopen, zouden ze geen ambtenaren sturen, maar bandieten inhuren. Als ze bang moesten zijn voor de lange arm van Charad, zou het ook iemand kunnen zijn die vermomd was als bedelaar, of een zakkenroller of een dief. Of een bende dieven. Of een bediende in deze herberg… 'Dus wat is er veranderd?' vroeg Dann. 'Ik ben bang,' zei Mara.

Ze aten op de kamer. Leta nam wat drankjes uit haar medicijntas. Ze verontschuldigde zich beschaamd. Ze trilde nog steeds, hoewel dat nu niet meer van de kou kon zijn. Ze pakten haar goed in, legden haar op een stromatras en gingen zelf ook liggen om te rusten. Ze waren niet alleen bang en verwachtten ieder moment een gebons op de deur, maar ze waren ook gebroken omdat ze dagenlang heen en weer waren geschud. Als ze niet zo bang waren geweest voor achtervolgers, waren ze gaan lopen en dan zouden ze vanavond gezond en rustig en in hun normale doen zijn geweest. Lopen was het beste, daar waren ze het allemaal over eens. Daarna, een boot – water. En als laatste draagkoetsen, wagons, draagstoelen en rijtuigen waarin je helemaal door elkaar werd geschud en nauwelijks nog kon denken.

Daulis vertelde hun dat er duizenden jaren geleden machines waren geweest die reizigers in slechts een paar uur tijd het hele eind hadden getransporteerd waar Mara en Dann zo lang over hadden gedaan. Ze konden in een dag de wereld rondgaan. (Met moeite kon Mara voldoende afstand nemen van de vorm van Ifrik en zich wazige verten voorstellen.) Toen had je alle mogelijke voertuigen die zij, de afstammelingen van die geweldige mensen, zich niet eens zouden kunnen voorstellen, omdat het net zoiets was als de verhalen voor kinderen, over vliegende draken of pratende vogels. Vroeger was het even comfortabel om van het ene land naar het andere land te reizen als vervoerd worden in een luie stoel of in een gemakkelijk bed.

Ondertussen moesten zij deze vreselijke nacht nog door zien te komen en daarna volgde nog een dag in het rijtuig.

Dann zei dat hij zou blijven waken en dat deed hij ook, met zijn mes naast zich. Ondertussen sliep Mara en lette Daulis op Leta. Daarna hield Daulis de wacht en ging Dann liggen waar Daulis had gelegen. Leta sliep vast en voelde koud aan, dus ze legden ook nog de dekens van de herberg op haar. Dat alleen al maakte hun duidelijk hoe anders het land was dat ze naderden: in de herbergen meer naar het zuiden kreeg je niet meer dan een dunne doek of zelfs helemaal niets om op het bed te leggen. Hier lag een stapel dikke dekens en er zaten zware luiken voor de ramen. Toen ze 's nachts wakker werden, hoorden ze de luiken rammelen en klapperen, en de kou van de wind was tot in de kamer te voelen.

De volgende ochtend lag Leta slap en stil onder haar stapel dekens naar het plafond te kijken. Ze beseften alle drie wat ze doormaakte. Daulis knielde naast haar neer en zei: 'Lieve Leta, het is nog maar een dag, meer niet. En dan is het ergste voorbij.'

Ze reageerde niet gelijk, maar kwam toen overeind, gooide de dekens van zich af en zei: 'Ik denk dat ik weet wat ik moet doen. Ik weet niet waarom ik deze... afschuwelijke leegte om me heen niet kan verdragen, maar dat is nu eenmaal zo. Ik zal mijn hoofd in een shawl wikkelen en er niet naar kijken. En ik zal mezelf iets toedienen waar ik kalm van word. Als ik slaap is dat het beste.'

Toen de koetsier kwam met het rijtuig en de ezels, vroeg hij nog meer geld. Mara zei nog eens dat ze hem goed had betaald voordat ze op pad gingen. Weer ging het erom dat ze niet wilden opvallen. Er kwamen een heleboel mensen de herberg uit die naar de wagons gingen. En dus kreeg deze man extra betaald, wat hij niet verdiende. Mara zei dat haar geld op raakte en dat ze weer een munt moest wisselen.

Daulis zei dat ze zich geen zorgen hoefden te maken. Als ze eenmaal de grens over waren, zouden ze makkelijk geld kunnen wisselen.

'En wat is dat dan voor paradijs? Dann en ik maken ons vanaf het Rotsdorp al zorgen over het wisselen van geld.'

'Geen paradijs, dat kan ik je verzekeren. Maar – je zult het wel zien.'

Die dag was erger dan de vorige, maar ze hadden in ieder geval iets om zich mee bezig te houden omdat ze op Leta moesten passen. Door de dunne sluier die ze om haar hoofd had gewikkeld, was te zien dat dit bleke schepsel zo wit was als... maar waar kon die bleekheid mee worden vergeleken? Haar huid, die meestal straalde of glansde, was groenig en zag er levenloos uit. Ze lag in Mara's armen totdat Mara's hele lichaam gevoelloos was, en daarna lag ze in de armen van Daulis en toen in die van Dann. Ze hield haar ogen dicht en dommelde wat, maar werd telkens weer wakker door het schudden. Er was vandaag geen mist, dus het was maar goed dat ze niet naar dit landschap keek, want dat bestond net als gisteren uit een enorme vlakte donkere aarde met overal geglinster van water en pollen riet die bijna plat sloegen door de wind.

Die dag eindigde de reis bij een herberg die daar eenzaam langs de weg stond op een kilometer afstand van de grens met Tundra. Zodra ze de poort door waren, werd duidelijk dat hij alle kenmerken had van een herberg bij de grens. Hij zat vol met allerlei soorten mensen; de eigenaar bekeek hen stuk voor stuk zorgvuldig voor het geval hij hen zou moeten beschrijven, en tussen deze samengepakte drom reizigers zouden ongetwijfeld spionnen en agenten zitten.

Ze kregen een kamer achter in een uitbouw aan het hoofdgebouw: een vleugel die ver uitstak met allemaal eenpersoonskamers achter elkaar, met tussendeuren die op slot konden en een smal, overdekt stoepje erlangs omdat de grond drassig was. Daulis protesteerde dat ze een betere kamer moesten hebben, maar kreeg te horen dat het vol was. Ondertussen was het overduidelijk dat Leta alleen nog maar wilde liggen. Ze gingen allemaal naar de kamer, stopten Leta in bed, en overlegden. Dann zei dat hij de herberg vreselijk vond en Mara was het met hem eens. Broer en zus waren nog nooit zo eensgezind geweest als over deze kamer waar ze rusteloos en ongelukkig rondliepen als dieren in de val; en Dann zei toen dat hij wel gek zou zijn om hier te blijven en Mara was het met hem eens.

Daulis vond het niet prettig als zij tweeën weggingen om de nacht in de openlucht door te brengen. Ze zeiden dat ze het gewend waren. Nee, natuurlijk moest Leta niet verplaatst worden; natuurlijk moest Daulis bij haar blijven. Raadslid Daulis vond het niet leuk om eraan te worden herinnerd dat hij op zijn manier een even beschermd en luxe leven had geleid als Leta. Hij volstond met de opmerking dat na morgen alles beter zou zijn.

Dann en Mara namen wat eten mee, maar geen water – in dit landschap was er bepaald geen gebrek aan water. Het was donker, maar een grote gele maan was al op en ze konden alles zien. Het probleem was dat er geen gebouwen in de buurt stonden waar ze beschutting konden vinden, alleen schuren en stallen die bij de herberg hoorden. Ze verplaatsten zich in de gedachten van mogelijke achtervolgers en beseften dat die allereerst in deze bijgebouwen zouden kijken. Er stonden zo te zien nergens bomen. Een grote hoop rotsblokken een paar honderd meter verderop had hetzelfde nadeel als de herberg: het was een voor de hand liggende plek om je te verschuilen. Er groeiden biezen en een paar pollen riet. Riet was de voornaamste begroeiing van dit landschap. En waar zouden deze denkbeeldige achtervolgers anders naar hen zoeken dan tussen het riet?

Ver naar het oosten glinsterde water en daar gingen ze naar toe, voorzichtig hun weg zoekend door dit drassige land. Er lag een meertje en daarin een boot die aan een boomstronk was vastgelegd. Ze gingen naast elkaar in de boot liggen in de wetenschap dat hun dekens hen aan het oog zouden onttrekken. Het was heel stil, de geluiden van de herberg waren niet meer te horen. Het water was stil, de maan scheen, en de schaduwen van het riet bewogen over het watervlak.

Ze durfden niet te praten. 'Ik ben nog nooit zo bang geweest,' fluisterde Dann en Mara was het met hem eens. 'Ik weet dat er iemand achter ons aan zit. Ik heb er een voorgevoel van.'

Het was koud, zelfs zo stijf ingepakt in dikke stof.

De uren verstreken. Af en toe soesde Mara wat weg, en dan Dann weer.

De maan stond al niet meer aan de hemel toen ze het soppende geluid van voetstappen hoorden. Ze moesten zich inhouden om niet op te springen en het op een lopen te zetten – maar ze konden nergens heen. Ze bleven stil liggen. Het was er maar één – dat was een verrassing. Charad of Bilma zouden niet één agent sturen maar eerder een paar.

Een man alleen kwam boven de boot staan, op het punt waar het pad omlaag liep door de biezen. Hij staarde over het meer. Toen keek hij naar de boot. Het was nu zo donker dat hij niet veel kon zien, alleen een zwarte boot op zwart water met iets grijzigs erin. Hij bleef daar een paar minuten staan en keek af en toe achterom. Toen gaf een moerasvogel een schreeuw, vanuit een rietpol heel dichtbij, en de man gromde van angst en rende weg.

'Dat was Kulik,' zei Dann.

'Ik weet het.'

Ze bleven waar ze waren en hoorden niets. De vogel gaf weer een schreeuw en dat betekende misschien dat Kulik terugkwam, dachten ze.

De hemel werd lichter. Ze waren stijf en koud. Ze kropen uit de boot en door het riet, en tussen hen en de herberg zagen ze niets. Ze liepen snel om niet op te vallen. Rond de herberg was het een drukte van je welste, en een heleboel mensen gingen al op weg naar de grens. Het tweetal liep stilletjes naar hun kamer en vond daar Daulis, die tegen de stapel dekens geleund zat met zijn armen om Leta heen, die tegen hem aan lag. Hij streelde haar haar en ze leek te slapen.

Daulis zei dat er 's nachts iemand had geprobeerd om de luiken en daarna de deur te forceren. Het tweetal vertelde hun verhaal.

'Laten we nu maar gauw die grens over gaan,' zei Mara. 'Vooruit.'

Ze maakten Leta wakker. Ze aten allemaal een beetje. Daulis ging de rekening betalen zodat de anderen niet gezien werden. Ze liepen met een heleboel andere mensen naar de grenspost. Dit was een echte grens, niet zo'n willekeurige of onzichtbare grens als je in het zuiden had. Er zat een zware houten balk over de weg, in een afrastering die zo ver het oog reikte aan weerszijden ervan liep. De afrastering was anders dan de rollen roestig ijzerdraad die Mara en Dann eerder hadden gezien. Deze was niet roestig. Zij glinsterde en zat vol scherpe punten.

Aan deze kant van de balk stonden een stuk of vijf soldaten een beetje te geeuwen en de rij mensen verder te dirigeren; maar aan de andere kant stonden ongeveer veertig mannen en vrouwen in zwart uniform, met een zwarte cape voor de warmte, en die keken zorgvuldig naar de mensen die ze doorlieten en telden hen door kralen langs een snoer te schuiven. De snoeren zaten naast elkaar in houten ramen gespannen. Als een raam vol was, werd het naar een schuur gebracht waar het op een stapel andere werd gelegd. Aan deze kant telde niemand wie erdoorheen kwam.

Het landschap was bepaald troosteloos, met een paar donkere bomen en struiken en grassen die er grijzig uitzagen. Leta had haar sluier niet om, maar ze moest zich ertoe dwingen om rond te kijken. Daulis ondersteunde haar. Ze liepen vlak achter Dann en Mara, die hun hadden gewaarschuwd dat het gevaar misschien nog niet voorbij was.

In de wachtende rijen werd zachtjes gepraat, voornamelijk Charadisch, maar er werd ook wel Mahondisch gesproken. Er waren ook dialecten die ze eerst niet als Mahondisch herkenden. De rijen bestonden uit families uit Tundra die op bezoek waren geweest en nu weer naar huis gingen. Er waren ook groepen ambtenaren, maar het was opvallend dat mensen die vanaf het noorden kwamen onmiddellijk werden doorgelaten als ze ambtenaar waren, maar dat ambtenaren vanaf deze kant moesten wachten en alle formaliteiten moesten afhandelen. De diverse groepen mensen die in de rij stonden, hielden elkaar achterdochtig in de gaten en hielden zorgvuldig enige ruimte tussen hen open, zodat het een onderbroken rij was en niemand lette op de soldaten die probeerden de mensen te laten aansluiten. De mensen die voor het viertal liepen, keken telkens om en de mensen die achter hen liepen, zagen hen en begonnen over hen te praten. Drie lange Mahondi's, knappe mensen, maar er stonden nog meer Mahondi's in de rij. Ze keken naar Leta, deze Albevrouw, die zij als hun gelijke behandelden en niet als bediende. En Leta had nu ze zich wat beter voelde weer haar bleke, stralende schoonheid, en haar bleke haar in die grote, gladde knot glansde in het zwakke zonlicht.

Het was een vermoeiende bezigheid, dat wachten en dan weer heel langzaam verderlopen; en net toen Mara dacht: we zien er allemaal uit alsof we half staan te slapen, zag ze dat Dann uit de rij werd getrokken door twee mannen die hun gezicht bedekt hadden met het uiteinde van hun hoofddoek. Een van hen was Kulik. Ze hielden Dann ieder aan een kant vast en probeerden hem snel mee te trekken naar een stoel die stond te wachten. Nu sprong Mara de rij uit en sloeg haar arm met de giftige slang, met het mes uitgeklapt, om Kuliks keel.

'Als je niet loslaat, gebruik ik dit.'

Geen van beide mannen herkende de slang en ze beseften niet hoeveel gevaar ze liepen. Ze keken haar aan, keken toen naar het piepkleine mesje, keken toen weer naar haar… Daulis sprong de rij uit, met een mes in de ene hand en een dolk in de andere. Dat alles ging zo snel dat de mensen die in de rij stonden het nog niet hadden gezien. Maar voor Mara ging het allemaal langzaam, iedere beweging en ieder gebaar duurde een eeuwigheid, dus ze kon bedenken: als ik op deze pal druk, gaat Kulik dood, en dan moeten de soldaten wel kijken, en dan komen er problemen en… De twee mannen hadden Dann losgelaten en die had zijn mes gepakt en hield het tegen de keel van de andere man. Binnen een tel konden deze mannen dood zijn. En Mara herinnerde zich dat Dann langgeleden had gezworen dat hij Kulik zou doden.

Maar nu nog niet. Mara liet Kulik los. Dann haalde zijn mes weg. Kuliks gehavende gezicht vertrok tot de bekende en gehate brede grijns, hij keek nog een keer naar hen, en dook toen samen met zijn assistent in de stoel. De renner in de stoel pakte de draagstokken en ging snel terug naar de herberg.

De mensen die vooraan stonden, hadden niet gezien wat er was gebeurd. De mensen achter hen, die het wel gezien moesten hebben, staarden voor zich uit alsof ze wilden zeggen: wij hebben niets gezien.

Als Dann was meegetrokken naar de stoel, zou geen van deze mensen tussenbeide zijn gekomen of de soldaten hebben gewaarschuwd. Wat voor mensen waren dit? Waarschijnlijk zouden ze alleen iemand van hun eigen groepje helpen. Wat de soldaten betreft, een paar stonden naar de stoel te kijken maar maakten niet de indruk dat ze iets bijzonders hadden gezien.

Mara zag dat Dann nieuwe energie had gekregen van het gevaar: zijn ogen stonden helder en hij glimlachte naar Mara en sloeg zijn arm om haar heen. 'Misschien moet je dat leuke slangetje van je maar verkopen, al heeft het ons goed geholpen.'

'Het is een goed moordwapen,' zei Mara, 'dus ik hou het nog even.'

En het zat weer aan haar arm met de dodelijke steektand ingetrokken en het was inderdaad een heel leuk slangetje.

Al snel stonden ze vooraan in de rij en werden ze voorbij de balk gedirigeerd, naar de soldaten van Tundra, die naar hen stonden te kijken.

Voordat Daulis iets kon zeggen, zei de dienstdoende officier: 'We weten wie jullie zijn. Maar we dachten dat er drie mensen zouden komen, geen vier.'

Daulis zei: 'Als het Centrum had geweten dat ik deze vrouw mee zou brengen, zouden ze daar rekening mee hebben gehouden.'

'Ze zeiden dat er drie paarden klaar moesten staan.'

'We hebben er vier nodig.'

'Je hebt hier niet zo één twee drie een paard,' zei de officier. 'Zoals u wel zult weten.'

De paarden stonden klaar. Het waren stevige, gedrongen beestjes die zeker niet twee mensen konden dragen. Bovendien had Mara nog nooit op een paard gezeten. Leta ook niet. Dann zei dat hij er weleens op had gereden, maar dat was een gestreept paard geweest, heel anders dan deze, goed getraind en heel mak. Deze paarden waren allesbehalve mak: ze schopten en bokten en maakten het heel duidelijk dat ze hun onderworpenheid niet zo leuk vonden.

Er stonden allerlei voertuigen te wachten op klanten. 'We vinden wel iets,' zei Daulis tegen de officier.

'Ze verwachten jullie,' was het antwoord, ofte wel: treuzel niet te lang.

Ze liepen langzaam langs de weg en keken er goed naar: zoiets had je niet in Bilma en ook niet in Charad. Zo'n weg hadden ze na Chelops niet meer gezien en daar was het een glad, glanzend zwart oppervlak, maar hier leek er over de weg een grijs spinnenweb te liggen van ontelbare kleine lijntjes, net krasjes. Daulis zei dat de weg heel lang geleden was gemaakt, wel honderden jaren geleden, en dat niemand wist waar hij uit bestond.

Het was halverwege de middag. Voor hen uit lag een stad en de meeste reizigers gingen daarnaar toe. Daulis zei dat hij de stad kende. Het was een aardige, welvarende plaats die de moeite waard was om te zien. Maar ze waren allemaal moe. De herberg die ze uitzochten was een gebouw met een paar verdiepingen en bedienden in uniform. De kamer was groot, met echte bedden, geen stromatrassen op de grond, en mooie gordijnen en tapijten.

Het kostte wel wat. Mara wisselde twee munten bij de receptie voor hun echte waarde. Ze gingen liggen om wat bij te komen. Daarna gingen ze naar een eethuis dat Daulis kende en ze aten allemaal heel goed, ook Leta. Dann en Mara hadden nog nooit zulk eten geproefd of zich ook maar zoiets kunnen voorstellen, en Dann zei tegen Mara: 'Ik heb je toch gezegd dat het steeds beter zou worden?'

En Mara zei: 'Ik ben het pas met je eens als ik zeker weet dat Kulik niet meer achter ons aan zit.'

'Ze laten hem echt niet binnen,' zei Daulis. 'Niemand komt Tundra in tenzij er een goede reden voor is. Bijvoorbeeld iemand die nuttig is voor Tundra.'

'Je kent die man niet,' zei Mara. En ze huiverde echt. 'Je raakt hem nooit echt kwijt, begrijp je?' legde ze uit. 'Het is net of hij altijd in mijn leven en in dat van Dann is geweest. Waarom? Het lijkt wel of hij geboren is om ons te kwellen en te achtervolgen, en ons nooit met rust te laten.'

Op de kamer moesten ze bepaalde besluiten nemen. Tot waar ze een boot naar het noorden konden nemen, zou twee dagen duren per rijtuig of draagstoel. Er waren hier geen wagons met hun gammele rails. Als ze liepen, zouden ze er bijna een week over doen. Leta, Mara en Dann zeiden in koor dat ze liever dood-gingen dan dat ze weer in een rijtuig, een draagstoel of een wagon stapten. Dau-lis zei droogjes dat ze blij mochten zijn dat ze geen ambtenaar waren, want dan zouden ze geen keuze hebben.

'Dus we hebben geluk, we mogen lopen als we dat willen,' zei Mara vrolijk, want ze kwam weer in een beter humeur en de anderen ook.

'Maar we moesten toch opschieten?'

'Nou,' zei Daulis, 'als je wist hoe lang ze al wachten, zou ik me niet zo druk maken over een dag of wat. Of zelfs een week.' En toen zei hij tegen Mara: 'Heb-ben jij en ik niet iets te vieren?'

'Wat dan?'

Leta moest om haar lachen. 'Jullie zijn niet meer getrouwd, in Tundra niet. Dat hield bij de grens op.'

Mara was het vergeten. Tot haar verbazing kreeg ze een wat vervelend gevoel in haar maag, een soort draaierigheid. Spijt. Ze voelde zich echt een beetje be-droefd en zei tegen Daulis: 'Ik had echt even spijt. Maar je hoeft niet bang te zijn.'

'Ik vond het heel leuk om met je getrouwd te zijn, Mara,' zei Daulis. 'Hoewel sommige aspecten van de liefde binnen het huwelijk leken te ontbreken. Pas maar op dat je nooit meer teruggaat naar Bilma. Tenzij je met mij getrouwd wilt zijn.'

'O, dat zou ik misschien best leuk vinden voor een poosje.'

Dit geplaag maakte Dann van streek. 'Als je al jaloers bent op een schijnhuwe-lijk,' zei Mara, 'wat moet je dan als ik echt getrouwd ben? Als ik tenminste ooit trouw.'

Tot hun verrassing dacht Dann daar even over na en zei toen heel ernstig: 'Ik weet niet wat ik dan doe. Ik weet wel dat ik het niet leuk zal vinden.'

Dit was een ongemakkelijk moment, zowel voor Dann en Mara als voor de anderen.

Toen ze de volgende ochtend weer op de grote weg kwamen, zagen ze een lange processie de stad uit komen. Het was een pelgrimstocht en ze waren op weg naar een heiligdom. Nadat deze nieuwe woorden door Daulis waren uitgelegd, sloten ze zich bij de processie aan en ze kregen zwart met donkerrood geverfde bundels riet in hun handen gedrukt. De liederen waren droevig en de mensen droegen donkere, sombere kleuren en op alle gezichten lag een uitdrukking van gelatenheid en lijden. Het heiligdom bevatte een machine van een nu onbekend metaal en vele duizenden jaren oud, die van alles had doorstaan, onder meer als een neerdwarrelend blad op aarde was gevallen, maar in een moeras terecht was gekomen waardoor zij bewaard was gebleven. Men geloofde dat de Goden in deze machine in Ifrik waren neergedaald en de beenderen van twee van deze Goden waren in potten verzegeld en in de machine geplaatst. Er waren vier pelgrimstochten per jaar naar deze oude machine, die bewaakt werd door priesters, maar heel andere priesters dan die in Kanaz. De twee verschillende ordes priesters keken op elkaar neer, wilden niet dat hun volgelingen ook maar iets met elkaar te maken hadden en hadden in het verleden vaak bloedige oorlogen gehad.

'Maar,' vroeg Mara, 'waarom is het een teken van devotie om naar een bepaalde plek toe te lopen?'

'En waarom vier keer per jaar?' vroeg Dann. 'Zou één keer niet voldoende zijn?'

'En wat hebben die beenderen voor nut?' wilde Leta weten.

Daulis zei dat ze dat soort vragen beter niet hardop konden stellen, omdat deze mensen wel zo waren dat ze critici aanvielen en hen zelfs doodden.

De processie trok door meer steden, die allemaal welvarend waren, vol goedgeklede mensen. Wat een tegenstelling tussen het woeste, verlaten land waar ze doorheen gelopen waren, en deze steden die een droombeeld van orde en plezierigheid waren. Afgezien van de politie in zwart uniform, net als de soldaten, die af en toe aan weerszijden van de rij zingende pelgrims stond en aandachtig keek naar ieder gezicht. 's Nachts sliepen de meeste pelgrims in speciaal voor hen bestemde herbergen, maar het viertal zocht dan stiekem het comfort van een goed hotel. Ze voegden zich 's ochtends weer bij de optocht. Het was saai. Leta vooral werd erg moe. Ze was niet gewend om te lopen, tenminste niet verder dan van het ene bed naar het andere bij Moeder Dalide. Ze zei het niet verbitterd, zoals in het verleden, maar lachte er zelfs om. Ze besloten om de draagstoelen te proberen, aangezien dat de minst oncomfortabele manier van sneller reizen was, en zo, met zijn tweeën in een stoel, Dann en Mara in de een en Leta en Daulis in de andere, hadden ze het gevoel dat ze opschoten. Maar het was een reis met veel onderbrekingen. De stoelrenners, twee achter en twee voor – deze stoelen hadden geen wielen –, stopten op bepaalde punten, zetten de stoel dan neer en hielden op, waarbij anderen het van hen overnamen. Hoe ze ook smeekten, de renners bleven hen door elkaar schudden, en toen ze ergens stopten voor een maaltijd, vroeg Mara naar die vroegere tijden toen reizen altijd comfortabel was en Daulis zei dat iedereen toen zelfs voortdurend reisde, wat heel snel ging en niets bijzonders was.

'Hoe weet je dat?' was de voor de hand liggende vraag.

'Dat zul je snel merken,' zei Daulis.

'Maar waarom waren ze altijd op pad?'

'Omdat ze dat konden doen.'

'Denk je dat wij het ook zouden doen als we konden?'

'Ik wel,' zei Dann.

En Mara zei: 'Ik zou zo graag – o, ik kan je niet zeggen hoe graag – een huis vinden, een rustig plekje met voldoende water, en daar wonen met Dann. En met mijn vrienden,' voegde ze eraan toe.

'En je man?' vroeg Daulis.

'En ik wil dan...' Dann zweeg.

'Dann wil graag Kira,' zei Mara, en ze wilde net uitleggen wie Kira was en dat Dann van haar had gehouden, toen Daulis zei: 'Ik weet wie Kira is. Shabis heeft het me verteld.' En hij zei ernstig tegen Dann: 'Ik denk dat je haar nog wel zult tegenkomen. Ik denk dat ik weet waar ze misschien is... tenzij...'

'Tenzij ze onderweg een man is tegengekomen die ze aardig vindt. Was dat niet wat je wilde zeggen?'

19

Deze laatste nacht voordat ze bij de rivier kwamen, moesten ze zoveel mogelijk genieten van de luxe herberg, zei Daulis, want als ze eenmaal op de boten zaten, zouden de herbergen langs de rivier en aan de oever van het meer heel anders zijn. En dus zorgden ze dat ze zich goed wasten in het overvloedige warme water, en dat ze goed aten en goed sliepen.

De volgende ochtend liepen ze langs de weg die ze al dagen volgden, en toen kwamen ze bij de rand van het water, waar golfjes tegen zandige oevers kabbelden en... *Wat heb je gezien, Mara? Wat heb je gezien?* 'Ik heb gezien dat de weg waar ik op liep verdween in diep water.' Ze zagen hem daarbeneden: zwart, schoon, zonder wier, met kleine visjes die eroverheen schoten. Allerlei soorten boten waren op de oever getrokken. Maar wat voor oever? Dit was geen rivier, want hij stroomde niet en je kon de andere kant niet zien, en het was geen meer, maar het waren geulen tussen zandbanken en ondieptes met wier, en water dat de ondiepe stukken net bedekte.

Uit een huis naast het water, waar veerlieden zaten te wachten, kwam een man die hun een platte, brede boot liet zien met voldoende ruimte voor hen en hun spullen. Daulis onderhandelde met hem en Mara raakte weer twee munten kwijt. Nog acht. Ze gingen op stapels kussens op de vlakke bodem zitten, hoorden het water onder zich woelen en klotsen, en keken over de rand van de boot naar water dat ze konden aanraken, waar ze hun vingers doorheen konden laten glijden. Mara en Dann dachten: waterdraken; maar de veerman zei dat er hoogstens kleine visjes aan hun vingers zouden sabbelen. De veerman leek een poosje zijn koers te bepalen aan de hand van de weg die ze nog steeds konden zien, maar toen verdween die nog dieper onder water.

Het water was gestegen en de weg en het land eromheen waren ondergestroomd. Wanneer was dat gebeurd? Een hele tijd geleden, zei de veerman. Ze vroegen voorzichtig: honderden jaren? Duizenden? – maar die woorden zeiden hem niets. Hij zei dat zijn grootvader hem had verteld dat er een verhaal in de familie de ronde deed dat dit, waar nu water was, allemaal bevroren was geweest, zo diep dat niemand het had kunnen meten, maar toen was het ijs weer water geworden.

Ze vorderden langzaam omdat ze hun weg moesten zoeken door moeras en daarna door diep water en daarna weer door moeras. Soms was de bodem zo dicht bij de oppervlakte dat de veerman een vaarboom gebruikte om de boot verder te duwen. Bloemen dreven op lange, wiegende stelen. Vogels renden over pakken bladeren en vanuit de verte leek het net alsof ze over het water renden. Grote, witte vogels zaten op eilandjes van opgehoopt wier, die dobberden en wiegden op de golven van de boot. Er waren geen oevers te zien, maar die avond legden ze aan bij een kleine kaap; en de veerman vertrok naar zijn hut, en zij gingen naar een heel redelijke herberg waar ze een maaltijd verorberden die bedoeld was om de honger te stillen en niet meer dan dat, en ze gingen op hun stromatras zitten praten terwijl de zon boven het water onderging. Ze lagen die nacht onder een dikke laag dekens, en daarna volgde weer een dag van langzaam reizen. Mara had het gevoel alsof haar gedachten trager waren geworden en alsof haar hele leven alleen nog maar hieruit bestond: in een ondiepe boot zitten op water dat rook naar wier en kijken naar het gezicht van Dann en van Leta en van Daulis en denken dat ze zo aan hen verknocht was en zij aan haar dat de gedachte dat ze ooit uit elkaar zouden gaan ondraaglijk was.

De dagen verstreken. Het werd steeds kouder en vaak hing er een kille mist over het water die op hun gezicht en in hun haar bleef hangen. Ze wikkelden zich in hun grijze dekens en hielden zelfs hun hoofd bedekt. Mara zat te dromen in het water, zo voelde het, alsof ze in een schelp in het water lag; maar hoe anders dan die vorige boottocht in het zuiden, die zo heet was met water dat schitterde en haar ogen verblindde, terwijl ze zich soms misselijk voelde en soms ook niet, maar waar je altijd die vochtige warmte had en de gevaren in het water waar de draken op de loer lagen, en altijd de oevers die aan droogte herinnerden.

Mara zag onder haar een dak met rode tegels, waar bossen wier heen en weer wiegden, en toen nog een dak. De reizigers dreven over een verdronken stad en ze strekten hun armen uit om te zien of ze de daken konden aanraken. De veerman zei dat er hier veel steden waren geweest die onder water waren verdwenen. Grote steden. Toen het ijs smolt, werd de bodem te drassig om het gewicht van de gebouwen te dragen, en ze zakten omlaag terwijl het water steeg. Hij grapte dat als ze vissen waren, ze dagenlang door verdronken steden zouden kunnen zwemmen. En in die tijd wisten ze wel hoe je moest wonen, zei hij, kijk maar eens. Onder hen was het water diep en helder boven een witte zandbodem en er stond een gebouw dat mooier was dan alle gebouwen in de steden waar ze doorheen waren gereisd. Trappen liepen omhoog naar de ingang, een grote boog omgeven door witte pilaren, en er liepen trappen naar hogere verdiepingen, waar op terrassen uit steen gehouwen beelden stonden die zo echt leken dat het net mensen waren die ze gekend hadden of nog steeds kenden; en de mooie daken, van allerlei verschillende kleuren tegels, groen, blauw en rood, hadden ramen en portalen en het leek o zo makkelijk om je over de rand van de boot op een terras te laten glijden en daar te gaan lopen, daar te leven met vrienden; en dan zouden er kinderen komen, mompelde Mara, er zullen brede rivieren zijn met snelstromend helder water en fonteinen vol water en beekjes die het huis in lopen en in bakken met helder water uitkomen... Dann schudde haar arm. 'Mara, Mara.' De veerman had de boot stilgelegd, met een roeispaan tegen een pol modderige waterplanten aan, zodat ze niet afdreven. Hij keek aandachtig naar Mara, boog zich toen voorover om de slagader in haar keel te voelen. Toen deed hij hetzelfde bij Leta, die niets ziend voor zich uit staarde en moeizaam ademhaalde. Toen bij Daulis, die zijn ogen dicht had en een grimas trok alsof hij pijn had.

De veerman en Dann fluisterden met elkaar. Mara voelde een langzaam schommelen, door haar hele lichaam – en toch lag de boot stil. En toen besefte ze dat ze weer voeren, naar een oever waarop een lang, laag gebouw met een rieten dak stond.

'De moerasziekte,' zei de veerman, en hij legde de boot vast aan een boom-stronk. Hij tilde Leta op en droeg haar het gebouw in. Hij kwam terug en pro-beerde Daulis met een duwtje in beweging te krijgen, maar die lag op zijn rug met zijn ogen gesloten. Dann en de veerman droegen hem samen naar het ge-bouw, dat een herberg was. Mara had waarschijnlijk geslapen, want het volgen-de wat er gebeurde was dat zij in de armen van de veerman lag en het gebouw werd ingedragen; en toen ving ze een blik op van een lange, magere, bezorgde vrouw die druk met de veerman stond te praten en zei dat ze niet verantwoorde-lijk kon zijn voor drie zieke mensen. En toen lag Mara op een bed, een bed op de grond, in een grote kamer, maar het was wel een armoedige kamer, want het rieten dak boven hun hoofd was kapot en moest nodig worden gerepareerd, en aan de randen van het gat in het dak hingen waterdruppels die in een bak spet-terden die eronder was gezet. Aan de andere kant van de kamer lag Leta doodstil met uitgestrekte armen op haar stromatras. Daulis lag dubbelgevouwen op zijn stromatras en kreunde met zijn handen tegen zijn maag gedrukt. Het stonk er vreselijk. O, dacht Mara, ik hoop dat ik mezelf niet heb bevuild; en dat was het laatste wat ze wist totdat ze weer bijkwam en Danns gezicht boven zich zag dat vertrokken was van bezorgdheid. Hij veegde haar gezicht af. Achter Dann kniel-de de lange vrouw naast Leta, die op haar tas wees waar ze haar gedroogde krui-den in had zitten. De vrouw spreidde de kruiden op een doek uit en Leta wees er een aan en zei: 'Kook het. Geef het ons in water.' En toen raakte ze weer bewusteloos. Daulis lag met een kussen in zijn rug en een deken stijf om zich heen gewikkeld. Hij zag er slecht uit. Hij gaat dood, dacht Mara. En toen: misschien ga ik ook wel dood. En Leta? Maar Dann, die arme Dann, wat moet die dan, helemaal alleen? Mara zonk weer weg in de duisternis maar kwam telkens even bij, en zag dan kleine heldere tafereeltjes die ze zou onthouden. Leta, met haar armen uitgestrekt en dat lichte haar dof en nat van het zweet. Daulis die zo heel erg ziek was. De lange vrouw die emmers naar buiten droeg, en nog een keer dat ze de emmers naar binnen droeg. Dann, steeds maar weer Dann, die zich over haar heen boog, en over Daulis, en Leta, en ze hoorde hem zeggen: 'Mara, Mara, je mag niet doodgaan. Kom alsjeblieft terug.' Ze hoorde kreunen en dacht eerst dat zij dat was, maar het was Daulis. Soms was het klaarlichte dag als ze bijkwam, en scheen de bleke zon door het gat in het riet, en stond het zweet op de gezichten van Leta en Daulis; en soms was het donker en stond er een lamp op de grond in een hoek. Een keer voelde ze iets zwaars en zag ze dat Dann in slaap was gevallen terwijl hij naast haar zat en met zijn bovenlichaam over haar heen lag. Ze droomde, o, wat een dromen!: ze rende steeds maar verder met vijanden achter haar aan, die haar steeds bijna te pakken kregen; ze stikte in stofstormen; ze had zo'n honger dat het net was of ze messen in haar maag had; en toen werd ze zich bewust van een lieflijke warmte, en ze hield een klein jongetje in haar armen, haar broertje Dann, die haar gezicht streelde en van haar hield; maar toen had ze opeens niet Dann in haar armen, maar een baby, haar baby, en in haar slaap mompelde en schreeuwde ze dat ze naar haar baby toe moest; en ze hield Crethis in haar armen, het lieve meisje dat een klein kind was; en wat voelde Mara zich bedroefd, wat voelde ze zich verdrietig wanneer ze even bijkwam en zag dat Dann bij Leta knielde en een beker met iets te drinken bij haar mond hield, of dat de lange vrouw bij Daulis knielde en zijn naam riep om hem bij kennis te brengen.

Als ze wakker werd, wist ze soms niet of ze in deze akelige herberg aan de rand van het moeras was, in een kamer waar je de hemel kon zien, of weer in het Rotsdorp. En nu zag ze Daima aan de andere kant van de kamer met haar handen over elkaar naar Mara zitten glimlachen en haar armen uitstrekken zodat Mara naar haar toe zou kunnen rennen. 'Daima,' huilde Mara, 'ik heb je nooit bedankt, ik heb je nooit verteld hoeveel ik van je hield, maar zonder jou zou ik honderden keren zijn doodgegaan.' Maar toen ze haar ogen opendeed, zag ze niet Daima maar Dann. 'Niet huilen, Mara, niet huilen. Je hebt akelig gedroomd, maar het is allemaal goed. Je wordt beter. Kijk eens, drink dit eens op.' Mara werkte een bitter drankje weg waar haar maag bijna van omkeerde.

Toen was Leta weer op de been. De magere vrouw hield haar stevig vast, met een arm om haar rug heen geslagen, en met zijn tweeën liepen ze langzaam de kamer op en neer. Leta begon weer op krachten te komen. Maar Daulis lag er nog steeds als een lijk bij. Mara zag aan het gezicht van Dann wanneer hij Daulis hielp, en aan de koele onderzoekende blik waarmee de magere vrouw naar Daulis stond te kijken, dat ze dachten dat hij dood zou gaan. En nu had Mara zo'n verdriet om die lieve Daulis die haar had gered. Waarom heb ik het als vanzelfsprekend beschouwd? O, o, o; en Dann kwam snel naar haar toe: 'Wat is er, Mara? Waar heb je pijn?' Maar ze had pijn in haar hart omdat ze dacht aan die lieve Daulis, die dood was.

Maar hij ging niet dood, al werd hij als laatste beter. Leta en Mara waren al aan het oefenen om de kamer op en neer te lopen, en daarna buiten totdat de kou van het moeras hen weer naar binnen dreef, terwijl hij nog bewusteloos lag. Ze begonnen te eten, voornamelijk pap die voor hen was bereid door hun gastvrouw, die Mavid heette, een weduwe die hier kon leven van de enkele klant die de veerlieden haar brachten – hoewel de boten meestal doorvoeren naar betere herbergen verderop. Ze was heel goed voor hen. Vaak genoeg zei ze dat Dann moest gaan slapen, en bleef ze zelf opzitten, omdat ze zich zorgen maakte om hem. Dann was weer mager geworden, en Mara ook. Toen ze naar elkaar stonden te kijken, als mensen die elkaar een poosje niet hebben gezien, beseften ze dat ze weer elkaars spiegelbeeld waren: twee lange, magere wezens met diepliggende, bezorgde ogen.

'Eet alsjeblieft, Dann,' spoorde Mara hem aan; en Dann zei: 'Mara, je moet eten.' En Mavid keek naar hen en zei dat ze een broer had gehad, maar die was doodgegaan en ze dacht nog iedere dag aan hem. Toen zei ze dat Mara zonder Dann zou zijn doodgegaan. Hij was een geweldige man, zoals hij hen allemaal, maar vooral zijn zus verpleegde. Er was een nacht geweest waarin ze dacht dat ze alle drie doodgingen, en ze had het zonder Dann absoluut niet gered. Hij had in geen nachten geslapen. Hij had alleen gegeten wanneer zij hem eraan herinnerde. Toen Mara leek weg te glijden, wilde Dann haar niet laten gaan; hij dwong haar om terug te komen, had haar gesmeekt en gebeden; het had haar, Mavid, beslist kippenvel gegeven toen ze het zag, ze had nog nooit zoiets gezien – en zo ging ze maar door.

Toen Daulis zijn ogen eindelijk opendeed, zag hij hen alle drie naast hem zitten en zijn glimlach, zijn echte glimlach, geen grimas van pijn, bracht de tranen in hun ogen. Leta huilde en kuste zijn handen, en Daulis zei: 'Lieve Leta,' en sloot zijn ogen. Maar de volgende dag stond hij op en de dag daarna begon het moeizame heen en weer lopen, en ondersteund door Leta aan de ene kant en Dann of Mara aan de andere kant dwong hij de kracht terug in zijn benen.

Ze bleven een maand in die herberg. Mavid zei dat het net was of ze weer een gezin had. Mara gaf haar vier gouden munten. Mavid omhelsde haar en de anderen en zei dat ze nu haar dak kon laten maken en haar provisiekamer aanvullen en dat de veerlieden haar klanten zouden brengen. Hun komst naar de herberg had veel geluk gebracht en ze zou hen nooit vergeten.

Van haar hoorden ze het verhaal over de verdronken steden. Het was heel lang geleden gebeurd, zei ze, en ze spreidde haar vingers uit en zette haar handen op de tafel, om tien te vormen, en dat tien keer – en ze keek hen aan om te zien of ze het begrepen. 'Honderd,' zei Mara. Ze deed het nog eens. 'Tweehonderd,' zei Leta. En nog eens. 'Driehonderd,' zei Daulis. Driehonderd jaar geleden veranderde de bevroren grond in moeras en zonken de steden weg.

'Het IJs begint nu weer weg te trekken, begrijp je,' zei Mavid. 'Toen ik klein was, hebben mijn ouders me eens meegenomen naar de noordkant van Ifrik. Dat is hier niet zo ver vandaan. Ze hebben me de ijsbergen aan de andere kant van de Middenzee laten zien. En die begint nu weer vol te raken. Men zegt dat hij al droog staat sinds... sinds...' Ze keek naar haar handen en vroeg zich af of ze nog eens moest proberen ze met gespreide vingers neer te zetten, maar dan nog eens en nog eens en nog eens, en ze gaf het maar op en eindigde met: 'heel lang geleden. Ik bedoel echt heel lang geleden.'

Nu zouden ze verdergaan in een boot met een zeil, niet een boot die laag op het water lag, maar een grote boot, met een goed dek en een cabine daaronder. Het water zou diep zijn, of er zouden in ieder geval diepe geulen zijn die makkelijk te volgen waren, van hier af tot waar ze naar toe moesten. En daar zouden ze dan de wandeling naar het Centrum beginnen.

'En hoe weet je dat allemaal, al die herbergen en die manieren om te reizen?' vroeg Dann.

Daulis glimlachte.

Mara zei: 'Omdat wij Mahondi's bij elkaar blijven, zo is het toch, nietwaar?'

'Ja. In voorspoed en tegenspoed.'

'Ik begrijp wat je denkt.'

'Zo eenvoudig is het niet.'

'Maar er zijn nog steeds grootse plannen en ideeën en Dann en ik maken daar deel van uit.'

'Jullie zijn de enige aanleiding ervoor, vrees ik. Ik zal niet meer zeggen, want jullie moeten zelf beslissen. Jullie kennende, weet ik bijna zeker wat jullie zullen doen – maar laten we het er verder niet over hebben. Jullie zullen het wel begrijpen.'

De tocht ging nu veel sneller, omdat ze in een rechte lijn konden varen en niet meer hoefden uit te wijken voor ondiepten en zandbanken. Ver onder hen lagen de steden op wit zand, dus Mara keek omlaag en zag ze zoals de vogels ze vroeger waarschijnlijk hadden gezien. Dat was zand van de Sahara, daarbeneden, het zand dat zich langgeleden van kust tot kust uitstrekte. Steden waren even tijdelijk als dromen, als mensen. En ze dacht aan Meryx. Maar toen ik ziek was en lag te dromen in die herberg waar je de hemel door het dak kon zien, was Meryx er nooit. Helemaal nooit. Alle mensen van wie ik heb gehouden – ze zijn allemaal dood. Alleen Dann is er nog. Alleen mijn kleine broertje.

Deze veerman zei dat het niet nodig was om 's nachts bij een herberg aan te leggen; ze konden het anker laten zakken en aan boord slapen. Dat deden ze dus de eerste nacht; maar het was onplezierig, met de dichte, koude mist die over het water aan kwam drijven, en overal flikkerende lichtjes die volgens de lokale bevolking de ogen van de doden waren, maar volgens de veerman insecten. De volgende nacht legden ze aan bij een herberg, een grote, waar water voor hen werd verwarmd en waar ze goed aten. Ze werden al weer sterker, maar ze moesten veel slapen en goed eten. Vier nachten brachten ze door in herbergen, hoewel de veerman mopperde en zei dat ze geld verspilden: ze konden gratis op de boot slapen. Ze waren vast rijk, zei hij, en hij verhoogde zijn prijs. Dat alles, de boot en de herbergen, kostte Mara drie van de vier goudstukken die ze nog had. Ze had er nog een. Leta had al haar geld nog: ze wilden niet dat zij iets betaalde. Daulis had niet veel meer. Dann dreigde dat hij zijn vijf munten los zou snijden, maar ze lieten hem beloven dat hij zou wachten.

Toen ze 's ochtends bij de laatste herberg vertrokken, zeiden de man en vrouw die de herberg dreven dat er in alle vroegte een boodschapper was gekomen die naar hen vroeg. 'Van het Centrum,' zeiden ze. 'Ze vonden blijkbaar dat jullie laat waren.' En ze keken heel zenuwachtig om zich heen en zeiden het zachtjes.

'Ze zijn hier blijkbaar erg bang voor het Centrum,' zei Leta.

'Als ze eens wisten,' zei Daulis.

Ze stonden te kijken hoe het witte zeil van de boot terugvloog zoals ze waren gekomen, als een witte vogel die nauwelijks merkt waar hij overheen vliegt. Wat de veerman betreft, die zei dat hij zo gewend was aan die oude steden in de diepte dat hij er zelden naar keek. Waarom zou ik? 'Die gebouwen zijn zo mooi dat niemand ze nu nog kan maken, dus waarom zouden we onszelf ongelukkig maken door te vergelijken?'

Ze liepen op een zandig pad dat naar het noordwesten voerde door een bleek landschap vol moerassen en vijvers en meren, onder een hemel waar dunne, witte wolken als flinters ijs over een kil blauw trokken. Ze dachten aan ijs, omdat op nog geen twee dagen lopen vanaf hier de kusten van de Middenzee lagen, waar ze op een heldere dag naar de overkant konden kijken en de ijsbergen konden ontwaren, die ijsmassa die Mara en Dann op de oude kaart in Chelops hadden gezien – het IJs dat zich uitstrekte over de hele noordelijke helft van deze wereld, die als een bal in de ruimte zweefde. Een bal met ruwe vormen erop, waarvan er een Ifrik was. Shabis had gezegd dat die andere massa die erop leek, Zuid-Imrik, een raadsel was: niemand wist wat zich daar afspeelde. Sommigen zeiden dat daar alle oude kennis bewaard was gebleven en dat het zo'n voorsprong had op Ifrik dat het zich niet met dat achterlijke gebied wilde bemoeien; anderen zeiden dat het in dezelfde toestand verkeerde en te arm was om aan iets anders te denken dan zichzelf. Alle informatie over Zuid-Imrik kwam uit het verleden, had Shabis gezegd.

Wat had Mara veel van Shabis geleerd, wat had ze veel aan hem te danken, dacht ze, terwijl ze de ene voet voor de andere zette, niet in het stof, niet in droogte, maar tussen plassen door en om drassige plekken heen. Ze dacht dat ze over hem droomde, een vriendelijke, liefhebbende persoonlijkheid, en toen ze zich hem voor de geest haalde, zag ze een militair uitziende man die naar haar glimlachte. Hij had van haar gehouden, en zij had voortdurend een verlangen in zich voelen branden, maar een verlangen naar kennis, naar meer weten. Nu voelde ze voornamelijk schaamte omdat ze zo dom was geweest en zo blind; maar ze moest telkens weer aan hem denken, met een verlegen en tedere nieuwsgierigheid.

Het grootste deel van de tocht liepen ze in stilte. Dat kwam gedeeltelijk omdat de kille grijsheid hen deprimeerde, maar ze voelden zich ook bedroefd om Daulis en Leta. Leta hield van Daulis en hij hield van haar. Er was geen toekomst voor hen, zei Leta. Ze had meer dan eens geroepen dat ze het aanbod van Moeder Dalide had moeten accepteren, en Daulis had gezegd: 'Onzin, er zijn nog andere mogelijkheden.' Een van deze mogelijkheden werd duidelijk toen een paar mensen hen tegemoet kwamen over het pad, als bleke spoken, geheel in stijl met het landschap. Ze waren wit, net als Leta, met groene of blauwe ogen, en hun haar, voor zover je dat onder hun kappen kon zien, was ook licht. Dann had Mara's hand gepakt, omdat ze een gil had gegeven van verbazing en angst, en Daulis zei: 'Het zijn Alben. Ze wonen hier in de buurt.' De Alben staarden hen aan, maar richtten zich toen tot Leta, eerst in hun eigen taal, en toen Leta haar hoofd schudde, in het Charadisch: 'Wie ben je? Waar kom je vandaan?'

'Uit Bilma,' zei Leta en toen keken ze nog verbaasder, en een van hen zei: 'Ik wist niet dat er in Bilma Alben waren,' en Leta zei: 'Ik was de enige.'

Daulis vroeg hoe ze bij de nederzetting van de Alben moesten komen en een vrouw antwoordde door naar het noorden te wijzen met de woorden: 'Zij is welkom,' waarmee ze wilde zeggen dat de drie Mahondi's niet welkom zouden zijn.

'Dus je wilt me bij de Alben achterlaten?' zei Leta tegen Daulis.

'Ik vind dat je er moet gaan kijken, meer niet.'

'De Alben zijn voor mij waarschijnlijk even vreemd als voor jou.'

Maar Mara vond dat de Alben een soort schoonheid hadden die goed paste bij hun kille, kleurloze landschap. Die blauwe ogen, als stukjes hemel, en die groene ogen, als diep water, en die grijze ogen – nou ja, als het landschap waar ze doorheen liepen.

'Luister, Leta,' zei Daulis wanhopig. 'Begrijp je het niet? Je moet weten wat voor keuzemogelijkheden je hebt.'

'Ik begrijp het heel goed. Raadslid Daulis zou mij niet in zijn huis in Bilma kunnen hebben. Ik zou niet een klein troeteldiertje zijn zoals Crethis…' Mara en Dann keken elkaar lachend aan bij het idee dat Leta een klein troeteldiertje zou zijn. 'En een ordinaire hoer van Moeder Dalide zou nooit je vrouw kunnen zijn. Bovendien ben je in Bilma met Mara getrouwd.'

En ze bleef achter bij de andere drie, omdat ze liep te huilen. Mara bleef ook achter en sloeg haar arm om haar heen. Leta liep te mompelen: 'Een hoer. Meer niet, een hoer.'

Daulis voelde zich ongelukkig en maakte daar geen geheim van.

Hun weg voerde door en soms over water, via bruggetjes en planken; en toen lag er voor hen uit tot hun verbazing geen verzameling schuren, hutten en afdakjes, maar een echte stad die even mooi was als de steden onder water. Sommige huizen in de lager gelegen straten stonden in het water, maar de hoger gelegen gedeeltes van de stad lagen droog en verkeerden in goede staat.

'Dit was een kopie van een stad in een noordelijk deel van Eurrup. Zie je dat de daken steil zijn zodat de sneeuw ervanaf kan glijden? Zie je de dikke luiken en de dikke muren?' Hij wees hun waar ze op moesten letten bij deze stad, die zo heel anders was dan alle andere steden die ze kenden. 'Vroeger, heel lang geleden, toen het IJs zich over Eurrup verspreidde, bouwden ze hier en op andere plaatsen langs de noordkust van Ifrik steden die overeenkwamen met de steden die aan het verdwijnen waren, zodat ze een monument zouden zijn en een herinnering aan die oude beschaving zouden vormen. Het hele stuk bij de noordkust was toen droog en de steden bleven honderden jaren en misschien nog wel langer bestaan, omdat ze zo goed werden onderhouden; en toen kwam er opeens nog meer ijs. Omdat die kou zo dichtbij was, raakte de aarde hier binnen een paar winters half bevroren en de steden hadden eronder te lijden. Ze begonnen te barsten en in te storten. Dus werd er besloten om iets verder naar het zuiden precies dezelfde steden te bouwen, dezelfde kopieën van de Eurrup-steden; en die bleven intact totdat het weer wat warmer werd en... Dat waren de steden die we zagen, de steden onder water. Deze stad, Albe, is een van de weinige die nog bewoonbaar zijn. Er is veel afgunst, want toen dit stuk land aan de Alben werd gegeven, waren er nog heel veel steden, maar nu zijn er nog maar een paar, en sommige mensen willen de Alben eruit zetten en deze stad terugnemen.'

'Bedoel je dat de Alben eigenlijk niet het recht hebben om hier te wonen?' vroeg Leta, en Daulis legde uit dat de blanke volkeren voor het ijs uit naar het zuiden werden gedreven toen het IJs heel Eurrup bedekte, en veel mensen wilden hier in Noord-Ifrik wonen en er waren vreselijke oorlogen. Maar door de klimaatverandering en het tekort aan voedsel gingen veel mensen in Noord-Ifrik dood en werd de bevolkingsdruk minder, en de Alben veroverden toen een paar vaste woonplaatsen of kregen ze toebedeeld. Er waren nu nog maar twee nederzettingen van de Alben over en dit was er een van.

Ze liepen door een mooie straat waarin fraaie bomen stonden met witte stammen en fijne, sierlijke takken. Daulis zei dat deze bomen vroeger overal groeiden op de helft van de wereld die nu onder het ijs zat, en dat je deze bomen moest zien als restanten van oerbossen.

Hij klopte aan bij een huis. Er kwam een vrouw naar buiten en hij overlegde met haar, waarbij hij naar Leta wees. Deze vrouw had zilverkleurig opgestoken haar en doordringende blauwe ogen. Ze was niet jong. Ze keek eens goed naar Leta en knikte.

Leta zei tegen Daulis: 'Ik ben dan misschien wel een Albe, maar ik voel me hier even vreemd als jullie.' Want overal om hen heen waren de straten vol mensen met een blanke huid, als gebleekte geesten.

De vrouw zei tegen Leta: 'Ik weet hoe je je voelt, want ik heb in een stad in het zuiden gewerkt, en toen mijn moeder stierf riep de familie me terug. Ik had het gevoel dat ik ergens was beland waar iedereen een huidziekte had. Maar je went er wel aan.'

Mara en Dann omhelsden een roerloze vrouw die niet reageerde en verlamd was door verdriet. Wat Daulis betreft, hij aarzelde, trok toen Leta tegen zich aan, en ze huilden allebei.

Toen nam de Albevrouw, die Daulis Donna noemde, Leta mee het huis in.

'Waarom moeten we haar hier laten?' wilde Dann weten.

'Ze kan niet mee naar het Centrum – dat zou niet gepast zijn. En ze kan nu niet met mij mee, omdat ik niet weet wat me te wachten staat. Ik wil eigenlijk niet terug naar Bilma. Niet alleen omdat ik Leta dan niet zou kunnen meenemen. Maar alles zal wel goed komen.'

'Hoe kan dat nu als ze niet bij jou is?' vroeg Mara.

Nu zweeg Daulis een hele tijd grimmig. Uiteindelijk zei hij zachtjes: 'Er is iets waar jullie tweeën blijkbaar geen rekening mee houden. Leta weet dat ik al jaren bij Dalide kom. Ze ziet mij waarschijnlijk heimelijk als een van die schoften waar ze het altijd over heeft.'

'Dat denk je toch niet echt?' zei Mara.

'Soms weet ik niet meer wat ik moet denken.'

'Ik weet wel wat ik ervan denk,' zei Dann. 'Leta gelooft dat ze niet goed genoeg is voor jou, en jij bent bang dat jij niet goed genoeg bent voor haar.'

'Zo zou je het wel kunnen zeggen, denk ik,' zei Daulis.

'Dus jullie zouden eigenlijk heel goed met elkaar overweg moeten kunnen.'

'Om te beginnen moet ik voor een plek zorgen waar we allemaal goed met elkaar overweg kunnen. Dat wil ik gaan regelen. En nu, jullie twee. Jullie moeten in ieder geval niet denken dat je voor het Centrum moet kiezen omdat er geen alternatief is. Zelfs zonder mij weet ik zeker dat jullie het wel zullen redden – jullie hebben het tot nu toe aardig gedaan. Maar terwijl jullie daar zijn, ga ik verder om te kijken of een plek die ik ken nog steeds bestaat. Het is een huis, met landerijen. Het is van een oom van mij, maar die moet nu wel vrij oud zijn. Als hij nog leeft. Misschien zitten er al andere mensen – het huis maakt deel uit van het Mahondi-netwerk, zoals Mara het noemt. Maar het heeft niets te maken met het Centrum en dat moeten jullie goed onthouden.'

'Ik zou veel liever met jou verdergaan,' zei Dann. 'Ik wil helemaal niet naar het Centrum.'

'Luister goed. Wat ze jullie willen aanbieden is juist, vanuit hun standpunt bekeken. Als ik in hun positie was – nou ja, dan zou ik waarschijnlijk hetzelfde doen. Ik zou wel moeten. Maar ik ben blij dat ik niet in die positie ben. En jullie hebben een grote verantwoordelijkheid, jullie twee. Jullie besluit zal beslissend zijn voor – nou ja, het is belangrijk. Meer zeg ik niet. Maar mijn advies aan jullie is om niet te snel te beslissen – al was het alleen omdat je in het Centrum dingen zult zien die nergens anders meer te zien zijn, in ieder geval niet in Ifrik. Neem dus de tijd. Maar als jullie om de een of andere reden besluiten om snel weer weg te gaan, kunnen jullie naar Leta gaan – Donna is een vriendin van me, ik ken haar al mijn hele leven – of naar de volgende herberg. Dat wil zeggen, in westelijke richting. Ik zal daar zeggen dat jullie misschien komen. Ze zullen jullie helpen. En ik koop daar een paard en ga op pad.'

Dann was echt in tranen. 'Ik wil Leta niet achterlaten. Hoe weet je nu dat ze gelukkig wordt?'

'Gelukkig,' zei Daulis. 'Ik denk niet ze dat woord vaak heeft gebruikt in haar leven. En jullie begrijpen het niet. Als het lukt, kan ze naar huis komen en daar wonen met – we zullen wel zien.'

'Ze zal denken dat je haar in de steek hebt gelaten,' zei Mara.

'Wat voor zin heeft het om beloften te doen die je niet na kunt komen? Als de plek waar ik jullie over heb verteld niets is, ga ik terug naar Bilma. Ik weet niet wat me te wachten staat. Misschien is die oude man wel dood en zijn er mensen in getrokken. Vroeger lieten mensen een "huis van de Mahondi's" met rust. Nu niet meer. Vroeger gehoorzaamden mensen meteen als je "Het Centrum" zei. Dat is op sommige plekken nog steeds zo. Iedereen hier weet dat het Centrum… je zult het wel zien.'

Hij nam hen mee naar een laag heuveltje en wees. Voor hen stond een grote muur die aan weerszijden met een boog wegliep en een ronde of ovale ruimte omsloot. De muur was van steen. Er was in de verre omtrek geen steen, zelfs geen kiezelsteentje te bekennen geweest.

'Al die stenen komen uit de Middenzee,' zei Daulis. 'Het heeft meer dan honderd jaar gekost om deze stad te bouwen.'

En nu riepen en wezen Dann en Mara. Hoog op de muur zat een glanzende schijf, een zonnevanger, en er zaten er nog meer verspreid langs de muur. 'Die dingen kennen we,' zei Dann. 'Ze geven kracht die van de zon komt.'

'Vroeger gaven ze kracht die van de zon kwam,' zei Daulis. 'De apparaten zijn versleten. Maar een heleboel mensen weten niet dat ze niet meer werken en denken dat het apparaten zijn om te spioneren. En nu moeten jullie om de muur heen lopen naar het zuiden en daar vinden jullie een poort. Ga gewoon naar binnen. Een poosje geleden had ik dat nog niet kunnen zeggen – er stonden altijd wachters. Loop meteen door naar de grote hal. Ik loop om de muur heen naar het noorden. Tot ziens, ik hoop echt dat we elkaar heel gauw weer zien.' En hij liep met grote passen weg. Voordat hij de bocht omging, zwaaide hij nog even.

'Nu zijn we dus weer met zijn tweeën,' zei Dann. 'Dat vind ik wel prettig, Mara.' En hij sloeg zijn arm om haar heen.

'Jij bent het enige in mijn leven dat er altijd is geweest – nu ja, bijna altijd.'

'Ik ben bang, Mara.'

'Ik ben heel erg bang, Dann.'

'Ben je even bang als toen we in die plaats waren met die spinnen en schorpioenen?'

'Ja. En ben jij even bang als...' Ze wilde zeggen: in de Toren in Chelops, maar kon het niet; en hij zei vriendelijk: 'Je wilde zeggen: in die Toren waar je mij uit hebt gered; maar nee, ik zou nooit zo bang kunnen zijn als ik daar was. Nooit.' Hij trok haar tegen zich aan, zodat haar hoofd op zijn schouder lag, en voegde eraan toe: 'Maar ik ben even bang als toen op die boot toen de soldaten van Shabis ons gevangennamen.'

'Ik was toen niet bang, omdat ik te druk was met het stelen van het geld van die oude vrouw. Besef je dat als Han nog leefde, ze deze zonnevangers waarschijnlijk weer kon laten werken?'

'Misschien was ze wel de laatste die het geheim kende.'

Het tweetal stond daar een hele poos met hun armen om elkaar heen te praten. Ze voelden van elkaar dat ze trilden.

Uiteindelijk zei Dann: 'Nou, zo erg als dat alles kan het toch niet zijn. Laten we maar gaan.'

Ze liepen om de rondlopende muur heen tot ze bij een enorme ijzeren poort kwamen die bedoeld was om indruk te maken en overwicht te geven, en ze gingen naar binnen en vonden de ruimte tussen de muur en de binnenste muur bijna net zo troosteloos als de toendra buiten: het was grijzige, brokkelige, uitgedroogde modder, met pollen moerasgras. Er volgde nog een indrukwekkende deur en toen stonden ze in een hoge, rechte gang met grote geschilderde deuren en vage schilderingen; en daarna kwamen ze in een heel grote, ronde zaal met pilaren die een beschilderd plafond ondersteunden, waar barsten in zaten en stukken los pleisterwerk aan hingen.

Ze wachtten. Mara klapte in haar handen. Er gebeurde niets. Dann schreeuwde: 'Hallooo,' en Mara riep ook: 'Hallooo.'

Ze hoorden voetstappen en aan de andere kant van de ronde zaal verschenen twee mensen. Een van hen was een vrouw die haastig bewoog met wapperende witte en grijze sluiers en eerst boos en daarna opgewonden keek, terwijl de man kalm en statig naar hen toe kwam lopen. Hij droeg een soort uniform. Hij was ernstig, vormelijk en zwijgzaam, terwijl zij allemaal kreetjes slaakte: 'O, o, lieverds, o wat geweldig, o, daar zijn jullie dan eindelijk.' Toen maakte ze een buiging voor Mara. 'O, Prinses, we wachten al zo lang op u,' en voor Dann: 'O, Prins, eindelijk.' Ondertussen boog de man stijf, voor Mara en voor Dann, en zei: 'Welkom beiden.' Toen deed de vrouw een stap achteruit om naar hen te kijken. Wat ze zag kon haar goedkeuring niet wegdragen, al begon ze weer met haar kreetjes van plezier en welkom. Nu omhelsde ze Mara: 'O, lieve Prinses, Prinses Shahana, o, o, o.' Mara, die gehoorzaam in die trillende omhelzing stond, wist dat ze modderig en vuil was, en waarschijnlijk stonk. Ze wist ook dat de druk van die armen betekende: ik zal je weleens onder handen nemen. En toen omhelsde de vrouw Dann met: 'Prins Shahmand.' Haar gezicht vertrok afkeurend toen ze hem aanraakte.

'Het spijt me,' zei Mara. 'Ik weet zeker dat we u teleurstellen. We hebben namelijk niet als prins en prinses geleefd.'

'O, dat weet ik, dat weet ik,' riep hun gastvrouw opgewonden, die zelf zo goed verzorgd en schoon en geparfumeerd was in haar wolk van wit en grijs. 'Ik weet wat een vreselijke, vreselijke tijd u hebt gehad, maar dat is nu allemaal voorbij.'

'Felissa,' zei de man nu, 'deze twee zijn duidelijk aan eten en rust toe.'

'O hemel, o hemel, vergeef me,' en ze rende opgewonden weg, naar het inwendige van het Centrum of het Paleis, of wat het ook was, terwijl de man zei: 'Ik heet Felix, en u moet het mijn vrouw vergeven. Ze heeft zo lang gehoopt dat u zou komen, en ik natuurlijk ook.'

Hij ging hen voor, achter Felissa aan, en ze kwamen in een kleinere, aangename kamer met een lage tafel, kussens op de vloer, en een raam dat uitzag op een heleboel daken, als een soort stad, en dat allemaal binnen de muur. 'Gaat u zitten.' Ze gingen zitten. Hij ging ook zitten en zei: 'Uw moeder was de nicht van mijn moeder. En uw vader was de neef van Felissa's moeder. En u bent de laatste van dat geslacht, het Koninklijk huis. Maar ik neem aan dat u dat allemaal weet.'

'We weten van niets,' zei Dann. Hij klonk knorrig, maar ook enigszins gevleid, merkte Mara.

'Nou, Shahana, nou Shahmand...'

Maar hier onderbrak Mara hem: 'Ik wil liever Mara genoemd worden.' En ze keek naar Dann, die haar zag kijken en zei: 'En ik heet Dann.' Maar ze vond dat hij het aarzelend zei.

'Mara en Dann? Nou, als we onder elkaar zijn, als u wilt, maar bij officiële gelegenheden moet u uw echte naam gebruiken. Ik hoop tenminste dat u instemt met – nou ja, met de plannen die we met u hebben.'

Felissa kwam weer aanrennen. 'En er komt zo meteen eten voor u.' Ze ging tegenover hen zitten, pakte de hand van haar man, streelde die en zei: 'Felix, Felix, ik dacht bijna dat deze mooie dag nooit zou komen.'

'Ze willen Mara en Dann genoemd worden,' zei hij tegen haar, en Mara besefte dat ze hem onplezierig begon te vinden, want het klonk hatelijk, ook al glimlachte hij erbij.

Even een aarzeling, daarna: 'We noemen ze wat ze maar willen, de arme lieverds.'

En toen kwam er een oude man binnen, met een groot blad vol eten. Niets bijzonders: in de herbergen onderweg hadden ze beter gegeten. En Felissa zei: 'U moet ons maar verontschuldigen voor onze bescheiden levensstijl – daar komt natuurlijk wel snel verandering in.'

En ze vertelde hun vervolgens wat Felix ook al had verteld, en het tweetal verbaasde zich erover dat zij met al haar gefladder, gekir en geaai – ze kon niet van hun handen en gezicht afblijven – er de hele maaltijd over deed om hetzelfde te zeggen als haar man in een paar zinnen had gezegd.

Ondertussen bedacht Mara dat ze zich jarenlang heimelijk had afgevraagd hoe haar echte naam was, de naam die ze zo grondig was vergeten toen haar dat was opgedragen, en ze had eigenlijk gedacht dat ze een waarheid over zichzelf zou leren kennen als ze die echte naam hoorde en dat ze zou uitroepen: Ja, inderdaad, dat ben ik. Maar nu vond ze Shahana en Prinses niet bij haar passen, ze kon die woorden niet om zich heen trekken als een soort mantel met haar naam erin geweven, zoals ze altijd had gedacht. Ze wilde geen Shahana heten, en ook geen Prinses. Die namen waren voor iemand anders. Zij was Mara. Dat was haar naam.

Door het raam konden ze zien dat het begon te schemeren. Dezelfde oude man bracht lampen naar binnen.

'Hij heeft uw kamers in gereedheid gebracht,' zei Felissa. 'De kamers zijn klaar.' En toen zei ze aarzelend: 'Hij heeft uw bad klaargemaakt.' En weer aarzelend tegen Mara: 'Er liggen kleren voor u klaar – als u ze mooi vindt.' En ze trok onwillekeurig een afwijzend en minachtend gezicht toen ze naar Mara's kleed keek, het gestreepte gewaad dat mannen in Bilma droegen. Er zat modder aan de zoom.

'Kunnen mijn kleren misschien gewassen worden?' stelde Mara voor, en Felissa antwoordde: 'Natuurlijk, maar we hebben tegenwoordig zo weinig personeel, zo vreselijk weinig personeel… die oude man die u hebt gezien en zijn vrouw, die kookt, en een paar Albevrouwen komen schoonmaken en klusjes doen.'

'Dan was ik ze zelf wel,' zei Mara.

Hierop brak Felissa los in een stortvloed van kreetjes en protesten. 'O, Prinses, hoe kunt u dat zeggen… Natuurlijk wordt u verzorgd.'

'Misschien is het beter om me alleen Prinses en Dann alleen Prins te noemen als het echt nodig is.'

En nu begon Felissa te huilen met haar handen voor haar gezicht. 'O, ik hoop dat u niet wilt zeggen dat u niet instemt met... niet instemt met...' En ze zagen dat ze toch in ieder geval van middelbare leeftijd was, want haar handen waren gerimpeld, al waren ze heel fijn gevormd. Haar zwarte haar was geverfd. Haar gezicht was opgemaakt. Felix was op leeftijd. Hij zag er heel goed uit, met een vernis van vriendelijkheid. Maar Mara dacht: het is overal hetzelfde, bij de Hadronen en bij de Hennes en – herinnerde ze zich ook niet zoiets van haar eigen familie, uit haar jeugd? Macht. De meedogenloosheid die verborgen ging onder glimlachjes en buigingen. Een kilheid... En Shabis dan, die was sterk en een leider: nee, dat kwam door wat hij deed, door zijn werk, niet omdat hij dacht dat hij boven anderen stond. Dat dachten deze mensen wel. *Hoe snel zou ze hier weg kunnen?*

'O, denk niet dat we het niet begrijpen,' huilde Felissa. 'Ziet u, we weten alles, alles over u, we weten alles over alle Mahondi's overal.'

'Dan kunt u ons misschien informatie geven over de Verwanten in Chelops.'

'Och, arme ziel, ja, we weten dat Juba u een kind had gegeven.'

'Juba had me geen kind gegeven.'

Deze tegenslag bracht Felissa totaal niet uit het lood. 'O, dan horen we misschien niet altijd de waarheid, maar... Er zijn er nog maar zo weinig van ons over en we houden wel aantekeningen bij over iedereen.'

'Wat is er dan met Meryx gebeurd?'

'Ze zijn allemaal naar het oosten gegaan. Maar er was oorlog en we weten niet wie...'

Dus ze wist het niet.

'Er was die opstand in Chelops, en die vreselijke droogte en enorme branden.'

'We weten dat er droogte en brand en hongersnood was,' zei Dann, bijna onverschillig. Toen hij zelf hoorde hoe hij klonk, zei hij: 'Er was een periode in ons leven dat Mara en ik dachten dat er nergens iets anders was dan droogte en hongersnood en branden.'

'O hemel,' kirde Felissa en ze streelde Mara's handen.

'Ik wil naar bed,' zei Dann, en weer hoorde hij zichzelf, hoe kortaf hij was. 'Het spijt me. We zijn niet gewend aan uw – elegante levensstijl.'

'Ik zou dit geen elegante levensstijl willen noemen,' zei Felix, beleefd maar koel.

Dann stond op, Mara stond op.

'We zien u morgenochtend wel voor het ontbijt,' zei Felissa.

Mara wist dat Dann op het punt stond om te zeggen: 'We ontbijten op de kamer,' alsof hij in een herberg was, maar haar waarschuwende blik weerhield hem daarvan.

Ze zeiden welterusten. Mara wist dat Felix haar niet mocht en ze wist dat zij hem niet mocht. Het was een onmiddellijke instinctieve antipathie. Felix glimlachte innemend naar Dann, je zou kunnen denken dat het een vriendelijke glimlach was. Mara hoopte dat Dann er niet van onder de indruk was.

De oude bediende ging hen voor door een paar lege kamers, met gebladderde muren en bijna zonder meubilair, naar twee mooie, grote kamers met kussens op de vloer en stoelen en enorme, lage bedden. Het was een suite met een deur tussen de kamers die openstond. In beide kamers stond een groot laag bad vol dampend water op de grond. De oude man liep weg maar zag nog net hoe Dann zijn bad door de open deur heen schoof en naast dat van Mara zette. En hij trok zijn kleed uit, dook het water in en ging kopje onder. Het water was meteen bruin. En Mara, die wachtte tot de deur dicht was, gooide haar jurk van zich af en ging in het heerlijk warme water liggen.

'Waar zijn we nu weer terechtgekomen, Mara?' vroeg Dann opgewekt, terwijl hij zich als een vis in zijn grote bad wentelde. 'Luister je, Prinses?' Want zij had haar hoofd onder water en bedacht dat water dat bruin werd van zo veel vuil van de reis hen toch niet echt schoon zou maken.

'Ik vind het allemaal niet zo prettig, ik wil weg,' zei Mara. Ze stapte het bad uit en terwijl ze zich bedekte met een droogdoek trok ze aan het schelkoord. De oude man kwam meteen de kamer in – hij had waarschijnlijk vlak voor de deur gestaan. Hij had staan luisteren.

'Is er nog meer water?' vroeg ze.

'Het duurt wel even voordat het warm is, Prinses.'

'Breng ons dan wat koud water. En waar kunnen we dit vuile water weggooien?'

Dann, die niet de moeite had genomen om iets om zich heen te wikkelen, zei: 'Ik gooi het wel uit het raam.'

'Nee, Prins,' zei de oude man. 'Dat moet u niet doen.' Nu trok hij aan het schelkoord en al snel kwam er een oude vrouw aan. Ze bleef in de deuropening staan en keek naar de naakte Dann en de nauwelijks bedekte Mara met haar natte haar.

De twee oude mensen droegen eerst het ene grote bad naar buiten en toen het andere.

'Ze zouden niet zulke zware dingen moeten dragen,' zei ze.

'O, ze zijn het gewend,' zei Dann. En nu was Mara echt bezorgd omdat ze zijn zelfverzekerde egoïsme hoorde.

De baden werden teruggebracht en naast elkaar op de grond gezet en er werd een grote kruik koud water gebracht. Dann gleed het water in, slaakte een kreet en bibberde overdreven. 'Kijk, schoon water,' zei hij lachend tegen de oude vrouw die naar hem staarde. Hij was heel opgewonden.

Mara wachtte tot de twee oude mensen weg waren en stapte weer in haar bad. Het water was heel koud. Ze dompelde haar hoofd onder water, en nog eens en nog eens.

Dann was het bad al uit en had zich afgedroogd en hij stond te kijken naar zijn enorme bed in de kamer ernaast.

'Ik kruip wel bij jou,' zei hij en hij stapte naakt in haar grote bed.

'Weet je, Mara, dit heeft iets...'

Maar hij viel halverwege de zin in slaap. En een ogenblik later lag ze naast hem en sliep. Toen ze wakker werd, stond Felissa naast hen, en haar gezicht was een mengeling van schrik, afkeuring en – Mara had het kunnen zweren – ook triomfantelijke vreugde.

'Goedemorgen,' zei Dann, en hij kwam naakt overeind. 'Goedemorgen, Mara.'

'Goedemorgen, u beiden,' zei Felissa. 'Het is heel laat. U moet wel doodmoe zijn geweest. We zitten op u te wachten. Het ontbijt is klaar.'

De verkreukelde kleren in Mara's plunjezak waren op één na allemaal weggehaald. Dus terwijl ze sliepen was de oude man of de oude vrouw in hun kamer geweest. Er zat nog een jurk in, de mooie doorzichtige jurk, maar die was te dun voor hier en Mara deed de deken eroverheen, die natuurlijk vuil was van de reis. Die kon ze niet dragen. Wat moest ze doen? Ze haalde een deken van het bed en wikkelde die om zich heen. Dann deed hetzelfde.

In de kamer waar ze de vorige avond hadden gezeten, zaten Felissa en Felix op kussens te wachten. Er was een maaltijd klaargezet.

'Goedemorgen, Prins, goedemorgen, Prinses,' zei Felix ernstig.

'Wat ik vanochtend zag maakt het wel makkelijker,' zei Felissa.

'Wat hebt u dan gezien?' vroeg Dann. Onschuldig.

Felix en Felissa keken elkaar vragend aan, en Mara zei onmiddellijk: 'Het is niet wat jullie denken. Dann en ik hebben talloze keren een bed gedeeld, en vaak bedden die veel smaller waren. En ook met Daulis en Leta. We hebben wel met zijn vieren in bed gelegen.'

'We weten wie Daulis is, maar wie is Leta?'

'Dat is een vriendin van ons – een Albe.'

'O, een Albe...' En daarmee was het onderwerp Leta afgesloten wat hen betreft.

Felissa zei opgewonden: 'Er is iets, een verhaal... iets heel boeiends... het is echt gebeurd... laat ik u wel vertellen... u zult het vast wel begrijpen... het is namelijk heel belangrijk...' Felix onderbrak haar: 'Ik zal het hun vertellen, anders zitten we hier de hele dag. Kent u de geschiedenis van dit deel van Ifrik?' vroeg hij aan het tweetal.

'Niet goed,' zei Dann.

'Een beetje,' zei Mara, die dacht aan Shabis en zijn lessen die hadden bestaan uit antwoorden op haar vragen – haar domme vragen, besefte ze nu.

'Lang geleden, heel lang geleden...'

'Duizenden jaren?'

'Precies; voordat het IJs alle beschavingen in Eurrup had bedekt. Wist u dat al die beschavingen, die hele geschiedenis, ontstaan zijn in de twaalfduizend jaar durende warme periode tussen ijstijden?'

'Ja,' zei Mara.

'Nee,' zei Dann.

'Twaalfduizend jaar. Ze dachten dat het allemaal altijd zou blijven bestaan... Maar als ik een opmerking mag maken die u misschien wel overtrokken vindt: ik denk dat mensen altijd de neiging hebben om te geloven dat wat zij hebben altijd zal voortduren. Dat even ter zijde. Ongeveer halverwege die warme periode tussen de ijstijden was er ten oosten van hier, aan de mond van de grote rivier de Nilus, die er nog steeds is, zij het niet op dezelfde plek, een succesvolle dynastie van heersers. De koninklijke familie trouwde alleen binnen de familie. Broers en zussen trouwden met elkaar.'

Dann begon hard te lachen en verontschuldigde zich toen omdat hij Felix onderbroken had.

'Ja. Eigenlijk garandeerde dat stabiliteit in woelige tijden, Prins. Wanneer twee families trouwen, of zelfs twee takken van een familie, is er altijd ruzie over de erfenis en soms komt er oorlog. De nakomelingen van broer en zus zullen een erfenis eerder bij elkaar willen houden.'

Danns gezicht weerspiegelde allerlei gevoelens. Een daarvan zou kunnen worden omschreven als een soort hoon, een onuitgesproken ruwheid. Maar ook was er echte belangstelling voor dit oude verhaal. En een soort voldoening, een opschepperigheid waardoor hij enigszins opzwol.

'Hoe lang duurde deze dynastie?' vroeg Mara.

'Honderden jaren, zegt men,' zei Felix.

'Was er zo lang stabiliteit? Welvaart? Vrede?'

Hij veroorloofde zich een wat ironische blik, lachte toen even, precies zoals het hoorde, en maakte vervolgens een lichte buiging naar haar. 'U vraagt te veel, Prinses. Honderden jaren – vrede? Nee. Maar het koninkrijk wist aanvallen en agressie af te slaan. Het koninkrijk bleef bijeen.'

En nu kon Felissa niet langer zwijgen. 'Jullie tweeën zijn de laatsten, de allerlaatsten. Jullie zijn de enige twee van koninklijken bloede die de juiste leeftijd hebben.'

'Zouden twee willekeurige jonge Mahondi's niet goed genoeg zijn?'

'Echte koningskinderen. We hebben koninklijk bloed nodig. Uw kind zou het Koninklijk huis, de Koninklijke familie weer tot leven wekken. Als mensen weten dat er weer een Koninklijk paar in het Centrum is, en Koningskinderen, dan zouden ze ons weer steunen, net als in het verleden.'

'Toen de Mahondi's over heel Ifrik regeerden?' vroeg Mara.

'Precies.'

'En jullie zijn van plan om weer over heel Ifrik te regeren?' vroeg Dann.

'Waarom niet? Dat hebben we vroeger ook gedaan.'

'Ik weet niet waarom u zo graag over Ifrik wilt regeren,' zei Mara. 'Onder de Riviersteden is het een stofwoestijn vol dood en verderf.'

'Niets is blijvend,' zei Felix. 'Nu is het een tijd van droogte. Maar er zal een eind komen aan de droge periode. En wij zullen klaar zijn. De hele geschiedenis van Ifrik is het zo geweest – grote klimaatwisselingen.'

'Zo te horen is de geschiedenis overal zo geweest,' zei Mara.

'Ja, maar laten we ons bij onze eigen... verantwoordelijkheden houden. We geloven dat er weer een verandering in het klimaat komt. Het IJs is weer aan het verdwijnen in Eurrup. Er zijn tekenen dat... De Middenzee staat al duizenden jaren droog. Overal op de bodem ervan zijn steden gebouwd. Maar de oceanen zijn vast weer aan het stijgen want er loopt nu van twee kanten water in de zee: door de Rotsige Poorten naar de grote oceaan die vroeger de Atlantische Oceaan heette; en verder ligt er voorbij de Nilus, naar het oosten, een kanaal dat droog heeft gestaan, maar dat nu weer volloopt. De Middenzee wordt weer een zee.'

'Over duizenden jaren?'

'Waarschijnlijk honderden. Maar er zijn verschillende fasen en verschillende stadia van ijs en dooi. De Middenzee stond tussen de IJstijden in vol water, en heeft ook halfvol gestaan, met steden langs de rand. U beiden zult misschien tijdens uw leven de zee nog zo snel zien vollopen dat kusten die u de ene keer heeft gezien de volgende keer verdwenen zijn.'

'En denkt u dat de droogte snel uit Ifrik zal verdwijnen?'

'Waarom niet?'

Dann luisterde en toonde meer belangstelling dan Mara lief was.

Ze zei: 'U hebt ons verteld dat u Daulis kent.'

'Natuurlijk. Hij brengt ons nieuws uit het zuiden,' zei Felissa.

'En hij heeft ons verteld dat u hier in het Centrum prachtige dingen hebt, en dat wij daarnaar zouden moeten kijken.'

'Ja, inderdaad,' zei Felix. 'We geloven dat wat er gebeurd is weer zal gebeuren. We staan aan de vooravond van een belangrijk nieuw tijdperk van ontdekkingen en uitvindingen. En in dit Centrum hebben we prototypes van uitvindingen uit het verleden.'

'Niet alles,' zei Felissa. 'Je vergeet dat er veel is gestolen.'

'Er zijn overvallen geweest,' zei Felix. 'Rovers hebben een paar machines en uitvindingen meegenomen.'

'We hebben ze gezien,' zei Mara. 'Mogen we het Centrum bekijken?'

'Natuurlijk, lieve mensen,' zei Felissa. 'U zult zien dat het allemaal heel makkelijk te begrijpen is omdat het zo goed gedocumenteerd is. Natuurlijk ziet u niet de oorspronkelijke apparaten. Alles is nagemaakt en nog eens nagemaakt, zolang de oude vaardigheden nog bestonden, maar toen kwam er een periode... o, het is zo treurig.'

'U moet over ons plan nadenken,' zei Felix gebiedend.

'We zullen erover nadenken,' zei Mara en ze stond op, en Dann stond ook op en ze gingen naar hun kamers.

Daar zei Dann heftig: 'Ze willen me als fokhengst en jou als fokdier.'

'Daar komt het wel op neer,' zei ze.

Toen sloeg zijn stemming om en hij zei: 'Ik vind het eigenlijk wel een aardig idee om met jou getrouwd te zijn, Mara. En allemaal kindertjes om ons heen.'

'Volgens mij zijn ze een beetje gek,' zei Mara, 'een beetje krankzinnig.'

'Misschien moeten we niet alles meteen gek vinden.' Ze wist niet wat ze moest zeggen; ze was ongerust. 'Hoe oud zijn ze?' ging hij verder. 'Vijftig? Stel je voor dat we meteen een kind kregen. Dan zouden ze heel oud zijn tegen de tijd dat het kind zich weer kon voortplanten. En met wie zou het zich moeten voortplanten? Met jou of met mij. Dan zou er weer een kind komen. Dat zou liefst anders moeten zijn dan het eerste. Stel je eens voor, twee oude mensen, met twee oude bedienden, die wel gauw dood zullen gaan, en jij en ik. De Koninklijke familie. Waarom zou de plaatselijke bevolking dat accepteren? Ze hebben niet zulke beste herinneringen aan het bewind van de Mahondi's, heb ik me laten vertellen.'

En terwijl hij dat allemaal zei, was het net of hij met een innerlijke ondervrager redetwistte.

Mara zei zachtjes: 'Toch spreekt iets ervan je aan.'

Hij wierp zich op het grote bed en bleef daar op zijn buik liggen. Hij antwoordde niet. Ze ging naar het raam en keek uit over de ontelbare daken, waarvan sommige net zo mooi waren als de daken van de verdronken steden. Sommige daken waren aan het afbrokkelen of waren zelfs ingestort.

'Ik wil er helemaal omheen lopen, langs de muur,' zei ze. Eerst bewoog hij niet, toen kwam hij nors en boos over zijn gedachten overeind. Ze zagen de oude vrouw die aan het koken was, en zeiden dat ze langs de muur wilden lopen: er zou toch wel iets van een pad zijn. Ze zei zonder naar hen te kijken, zo groot was haar afkeuring, dat er net aan de binnenkant een pad over de muur liep en dat het bijna helemaal in goede staat was maar dat ze voorzichtig moesten zijn en dat ze wel de rest van de dag onderweg zouden zijn. Ze gaf hun wat eten mee.

Ze begonnen naar het westen te lopen. De muur kwam tot hun middel. Hier en daar lagen er hopen scherp ijzerdraad dat nu verroest was. Ze zagen waar Chelops zijn ijzeren afrastering vandaan had.

'Als ik hier regeerde, zou om te beginnen al dat ijzerdraad worden weggehaald,' zei Dann.

'Ik merk dat je een tijd van vrede verwacht, Prins Dann?'

Maar hij lachte niet.

Aan de ene kant van de muur was zo ver je kon zien alleen maar natte aarde en moerassen met paden erdoorheen, en zandige stukken, en biezen en riet.

Het was een hobbelig landschap met meer water dan land. Aan de binnenkant van de muur stonden talloze gebouwen in allerlei stijlen, want waar mooie gebouwen waren ingestort, waren ze vervangen door riet en leem. Dus hier lagen alle geschriften uit het grootse verleden. Het land naar het noorden toe was hetzelfde. Ze stopten om beschutting te zoeken tegen de koude wind en aten gehurkt op de smalle richel wat brood. Deze wind kwam helemaal van de ijsvelden en ijsbergen die Eurrup bedekten. Als ze konden vliegen, zoals mensen vroeger overal naar toe konden vliegen, en naar het ijs konden kijken, zouden de geweldige steden van die geweldige beschavingen daar dan te zien zijn? Nee, ijs was geen water, en dus... Ze liepen door, koud, ondanks hun dikke kleren. Het uitzicht naar het oosten was hetzelfde: van die kant waren ze gekomen en ze wisten dus dat de moerassen zich uitstrekten tot op een afstand van dagen lopen. Overal langs de muur stonden de oude zonnevangers. Het metaal van de armen was aangetast, en sommige armen waren weg, zodat de metalen rondjes zomaar op de muur lagen en soms op de daken of op de grond waren gevallen.

Het werd al donker. Felissa en Felix hadden een boodschap achtergelaten dat ze hun avondeten op hun kamer kregen opgediend, zodat ze in alle rust over hun besluit konden nadenken.

'Onze manieren staan hun niet aan,' zei Mara.

'Als ik hier regeer,' zei Dann, en ze onderbrak hem met: 'Dann, hou alsjeblieft even op, zelfs als het een grapje is. Zie je niet dat ik bang ben...'

'Waarvoor, Mara?' Hij zei het uitdagend.

'Ik ben bang voor – *die ander.*'

Hij staarde haar aan, raakte toen wat van zijn zelfvertrouwen kwijt, ging mokkend op zijn kussen zitten en zei een poosje niets. 'Je hebt gelijk,' zei hij. 'Maar ik ga naar Felix om wat meer informatie over die plannen van hen te vragen. Want er zijn bepaalde dingen die ze niet hebben verteld. Ze zullen bijvoorbeeld ook wel concubines in gedachten hebben. Een baby duurt negen maanden en dan duurt het in het gunstigste geval een jaar voordat er weer een komt. Niet dat ik je zo slecht zou behandelen, Mara.'

'Ik had ook al aan concubines gedacht.'

'En hoe willen ze in de tussentijd leven tot er weer een nieuwe Mara en een nieuwe Dann zijn? Het is duidelijk dat ze heel arm zijn.'

'Een nieuwe Shahana en Shahmand.'

'Weet je wat? Ik moet de hele tijd aan Kira denken. Ik droom van haar.'

En ze zei zachtjes: 'En ik droom van Shabis.'

'Echt, Mara? Nou, we zouden onze eigen Koninklijke familie kunnen beginnen, heb je daar weleens aan gedacht?'

'Hou alsjeblieft op, Dann.'

Hij ging op het grote bed in haar kamer liggen en sprong toen overeind en ging naar zijn eigen bed in de kamer ernaast. 'Ik haat ze,' zei hij. 'Ik vervloek ze allebei. Ze hebben jou en mij het hoofd op hol gebracht.'

De volgende ochtend liep Felissa met hen mee naar het begin van de Rondleiding door het Museum. Zo had het ooit geheten, en ze herinnerde zich lange rijen, zo lang dat je het einde bijna niet kon zien, die stonden te wachten om naar binnen te komen en de wonderen uit het verleden te zien.

Bij de ingang stond een lang ding van metaal, een soort schild, met draden erachter en eronder een knop waarop in een tiental talen Drukken stond. Ze drukten op de knop, maar het apparaat werkte niet. Naast het schild, of bord, zat er nog een, en daarop in dezelfde talen, ook Mahondisch en Charadisch, de informatie die op het stuk metaal stond, tekst die verlicht had kunnen worden als het apparaat nog had gewerkt. De tekst op het bord, in sierlijk zwart en gelig grijs dat ooit wit was geweest, was verschoten en op sommige plekken onleesbaar. Naast het bord zat nog een derde proberel: een groot stuk zwart leisteen, met daarop dezelfde informatie als op de andere twee, met gekleurde aarde geschreven, maar in minder talen, hoofdzakelijk in het Mahondisch en Charadisch.

'Begin hier uw rondleiding door de oude beschavingen van het Oorlogsinterregnum. Sommige kunstvoorwerpen die u hier ziet, zijn hiernaar toe gebracht vanuit de musea van Eurrup toen de eerste massa IJs oprukte. Alle landen van Eurrup hadden ontelbare musea met oude kunstvoorwerpen. In Gebouw 24 bevindt zich een replica van een van die musea. Dat eerste IJs vermorzelde en bedekte een paar steden, maar de steden aan de rand van de Middenzee werden in zee geduwd. Er was een periode waarin de Middenzee hier en daar vol lag met overblijfselen van de steden langs de kust. De Middenzee was toen al droog. Dit materiaal is hiernaar toe gebracht om de kopieën te maken van de steden die onder het IJs verdwenen waren. Met die steden gebeurde hetzelfde als met alle steden: ze raakten in verval. En dat materiaal werd gebruikt om andere steden te bouwen. Sommige steden van Tundar zijn dus gemaakt van materiaal dat gebruikt is door die oude volkeren om hun steden te bouwen.'

Ze begaven zich naar Gebouw 24. In de eerste kamer waren mensen in dierenhuiden te zien die aan het jagen waren of rond vuren zaten. 'Dit waren de mensen die leefden voor de oude Eurrupeanen van wie wij afstammen. Let goed op de vorm van hun hoofd. Ze hebben honderdveertigduizend jaar bestaan. Ze trokken weg voordat het ijs oprukte in de Oude IJstijd, en kwamen tijdens de warmere perioden weer terug naar de beschutte dalen.'

'Ze lijken wel op de Rotsmensen,' zei Dann. Hij was verontrust. Mara ook en ze voelde ook een soort bedroefdheid. Het was pijnlijk om naar mensen te kijken die allang waren uitgestorven. 'Waarom zouden we ons druk maken om hen?' protesteerde Dann, maar dat deden ze toch en ze liepen hand in hand verder, blij dat ze elkaar hadden.

De volgende kamer nam hen mee naar de volkeren die na de Neanders kwamen. Weer mensen in vellen, die in ruwe hutten of huizen met rieten daken woonden en jaagden met messen en speren en ook met pijl en boog.

'Zo een ga ik ook maken,' zei Dann. 'Waarom hebben wij die niet?'

Mara zei dat ze op bepaalde momenten tijdens hun reis een van die speren best had kunnen gebruiken.

'Nou, Mara, leren wij hier iets van? Volgens mij niet. We zouden hier heel goed bij passen. Misschien zouden we ze zelfs nog wel iets kunnen leren als het om overleven gaat.'

Nu kwamen ze bij de ingang van de derde kamer, waarvan het dak was ingestort en waar een bordje stond met daarop GEEN TOEGANG. Ze tuurden over de hopen pleisterwerk en tegels heen en zagen taferelen op de muren met woest uitziende mensen in boten die langer en mooier waren dan ze ooit hadden gezien.

'Dus we zullen nooit iets te weten komen over de Mensen van de Zee,' zei Dann. Want zo luidde de beschrijving van deze kamer.

De volgende zaal, een heel grote, over de Riddertijd, stond ook op instorten. Mensen in metalen hulzen met allerlei soorten lansen en speren en opgezette paarden, waren van hun paard gegleden en de paarden waren half opengebarsten zodat je hun inwendige van gescheurde lompen zag.

Het was nu midden op de dag. Dann wilde het gebouw zien dat werd omschreven als Avontuur in de Ruimte, maar Mara zei dat ze de continuïteit nodig had, ze was al zo verward, en hij zei dat de continuïteit hem niet kon schelen. Hij klonk bedroefd maar ook boos, en Mara was ook boos omdat het allemaal zo doelloos was, zo zinloos. Waar deze oude volkeren hadden geleefd, lag het ijs twee keer zo dik als de hoogte van de berg waar ze volgens Daulis de Herberg de Witte Vogel zouden vinden. Vanaf hun slaapkamerraam konden ze die berg omhoog zien reiken naar de koude hemel en bovenop glinsterde een witte kap van sneeuw en ijs.

'Ik moet zo meteen huilen, Mara, laten we naar buiten gaan.' En ze begonnen verloren door deze wildernis van gebouwen te dwalen tot ze een hoog gebouw zagen, het hoogste, en daar gingen ze naar binnen en bleven ze stom van verwondering staan. Om hen heen stonden allerlei apparaten die ingewikkelder waren dan ze zich ooit hadden kunnen voorstellen, al zag je wel dat ze uit hetzelfde tijdperk stamden als de zonnevanger. Dit waren geen kamers, maar zalen, vol toestellen die vroeger werden gebruikt om tussen sterren heen en weer te reizen – maar het woord sterren konden ze nu niet meer zo makkelijk gebruiken, want aan alle muren en plafonds hingen grote kaarten van de lucht en daarop zagen ze de patronen van sterren die ze hun hele leven al kenden afgebeeld als lokale verschijnselen binnen grotere patronen. Ze zagen dat de plek waar zij woonden, die de Aarde werd genoemd, onderdeel was van een groep verspreid liggende planeten die rond een heldere ster, hun zon, bewogen; maar die grote pompende warmtemotor die hun leven zo direct beheerste, was een heel onbelangrijke ster, een sterretje tussen zo veel sterren dat de woorden duizenden of zelfs miljoenen irrelevant werden; en Ifrik, dat ze met hun voeten hadden leren kennen door de ene voet voor de andere te zetten, was maar een van de contouren op deze kleine bal. En de maan, waarvan ze het gezicht net zo goed kenden als hun eigen gezicht, was...

'Genoeg,' zei Mara, 'ik kan het niet bevatten.'

'Ik geloof niet dat ik het leuk vind om te weten dat we onnozele barbaren zijn,' zei Dann.

En ze sloegen hun armen om elkaar heen om troost te zoeken. Ze stonden te kijken naar een soort metalen doos met allerlei uitsteeksels en draden en stokjes eraan, die naar de planeet was gegaan die het verst bij de zon vandaan lag, en informatie had teruggestuurd... Maar waarom, met wat voor doel, en vooral hoe? Toen ze dit grote gebouw verlieten, stond er op de muur een mededeling dat er voordat deze IJstijd alle noordelijke delen van de Aarde had opgeslokt, toestellen de ruimte in waren gestuurd die zo groot waren als een flinke stad, en daarin hadden mensen naar men dacht voor onbeperkte duur kunnen leven. Er waren mensen die nog steeds geloofden dat deze toestellen bestonden en daarboven rondreisden. En dat ze misschien nog weleens terug zouden komen.

'Zoals dat te pletter geslagen toestel waar de pelgrims hun liederen voor zongen... nee Mara, laten we gaan, ik ben zo bedroefd dat ik...'

Ze gingen terug naar hun kamer en hoopten dat ze hun gastheer en gastvrouw niet tegenkwamen. Weer werd hun een maaltijd op de kamer geserveerd, met de boodschap dat lieve Mara en lieve Dann snel een besluit moesten nemen, omdat de tijd drong.

Die nacht ging Dann naar zijn kamer. Hij keek bedroefd en schuldig en deed zelfs de tussendeur dicht; maar toen Mara 's nachts wakker werd, merkte ze dat hij haar vasthield. 'Wat is er, Mara, wat is er aan de hand?' Ze had in haar slaap naar hem geroepen. Ze had gedroomd van volkeren die uit een soort nevel opdoemden en renden en vochten, altijd maar vochten en altijd over hun schouder keken of ze een vijand zagen; en toen verdween de eerste stroom mensen en kwam er een nieuwe stroom, met andere kleren en een andere huidkleur, wit, bruin, zwart of geel, en zij renden ook en werden opgejaagd en verdwenen achter elkaar; deze volkeren van langgeleden waren verschenen en uitgestorven en... Ze huilde en hij troostte haar, en 's ochtends zei hij dat hij Felix wilde gaan zoeken om hem bepaalde dingen te vragen.

'Ik weet zeker dat die twee gek zijn,' zei ze.

'Dat hangt er denk ik van af of hun plannen slagen of niet. Als hun plannen slagen, zijn Felix en Felissa niet gek.'

Ze zei zachtjes tegen hem: 'Wees voorzichtig, Dann. Ik begin te begrijpen dat die droom van hen een krachtig gif kan zijn.'

Hij ging Felix zoeken en zij ging terug naar de musea. Wat een ingewikkelde uitvindingen, wat een slimheid, wat een aantrekkelijke manieren van leven. Het mooist vond ze de kamers die 'Een Dag uit het Leven van...' heetten. Een dag uit het leven van een vrouw op een eilandje dat Brittannië heette, in het midden van het elfde millennium en daarna in het twaalfde millennium. Een familie aan het eind van het twaalfde millennium in een enorme stad in Noord-Imrik. Een boer in het noorden van Eurrup aan het eind van het twaalfde millennium. Dat was de periode waar de voorkeur van de bouwers van deze musea naar uitging, vanwege de enorme vindingrijkheid in die periode. Maar in ieder gebouw was het eind van het verhaal oorlog en de manieren van oorlogvoering werden steeds wreder en afschuwelijker. In een gebouw waar alleen oorlogstuig stond, was in een kamer een hele muur met daarop de manieren waarop deze oude volkeren hun beschavingen waarschijnlijk zouden hebben vernietigd als het ijs niet was gekomen. Oorlog was een van die manieren. Ze kon de wapens niet begrijpen: ze waren zo moeilijk en ingewikkeld. En zelfs als de uitleg begrijpelijk was, kon ze niet geloven wat ze las. Projectielen die ziektes konden transporteren met het doel om alle mensen in een land of een stad te doden? Wat waren die oude volkeren voor mensen dat ze zoiets konden doen? 'Bommen' die konden... Ze begreep de uitleg niet.

De manier waarop ze hun grond en hun water gebruikten, had een zekere roekeloosheid.

'Het waren volkeren die niet zo geïnteresseerd waren in het resultaat van hun handelingen. Ze roeiden de dieren uit. Ze vergiftigden de vissen in de zee. Ze hakten de bossen om, zodat allerlei landen waar ooit bossen groeiden, droog en onvruchtbaar werden. Ze vernielden alles wat ze aanraakten. Er mankeerde waarschijnlijk iets aan hun hersenen. Veel geschiedkundigen zijn van mening dat deze volkeren uit de oudheid de straf van het IJs ten volle verdienden.'

En in een andere kamer: 'De apparaten die ze uitvonden, werden steeds subtieler en gecompliceerder, en er werden technieken gebruikt die niemand sindsdien nog heeft kunnen evenaren. Men vermoedt nu dat deze apparaten hun geest vernietigden, of hun denken zo veranderden dat ze gek werden. Terwijl dit proces zich voltrok, waren ze zich er nauwelijks van bewust wat er aan de hand was, hoewel een paar mensen het beseften en probeerden de anderen te waarschuwen.'

Shabis had haar verteld dat de mensen die nu leefden hetzelfde waren als die heel slimme, maar toch heel domme oude volkeren, en Mara zag een beeld voor zich van wat ze in de Toren had aangetroffen: Dann de dood nabij, een man met doorgesneden keel en de ander bijna dood. Dann had die man gedood maar kon het zich niet herinneren. En er was nog een beeld: van Kulik, met zijn moordzuchtige hart en met die gemene grijns waarbij hij zijn tanden liet zien.

Op een goede dag, toen ze terugkwam op haar kamer, vond ze daar Felissa, die vol afgrijzen stond te kijken naar Mara's oude bruine kledingstuk dat net een slang of een soort schaduw was.

'Dit hebben we niet in onze collectie,' zei ze. 'Mogen we dit hebben?'

'Maar Felissa, jullie musea staan op instorten, het zijn bijna ruïnes.'

'O ja, liefje, daarom hebben we jou en Dann zo hard nodig. We zouden al snel alles weer precies zo hebben als het geweest is.'

'Felissa, er moet me iets van het hart: ik denk echt dat Felix en jij in een of andere onmogelijke droom leven.'

'O nee, lieve Mara, je ziet het verkeerd. Felix en Dann zijn aan het praten en ik ben zo blij.' Ze streelde Mara's armen en daarna haar gezicht en mompelde op die vertrouwelijke, liefdevolle toon: 'Lieve, lieve Mara.' En daarna, kordaat en druk: 'Lieve Prinses, u bent zo'n mooi meisje, ik zou u zo graag zien in een…'

Op Mara's bed lagen japonnen en gewaden uitgespreid die ze in de kast had zien hangen, maar omdat ze dacht dat ze van Felissa waren, was ze er niet aangekomen. Ze had door een zaal vol kleren uit lang vervlogen tijden gelopen, maar kon inmiddels geen nieuws uit het verleden meer in zich opnemen.

Deze kleren kwamen uit het museum.

'Alstublieft, trek deze eens aan,' vleide Felissa, en ze hield een hemelsblauw gewaad van een glanzend materiaal omhoog dat een wijde rok had en bovendien – en dit was iets wat Mara nog nooit had gezien – strak rond de heupen en de taille sloot en de schouders en rug bloot liet. 'Dit was een jurk die ze baljurk noemden,' zei Felissa. 'Ze dansten hierin.'

'Hoe komt het dat die kleren niet van ouderdom uit elkaar zijn gevallen?'

'O, het zijn natuurlijk geen originele stukken. Ze hebben de originelen naar Ifrik gebracht toen het ijs opkwam, naar de musea die ze toen aan het bouwen waren, en telkens wanneer ze verschoten en vergingen, werden ze gekopieerd en vervangen. Waarschijnlijk zijn deze lang niet zo mooi als de originelen, omdat we niet zo mooi zijn als die volkeren van vroeger.'

'Maar we zijn even oorlogszuchtig,' zei Mara.

En nu zag ze een snelle, berekenende blik, die heel anders was dan de vertrouwelijke, liefdevolle manieren die Felissa in gezelschap toonde.

'Ja, oorlogszuchtig. Dat moet ik helaas beamen. Maar dat is die lieve Prins Shahmand – Dann – nu net met mijn man aan het bespreken.'

Ze hield de jurk omhoog. Mara trok haar kleed uit en wurmde zich in de jurk, maar haar taille was te dik en de jurk stond open. Ze ging voor een grote spiegel staan die Felissa van haar eigen kamer haalde en naar binnen reed, zag zichzelf – en viel lachend op het bed neer.

'Maar je ziet er prachtig uit, Mara,' sputterde Felissa.

Mara trok de jurk uit.

Nu trok Felissa tot Mara's verbazing haar kleren uit, die uit allerlei grijze en witte sluiers en draperieën bestonden, en er kwamen een lange roze onderbroek en een soort harnas voor haar borsten te voorschijn. 'Ja, deze komen ook uit het museum. Maar ze beginnen te rotten en we hebben niet de mogelijkheid om ze te vervangen, dus ik dacht dat ik er net zo goed van kon profiteren.'

Ze haalde een roze jurk met allemaal kantjes en strikjes uit de kast en trok die aan. Ze paradeerde heen en weer, wierp een blik op zichzelf in de spiegel, en keek daarna glimlachend naar Mara. Mara zag dat ze dit vaker deed: deze kleren waren hier eigenlijk niet voor Mara, Felissa wilde dat Mara haar bewonderde.

En ze was behoorlijk oud, of misschien niet zo oud, en nog tamelijk slank, maar haar armen en benen waren niet echt... En Mara kon niet nalaten om naar haar eigen gladde, mooie, zijdeachtige armen en benen te kijken.

Mara zat daar terwijl de modeverschijnselen van honderden jaren voor haar heen en weer paradeerden. Ze had nog nooit van mode gehoord en vond het idee wonderlijk en zelfs idioot. Af en toe kirde Felissa: 'O, probeer deze eens, Mara, die zou je heel goed staan.' Maar daar ging het eigenlijk niet om bij dit tafereeltje.

Mara bleef glimlachend zitten en bedacht dat ze nog nooit zoiets idioots had meegemaakt als deze bejaarde vrouw met haar bruine huid die rondparadeerde in kleren die waren gemaakt voor vrouwen van duizenden jaren geleden – blanke vrouwen, die zo te zien een heel ander figuur hadden, want niet een van de jurken die Felissa paste, ging dicht bij de taille. Mara probeerde Leta in deze kleren te zien en kon zich dat ook moeilijk voorstellen. Die grote bos glanzend blond haar – ja, die zou goed bij sommige van deze jurken staan.

En zo ging de middag voorbij. Toen Dann 's avonds weer naar hun kamer kwam, liep hij meteen door naar zijn eigen kamer en deed de deur dicht. Hij deed het nonchalant, maar het voorspelde niet veel goeds, dat bleek uit de schuldbewuste manier waarop hij naar haar keek. Ze wilde weten wat hij met Felix had besproken, en klopte dus, maar ze kreeg geen antwoord. Ze klopte harder. Hij kwam naar de deur en ze besefte wie er met gefronst voorhoofd voor haar stond.

'Ik vind het hier niet prettig en ik wil weg,' zei ze.

'Nog even.'

'Wat wil hij je laten doen?'

'Hij wil dat ik een leger van de lokale jongens vorm. Er zijn volgens hem een heleboel jongeren die ontevreden zijn en willen dat het Centrum weer net zo wordt als vroeger. Dit is net een fort. Hij zegt dat ik Generaal Dann ben geweest en verstand moet hebben van oorlog voeren. Nou ja, dat is ook zo, Mara.' En ze zag hem opeens dwaas en trots glimlachen.

'En geven we dat leger dan te eten door voedsel van de boeren te stelen?'

'Maar die zouden er profijt van hebben, omdat we hen zouden beschermen.'

'Beschermen waartegen? Dit land heeft een goede regering, dat heeft Daulis gezegd.'

'De regering zou aan onze kant staan. Ze vinden het prettig dat het Centrum er is.'

'Waarom hebben de boeren dan bescherming nodig?'

'O, er zijn soms overvallen. Zit niet zo te vitten, Mara. Ik moet eerst meer weten voordat ik je iets kan vertellen.' En hij gooide de deur voor haar neus dicht.

Mara bracht een paar dagen in de musea door. Ze was op een plek waar ze al haar honger naar kennis en informatie kon stillen, waar ze dingen kon ontdekken, waar ze kon leren. Sommige gebouwen stonden gelijk aan uren praten met Shabis. Zelfs een muur met een paar regels vervagende woorden maakte haar met één oogopslag dingen duidelijk waar ze haar hele leven al over puzzelde. Ze voelde dat haar hersenen groeiden. Ze voelde dat ze met iedere ademtocht nieuwe gedachten opnam. En de hele tijd dacht ze aan Dann, die bij die Felix was, die ze bijna nooit zag, omdat hij haar niet mocht en niet vertrouwde en wist dat ze Dann probeerde over te halen om weg te gaan. Deze meedogenloze, kille man, met zijn sociale glimlachjes en hoffelijke manieren, was niet dom. Felissa was dom, omdat ze zichzelf zo geweldig vond dat je helemaal niets met haar kon bespreken. Ieder gesprek ging meteen weer over Felissa. Mara had haar bijvoorbeeld iets gevraagd over de tomben in het zand waar oude boeken, oude geschriften in lagen, en over de stad die was gevonden toen het zand zich verplaatste; en Felissa had meteen gezegd dat ze daar niets van wist. Mara hield aan: ze had gehoord over de Stad van het Zand.

'Wie heeft dat verteld? Het is onzin. Wat voor zand?'

'Die leren boeken in het museum. Er staat een bordje bij dat het kopiëen zijn van boeken met papier dat van riet is gemaakt.'

'Als er ooit een zandstad was geweest, zou ik dat weten. Ik heb mezelf tot doel gesteld om alles te weten.'

Felissa kwam haar nu tegemoet wanneer ze terugkwam van haar dagenlange zwerftochten door alle dingen, en volkeren en verhalen uit het verleden, en ze greep haar handen en streelde ze en mompelde dat ze zo blij was dat Dann en Felix zo goed met elkaar overweg konden en dat het zo geweldig zou zijn als Mara binnenkort kon zeggen dat ze zwanger was.

Dann was zwijgzaam en nors, en zocht geen contact met Mara, die toekeek hoe hij met Felix heen en weer liep in de grote lege ruimte tussen de buitenste muur van het fort en het gebouw daarbinnen. De mooie, elegante Felix en de knappe Dann – ze vormden een aardig paar. Dann keek naar Felix op, misschien uitte dat zich niet zo in wat hij zei, maar zijn gedrag was eerbiedig, en de toon waarop hij sprak bijna kruiperig. En ze kende die vrij domme, verwaande blik die iedere dag erger werd maar al te goed.

Als ze er nu geen einde aan maakte, zou het te laat zijn.

Op een avond, toen hij de deur tussen hun kamers dichtdeed, klopte ze totdat hij opendeed. Daar stond hij, *die ander*, en ze was niet verbaasd te horen: 'Mara, ik doe het. Je hebt hier alles om er iets geweldigs van te maken. En kijk eens naar mij – alles wat me is overkomen, en dat ik soldaat ben geweest, het komt allemaal heel goed uit. Dat moet jij zelfs zien.' En hij wendde zich af en wilde de deur dichttrekken, maar ze hield de deur vast en zei: 'Dann, ik ga morgen weg, als het moet alleen.'

Hij draaide zich razendsnel om, zijn gezicht vertrokken van achterdocht en woede. 'Je mag niet weggaan. Ik laat je niet gaan.'

'Jouw geweldige plannen hangen van één ding af. Van mij. Van mijn schoot.' En ze tikte op haar buik. 'En ik ga weg.'

Hij greep haar bij haar armen en staarde haar woedend aan.

'Dann,' zei ze zachtjes, 'ben je van plan om me je gevangene te maken?'

Zijn handen lieten haar niet los, maar ze trilden, en ze wist dat haar woorden tot hem waren doorgedrongen.

'Ben je van plan om me te verkrachten, Dann?' Hij schudde woedend zijn hoofd. 'Dann, je hebt me ooit gezegd dat ik je eraan moest herinneren dat je me in Bilma in een gokhuis vergokt hebt toen je zo was. Daar herinner ik je nu aan.'

Even bewoog hij niet. Toen zag ze *die ander* uit zijn ogen en uit zijn gezicht verdwijnen, zijn greep verloor zijn kracht, en hij liet haar gaan. Hij draaide zich hijgend om.

'O, Mara,' zei hij, en het was Dann zelf die praatte. 'Ik kom zo sterk in de verleiding om het te doen. Ik zou het kunnen, weet je. Ik zou het allemaal zo goed kunnen.'

'Nou, ik hou je niet tegen. Dat zou ik niet kunnen, nietwaar? Zeg maar tegen die twee dat een prins met zijn koninklijke bloed en een concubine goed genoeg zijn om een dynastie te beginnen. Dat is vast wel vaker zo gedaan. Maar je mag mij niet tegenhouden, Dann. Ik ga morgenochtend weg, met of zonder jou.'

Hij wierp zich op zijn bed. 'Goed. Je weet dat ik geen gevangene van je zou maken.'

'Nee. Maar de andere Dann zou dat wel doen.'

Ze deed de deur dicht en in haar kamer verzamelde ze de kleren die ze had meegebracht, stopte ze netjes in haar oude plunjezak en ging op haar bed liggen waken. Ze durfde niet te gaan slapen. Na een nacht vol vreselijke ongerustheid ging de deur open en stond Dann daar met zijn plunjezak.

Ze omhelsden elkaar, verlieten snel en stilletjes hun kamer, liepen de lange lege gangen door, naar de grote hal, en daarna het grote gebouw uit, door de lege ruimte tussen de muren tot ze bij de grote poort kwamen, die op slot zat. Dann pakte een steen, sloeg ermee op het slot, en het slot brak.

20

Het was nog maar net licht. Ze liepen naar het oosten, terug naar Leta. Ze hadden niet eens hoeven te overleggen of ze dat moesten doen. Het was koud en ze liepen dik ingepakt in hun oude, grijze dekens. De lucht was betrokken en grauw. Hier liepen ze, Mara en Dann, met nauwelijks meer bezittingen dan ze hadden toen ze voor het eerst op pad gingen, daarginder in het verre zuiden. Ze zagen tranen over elkaars gezicht lopen en ze lagen al weer in elkaars armen, en troostten en streelden elkaar en hielden hun verhitte wangen tegen elkaar. Maar dat beschermende gevoel werd een heel ander gevoel en hun lippen vonden elkaar zoals nog nooit eerder was gebeurd. Ze kusten elkaar als geliefden, klampten zich als geliefden aan elkaar vast, en wat ze voelden vertelde hun hoe gevaarlijk en sterk deze liefde was. Ze liepen wankelend bij elkaar vandaan, en nu keek Dann naar Mara en Mara naar Dann met een woeste, bijna boze blik, door de situatie waarin ze verkeerden. Toen stak Dann zijn armen in de lucht en jammerde: 'O, Mara,' en Mara stond met gesloten ogen en haar armen stijf om zich heen geslagen heen en weer te wiegen van verdriet en ze kreunde: 'Dann, o Dann, o Dann.' Tegelijkertijd begonnen ze weer te lopen, een stukje bij elkaar vandaan, en ze dachten allebei dat bij het tweetal in het Centrum dit mogelijk was geweest: een hartstochtelijke liefde die was goedgekeurd en toegestaan en werd aangemoedigd. Ze gingen door een hel van verdriet en verlangen.

'Waarom, Mara,' zei Dann, 'waarom mogen broers en zussen niet van elkaar houden? Waarom?'

'Ze krijgen te veel kinderen waar iets aan mankeert. Ik heb het in het Museum gezien. Er was een hele kamer vol mee.'

Haar stem was verstikt van verdriet en hij huilde, dus ze liepen struikelend en snikkend door, een flink eind bij elkaar vandaan; Dann begon te vloeken en te tieren, om zo zijn verdriet kwijt te raken, en toen Mara zag wat de woede bij hem teweegbracht, begon ze ook te vloeken en te tieren, de ergste woorden die ze kende; en het tweetal liep nu sneller door de woede, en ze vervloekten elkaar en de hele wereld, tot ze de nederzetting van de Alben voor hen zagen. Er kwam een triest gezang vandaan, het droevigste lied dat je kon bedenken. Al snel konden ze de woorden verstaan.

> Het IJs komt
> Het IJs gaat
> Wij gaan de weg
> die het IJs ons laat

Ze kwamen bij Donna's deur en klopten. Ze kwam naar buiten en zei meteen: 'Als jullie voor Leta komen, die is nog geen uur geleden vertrokken.'

Ze staarde langs hen heen naar een grote groep dansende en zingende Alben in gewaden die wapperden in de kille wind. Voor de twee Mahondi's was het net of ze een verzameling springende, fladderende geesten zagen.

'Waar ging ze naar toe?'

'Jullie zoeken. Wie ze nog meer hoopte te vinden – dat is een ander verhaal. Maar ze zou zich hier nooit thuis voelen. Ze heeft meer van de wereld gezien en de Alben hier leven alsof zij alleen bestaan.'

'Bedoel je dat jij je hier ook niet thuis voelt?'

'Nee, ik voel me hier niet thuis. Ze accepteren niet dat iemand die hier geboren is een poosje ergens anders is geweest. Zoals ik. Ze zien het als verraad. Als kritiek op hen. Ze zijn heel kleinzielig. Ze hebben maar één gedachte: dat hun kleinkinderen of achterkleinkinderen naar Eurrup zullen terugkeren als het ijs smelt. En het ijs verdwijnt nu eindelijk, zegt men.'

> Het IJs zal gaan
> Dan gaan ook wij
> Waar het IJs is geweest
> zal het groen zijn in mei

Zo zongen de dansers.

'We zingen dat lied of iets dergelijks al – nou, ze zeggen al vijftienduizend jaar. Wie weet? De eerste vluchtelingen voor het ijs bepaalden dat deze liederen aan ieder kind moesten worden geleerd en iedere dag moesten worden gezongen. Ze zeggen dat die liederen vroeger over heel Ifrik verspreid zijn en kinderspelletjes zijn geworden. En ze wisten niet eens wat ijs was.'

We bouwen we ons huis
Als het IJs is verdwenen
Waar het graf van onze vaderen wacht
Daar gaan we henen

'Arme dwazen,' zei Donna. 'Ik zal Leta missen,' voegde ze eraan toe. 'Al ging ze gedeeltelijk weg om mij geen moeilijkheden te bezorgen.' Ze klonk zo bedroefd dat Mara haar armen om haar heen sloeg. 'Jullie zijn goede mensen,' zei Donna. 'Soms weet ik niet hoe ik het moet verdragen, dit eeuwige gekerm om een leven dat zich duizenden jaren geleden afspeelde. Of zich misschien over duizend jaar weer zal afspelen. Nu moeten jullie maar opschieten. Ik vind het niet prettig dat Leta alleen is. Ze heeft de weg genomen die ten noorden van het Centrum loopt. Is het daar trouwens inderdaad zo triest als ze zeggen?'

'Triest, oud en vervallen.'

'Het was vroeger de trots van de Noordlanden. Iedereen ging daarheen voor een opleiding.'

'Jij ook?'

'O nee, ik niet. De generatie van mijn grootouders was de laatste die ging. Ze kregen meer scholing dan ze nodig hadden, zou je kunnen zeggen. Maar dat was toch een mooie tijd. Het Centrum bestuurde het hele Noorden – en heel goed, voor alleenheersers. Maar nu is er een bestuur dat uit naam van het Centrum regeert en de meeste mensen weten niet dat het Centrum een oude hond zonder tanden is.'

Ze namen afscheid en het tweetal begon weer naar het westen te lopen. Ze hoorden Donna hun naroepen: 'Vergeet me niet. Als er nog een plekje voor me is waar jullie naar toe gaan, kom ik daar als een haas naar toe.'

Toen de muur van het Centrum in zicht kwam, liepen ze met een wijde bocht naar het noorden. Ze liepen langzaam, alsof ze heel moe waren of zelfs ziek, dacht Mara, en ze keek hoe Dann voortstrompelde, stil bleef staan en weer verderliep. Ze moest zelf ook moeite doen om vooruit te komen. Ze was zo bedroefd en ze wist dat hij dat ook was. Ze wilde haar armen om hem heen slaan, haar kleine broertje, zoals ze zou hebben gedaan voor die scène bij het Centrum, maar ze durfde niet. Hij stond stil en zij ook en ze bleven naast elkaar staan. Zonder haar aan te kijken pakte hij haar hand. Ze voelde de kracht van die hand, van zijn leven, en dacht: het zal allemaal wel weer goed komen. Hij zal zich beter voelen en ik ook. Ondertussen was ze zo bedroefd dat ze wel had willen gaan liggen en... maar waar? Om hen heen was niets dan poelen en moeras, en de modder zoog om hun voeten.

'Weet je, ik heb medelijden met die twee. Die arme oude Felix en Felissa. Ze hebben jarenlang gedroomd van hun prinsje en prinsesje, en wat krijgen ze? Ons.' Hij probeerde het grappig te laten klinken maar slaagde daar niet in.

'Hun droom is met ons geëindigd.'

Ze stonden heel dicht bij elkaar, zodat ze elkaar net raakten, en ze hadden het heel koud onder hun cape. Er waaide een koude wind uit het noorden. Die kwam van bergen ijs, wisten ze.

'En onze droom dan, Mara? We kunnen niet noordelijker komen dan hier. Dit is het noorden van het noorden, de noordkant van de Noordlanden van Ifrik.'

Ze keken om zich heen en zagen de eindeloze, grijze, natte moerassen, donker water, bleke biezen en riet, en een sombere, donkere, winderige hemel. Scherpe kreten van vogels, de klagelijke geluiden van kikkers, als de stemmen van het moeras zelf. En de wind, de koude, koude wind die over het water huilde.

'Hier hebben we al die tijd voor gereisd, Mara.'

'Nietwaar.'

' Zo voel ik het.'

Ze waagde het om zijn pols te pakken en die teder en stevig vast te houden, en hij riep uit: 'Dat ook nog. Nu voel ik me echt een wees. Nu ben ik echt alleen.'

Ze haalde haar hand niet weg, maar hield hem daar, troostend en stevig, hoewel ze zich net zo eenzaam voelde als hij.

'Denk je dat die twee nog iemand achter ons aan zullen sturen? Om ons terug te halen?'

'Nee,' zei ze. 'We waren zo'n teleurstelling voor ze – nee, ik denk het niet. Weet je wat er volgens mij zal gebeuren? Ze zullen wel gauw doodgaan, aan een gebroken hart. Ze hebben nu niets meer om voor te leven.'

'Waarom ben ik dan zo bang?' Hij keek weer om zich heen. Er was niets: in al die eindeloze grijze en zwarte moerassen met water – niets, geen mens te bekennen.

'Ik weet het. Ik ben ook bang. Dat komt omdat je je nergens kunt verstoppen.'

'Tenzij we net doen of we waterratten zijn.'

Hij probeerde dapper te klinken en haar aan het lachen te maken, maar in plaats daarvan keken ze elkaar aan en ze zagen alleen droefheid in elkaars ogen.

'We moeten verder,' zei Mara. 'Dat heeft Daulis gezegd. En vergeet Leta niet.'

Ze liepen die dag langzaam verder terwijl ze uitkeken naar Leta en achteromkeken of ze misschien achtervolgd werden, en ze maakten er zelfs grapjes over dat het moeilijk zou zijn om die gewoonte van achteromkijken kwijt te raken als ze ooit weer op een veilige plek kwamen. Boven hen joegen de wolken naar het westen, alsof ze hen eraan wilden herinneren dat ze sneller moesten lopen. De grote berg bleef eerst hetzelfde, maar uiteindelijk torende hij boven hen uit met zijn koude, witte sneeuwkap, en er liep een pad vandaan met een bordje erbij: HERBERG DE WITTE VOGEL. De vogel was geen dichterlijke vrijheid, want er stonden allemaal grote, slanke, witte vogels in donker water dat weerspiegelde, zodat iedere vogel dubbel leek, en er vlogen vogels rond over de moerassen en hun geroep vatte het tweetal onwillekeurig als een waarschuwing op. Het begon al te schemeren toen ze bij de herberg kwamen, die niet veel meer was dan een groot huis. Ze hadden nog maar net aangeklopt toen de deur al openging en er een man te voorschijn kwam die hen bij hun arm pakte en hen snel meetrok naar de achterkant van de herberg. 'Het spijt me,' zei hij, 'maar jullie mogen je niet laten zien. Er zit iemand achter jullie aan.' Het tweetal hoorde dit aan alsof ze niets anders verwachtten: ze waren tijdens het lopen met het uur angstiger geworden. 'Zijn uiterlijk beviel me niet,' zei de herbergier. 'Hij droeg het uniform van de grenswachters, maar dat is een truc die we wel vaker hebben gezien. Er lopen er heel wat in dat uniform rond van wie de grenswachters de keel zouden doorsnijden als ze ze te pakken kregen.'

'Had hij een litteken?'

'Ja, een heel lelijk litteken.'

'Dan weten we wie het is.'

'Hij zei dat hij op zoek was naar weggelopen slaven.' Nu bekeek deze nieuwe vriend – want dat was hij, dat zagen ze wel – hen aandachtig, eerst Dann en daarna Mara, en wachtte af.

'We hebben geen misdaad begaan,' zei Dann

'Dan zal ik geen vragen stellen,' zei de herbergier. En ze hoorden allebei wat hij in feite niet zei: dan hoor je ook geen leugens.

'Er staat een prijs op ons hoofd. In Charad.'

'Dat is een eind weg.'

'Niet als hij ons naar de grens met Bilma kan krijgen. Daar heeft hij handlangers.'

'Het is een heel eind van hier naar de grens.' Hij dacht diep na, om hen te helpen, dat zagen ze. 'Ik heb mijn best gedaan om hem af te poeieren. Hij is hier de afgelopen week een paar keer geweest.'

'Waarom komt hij hier?'

De man lachte en het klonk trots: de trots van een heel leven stond op zijn gezicht te lezen. 'Dit is de enige herberg tot kilometers voorbij het Centrum naar het oosten en tot kilometers naar het westen en daar staat alleen een boerderij waar reizigers kunnen logeren. Iedereen komt hier voor nieuwtjes. Hij moest wel hier komen. Dit is een kruispunt van wegen. Ik heb hem naar het zuiden gestuurd, maar die weg eindigt in het water en hij is weer teruggekomen. De weg naar het westen eindigt bij zee – daar vinden jullie je vrienden. Ik heb hem verteld dat langs die weg alleen goed verdedigde boerderijen staan en dat er echte grenswachters patrouilleren, en als die hem in hun uniform zagen, dat zijn einde zou betekenen. Ik heb hem het moeras in gestuurd, over moeraspaden, en gezegd dat hij jullie daar misschien zou vinden. Ik dacht dat hij misschien wel op drijfzand terecht zou komen en zou verdrinken. Ik zie het algauw als ik te maken heb met iemand die de wereld maar beter kwijt kan zijn. Maar hij kwam wel weer terug. Hij weet dat er een pad de berg op loopt, maar ik heb hem verteld dat de hut daar door een lawine is weggevaagd. Ik hoop dat hij me geloofde. Jullie vriendin Leta zit daar. Daulis had me gevraagd voor haar te zorgen. Ik wilde dat ze hier bleef totdat hij kwam, of jullie, maar ze wilde zo graag sneeuw zien. Ik heb haar gezegd dat ze niet zo'n haast zou maken als ze net zo veel sneeuw had gezien als ik. Ze zal het leuk vinden jullie te zien. Ze kan geloof ik niet zo goed tegen zware reizen, als ik zo vrij mag zijn dat te zeggen.' Hij zweeg, en Mara maakte zijn betoog voor hem af: 'Ze is anders dan wij.'

'Ja, heel anders. Daulis heeft me verteld dat jullie jezelf wel kunnen redden. Ik zie dat hij gelijk had. Maar wees voorzichtig, let goed op.' Hij ging naar binnen en kwam weer naar buiten met twee dikke mantels, die twee keer zo zwaar waren als de mantels die ze tegen de kou hadden gekocht met het idee dat ze dik genoeg waren om iedere kou te trotseren. Hij overhandigde hun ook een zak met eten. 'Er zitten ook lucifers in. Probeer het zonder vuur te stellen. Je kunt sneeuw boven een kaars smelten als je water nodig hebt – ik heb er een kaars in gedaan. Over een paar minuten komt de maan op.' En terwijl ze hem bedankten en wegliepen, hoorden ze nog: 'Wees voorzichtig, jullie twee.' En toen ze een paar stappen verder waren: 'Kom niet te snel naar beneden. Geef die vent de kans om weg te gaan. Kijk goed uit. Het is drie uur lopen naar de hut.'

'Het klinkt mij in de oren alsof dit pad de bergen in de enige plek is waar Kulik ons nog kan zoeken.'

'Ja, en onze vriend de herbergier weet dat ook.' Maar Dann was weer vol energie, gevaar gaf hem nieuwe kracht. En zij voelde zich ook beter nu ze de klamme zwaarte van de zompige moerassen achter zich lieten.

Het pad omhoog voerde langs rotsblokken van allerlei formaat, die in het vage licht net in elkaar gedoken vijanden leken; maar de maan kwam op zodat je het pad zag, en van de rotsblokken schoten vonkjes licht weg: kristallen in het steen. Onder hen kwam mist opzetten en al snel lieten ze een zee van wit achter, die door de maan werd beschenen, en ze zagen hun schaduwen daarbeneden als lange vingers naar het oosten wijzen en met hen mee bewegen. Het was koud. Zonder de mantels van de herbergier zouden ze het moeilijk hebben gehad. Ze liepen steeds verder omhoog tot ze voor zich uit een grote hut zagen liggen met daarachter het wit van de sneeuw die de top van de berg bedekte. Ze liepen in een witte wereld, met de mist die onder hen glansde en de sneeuw boven hen en de grote witte maan die erboven stond. Ze renden langs de hut om wat sneeuw te pakken en het te proeven en zich erover te verbazen, want ze hadden nog nooit sneeuw gezien. De randen van de sneeuwkap waren witte franjes en kantachtige korsten op het gras, die onder hun voeten kraakten en de kou langs hun benen omhoogjoegen. Ze liepen naar beneden, naar de hut, en klopten angstig, maar toen de deur openging stond Leta daar en ze was alleen. Ze deden de deur dicht tegen de kou, omhelsden elkaar en hielden elkaar vast. Ze konden zien dat ze bang was geweest zo alleen en dat ze blij was hen te zien. Als ze het had geweten, zei ze, was ze nooit naar boven gelopen, ze wilde eigenlijk alleen even de sneeuw aanraken en die proeven en dan weer naar beneden gaan, maar toen werd het donker… 'Het spijt me,' zei ze, 'maar ik ben anders dan jullie. Ik kan niet inschatten hoe gevaarlijk iets is – of hoe ver.' In de hut was het niet veel warmer dan buiten. Leta had een kaars aangestoken, een klein kaarsje, en wat sneeuw gesmolten om te drinken. Ze kropen dicht tegen elkaar aan op de grond, in lagen wol. Leta had ook een mantel van de herbergier. Maar ze moesten zich toch schrap zetten om niet te bibberen. Ze aten, kropen dicht tegen elkaar aan en zaten nog een hele tijd te praten, over het Centrum, en wat ze Mara en Dann hadden aangeboden. Dann maakte een idioot verhaal van de plannen van de oude mensen, hun lange wachten op hun koninklijke kinderen, en hoe langer hij praatte hoe grappiger het werd, totdat hij Mara's blik opving en hij aarzelde en zweeg. 'In feite had het wel wat kunnen worden,' zei hij ernstig, 'als Mara en ik een ander soort mensen waren geweest. Tenslotte vindt iedereen het Centrum blijkbaar geweldig en iedereen zou geloven wat er verteld werd.'

'Iedereen behalve degenen die de waarheid kennen,' zei Mara.

'Dat zijn er heel weinig tot nu toe,' zei Dann.

'In Bilma hebben we allemaal over het Centrum gehoord. We zouden echt alles geloofd hebben.'

'Zelfs als een broer en zus een nieuwe koninklijke familie zouden stichten?'

Leta lachte en zei dat als ze wisten wat er allemaal bij Moeder Dalide gebeurde, broers en zussen die afspraakjes maakten, ze niet zo verbaasd zouden zijn geweest over Felix en Felissa.

En nu waren ze zo moe en koud dat Mara en Dann met Leta op de grond gingen liggen, zo dicht mogelijk tegen elkaar aan met de wol in drie dikke lagen uitgespreid om hen alle drie te bedekken. En het was helemaal niet gevaarlijk om zo dicht tegen elkaar aan te liggen, want ze bibberden zo en wilden alleen maar warm worden. Dann zei: 'Vinden jullie niet dat we moeten waken?' en Mara zei: 'Ja,' en toen vielen ze in slaap. Ze werden de volgende ochtend koud en stijf wakker, en ze duwden de deur open en zagen dat de mist nog steeds in het dal hing, maar niet meer zo ver reikte. Waar de mist ophield, spleet de grond plotseling open in een enorme kloof, of een ravijn dat zich zover ze konden kijken van het westen naar het oosten uitstrekte. Daarin was vroeger de Midden-zee geweest: een warme, blauwe, levendige zee die een reeks van beschavingen had voortgebracht – waarvan de kunstvoorwerpen en schilderijen heel wat zalen in het Centrum tot de nok toe vulden – en waarop schepen lange, gevaarlijke tochten hadden gemaakt: nu zagen ze alleen nog maar de rotsige hellingen. Maar als ze over de kloof heen keken, zagen ze heel ver weg, aan de andere kant van dit enorme gat in de aarde, een witte streep, en ze wisten dat het geen wolken waren maar de randen van de zee van ijs die Eurrup bedekte. Ze stonden daar met zijn drieën in dat witte landschap van mist en sneeuw en staarden naar het wit in de verte, terwijl de lucht schitterde van de zon; en ze gingen weer de hut in, deden de deur dicht en kropen daarbinnen weg omdat ze zich zo klein voelden, omdat ze zich heel nietig voelden in die witte oneindigheid en vooral omdat ze wisten hoe dicht ze bij die verschrikkelijke vijand, het IJs, waren.

Maar moesten ze wel afdalen en die mist in gaan? Hij was zo dicht dat ze het pad niet konden zien. Ze besloten die dag in de hut te blijven, al was het koud en durfden ze geen vuur aan te steken.

En nu trok Dann zijn kleed omhoog zodat Leta kon zien hoe goed het litteken waar ze de munt uit had gehaald was genezen, en hij zei dat ze de rest er net zo goed ook uit kon halen, omdat ze nu toch niets beters te doen hadden en hij het zo koud had dat hij toch niets zou voelen.

'Ze hebben zich omhooggewerkt,' zei hij. En daar lagen ze: vijf rondjes, net onder de huid.

Leta haalde haar tas met geneeskundige instrumenten en kruiden te voorschijn, wreef de plek in met het verdovende kruid en had de eerste munt er al met een scherp mesje uit gehaald voordat Dann het in de gaten had.

'Weet je zeker dat we ze niet meer verborgen hoeven te houden?' vroeg Mara, en Dann zei: 'We zijn zo bij Daulis.'

'Hoe kun je dat zo zeker weten?' vroeg Leta, en ze zagen haar liefde en ongerustheid.

'Omdat hij ons wel zal komen zoeken,' zei Dann.

'Nu even niet kijken,' zei Leta, en Dann leunde achterover en staarde naar het dak van de hut: riet uit het moeras. Ze pakte haar mes, wreef er kruiden overheen, en sneed. Ze haalde heel voorzichtig de vier munten naar buiten, en depte de bloeddruppels weg die opwelden. Al snel hield het bloeden op. Het lange litteken was bijna wit, als een heel oude wond, en de nieuwe kapotte stukjes zouden er al snel net zo uitzien. Leta ging naar buiten, pakte een handvol sneeuw en legde die op de wond. Ze zei dat hij stil moest blijven liggen en dat hij weldra vergeten zou zijn dat die munten ooit in hem hadden gezeten. En dus bleef Dann op zijn rug liggen met een wollen mantel over zijn onderlichaam, tot het litteken, en daaromheen gedrapeerd en verder over zijn borst en schouders; en Mara en Leta zaten gehurkt onder de andere capes en ze praatten met elkaar en keken af en toe even of de mist al was opgetrokken. Dat was niet het geval. De munten, vijf stuks, lagen op een stukje stof te glanzen, prachtige kunstwerkjes met aan de voorkant en achterkant kleine figuurtjes erin gegraveerd van mensen die heel lang geleden hadden geleefd.

'Welk ander metaal kan zo lang in je vlees zitten – hoe lang, Mara?... nou, jaren – zonder ooit te veranderen of giftig te worden?' vroeg Dann.

'Zilver,' zei Leta, 'maar dat is niet zoveel waard.'

'Goud is altijd al uniek geweest,' zei Mara. 'Dat heb ik in het Centrum gezien...' en ze zweeg. Het leek wel of ze om de andere zin zei: 'Dat heb ik in het

Centrum gezien.' Ze zag nu al geamuseerde blikken, maar waarschijnlijk zouden dat al snel ongeduldige of zelfs geërgerde blikken worden. Ze zei zachtjes: 'Ik wou dat ik mijn hele leven daar kon doorbrengen, Leta, gewoon om te leren. Je hebt er werkelijk geen idee van hoe geweldig die oudheid was, wat het IJs heeft vernietigd.'

En Leta stelde haar vragen over medicijnen en planten die ze in de musea had gezien en Mara legde uit wat ze had gezien en zo vermaakten ze zichzelf die dag. 's Avonds sprong Dann op en zei dat zijn litteken zo goed als genezen was. 'En nu, wat zullen we met de munten doen?'

'Je zou ze bij mijn geld kunnen stoppen,' zei Leta. 'Ik heb mijn afkoopsom nog bijna helemaal.'

'Nee, Leta. Dat geld zit in een zakje en een zakje is makkelijk te stelen,' zei Dann. 'We moeten alle drie iets hebben, voor het geval we elkaar kwijtraken. Mara heeft haar gouden munt en wat kleingeld. Waar moet ik mijn goudstukken stoppen? Ik heb net het gevoel alsof ik weer in die afschuwelijke Toren zit, waar ik wist dat ik vermoord zou worden als iemand ook maar vermoedde dat ik een goudstuk had.'

'Ik denk dat je ze in het zakje van je mes moet stoppen,' zei Mara. 'Dat is lang en smal.'

'En dat is de eerste plek waar een dief zou zoeken, afgezien van die andere overduidelijke plek.'

'Besef je dat we deze discussie telkens weer hebben gehad toen we door Ifrik trokken?' riep Mara.

'Daulis zal ons wel gauw vinden,' zei Leta. 'Hij moet ons gewoon vinden.' Ze huilde bijna en zei ter verdediging: 'Ik zal me pas veilig voelen als ik bij hem ben. Ik ben bang om een alleenstaande vrouw te zijn. In de nederzetting van de Alben verzamelden de mensen zich voor Donna's huis en ze riepen: "Waar is die hoer uit Bilma?" – nee, ze wisten niet dat ik een hoer was geweest, maar als je een alleenstaande vrouw bent, ben je een hoer. Ze wilden Donna te pakken nemen, dus was het "die hoer uit Bilma".'

Dann en Mara stelden haar gerust, hielden haar vast en troostten haar, maar toen ze zei dat ze niet wist waarom ze zo bang was, gaven ze haar gelijk.

'Ik weet niet waarom ik ongerust ben,' zei Dann. 'Is de mist al opgeklaard?'

Dat was niet het geval.

'We moeten vannacht waken,' zei Mara. Leta zei dat ze ook wilde waken, maar ze was het niet gewend en viel in slaap. Mara en Dann zaten met getrokken mes aan weerszijden van de deur. Ze luisterden naar ieder geluid en de stilte was vol geluiden, wat dan sneeuw bleek te zijn die een helling af gleed, of de wind die op het dak met een gebroken rietstengel speelde. Ze gingen naar buiten om te kijken hoe het met de mist stond, omdat ze zo bezorgd waren dat ze bijna niet stil konden zitten. Allerlei rotsblokken kwamen te voorschijn en verdwenen weer terwijl de flarden mist over de berghelling trokken. Ze dachten dat een rotsblok bewoog... besloten dat ze zich vergisten, probeerden het patroon van rotsblokken in hun geheugen vast te leggen, slaagden daar niet in door de zich verplaatsende mist, en stonden met kloppend hart te turen en te staren. Toen trok de mist op en niet ver beneden hen zagen ze de steen waarvan ze dachten dat hij bewoog, en hij bewoog ook echt en heel even zagen ze de gestalte van een man voordat die achter een groot rotsblok verdween.

Het licht van de maan was zwak en mistig.

'Geef me je slang,' zei Dann heel zachtjes.

'We kunnen hier geen lijk achterlaten. Ze zouden weten dat wij het gedaan hadden.'

'Als het gif is, zou niemand aan iets anders denken dan aan de kou, dat hij stierf van de kou. Met een meswond zouden we de garde achter ons aan krijgen.'

Ze deed de slang af en hij liet het mesje naar buiten springen en liep langs de helling naar beneden. Mara liep hem snel achterna, met haar mes in de hand. Ze liep in de mist, en een tel later was de mist door de wind weggeblazen. Ze zag Dann niet en Kulik ook niet.

Kulik, altijd maar weer Kulik. Wat vreemd dat het haar leven lang telkens weer Kulik was die het gevaar vormde op een bepaalde plek, of in een groep mensen – haar vijand en ook die van Dann. Ik vermoord hem, dacht ze. Ik wil dat hij doodgaat. Dit is het juiste moment en de juiste plek. Dan hoef ik nooit meer achterom te kijken en is het nooit meer zo dat iemand me bekend voorkomt en dat die zijn hoofd omdraait en ik opeens Kulik zie... Ondertussen zag ze noch Dann noch Kulik.

Toen hoorde ze tussen de mistflarden hijgen en het geluid van voeten die uitgleden en heen en weer schuifelden op stenen. De mist week en ze zag Dann en Kulik worstelen. Dit was een gevecht op leven en dood en aan het gezicht van Dann – zo had ze hem nog nooit gezien – en dat van Kulik zag ze dat ze het beiden beseften. Kulik hield Danns hand met het slangenmes erin hoog boven hun hoofd en met zijn andere hand duwde hij Dann weg, terwijl Dann die hand bij de pols beet had en zijn nagels diep in het vlees zette – Kuliks gezicht was vertrokken van pijn. Ze hijgden en steunden en kreunden. Toen trok Kulik zijn pols uit Danns greep – Mara zag het bloed onder Danns nagels uit lopen – en had hij opeens een mes in zijn hand. Mara riep 'Kulik,' en hij liet Danns hand met de slang los en wilde wegrennen, omdat hij haar daar had zien staan, met haar mes, op nog geen tien passen afstand. Twee tegen een, en hij wist kennelijk dat het slangetje dat zilverig in het maanlicht glansde een dodelijk wapen was, want hij bleef ernaar kijken alsof het de voornaamste vijand was. Dat gezicht! Dat gehavende gezicht! Die ontblote tanden! Die kille, gemene ogen! – Mara haatte hem zo dat ze hem wel met blote handen had willen aanvallen, maar ze wierp haar mes, en mikte op zijn nek. Het kwam tegen zijn schouder aan en viel kletterend op de grond. Kulik kwam nu op Mara af, die zich niet meer kon verweren. Ze zag dat hij even moordlustig was als zij. Kulik was zo dichtbij dat hij haar makkelijk kon raken – dat alles duurde niet meer dan een paar seconden, de tijd waarin je ademhaalt. Het bloed stroomde uit zijn schouder en uit een pols. Hij had zijn mes in zijn rechterhand. Dann kwam met een sprong tussenbeide en stond nu tussen Mara en Kulik in; en nu flitste het slangetje net toen er weer een mistvlaag aan kwam die Kulik half verborg. Hij liep struikelend de dichte mist in.

'Ik voelde dat ik hem raakte,' zei Dann.

'Hem of zijn kleren?'

'Vlees – denk ik.'

'Dan moeten we maar snel weggaan,' zei Mara.

Ze maakten Leta wakker, pakten hun spullen en verlieten de hut. Het was ver na middernacht. Al snel lieten ze de heldere lucht en de maan en de sneeuw achter zich en daalden ze af in de dichte mist. Ze keken goed waar ze liepen want ze waren bang om te vallen, van het pad af te raken of misschien over Kuliks lichaam te struikelen.

Tegen de tijd dat ze bij de voet van de berg waren, was de mist opgetrokken en kwam de zon op. Bij de herberg klopten ze op de achterdeur en gaven hun dikke capes terug. De herbergier zei dat ze eerlijke mensen waren maar hij verwachtte ook niet anders van de vrienden van Daulis. Toen zei hij dat hij aan het begin van de avond volgens hem iemand de berg op had zien gaan, maar het was heel mistig geweest. Dann en Mara keken elkaar aan en toen vertelde Dann wat er gebeurd was. Hij zei dat het giftige mes maar even het vlees had geraakt maar dat het waarschijnlijk dodelijk was geweest. 'En ik hoop dat hij doodgaat,' voegde hij eraan toe. 'Ik geloof niet dat ik medelijden met hem heb – nee, dat heb ik niet. Hij zit niet achter een weggelopen slaaf aan, maar achter een weggelopen generaal, en als hij erin zou slagen om me mee te nemen naar Bilma, zou dat mijn dood zijn en ook die van mijn zus.'

De herbergier stond er zwijgend bij. Het was duidelijk dat hij het niet prettig vond dit te horen. Toen zei hij: 'Als iemand het vraagt, weet ik niets van een gevecht. En als hij hier nog om hulp komt vragen, stuur ik hem weg.'

'Hij ligt waarschijnlijk dood boven op de berg,' zei Mara.

'In dat geval ruimen de sneeuwarenden hem wel op. En uitgedroogde botten kunnen niets meer zeggen.'

Ze gingen op weg naar het westen en al snel zagen ze Daulis op hen afkomen. Leta bleef staan wachten en toen ze haar gezicht zagen, pakten Mara en Dann elkaars hand, maar toen ze elkaars blik zagen, keken ze snel weer naar Leta, die in de armen van Daulis lag.

Het viertal liep snel verder en liet de lage, natte gebieden achter zich, want de weg steeg langzaam naar heuvels en frisse lucht en zachte briesjes. Die nacht sliepen ze met zijn allen bij elkaar op een kamer in een huis waar Daulis de mensen kende; en voordat ze in slaap vielen, zei Daulis dat dit de laatste keer was dat ze samen een kamer zouden hebben, want de volgende dag zouden ze aankomen bij – maar ze zouden het wel zien.

Halverwege de volgende dag stopten ze op de top van een heuvel en bleven daar sprakeloos staan. Voor hen lag een onmetelijk blauw dat oneindig ver doorliep totdat het bij het lichtere blauw van de hemel kwam. In het blauw zag je hier en daar kleine, witte schuimkopjes bewegen. Er woei een zoute wind in hun gezicht en het zout kwam op hun lippen.

Daulis stond glimlachend van genoegen te kijken hoe Leta en Dann en Mara stonden te staren en elkaar verbijsterd aankeken en dan weer voor zich uit staarden, tot hij zei: 'Jullie zullen de Westelijke Zee voortaan iedere dag zien.'

Ze liepen verder, met de zee aan hun rechterhand, want ze hadden een bocht gemaakt naar het zuiden en beklommen nu een lange helling die naar een groot, laag huis leidde van rode baksteen met veranda's en pilaren. Er kwamen twee honden aan lopen om Daulis te begroeten – grote, vriendelijke beesten, die de handen van de drie nieuwkomers likten alsof ze wilden zeggen dat ze niet bang voor hen hoefden te zijn.

Vriendelijke, mooie, goed gevoede honden: dit was nieuw voor hen allemaal en het maakte hun duidelijk dat de tijden van hongersnood of zelfs ontbering voorbij waren.

En nu zagen ze dat er twee mensen op de veranda van het huis zaten, en Dann begon te rennen en schreeuwde: 'Kira!' Hij sprong de witte treden op, bleef staan en staarde naar de frisse, knappe vrouw die achterovergeleund in een stoel zat en naar hem glimlachte.

Mara hoorde haar zeggen: 'Nou, Dann, het heeft wel lang geduurd,' en toen knielde hij naast Kira en kuste haar handen en haar wangen en ze lagen in elkaars armen.

Mara keek over het tweetal heen naar een lange gestalte, een man, en ze dacht: maar ik ken hem; en ze zag dat het Shabis was. Ze had hem nog nooit zonder uniform gezien. Hij stond wat voorovergebogen naar haar te glimlachen en zo te zien te wachten. Ze deed een paar stappen in zijn richting en bleef staan. Haar hart bonsde en ze was bang dat ze geen adem meer kon krijgen. Hij kwam naar voren, pakte haar handen, kuste die en zei zachtjes, zodat zij alleen het kon horen: 'Wil je me dit keer beloven, Mara, dat je het zult merken dat ik van je hou?' Ze moest lachen en toen… Maar hij kuste haar niet, hield haar alleen vast en zei: 'Mara, ik heb dag en nacht voortdurend aan je moeten denken.'

Dat zal wel, dacht Mara verward, en ze probeerde verstandig te zijn; maar toen omhelsde hij haar, en ze wist dat dit armen waren waar ze van had gedroomd, of die ze zich misschien herinnerde, en toen ze daar met haar hoofd tegen zijn schouder stond en zijn gezicht tegen haar haren, wist ze dat ze thuis was.

'Hier zijn we dan allemaal eindelijk,' zei Kira. 'We zijn een familie. We zijn Verwanten. Net zoals in Chelops.'

'Je vergeet mij,' zei Leta, en Daulis zei: 'Nee, Leta, we zouden jou nooit kunnen vergeten.'

Kira zei: 'Zou je Leta en mij niet eens aan elkaar voorstellen?' En ze stak haar hand uit. Leta pakte die. Ze keken allemaal naar die twee handen, de bruine, met wel honderd ringen eraan, zo leek het, en de bleke hand, die ruw, rood en vuil was.

'Denk je dat wij wel met elkaar overweg kunnen, Leta?' vroeg Kira.

'Waarom niet?'

Kira zei lachend: 'Ik ben heel makkelijk, als ik maar altijd mijn zin krijg.'

Hierop zei Dann: 'Ik laat je niet weer zo bazig worden, Kira, als je dat maar weet.'

Kira zag dat ze verbaasd waren over deze kordate echtelijke toon zo snel nadat ze elkaar weer hadden ontmoet, en ze zei: 'O, die Dann is me er toch een. Je bent me er een, Dann.' En toen Dann zich boos van haar afkeerde, zei ze snel: 'Dann, je kent me toch, kom hier.' Hij kwam, maar ging een stukje bij haar vandaan zitten zodat ze hem maar net kon aanraken als ze haar hand uitstak. 'Dann,' vleide ze. Langzaam ontdooide hij weer en glimlachte, en ze zagen dat hij volledig in haar ban was.

Al snel zaten ze om de grote, ronde tafel in een kamer met ramen die op de Westelijke Zee uitkeken, waar het geluid van de zee hun gesprek begeleidde en van waaruit ze een kleine bron konden zien en daaruit kwam een snelle beek die de heuvel af en langs het huis stroomde en uitmondde in poelen en weer smaller werd en uiteindelijk vanaf een lage rots in zee stortte: water in water.

Op tafel stond niet veel meer dan brood, groente en kaas.

De situatie was als volgt: het huis was groot en in goede staat – de oom die pas was overleden, had het goed onderhouden. Er waren krakers in gekomen, maar die waren goedmoedig weggegaan toen Shabis kwam. Er lag genoeg eten in de voorraadkamers zodat ze het uit konden houden tot de volgende oogst. Ze zouden geen ontbering lijden, maar wel zuinig moeten zijn totdat de boerderij weer in haar oude staat was hersteld. Op de velden groeiden maïs en tarwe, gerst en katoen, zonnebloemen, meloenen en pompoenen; er groeiden ook druiven; en er was een bosje met oude olijfbomen waar de olie vandaan kwam die in een grote kruik op tafel stond. Er waren geiten, de miniatuur soortgenoten van de enorme melkbeesten uit het zuiden. Ze zouden binnenkort pluimvee krijgen, voor de eieren en om te eten, en als er genoeg geld was, zouden ze een stel paarden kopen.

Nu begon iedereen te rekenen.

Mara voelde onder haar jurk en haalde het koord te voorschijn, waar nog één goudstuk in zat, en ze legde het op tafel. Dann legde zijn vijf goudstukken erbij.

Leta pakte haar zakje munten uit haar plunjezak en zei: 'Mijn afkoopsom.' Shabis zei dat hij met maar heel weinig was gekomen en legde een handvol geld op tafel. Daulis zei dat zijn bijdrage de boerderij was. En nu keken ze naar Kira, met haar zware, gouden oorbellen, armbanden en ringen. Ze wilde haar armbanden al afdoen, maar Shabis zei: 'Hou ze maar, we weten waar we moeten zijn als we te kort komen.'

Kira glimlachte, met geloken ogen.

En nu, de wapens.

Dann liet zijn mes zien en Daulis haalde een mes en een dolk te voorschijn. Shabis had zijn generaalszwaard en een klein geweer, wat volgens hem niet werkte maar mensen wel bang maakte. Leta had een mes. Kira haalde haar schouders op en zei dat ze altijd op anderen vertrouwde om haar te verdedigen. Mara liet haar mes zien en haalde de giftige slang van haar bovenarm. Hij lag voor haar op tafel te glinsteren alsof hij bewonderd wilde worden omdat hij zo mooi was gemaakt.

'Ik zal dat ding nooit meer dragen,' zei ze hartstochtelijk. 'Ik wil nooit meer messen, dolken en wapens zien.'

'Mijn lieve Mara,' zei Shabis, 'in wat voor tijd denk je dat we leven?'

Ze deed de slang weer om.

'Dus wat zijn nu de gevaren die we kunnen verwachten?' vroeg Dann.

'Voorlopig waarschijnlijk niets bijzonders. Maar als het Centrum zwakker wordt en ophoudt te bestaan, zal het gezag van de regering van Tundra ook verminderen. We zien nu al wetteloosheid op plekken waar men heeft ontdekt dat het Centrum... is zoals het is.'

Nu liet Daulis hun een grote kamer vol met allerlei wapens zien – niet alleen messen en dolken, maar zwaarden en lansen, en pijlen en bogen die Dann intrigeerden, en bijlen en allerlei soorten geweren die Mara herkende van het Centrum.

'Allemaal uit het Centrum gestolen,' zei Daulis. 'Al zo'n honderd jaar worden dingen die door kruimeldieven uit het Centrum zijn gestolen over heel Ifrik verspreid.'

'Kruimeldieven is een raar woord voor mensen die luchtscheerders, wagens, geweren en zonnevangers stelen!'

Mara zei dat het enige wat zij van het Centrum wilde was: ernaar toe gaan, er een poosje blijven en er iets leren.

'Maar je weet veel van het boerenbedrijf, Mara, en dat hebben we hier nodig,' zei Shabis.

'En bovendien,' zei Daulis, 'kunnen jullie twee maar beter een eind bij het Centrum vandaan blijven, voorlopig tenminste.'

'Maar het stort iedere dag wat verder in, het is aan het verdwijnen. Zodra ik kan, ga ik ernaar toe. Echt. Ik moet wel gaan.'

'Ondertussen moeten we allemaal weten hoe we op zijn minst een paar van deze wapens moeten gebruiken. Je moet altijd rekening houden met gekken en dieven, en mensen die graag iemand vermoorden.'

Mara keek Dann aan. Hij keek haar aan. Ze wisten van elkaar dat ze aan Kulik dachten, die misschien niet dood was. En Mara bedacht dat nu weer, zoals al zo vaak was gebeurd, allerlei onduidelijke gevaren door hun eigen onzekerheid vaste vorm kregen – Kulik, die hen beiden zou achtervolgen. Voor haar geestesoog verscheen een beeld: tussen keien op de berg lag een schedel die rolde en bewoog als het waaide of als de kraaien over de beenderen liepen om te kijken of ze iets hadden gemist; de schedel keerde zijn gezicht naar haar toe en ze zag de afschuwelijke grijns waar ze als kind nachtmerries van had gekregen.

'Denk je dat we iets van bewaking moeten hebben?' vroeg ze.

'Ja, dan zou ik me meer op mijn gemak voelen,' antwoordde Dann.

'De honden,' zei Daulis. 'Die zijn erop getraind.'

Vervolgens moesten ze allemaal bijpraten.

Shabis had gezien dat het slechts een kwestie van tijd zou zijn voordat de andere generaals hem voor het een of ander arresteerden. Hij was uit Agre gevlucht en net als de anderen naar het noorden getrokken.

Shabis wist niet hoe het Mara was vergaan en had haar verhaal alleen in grote lijnen van Daulis gehoord; nadat die grote lijnen waren bevestigd, zei hij dat hij later meer wilde horen. 'Alles,' zei hij. 'Ik wil alles over je horen. Gewoon om mezelf gerust te stellen. Je hebt geen idee wat ik me voor afschuwelijke dingen in mijn hoofd haalde toen jij bij de Hennes was.'

Daulis zei dat ze allemaal zijn verhaal kenden.

Dann vertelde Shabis en Kira wat er met hem was gebeurd.

Nu was het de beurt van Kira. In Kanaz was ze Shabis tegengekomen en die had op de reis hierheen voor haar gezorgd. Kira zei niet veel, maar ze keek de hele tijd naar Shabis en Mara zag dat Kira niet Dann wilde, maar Shabis. Mara voelde dit als een steek in haar hart en ze bedacht dat van iemand houden betekende dat een blik, een aanraking of een zucht in het donker je zielsgelukkig kon maken of je kon doen twijfelen. Ze had zich beter gevoeld toen ze een hart van steen had, dacht ze. Ze zag Shabis naar haar glimlachen omdat hij wist wat ze dacht en hij haar wilde geruststellen. En Leta, die altijd de kleinste veranderingen in gevoelens merkte, glimlachte ook naar haar: *Het gaat heus wel goed, Mara.*

Mara was gerustgesteld: ze wist dat Shabis van haar hield. Maar er schoot toch even een bittere gedachte door haar heen: je weet niet hoe Kira is. Ze keek naar Dann om te zien wat hij van dit spel van blikken, gedachten en gevoelens had gemerkt, en hij keek naar Kira en daarna bedachtzaam naar Shabis.

Toen het nacht werd, hadden ze elkaar nog niet alles verteld wat ze wilden vertellen, maar dat kwam wel weer de volgende dag. 'En volgende week, en volgende maand, en volgend jaar,' zei Shabis, 'maar nu is het bedtijd.'

Kira en Dann vertrokken samen – 'Net een oud getrouwd stel,' zei Kira en ze keek flirtend naar hen allen maar extra lang naar Shabis. Toen vertrokken Leta en Daulis, maar verlegen.

Mara en Shabis bleven zitten.

'En nu moet ik je over de mensen uit Chelops vertellen,' zei Shabis. Hij praatte opeens anders, alsof hij, Shabis, zich had teruggetrokken en alleen een vormelijke, bijna koele stem had achtergelaten en ogen waarin ze enkel een man zag die zijn plicht deed.

Uit de informatie van zijn spionnen en van reizigers had hij een verhaal samengesteld dat volgens hem min of meer juist was. Toen de stadsmensen de oostelijke buitenwijken aanvielen, sloegen de slaven de aanval af. Toen kwamen de slaven in opstand en werden de meeste Hadronen gedood. De Verwanten vormden een groep met daarin een paar baby's en kinderen, en ook slaven die bereid waren mee te gaan, en ze vertrokken naar het oosten met de bedoeling de kust te bereiken waar ook Mahondische Verwanten woonden. Ze wisten niet dat er oorlog heerste in het gebied tussen Chelops en de kust. Sommigen werden gedood, maar anderen ontsnapten, onder wie een vrouw die Orphne heette en de leider, Juba. Nu aarzelde Shabis, maar ging toch verder: 'Orphne woont samen met Meryx en ze hebben een kind. Ze hebben de kust bereikt.'

Mara was in gedachten zo helemaal terug in Chelops dat ze huilde bij het idee dat de mensen dood waren. En toen voelde ze zich gelukkig om Orphne en tegelijkertijd gelukkig en ongelukkig om Meryx, en voor de tweede keer die dag voelde ze zo'n scherpe steek van jaloezie dat ze opstond, blindelings naar een bank liep en zich snikkend daarop wierp. Shabis kwam achter haar aan. Verdwenen waren de ingetogenheid en correctheid die bedoeld waren om haar gerust te stellen dat hij niet haar vroegere minnaar wilde verstoten, en hij sloeg zijn armen om haar heen en zij klampte zich aan hem vast. Al snel nam hij haar mee naar de kamer die hun slaapkamer zou worden.

Het was geen drukke tijd op de boerderij. De oogst was binnengehaald, de velden waren opnieuw beplant en de dieren stonden achter stevige hekken en hoefden alleen maar te worden gevoerd en gemolken. Dat nam Mara op zich en ze leerde Leta hoe ze het moest doen.

Het grote huis, dat zich uitstrekte over een heuvel waar je de zee de hele dag en de hele nacht kon horen bulderen of zuchten, was als het einde van de verhalen die ze in een oud boek in het Centrum had gezien: 'En zo leefden we allemaal nog lang en gelukkig.' Maar Mara's hart, dat nu helemaal niet meer op een steen leek, vertelde haar iets anders.

Op een nacht lag ze in de armen van Shabis naar de zee te luisteren, toen ze iets hoorde waarvan ze eerst dacht dat het de klaaglijke geluiden van zeevogels waren, maar toen besefte ze dat het Kira was die tegen Dann schreeuwde.

Mara stond zachtjes op en ging naar de kamer waar ze zo vaak bij elkaar zaten te praten, en tegelijkertijd kwam Dann vanaf de andere kant de kamer in. Hij zag bleek en was boos. Hij wierp zich op de kussens op de grond, met zijn handen achter zijn hoofd, en Mara ging bij hem zitten en pakte zijn hand, die haar hand eerst stevig vastgreep, maar toen slap neerviel.

'Ze houdt niet van me,' zei hij, en Mara zei niets. Toen draaide hij zich naar haar toe, sloeg zijn armen om haar heen en zei: 'Mara, waarom kunnen wij niet samen zijn? We horen bij elkaar... Maar nu heb je Shabis.' Het was net of zijn armen koud werden en hij liet haar los.

Mara zei: 'Het zal moeilijk voor ons beiden worden om van andere mensen te houden.'

'Ik heb niet gemerkt dat het jou moeite kost om van Shabis te houden.'

Ze bleef dicht bij Dann zitten, in de donkere kamer waar een hemel vol sterren te zien was door een groot, vierkant raam, en ze had weer dat bekende gevoel, en rook die bekende geur van haar kleine broertje, haar metgezel met wie ze zoveel had meegemaakt; en ze wist dat ze van Shabis hield, maar dat ze altijd meer van Dann zou houden en dat niets dat kon veranderen.

'Wie heeft die wetten eigenlijk gemaakt?'

Ze zei: 'Dat heb ik je toch gezegd, de Natuur heeft ze gemaakt. Ik heb het allemaal in het Centrum gezien.'

'Het Centrum, het Centrum – en als ik nu eens helemaal geen zin heb in kinderen en nageslacht?'

Mara zat daar zwijgend en bedacht hoe heerlijk het zou zijn om van Dann te houden; en toen spatte die droom uiteen met een kille waarschuwing, want uit het niets, of van ergens diep in haar, kwamen de woorden: 'Je zou me vermoorden, Dann, als we elkaar zouden beminnen. Het zou zo – heftig zijn.'

'Waarom zeg je dat?'

Ze kon alleen maar zeggen: 'Ik denk gewoon dat het zo zou gaan.'

Hij streelde haar gezicht. 'Ik hou zoveel van je, Mara.'

'En ik van jou.'

'Ben ik echt zo gewelddadig?'

'Ja. En ik ook. We zijn gewelddadig gemaakt. En als we zouden vechten – zou het niet met woorden zijn.'

'Weet je dat zeker, Mara?'

'Ik weet niets zeker.'

Hij begon te spelen met haar haren, haar lange, zwarte haren, en zij streelde zijn haar, dat zo op dat van haar leek. Ze legde haar arm onder zijn hoofd en haar arm over zijn schouders. Zo rustten ze naast elkaar, zoals ze zo vaak hadden gedaan, en toen voelde ze zijn hand zakken en langs haar schouder omlaag glijden tot hij naast hem lag. Zijn ogen waren gesloten; hij was in slaap gevallen.

Ze bleef hem een hele tijd vasthouden, en zag toen een lichtje over de vloer bewegen en daar stond Shabis, met een lamp die hij in een hoek op de grond zette. Hij ging tegenover hen zitten. Hij knikte naar Mara: het is goed.

De grote kamer zag er heel anders uit met de knusse cirkel geel licht die de lamp verspreidde. Het vierkantje sterrennacht in de muur en het geluid van de zee leken zich te hebben teruggetrokken. Iets van de onstuimigheid was verdwenen. Dann zuchtte, maar het was meer een gekreun. Mara zag dat zijn gezicht betraand was, en toen zag ze dat Shabis zijn armen voor haar openhield en wachtte. Ze aarzelde even maar ze kon niet anders – ze glipte zachtjes bij Dann vandaan en liep naar Shabis en ging naast hem liggen zoals ze naast Dann had gelegen.

'Mara,' zei hij zachtjes, 'je kunt niets doen.'

Al snel viel ze in slaap, in de bescherming van zijn armen. En toen viel Shabis ook in slaap.

Het was koud. Dann werd met een schok wakker, staarde om zich heen zoals hij meestal deed bij het wakker worden, om te zien of er misschien een vijand was. Hij zag dat hij veilig was en toen dat Mara in de armen van Shabis lag te slapen.

Hij bleef naar hen staan kijken. Mara leek in elkaar te krimpen en te huiveren toen er door het raam een koude windvlaag van de sterren kwam. Hij pakte een deken en legde die zachtjes over zijn zus. Hij aarzelde, fronste zijn voorhoofd en trok hem ook over Shabis heen. Hij liep de kamer uit, niet naar de kamer die hij met Kira deelde, maar de nacht in, naar de zee, met de honden achter zich aan.

De volgende ochtend bij het ontbijt kondigde hij aan dat hij gek werd van al dat lanterfanten. Hij wilde zelf zien hoe het water van de Westelijke Zee door de Rotsige Poorten de Middenzee in stroomde, en daarna naar het noorden gaan totdat hij recht onder de ijsbergen stond om te kijken of ze echt smolten. Hij wilde door de droge zijkant van de Middenzee lopen totdat hij bij het water op de bodem kwam en daarna helemaal langs de waterlijn lopen totdat hij weer terug was waar hij was begonnen. Hij wilde uit het Centrum dingen stelen die ze hier op de boerderij konden gebruiken.

Over deze excursies werd een veto uitgesproken omdat het werk op de boerderij weldra zou beginnen. Toen stelde Leta voor dat hij Donna zou gaan halen als het weer wat opknapte, omdat iedereen het erover eens was dat ze haar zouden uitnodigen om daar te komen wonen. Daulis zei dat het niet gevaarlijk zou zijn, als Dann 's nachts reisde en een heel stuk bij het Centrum vandaan bleef.

Ze zagen allemaal dat Dann op het punt stond om te eisen dat Mara met hem mee zou gaan, maar hij hield zich in.

'Vijf Mahondi's en twee Alben,' zei Kira. 'Een nieuw soort Verwanten.'

'Je vindt Donna vast aardig,' zei Daulis.

'Ik heb niet gezegd dat ik haar niet aardig zou vinden. Ik vind Leta toch ook aardig?'

'Echt?' vroeg Leta lachend.

Mara zei: 'Ik denk dat er binnenkort geen Mahondi's meer zullen zijn. Dat heb ik in het Centrum gezien. Stammen – verschillende soorten mensen –, die sterven gewoon uit.'

'Binnenkort?' vroeg Kira.

'Nou ja,' zei Mara lachend, 'over honderd jaar.'

'Dus geen duizenden jaren?'

Ze plaagden Mara omdat ze het net zo vaak over *duizenden* had als over het *Het Centrum*.

'Ik wil niet wachten tot het beter weer is,' zei Dann. 'Waarom niet nu? En nog iets: we hebben het de hele tijd over het volgende seizoen en volgend jaar. Ik ben opeens boer. Soldaat zijn paste beter bij me.'

'Het zou me niet verbazen als er een dezer dagen niet gevochten moest worden, Generaal Dann,' zei Daulis vriendelijk, je zou kunnen zeggen vleiend, met een glimlach naar Dann – de anderen zeiden voor de grap dat als Shabis Danns vader was, Daulis dan zijn grote broer was.

'Dat denk ik ook,' zei Shabis.

'Nou, Daulis, nou, Generaal Shabis, het verdedigen van een boerderij is niet hetzelfde als het verdedigen van een land.' 'Misschien voelt het hetzelfde aan als je op die boerderij hebt gewerkt en hij van jou is,' zei Mara. Ze deed haar best om kalm en rustgevend te klinken. Ze wist dat de anderen zich zorgen maakten over Dann, over zijn rusteloosheid, zijn ontevredenheid. Ze voelde dat anders. Hier, op deze plek, deze ene plek, waren twee mannen, twee Mahondi's. Twee mannen hadden Dann zijn leven lang achtervolgd, de goede man en de boze man, die soms één man werden en altijd een bedreiging vormden. Deze twee mannen, Daulis en Shabis, waren goede mannen. Zij hadden dat verleden weggenomen en Dann voelde zich voor het eerst van zijn leven veilig. Bovendien lag er een echte boze man dood op de berg en Dann had hem gedood, zoals hij langgeleden had beloofd. Of hij geloofde in ieder geval het grootste deel van de tijd dat hij hem gedood had. Hij voelde zich veilig: daarom kon hij mokken en klagen. Waarschijnlijk was het zo om vader of moeder te zijn, dan wist je waarom een kind zus of zo was, door een bepaalde gebeurtenis of een voorval, iets kleins, dat het kind vergeten was; maar je kon tegen het kind dat opgroeide en zijn best deed om nare dingen te vergeten niet zeggen: 'Daarom heb je dit gedaan' of 'Ik weet waarom je dat doet.'

'En wat moet ik als Dann weggaat?' vroeg Kira.

'Dan kun je even bijkomen van mijn onmogelijke gedrag.'

'Je moet niet lang wegblijven, want er zal veel werk zijn, zoals ik uit Chelops weet. Maar daar hadden we slaven om te helpen.'

Nu protesteerden Dann en Mara: 'Maar Kira, wij waren ook slaven,' en: 'Jij was ook een slavin, Kira.'

'Wat? Onzin.' En ze bleef protesteren. Ze had besloten om zich, als haar eigen waarheid, te herinneren dat ze slaven had gehad die haar op haar wenken bedienden – wat tot op zekere hoogte waar was – en dat zij geen slavin was geweest.

Mara hield vol: 'Wij waren de slaven van de Hadronen.'

'Hoe kwam het dan dat we zo plezierig leefden en alles hadden wat we wilden? Hoe kwam het dan dat wij alles regelden?'

'Regelden jullie alles voor de Hadronen?' vroeg Shabis.

'De meeste dingen wel. Maar wij waren hun slaven. Ze waren zo dik en lui en walgelijk geworden...' En toen ze zich dat herinnerde, riep Mara: 'We mogen niet zo worden, ik word al bang als ik eraan denk.'

'Je kunt beter slaaf zijn dan Hadroon,' zei Dann.

'Ik begrijp niet wat er mis is aan slaven houden,' zei Kira, 'als je ze tenminste goed behandelt.'

'We gaan geen slaven houden,' zei Dann.

'Dan zal er heel wat te doen zijn, zelfs met zeven mensen.'

Er speelde zich nog een tafereeltje af waaruit viel op te maken hoe het onze reizigers misschien verder zou vergaan.

Na een week vol storm en een woeste, onstuimige zee scheen de zon en was de zee kalm. Voor het eerst in dagen zaten ze allemaal op de veranda en rekten ze zich uit in de warmte. De twee grote honden lagen er ook te slapen, met de zon warm op hun vacht. Ze lagen daar zo vredig, die grote beesten, zo onschuldig, alsof hun gegrom of plotselinge blaffen wanneer ze 's nachts iets van gevaar zagen of hoorden, niet vaak de mensen in het huis opschrikte, zodat ze opstonden en naar het raam gingen, waar ze dan die gevaarlijke beesten roerloos zagen staan waken, als een zwart silhouet tegen de zee of hemel.

Op de warme stenen van een pilaar zaten twee hagedisjes: felgroen met een blauwe kop en gele ogen.

'O, wat zijn ze mooi,' zei Kira. 'Ik vind ze zo prachtig.'

Mara en Dann trokken een gezicht naar elkaar en Kira zag het en zei: 'Nog meer liederen zonder woorden. Wat is er nu weer, vertel ons dat eens?'

'We hebben je al over de grote hagedissen verteld,' zei Dann. 'En bovendien gaat het me vervelen. We zitten hier dag in dag uit te praten over wat we gedaan hebben. Laten we liever over de toekomst praten.'

'Goed,' zei Shabis, 'want we moeten echt eens ernstig over onze plannen voor het volgend seizoen praten. We moeten het werk verdelen.'

'Nou, deel mij maar niet in,' zei Kira. 'Ik geloof dat ik zwanger ben.'

'O, leuk om dat te horen,' zei Dann. 'Nou, gefeliciteerd.'

'Ik was van plan om nog een dag of wat te wachten voor de zekerheid, maar het leek nu wel een goed moment.' En ze was oprecht verbaasd dat hij gekwetst was. 'O, Dann, je bent zo gauw kwaad.'

'Ik denk dat ik misschien ook zwanger ben,' zei Mara.

'Ik neem aan dat je de moeite hebt genomen om het tegen Shabis te vertellen,' zei Dann.

Leta zei: 'Ik ben niet zwanger, maar hoeren worden niet zo makkelijk zwanger.'

Wanneer ze zo praatte, gingen ze daar allemaal tegen in, zoals nu ook. 'O, Leta, hou alsjeblieft op.' 'Leta, je moet dat allemaal echt vergeten.' En Daulis: 'Alsjeblieft, Leta, praat niet zo.'

'Hoe dan ook,' zei Kira, met die nonchalante eerlijkheid die haar aardigste eigenschap was, 'ik zou zonder mannen nergens zijn gekomen. Maar ik ga mezelf niet een hoer noemen.'

'Zouden we nu eens kunnen ophouden met over het verleden te praten?' vroeg Dann.

'Prima,' zei Shabis. 'Begin jij dan maar, Dann. Wat voor werk denk je dat je goed kunt doen op de boerderij?'

Dann besteedde geen aandacht aan hem maar keek zijn zus recht aan en zei: 'Mara, zeg eens eerlijk, nee, echt de waarheid, de volledige waarheid: als je 's ochtends wakker wordt, is dan niet het eerste wat je denkt, hoe ver je vandaag zult komen, door je ene voet voor je andere te zetten, weer een stukje verder door Ifrik? En denk je dan niet aan ons tweeën? Zelfs als je daarna onmiddellijk aan Shabis denkt?'

Mara wachtte een poosje en glimlachte naar hem, met haar ogen vol tranen. 'Ja,' zei ze, 'ja, dat is waar, maar...'

'Dat wilde ik je alleen even horen zeggen,' zei Dann.